**KUWEI**
酷威文化
图书 影视

彭湃 著

# 异兽迷城 3

## 猩红潮汐

天津出版传媒集团
百花文艺出版社

图书在版编目（CIP）数据

异兽迷城.3,猩红潮汐/彭湃著.— 天津：百花文艺出版社,2024.8（2025.1重印）.— ISBN 978-7-5306-8909-7

Ⅰ.I247.5

中国国家版本馆CIP数据核字第2024ED2551号

## 异兽迷城3.猩红潮汐
### YI SHOU MI CHENG 3·XINGHONG CHAOXI

彭湃 著

| 出 版 人： | 薛印胜 |
| --- | --- |
| 选题策划： | 胡晓童 |
| 责任编辑： | 胡晓童 |
| 封面设计： | 卷帙设计 |

出版发行 百花文艺出版社
地　　址 天津市和平区西康路35号　　邮编：300051
电话传真 +86-22-23332651（发行部）
　　　　 +86-22-23332656（总编室）
　　　　 +86-22-23332478（邮购部）
网　　址 http://www.baihuawenyi.com
印　　刷 天津旭丰源印刷有限公司
开　　本 680毫米×970毫米　1/16
字　　数 570千字
印　　张 26.75
版　　次 2024年8月第1版
印　　次 2025年1月第2次印刷
定　　价 49.80元

如有印装质量问题，请与天津旭丰源印刷有限公司联系调换
地　　址 天津市宝坻区新开口镇产业功能区天通路16号
电　　话（022）82573686 邮编：301815
版权所有 侵权必究

🔍 | 距离【猩红潮汐】来临 还有 1 天

# 目录 CONTENTS

第一章
邀约 ——— 001

第二章
游戏 ——— 034

第三章
怀渞 ——— 080

第四章
潮汐来临 ——— 120

第五章
诡异仪式 ——— 167

第六章
成神之路 ——— 212

第七章
黑白之墙 ——— 259

第八章
破苍行动 ——— 302

第九章
西国之行 ——— 348

第十章
圣水 ——— 381

番外
卡布奇诺 ——— 418

> 天赋之间是首尾相连的，我是首，你是尾，反过来，我是尾，你是首。
> ——龙

姓名：龙

天赋：主宰

序列号：1

系：神迹

天赋说明：……无法探索……

姓名：高阳

天赋：幸运

序列号：199

系：神迹

天赋说明：一个幸运的人

# 第一章

# 邀 约

"好吧，全杀掉是有点难。"X笑容轻佻，像在讨论什么轻松的话题，"不过杀掉一大半，还是问题不大。所以，决定要听了吗？"

朱雀脸色微沉，这是一个重大决定："我得请示一下会……"

"不行，我只给你们一分钟，这一分钟过了，事情就不作数了。"X说。

"我说你这人是不是有什么大……"

吴大海"病"字没说出来，就被绿茶捂住了嘴巴，他真怕吴大海说完这话，X这一分钟也不给了。

"还有五十五秒。"大雨中，X甩了一下被淋湿的头发。

朱雀几乎是下意识地看向高阳："七影……"

"别问我，你是队伍负责人。"高阳不想再做任何决定，因为他不想承担任何责任。

可惜姜还是老的辣，朱雀语气强硬："这是命令，立刻告诉我你的想法。"

"还有五十秒。"X在一旁倒计时。

高阳深吸一口气，思路清晰，语速略快："我会答应，猩红潮汐马上要来，大家难逃一死，既然要反抗命运，就必须团结一切力量，即便X的条件有风险，也要赌一把。"

"呵，跟我的想法一样。"朱雀又看向陈萤和白兔，"两位的意思？"

陈萤沉默，牛场站2组全灭一事，让她退却了。

白兔毫不犹豫："我也想赌一把。"

来牛尔代国，这是龙队长交给她的任务，她说什么也要顺利完成。

"行，我们答应你的条件，你说吧。"朱雀看向X。

"好。"X也收回笑容，眼神变得认真，"明天凌晨，你们再多带一个觉醒者，来这儿集合，协助我探索符洞。"

"符洞？"陈萤吃了一惊，往事历历在目，"很危险吗？"

"不知道。"X坦白道，"我只能告诉你们，必须凑齐十三个觉醒者才能进入，而且，这符洞里藏着的是毒素符文回路。"

"你就这么确定？"青灵半信半疑。

"因为我就有最强的毒素系天赋，我能感应到它的存在，一种很微弱的能量共振。"X面不改色。

"这些年你一直待在这儿，就是为了拿到这块符文回路？"高阳问。

"一半是这个原因。"X大方地笑了，"我的天赋虽然靠前，毕竟只有3级。我想拿到符文回路来升级，但我尝试了很多办法，一个人始终无法进入，似乎一定要十三名觉醒者。"

"为什么不早点告诉我们？"朱雀问。

"我信不过你们。"X说。

"现在又信得过了？"白兔反问。

"并没有，但猩红潮汐要来了，你们也别无选择了。"X说。

大家面面相觑，一时无话。这个X，表面上是个玩世不恭的纨绔子弟，实则精明谨慎，防备心极强。

"你们陪我去符洞，成功拿到毒素符文回路后，我把天赋升到4级就给你们，任你们处置。我变强了，跟你们合作，你们的胜算也更大，这是双赢的事。"

"合理。"朱雀点点头，看向白兔和陈萤，"如果顺利拿到毒素符文回路，等度过猩红潮汐，我们三大组织可以签个符文回路共享协议。"

白兔和陈萤点头。

陈萤还是有些担忧："要不，我们再找一些厉害的人来吧，现在队伍里的战力参差不齐……"

"来不及了。"朱雀微微叹气，"今晚白虎正好会来牛尔代国找我，我们可以凑齐十三人，想要离城那边的人赶过来，最快也得到半夜。"

"我这人信命。"X转身走到海边，骑上摩托艇，"记住，明天凌晨，带十二个觉醒者来这，机会就这一次，逾期不候。"

X发动了摩托艇，很快就消失在海面之上的茫茫雨雾中。

"求我们做事，还拽得跟爷一样。"吴大海很不爽。

"雨太大了，等雨势小一点我们再回去。"大雨中，朱雀的头发全湿了，她回到遮阳伞下的沙滩椅上坐下。

高阳也回到遮阳伞下，他有点心急，向朱雀请示："夏姐，我得走了，我爸还在等我，再不回去他会担心。"

"行。"朱雀批准，"明天凌晨，你自己过来，别迟到。"

"是。"高阳冲进大雨中，跨上一艘摩托艇。

"队长小心点！"罐头站在大雨中朝他挥手，一张脸上满是水滴。

"回见。"高阳点点头，发动了摩托艇，很快消失在海面上。

剩下十个人都退回遮阳伞下躲雨，站的站，坐的坐。

吴大海一双眼睛瞄来瞄去，找机会挑起话题："小丑，你在我们身上留下的气息，能存在多久？"

"四十八小时。"小丑回答。

"那就好。离凌晨还有很久，我们完全可以自由活动啊！"吴大海大声说。

"最好还是一起回别墅，别出什么意外。"朱雀说。

"那多扫兴啊，好不容易出来玩一次，可得抓紧机会啊。"吴大海道。

绿茶、罗尼、罐头和绛狐这几个年轻人也有点心动，互相交换眼神，欲言又止。猩红潮汐后，还有没有命玩都不知道，现在好不容易来一次度假胜地，不抓紧体验，更待何时啊。

朱雀看在眼中，何尝不明白大家的小心思，她微微叹气："其他人我不管，你们四个是我的人，接下来可以自由活动，但必须半小时跟我短信汇报一次，晚上八点之前必须回酒店集合。"

"太好了！"

"谢谢朱雀长老！"

四个年轻人都很开心。

绛狐看向朱雀长老，声线温柔，眼中含笑："朱雀长老，您有时间吗？晚上能和您共进晚餐吗？"

"怎么？"朱雀眼神防备地看向绛狐，"无事献殷勤，非奸即盗。"

"没有的事，就单纯吃个饭。"

"绛狐，放弃吧，你完全不是我的菜。"朱雀故意开玩笑。

"长老您也不是我的菜！"绛狐激动得脱口而出，随即又觉得此话不妥，"我，我不是那个意思，长老还是很有魅力的，只是……"

朱雀笑着打断他："知道了，今晚一起吃个饭。"

就刚才，朱雀忽然想起来，今天是绛狐的二十四岁生日啊。这个家伙，十七岁时忽然觉醒，没想到养大自己的继父竟然是嗔兽，绛狐被迫用天赋杀死了亲人，自己也奄奄一息。

是朱雀及时赶到，把他带回麒麟工会，才救下了他的性命。

绛狐整整半年都没有开口说话，朱雀把绛狐带在身边，当成自己的亲弟弟一样去照顾，这才重新打开了绛狐的心房。

在绛狐眼中，朱雀不仅是自己的领导、自己的老师，更是自己的姐姐，是这世上唯一的亲人。每年生日，绛狐都是跟朱雀一起过的，朱雀会给他准备礼物。

这一次，因为猩红潮汐一事，朱雀竟然把这一遭给忘了。朱雀有些愧疚，她知道绛狐喜欢香水，一会儿吃饭前给他挑一瓶香水当生日礼物吧。

两人说话间，雨变小了一些。

就在这时，吴大海忽然大喊一声："青蛇！"

他这一嗓子实在太突然，把身边人都吓了一跳。

青灵微微皱眉，算是回应。

003

吴大海继续中气十足地说道："今晚我们一起吃个饭吧！"

青灵没回话，也没什么表情，像在思考，又像是直接无视了吴大海。

吴大海有备而来，脱口而出："我订了一家餐馆！那的海鲜火锅特别好吃！你肯定会喜欢！"

"不是，"白兔实在没忍住笑了，"你这鬼喊鬼叫的邀约我就先不吐槽了，你好歹订个浪漫的烛光晚餐吧，海鲜火锅是什么鬼？"

吴大海懒得搭理白兔：你懂什么，我可是专门请教过斗虎老师的！老师说了，想约青灵吃饭，就得从吃上下功夫。既然已经知道青灵喜欢吃麻辣烫、吃火锅，就从这一处下手！

本来吴大海也没抱什么希望，可就在刚才，绛狐约朱雀吃饭居然成功了！吴大海又觉得自己说不定也有戏，他赶忙趁热打铁，向青灵发出邀请。

"真的，特别好吃，试一试，又不亏，对吧！"吴大海循循善诱。

其他人纷纷看向吴大海，虽然大家都对这家伙没什么好感，但这一刻，大家忽然都有些同情他：这家伙，真的太卑微了。

青灵思考了几秒："好。"

吴大海一愣：等等，什么情况？青灵答应了！妈呀，我不是在做梦吧！就这么简单地答应了！

"你，你刚说什么？再说一遍。"吴大海小心翼翼地找青灵确认。

"好。"青灵大方地重复了一遍。

"Yes！"吴大海心花怒放，用力握拳，"就这么定了，我先走了，回头再找你！"

说完他就兴奋地冲进雨中，飞快地跳上摩托艇，一骑绝尘，消失在雨雾中。

他的心情无比激动，心脏都要跳出来！他必须马上回酒店，洗个澡，吹个发型，换一身帅气的衣服！然后再给斗虎打个电话，好好请教一下这个狗头军师接下来的攻略。

剩下的人还站在遮阳伞下，看着吴大海离开，一时间心情复杂。

"青蛇，"白兔有点担忧，"你是不是有什么想不开的啊？"

"什么意思？"青灵不太明白。

白兔语重心长道："你不能自暴自弃选电鼠啊！"

青灵听得一脸蒙，等白兔说完，青灵才诚实地回了一句："我就是想吃海鲜火锅。"

"欸？"白兔蒙了。

"青翎也想吃。"青灵补充。

"哈？"白兔张大了嘴，所以搞半天，真的只是为了一顿饭啊！

"真的假的？"陈萤也很感兴趣地看过来。

几个女人缠着青灵，七嘴八舌地聊起来。绿茶、罗尼、小丑、绛狐四人面面相觑，感觉完全融入不了这种话题。

…………

高阳回到冲浪地点时,雨还在下,沙滩上已经没有人了。

高爸在游客的帮助下,坐回了轮椅上,跟其他躲雨的游客们一同回了酒店大堂。

高阳跑进大堂时,发现爸爸正双手推着轮椅,不停地穿梭在人群中。他神色焦急,惊惶不安,逢人就抓住他们的手,强迫对方听自己说话:"朋友!朋友!我儿子不见了,能不能帮我找一下……"

大家听不懂他的语言,纷纷抱歉地摇头晃脑。

光是一想到高阳可能根本没回酒店,而是在冲浪时被海水卷走了这种可能性,他的眼眶就红了。

男人无助得不行,他大声高呼,四处寻找:"高阳!高阳你在哪儿啊!高阳……"

高阳鼻子一酸,特别想哭,在儿时的记忆中,那个身材高大、阳光自信、爽朗健谈的父亲,什么时候变得这么可怜落魄了啊。

高阳赶忙走过去:"爸!我在这儿。"

"高阳!"爸爸转身见到儿子,几乎要哭出来。

忽然,他脸色一沉,大声呵斥道:"你干什么去了!打你手机也不接!我就打个盹,你怎么就不见人了啊?臭小子怎么这么不听话,下次再也不带你出来玩了!"

"爸,对不起……"高阳赔着笑,"我刚冲浪到一半肚子疼,就去上厕所了,手机没电了……"

爸爸本来就是个好脾气,骂了几句气也消了。

他上前,紧紧抓住高阳的双手,身体还有点抖:"算了算了,儿子,我们回酒店吧。"

"现在外面还下雨,要不等一下……"

"不,现在就回去,欣欣她们也回去了。"爸爸的声音有些苍老。

"好。"高阳推着爸爸的轮椅,离开酒店大堂。

很快,两人回到酒店。高阳推着爸爸的轮椅,走在长长的栈道上,栈道尽头左边的酒店,就是他们暂时的家。

雨虽小了不少,但海边的雨雾还很大,一阵一阵地吹过来。

这一路上,爸爸很沉默,高阳知道自己做错了事,也不知道说什么。

直到快到家的这一刻,爸爸才忽然抬起头,开口道:"阳阳,刚才,对不起啊。"

"没有,是我没做好。"高阳说。

"爸刚才,不是在生你的气,"爸爸声音沙哑,透着愧疚,"爸是在生自己的气,爸现在没用了,不能照顾好你们了……"

"爸,我长大了。"高阳将手放在爸爸的肩膀,"以后,我来照顾你们。"

三秒的沉默。

"呵呵,臭小子,口气不小。"爸爸笑着伸手,盖住了高阳的手,轻轻拍了拍。

高阳跟爸爸回到酒店时,已经成落汤鸡了,父子俩免不了被高妈数落一阵。

两人先后洗了澡,高阳洗完澡时,雨停了。

落地窗外，海上的落日余晖像是被刷洗过，格外的温柔和清新，清凉的海风吹进屋子，风铃清脆作响。

酒店的服务生推着小餐车，将标配晚餐送过来。

大家围坐着吃饭，高欣欣很得意。今天下午，王子凯请高欣欣去浮潜，两人还在水下拍了照，高欣欣翻着手机相册，给高阳和爸爸看。

爸爸也拿出手机，给大家看高阳冲浪的照片。

高阳累了一下午，早已饥肠辘辘，他刚扒了两口咖喱饭，手机就振动起来，他低头一看，是吴大海。

他赶忙起身，撒谎道："那个，王子凯的电话。"

高阳走到阳台上，拉上窗，外面的天已经黑了。

"喂？"

"高阳，"吴大海叫的是高阳的本名，"我有一个请求，是男人你就答应！"

高阳顿时有种不好的预感："你……先说。"

"不，你必须先答应。"吴大海很激动，"你今天要不答应，我立刻跳海给你看。"

你倒是去跳啊！

高阳忍住吐槽的冲动，耐着性子："你别冲动，有事说事，我尽量答应。"

…………

半小时前。

吴大海穿着正式的白衬衫和西裤，扎着黑色领结，自认为是一个优雅的绅士，但在旁人看来，他更像一名西餐厅服务生。

至于青灵，任务结束后，则换回了普通衣服，一件宽大的浅灰色T恤、一条牛仔热裤、一双人字拖，头发因为太热高高扎起，看起来有一种本地居民的闲适感。

两人的穿搭极其矛盾，十分引人瞩目。

吴大海心情激动，他特意订了酒店最高级的服务，地点是在一片安静的私人沙滩上。

两人到达时，夕阳的最后一抹余晖在海平线上若隐若现。沙滩上铺着一条华丽的红毯，红毯上面是十几道塑料拱门，拱门上挂着无数的小灯泡，闪烁着梦幻般的光芒。

拱门尽头是一套古典西式餐桌椅，餐桌上面摆着一个……巨大的三层火锅，火锅周围是各种精致的小碟海鲜。

餐桌的四周沙滩上洒着一地玫瑰花瓣。不远处，一位优雅的金发中年男性穿着燕尾服，忘情地拉着小提琴。

吴大海领着青灵穿过拱门，来到餐桌旁。

"来，请坐。"吴大海有些紧张，额头一直在出汗。

青灵没坐，看向不远处拉小提琴的男人。

"怎么，不喜欢？我让他换首曲子。"

青灵面无表情："好吵，影响我吃饭。"

吴大海立马打了个响指，挥挥手，男人鞠了一躬，彬彬有礼地退下。

青灵坐下，看了一眼火锅，见水温差不多了，她端起一碗虾滑就往火锅里面倒。然后她把脸凑向热气腾腾的火锅，双眼盯着在汤中翻滚的虾滑，一脸虔诚。

坐在对面的吴大海愣住了，之前准备好的开场白全用不上了，他又想起斗虎老师反复强调的经验：以不变应万变，一定要大方自然，不要僵硬！

吴大海赶忙拿起公用漏勺："这个十几秒就熟，来，我帮你捞。"

吴大海捞起几块虾滑，放到青灵的碗里。

青灵也不客气，发现自己还没调小料碟，抓起一堆调料就往碗里倒，尤其是醋，几乎倒了小半瓶。看着碗里冒着热气、色泽白嫩的虾滑渐渐被酱料染成褐色，青灵一脸的满足，冰冷的脸都舒展了不少。

吴大海不是一个细心的人，但那一秒，他还是捕捉到了这个细节，他的心又狠狠地痛了一下。

原本，吴大海已经放弃了青灵。

吴大海这人最大的优点，除了有钱，那就是有自知之明。他早就知道，自己颜值不行，天赋也一般，情商更是不高，也完全不懂女孩子的心思，根本入不了女孩子的眼。可是他真的非常渴望能有一段恋爱，但老天爷偏偏不给。

尽管为了得到女孩子的喜欢，吴大海做了许多努力，可最终，他更不讨女性喜欢了，彻底成为异性绝缘体。

上一次，当斗虎向吴大海点明，青灵因为有青翎的存在，绝不可能让他有机可乘时，吴大海并没有多伤心。他当下就决定放弃青灵，再去寻找一个目标。

事实上，他以前就是这么做的。最初他喜欢白兔，被白兔拒绝后又追求歌姬，被歌姬拒绝后又盯上了青灵。

吴大海本应该放弃青灵，继续寻找新目标，可问题来了，他突然对这件事失去了兴趣。

他发现自己满脑子想的还是青灵。想到青灵面无表情的高冷眉眼，想到青灵浴血挥刀的飒爽英姿，想到青灵那美却不自知的举手投足，甚至……就连她讨厌自己的样子，都是如此可爱。

那几天，吴大海茶饭不思，寝食难安。

他觉得自己生病了，只好再次去请教自己唯一的人生导师——斗虎。

斗虎听完吴大海的倾吐，沉沉地叹了口气："海子啊，你完了，你坠入爱河了。"

吴大海花了一点时间，终于接受了"自己喜欢上了青灵"这一事实。可是，青灵绝不可能喜欢自己，也是事实。

这要怎么办？

斗虎给吴大海支了个招："是男人的话，就不要自怨自艾，优柔寡断，大胆告诉她你的心意。"

"我告诉她很多次了啊，她都没理我！"吴大海有点委屈。

"你以前那是真正的喜欢吗？"斗虎反问，"正经一点，正式一点地表白，懂？"

"如果她还是拒绝呢？"吴大海很沮丧。

"至少你尽力了！"斗虎拍拍吴大海的肩，"人生哪能事事如人愿，遗憾谁都有，但绝不能让自己后悔。"

吴大海认真想了一夜，觉得斗虎说得有道理，可还是有些踌躇不定。

没过几天，青灵和黄警官就在执行任务中卷入玄武风波，鬼马的真实身份水落石出，可鬼马也死于跟玄武的战斗。

三天后，大家一起为鬼马举行了葬礼。

平心而论，吴大海跟鬼马不算熟，平日里两人交流也不多。对于鬼马的死，吴大海有伤心和遗憾，但更多的是一种震撼。

在这种震撼中，吴大海不禁开始思考：鬼马喜欢歌姬，可他死了，他永远没机会告诉歌姬了；而我喜欢青灵，虽然她不喜欢我，但如果哪天我死了，我也永远没机会告诉她了。

想到这种可能，吴大海的胸口就开始发闷。那种感觉特别奇怪，也不是疼痛，就像是有什么东西堵在胸口，浑身不对劲，像是失了一半的魂。

玄武的事情还没完，举办葬礼的当晚，李夫人就忽然邀请三大组织的领袖和高层聚首，并且宣布猩红潮汐的到来。

得知了这次猩红潮汐会让所有人都死的可怕预言后，吴大海的脑子顿时一片空白。

啊，原来死亡离我这么近，十天后，我就要死了。然后吴大海的脑子里第一个闪过的事物，就是青灵的脸。

那一刻，吴大海明白了，原来这就是"爱"。

原来我吴大海，也能拥有"爱"这么高级的东西啊。

当晚，吴大海请求斗虎说："老师，我听说青灵要跟白兔去牛尔代国，我也想去，我想……在死前跟她告白。"

斗虎第一次没有嘲笑吴大海，也没说"你不会死"之类的安慰话，他拍拍吴大海的肩膀："海子，你终于长大了。"

…………

吴大海想起这些事，忽然有些伤感，但情绪也平稳了不少。

此刻，青灵正在埋头吃虾滑，拱门上灯泡闪烁，照亮了青灵洁白精致的侧脸。

吴大海就那么安静地看着，什么也不做，什么也不说。

夜晚的海风吹过，吹动了餐桌上的白色桌布，吹乱了青灵的发丝，也吹乱了吴大海的心。

一切，刚刚好。

青灵吃到一半，愣了一下，抬起头："你不吃？"

吴大海笑着摇摇头："我不饿。"

"哦。"青灵继续吃。

"青灵啊。"吴大海叫了她的名字。

"怎么？"

"我喜欢你。"

青灵微微一怔，眼底眸光闪过，有些事她只是懒得在意，但并不是迟钝："我知道。"

"不是以前那种喜欢……"吴大海有点不好意思地挠了挠后脑勺，"是真正的喜欢，即便得不到你，也还是喜欢你的那种喜欢。"

这一次，青灵没有说话。

"能不能，给我一个机会啊？"吴大海小心地说着，"实在不行，我们也可能从朋友做起啊……可能，你会发现我其实也不是那么差。"

青灵摇摇头："不行。"

"哇，这么直接吗？"吴大海大喊一声。

"青翎不喜欢你。"青灵说。

"那你呢？"吴大海不甘心，"一点感觉也没有吗？"

青灵认真想了一下，迎上吴大海的视线："我也不喜欢。"

吴大海低下头，讪讪一笑，有点受伤："我果然很招人讨厌啊。"

"我不讨厌你。"青灵补充道。

"哈哈，是吗？"吴大海的心情稍微好了一点。

"不过青翎很讨厌你。"青灵又说。

"这句话就不用说了。"吴大海一时间不知道该哭该笑。

他忽然发现青灵不吃东西了，就那么静静坐着。

"怎么？"

"我拒绝了你，还可以吃吗？"青灵认真地问。

吴大海愣住，原来，变的不只是自己，以前那个我行我素、为达目的不择手段的青灵也变了啊。她什么时候这么懂礼貌了？

吴大海看着青灵一脸认真的样子，忍不住笑了："吃，尽情吃！"

青灵低头，继续吃了起来。

很莫名地，吴大海的心又痛了一下。

"你先吃，我吹吹风。"吴大海起身。

青灵专注地吃着食物，没有回答。

吴大海走到海边，吹了一会儿风，平复了一下心情。他掏出手机，找出高阳的手机号码，幽冷的荧光照亮了他有些难过的脸。

"喂？"

"高阳，我有一个请求，是男人你就答应！"

"你……先说。"

"不，你必须先答应。你今天要不答应，我立刻跳海给你看。"

"你别冲动，有事说事，我尽量答应。"

"青灵在吃海鲜火锅，她一个人，你来陪她吃。"

"啊?"

"啊什么啊!那么漂亮的女孩,一个人在海边孤单地吃着火锅,你忍心吗?你的良心不会痛吗?我把地址发你,你火速过来!"

"不是,她怎么就一个人去吃火锅……"

"高阳!"吴大海大声打断对方,怒气冲冲道,"如果你跟青灵在一起了,你一定要对她好!否则我绝不饶你!听见了吗?"

"我们只是朋友……"

"所以我才说如果,如果,听懂了吗?"不等高阳回答,吴大海愤愤不平地挂了电话。

吴大海不傻,他知道,如果青灵真有喜欢的人,那人也只可能是高阳了。

所以,哪怕跟自己没有任何关系,他还是希望青灵可以幸福。

…………

高阳挂了电话,望着寂静的海平面思考了一会儿。

他叹了口气,转身走回客厅:"爸、妈,王子凯点了外卖,叫我过去找他,我去陪陪他。"

"那个白痴,我让他来跟我们一起吃,他说吃不惯。"高欣欣吐槽道。

"嘿,人家从小锦衣玉食,挑食很正常。"爸爸说。

"小凯啊,挺不错的。"奶奶评价道。

"去吧。"妈妈吃了一口饭,有点担心地放下勺子,"你们两个,半夜可别下海玩啊,很危险的。"

"知道了。"

高阳换好衣服,穿好鞋,出了门,他看一眼吴大海发来的地址,快步赶过去。

五分钟后,高阳已经来到酒店了,手机再次响起,这次真的是王子凯。

高阳心一沉,忽然有种不好的预感:"喂?"

"高阳!你快点过来!来我这!"王子凯有点着急,听声音都能感觉到他的手忙脚乱。

"怎么了?"

"初雪!她不太对劲……"

高阳攥着手机,前方不远处,就是吴大海所说的那家餐厅。

餐厅的侧面临着一个私人海滩,高阳如今视力大幅提升,隐约可以看见闪烁着彩色灯光的拱门,还有一张被照出轮廓的餐桌。

餐桌前坐着一个逆着光的女孩,正在独自吃东西。

电话里,王子凯的声音还在继续:"你快来啊!她现在要死要活的,简直疯了……"

"稳住她!我马上来。"高阳挂了电话,转身就走。

"阿嚏——"正在吃虾滑的青灵打了一个喷嚏,眼底闪过一丝光泽。

接着,她不动声色地打量了一下眼前的景象,发现之前丢进火锅的三文鱼已经浮到了汤面上,她迅速夹起两片,扔进自己的碗里。

一个喷嚏,已经切换成了妹妹青翎的人格。

姐姐,三文鱼早该夹了,现在肉都有点老了。

对了,你拒绝了吴大海吧?

虽然你觉得很麻烦,但我认为还是有必要让他彻底死心,这样他以后就不会来缠着你了,你也可以更加专心地训练。

青翎一边吃着鱼肉,一边在心里面对姐姐说着话。虽然姐姐现在不能回应她,但是等她醒来时,这些话就会像留言机中的留言,自动转达给青灵。

她们两姐妹大部分时间都是这样交流的。

青翎吃了几口,味道真鲜,可是总感觉少了点什么。这么丰盛的食物,一个人根本吃不完,真是浪费呀。

她拿出手机,对着火锅拍了一张照片,拍完之后,她忽然愣住了。

她问自己:为什么要拍照?是打算跟谁分享吗?

青翎唯一的好友是李薇薇,但她已经死了;青翎唯一重要的人就是姐姐青灵,但姐姐可以跟她共享记忆,用不着分享。

那这张照片,是打算拍给谁看?还是说,今后有机会的话,要拿给谁看?

一瞬间,她的脑子里闪过了高阳的脸:清秀的少年脸庞,时而温柔,时而锋利,让人捉摸不透的眼神,还有那一副不管你怎么骂他、刺激他、羞辱他,他都只会包容地淡淡一笑的脸,那张总是能让人莫名信任和依赖的脸。

青翎的手触电般抖了一下,她慌忙放下手机,塞回裤子口袋。

不是!我没有!

姐!我发誓!他根本不是我的菜!

我刚就是……就是忽然间脑子一抽,才莫名其妙想到他。

青翎慌乱的眼神一滞,再次闪过一丝凛冽的光。

姐姐的人格切换回来了。

"我才懒得管你。"青灵又夹起锅里的一块三文鱼,一边吹着热气,一边自言自语地道,"还有,三文鱼,我就喜欢吃老一点的。"

…………

高阳不清楚自己花了多少时间,他用最快的速度赶到了王子凯的岛屿酒店。

大门敞开着,高阳直冲进去。

眼前的景象让他瞬间傻眼,客厅里一片狼藉,桌椅翻倒,沙发遍体鳞伤,白色棉絮弄得到处都是,家里的摆件饰品,能砸的基本都被砸了一遍。

王子凯站在客厅中央,一脸的恳求:"姑奶奶,你下来行吗?别发疯了……"

此刻,初雪像只猫一样,弓着背蹲在冰箱上,表情凶狠,双眼通红,乱糟糟的银发全炸了起来。

她咧着嘴,看起来既暴躁又痛苦,完全是处在应激状态。

"兄弟!你可算来了!"王子凯见到高阳,像是见到了救星一样,"我实在搞不定她了！"

"她怎么了？"高阳慢慢走近。

"我哪知道啊！"王子凯很是委屈，"我回家陪她玩游戏，玩得好好的，她忽然就开始满地打滚，大喊大叫，然后在屋里乱窜，完全失去了理智……"

高阳沉住气，慢慢走近，轻唤一声："初雪？"

初雪嘴里还在发出奇怪的呻吟声，她侧目看向高阳。

"初雪，是我，高阳……"高阳试着唤醒她的理智。

初雪的双眼忽然放大，像是发现了什么猎物。

初雪大喊一声，从冰箱上扑向高阳。

初雪的速度快如猎豹，高阳来不及闪开，被她扑倒在地。

砰的一声，高阳的脑袋重重砸在地板上，脑中一阵眩晕。待高阳回过神时，初雪的双手长出锋利的指甲，抠进他的衣服，划破了他的胸膛。

她张大了嘴，眼睛里完全没有了神智。

一秒后，她毫不犹豫地咬向高阳的脖子。

糟了！高阳本能地想要推开初雪，诡异的是，在初雪咬住高阳脖子的瞬间，高阳却没有推开她。

不是不想推开，也不是没力气推开，而是一种奇怪的遗忘，高阳的头脑中似乎失去了关于如何推开人的记忆。

高阳的理智还在疯狂尖叫：推开她！你会死！可高阳的大脑中却找不到推开她的这个动作，身体就那么静静平躺着。

"喂！别玩了！赶紧起来！"王子凯站在高阳身后，还以为初雪在跟高阳玩，没有及时上来阻止。

完了，我要被初雪吃掉了。这是高阳唯一的念头。

脖子处传来被咬的疼痛感，很轻微，并没有继续加深。

几秒后，初雪的双手从高阳的胸口上缩回，牙齿也离开了高阳的脖子。她浑身颤抖，脸色惨白，双眼赤红，但里面回归了一丝温度，甚至出现了眼泪。

她正非常痛苦地忍耐着猎食的本能，跟她体内极度的饥饿做抗争。

"啊！"初雪大喊一声，从高阳身上跳开，她像失控的火车头，在屋子里横冲直撞。

"哇啊！又疯了！"王子凯大喊大叫。

屋子里传来一阵响声，初雪撞开原本就倒在地上的破烂沙发，接着又撞碎了电视机柜，最后撞碎一面落地窗，落入了屋外的海水之中。

初雪浑身无力地在海水中下沉。

那一刻，初雪体内的饥饿终于得以消退，接踵而至的是遍体鳞伤的痛苦，以及阵阵的虚无和难过。

周围深蓝色一片，冰冷的海水包裹着她，她很害怕，可更多的是累，好累好累。

这一刻，她只想沉沉睡过去。

"哗啦——"上方传来声音。

初雪微微睁开眼睛,一个人影扎进了海面,就像打破了一面深蓝色的镜子,来到了属于她的冰冷又绝望的世界。

那个人影奋力朝她游了过来,并朝她伸出了手,初雪的视线越来越模糊,终于,她看清楚了他。

她想叫他的名字,却喝了一口水,明明很难受,但她微笑着,朝对方缓缓伸出了手。

一秒后,对方用力抓住了她的手。

拉钩上吊,一百年不许变。

初雪醒来时,正睡在二楼房间里柔软的大床上,身上的衣服和头发都已经快干了。

房间没有开灯,窗口有月光照进来,月光下坐着一个人影,是高阳。

"你醒了?"高阳轻声问。

初雪张了张嘴,声音有些沙哑:"高阳……对不起……"

高阳先是一愣,转而笑了笑:"干吗说对不起。"

初雪的双眼又红了,虚弱的声音里满是自责:"我差点,吃了你……我没资格做你的好朋友……"

她侧翻过去,蜷缩着身体,不知道要怎么面对高阳。

月光下,她雪白的肩膀轻轻颤抖着,她在无声地哭泣。

高阳看着初雪自责的背影,良久,才问道:"初雪,饿肚子时,一定很痛苦吧?"

初雪不回话。

高阳继续问:"每次,都这样吗?"

初雪还是不回话。

"我们是好朋友,好朋友之间没有秘密。"高阳使出了"撒手锏"。

过了好一会儿,初雪虚弱的声音才慢慢传来:"以前没这么难受,最近……越来越严重了。姐姐说,我快到极限了……"

"极限?"高阳心一沉。

"鬼的生命很短,不吃人,会死。"

"初雪,你今年多大?"高阳凑近了一点。

"二十七岁。"

高阳一惊,心想:怎么可能,你看上去顶多十七岁!

初雪猜到高阳在想什么:"我跟姐姐是双胞胎,但我经常变成猫,可以睡好久好久的觉,睡觉时身体不会生长,也不会饿。"

高阳恍然大悟,正常情况下,初雪会跟姐姐一起长大,但初雪的身体很特殊,可以变成白猫,白猫可以"冬眠",好处是不会感到饥饿,坏处是身体和心智都会停止发育。因此,初雪虽然已经二十七岁了,实际上却还是少女。

"高阳……"初雪还是背对着高阳,她孱弱的双肩仍在轻颤,声音有些哽咽,又透着孩子气的委屈,"如果,如果我不是鬼就好了……"

高阳的心重重一坠。

曾几何时,高阳也这样想过。如果李薇薇不是兽就好了,如果王子凯不是兽就好了,如果万思思没有死就好了,如果自己的家人都是人类就好了……

没有如果。

现实就是,初雪正面临着"要么吃人要么饿死"的选择。

高阳是人,他认为吃人是罪恶的、可怕的。可初雪是鬼,人是鬼的食物,吃食物天经地义,何错之有?

高阳一时间感到很混乱,情感也被撕裂。在维护自己的种族和同情初雪之间,他找不到一个平衡点。

从来没有哪一次,他像现在这样茫然。

高阳想做点什么,可是做什么都显得伪善。那至少,让初雪开心一点吧。

高阳在初雪身边躺下,双手枕着脑袋:"初雪,你想看星星吗?我们看星星吧。"

初雪慢慢停止了哭泣。

"不想出门,我哪儿都不想去……"初雪声音恹恹的。

"不用,我会魔法,给你变出来。"高阳故作神秘。

初雪果然保留着小动物的心性,立刻被勾起了好奇心。她暂时忘记了难过,慢慢转过身来,一双哭红的大眼睛认真地盯着高阳:"好,你给我变。"

"首先,你要像我一样,平躺着,然后闭上眼。"高阳说。

"嗯。"初雪用手擦了擦脸上的泪,乖乖平躺好,闭上双眼。

高阳拿起床头柜上的遥控,按了一下:"好了,快睁开眼。"

初雪立刻睁开眼。

房间里的木制天花板正缓缓朝着两边张开,变成了一个天井,外面就是深邃的夜空和璀璨的繁星。

皎洁的月光洒落下来,沐浴在两个人的脸上。

"哇——"初雪的脸越发洁净,美丽的赤眼恢复了一丝往日的神采。

"好美!"初雪很开心。

"初雪。"高阳看着夜空,忽然想起小时候奶奶跟自己说过的话,"当我们死去,就会回到星星上,所以不要害怕,总有一天,我们还会在星星上重逢。"

初雪认真想了想,她伸出手,指向星空上最亮的那一颗星:"高阳,那颗星星,我喜欢那一颗。"

"好啊。"高阳笑了,"那颗星就叫初雪星。"

"嗯。"初雪认真地笑了,她凑近了一点,用脑袋蹭了一下高阳的手臂,"高阳,我会在初雪星等你,你以后一定要来找我玩啊。"

高阳脸上的笑容凝固了,不知道为什么,那一刻高阳特别想哭。他不敢看身边的初雪,还是盯着那颗最亮的初雪星,眼睛酸涩。

大约过去十秒。

"初雪。"高阳忽然郑重地开口。

"嗯？"初雪眨了眨眼，有些懵懂地看过来。

吃了我吧，就现在。

可能一分钟后我就会后悔，但至少这一刻，我希望身边的你能好好活下去。

我这辈子已经足够幸福了，跟你比起来，我拥有了太多太多。

我不希望你比我先回到星星上，不希望你在那颗遥远的星星上，孤单地等着我。

手机响起，高阳一个激灵，理智瞬间回来了。他翻身坐起，看了一眼手机，是朱雀的短信，叫他去集合。

高阳伸手，摸了摸初雪的头："初雪，我出去一下，你好好休息。"

"嗯。"初雪乖顺地点点头，朝高阳笑了笑。

…………

深夜十一点，牛尔代国，流星岛，私人水上别墅。

高阳赶到时，其他人都已经到了。

大家都带着趁手的武器，背着补给包。绿茶最夸张，一身迷彩服，背着一把冲锋枪，胸前挂满了弹夹，腰上还别着两颗手雷。

高阳都不知道他是怎么把这些装备给带来的，不过高阳认为绿茶是对的，虽然可能性很小，但不排除要再次面对 11 中那种"集体沉默"的险境，那时候，热武器的作用就大多了。

别墅的客厅里，白兔、青灵、吴大海坐在一张餐桌旁，低声聊着什么。罗尼和罐头坐在沙发上，两人都有些紧张不安，眼睛四处看。陈萤、绿茶和小丑则坐在另一张沙发上，三人也低声交流着什么。

绛狐站在卧室门前，双手合十放下，不苟言笑，在看守着什么。

"朱雀长老呢？"高阳问。

"里边。"绛狐简短地回答，"审问尸体。"

"谁的尸体？"高阳有点吃惊。

"不知道，白虎长老带过来的……"

门开了，绛狐立刻让开，朱雀和白虎先后走出卧室。

朱雀的神色有些疲倦，一张厌世脸此刻显得更加厌世了，眉宇间也多了几分忧虑。

白虎还是一副松弛自然的中年男人模样，他一手叉腰一手接电话："行，行行，别耽误了，赶紧行动，我们这边也要行动了。嗯，各自小心。"

白虎挂了电话，看向朱雀："尸体怎么办？"

"等任务结束，再带回总部。"朱雀挥挥手，走向盥洗室，"我去洗个手，马上出发。"

雪国，极光镇，凌晨一点三十分。

雪国的极光镇跟牛尔代国有两个小时的时差。青龙接到白虎和朱雀的电话，是在凌晨一点。

三人挤在旅馆的小房间内，气氛多少有些紧张。

朱雀和白虎那边开着免提，对莎拉的尸体进行"审讯"。尽管莎拉的尸体没有太多损伤，但体内还残留着陌生的能量——诅咒，朱雀尽最大的能力，也只争取到一分钟的审讯时间。

朱雀拿着青龙等人早就准备好的问题，按重要程度，一个个提问，可莎拉只给出了三分之一的答案。

一分钟后，审讯结束。

青龙在电话里跟白虎最后聊了几句，便挂了电话。

"去圣山教堂。"青龙有了决策，他走到衣架前，拿过黑色羽绒服和加绒防寒帽，迅速穿戴好。

斗虎和无色全程听完朱雀对莎拉尸体的审讯，对这个决策没有异议，也开始穿戴防寒的衣物。

三人准备好，用手机地图查看了一下圣山教堂的地点，低调地离开了旅馆。

白天时，极光镇的雪停了，还短暂出现了几个小时的太阳，可一到深夜，这里又变得风雪交加，天寒地冻。

圣山教堂是极岸教的旧址，它在镇子北边的山脚下，离莎拉的住处不远。

按照地图导航，三人先抵达主街的尽头，渡过一条结冰的河，经过废弃的老木屋区，再穿过一片小树林就到了。

三人前往目的地的同时，根据朱雀问出的信息，一起复盘了整件事。

莎拉的父母一直是极岸教的信徒，莎拉六岁那年，父母死于一场雪崩，莎拉被接到圣山教堂。圣山教堂不仅是极岸教的教堂，也是一个孤儿院，莎拉跟五六个孤儿一起长大。

莎拉十八岁那年，极岸教替莎拉安排了一场婚姻，丈夫是一个莎拉完全不了解的陌生男人，且不是雪国人。

婚后，莎拉怀孕。

一年后，莎拉生下了莉莉娅；没多久，莎拉的丈夫就死于一场意外（这里很可疑）。

莎拉仍然留在圣山教堂工作，同时抚养女儿莉莉娅，母女俩自然都信奉极岸教。

莉莉娅十八岁那年，极岸教的高阶人员忽然宣布，莉莉娅是神的女儿，现在是时候去执行神交给她的任务了。

于是莉莉娅被带走了，莎拉再也无法见到她。

莎拉起初坚信极岸教，坚信莉莉娅是神女的转世，自己并不是她真正的母亲。可随着对女儿思念之情的加重，她无法再自欺欺人，她希望教会让她见一见女儿，却遭到拒绝。那之后，莎拉的精神状态就出现了问题，没两年就彻底疯了。

按照麒麟工会的信息，莉莉娅十九岁来离城留学，觉醒并领悟了"爆炸"，当时麒麟工会注意到了她，想要拉她入会，却被婉拒。

没多久，莉莉娅就消失了。

根据七影长老提供的证词，一个多月前，苍母教曾经派出红疯抢夺十二生肖的符文回路，行动失败后没多久，红疯又对七影进行报复；七影杀死红疯之前，红疯嘴里喊着"姐姐"，这个"姐姐"，极有可能就是莉莉娅。

理论上，红疯的"爆炸"应该也是从莉莉娅那儿继承过去的，但也有矛盾之处——红疯被七影杀死时，透露出想救姐姐的意愿，这说明当时的莉莉娅还没死。

既然莉莉娅还没死，红疯为何又能拥有"爆炸"天赋？这里得打个问号。

斗虎走在最前面，他拉开防寒帽嘴巴处的布料，喝下一口烈酒，说出自己的结论："根据现有情况，我们可以推测，莎拉和她的丈夫都是人类。"

"大概率还是未觉醒的人类。"走在中间的无色补充。

"但是莉莉娅觉醒了。"斗虎笑了，转身看向无色，"你们组织最近不是发表了觉醒条件的论文吗？"

"嗯，我们认为，普通人类一旦接触到觉醒者，就有机会觉醒，这是必要条件，但不一定是充分条件。"走在最后的青龙声音低沉，"以我们对苍母教的了解，他们的成员构成十分复杂，兽、人、半人、鬼都有。莉莉娅的觉醒，必然是苍母教的人策划的。"

"他们想做什么？"无色问。

"不知道，不过这个莉莉娅是关键。"斗虎说完一愣，打了个哈哈，"我怎么也爱说废话了。"

"那我也问一个废问题，我们人类究竟是怎么来的？"无色说。

青龙沉默几秒，如今这种唇亡齿寒的时候，有些情报也用不着隐瞒："我们组织的推论是两种情况。一种就是人类和人类的结合，直接在离城降生。"

"这个我知道。"无色点点头，她们百川团人数很多，这种情况不少，比如老王和沙叶生下的女儿就是这种情况。

"可是，苍道一直让离城的人类维持在四百个左右，按照觉醒者的死亡速度，光靠我们自己繁衍，根本不够。"无色说。

"是啊，而且大部分人类的家人都是兽，这点也很矛盾。"斗虎说。

"所以还有另一种情况——"青龙说，"更多的人类，是被带到这个迷雾世界的。"

"这是你们麒麟工会的猜测，还是已经证实的事情？"斗虎问。

"只能说，猜测部分多于证实部分。"青龙回答得比较含糊。

"其实我们也想过这种可能，但是谁来做这些事？"无色还是很疑惑，"苍道是无形的，并不是具象的，它不可能做这种事。"

无色怕自己没讲清，进一步解释："我的意思是从一个地方把人类婴儿带到这个世界，再偷偷安排在新婚的迷失者家庭，让他们把人类当成自己的孩子来养。这么复杂、烦琐的事情，苍道干不出来吧？"

斗虎点点头，他听明白了。

斗虎回头看一眼青龙，试探着问道："有没有一种可能，苍道还真就是这么干的？不过，不是苍道自己干，而是指定别人来干，比如……"

"兽。"无色抢断。

青龙不语。

"我觉得应该是妄、生、死三种兽中的一种在干这件事。"斗虎发挥着想象力，"而且妄兽中不是有敌我阵营和中立阵营吗？完全有可能。"

"我们从没见过生兽和死兽。"无色说。

"麒麟工会说有，那就是有呗。"斗虎故意把话题引到青龙身上。

青龙笑笑："斗虎，你别套话，我只能告诉你，生兽和死兽一定存在，其他无可奉告。"

"老龙啊，现在大家都是一条船上的人了，还有什么不能说的？"斗虎嬉皮笑脸。

"这样吧，"青龙也退一步，"等任务结束，我会向麒麟会长汇报，交由他判断。如果他认为我们刚才讨论的话题跟苍母教和猩红潮汐有关系，他自然会告诉大家。"

"哈哈，这样是最好。"斗虎又喝了一口酒，"现阶段，生存最重要，大家手里要还有牌，就别留了。"

没多久，三人离开极光镇的主街，走过冰河上的小桥，经过了莎拉家。

莎拉昨天死在自己的木屋里，后来尸体被白虎带走，直到现在，也完全没有引起镇上人的注意。

想到这儿，无色不禁叹了一口气：这个可怜的女人，一生都活在谎言和阴谋中，被人利用，只能自欺欺人，直到死的那一刻，内心都没能获得平静和救赎。

三人穿过老木屋区，进入一片冷杉树林。这里彻底没有了路灯的照明，树林里漆黑一片。

三人拿出手电筒照路，脚踩着厚积雪，没人说话，大家都调动注意力，防备着可能出现的危险。很快，三人走出树林。来到一座陡峭的雪山脚下。

山下是一座巍峨的教堂，建筑棱角分明，屋顶锋利冷峻，像荆棘般直刺夜空。教堂内没有任何光亮，多数彩窗玻璃都已经破碎，风雪夜中，散发着破败阴森的气息。

三人来到教堂正门。这是一座拱形大门，大门上挂着一个标志，是两个交叉相连的圆圈，有一点像一个横着的"8"，又有一点像无限的数学符号。

这就是极岸教的标志。

三人交换了一下眼神。

斗虎率先上前，推开没上锁的大门。

厚重的大门发出沉闷的声响。

三人进入门内，眼前是一个宽敞空旷的礼堂，两边是拱形的彩色玻璃窗，屋内整齐地摆放着几十张长座椅，座椅中间是一条过道，直通尽头的礼台。

礼台上有一个很小的演讲台，演讲台后的墙壁上挂着一个巨大的极岸教标志，和普通的礼拜堂没什么两样。

"没有危险。"斗虎拿手电筒四处搜寻了一圈,给出初步结论。由于礼堂空荡,他的讲话声出现了微弱的回音。

"分头找找,看有什么线索。切记别离太远,以防万一。"青龙一边抖落着羽绒服上的积雪,一边走向左侧的房间。

"行。"斗虎走向右边的房间。

无色打开手电筒,走到礼堂尽头的左侧,那儿有一扇门,应该是通往教堂生活区的。

无色推开门,果然出现了一条走廊,走廊左边是一个带喷泉的小花园,右边是一栋连排矮房。

无色推开第一扇门,是一间小教室。

地上是散乱的积木、破旧的洋娃娃和一些其他玩具,旁边还有一个小黑板,上面画着极岸教的标志,还用雪国语写着一些基本教义。

无色微微皱眉,没有入内。

她又走到第二间房,推开门。这里是一个宿舍,有七八张小木床,床单洁白,印有极岸教的标志。

无色迅速脑补出了一个还在运营的孤儿院。

四五岁的小孩子们每天准时从床上醒来,洗漱,吃早饭,祷告,然后去教室,接受极岸教的洗脑教育。短暂的自由时间里,小孩们可以待在教室玩玩具,也可以去外面的小花园里玩耍追逐。

莎拉和莉莉娅的童年,都是在这儿度过的。

"哇——"蓦地,无色听到一声婴儿的啼哭,很短促,像是在睡梦中被人惊扰到了。

无色迅速镇定下来,调动所有注意力去寻找声音的来源。

"哇——"几秒后,哭声又出现了,是从廊道尽头的方向传来的。

"青龙!斗虎!"无色立刻大喊了一声。

不到十秒,两人赶到。

"怎么了?"青龙问道。

"你们没听见吗?"无色问。

"听见了什么?"斗虎问。

"婴儿,我听见婴儿的哭声。"无色脸色发白。

"哇——"

无色刚说完,那声音又出现了!

"又来了!"无色看向斗虎和青龙,两人一脸茫然。

"你们,你们没听见吗?"无色难以置信。

斗虎和青龙摇摇头,他们确实什么也没听见。

"从那个方向传来的。"无色指着廊道尽头,那里一片黑暗。

"有没有可能是你的幻听?"斗虎问。

"绝不可能。"无色坚持。

"这里六年前就没人居住了。"青龙说。

三人对圣山教堂做过调查：六年前，也就是极岸教将莉莉娅从莎拉身边带走后不久，这附近的雪山发生了一场雪崩，死了不少人；虽然并没有波及圣山教堂，但专家认为，几年之内还是会有雪崩的风险，于是极岸教在安全的地点新建了一个教堂，圣山教堂很快就被遗弃了。

"我知道，但我绝对听见了。"无色笃定。

"可能是精神类攻击。"斗虎的脸在手电筒的光照下半明半灭，"无色的精神力比我们敏锐，所以能率先感受到。"

青龙赞同斗虎的推测："很有可能。这么说这里除我们之外还有觉醒者。"

"不一定。"无色面色沉重，"也可能是兽。"

高级兽也能使用天赋一事，青龙和斗虎自然知道。

"这说明，我们来对地方了。"青龙的目光变得锐利，"这里果然有秘密。"

"还等什么？"斗虎咧嘴一笑，掏出酒壶，喝完最后一口酒，"开搞！"

"可是……"无色有些犹豫，她心中十分不安，"我们三个人，是他们的对手吗？"

斗虎一愣，他几乎没遇到过把自己逼入绝境的敌人，所以不太考虑这种问题。

青龙略一沉吟："的确，若是苍母教的领袖，我们三个未必是对手；更何况，这里还是人家的地盘。"

"现在把大部队从离城调过来也不现实。"斗虎说，"我们的任务本来就是调查，实在打不过就跑呗。"

青龙认同地点点头："嗯，是这个理，我们的主要任务是调查。大家小心点，也要做好随时牺牲的觉悟。"

"哇——"

无色脸色一沉，婴儿的啼哭声又出现了，而且比之前的声音要焦躁，似乎急切地希望得到无色的回应。

无色强忍着不适，提起脚步："跟我来。"

三人来到走廊尽头，右边是一个昏暗的转角，用手电筒照过去，转角处连接着一个石板路铺成的阶梯，延伸至一个地窖。

"居然是地窖，恐怖片里最让人头皮发麻的地方……"斗虎打趣道。

无色没笑，她笑不出来。

"我先上。"斗虎下了阶梯，"砰"的一脚踢开了地窖的木门。

斗虎拿着手电筒往里照了一圈："没问题，来吧。"

青龙跟无色跟上。

这里就是个小型地窖，放着一些杂物和桶装酒，四处布满灰尘和蜘蛛网，空气中弥漫着一股子阴冷的霉味。

三人拿着手电筒仔细检查了一遍，没发现什么不对。

"哇——"短促的啼哭声又出现了。

无色的心慌了一下，不安感更重了，她伸手指向地窖左边的墙壁："声音是从这边传来的。"

"是吗？"斗虎走过去，轻敲了一下墙壁，声音沉闷，"墙后不像有密室。"

"声音就是从这边传来的。"无色很肯定。

"那就说明这面墙足够厚，至少有一米。"青龙说。

斗虎摸摸下巴："这可就不好破坏了。"

"你俩让开。"青龙脱下不便行动的羽绒服，扔在一旁的木桶上。

斗虎和无色已经退后。

青龙深吸一口气，右手握拳，收回到侧腰，双脚稳扎地面，身体以拳头为中心慢慢收缩。

两秒内，青龙的身体像是静止了，瞬间，青龙朝前方迈出一步，疾如闪电的一拳打向了石壁。

没有附加任何华丽的天赋，就是普通、平实的一拳。

"轰"一声，强大的气流从他的拳头上震荡开来，一时间，整个地窖都在剧烈颤抖，灰尘四起，碎石四溅。

转眼间，一米多厚的石墙被打碎，出现了一个直径两米的洞口。

弥漫的灰尘中，无色屏住呼吸，放下护住脸的手臂，脸上是深深的震惊。

这是什么怪力？

斗虎没有明显的吃惊，眼底掠过一丝敬重：在青龙这种绝对的力量面前，一切花里胡哨的招式都是扯淡啊。

青龙应该也有弱点，弱点是什么，得尽快搞清楚。虽然现在大家是一条船上的队友，但保不准以后还得兵戎相见。真要跟这种怪物干架，我也有点虚啊。

"走吧。"地窖内的温度不低，青龙懒得再穿回羽绒服，他举着手电筒，率先走进洞口。

洞口后面是一个阴暗冗长的隧道。

无色没再听见婴儿的啼哭，但她越发确定声源就是这里，因为周身的空气发生了微妙的变化，仿佛弥漫着一种说不清道不明的精神污染。

三人继续深入，来到隧道尽头，是一个右拐向下的石阶阶梯。

三人下行，走到尽头处，又是一个右拐向下的石板阶梯。五分钟内，三人连续右拐了七八次，每一段路都越来越短。

他们很清楚，自己正在沿螺旋形路线往深处走。

终于，他们看见一扇大门，目测高五米，宽三米，门缝后面透着白光。

三人相当吃惊：莫非里面有人？

婴儿的啼哭声又来了，无色沉下脸："哭声来自门后。"

青龙知道无色和斗虎的防御不高："我先进去，确认安全你俩再进来。"

"如果不安全呢？"斗虎问。

"进来帮我，或者立刻逃。"青龙面无表情，"你们自行判断。"

斗虎淡淡一笑：这个青龙，是个好队友啊，可惜有主了。

无色和斗虎后退几步，青龙走上前，慢慢推开透着白色光芒的大门。

起初因为逆光，青龙无法辨认门的材料，当他用手一触碰，立刻反应过来：这是一扇乌金制成的大门！

用乌金制成一扇如此巨大的门，真是奢侈啊。这扇门可以打造成多少赋能的武器装备，可以铸成多少金乌币啊。

不过眼下可不是感慨这种事情的时候。青龙将大门推开半米的缝隙，欠身进去。

门后是一个明亮的地下空间，或者说，一个地下殿堂。

殿堂足有半个体育广场大，四面墙壁都由大块的石头砌成，阴冷、坚硬，但是打磨得非常光滑，表面还刻着美丽的深色花纹。殿堂中间是一根造型奇特的巨大石柱，整个地下宫殿仿佛就是由它支撑起来的。

青龙没察觉到危险，慢慢走近。

很快他看清楚，殿堂中间的并不是一根石柱，而是由十二根深红色的柱子组成的巨型石柱。

这十二根石柱彼此缠绕、交汇，但各自的脉络又是独立的。它们的外形并非死板的直线，而像是有生命的一种能量体，柔软、蜿蜒，表面布满了凹槽，像十二条"藤蔓"，齐头并进地生长着，冲向宫殿的穹顶。

当十二根"藤蔓"冲到穹顶后，它们以一种"炸开"的形态幻化为无数的"毛细血管"，遍布了整个天花板。

这些"毛细血管"发出光芒，犹如无数盏节能灯，将整个宫殿照亮。

青龙的目光从中央的石柱上挪开，看向殿堂尽头的墙壁。

上面雕刻着一个巨大的彩色浮雕，正是苍母教的图腾。那是一个由扭曲的线条组成的锋利的金色太阳，太阳中间有一只竖眼，深红色的眼珠微微朝下，仿佛在睥睨众生。

墙壁下面，是一个略高于地面的六边形祭坛，祭坛中央摆着一个类似石床的祭台，上面还残留着已经风干的血渍。

青龙又走近了一些，他看清了，石床上有暗槽，连接着祭台上的暗槽，而祭台上的暗槽则一直连接到殿堂中央的那十二根深红色的石柱。

青龙试着想象这个邪恶教派的所作所为。

他们一定是在向所谓的"神"进行献祭，将选中的祭品绑在石床上，然后用铁锥刺穿心脏——就像之前的连环杀人案一样。祭品的鲜血会通过凹槽，供养十二根"石柱"，这些"石柱"则不断地缓慢生长，直到变成现在的形态。

所谓的祭品，可能是莉莉娅，而在此之前，或许已经有无数个莉莉娅。

这里废弃的真正原因是什么？

是不是因为献祭仪式成功了？而成功的证明就是苍母教已经找出苍道的"Bug"，从而导致猩红潮汐提前到来？

青龙走神了一会儿，回过神时，斗虎和无色已经来到他身后。

"你们怎么进来了？"青龙问。

"呵。"斗虎笑容老练，"半天没收到你的信号，也没有打斗声，干脆进来看看。谁知道你是不是发现了什么宝贝，不想让我们知道。"

无色没说话，但也有着同样的顾虑。作为百川团的代表，她必须确保自己跟其他组织掌握的情报一样多。

青龙沉吟几秒，说出自己的推测："这里应该是苍母教用来举行邪恶献祭仪式的地方，但是，很久没使用过了……"

突然，四周传来婴儿的啼哭声，它非常清澈，也非常巨大，像海浪一样将无色包围。

"又来了！"无色大骇。

这次斗虎和青龙的脸色也沉下来，因为他们也听见了。

斗虎敏锐地察觉到危险袭来，杀气来自头顶。

"小心！"他大喊一声，将无色推开。

青龙同时察觉到危险，迅速跳开。

三人原本所在的位置，有什么东西砸落下来并爆开了。

无色被斗虎推出几米外，倒在地上。她一个滚身站起来，惊魂未定地看过去，刚才砸下来的东西竟然是一具成年男性的尸体！

这具尸体没有头颅，通身浮肿灰白，长满了铜锈状的霉斑，从高空坠落后，尸体流出一片浓稠的深褐色血浆。

"啪"的一声，又一具长满铜锈霉斑的无头尸体坠落下来，在第一具尸体旁边爆出一地怪异的褐色黏稠血浆，这次看上去像是一名成年女性。

接二连三的无头尸体从穹顶坠落。

青龙、斗虎和无色顿时头皮发麻，他们一边往后退，一边抬头看向穹顶，只见穹顶中央的整个"外壳"开始蜕皮，那是无数原本黏合在一起的尸体出现了松动。

接下来的半分钟，宫殿的中央位置降下一场可怖的尸体雨。

越来越多的尸体坠地，然后爆开，转眼间，殿堂中央已形成一座尸山，黏稠的褐色血浆朝着四周蔓延开来。

三人再次后退，脸上除了震惊还是震惊。

"青龙！"斗虎喊了一声。

青龙当机立断："离开这儿！"

"哇"的一声，婴儿的啼哭声再次出现。

三人应该逃离，可他们的理智在哭声中瞬间瓦解，他们抬不起脚，就那么杵在原地。

啼哭声越来越激烈，越来越吵闹，越来越混乱。

一时间，三人什么都做不了，只想大声尖叫，崩溃痛哭，甚至是卑贱地下跪求饶。

忽然间，哭声停止。

那是绝对寂静的三秒钟。

三秒内，三人脸色苍白地抬起头，看向前方不远处的尸山，并非他们想看，而是有一股无形的不可抗拒的神秘力量控制着他们。

就像是有一个死神正用森森的白骨捏住他们的下巴，扒开他们的双眼，强迫他们目睹眼前这一幕。

无数的无头尸体疯狂战栗起来，地上浓稠的褐色血浆忽然停止往外扩散，犹如时光倒流般，迅速往回收缩。尸体们在一种混乱而吊诡的状态下黏合起来，那些褐色的血浆则充当了黏合剂。

三秒之后，尸体们组成了一只怪物。

那是一个拥有巨大头颅、臃肿身躯和细长四肢的爬行类怪物。

它浑身布满了铜锈霉斑，头颅的中间长出一只巨大的竖眼，红色的眼珠咕噜咕噜地蠕动，微微下移，幽深而猩红的瞳孔内，倒映出被钉在原地的三个人绝望的脸庞。

怪物朝着三人张开血盆大口，喉咙深处还能看到蠕动的尸体。

"哇——"一声婴儿啼哭声从怪物的体内爆发出来，带着极度的混乱、污秽和吊诡的威压。

青龙的两只鼻孔和嘴角都溢出一道鲜血，他无声地倒下，晕死过去。

无色的精神力很强，她没有第一时间被压垮，但也因此不得不承受更清晰、更深刻的痛苦和混乱。

她抱住脑袋，捂紧耳朵，痛苦地跪了下来，整个人几乎要被撕裂。

斗虎也已经处在理智溃败的边缘，他抬起双手，用力拍向自己的耳朵。强劲的掌力瞬间震碎耳膜，鲜血顺着耳道流出来。

失去听觉的斗虎，虽然还能感受到来自邪恶哭声的多维度污染，但所受影响已经大为减轻。

非要比喻的话，在这之前的斗虎像是身陷可怕的沼泽，一点动弹的余地都没有，甚至越挣扎就沉陷得越快；而现在，他的身上不过是缠着几只恶鬼，虽然行动不便，但至少可以反抗了。

斗虎定了定神，拔出背上的一把窄刃长刀。

刀身笔直狭长，由乌金打造，色泽银白，刀柄呈黑色，底部烙有青犬獠牙。

按照以往的经历来看，当斗虎拔出这把青犬妖刀时，他和敌人之中必有一个要死。

斗虎的脸色异常苍白，嘴角却微微一咧，眼底闪过一丝可怕的癫狂。

"杀人专家"——全开！

随着一道空气爆破的声响，斗虎以快到不可思议的速度冲向尸体怪，一个滑铲穿过它的身下。

空气滞后了半秒，尸体怪右侧的两条大腿被齐齐断裂。

尸体怪重心不稳，哭声变得断断续续。

这让处在崩溃边缘的无色得以喘上一口气。

尸体怪被切断的两条腿在地上甩动着，像两条搁浅的鱼。

很快，这两条"鱼"又长出湿哒哒、血淋淋的四肢，变成了两个独立的畸形怪，一个冲向斗虎，一个冲向无色。

"咚"的一声，斗虎再次化身为一颗高速子弹球，冲向尸体怪。

他带刀的身影将分裂出来的畸形怪劈成两半，又速度不减地冲向尸体怪的本体。

又是一个刁钻的滑铲，尸体怪左边的两条大腿也断裂了。

斗虎回到无色身边。

斗虎身上的羽绒服早就已经被他夸张的动作给绷坏了，并且染满了邪恶的黏稠血浆。他一把扯下羽绒服，里面是一件黑色背心，露出精壮的腱子肉和触目惊心的无数刀疤。

斗虎的耳膜被震碎了，根本听不到自己说话，他的声音有些变形："我听不到你说话，还能战斗就给我个手势。"

脸色苍白的无色朝斗虎比了个 OK 的手势。

"那三只脚交给你。"斗虎手腕一转，青犬妖刀一震，"上了！"

无色只感觉身边乍起一道劲风，斗虎鬼魅般的身影已经冲向失去双脚的尸体怪。

与此同时，三条右腿变成的独立畸形怪朝着无色冲过来。

哭声还在继续，但已经衰退不少。

无色从腰间拔出匕首，刺入自己的大腿，疼痛感进一步将她的理智从混乱和无序中拉了回来。她继而一手掐住自己的下半张脸，强迫自己集中精神。

她的双眼睁大，迅速布满红色血丝，她的红色头发忽然被风吹起，狂乱地舞动着，一缕一缕犹如红色的蛇头。

"石化！"

四周的空间骤然凝重，那是被精神力灌满的现象。

三个冲向无色的畸形怪同时停止了动作，被某种无形的力量死死钉在原地，接着，它们发出细微而恶心的尖叫声，犹如被踩爆的虫子。

它们奋力挣扎，却动弹不了，只能任由自己的身躯一点点僵直。

很快，它们的表皮开始变得坚硬且灰白，成了钙化后的蛋壳，接着这种变化进一步蔓延到它们的血液，最后是骨髓。

不到三十秒，三个畸形怪完全变成脆弱的石头。它们重心不稳，跌倒在地，躯体断裂，四分五裂，变成一地碎石。

无色喘着粗气，鼻孔流出了一道鲜血，双腿一软，跪在地上。

"石化"，序列号 17，精神系。

对生命体进行精神入侵，改变敌人的意识，进而改变敌人的身体机能和基因，最终让目标自行石化。

一个多月前，百川团从十二生肖那儿交换到精神符文回路，无色将天赋升到 4 级；刚才的紧急关头，她又直接突破了 5 级。

尸体怪的精神污染还在继续，斗虎正在跟它酣战。

斗虎高速游走、跳跃，围着尸体怪打转，不断在它臃肿的身体上留下狭长的切口。远远看去，斗虎就像一只烦人的苍蝇，正围着一坨腐烂的死肉不停周旋，想要将它消耗蚕食。但是，这坨"死肉"的再生能力很强。

无论斗虎留下多少伤口，它都能在十秒之内愈合。

斗虎原本就是在哭声的精神污染之下负重前行的，持续了将近一分钟的高速爆发后，他行动渐渐慢下来。多年的实战经验让斗虎意识到必须迅速分出胜负。

"无色！"斗虎知道无色的天赋是什么，他大喊一声，"我牵制住它，你来解决！"

"好！"无色刚要站起来，双腿一软，再次跪下。

尸体怪似乎看穿了两人要联手消灭自己的动机，哭声越发激烈。

斗虎一咬牙，奋力冲向尸体怪。他用力一跳至半空，双手握住青犬妖刀的刀柄，狠狠刺向尸体怪头颅上的红色竖眼。

当他足够靠近那只眼睛时，他感觉到一股无形的磁场在疯狂地阻挠他，那是癫狂的精神攻击。

他似乎感觉到有无数只恶鬼的手扒住他的身体，扯断他的头发，撕咬他的皮肉，挖出他的眼球，不择手段只为阻止他。

然而，"杀人专家"是感觉不到疼痛的，越痛，越疯狂，越渴望血！

斗虎的胸腔内爆发出一阵势如破竹的怒吼，他没有停下，直接将青犬妖刀刺入了红眼。

并没有什么不同，不过就是一坨软绵绵的生物组织，由肌肉、血管、神经之类的东西组成的一只眼球。

也不过是"凡人之躯"而已。

斗虎心中冷笑，刚要拔出刀。

尸体怪在眼睛被刺后，经历了一秒短暂的寂静，一秒之后，哭声陷入彻底的疯狂。

即便是失去听觉的斗虎，在如此近距离之下，也感受到了那强大的邪恶和混乱。

斗虎已经顾不上武器，只想要从尸体怪的身上跳走，可他做不到，他的双手止不住地颤抖，他觉得自己像是襁褓中的婴儿。

二十年来，他第一次想起了自己母亲的脸庞。

斗虎的眼中流下了眼泪，不是悲伤，不是绝望，仅仅是因为脆弱和无助。

无色也一样，当斗虎的青犬妖刀刺入那只眼睛时，当哭声骤停的瞬间，她知道那是自己唯一的机会。她冲向尸体怪，与那只红色竖眼对视，想要发动石化。

然而一秒后，无以复加的邪恶哭声再次爆发。

这一次，无色直接跪倒在地，除了哭泣，她什么也做不了，仅存的理智，让她想起了一句话——不可直视神。

眼前的东西不是神，而是邪恶的怪物，可它竟然能散发出神一般的威压，冷漠无情、不可理解、不可违抗。

事实上，尸体怪再也做不出任何物理上的抵抗，它无法再通过物理的方式杀死三人，但它只需要不断地哭泣。这哭泣，足够摧毁三人的精神和意志。

它只需要再坚持一分钟，这三人就将变成头脑空空的婴儿，灵魂的色彩也将回归成一张白纸，他们将得到彻底的"净化"。

就在这时，一个人影缓缓从地上爬起来——是青龙。

他脸色苍白，神态疲惫，眼神之中却刻满了坚定和清醒。

哭声还在继续，青龙却像是没有听到。他不紧不慢地走向尸体怪，经过跪在地上无助哭泣的无色，提着她往后一甩，帮她尽可能地远离哭声。接着，青龙走到了尸体怪的脚下。

他抬起头，抓住斗虎的脚踝，用力一甩，将斗虎甩到了十几米远的地方。

斗虎软绵无力的身体在地上滚了几圈，由于距离被拉开，他猛地喘上一口气，微微回过神来，但他的双眼依然睁大着，眼泪直流，身体无法动弹分毫。

尸体怪感受到绝对的威胁，哭泣声越发疯狂，极力想要压制住青龙。

青龙脸色铁青，眼神坚决，不为所动。他深吸一口气，握紧右拳并收向侧腰，低头，身体前倾，将所有的肌肉都调动起来，朝着拳头收缩，所有能量也在体内流动，并倾注在一只拳头上。

蓄力，蓄力，蓄力。

三秒后，青龙抬头，锐利的双眼绽放出夺目的金光，那是体内能量外溢的表现。

青龙向前一步，打出了非常认真的一拳。换成以往的战斗，敌人不可能待在原地，让他有机会使出这种蓄力拳，但眼下的情况，几乎就是为了迎接他这一拳的到来，他又怎能错过这个机会。

趴在地上的斗虎和无色什么也看不见，只感觉一阵飓风沿着地面袭来，将他们掀飞出去。

一瞬间，哭声消失。

还在半空的斗虎瞬间找回身体的控制权，他一个扭身，单膝落地。无色没那么快恢复，她双手撑地，沿着惯性滚了两圈，接着才慢慢站起来。

两人同时看向青龙方向。

青龙还保持着出拳的姿势，原本他眼前那个足有小货车大的尸体怪，已经无影无踪。

它之前所在的地面，只剩下一摊凌乱的向外溅射的血渍，以及一道三米多宽的浅浅的沟壑，像是被反复犁过的地。

青龙收回拳头，深深呼出一口气，他转身看向斗虎和无色，语气沉稳："结束了。"

"你说什么？我听不见！"斗虎大喊一声。

青龙一愣，看向无色："他怎么了？"

无色不急着回答，掏出随身携带的两支 C 药剂，拔出针套，将一支插入自己被匕首刺伤的大腿。她眉头一皱，脸色一点点地舒缓。

接着她将另一支 C 药剂丢给斗虎，苦笑道："他把自己拍聋了。"

青龙立刻明白过来，对于斗虎的决断和临场应变能力感到钦佩。

斗虎接过 C 药剂，二话不说，朝自己的耳根扎下去，推入三分之一，又换到另一只耳朵，推入三分之一。

他扔掉 C 药剂，蹲下来，双手摁住太阳穴："啊啊啊，痒死了……"

三十秒后，斗虎晃了晃脑袋，站起身，他重新看向青龙，声音变得正常："你刚说什么？"

"我说，你救了我。"青龙感激地笑了笑。

"彼此彼此。"斗虎挥挥手，走向不远处，"两不相欠了。"

无色脸色惭愧："就我拖了后腿。"

"话不能这么说，"斗虎捡起了自己的刀，"要不是你一开始就能听见那个哭声而我们听不见，也不会提醒我可以通过破坏听觉来抵抗。"

无色微微一怔：这个斗虎，比想象中要温柔嘛。

斗虎将刀插回背上的刀鞘中，一脸坏笑着看向青龙："呵，我早该想到，传说中的'纸面超人'就是你啊，毕竟你一直活跃在麒麟工会的前线，大小任务基本都要参与。"

青龙摸了摸胡子，自嘲道："纸面终究是纸面，不过是个纸老虎。"

"太谦虚了，再这样下去，你迟早无敌啊。"

"你们两个在说什么？"无色有点迷茫，她完全听不懂。

"哈哈。"斗虎看向青龙，"这个是我能说的吗？"

"你都猜出来了，想说就说吧。"青龙倒是坦然。

斗虎笑嘻嘻地看向无色："咱们也是过命的交情了，免费送你一个 S 级情报。"

斗虎说着，朝青龙大手一指："这家伙的天赋是传说中的'最强进化'！"

"是'无限进化'。"青龙更正道，"不过，也差不多。"

无色还是一脸茫然，在序列号前 10 的天赋情报上，哪怕是捕风捉影的线索，百川团调查到的信息也相当少。

"无限进化，序列号 6，最强强化系。"斗虎继续说，"具体机制就是越战越强。"

青龙笑笑："凡是没有一次性杀死我的天赋，当我恢复后，就会对它产生 60% 的永久免疫和防御；并且，我将获得该天赋主人极小部分的能量，永久为自己所用。"

"我目前是 6 级'无限进化'，每一场战斗，我可以提取对方 3%～5% 的能量，当然，只能提取一次。"

无色总算明白了："那你只要不断跟不同的人战斗，岂不是迟早无敌？"

"所以啊，这天赋就是纸面数据的超人。"斗虎说。

"纸面超人，呵，贴切。"无色一阵后怕。

毫不夸张地说，倘若青龙是敌人，只要让他做足准备，他一个人可以灭掉百川团的所有人。

"我之前从没遭遇过这种类型的精神攻击。"青龙看向自己的右手，慢慢握紧拳头，"但这次之后，这种招数再也伤害不了我了。"

"老龙，你的天赋暴露之前，完全可以约所有高手来切磋一次啊，偷偷变成最强岂不是爽歪歪？"斗虎问。

"第一，你们会愿意陪我切磋吗？"青龙笑容略显无奈，"第二，必须是抱着杀人之心殊死搏斗才可以，点到为止的切磋不会触发我的天赋。"

斗虎不再说话，心想：不错，又套出一点有用的信息。

青龙早看穿了斗虎那点小心思。

"斗虎，你若想杀我，机会只有一次。"青龙似笑非笑，语气自信，"否则，你将永远不可能赢我。"

"我一个刺客，我有病才跟你单挑，当然是玩阴的啊！"斗虎理不直气也壮。

"哈哈哈！"青龙笑了，"虎老弟，你这人，着实有趣。"

无色站在两个大佬之间，忍住翻白眼的冲动："我能理解你们男人喜欢吹牛的心情，但能不能先离开这儿？"

青龙点点头，四下看看："我们再调查一下，看看还有什么发现。"

"好。"无色拿出手机，拍下现场照片，这些都要作为调查的情报，带回离城。

…………

牛尔代国，F岛附近，私人沙滩。

下过阵雨的夜空清澈如洗，繁星闪烁，海面上也风平浪静，在月光的沐浴下，柔软的沙滩像一块白玉。

沙滩旁停着七八艘水上摩托艇。

遮阳伞下的几张沙滩椅处，或站或坐或躺着十二人，分别是：

麒麟工会的朱雀、白虎、七影（高阳）、绛狐、罗尼、罐头。

十二生肖的白兔、青灵、电鼠。

百川团的陈萤、绿茶、小丑。

大家不敢迟到，半小时前就过来了，却一直不见X的身影。

眼下，离凌晨不到五分钟了，大家开始不安。

"他会来吗？"白兔看向朱雀。

"不知道。"朱雀也不乐观，微微皱眉看着海面，"X这人古怪无常，要我们这种可能性也不是没有。"

"无所谓，反正也没损失。"白虎大叔的心态倒是很好，他手里拿着一个保温杯，里面泡着菊花枸杞茶。他坐在沙滩椅上，拧开保温杯，喝了一口。

"白虎长老，"吴大海在一旁忍不住发笑，"这么热的天，你还喝热茶啊？"

"嘿，臭小子。"白虎倒是没什么架子，乐呵呵地解释，"等你到了我这个年纪，就知道养生的重要性了。"

"不是，别人说这话我都觉得OK，但你可是实力排行榜第9的白虎长老啊！"吴大海还是很接受不了，"这样一点都不酷。"

"酷？"白虎嗤之以鼻，发起灵魂三问，"酷能当饭吃？酷能当钱花？酷能让我身体倍儿棒活到九十九？"

高阳面无表情，心里却给白虎点了个赞：说得好！

"可是……"吴大海还要说什么，忽然住嘴。

不远处传来摩托艇的引擎声。

大家纷纷抬头，宁静的夜色中，一艘白色摩托艇劈开海面，朝着无人岛极速驶来。

半分钟后，X的摩托艇上岸了。他穿着一身花衬衫和花短裤，戴着发箍，金发全部往后梳，脖子上还戴着一条沉甸甸的金链子。

他双手插袋，动作散漫地走向大家，嘴角带笑："可以啊，真来了。"

"十二个觉醒者，一个不少。"朱雀说。

"很好。"X很满意地打了个响指，"开始吧。"

X打完响指，转身就走。走了几步，见没人跟上，他转过身来，声音有点不耐烦："都愣着干吗，还去不去？"

"去哪儿？"朱雀问出了大家好奇的问题。

"就在附近，跟着我就行了。"X说着，重新骑上岸边的摩托艇。

大家面面相觑，陆续跟上X，或一人或两人地坐上摩托艇，跟着X的摩托艇开出了海面。

X从无人岛出发，并没有驶向大海深处，事实上所有人都清楚，再往深处前进就会抵达迷雾世界的边界，那里有一堵看不见却怎么也无法靠近的"墙"。

X骑着摩托艇，保持着跟"墙"平行的方向，驶出一段距离。

一分钟后，X减速了。

紧跟其后的高阳微微一惊，他率先看到，不远处的海面上，似乎有一个人影。

"队长！"高阳身后的罐头也看见了，"那是人吗？他怎么，站在水面上呀？"

"小心点，情况不对你就隐身。"高阳低声说。

"嗯！"罐头放在高阳肩上的手，不自觉地抓紧了一些。

很快，其他人也纷纷发现不远处那个站在水面上的诡异人影，神色都警觉了起来。

半分钟后，在X的带领下，十多艘摩托艇围着海面上的人影停下，几乎绕着目标围成了圈。

当然，所有人都保持着一定的距离，并且做好随时战斗的准备。

清澈的月光下，高阳仔细端详此人的样貌。

是一位白发苍苍、满脸皱纹的老者，他看上去相当瘦小，身高不到一米六，佝偻着背，穿一套灰色的老年衬衫和直筒裤，双手别在腰后。他温和地微笑着，布满皱纹的双眼却呈一种浑浊而诡异的灰白色，看不见眼珠，像是瞎了。

X 的声音出奇的熟络："左爷，我来了。"

"呵呵，小叉子，你来啦。"左爷声音意外地洪亮，中气很足，跟他佝偻的身躯形成鲜明对比。

小叉子，高阳暗想：这名字，怎么听着像个公公啊。

"噗。"吴大海忍不住一声嗤笑，估计跟高阳想到一块儿去了。

"左爷，"X 一手抓着摩托艇的车头，一手捋了一下自己飘逸的金发，"我想明白了，单挑我不是你的对手，今天我带人来了！"

高阳暗暗一惊。

朱雀细眉微皱，看向了 X："什么意思？我们是要跟这位左爷打一架？"

"呵呵。"左爷笑了，"这么多人，我一个老头子怎么打得过呀。"

"别紧张。"X 看向朱雀，又扫了一圈其他人，语调轻松地解释道，"这位左爷，是观察者。"

观察者！妄兽！所有人都相当惊讶，但随后又觉得十分合理。

X 继续说："我认识他好多年了，这个左爷守着这里的符洞，只有他有办法打开符洞入口。"

X 叹了口气："我一直想进去，但左爷给我开出两个条件：要么，我单挑打赢他；要么，我带十二个觉醒者过来，自愿陪他玩一场游戏。"

陈萤微微皱眉："你这些年，一直没打赢他？"

X 耸耸肩，大方承认："打不过，什么招都使过了。要不你来试试？"

朱雀没说话，排行榜第 5 的人都打不过，她估计够呛。

"我们现在人多。"青灵冷冷地说了一句。

言下之意：大家可以一起上，一个妄兽肯定不是对手。

X 看向青灵，无奈地笑了："美女，并不是打赢左爷就能进入符洞，左爷要是不想让我们进入，杀了他也没用。我们仗着人多欺负他，你觉得他会让我们进去吗？"

左爷不说话，只是笑着，应该是默认 X 的说法。

"左爷，"白兔装出一副人畜无害的小姑娘模样，"您想跟我们玩什么游戏呀？"

"不能说，不能说。"左爷的双眼应该是真的瞎了，他并没有抬头看白兔，还是微微低头，平视着前方，"答应，就玩；不答应，就请回吧。"

高阳很想问这个游戏有没有生命危险，但又觉得这是一句废话。

X 一脸无所谓地笑了："情况就是这么个情况，你们决定吧。"

"呵呵，一分钟。"左爷还是微笑着，他脚底踩的海面忽然荡出了涟漪，接着，他的双脚开始缓慢地沉入海水中。

高阳立刻明白过来，他们只有一分钟的时间决定，一分钟后，左爷就会完全沉入海面，消失不见，今晚的机会就错过了。难怪之前 X 让大家决定时，也只给出一分钟的时限，原来就是想让大家提前适应这个左爷的古怪性格。

一时间，所有人都看向了朱雀，她是这次行动的最高负责人。

朱雀的脸色有些凝重，短短十秒，左爷的小腿已经没入海面。朱雀几乎下意识地看了一眼高阳，但是高阳的脸上也没有答案。

那一刻，高阳甚至有点庆幸自己不是整个团队的决策者，这样他就不需要背负做错决策的巨大压力。

朱雀又看向白兔和陈萤。

陈萤不说话，她一直都不喜欢冒险，也不希望再看到同伴牺牲。但事已至此，她也不可能说退出这种话。

"朱雀长老，我们没退路了。"白兔冷冷地提醒一句，并且看了X一眼。

朱雀立刻反应过来：他们已经答应了X，如果这时候出尔反尔，他们跟X免不了一场恶斗，因为X之前就说过，如果他们知道X的秘密而不答应，X会杀了他们所有人。

朱雀心一横："左爷，我们玩游戏。"

此时，左爷的整个胸口已经没入水面，听到朱雀的回答，他停止了下沉，身体又迅速浮上海面。让人惊奇的是，他浑身上下十分干燥，一滴海水都没有沾染上。

"好。"左爷浑浊的灰白色眼睛看着空空荡荡的前方，声音透着某种厚重庄严的穿透力，仿佛是从四面八方传来的，"游戏开始，契约生效；胜负未分，永不结束。"

高阳的心沉了下来，果然，听这语气，又有战斗等着他们了。而战斗，就意味着可能出现牺牲。可是即便此刻避免了牺牲，猩红潮汐来临时，他们还是得面对。

整件事情，大家看似有选择，其实根本没选择。

左爷的声音停止，他脚下的海水再次荡漾出涟漪，那涟漪带着一圈一圈奇异的白色光波，蔓延到了每一艘的摩托艇下，一时间，将一大片海域都照亮了。

接着，每艘摩托艇的前方都出现了一个或两个圆形的白色光团，并射出一道强烈的光束，它们看上去就像科幻电影中的空间传输装置。

"走上去，游戏开始，呵呵。"左爷还是笑，这笑声悠然自得，却听不出善意和恶意。

在这最后一刻，十三人显然有些犹豫，大家下意识地寻找着最信任的同伴，相互交换着眼神。

青灵看向了高阳，高阳微微点头：上吧，没有退路了。

X第一个跳下摩托艇，一脚踩在那道射出光束的白色光团上面。神奇的事情发生了，X明明踩在海面上，却像是踩在平地上。

他站在光束中，朝其他人喊了一声："你们还等什么，毒素系符文回路啊，不想要了吗？"

朱雀深吸一口气，第二个离开摩托艇，跳到了光团上。

其他人也陆续踩到光团上，身处白光之中。

高阳和罐头是最后踩上去的人。

瘦小的罐头站在光束中，有些害怕地侧头看了一眼高阳。高阳给了她一个鼓励的眼神，罐头顿时安心了不少。

至此，十三人全部就位。

那集体静默的十秒内，只有头顶的月光和海面上的夜风，以及心中的未知。

忽然间，左爷浑浊的白眼绽放出夺目的光芒。

高阳一个恍惚，双脚一空，整个人都坠入海水中，接着，冰冷的海水和浓郁的黑暗将他包裹。他想要挣扎，可不到三秒，他便失去了意识。

## 第二章

# 游 戏

　　高阳猛然惊醒，记忆还没来得及衔接上，他就本能地翻身坐起，进入战斗状态，双手下意识地汇聚能量。
　　两秒后，确认没有危险，他才放松下来。
　　他发现自己处在一个不到十平方米的小空间，光线昏暗，四面是坚固灰暗的石墙。
　　屁股下，是一张冷硬的单人铁床，铺着薄木板，上面盖着朴素的床单，还有一床打满补丁的破旧被褥。
　　对面的墙角放着简易且脏污的洗漱盆和马桶，看上去很久没人使用了。
　　头顶有一束幽蓝色的天光照下来，高阳抬头，看到一个很小的天窗，天窗外的景象看不清楚，像是笼罩着一团白雾。
　　高阳往左边看，微微一惊，左边不是墙壁，而是铁栏杆式的铁门。这时高阳才反应过来，自己所在的地方，是一间单人监房。
　　高阳低头一看，发现自己已经穿上了黑白条纹的囚服，光着双脚，脚上还戴着粗大的黑色镣铐。
　　高阳站起来，镣铐发出清脆的声响。
　　高阳立刻进入系统，没有任何特殊提示，幸运值也没翻倍，这说明暂时没有危险。
　　忽然，监狱外传来一声短促而粗重的声响，高阳立刻走到监房的铁门边，往外看去。
　　外面是一个一百多平方米的大厅，大厅中央摆着一张很大的圆形石桌，还配有十三把造型古老的高背石椅，每一把石椅的桌前都立着一支纯铜的老式蜡烛台，十三簇微弱而昏黄的烛光，照出了整个空间的大致轮廓。
　　监房外面是一个圆形大厅，而大厅四周的墙壁上，连接着很多独立的单人监房，高阳所在的监房就是其中一间。

刚才的声音,是从高阳监房正对面的一间单人监房发出的,里面也关着一个人。

"绿茶!"高阳略微沙哑的声音在监狱大厅内回响。

对面监房内的绿茶听到高阳的声音,激动地站起来,走到铁栏边,双手握住铁栏杆:"七影长老!你也在啊!太好了!我还以为只有我一个人。"

绿茶说着,右手握拳,抬起脚,又对着左脚腕上的镣铐打出一拳。

又是一声重响,缓缓在监狱大厅中传来。

绿茶十分疑惑:"怎么会这样?!我的寸劲失灵了?"

"这不是普通的镣铐,别白费力气了。"朱雀的声音传来。

铁栏杆前的高阳往左边看去,朱雀果然也穿上了黑白条纹囚服,站在属于自己的监房门口。

"原来大家都在啊!"吴大海的声音传过来,"太好了,我还以为就我一个被关了。"

这时又一个单人监房内传出声音,还伴随着一些火花,是青灵,她正双手拿刀,朝脚腕上的镣铐奋力劈砍,但无济于事。

"这就是符洞的约束力吗?"陈茧的声音传过来,她没去过符洞,但关于符洞的各种传闻却没少听。

"每个符洞的规则都不一样。"高阳隔空喊话,"有些符洞可以使用天赋,有些符洞不能使用。"

朱雀得出结论:"看来在这个符洞,即便我们可以使用天赋,也改变不了它的规则。"

"是啊,这不跟废了一样。"吴大海很是泄气。

"为什么会这样?"绛狐尖细的声音透着不解。

"还能为什么,游戏规则呗。"X的声音传出来,他盘腿坐在自己的单人监房门口,歪着脑袋,"朋友们,别忘了,我们进入了一场游戏。"

"你倒是一点也不急。"白兔背靠着铁门栏杆,"你就不怕左爷会害我们吗?"

"会不会害你们我不知道。"X无所谓地笑笑,"反正左爷如果要害我,早动手了。"

"现在怎么办,就在这里干等?"绿茶有些焦躁。

"左爷!在吗?"罐头双手抓着铁门栏杆,朝外面的大厅喊了一声,一时间所有人都看向她。

罐头有点不好意思,声音又变小了:"我……我就是觉得,既然玩游戏,总得说明游戏规则吧。"

"呵呵。"左爷的笑声忽然从四面八方传来,呈现出一种环绕立体音效,"本次游戏,为狼人杀。"

狼人杀?!高阳一惊,他早设想过,这个游戏可能要面对各种敌人和挑战,可他万万没想到,这游戏竟然是想让大家互相残杀!

该死!左爷真的是观察者吗?怎么看都更像是至暗者啊!

"左爷，我们在游戏中死亡，在现实中会死亡吗？"朱雀率先开口问道，这也是大家最关心的问题。

"游戏开始，契约生效；胜负未分，永不结束。"左爷淡淡重复了一遍之前的话。

一时间，所有人的心都攥紧了。

不正面回答，就是默认！看来这绝不可能只是一场简单的狼人杀！这是要赔上性命的生死游戏！

"老子不玩！"吴大海显然是玩过狼人杀的人，他急了，疯狂摇着铁门栏杆，"我后悔了，我不玩！放我出去！我要回去！"

左爷不再回答。

接下来的半分钟，吴大海一直在破口大骂。

X实在受不了了："别吵了，不就一场游戏吗？"

"一场游戏？"吴大海气冲冲地反问道，这时候，他的聪明劲儿全出来了，"你觉得那臭老头会这么闲，只是想看我们玩一场游戏？"

X耸耸肩，不再说话。

"啊，我知道了！"吴大海已经口不择言了，指着X大喊道，"你跟那老头肯定是一伙的！故意骗我们进洞，就是想要害死我们！"

"是你们自愿的，我可没勉强过。"X觉得有些可笑，"现在才赖我，会不会太迟了点？"

"我不管……"

"电鼠！"白兔打断他，"别说了，理智点。"

"理智，你让我怎么理智？！"吴大海的脸部因为激动而扭曲，看上去像是要哭了，"狼人杀啊，你们没玩过吗？我们十三个人，一个人当裁判，十二个人玩，四狼局！

"大家扪心自问，拿到狼人牌的四个人，会主动弃刀主动自杀吗？谁愿意这么无私伟大啊！

"狼人要想赢，至少得屠边——要不杀四个平民，要不杀四个神职人员。我再问你们，四个平民或者四个神职人员，愿意主动跳出来牺牲吗？

"各位，听懂了吗？我们这十三个人中最少也得死四个人，游戏才能结束！

"而且这只是理想情况。谁想死啊！你想死吗？你想吗……我是不想死，我是绝对不会自杀的，到时候狼人阵营和好人阵营一定会相互残杀！最后不管哪个阵营赢，在场的人绝对要死一大半，甚至只剩三四个！"

吴大海从来没有一口气讲过这么多话，讲到最后，他双眼通红，神色绝望。

吴大海狠狠踢了一脚监狱的铁门，大骂了一声。

没人接话，吴大海这番话，像锋利的匕首，插进了每个人的心里。

死寂、不安和恐惧在这个诡异的监狱内无声蔓延。

就连之前心态最豁达的X也不再出声，他板着脸，若有所思。

高阳的心早已沉到谷底，他以前也跟同学们玩过狼人杀，很清楚这意味着什么：

十三人当中，除了当裁判的人可以幸免，其他人都有可能死于游戏中。

"电鼠说得没错。"朱雀声音冷厉地打破沉默，"我们很可能要面对的就是这种局面。"

"说不定……真的只是一场普通的游戏。"陈莹心存侥幸地强调道。

"这是符洞！不是桌游吧！"吴大海喊了起来，"别自欺欺人了！"

朱雀隔着监狱铁栏杆缓缓扫视了大家一眼，大部分人的表情都很悲观。

朱雀深吸一口气，朝着空气喊道："左爷，如果我们不玩游戏呢？"

"所有人。"左爷的声音苍老而沉缓，却不容挑战，"出局。"

生死游戏，出局，即死亡。

"好大的口气啊！你做得到吗！来啊，有种杀我啊，我倒要看看……"吴大海叫嚣了两句，忽然浑身一震，脸色煞白，双手捂住心脏，痛苦万分地跪在了地上。

他的心脏被一股无形的力量攥住，并处于被捏碎的临界点。

"电鼠？电鼠你没事吧？"

白兔双手抓着铁栏杆，朝空气大喊："左爷！别杀他！我们玩游戏！我们玩！"

左爷没有回应，吴大海已经倒在地上，蜷缩成一团。他眼睛大睁着，眼神绝望，脸和脖子上青筋凸起，已经无法呼吸了。

"电鼠！快收回之前的话！"高阳也喊起来。

"我……玩……"电鼠非常努力才从嘴缝中挤出几个音节，"……游戏。"

顷刻间，攥住吴大海心脏的神秘力量消失了。

吴大海立刻瘫软在地，大口呼吸，胸口猛烈起伏。再晚个七八秒，他可能真要窒息而死了。

"所有人出局。"左爷的声音再次响起，平缓而冷酷，"或者参与游戏，分出胜负。"

"给诸位五分钟时间。"

左爷不再说话。

整个监狱，陷入死寂。

"大家别再冲动，先各自冷静一下。"朱雀的声音有些无力，她现在肠子都悔青了，如果知道会是这种局面，当初绝不可能答应X。

然而现在再懊悔，也没有意义。

高阳也不再傻站在监房门口，他拖着沉重的丁零作响的脚铐，回到角落的单人床上。

不一会儿，镣铐的清脆声响渐渐停止，整所监狱归于无声的昏暗中。

高阳闭上双眼，努力想要冷静下来，可根本无法冷静。

他本以为，符洞像游戏，只要认真思考、拼尽全力，总能找到最优解，把伤亡降到最小，甚至所有人都平安过关也是可能的；可原来符洞不是什么游戏，它就像荒谬又无情的现实，没有任何道理可讲。

有时候它是轻松局，有时候它是必死局，有时候它又是恶心人的互相残杀局。

谁能走到最后，全凭运气。

呵，运气。

高阳掏出手机，没有任何信号，时间是凌晨一点。再一次，他忍住在手机备忘录上写遗言的冲动，将手机塞回口袋。

进入系统。

你最新累计 111 个幸运点。

全加幸运，现在除了幸运，没什么能指望的了。

体力：500。

耐力：500。

力量：800。

敏捷：1100。

精神：500。

魅力：500。

运气：565。

幸运点突破 500 点，进入准升级状态。

什么叫准升级状态？

你曾接触到神迹符文回路。

没错，当时好像有一股电流注入我的体内，我还以为是单纯的能量共振。

是不是说，这能量能让我升级？

能量太少，不能升级，请继续获得更多能量。

说得轻巧，符文回路又不在我手上，我要怎么继续获得能量？

一、符文回路。

二、潜能爆发。

等等，第一个我懂。第二个是什么意思？展开讲讲。

脆弱的种子，在温室也会死亡；坚强的种子，在沙漠也能发芽。

可以啊，还会比喻了。

你是说，神迹符文回路给我的那点能量，等于在我体内种下了种子，只要我足够坚强，还是有可能升级的？

不过，怎样才算坚强？小脚趾头撞到了床脚忍住没哭，算坚强吗？落入一个互相残杀的符洞还没崩溃，算坚强吗？

幽默不算坚强。

那你倒是给我翻译翻译，什么叫坚强？

绝境往往能激发巨大潜能。

这么说我就懂了，跟天赋升 5 级一样，越是极端状况下，越可能升级。

行，先这样，等我通过眼前这关再说。

退出系统。

五分钟很快过去，这五分钟内，高阳把最好和最坏的可能全想了一遍，心情异常沉重。

"时间到。"左爷的声音响起。

大家回到自己监房的铁门前，没人说话，每个人的情绪都十分消沉。

忽然间，高阳眼前的栏杆式铁门朝一旁打开，其他房间也一样，十三道门陆续打开。

"参与游戏的人出来，不参与的人留下。"

之前叫嚣得最厉害的吴大海第一个走出监房，他发现大家都看着他，一脸理直气壮："都看我干吗，玩还有一线生机，不玩必死，根本没得选好吗？"

"哈。"X吊儿郎当地走出了监房，"你倒是识时务者为俊杰啊。"

之后的半分钟内，大家也都拖着沉重的镣铐，陆续走出监房。

罐头离高阳很近，她既紧张又害怕地走向高阳："队长……"

她没说下去，默默低头，就那么站在高阳的身边，尽量挨近了一些。

"别怕，没事的。"高阳很无力地安慰了一句。

"游戏开始，诸位请坐。"左爷的声音再次响起。

X大步走到离自己最近的一张石椅上坐下，其他人没有马上就座，而是抬头四处查看。

高阳也没放过这个机会，立刻观察环境，寻找左爷的藏身处。如果能找到左爷并打败他，应该就能逃离这里，这才是最正确的选项。

根据高阳的观察，整座监狱是一个封闭的圆形结构，有点类似于古代斗兽场的下层结构，外加一个穹顶。

中间是圆形的大厅，四周则是环绕而建的十三个独立单人监房。四下看去，根本没有任何藏身地，左爷仿佛根本不存在于这个空间，至少，左爷的实体不在这个空间。

高阳很不甘心，但只能放弃。

这个左爷，既然能把他们带入到符洞，并且轻易决定大家的生死，必然非常强大，并且有备而来。

除高阳外，朱雀、白虎、白兔、青灵和绿茶等人，也没有乖乖就座。

有人试着冲破穹顶，有人试着寻找密室，有人试着打碎墙壁，都以失败告终，大家的天赋无法破坏这里的任何东西。

对于大家的垂死挣扎，左爷似乎早在预料之中，他没有阻止，也不发表任何意见。他的沉默，恰恰彰显着他掌控全局的权威和傲慢。

终于，高阳在离自己最近的一张石椅上坐下，罐头连忙在高阳旁边坐下，生怕他身边的位置被人抢走。

罐头知道自己这种跟屁虫行为很丢人，但她顾不上了。进入符洞之前，她还以为会是一群人跟兽打架的游戏，这样她还能在自保的前提下尽可能帮上一点忙。现在，当她接受这是一场被迫互相残杀的狼人杀时，她已经很有自知之明地觉得自己会是最先死的人。

那五分钟里，她非常害怕，还偷偷哭了一场。现在她只希望自己在死的时候，能离喜欢的人近一点，这样她会没有那么害怕。

此刻的高阳，并没有罐头那么多的心理活动，他强行按捺住心中的恐惧和绝望，安静坐好，双手放在石桌上，感受着坚硬冰冷的石头质感。

很快，其他人也放弃徒劳的挣扎，陆续坐到了椅子上。

因为是圆桌，没有开头和结尾。

从高阳的右手边开始，依次是：罐头、罗尼、绛狐、朱雀、白虎、陈萤、绿茶、小丑、青灵、吴大海、白兔、X。

"本次狼人杀为十二人局，四位神职人员，四位平民，四个狼人。"左爷的声音响起，"一位预言家，一位女巫，一位猎人，一位守卫，四位平民，三个普通狼人，一个白狼王。"

高阳玩过这种局，默默回忆起游戏规则。

"规则之后讲解，先发牌。"左爷说道。

一阵冷风吹过，桌上的蜡烛全部熄灭，诡异而浓郁的黑暗降临。

黑暗降临的几秒之内，石桌上出现了十三抹微弱的荧光，分别对应大家就座的位置。

高阳低头一看，是一张荧光卡牌。高阳拿起卡牌时，其他人也陆续拿起了卡牌。黑暗中，微弱的荧光照亮了大家的脸庞，每个人看上去都像黑暗中的幽灵。

"记住自己的身份牌。"左爷无处不在的声音像是黑暗中的潮水，蔓延而来。

高阳深吸一口气，认真看向自己的那张牌，上面画着一个穿布衣的普通人，并写有两个字——平民。

高阳大失所望，心想加到500多点的幸运，就分到一张没有任何信息的平民牌？这运气敢不敢再好一点？高阳稍一分神，手中的身份牌便化为一阵荧光粉尘，遁入黑暗中。

紧接着，石桌上的蜡烛同时点燃，监狱大厅恢复了相对昏暗但足够大家看清楚彼此的亮度。

高阳环视一圈，每个人的神色都产生了微妙的变化，一定要说的话，是眉眼间不自觉地出现了警惕和防备。

十三个人原本就不是铁板一块，隶属不同的组织，为了一个共同的任务才暂时聚到一起。现在大家又被迫卷入一个相互猜忌和残杀的游戏中，拿到身份牌的那一刻，每个人的立场都被迫改变，即便是之前信任的人，现在也可能是会杀死自己的敌人。只要你还想活下去，你就必须去怀疑和警惕每一个人，一次错误的选择就会送上性命。

这，才是真正的"他人即地狱"。

原来观察者左爷真正想要观察的，是极端的人性。

众人沉默了一会儿，左爷的声音再度响起："裁判，开始吧。"

陈萤缓缓站起来，目光有些闪躲："我拿到了裁判牌。"

"为什么不是我？"吴大海丝毫不掩饰自己的嫉妒，事实上其他不少人也向陈萤投去意味深长的目光。

要知道，裁判牌就是免死金牌，无论游戏怎么玩，裁判都可以置身事外，没有任何危险。

陈萤心情复杂，一方面为自己逃过一劫而庆幸，一方面又觉得愧疚，而且她必须全程目睹同伴们尔虞我诈、互相残杀，这又何尝不是一种折磨。

"我该怎么做？"陈萤对着空气询问道，"直接喊天黑闭眼吗？"

"讲解游戏规则。"左爷的声音从四面八方传来。

陈萤点点头，定了定神，尽量让自己成为一个真正的裁判，语气不带偏袒："我们当中肯定有人没玩过狼人杀，我说一下规则，这非常重要，请认真听。

"狼人杀分为两个阵营，四个狼人是反方，四位神职人员和四个平民是正方。

"我先说狼人。每个晚上，狼人们可以选择杀任意一个人，包括自杀。四个狼人中有一个白狼王，它不仅可以晚上杀人，还可以在白天，也就是大家发言的时候选择自爆，以自杀为代价，带走任意一名玩家。"陈萤讲完，等了一会儿，给新手玩家一些消化的时间。

"我接着说神牌。首先是预言家。每个晚上，预言家可以去验任意一个玩家的身份，并得知对方究竟是好人牌还是狼人牌，但不能知道具体的身份。

"其次是女巫。女巫手上有一瓶解药和一瓶毒药。解药，可以在晚上选择救死去的任何一个人；毒药，可以在晚上选择毒死任意一个人。

"然后是猎人。猎人在死之前可以开枪，带走他想带走的任意一个人。但是，猎人如果被女巫毒死，是不能开枪的。

"最后是守卫。每个晚上，守卫可以选择守护任何人，也包括自己。被守护者在被狼人选中时，不会死亡。注意，如果被守护者被女巫下毒，那被守护者还是会死亡。还需要注意，如果女巫的解药和守卫的守护同时用在一个玩家身上，那这个玩家会正正得负，直接死亡。"

陈萤停下，看向大家："有什么疑问吗？"

见没人提出疑问，她停顿片刻，接着说："最后是平民。平民什么都做不了，只能天黑闭眼，天亮睁眼，然后投票，投出他们认为是狼人的玩家，让对方出局。

"对了，还有遗言。第一晚，任何原因死亡的玩家都可以留下遗言。这之后的晚上，死亡的玩家不能留遗言，但可以公开身份牌。

"白天被淘汰出局的人，可以留下遗言，但不能公开身份牌。"

"等一下。"朱雀有疑虑，"我怎么记得，我玩过的版本，无论白天和晚上，死者都是不能公开身份牌的。"

"对，也能这样玩。"陈萤其实藏着私心，既然互相残杀不可避免，她权衡再三，还是希望好人阵营赢，这样的话，最理想的情况只要牺牲四个狼人同伴。

但如果四个狼人想赢，不可能做到精准屠边而狼人一个都不死，游戏结束时总死亡人数一定会很多。晚上死亡的人可以翻牌这一规则，能大大减轻好人阵营找狼人的难度，更容易获胜。

"左爷。"陈萤对着空气说道，"要选哪种玩法？"

"裁判决定。"左爷回答。

"好，规则维持不变。"陈萤心一横：拿到狼人牌的四名同伴，对不起了，你们要恨，就恨我吧。

陈萤继续说："第一天晚上结束后，大家可以上警，这个规则等游戏开始后我再解释，方便没玩过的朋友更好地理解。"

陈萤想了想，应该就这些了，她再次看向大家："大家有什么疑问吗？"

没人提出疑问。

十秒后，左爷的声音传来："诸位，请回监房，裁判留下。"

大家没有立刻行动，面面相觑，其实直到这一刻，大家还是心存侥幸：或许可以不用玩这个游戏，或许还有转机，比如谁忽然找到左爷的藏身处，大家合力把他杀了，夺走符文回路并离开这儿；或者某个同伴发现自己的天赋正好可以克制左爷的诡异能力，带着大家逃离。

可事实是，漫长的一分钟过去了，以上情况都没有发生。

大家不敢再拖下去了，左爷的容忍是有限度的，不配合，就出局。

终于，青灵率先站起来，大步走进自己的监房。

监狱的铁门自动关上，将青灵囚禁在内。

青灵坐回单人床上，将唐刀放在床边，闭目养神。

斗虎老师教导过她，任何情况下，哪怕身处绝望中，也应该尽量保持冷静和体力，这是唯一不会错的做法。

"拼了！"吴大海第二个站起来，看向大家，"各位，我们无冤无仇，走到这一步谁也不想！但我绝不能死在这儿，我不会手下留情的！"

吴大海走入了青灵旁边的单人监房。

几秒后，吴大海房间的铁门自动关上。

X第三个站起来，伸了个懒腰，还是一脸无所谓的笑："我知道，你们现在肯定很恨我，恨不得杀了我。"

"如果杀了你能出去，我早动手了。"朱雀冷冷说道。

"哈。"X转身走向自己的监房，挥了挥手，"各位，接受现实吧。"

一直沉默的白虎早已暗暗尝试过多次发动天赋，全失败了。他站起来，叹了口气："只能听天由命了。"

"不死在这儿，也大概会死于猩红潮汐。"白兔也站了起来，"这样想，大家是不是能接受一点了。"

朱雀的嘴角挤出一个很轻的脏字，她站起来，走向自己的监房。

其他人也不再犹豫，接受了残酷的现实，陆续起身回到监房。

铁门陆续关上，游戏正式开始。

高阳刚在冷硬的床上坐下，陈萤公正却略显沉重的声音传来了："天黑……请闭眼。"

话音刚落，周围就忽然弥漫起了一阵灰雾，这灰雾非常浓厚，并且自带模糊的质感。它们无规则地变换和流动着，仿佛灰雾中有无数条大鱼在缓缓游动，这起到了很好的迷惑效果。

"守卫，请现身。"

"咔嚓"一声，单人监房的铁门再次被打开。

高阳想通过声音来分辨铁门打开的方向，借此判断守卫的大致方位。

但没用，铁门打开的声音犹如左爷的声音，来自四面八方。

"守卫，请选择你想守护的人。"陈萤说。

大约三十秒过去。

"好，我明白了，守卫请归位。"

三十秒过去。

"狼人，请现身。"

连续的开门声同时响起，依然来自四面八方，没留下任何线索。

陈萤的声音才再次传来，透着一丝过于刻意的镇定："狼人们，请相互确认自己的同伴。"

高阳心中闪过一个念头——这说明狼人阵营中可能有陈萤最不想看到的人，那自然是她的同伴绿茶或小丑，所以她才会出现较大的情绪波动，不得不强装镇定。

高阳一边猜测，一边走到监房门口，想要努力看清楚迷雾中的四个狼人。他确实辨认出了四个模糊的身影，就在圆桌附近。

可是这四个身影一直在变换，像火苗一样，时胖时瘦，时高时矮，完全没有任何稳定的特征。

这四个人似乎在交流，但高阳只能听见"嗡嗡嗡"的声音。

很显然，在这神秘的灰雾中，所有人的身份都被"加密"过了，想要试图靠"场外信息（与游戏没有关系的一切外在因素）"找出狼人，是不可能的。这也在高阳意料之中，他不再尝试，回到床边。

大约过去一分钟，四个狼人交流完毕。

"狼人……"略长的停顿后，陈萤有些艰难地宣布道，"请杀人。"

陈萤的话一结束，灰雾中那模糊的四个狼人身影立刻消失了。不用想，一定又是被符洞的神秘力量给"加密"了。

高阳的心悬了起来：狼人一定是仔细商量过，决定了第一晚要杀谁。

高阳尝试换位思考：如果我是狼人，我会杀谁？

在完全不清楚其他人身份的情况下，必然是随机杀一个，但这个随机也有倾向性：首先，狼人应该不想杀跟自己关系很好的人，但是，四个狼人很可能来自不同组织，如果这样，就不存在这种考虑，谁都想偏袒自己人，那谁也别想偏袒自己人。

狼人在这方面应该达成了共识，既然如此，狼人为了自己能活下去，就必须尽量减少威胁，而狼人杀这种游戏，威胁最大的就是脑袋转得快的人。

高阳不敢说自己在十三人中智商最高，但脑子还算灵活，这一基本印象，大概被其他人所知，不出意外，自己被杀的优先级属于第一梯队；除此之外，朱雀、白兔、绿茶都属于被狼人优先考虑的人选，因为他们都比较聪明或狡猾。

高阳思绪中断，猛地一惊——他监房门外的灰雾中，不知何时多出了四人火苗状的黑影。

这四个黑影不断地摇曳着，变换着形态，但没有任何质感，就像是二维的矢量图。

高阳心惊肉跳，暗道：不好！狼人们决定杀我！

果然，中间的一个人影朝着监狱内伸出手，这只手依然是影子状态，它慢慢幻化成一道黑烟，飘向高阳。

"火焰！"高阳本能地发动"火焰"，想要摧毁那道黑烟。

没有用，火焰直接穿过了黑烟，高阳根本阻止不了它的继续靠近。

高阳接着发动"瞬移"，仍是徒劳，他无法离开监房。

高阳脸色苍白，不断后退，很快后背就抵住墙壁，退无可退。

那一道黑烟不疾不徐地盘旋着来到高阳的眼前，似乎在审视高阳，几秒后，它幻化成一只有五个脚趾的锋利的狼爪。

高阳屏住呼吸，心跳加速。

我要被杀了！我会死！不，不要悲观，就算被杀也还有希望，女巫是可以救人的！

高阳心脏猛跳，靠着自我安慰极力克服内心的恐惧。

两秒后，狼爪锁定目标，"嗖"的一声袭向高阳的胸口。

高阳本能地伸出双手去阻挡，狼爪形态的黑烟消散开来，一股脑钻进了高阳的胸口。

"啊！"高阳忍不住叫出了声，他慌张地扒开了自己的衬衫，果然，胸口的心脏处，留下了五道狭长的深黑色印记。

不！我绝不能死在这儿！

高阳大口呼吸，努力调动全身的能量，想要抵御可能出现的伤害，但没用，一股神秘的力量钻入他的胸膛。

高阳浑身一颤，不敢再动弹。

那股力量像一只无形的冰冷的手，抓住他的心脏，但只是抓住，没有发力，仿佛在静静等待着下一道命令。

门口的四个火苗人影全部消失。

几秒后，陈萤的声音出现："狼人请归位。"

大约二十秒的安静。

铁门重重关上，四个狼人已经回到自己的监房。

监房中的高阳早已浑身冷汗，他还是贴着墙壁，不敢动弹，时刻关注着自己的心脏上的那股力量，因为它掌握着自己的生死。

"女巫请现身。"陈萤继续主持,"被杀的是此人,是否救他?"

女巫来了!高阳在内心祈祷:救我!一定要救我啊!

煎熬的十几秒过去,高阳监房外的灰雾中出现了一个火苗人影。

高阳几乎喜极而泣:太好了!女巫来救我了,我逃过一劫!

确认自己脱离危险,高阳迅速冷静下来,稍一分析,便觉得这是情理之中。

换位思考,如果我是女巫,我也会选择救人,虽然在狼人杀的高端局中,有些狼人会选择自杀来骗女巫的解药,但这场狼人杀可是生死局啊,哪个狼人愿意以自杀骗取女巫的解药?这也太疯狂了!

能干出这种事的狼人,也只有鬼马了。

所以今晚狼人杀的人一定是好人,女巫必然要救。

在场的人当中,拿到女巫牌的人,即便是新手,也能想到这一层,所以女巫牌可能是谁,暂时无法判断。高阳默默分析着。

监房门外不断变化的平面黑影朝着监狱内伸出手,这只手幻化出一团小药瓶形态的黑雾,漂浮在高阳的身边。

几秒后,小药瓶"嗖"地一下撞进高阳的胸口,攥住高阳心脏的神秘力量顿时消失。

高阳一喜,立刻扒开衬衫领口,果然,胸口的五条狼爪印消失了。

谢天谢地!我暂时不用死了!

高阳再抬头时,监房门外的黑影不见了。

"好的,我明白了。"陈萤的声音回荡在灰雾中,明显透着松了一口气的淡淡疲倦感。

当然,高阳是亲历者,才能听出陈萤语气的微妙变化,其他人未必会想那么多。

"女巫,你还有一瓶毒药,是否使用?对谁使用?"陈萤继续主持。

一分钟后,陈萤自说自话:"好,我明白了,女巫请归位。"

很快,高阳听到了铁门关上的声响。

"预言家,请现身。"陈萤的话回荡在灰雾中。

预言家的监房铁门打开了。

"预言家,请验人。"陈萤已经能控制语气,越来越像一个裁判了。

十秒后。

"确定要验此人的身份吗?"陈萤询问。

预言家应该做出了回答,但高阳听不见。

十秒后,高阳的监房门口出现了一个不断变换着形态的火苗人影。

高阳吃了一惊!不是吧,预言家也验我?难道是觉得我威胁太大,必须先确认我的身份?

"TA 的身份,"陈萤顿了一下,"已经出现。"

十秒过去,高阳监房前的火苗人影消失了。

很快,预言家也回了监房。

一时间，高阳百感交集，系统，对不起，我错怪你了。

原来我是真幸运啊。第一个晚上，我就被狼人杀，被女巫救，被预言家验，一下拥有了一个银水（夜晚中被女巫使用解药救下的人）、一个金水（预言家查验的好人玩家）。

我虽然是平民，但立刻成为全场最瞩目的好人牌。狼人阵营短时间内不会再杀我，而是会考虑拉拢我；好人阵营自然也要拉拢我，我还可以存活很久。

"猎人请现身，让我知道你的身份。"陈萤继续走流程。

三十秒过去。

"好，猎人请归位。"

三十秒后。

"各位，天亮了。"陈萤宣布。

监狱大厅的浓郁灰雾迅速退散，陈萤还坐在圆桌旁的石椅上，微微垂头，脸色有些消沉，但总体情绪稳定。

十二个单人监房的铁门自动打开，一整夜的煎熬后，大家迫不及待地走出来。

"诸位，请坐。"左爷的声音再度响起。

大家找到自己的座位，各自坐下。

"队长……"高阳右边的罐头看向高阳，轻声说，"你没事吧……"

"禁止私下讨论。"左爷的声音立刻传来，"初犯不追究，再犯，游戏结束，全员出局。"

一时间，好几双责备的眼神瞪向了罐头。

罐头知道差点酿成大错，脸色一阵白一阵红，愧疚地低下头。

高阳心情复杂，心想罐头虽然闯祸了，却也误打误撞地贡献出一些信息。罐头这一表现大概不是狼，如果她是狼，以她的心理素质应该做不出这种反应。

"裁判，请继续。"左爷说道。

陈萤定了定神，深吸一口气，重新进入状态，站起来，大声宣布："各位，昨晚是平安夜，无人死亡。"

现场出现轻微的骚动，从大家调整坐姿的微动作来看，大家都松了一口气。

高阳忽然意识到，四个拿到狼人牌的同伴，真的很艰难。为了活下去，他们不仅要对同伴痛下杀手，还要不停地演戏，欺骗其余八个人。如果自己拿到的是狼人牌，内心得承受多大的煎熬啊。

"想上警的，请举手。"陈萤再次说话。

白虎、小丑、青灵应该没有玩过狼人杀，朝陈萤投去疑惑的目光，但有罐头的前车之鉴，没敢说话。

陈萤心领神会，立刻说明："我来解释一下什么叫上警。

"上警，就是大家一起竞选警长。警长可以理解成玩家中的意见领袖。警长可以决定大家的发言顺序，并且他投票时算 1.5 票，权力很大。

"警长如果是好人，会增加胜率；但警长如果是狼人，就非常危险。请大家谨慎选择站队，最好不要乱玩。"

高阳心想：性命攸关，谁敢乱玩啊。

"好了，想当警长的，请举手。"

高阳没有举手，他默默观察，有四人举手，分别是朱雀、吴大海、绿茶和 X。

陈萤微微点头："一共四人竞选警长，从右边开始竞选发言。朱雀，你先来。"

朱雀经常用手机玩狼人杀，发言比较专业："各位，想退水（退出警长竞选）的现在还来得及，我有身份，有信息，我想竞选警长，带领好人取得胜利。"

朱雀刚说完，绿茶就放下手，退出了竞选。

"好，下一位，电鼠发言。"陈萤说。

"各位，我是预言家，我昨晚验了青蛇，她是好人，是我发的金水……"

陈萤犹豫了一下，还是打断道："在场的老玩家，为照顾新玩家，还是请尽量别用专业术语。"

"行。"吴大海耸耸肩，"我是预言家，我昨晚验了青灵的身份，她拿的是一张好人牌。大家听我的，让我当警长，绝对错不了，我说完了。"

被提到的青灵面无表情，甚至都懒得看吴大海一眼，完全读不出任何线索。

吴大海在撒谎，高阳很清楚，昨晚预言家验的人是他。话说回来，按照游戏规则，无论是被杀、被验还是被救的玩家，自己是并不知情的。左爷刻意改变了这个规则，可能是希望游戏更加"精彩"。

先不管这些，回到吴大海这里，他虽然撒谎，但一定是悍跳狼吗？也未必，信息太少，再看看。

陈萤微微颔首，作为裁判，她尽量不表现出任何偏袒："好，下一位，请叉先生……"

"叫我 X。"X 笑着打断道。

陈萤微微皱眉：这个男人搞什么，不是他自己坚持要叫叉吗？

"我现在觉得 X 听上去更酷，生存率更高。"X 抬头，朝空气喊了一声，"左爷，这不算私下讨论游戏吧，我只是想换个名。"

左爷没有回答，看来不算犯规。

"X 先生，请发言。"陈萤改口了。

所有人的目光都安静地看过去，X 一脸吊儿郎当，跷着腿，手指有节奏地敲打在坚硬冰冷的石桌上，表情轻浮地看向吴大海。

"你是叫电鼠对吧，现在退水还来得及，别在这里瞎捣乱。我给你三秒，再不退水，你在我这里直接标记成铁狼（某位玩家必定是狼）。"

"退水！我退出警长竞选！"吴大海大喊一声，求生欲很强，"前面我都是瞎说的，纯属炸鱼（高水平玩家戏弄低水平玩家）。"

"哼！"X 颇为满意，笑着看向坐在自己右边的高阳，"各位，这也不是什么高端局，我直接摊牌玩，我就是预言家，我昨晚验了我身旁……"

X 想了半天，没想起高阳的名字。

"七影。"陈萤提醒。

"对，七影，他的是一张好人牌，我发的金水。"X停下敲击石桌，摸了下嘴唇，"至于为什么要验他，因为他就坐我旁边，我不放心；而且这人脑子比较好使，之前打排球还阴了我，我觉得他威胁很大，必须首先确认身份。"

这理由很合理。

不过，心存侥幸的高阳还是偷偷对X发动了"识谎者"，果然没用。看来任何天赋都别想破坏游戏规则。

算了，还是靠自己吧。

按照目前给出的信息，高阳有了初步猜测：X是预言家，验了他的身份，决定带队；朱雀是女巫，救了他，掌握不少信息，也想带队。

当然，两人也可能都是悍跳狼，但是这样的话，好人在哪儿？为什么没有一个站出来跟这两人打擂台？难道好人牌都是新手拿到了，他们不知道怎么玩？还是说，摸到好人牌的人怕死，不敢跳出来？

都有可能。

至于绿茶和吴大海，纯属炸鱼，身份暂不明确。

"两位发言结束。"陈萤微微抬高声音，"接下来大家投票，在朱雀和X这两位当中，选出一名警长，也可以弃权；如果所有人都弃权，将没有警长。"

"选朱雀当警长的人，请举手。"

高阳弃票了，他默默观察了一下投票情况，罗尼、绛狐、吴大海投给了朱雀。

"好，朱雀四票。"陈萤迅速记下，"选X当警长的人，请举手。"

高阳继续观看，发现只有绿茶一个人投给了X，而其他人都和他一样弃权了。

X"喊"了一声，对这个结果十分不满，但碍于游戏规则，他无法发言。

"公平起见，我将给两位警长竞选人最后一次发言和拉票的机会。这一次，从X这边开始。"

陈萤朝X挥手示意。

"我知道是低端局，但没想到这么低端！"X一脸"带不动你们这群菜鸡（玩游戏技术不行的玩家）"的无奈，"各位，这是游戏，请按照游戏规则来玩。不能因为我跟你们在座的各位刚认识，而朱雀是你们的领导，你们就无脑选她吧？"

"要是她拿的是狼人牌，还不把你们都给杀了？"

"我就是本场唯一真预言家，你们好人不跟我走，怎么赢？"

"行了，这票数我肯定是拉不回来了，我就说三点，你们想活命的，自己好好琢磨。

"第一，除了红茶……"

"是绿茶。"陈萤更正。

"不重要。"X无所谓地耸肩，"第一，除了绿茶，没任何人支持我。如果我是狼人，何至于此？我的狼人同伴肯定会帮我冲票（狼人不顾暴露自己的身份，集体给某一位玩家投票）啊。难道我的狼人同伴都决定牺牲自己成全好人？呵，你们觉得在座有人会这么伟大？

"这足以证明，我不是狼人。既然我不是狼人，我肯定也不是平民，我嫌命长才会跳出来帮预言家挡刀（平民声称自己是神职人员，欺骗狼人袭击他）。所以，我必然是真预言家，才站出来竞选警长。

"第二，朱雀大概是神职人员，也不排除是狼人，狼人也有不少信息。总之，她当警长不是不行，但风险肯定比我大。

"第三，不管今天谁要当警长，第二晚狼人肯定杀我这个预言家。我不知道女巫还有没有解药，有也别救我，守卫今晚守我一下就行，这样我今晚还能多验一个人的身份，增加胜率。

"裁判，我说完了。"X一通流利的发言，逻辑上不说无懈可击，但基本挑不出错，而且态度非常阳光，看不出撒谎的紧张和心虚。

在座的人都心生动摇，陷入纠结，一方面觉得X可能真的是预言家，但一方面在感情上又实在信不过这个人——如果不是X叫大家进符洞，大家也不至于落到现在这个境地。

"朱雀，请发言。"陈萤说。

朱雀看了一眼X，想从他脸上读出一些信息。

朱雀又看向大家，语气相对X要沉稳一些："各位，感谢大家的信任，X刚才说的话，我暂时挑不出错。

"但我不认为X一定是预言家，在场有不少新手，而这是一场生死游戏。

"换位思考，如果我拿到的是预言家牌，我也未必敢立刻站出来，毕竟预言家是狼人首先要杀的目标，怕死而不敢站出来是符合人性的。

"相反，狼人就没这种顾虑。所以，X可能是悍跳狼。我解释一下，悍跳狼就是伪装成神牌身份想要竞选警长的狼人。当然，我只是说X有这种可能，大家可以自行判断。今晚，每个人都要为自己的命负责。"

朱雀目光流转："总之，警长的身份如果给真预言家，我们好人胜率翻倍；但如果给假预言家，在座大部分人都会死。所以我认为，大家应该把警长的位置给我，这是最稳妥、最折中的方式，我们一起把狼人找出来。虽然这样说很残忍，但可以的话……"朱雀声音冷了一分，"我希望，这次符洞只牺牲四人。"

此话一出，在场所有人的脸色都难看了一分，空气跟着凝固。

"我说完了。"朱雀发言完毕。

朱雀的意思是，最好只牺牲四个狼人，结束游戏，把团队的折损降到最小。

但这几乎是不可能的，而且，不排除朱雀自己就是狼人，在装好人演戏。念头闪过，高阳的心惊了一下。

该死，我也变得冷血了，开始怀疑和猜忌在座的每一个人了，哪怕这些人在半小时前还是自己的同伴。

人性在生存面前不值一提，这就是左爷想观察的现象吗？

"现在开始最后一次投票，请谨慎决定。"陈萤看向大家。

这一次，罗尼、绛狐、吴大海继续投给朱雀，罐头也投给了朱雀，轮到给X投票的时候，竟然没有一个人支持他了，就连之前唯一支持X的绿茶也弃权了。

"我宣布，警长是朱雀。"

陈萤的桌前忽然多出一个警徽，陈萤拿起它，走到朱雀身边。

朱雀接过警徽，别在胸前。

"警长，决定玩家发言顺序。"陈萤说。

朱雀扫视大家一圈："从我右边开始发言。"

朱雀的右边坐着白虎。

白虎没玩过狼人杀，虽然很认真地听陈萤讲解了规则，但还是一知半解，只能跟着大家玩，加上他一副宽厚温和的中年男人形象，浑身都笼罩着新手光环（新人拥有超级运气）。

他叹了口气："我作为麒麟工会的安保部长，竟然不能保护大家的安全，实在惭愧，很对不起大家。"

"白虎，禁止无关发言。"陈萤难掩紧张地提醒道，她很担心这样违反规则，左爷会让大家直接出局。

"好，不说了。"白虎明白陈萤的意思，回到正题，"我刚听完小夏……朱雀和X的发言，觉得各有道理，我不知道该信谁，我就不添乱了，再听听大家怎么说吧。"

白虎的右边坐着陈萤，陈萤是裁判，跳过发言，而陈萤的右手边坐着绿茶。

绿茶玩过狼人杀，他有很强的倾吐欲，迫不及待地开口道："先申明一下，我玩过狼人杀，自认为不算高手，也不算菜鸟（新手或游戏水平较低的人）。

"先亮身份，我是平民。"

"我起初竞选警长，纯属炸鱼，这个玩过的都知道。"绿茶说着看了一眼吴大海，吴大海点点头，投来"我懂你"的目光。

"当朱雀长老说她有信息时，我就退水了。之后，电鼠继续炸鱼，一通胡乱发言，结果X直接跳预言家，电鼠也退水了。

"当时我觉得X是预言家的可能性较大，我投了X，希望X当警长。

"但在听完朱雀拉票时的发言后，我觉得朱雀说的更有道理。现在玩的不是游戏，是大家的命。我要是预言家，也未必敢站出来，这或许不符合游戏规则的最大赢面率，但符合人性。"

听完绿茶的发言，不少人下意识地点头。

"所以我又觉得，X也可能是假预言家，第二次投票，我就弃权了。"绿茶顿了顿，语气诚恳地说道，"这里，我还是想说一下。如果X真的不是预言家，而是悍跳狼，那么真预言家，我希望你不要怕死，勇敢站出来。

"只要你站出来，让大家相信你，下一个晚上，守卫肯定会守护你，你绝不会死。但如果你不站出来，X如果是悍跳狼做成了预言家，局面对我们好人非常不利，好人输了，预言家还是难逃一死。

"当然啊，如果一直没有第二个预言家跳出来，那X就是真预言家了。我后续看情况，再选择相不相信 X。我要说的就这些。"

绿茶的发言逻辑清晰，没什么问题。

"小丑，请发言。"陈萤提醒。

小丑似笑非笑，用犀利却漠然的眼神缓缓扫视了大家一圈，从嘴里吐出一个字："过。"

高阳心中一惊：这么简短的发言，他还真敢啊！他就不怕自己被当成划水狼，被大家投出去吗？出局一样是死啊！他难道不怕死？等等，这可能恰恰说明，他拿到的是好人牌，还是神牌，所以他才不慌？

小丑的右边坐着青灵。

青灵全程都在观察大家的表情和反应，想要找出一些线索，但似乎没有成功。

"我是好人，你们最好别杀我，过。"青灵的发言也很简短，但诉求鲜明。

高阳全程笼着阴霾的内心终于照进一丝曙光，青灵不是一个擅长撒谎的人，她如果拿到狼人牌，大概不会是这种反应。

"最好别杀我"，这个"最好"也颇值得玩味，言下之意就是你们要杀我，不是明智的选择。

青灵很可能拿到一张神牌，说话才会这么硬气。高阳一想到青灵跟自己应该是同一阵营的，不用跟她互相残杀，狠狠松了一口气。

青灵右边坐着吴大海。

吴大海有些烦躁："老子就是一个平民，什么信息都没有，真倒霉！在场的四个狼人，我警告你们，别杀我！你们要敢杀我，我做鬼也不放过你们！过！"

陈萤看向吴大海右边的白兔。

白兔静静思考了片刻，看了一眼高阳，又看了一眼 X，最后看了一眼朱雀。

很显然，白兔对这三人最感兴趣。

"我目前还看不出太多信息，但我倾向相信朱雀，单纯就是一种直觉。"白兔想了想，又说，"我之前没给朱雀投票，但之后，我会软站队（暂且相信某位玩家为真预言家，但可能更改）一下朱雀。听朱雀怎么说吧，过。"

白兔右边坐着 X。

"各位！" X 有点恨铁不成钢，用手指着自己的脑袋，"用你们的脑袋瓜子好好想一想，现在的情况还不够明显吗？我一个真预言家，到现在，一个支持我的人都没有，这合理吗？

"至于朱雀，我感觉她应该是好人，但是现在四个狼人混在其中，当倒钩狼（狼人支持真预言家），想要把我们好人阵营给对立起来，其心可诛啊！

"我还是那句话，今晚守卫守护一下我，不然我必被杀。我不死，我今晚直接验朱雀，帮你们确定警长的身份，这样，我们好人就可以放心一起联手，四个狼人很快就会露出尾巴，尽快结束游戏。

"我要死了，好人阵营雪崩，到时候唇亡齿寒，你们也活不了，懂？

"至于警长朱雀，今晚应该不会吃刀，就算吃了，女巫有药的话可以救一下。

我建议守卫守护我，女巫救朱雀。如果是新手玩家，千万记住，守卫和女巫不要同时救一个人，这样反而会杀死人，懂？"

女巫已经救过我了啊，没有解药了，高阳心中叹息一声，不过，狼人不知道我究竟是被守卫守护，还是被女巫的解药救下的，当然，好人阵营也不知道，女巫和我除外。

"脑子是个好东西，都给我好好使用一下。"X抄着双手，"我说完了。"

X的右边坐着高阳。

高阳见陈萤朝自己点头，发言道："刚才的警长投票我弃权，因为我无法判断。现在我说下我的想法，仅作参考。

"首先是X，他说他是预言家，验了我的身份是好人，给我发了金水。"高阳冷静地审视X两秒，"这个金水，我收下了，我知道自己是好人，但X这个预言家，我只信一半。

"狼人阵营也知道我肯定是好人，如果X是悍跳狼，给我发个金水先拉拢我，也完全合理。

"朱雀的手上，应该是一张神牌。既然她不是预言家，我觉得她是女巫和守卫的可能性比较大，昨晚她肯定是救了人或者守对了人，才会有信息。

"一会儿，我希望警长朱雀说一说，她救的人是谁，虽然这样有暴露她身份牌的危险。但如果她说的都是实话，我相信被救的那个玩家，也就是银水，肯定会支持她，狼人阵营就可以继续缩小，对我方有利。"

高阳是想验证朱雀的身份，如果朱雀说自己救的人是高阳，就可以确定朱雀的女巫身份；如果朱雀说救了其他人，就可以断定朱雀在撒谎。

"我说完了。"高阳结束发言。

高阳的右边是罐头，她很认真地听完大家的发言，越听脑袋越晕。

"我感觉，感觉大家说的都有道理，我就是一个平民，什么也不知道。不过，我感觉朱雀长老和七影队长肯定也是好人，其他人，我不知道。

"我，我说完了。"罐头重新低下头。

罐头右边坐着罗尼。

"我就是一个……平民，我没什么信……息，我目前最相信朱雀长……老。"罗尼说完，看了一眼他右边的绛狐。

"咳咳。"绛狐清清嗓子，嗓音轻柔尖细，"我也是平民，我不擅长推理，大家目前的发言都没什么破绽，但我出于直觉，相信朱雀长老是好人，所以我支持她。"

说完，绛狐看向朱雀。

朱雀迎上他的目光，两人相互审视，都想要从对方的脸上看出点什么。

轮到警长发言，朱雀低头思考了好一会儿，努力将大家说的话在脑中复盘和分析。

良久，她缓缓抬起头，眼底掠过一丝愧疚，语气郑重地宣布："先说结论，今天，我打算在罐头和绿茶中投出一个狼人。"

罐头和绿茶吃惊地看向朱雀，十分不解，两人一时间忘了规则，下意识地开口问为什么。可两人刚张嘴，一股无形的力量就卡住他们的喉咙，让他们无法说话。

其他人的表情也变得微妙，纷纷看向朱雀。

"我从头说一下我的逻辑。"朱雀尽量让自己的语气不含感情，"首先，一直支持我的人有三个——罗尼、绛狐、电鼠，白兔选择软站队我。这四人可能是好人，也不排除是倒钩狼，但既然愿意跟着好人阵营走，我暂时不聊他们。"

朱雀看向 X："你是全场最有争议的人，你声称自己是预言家，发言尚可，但大家始终不太愿意相信你。

"我知道，就场外因素来说，大家对你没好感，但是直觉这东西，我向来比较信。所以你在我这儿，信用不高。如果第二晚过去，你还能给出有用的信息证明你是预言家，我再考虑你。另外，我建议你今晚别验证我的身份，会浪费一次宝贵的机会。"

"然后是七影。"朱雀看向高阳，"X 给了你金水，不管 X 是真预言家还是假预言家，出于拉拢更多好人的角度，你应该会是个好人。

"但我要提醒你一点，你刚才的发言很危险。你想让我摊牌玩，想加快节奏，你杀心很重，可能你想尽快赢下游戏，减少伤亡；但如果不是你有金水，我会第一个怀疑你是狼人。"

高阳心中一惊，朱雀这些话他并不认同，但也提醒了他。

确实不能太锋芒毕露，现在不是低端局，也不是高端局，而是关乎生死的人性局，游戏思维在混沌的人性中并不适用，自己太着急，反而容易惹火上身。

"青灵、小丑、白虎三人的信息太少，我暂时只能打一个问号。"

"罐头、绿茶，"朱雀迎上绿茶和罐头的目光，"我很抱歉，今天要出局的人中，我个人倾向在你们当中选一个。"

绿茶和罐头还是一脸的震惊、不解和委屈。

至于这是他们的真实反应，还是在演戏，高阳也不太好分辨。

"为什么是你们？"朱雀停顿了两秒，"首先是因为你们两个中途变票。一开始，绿茶支持 X，第二次弃权。罐头你一开始弃权，第二次选择支持我。

"摇摆不定，是狼的可能性大一点，因为狼会根据阵型来调整自己的玩法。

"绿茶，虽然你给自己的摇摆不定做出解释，但作为一个平民，你太积极了，你甚至说出，如果 X 不是预言家，希望在场的真预言家能站出来。这种话，很像是在帮狼人同伴找预言家。你不是新手玩家，所以你很清楚，预言家对于好人阵营的重要程度，所以你在我这儿，嫌疑较重。

"再说罐头。"朱雀微微叹了口气，"罐头，你没给出任何有逻辑的推导，就单纯觉得我和七影是好人。

"你这样的发言很不负责，我只能理解为，你可能是狼人，不擅长撒谎，才用这种蒙混过关的玩法。所以，你在我这儿也有狼人的嫌疑。"

朱雀分析完，再次看向绿茶和罐头，重复了一遍："我很抱歉。"

罐头脸色发白，眼角泛红，嘴唇紧抿，她当然清楚这场生死攸关的游戏有多残

053

酷，可她万万没想到，朱雀长老会最先把矛头对准自己。

"各位，"朱雀环视所有人，"我刚说出了自己的全部想法，没有任何场外因素的偏袒。命是自己的，请大家自行判断。"

沉默片刻后，陈萤站起来，接过话："一会儿方便大家投票，我来编号。高阳是1号，从高阳右边起依次是：罐头为2号、罗尼为3号、绛狐为4号、朱雀为5号、白虎为6号、绿茶为7号、小丑为8号、青蛇为9号、电鼠为10号、白兔为11号、X为12号。

"各位，警长的发言只是参考，大家可以自由选择自己想投出局的人，投任何人都可以，包括自己。请大家同时举手，摆出代表数字的手势。"

陈萤深吸一口气："三，二，一，请投票。"

高阳弃权，跟高阳一样弃权的人还有X、朱雀、白虎。

高阳有点吃惊，朱雀提出怀疑的对象，自己却放弃了投票，应该是不想自己的选择干扰大家的判断，或者让狼人顺势跟风。

投给7号绿茶的人有吴大海、罗尼、白兔、罐头。

投给2号罐头的人有绛狐、小丑、青灵、绿茶。

其他玩家都没有被投票。

高阳默默记下票型。

"平票。"陈萤声音有些沉重，"下面，请两位被投票的人为自己做最后的辩护。警长决定发言顺序。"

"绿茶先说。"朱雀说。

绿茶看起来忍耐了很久，他情绪异常激动地站了起来："首先！我不想死！要死我也要死在战场上！死在这种地方算什么事啊！"

"绿茶，请你冷静点。"陈萤有些不忍。

"对不起、对不起……我冷静一下……"绿茶双手撑着桌面，浑身颤抖，他深吸了一口气，看向朱雀，"朱雀长老，不，朱雀警长，现在我的命在你手里，你一句话就可以判我死刑。

"我请求你，再仔细想想，当时X说自己是预言家时，没有一个人支持他，你觉得这合理吗？如果X真的是狼人，而我是他的狼人同伴，那其他狼人在哪儿？为什么大家不一起帮他冲票，让他当警长？就我一个人傻乎乎地支持他，然后又反悔，我这不是自掘坟墓吗？

"狼人在第一晚肯定是商量过的，肯定是决定了打法的，现在狼人明显就是要全部当倒钩狼，藏着打啊，因为大家都怕死！谁敢跳出来，谁可能就会吃毒，吃枪子！"

绿茶努力控制情绪，舔了一下嘴唇："在座的各位，第一天，大家根据现有的信息，相信朱雀是个好警长，这没问题，但是第二天，会有更多的信息出来，变数很大。

"我算是少数几个会玩狼人杀的人，你们把我投出去，有没有想过，万一，我是说万一啊，朱雀长老不是好人怎么办？好人阵营雪崩！哪怕为了防止这种可能性的发生，你们也不应该第一轮就投我出去！

"至于罐头，我不知道她是狼人还是平民，但从头到尾，她什么有价值的信息都没给出。我说句冷血的话，我跟她同样是死，她死对大家损失更小，风险更小。如果她是狼人，我们血赚；如果她是平民，我们也还能玩。"

绿茶说完，目光愧疚地看向罐头："罐头，对不起，我不想死，我也不希望更多人死，我只能选你。"

"我说完了。"绿茶忽然间泄了气，一屁股坐下，一脸听天由命的颓丧。

X一副看好戏的模样，嘴角忍不住上扬，仿佛在说：看吧，这就是你们不选预言家当警长的下场。

"罐头，到你了。"陈萤说。

罐头的脸已是煞白，她的声音微颤，既惊慌又无助："我，我没有绿茶那么会说。我平时不爱动脑，狼人杀玩得少，确实说不出个所以然，但是，我真的不是狼人，我，我也不想死啊……"

罐头下意识地看向高阳，眼神在求助："我就是信任朱雀警长和七影队长是好人。朱雀警长自己也说了，直觉也很重要啊。绿茶，我也不想死啊，我只能投你，对不起，真的真的对不起！"

"我，我说完了。"罐头深深低下了头。

气氛越发凝重，陈萤一时间都忘了主持。

"游戏继续。"左爷适时提醒了一句。

陈萤回过神来，深吸一口气，声音有些艰涩："各位，请再次投票。这一次，只能在绿茶和罐头两人当中选择，这将决定谁出局，请大家三思而后行。"

"三，二，一，请投票。"陈萤喊道。

同一时间，大家举起了手。

投给7号绿茶的人有吴大海、罗尼、白兔、罐头、高阳。

投给2号罐头的人有绛狐、小丑、青灵、绿茶。

高阳也是一惊，他万万没想到，朱雀、白虎和X还是没有投票，这三个人，都只想看别人的票型。看来，他们的身份绝对不简单，一定都很关键。

在之前票型不变的情况下，高阳这一票，成了决定绿茶生死的关键票。

绿茶看完票型后，难以置信地看向高阳，不明白为何要投他。

高阳看向绿茶，甚至在他眼底看到了一闪而过的恨意，高阳也很难受，很愧疚，但不后悔。

绿茶，对不起，我不清楚你是不是狼人，但我直觉认为罐头不是狼人。第二个理由：你是会玩狼人杀的玩家，如果你是狼人，威胁比罐头大很多；罐头即便真是狼人，她前期也是无脑跟我站队，而我自己是好人，罐头支持好人，利大于弊，没必要先出局。

当然，还有第三个理由：我不希望罐头死，她是5组的人，是我的人。

"7号绿茶,你……"陈萤努力让自己平静地宣布这个结果,但她做不到,眼眶湿了,她花了很大的力气才说出接下来的话,"被放逐了。"

"不!我不想死啊!"绿茶拍案而起,"各位!反抗吧!我们别玩这个游戏了,我们反……啊……"

绿茶忽然单手捂住心脏,跪在了地上。

"绿茶……"陈萤想要上去扶他,刚迈出一步就僵住,脸上煞白。

其他人也想要有所行动,都同时被一股无形又强大的力量给束缚住,除了呼吸,他们甚至无法眨眼!

高阳努力调动自身能量,但无济于事,像是被人点了穴。

"被放逐之人,请回到自己的监房,接受命运。"左爷的声音再次出现,冰冷、威严,不许质疑,不容反抗。

蜷缩在地上的绿茶忽然间缓过了气,他大口呼吸,浑身冷汗,颤颤巍巍地站了起来。心脏被紧紧攥住的那十几秒内,他已经明白反抗只是徒劳。

他的选择只有两个:像个男人一样体面地赴死,或者像个懦夫一样被强制杀死。

一个人一旦接受了必死的命运,忽然间就冷静了。

绿茶缓缓站起来,整理了一下自己囚服的领口和头发。他抬头,苦笑着看向大家:"各位,先走一步,能活着出去的人,替我报仇。"

没人说话,即便想说话的人,也根本无法说话。

绿茶最后看向陈萤:"萤姐,我弟弟还小,就拜托你照顾了。"

裁判陈萤也无法说话,通红的眼眶流下了一滴热泪。

绿茶骂了一个脏字,转身走向身后的单人监房。

他刚走跨进去,铁门就重重关上。

绿茶站在门后,一脸悲壮地注视着大家,两秒间,他脸色一怔,双手捂住胸口,双腿跪在了地上。

那一刻,所有人的心都停跳了一下。

不知是幸运还是残忍,接下来的死亡画面,大家没能看见。

一团灰雾涌现,将绿茶的整个监房笼罩住,接着,跪在灰雾中的身影开始变化无常,像火光一样摇曳着。

灰雾越来越浓,刹那间,绿茶的影子消失,就像微弱的烛火被冷风扑灭。

绿茶死了。

沉默,久久地沉默。

"游戏继续。"左爷的声音传来,所有人都在他平静的语调中,察觉到一丝愉悦。

陈萤无声地流着泪,她忽然发现自己可以行动了。

她伸手抹了下脸上的泪水,转身看向大家:"绿茶是白天出局,身份牌不能公开。现在,天黑了。"

所有人忽然间恢复了行动力,但依然无法开口说话。

大家面面相觑了几秒,各自转身,回到了自己的监房。

高阳回到房间，在单人床上坐下，攥紧了拳头，直到指关节发白。大家就这样杀死了绿茶，他也是其中的一分子，甚至投了关键的一票。

愧疚、痛苦、愤怒，以及别无选择的挫败和屈辱，各种复杂的感情涌上心头。

从踏入符洞的那一刻起，就没有人能回头了。

绿茶，对不起，要恨就恨我吧。

很快，灰雾中的陈萤继续主持，步骤与第一晚相同。

…………

这一晚，高阳的监房门外没有再出现任何人影。看来狼人阵营一时半会儿不会动他，这也在高阳的意料之中。

"天亮了。"陈萤的声音出现，监狱大厅的灰雾快速消散。

大家监房的铁门同时打开，众人受不了这压抑的气氛，都迫不及待地走出监房，坐到自己的石椅上。

高阳快速打量周身，胸口一沉，吴大海的位置——空了。

大家也发现了，纷纷看向吴大海的单人监房。

监房外笼罩着一层神秘的灰雾，而灰雾中已经找不到吴大海的身影，他和绿茶一样，已经被无情地杀死和抹去了，就像从没存在过。

"昨晚，10号电鼠遇害，按规则，他没有留下遗言，但他的身份可以公布。"

陈萤的脸上除了悲痛，还有愤怒，那是对左爷的愤怒，也是对自己无能的愤怒，除了看着这一切发生，她什么也改变不了。

所有人都看向陈萤。

"他是平民。"陈萤宣布。

高阳的脑袋隐隐作痛，电鼠死了，那个又好色又怂的吴大海，那个在红疯的偷袭下也死里逃生的吴大海，那个警告自己如果跟青灵在一起一定要对她好的吴大海，就这么死了，一句遗言都没有，一声告别都没有。

高阳再次攥紧拳头，极力按捺住几乎要崩溃的情绪。

不是悲伤的时候，残忍的游戏才刚刚开始！冷静！冷静点！快点找出狼人，否则还会死更多人！

高阳迅速观察在座的每一个人。

白兔脸色惨白，肩膀颤抖，嘴唇紧抿，放在桌上的一只手握成拳，指甲嵌进了掌心的皮肤中。青灵脸上没有表情，但眼神充满了愤怒。X双手枕头，跷着双腿，一副事不关己的看戏模样。

其他人的脸色都很沉重，看不出可疑的地方。

"警长，决定发言顺序。"陈萤说。

"从右边发言。"朱雀低着头。

还是白虎先发言。白虎沉默了几秒，既茫然又感伤："说实话，第一次玩这游戏，我现在人还是蒙的，但是已经走了两个人，我不能再混下去了。"

白虎下定了决心，一拍桌子："豁出去了！各位，我摊牌了，我是守卫，我第一晚守的是自己，我不知道谁是朋友谁是敌人，只能守自己。第二晚，我守了X，因为我觉得X可能是预言家，确实应该保护。狼人应该猜到我会守X，所以杀了其他人。

"我说的都是实话，不知道的事我不做推理。"白虎看向大家，"我说完了，就这些。"

不知为何，高阳直觉感到白虎长老没有撒谎。

白虎右边的绿茶已经在第一天被放逐，接下来轮到小丑发言。

小丑还是简单的一个字："过。"

大家纷纷皱起眉头。

高阳也相当费解：第一天划水就算了，现在第二天了，都死两个人了，还在划水？

这个小丑，究竟在想什么？他就一点都不怕死吗？

小丑之后，轮到青灵发言。

青灵目光冰冷地看向罐头："这局如果没有其他嫌疑人，我继续投罐头，理由朱雀已经说了。过。"

青灵右边的吴大海已经出局，接下来是白兔发言。

电鼠的离去，给了白兔不小的打击。

她深吸一口气，努力让自己冷静了些："上一轮，电鼠跟我一直投绿茶，没变过票。昨天晚上，电鼠就被杀了，绿茶是狼人的可能性很大。如果绿茶是狼人，那么上一轮，投罐头的人当中很可能隐藏着狼人，因为想救狼人同伴。以防大家忘记，我重复一下。

"上一轮，投给罐头的人有绛狐、小丑、青灵和已经出局的绿茶。不过，我认为青灵不太像狼人，并不是因为她是我的同伴才这样说，因为青灵的语气很自信，我感觉她大概率拿到了神牌。

"我目前能分析的就这些，我说完了。"白兔结束发言。

高阳一怔，白兔的确找到了很好的切入点，且跟自己的想法差不多。

以青灵的性格，让罐头这种"没用"的玩家最先出局，符合她的价值观，并非出于想救什么狼人同伴的目的，所以，小丑和绛狐的嫌疑会大一点。

高阳稍一走神，X已经滔滔不绝地说起来："各位，我昨晚验了朱雀，她拿的确实是一张好人牌，大家可以安心跟着警长走。虽然朱雀不让我验她，认为我是在浪费验人机会，但警长绝不能出错，我必须验。然后，感谢白虎昨晚守了我。就应该这样玩，现在我们好人阵营的赢面很大，争取三局之内结束游戏，不然得死不少人。

"现在，我盘一盘好人阵营：除我自己，七影是我的第一个金水，朱雀是我的第二个金水，白虎大概率真是一张守卫牌。

"我的建议是，今天我们让一直划水（不怎么发言或者发言没有信息）的小丑出局。晚上，我验罐头，或者一会儿警长希望我验谁，我就验谁。

"我说完了，过。"

陈萤微微点头，看向高阳："七影，请发言。"

高阳没急着发言，而是冷静思考。

如果白虎没有撒谎，第一晚他守护了他自己，那么第一晚用解药救我的女巫，大概率是朱雀。之前竞选警长时，朱雀说过自己有身份，还有信息。

既然朱雀不是预言家，也不是守卫，猎人根本得不到任何信息，那朱雀只能是女巫；她救了我，才有信息，但她不想暴露自己。

现在，狼人阵营应该也猜到朱雀是女巫，且用掉了解药。

很简单的逻辑：第一晚狼人杀的是我，但白虎守的是自己，必然是女巫用解药救了我，我才没死。

高阳想了想，决定说点车轱辘话："我是平民，信息太少，我继续跟朱雀警长走；我也认同X的说法，如果今天还没有其他预言家站出来，X就是预言家了，好人阵营赢的可能性很大，我说完了。"

轮到罐头发言，她抬起头："我也还是跟着朱雀警长和七影队长走。虽然朱雀长老怀疑我，但我还是觉得，他们两个都是好人。"罐头看向青灵，"青蛇，你一直想让我出局，理由是朱雀长老说的那些话，我无法反驳。但我真的是平民，我希望X今晚能验一下我，这样就能证明我的清白。"

罐头不再退缩，眼神也认真起来："可能你们觉得我没用，给不出什么推理，但我也有活下来的权力。作为好人，我能活着，就是对好人阵营最大的帮助。我不会轻易放弃，让狼人得逞。

"我说完了。"

青灵面无表情，并未被罐头这番话说动。

轮到罗尼发言，罗尼没有立刻说话，他沉默几秒，才缓缓抬头看向高阳，用非常笃定的语气说："各位，七影队长绝对是好人，值得信任。"

等等，罗尼居然不结巴了！

高阳一惊：他拿的绝对是有信息的身份牌。

"至于X，他说的一个字都不要信！他是狼人，我才是预言家，我验了他……"

"自爆（狼人选择翻牌死亡）！"X大喊一声，打断罗尼的发言。

一瞬间，无形的力量再次降临，束缚住所有人，大家还能做出表情，还可以观察四周，可以呼吸和眨眼睛，但无法再行动和发言。

高阳感觉自己的脑袋快炸掉了！什么情况？X真的是悍跳狼，还是白狼王（发言阶段自爆可以带走任意一名玩家）！

自爆就等于自杀啊！X不怕死吗？

不过，没人跟X抢预言家时，X都很难获得大家的信任。现在罗尼这个真预言家跳出来，大家必然会相信罗尼，X今天肯定难逃一死，绝对会被大家放逐！

罗尼跳出来的瞬间，X就明白自己是必死局，所以死之前，他还要拉一个人下水！

这个可怕的疯子!

"游戏继续。"左爷说话了,声音越来越愉悦。

看来,他已经看到了自己想看到的好戏。

早知如此,当初大家就应该一起上,把这个左爷给杀了!

陈萤也没料到这一幕,她花了不少时间才镇定下来,声音微微战栗:"白狼王,你……想带走谁?"

即将赴死的 X 没有丝毫畏惧,他眼神冷漠,嘴角戏谑:"我要带走的人是——罗尼。"

不!高阳很想大喊,却说不出话。

高阳睁大眼睛看向罗尼,罗尼也看向高阳,他双眼通红,想说些什么,但他动不了,只是眨了一下眼睛。

X 话音刚落,石桌中央上空出现一团灰色雾气,它幻化成一只狼爪,"嗖"一声冲向罗尼的胸口,消失不见。

"狼人队友们,我尽力了,剩下的你们自己玩吧,可别轻易认输啊。"X 笑着起身,大大方方地走进了单人监房。

走进监房后,他转过身:"可惜啊,这么有趣的游戏,看不到结局了。哈哈哈,哈哈哈哈哈哈……"

X 捂着脸,像个疯子一样大笑起来。

灰雾降临,吞没了他所在的监房,接着,一股邪恶的能量波动,灰雾之中 X 的影子陡然倒下,然后一瞬间消失。

同一时间,罗尼发现自己可以行动了,但他还是无法说话。罗尼明白规则是无法违抗的,其实从他跳预言家时,他就做好了死亡的觉悟。

他站起来,深深地不舍地看了一眼高阳和罐头,嘴角微微一笑:好不甘心啊,终焉之门后面有什么,我再也无法知道了。

该死!高阳拼命抗争束缚自己的力量,却只是徒劳。

高阳被死死钉在原地,只能眼睁睁地看着罗尼走向单人监房,看着罗尼捂着胸口倒下,看着灰雾将他吞没,并在一瞬间抹灭尸体。

陈萤忽然发现自己可以说话和行动了,她双手撑在石桌上,大口呼吸,胸口剧烈起伏。

她的情绪还是崩溃了,恶狠狠地看向空气,大喊一声:"这个裁判我不做了,你直接杀了我……"

陈萤的话还没说完,就用力地捂住胸口,她的心脏被神秘力量紧紧攥住。

"没有裁判,游戏结束,所有人出局。"左爷冷漠地警告了一声,"再给你最后一次机会,想清楚,再回答。"

陈萤倒在地上,脸贴着地面,头发散乱,握紧了拳头。即便看不见脸,所有人都能感受到她的愤怒、屈辱和悲伤。

不知过去多久,陈萤的拳头慢慢松开——左爷饶了她一命。

她缓缓爬起来，抹了一把脸上的泪，将头发捋到耳后，眼神再次变得坚硬和锋利，像是破碎的玻璃碴。

"各位。"陈萤深吸一口气，冷冷宣布，"天黑，请闭眼。"

一瞬间，所有人的行动都恢复了，但依然被禁言着。

罐头泪眼模糊地看向高阳，想从高阳的眼中寻求安慰，但是高阳没有看她。他阴沉着脸，转身走进了自己的监房。

其他人也一样，沉默地回到监房。

别人怎么想高阳不知道，但他很清楚——已经无法回头了。

悲伤和愤怒没有意义，尊严和骨气更没有意义！所有人都只是棋子，唯一能做的，就是不惜一切代价赢，然后离开这儿，为死于这场荒唐游戏的同伴报仇！

高阳坐在冰冷的单人床上，静静等待着第三晚。

…………

今晚，没有狼来找高阳。

陈萤十分严谨，尽管所有人都知道罗尼这个真预言家死了，但死在白天无法确认身份牌，并不能彻底排除罗尼不是预言家的可能性。因此，她在夜晚主持时，还是按照程序走了一遍。

"天亮了。"

陈萤说完，高阳的监房门自动打开。

一分钟后，剩余的玩家陆续回到座位。

高阳迅速扫一眼，又一个座位空了，是小丑的位置。

高阳讽刺地发现，自己心中竟然没有一丝悲伤，甚至松了口气，因为死去的人跟自己并不熟。

面对这种极端的游戏，人性果然会变得扭曲。

左爷，这就是你想看到的对不对？你现在满意了对不对？别让我离开这儿，我饶不了你。

"各位，昨晚8号小丑死了，他的身份是平民。"陈萤面无表情地宣布道，她的同伴都死了。

至此，她已经彻底封闭内心，化身无情冷酷的裁判。

高阳微微凝神，已经死去了两个平民，如果绿茶也是平民，那就是三个平民，自己就是仅剩的一个平民。

这也说明，罐头不是平民，她在撒谎。

但如果绿茶不是平民，而是狼人，那么罐头是平民的可能性要比狼人的可能性大很多。

现在可以确定的身份：罗尼是真预言家，X是白狼王，朱雀应该是女巫，白虎应该是守卫，电鼠和小丑是平民，绿茶应该是狼人。

现在的神职人员阵营：女巫朱雀（还有一瓶毒药）、守卫白虎、猎人未知（还有一发子弹）。

平民阵营：我，可能还有一个平民；如果有，应该是罐头。

狼人阵营：最多三个，最少还有两个。

情况很不乐观，可能还要死不少人。

"警长，请决定发言顺序。"陈萤说。

"还是从右边开始。"朱雀的脸色也变得平静，仿佛这真的只是一场游戏。

她跟陈萤一样，濒临崩溃，根本无法再理智思考，但她知道继续这样下去，结局只会更惨……

白虎同样如此，他只能进入状态，认真玩游戏："我认为狼人不会刀我，所以我没守自己，我打算守朱雀；但我转念一想，狼人也能猜到我会守护朱雀，不会刀她，所以，我守了罐头。

"我为什么要守罐头？因为我感觉罐头跟绿茶是对立的，我一直感觉绿茶是狼人，X 的自爆，让我更加坚定了绿茶是狼人，所以我认为罐头不是狼人，是好人。

"我的信息就这么多。"白虎说完想了想，又补充了一句，"我没撒谎，我真的是守卫，大家一定要相信我。"

轮到青灵发言，她面无表情："我还是坚持投罐头，我的态度始终没变，绿茶和罐头都很可疑，都不能留。"

青灵顿了一下，继续说："之前 X 说过一句话，他说要先投票除掉小丑，罐头等他晚上验一下身份。这个发言，明显是想推掉小丑，晚上再刀一个，让罐头继续活，因为罐头是 X 的狼人同伴，是倒钩狼，要保下来，方便之后白天冲票杀好人。

"只是 X 没想到，罗尼第一局没跳预言家，第二局却抱着必死的决心跳预言家，X 只能自爆带走他。"

青灵很少一口气说这么多话，看来是经过深思熟虑的。

老实说，青灵的分析很有道理，一直认为罐头是平民的高阳，竟然产生了一丝动摇。

高阳忍不住看向一旁的罐头：难道罐头真的是狼人？狼人阵营一开始就计划好了让新手光环强的罐头当倒钩狼？

罐头察觉到高阳的注视，抬头迎上他的目光，很快又低下了头。

接下来是白兔发言。白兔也已经封闭了自己的情感，像一个真正的玩家，表情冷漠而干练："各位，明牌打吧，局势非常明朗了，我只想尽快结束游戏。"

白兔快速审视了所有人一圈："我来帮大家完整复盘。"

空荡的监狱大厅，白兔的声音隐隐回荡着："首先，朱雀是女巫，她第一晚用解药救下七影。

"第一晚，狼人阵营杀的人正是七影。换我是狼人我也杀他，他脑子转得快，威胁大。白虎是守卫，守了自己，第一晚平安夜，无人死亡。"

"朱雀知道自己救了谁，手里有信息，所以竞选警长。

"X 拿到白狼王的牌，肯定会悍跳预言家。但他没想到，自己因为场外因素，不被大家信任，就连狼人同伴也出于一些原因，不敢投票给他。

"只有唯一会玩游戏的绿茶投给了 X 一票，这反而暴露了绿茶。绿茶第二次投票立刻改为弃权，可惜已经暴露了自己。

"电鼠和小丑都是平民，两人死在晚上，翻牌确认过，不必再聊。那么在场的人里面，罐头是狼人的可能性最大。"

白兔看向罐头："我为什么怀疑你？回到我的逻辑，X 之前悍跳预言家并竞选警长时，除了老玩家绿茶，没人投票给他。

"这说明 X 的狼人同伴里，有两人不敢给 X 冲票，不敢冲票是因为心虚，新手玩家最容易心虚。"

"我们在座还活着的人当中，称得上新手玩家的只有白虎和罐头，青蛇和绛狐我感觉只算半个新手玩家。白虎是守卫，这个身份他算是站稳了，按排除法，罐头嫌疑最大。所以，白天我们把嫌疑最大的罐头投出去，那么狼人应该就只剩下最后一个。

"剩下的狼人，我在青蛇和绛狐两人之间选。"

白兔依次看向青灵和绛狐："你们两人，应该一个是猎人，一个是狼人。虽然不能确定，不过我还是认为青蛇是猎人的可能性更大，因为她态度很强硬、很自信。

"最后说下我的身份，我跟七影一样是平民，我们是最后两个平民。白虎你今晚在我们两个人当中守一个，从狼人的角度出发，杀光平民获得胜利是最快的，神职人员还有三个，杀神职人员已经不现实了。我说完了，有不对的地方，欢迎大家指正。"

高阳暗暗惊叹，兔子跟自己的推理几乎一模一样。

不过在高阳看来，兔子也可能是深水狼（狼人玩家假装好人，隐藏得很深）。但是高阳不得不承认，从目前的逻辑上来说，罐头是狼人的嫌疑的确最高。

因为从一开始，罐头就太具备争议了。

按照玩狼人杀的经验，有争议的身份，多半是狼人或神职人员，罐头肯定不是神职人员，是狼人的嫌疑就更大了。

"1 号，发言吧。"陈萤已经不叫名字了，改叫数字。

高阳点点头，尽量不带感情地分析："白兔的复盘我基本认同，现在差不多是在明牌玩。除了罐头是狼人这一点我保留看法，她是有狼人的嫌疑，但我觉得她并不比白兔、绛狐和青蛇嫌疑大。

"另外，白虎长老，今晚请一定守护我。我知道我的请求很自私，但我是唯一一个被预言家和白狼王同时发金水的平民，我绝对是好人，不用怀疑。为防止狼人屠边，你必须保护好平民。

"如果绿茶不是狼人，虽然这种可能性很小，那我就是最后一个平民。不过我认为绿茶是狼人，所以我们应该还剩下两个平民。"

"罐头、白兔、绛狐、青蛇这四人当中，还有一个猎人，一个平民，两个狼人。但我不知道是谁。"

"我说完了。"高阳身体后靠，结束发言。

"2号，请发言。"陈萤说。

罐头也不再哭哭啼啼，在经历了大起大落后，她冷静了不少。

她扯了扯嘴角，言辞诚恳地努力为自己辩驳："该说的我都说了，我是平民，从头到尾我都没有撒谎。我脑子笨，不会推理，也不敢乱怀疑人，你们说我划水也好，我就是不想死。"

说到这儿，罐头沉默了很久。

就在陈萤以为她要结束发言时，罐头忽然抬起头，看向大家："但是如果这一局你们实在不知道投谁，那就投我吧。希望我不会白死，希望我的死能帮你们找出狼人。"

罐头抬头看向高阳："七影队长，一定要赢啊，替我和罗尼报仇！"

高阳的心狠狠痛了一下。

该死！冷静！不要感情泛滥，不要情绪崩溃，封闭内心！

"我说完了。"罐头结束了发言。

"4号，到你了。"陈萤说。

4号是绛狐，他的目光也变得锐利："我也摊牌了，我是猎人，谁投我，我就开枪带走谁。"

高阳微微一惊，其他人的脸上也出现程度不同的惊讶。

"没人投我的话，我投罐头。虽然我跟她是一个工会的人，但我认为她的确嫌疑很大，理由大家都分析过了。

"除了罐头，我第二个怀疑的人是青蛇，因为青蛇没说自己是平民，也没说自己是什么神职人员，我觉得她可能是狼人，想随机应变。

"白兔也有嫌疑。白兔发言没问题，但作为一个平民，她知道的信息太多了，推理太完美了，总让我觉得不对劲。"

"我说完了。"绛狐看向朱雀。

"警长发言。"陈萤也看向朱雀。

朱雀沉默片刻，目光抱歉地看向罐头："白兔跟我的分析基本一致。罐头，对不起，今天如果一定要除掉一个人，我也选你。你嫌疑最大，争议最大，能活到现在，已经很不可思议了。

"至于绛狐、青蛇和白兔，你们当中应该是一狼人、一猎人、一平民，我暂时无法断定，也不敢乱投，只能先不聊。

"不过，一定要选，我也有倾向，我觉得狼人应该在青蛇和绛狐之间。

"我判断的理由是，当初青灵和绛狐两人一直投给罐头，有保绿茶的嫌疑。在当时几乎没什么信息的前提下，能这么坚定地站队，稍微有些可疑。

"我说完了。"朱雀低头，不看任何人，也不敢看任何人。

作为警长，朱雀的双手已经染满了同伴的鲜血，但这个该死的游戏，还得继续。

"请大家投票，决定今天要出局的人。"陈萤开始倒数，"三，二，一。"

大家同时举手。

高阳默数了一下，投给2号罐头的有三人：朱雀、白兔、绛狐。

青灵一人，投给4号绛狐。

高阳、罐头、白虎弃权。

"2号。"陈萤看向罐头，冷冷地宣布，"你被放逐了。我们不能查看你的身份牌，但你可以留下遗言。"

一时间，所有人都被锁住行动，并被禁言。

罐头似乎猜到这个结局，她并没有特别难过和害怕。

她缓缓站起来，环视了大家一圈，最后目光轻柔地落回了高阳身上："队长，直到最后，你都没有投我，谢谢你。"

高阳咬着牙，努力想要挣脱无形的束缚，可他无论如何都做不到。

他明明封闭了内心，胸口还是感到一阵阵钝痛。他想大喊，想大叫，想对左爷发出最恶毒的咒骂，但他只能睁大双眼，像个无能的白痴一样，看着罐头转身走向属于自己的监房。

她的背影瘦瘦小小，那么落寞。

走到监房门口时，她忽然停下，依依不舍地回过头，最后看了一眼高阳，她红着双眼，露出一个忧伤又羞涩的笑。

"队长，能认识你，真好。"

罐头不再回头，走进了监房。

铁门关上，灰雾接踵而至，罐头单薄的身影在灰雾中摇曳了两秒，倒了下去，然后消失不见。

罐头死了。

那个团队中的拖油瓶、马屁精、开心果，那个大本事没有小机灵一堆，那个酷爱玩游戏，那个有回避型依恋人格，那个运动神经很差，那个因为身材干瘦而自卑，那个打排球仅仅发球成功就开心得不行，那个整天"队长队长"的烦人精、跟屁虫，那个因为自己一句鼓励就重拾信心笑逐颜开，那个从头到尾都关心着5组每一个人的女孩，死了。

"诸位，请回监房。"

这次不等陈萤说话，左爷先说话了。

瞬间，高阳找回了身体控制权，但他什么也没做，只是默默地回到监房。

他坐回床上，双手捂住脸，一动不动，没有发出任何声音，非常安静，指缝却一点点湿润。

这一晚，高阳不清楚白虎有没有守卫自己，但是狼人没有杀他。

不知过去多久，陈萤的声音出现。

"天亮了。"

铁门打开，高阳走出来，在圆桌前的高背石椅上坐下，属于罐头的那个座位，已经空空荡荡。

高阳抬头环顾，微微一惊，昨晚没有死人。

065

"昨晚平安夜，无人死亡。"陈萤宣布，"警长，请决定发言顺序。"

"右边。"朱雀双手合十，抵住下巴，眼神低垂，不再看任何人。

白虎伸手捋了一下垂落在额头上的发丝，叹了口气："七影，抱歉，昨晚我赌了一把，没守卫你。我觉得狼人肯定猜到我会守卫你，所以不可能杀你。"

高阳微微点头，白虎做得没错。

高阳昨天高调发言，让白虎守卫自己，其实就是说给狼人听的，这样狼人就不敢轻易杀他。

白虎眼中的斗志也被磨灭得所剩无几，他强打起精神说道："我想来想去，神职人员还有三个，狼人只有一个了，想屠神肯定来不及，所以我和朱雀应该也没危险。青蛇和绛狐这两人，我分不清他们谁是好人，谁是狼人。

"但我觉得白兔是平民的可能性最大，所以我赌了一把，守卫白兔。现在看来，我守卫对了，昨晚狼肯定想杀白兔，没成功，所以平安夜。

"我说完了。"白虎结束发言。

"9号，请发言。"陈萤说。

9号是青灵。

青灵冷冷地盯着绛狐："你在撒谎，我才是猎人，你别想冒充我。各位，今天让绛狐出局，好人必赢。"

青灵扫视大家，最后视线落向了高阳："一定要信我。"

青灵结束了发言。

高阳心急如焚，他直觉青灵没撒谎，也相信青灵。可是，青灵这样发言太吃亏了，情感不充沛，没有煽动性，很难说服其他人。

"11号，请发言。"陈萤说。

白兔也没有了之前的激昂，一切尘埃落定，她的声音听起来很疲倦："已经很明显了，我跟高阳是平民，朱雀女巫，白虎守卫，青蛇和绛狐当中有一个猎人和一个狼人。

"今天我们投对了狼人，好人赢；如果选错投了猎人，猎人也可以开枪带走对方，好人还是赢。但是，会多牺牲一个好人，我希望不要选错。

"我说完了。"

轮到高阳发言。高阳双手微颤，努力让自己冷静客观，不带任何偏袒："我基本认同白兔，现在就是二选一。青蛇和绛狐之中必有一狼人一猎人。我认为青蛇是猎人，因为她从第一次发言就说过'最好别杀我'这种话，我认为只有拿到猎人牌的人才会有这种口气。绛狐才像是随机应变的狼人，穿上青灵的猎人衣服，反咬她一口。

"这局我建议出绛狐，游戏应该会结束。

"我说完了。"

绛狐，对不起了。

纯理性来说，高阳认为青灵跟绛狐都有嫌疑，但高阳在直觉上愿意相信青灵，她的眼神骗不了高阳，这是他们之间才有的默契。

退一万步，就算青灵跟绛狐的嫌疑是五五开，高阳也会毫不犹豫地保青灵。如果绛狐是狼人，放逐他，游戏结束，青灵不会白死。如果绛狐是猎人，绛狐被放逐前也可以开枪带走青灵，好人还是赢，当然，绛狐就要白死了。

高阳知道这个想法很自私，但他没法不自私，谁都可以，青灵绝不能死！

"警长，请发言。"陈萤说。

轮到警长朱雀发言。

朱雀抬起头，眼中泛着泪光："绛狐、青蛇，在我眼中，你们两人都有嫌疑，我无法作出判断。"

五秒的停顿，朱雀继续说："但是出于私心，我希望绛狐活下来。"

绛狐看着朱雀，眼角微微泛红，但他不能说话。

"青蛇，"朱雀声音抱歉，"对不起，我会投你。如果你是狼人，游戏结束；如果你是猎人，带走绛狐吧。"

白虎无法说话，他叹了一口气，眼神愧疚地看向青灵——白虎也会投青灵！

不！不行！绝对不行！

高阳没法再说话，他知道朱雀和绛狐之间的感情，已经不指望她了。

他用力看向白兔：不要投青灵！绝对不能投青灵！青灵不是狼人！我相信她绝对不是！

"三，二，一，请投票。"陈萤没给高阳更多的时间，她发起了投票。

六人，同时投票。

9号青灵收到三票：朱雀、白虎、绛狐。

4号绛狐也收到三票：高阳、白兔、青灵。

高阳的手还举在半空，忘记了放下。

他浑身的血液在一瞬间凝固，脑袋一片空白。

青灵，出局了。

青灵，要死了。

游戏的胜负，已经跟高阳没关系，就连这个世界都跟他没关系了。

不，这不是真的，这肯定是梦！青灵不会死，那么强的人，那么努力的人，她才应该是热血漫的主角啊，她才应该是活到最后的赢家啊，怎么可以随随便便死在这儿！

这太荒谬了！肯定是哪里出错了！

陈萤平静得像一个机器人，淡淡宣布："朱雀是警长，有1.5票，青蛇3.5票，被放逐。"

朱雀、白虎纷纷看向陈萤，等待陈萤宣布结果。

两人都希望游戏可以结束。

这说明他们选对了人，青蛇就不算白死，尽管他们的双手依然沾满同伴的鲜血，但至少他们的负罪感会轻一点。

"游戏……"

面对两人灼热又迫切的目光,即便已经哀莫大于心死的陈萤也再次动容,她张张嘴,眼底掠过一丝不忍。

"继续。"

"青蛇是猎人。"

高阳的手终于缓缓垂落下来。

他是正确的,青灵是猎人,青灵本可以不用死!

高阳知道朱雀和白虎保绛狐的理由,跟自己想保青灵的理由是一样的,并没有对错,只是一种选择。可这一刻,高阳还是无法控制自己把对左爷的愤怒迁怒到他们两人身上。

"猎人,是否开枪。"陈萤看向青灵。

"开枪。"青灵站起来,声音冷静,"杀绛狐。"

绛狐双眼通红,他不再伪装,脸上流露出痛苦和愧疚,更多的却是一种解脱。

瞬间,一团灰雾出现在圆桌的上空,所有人都无法动弹,连眨眼这种微小的动作也做不到,因为——左爷要让每个人目睹绛狐被"处决"。

几秒后,那团灰雾化为一把猎枪。

开枪了,并没有任何声音,这只是大家脑海中的想象。

灰雾幻化而成的子弹击中绛狐的胸口,消散不见。

"两位,请回到自己的监房。"左爷的声音出现。

"朱雀长老,对不起啊,辜负了你的信任。"绛狐双眼通红,"我本来想爆出所有狼人同伴,但左爷阻止了我。他警告我,如果我这样做,大家都会死。"

朱雀不能动,不能说话,嘴唇发白,双眼通红。

"我……"绛狐还想说什么,再次被禁言。

绛狐愣了愣,脸上只剩下不舍,他朝朱雀长老深深鞠一躬:这些年来,感谢你的照顾。

绛狐转身走进监牢,门刚关上,他就倒下了。灰雾涌现,带走了他。

绛狐死后,青灵立刻被允许行动。

青灵看也不看判自己死刑的朱雀和白虎,她低头,麻利地摘下手腕上的一只双子镯,轻放在石桌上,往高阳的方向一推。

镯子来到高阳的桌旁。

青灵抬头,深深地看了高阳一眼,没有留下任何话,转身走了。

不!不要走!青灵不要走!

该死!动起来!动起来啊!你这个无能的废物!

三秒后,高阳的嘴角溢出鲜血,双眼布满血丝。

他在挣扎,豁出性命地抗拒束缚自己的力量,他要追上去,要留住那个远离自己的女孩,谁也不能带走她!

高阳大喊一声,捂住心脏,栽倒在地。

左爷察觉到高阳的剧烈反抗，直接对他降下惩罚。

那股莫名的力量出现了，狠狠抓住高阳的心脏，随时可以捏爆它。

"不……要走……"高阳的一只手努力朝着青灵的方向伸过去，他想爬过去，但他的身体犹如被泰山压顶，一寸都挪动不了。

"啊啊！"

几秒后，高阳在痛苦哀号中屈服，身体蜷缩成了一团，心脏传来的剧痛让他几乎昏厥过去。

"傻子，别犟了，活下去。"

青灵没有回头，在高阳模糊的视线中，只能看到一个冷清又决绝的背影，大步走进了监房。

监房的门关上。

青灵的身影刚要倒下去的瞬间，灰雾便降临，迅速抹除了青灵的身影，比之前的任何一次都要快。

左爷是故意的，这是对高阳不敬的惩罚。你越想挽留之人，只会从你身边消失得越快。

高阳倒在地上，攥住他心脏的无形之手，消失了。

左爷没有杀他。对左爷来说，这场好戏进入了高潮，他舍不得杀高阳。

不知过去多久，高阳重新站起来，眼神死灰一片，介于冷漠和木然之间。

他重新坐回座位上，一言不发。

"游戏继续。"左爷的声音非常满意。

朱雀、白虎、白兔、高阳都等待着裁判陈萤宣布游戏结束。

然而，大家都发现了，陈萤的脸色不太对，她的脸上再一次出现了泪水，她在无声地哭泣。

那一刻，她多希望自己是死在第一轮的人。

"游戏……"她声音微颤，"继续。"

这一刻，除了高阳，其余三人的心都跌入了万丈深渊。

居然还有狼！高阳、朱雀、白虎、白兔四人当中，竟然还有一只狼！

他人，即地狱。

"天黑，请闭眼。"这一次，左爷亲自主持。

最后一晚，高阳回到自己的监房，颓坐在床上，一动不动，像一个死人。

高阳不断地告诉自己：这只是一场梦，一场梦而已。

根本没有什么觉醒者，也没有什么兽。

我只是那个普通的高中生，高考结束，即将上大学，有温馨的家庭，有值得憧憬和奋斗的大好人生。我会毕业，找工作，结婚，生孩子，然后老去，退休，死于某个阳光温暖的冬日午后。

现在的都是噩梦，只要醒来，这荒诞的一切都不存在。可是，为什么在梦里，心会这么痛啊。

高阳低下头，发现自己的手里还攥着青灵留给他的双子镯。它冰冷坚硬，再不会有某个女孩的温度。

"喜欢男人还是女人？"

"谁在意你了。"

"我才不需要灵魂那种东西，只会影响我拔刀的速度。"

"担心你自己吧。"

"别死了。"

"天亮了。"陈萤的声音传来。

高阳猛地抬起头。

奇怪，天都亮了，为什么，梦还是不醒啊。

铁门打开，高阳如同行尸走肉般回到了座位上。

圆桌之上，只剩下白兔和朱雀，白虎的监房充斥着灰雾，里面已经没有了人影，白虎死了。

但高阳已经一点感觉都没有。

"昨晚6号白虎死亡，没有遗言。"陈萤再次麻木，结局会如何她已经不关心了。

"警长，决定发言顺序。"

朱雀用憎恨的眼神看向白兔，重重地咬字道："右边发言。"

"高阳！投朱雀！"被允许说话的白兔大喊一声！

白兔情绪激动地站起来："我才是女巫！第一晚我救了你，第三晚我毒死了小丑！我之所以不拆穿朱雀，是因为我一直以为朱雀是平民，在掩护我，所以我假扮平民，跟朱雀换身份，互相打掩护。你应该很清楚，这是高端局的常见玩法。可我真的没想到，绛狐死后游戏还没结束！"

白兔看向高阳："高阳，好好想想，如果朱雀是女巫，她应该还有一瓶毒药在手上，为什么昨晚她不杀我，因为她根本不是女巫，她是狼人！我才是女巫！

"她知道你是唯一的平民，白虎必守卫你，所以她昨晚杀了白虎！白天再拉你一起把我投出去，她就可以赢！

"高阳，我是白虎守卫过的人，我是被白虎认证过的好人！但这个朱雀，什么时候有过金水，只有X那个假预言家，说验过她的身份！罗尼验过她的身份吗？罗尼没验，第一晚罗尼验了你，第二晚他验了X，朱雀的身份从头到尾没人验过！

"我起初以为X想拉拢好人，才骗大家说验了朱雀是好人。现在我才知道，X给自己的狼人同伴朱雀发了假金水，就是为迷惑我们。我真的从头到尾一直以为朱雀是平民，在掩护我这个女巫，所以我从没拆穿过她！

"高阳，朱雀是狼人！千万别被她骗了！"

白兔胸口剧烈起伏，该说的她全说了，言辞激烈，声情并茂，逻辑完整。

"1号，请发言。"陈萤说。

高阳死气沉沉，脑袋低垂，从嘴缝中挤出一个沙哑的音节："过。"

"警长发言。"陈萤说。

"七影！"朱雀也激动地站起来，"我犯了大错，我手中是还有一瓶毒药，一直没用，直到昨晚我也没用，我应该毒死白兔的，这样游戏就结束了。我之所以不用，是因为我没想明白，这里有一个很大的矛盾点——白虎给白兔发了银水，白虎肯定是守卫，他没理由骗我们。

"难道说白兔会选择自刀（狼人玩家晚上出于战术目的，选择击杀自己的行为），赌白虎会守卫自己？这种可能性太小了！因为当时白虎可以选择守卫的人太多了，白兔如果是狼人，不可能自杀来赌这种概率！

"我这一犹豫竟然错过了时间，我根本不知道还有时间限制这个规则！我就应该毒死白兔的！

"现在白虎被杀了，你第一晚被我救了，又被真预言家验过，你肯定是好人。在我知道自己是女巫的情况下，白兔绝对是狼人！

"七影，认真想想，第一晚我救了你，我一直相信你，这一路走来，我可能做错了一些决策，但大部分是正确的。如果我真是狼人，在当上警长后，我完全可以赢得更轻松，不可能玩成这样！

"青蛇的事，我很抱歉，但绛狐犹如我亲弟弟，在只能盲选的情况下，无论重来多少次，我还是会保绛狐，就像我知道无论重来多少次，你也一定会保青蛇。你可以恨我，但你肯定能理解我。

"七影，白兔是狼人！这一次，你无论如何都要相信我！选了我，今晚你也会被白兔杀死！"

高阳还是低着头，唯一知道真相的裁判陈萤别过头，不忍再听下去。

沉默片刻后，她开口道："三位，投票吧。"

"三，二，一，请投票。"

高阳举起手，握着拳，没有比出任何数字。

白兔和朱雀，互相投给对方的号码。

两人看向高阳，等待他至关重要的一票。

在这最关键的时刻，高阳发现自己被赋予了说话的资格。

高阳冷冷地看向朱雀，声音沙哑："朱雀，我不恨你，但我永远不会原谅你。青灵，本可以不用死。"

朱雀无法说话，双眼湿红，神色愧疚。

"白兔，"高阳侧目，苦笑了一下，"我不恨你，我知道你也不想。永别了，我会替你们报仇。"

高阳举起另一只手，右手的食指和中指交叉，左手则伸出食指，比出一个数字：11。

"我投11号。"

白兔睁大双眼，难以置信地看着高阳，似乎在询问：为什么？

高阳淡淡解释："白兔，你差点就骗到我了，但我忽然想起一个裁判陈萤漏说的规则，狼人是可以空刀（狼人夜晚不选择杀人，造成平安夜的假象）的。

"左爷没有站出来补充，可能他觉得裁判也是游戏的一员，裁判也犯错，游戏会更精彩吧。

"白兔，倒数第二晚你没有自刀，而是空刀，白虎无论守卫谁，都不会死人。白虎还以为自己守卫对了人，给你发了银水，就是这个银水迷惑了朱雀。

"朱雀肯定忘了狼人可以空刀的规则，因为平时很少有人会空刀，导致她的逻辑出现矛盾，一犹豫，就错过了毒死你的机会。

"白兔，你先当深水狼，再转倒钩狼，逻辑也很完美，运气也很好，但并不是毫无破绽。"

白兔看着高阳，脸上恢复了平静。

"倒数第二天发言时，在绛狐和青灵之间，你虽然象征性地偏袒了一下青灵，却没有说一定会保青灵。

"你是在确认了朱雀和白虎一定会站队绛狐时，才跟我一起站队青灵，因为你知道，朱雀是警长，有 1.5 票，我们就算有两票也保不住青灵，但你保青灵的行为，又可以获得我的信任，帮你最后对付朱雀。"

忽然间，白兔也能行动和发言了。

白兔站起来，朝高阳淡淡一笑："七影，好样的啊。"

白兔又看向朱雀："你们麒麟工会能挖到七影，真是捡到宝了。"

朱雀还是不能说话，她看向白兔的眼中没有了憎恨，只剩下很复杂的伤感。

其实白兔又有什么错，她只是不幸拿到了狼人牌，想要拼尽全力活下去。白兔转身走向属于自己的监房。

即将进门时，白兔停下脚步，回头轻轻看了一眼高阳："高阳，念在同事一场的份上，帮我向队长带句话吧。"

高阳不能说话，静静看着她。

"队长加油啊，白兔，永远是你的迷妹。"白兔嘴角带笑，眼中却是深深的不舍，"就这些吧。"

白兔走进监房，没有回头。

铁门关上，灰雾渐起，白兔倒下，身影消失。

还剩下的三人，同时解除束缚。

陈萤解脱般地坐回了石椅上："游戏结束，好人……胜。"

轻轻的一个"胜"字，沉重得像一座山。

"游戏结束，下面，我来进行复盘。"左爷的声音传来。

陈萤、朱雀和高阳根本不想听这该死的复盘，这是要在他们的胸口再补上一万次刀，但他们除了屈辱地沉默，没有任何选择。

或许，左爷的乐趣就在于此。

"神职人员牌四张：预言家罗尼，女巫朱雀，猎人青蛇，守卫白虎。

"平民牌四张：七影、罐头、电鼠、小丑。

"狼人牌四张：白兔、绛狐、绿茶、白狼王 X。"

高阳几乎麻木的心又隐隐抽痛了一下，罐头那丫头真的是平民啊，她跟青灵一样，原本都可以不用死。

左爷的声音从四面八方传过来。

"第一晚，狼人杀平民七影，女巫朱雀使用解药救下，预言家罗尼验证七影身份，守卫白虎守卫自己。

"第一天，狼人绿茶被放逐。

"第二晚，狼人杀平民电鼠，预言家罗尼验X身份，守卫白虎守护白狼王X。

"第二天，预言家罗尼站出来，白狼王X自爆，带走预言家罗尼。

"第三晚，狼人杀平民小丑，守卫白虎守护平民罐头。

"第三天，平民罐头被放逐。

"第四晚，狼人空刀，守卫白虎守护狼人白兔。

"第四天，猎人青蛇被放逐，猎人开枪，带走狼人绛狐。

"第五晚，守卫白虎守护平民七影，狼人白兔刀白虎。

"第五天，白兔被放逐，剩下女巫朱雀、平民七影，游戏结束，好人胜。

"呵呵，我真是看了一场好戏啊。"左爷笑了，"你们可以离开。咳咳、咳咳咳……"

左爷剧烈咳嗽起来，高阳微微一惊。

整晚下来，符洞中的左爷是绝对权威的化身，犹如上帝一般将所有人玩弄在股掌中，可现在他竟然表现出如此虚弱的一面。

高阳暗暗握拳：再好不过，等我离开符洞，就是你的死期……

忽然间，身后传来监房铁门打开的声音。

高阳、朱雀、陈萤猛地一惊，同时站了起来，看向身后。

更多监房铁门陆续打开了，与此同时，笼罩住监狱的灰雾迅速消散，而监房中的同伴们，或站在铁门边，或靠在墙壁上，或盘腿坐在床铺上。

所有人，全部安然无恙！

高阳张大了嘴，什么都说不出口，眼泪不争气地流了下来。他站不稳，双手撑住石桌，大口喘气，嘴上却在笑。

高阳死死捂住嘴巴，胸腔之中爆发出一阵歇斯底里的怒吼。

原来人生最幸福的事情，莫过于虚惊一场，失而复得。

左爷啊！你真是我见过最变态、最恶劣、最无耻、最下贱、最疯狂的观察者！但是我还是要谢谢你，真心谢谢你，把他们都安然无恙地还回来了。

"妈！我的妈啊！"吴大海第一个号叫起来，带着哭腔冲出监房，激动地一把抓住高阳，又哭又笑，"高阳！我没死！我真的没死！哈哈哈，你敢相信吗？我还活着！活着真好啊！真的好啊！"

高阳双手慌乱地抹掉了脸上的泪水，一时间有些手足无措："是，是啊，太好了！你们没事……真的太好了……"

"瞧你那点出息！"

白兔也走出监房，一脸嫌弃地看着吴大海，眼中的喜悦却骗不了人。

"闭嘴！坏女人！"吴大海气冲冲地转过身，"我虽然被关起来了，但你们的话我全能听见。白兔啊白兔，奥斯卡欠你一万座小金人！你太能演了！直到最后你还想骗我家阳阳！"

高阳心道：别叫我阳阳，我跟你真没那么熟。

"你以为我想拿狼人牌？"白兔并不愧疚，"换你拿到狼人牌，你会怎么做，乖乖坦白自己是狼人然后等死？退一万步，就算你想，左爷能同意？"

吴大海一时语塞。

"我试着这样做了，但被阻止了。"说话的是绛狐，他跟白虎、罗尼、罐头一起走向朱雀和高阳。

"小狐！"朱雀几乎喜极而泣地冲过去。

"朱雀长老，对不起……"绛狐面色愧疚，不敢看朱雀的眼睛。

"没关系，没关系。"朱雀双手握住绛狐的手，又伸手摸摸绛狐的脸，像是长辈疼爱晚辈，"你没事就好，只是一场游戏，不是真的，都过去了，过去了……"

"队长。"

罐头和罗尼来到高阳身边，罐头的声音很轻，眼眶又红了起来，她极力忍住哭腔："我还以为，还以为……"

"再也见不到我了是吧？"高阳已经收回喜极而泣的情绪，摆出队长的架子，"罐头，你这话说多少次了，以后不准说了，不吉利。"

"嗯！"罐头重重点下头，高兴地笑了。

"罗尼，好样的。"高阳看向罗尼，"你刚才很勇敢。"

"玩得不……好。"罗尼还有些懊恼，有点自责，"我第二轮不应该验证X，他肯定是……狼人，浪费了一次机……会……"

高阳微笑着鼓励道："作为新手，玩得不错了。"

高阳伸出手："来。"

罐头和罗尼伸出手，放在高阳的手上。

当着太多人的面，三人都有些不好意思，一齐小声地说道："诸事顺利。"

"诸事顺……利。"

高阳一转身，发现青灵正幽幽地看着自己。

高阳愣住，竟然有点"近乡情怯"，见到她平安无事明明很开心，一时间却不知道说什么，只是傻笑。

高阳轻轻一抛，将那只属于青灵的双子镯丢还给她。

青灵接住，将镯子戴回手腕上，目光咄咄逼人："问你，为什么投绛狐不投我，你怎么知道我不是狼人？"

"直觉。"高阳实话实说，当然，还有信任。

青灵眼底掠过一丝幽光："如果你投我，我会开枪打你。"

"啊？"高阳啼笑皆非，"我可是预言家验证过的好人啊，绝对的金水，就算我投错了,你也不能杀我呀,你这不是乱玩吗?"

"别人可以投我,"青灵冷冷地转身,长发一甩,"你不行。"

因为——我们永不背叛彼此。

高阳嘴角带笑,在心中默默补充道。

"咳咳。"朱雀装模作样地走过来,用力拍了一下高阳的后背,吓高阳一跳。

"朱雀长老,我不恨你,但我永远不会原谅你。"朱雀开始阴阳怪气地模仿起来,"青灵,本可以不用死……"

"夏姐!求你别说了!求你!"高阳双手合十,做求饶状,"我之后给你做牛做马,这事就让它随风去吧。"

"哈!"朱雀细眉一挑,"姐才不会跟你计较。再选一次,我还是会选小狐;当然,我知道你也还是会选青蛇。"

朱雀微微叹口气:"命运有时很残酷的,就喜欢让我们做两难的选择。"

"但愿我们永远不会遇上。"高阳真心祈求。

"但愿。"朱雀也点点头。

陈萤也激动得难以自抑,一手抓着绿茶,一手抓着小丑,像一个老母亲抓着两个大儿子:"太好了,你俩平安无事,真是太好了,不然我真的,不知道怎么跟大家交代……"

"绿茶,看到你是狼人时,我真的心凉了一截。我想,你跟小丑肯定会要走一个,可我没想到,你们两个全……"

绿茶露出劫后余生的笑:"是啊,幸好只是一场游戏。我这辈子撒了很多谎,但像今晚这样骗同伴还是第一次,说实在的,我心里也很不好受……可是,我真的不想死,我弟弟,他还那么小……"

"绿茶,你没错,不用自责。"陈萤安慰道。

小丑脸色麻木,他不太习惯陈萤的热情,也不喜欢跟人有不必要的肢体接触,他冷冷地从陈萤手里抽回手。

"啊,抱歉。"陈萤意识到自己的失态。

小丑摇摇头,双手捂住脸。三秒后,小丑变成一个开朗健谈的陌生年轻男人。

这张男人的脸上立刻出现了亲切的笑容:"萤姐,谢谢关心。"

陈萤笑了,这个小丑,好像永远无法用自己的真面目流露真实感情。或许面具戴久了,就摘不下来了。

白虎一屁股坐回石椅子上,一脸解脱的模样:"欸,可算结束了。坐在那个监狱里头,我都快热死了。"

"白虎长老,你真的是第一次玩狼人杀么?感觉你比我厉害多了。"罐头拍着马屁。

"呵呵,多看多想,凡事别慌,你也可以。"白虎乐呵呵地笑着,一副长辈模样。

"嗯!"

监狱大厅内,十二个人三五成群、互相关心,感受着劫后余生的喜悦。

只有 X 一个人，孤零零地站在热闹的人群之外。他双手插在口袋里，眼底流露出一丝复杂的光泽，似乎是羡慕，可羡慕之下，又是冰冷的疏离。

"左爷，是不是可以离开这鬼地方了？" X 有点不耐烦，对着空气喊了一声。

这一声，也提醒了大家。

"是啊！赶紧放我们出去！"吴大海第一个叫起来，"对了，还有符文回路，也不准赖账！你这个臭老头！"

"呵呵。"左爷的笑声传来，"诸位，请坐。"

大家互相交换了一下眼神，陆续围着圆桌坐下。

很快，左爷的声音再次传来："游戏结束，契约完成，胜负已分，皆为命运。"

话音刚落，整个监狱空间开始剧烈震颤、山摇地动，接着，四周的景物开始分崩离析，被分解成了无数的颗粒，而在这些颗粒后面，是无边的黑暗。

黑暗冰冷的海水夹杂着灰雾，以一种诡异的形态从四面八方袭来。

高阳有一种错觉，仿佛他们所在的监狱只是一个脆弱的水晶球，现在这个水晶球越来越接近海底，终于因承受不住外面的水压而破碎。于是黑暗中的海水灌入进来，将所有人吞没。

高阳再一次感到困倦，很快没了知觉。

…………

意识回归的瞬间，高阳听见了温和的海浪声。

他的脸颊压在柔软冰凉的颗粒上，鼻子还能闻到淡淡的海腥味。

高阳睁开眼，发现自己正趴在沙滩上，脸颊枕着乳白色的细沙。他撑起双手，四下环顾，发现自己来到了建有沙滩排球场的无人岛上。

"呃，头好晕……"绿茶躺在高阳身旁，摸着脑袋，慢慢爬起来。

见到高阳，他咧嘴一笑："太好了，看来大家都没事。"

高阳点点头，走向几米之外的罐头和罗尼。

两人还没醒，他蹲下，拍了拍两人的脸。

罐头和罗尼缓缓睁开了眼睛，意识还有些涣散。

尤其是罐头，意识还很混乱："我好困……今天不去上课了……帮我点下名……"

高阳好气又好笑，开口道："罐头，来玩游戏。"

罐头眼睛一睁，伸手在沙滩上乱摸："我手机呢？快，扶我起来……"

不远处，朱雀和白虎已经醒来——不愧是大佬，醒得都比别人快，他们正在唤醒其他人。

一分钟内，十二人陆续醒过来。

大家一齐看向沙滩的尽头，那里静坐着两个人影，沐浴在皎洁的月光下。

"走。"朱雀边走边朝大家挥手。

一行人跟了过去。

高阳很快看清，这两个人影是 X 和左爷。

左爷席地而坐，脸色苍白，神色虚弱，浑浊的眼白已经是没有任何生气的灰，完全感觉不到生命流动的气息。

"喂！老头！符文回路呢？"吴大海气势汹汹的。

X 盘腿坐在左爷的正面，背对着大家。

他扬了一下手，挥挥手中的毒素系符文回路："在这里。按照约定，等我升到 4 级就给你们。还是说，你们现在要过来抢？想抢的话就试试。"

X 的声音依然散漫，却透着一股杀气。

"放心，我们遵守约定。"朱雀说，"希望你也是。"

"知道。"X 收回符文回路。

沉默了片刻，X 的声音有些忧伤，还透着不舍："左爷，你这又何苦呢？"

"呵呵，反正要死，最后能看一场好戏，也不枉费我观察者的身份。咳咳，咳咳咳……"左爷剧烈咳嗽起来。

这次所有人都感觉到了，这个左爷，怕是命不久矣。

"左爷，你骗了我们，刚才不是符洞。"高阳很突兀地说出这句话。

朱雀一惊，看向高阳："你确定？"

我确定，之前一直觉得哪里不对劲，现在想起来了，系统没有提醒。以前每次进入到符洞，普通挂机收益都会翻一倍，但是在监狱里时，系统没有做出提醒。

"嗯，应该不是符洞。"高阳不敢说得很笃定，因为他不可能给大家解释自己有系统。

"呵呵，小伙子不错啊，被你发现了。"左爷的声音虚弱，话说得断断续续，"监狱，不过是我制造的结界。"

"结界？"白虎对这个天赋很感兴趣。

"左爷，我来替你说，你歇会儿。"X 站起来，转身看向大家。

高阳一惊：这个 X，果然跟左爷是一伙人！

"妄兽也有天赋，左爷的天赋叫'妄境'，可以制造结界。

"一种是普通结界，精神力强大的人可以破除；一种是契约结界，也就是我们刚才进入的结界。这种结界以自愿为前提，一旦进入，除非按照规则完成任务，否则绝对无法破除。换言之，左爷就是结界中的上帝，他想做什么就做什么。"

"不过使用契约结界，还是一次性与十三个人缔结契约，消耗的能量非常巨大。"X 的声音变得沉重，"左爷这次，赌上了自己的性命。"

大家一时间都感到震惊。

"不是，活着不好吗？"吴大海很不理解，"就为了看一场狼人杀，去网上看啊，这种节目不多的是。"

"呵呵，拼上性命的狼人杀，可不容易看到呀。"左爷笑了，"而且，我活得够久了，是时候交卷了。"

"交卷？"朱雀眉头一皱。

"我们妄兽……咳咳……"左爷未说完，一口鲜血吐出来。

"左爷！"X立刻上前，扶住了左爷。

"无妨，让我说完……"左爷挥挥手，歇了几秒，平静地说道，"我们妄兽，是答题者；而你们人类，是问题。"

"什么意思？"白兔微微皱眉，她不喜欢左爷的这个比喻。

其他人也是既吃惊又不解。

"妄兽生来带着使命，那就是答题。"左爷又歇息了一会儿，缓缓说道，"你们称我们为光临者、至暗者、观察者。呵呵，这不过是根据我们的答案来区分。

"换言之，我们妄兽之间并非敌对，只是给出了自认为正确的答案。哪怕这些答案，是狂妄的、虚妄的、愚妄的……"

左爷声音气若游丝，越发虚弱，他颤颤巍巍地伸出手，放在X的肩上："小子，我已经交卷了，剩下的路你要一个人走了。"

"左爷，真的要到这一步吗？"X的声音中流露出迷茫，甚至是某种脆弱。

这一刻，他仿佛只是个小孩。

"我也不知道。"左爷苍老的嘴角还挂着一丝笑容，他那爬满蚯蚓似的血管的老手轻轻垂落，"我只是，一只妄兽啊。"

左爷倒进X的怀中，X伸出双臂，紧紧抱住了左爷。

良久，良久都没人说话。

天地之间，只有海风轻抚，海浪轻拍。

两分钟后，X将左爷的尸体轻轻放下。

他站了起来，转过身，眼角有一点红："你们回去吧，我把左爷葬了，就去离城找你们。"

"没问题，但我现在还有事要问你。"朱雀在刚才X跟左爷的对话中，听出了一些弦外之音。

"你问。"X一脸坦然，"但我不一定回答。"

"你跟左爷，到底什么关系？"白兔抢话了。

"他是我家的老管家。"X讪讪笑了，"我十四岁生日那天觉醒了，我把觉醒的事告诉了父母，本想给他们一个惊喜……"

X停顿了一下："那天，我母亲死了，父亲倒是没死。他是痴兽，醒来把一切都忘了。那天左爷帮了我，否则我不可能打得过我母亲，她是杀伐者。"

X耸了一下肩，他说完了。

"妄兽是不是可以识别出所有人类，包括觉醒者和未觉醒者？"高阳上前一步，想要再次求证这个信息。

"是，人类的一切活动，妄兽都知道。"X似笑非笑，"左爷总是说，我们人类是问题，妄兽是答题者。按我自己的理解，苍道是出题人，反正，妄兽在苍道的规则下答题，给出自认为正确的答案。

"保护人类、杀人类、观察人类、玩弄人类，诸如此类，都是妄兽们在各自答题。而且，妄兽的想法也会改变，可能今天觉得保护人类是正确答案，明天又觉得杀掉人类才是正确答案。"

　　X给出的信息很多，非常让人震惊，必须确认真伪。

　　高阳发动"识谎者"天赋——对方没有撒谎。

　　高阳略一思考，还要问什么，朱雀先开口了："左爷给出的答案是什么？"

　　"这是我们之间的事。"X拒绝回答。

　　朱雀微微皱眉，权衡要不要进一步逼问，最终还是选择放弃。

　　一直旁听的陈萤，问出一个比较实际的问题："妄兽一共有多少只，有多少是至暗者？"

　　她的言下之意是：觉醒者这次要对付多少敌人。

　　X看了一眼陈萤，犹豫了一下，还是坦白了："妄兽最初有十四只，现在左爷也死了，只剩下九只了。"

　　"也就是说这之前还死了四只妄兽。他们是怎么死的？"青灵开口了。

　　"上世纪发生过一场觉醒者和妄兽的战争，三只至暗者想要杀死所有觉醒者。一个光临者帮觉醒者战胜了至暗者，跟他们同归于尽，觉醒者们也死伤惨重。"X轻耸了一下肩，"我知道的就这些，具体情况不清楚。"

　　"谁信啊，你肯定还有隐瞒！"吴大海很激动，"大哥，猩红潮汐都要来了，这时候就别藏着掖着了。"

　　"朋友。"X无所谓地笑了，"左爷是观察者，不是光临者，你以为他什么都会跟我说？光是这块毒素系符文回路，我找他要了八年他都不肯给我。"

　　吴大海不说话了。

　　X转身，将左爷瘦小的尸体抱起来："还有什么问题之后再说，我要走了。"

　　朱雀看一圈大家，叹口气："行，我们也先回酒店。"她说完又看向X，"希望你履行承诺。"

　　X没回头，抱着左爷走向岸边的摩托艇："放心。"

　　高阳有点吃惊：真奇怪，大家的摩托艇居然全部回到岸边了，这也是左爷的结界一起带过来的？

　　"妄境"的能力的确很强，但付出的代价也很惨重。

　　风烛残年的左爷，为了这一场狼人杀，直接透支了剩余的生命。

## 第三章

# 怀洧

半夜，朱雀一行人回到流星岛的酒店。

高阳也急匆匆地赶回去。回家之前，他决定先去找一趟王子凯，不知道初雪怎么样了，他有点放心不下。

F岛不大，高阳骑着摩托艇沿岛绕了半圈，来到王子凯的童话屋。

让高阳吃惊的是，月色笼罩的大海之上，那个本应该灯火通明的童话屋竟然不见了！

是的，整个别墅都不见了，只留下一块岛屿平地。在平地四周的海面上，漂浮着破碎的木板、门窗和各种家具。

高阳的摩托艇慢慢减速，穿过这些海面上的废墟，开向岛屿平地。

怎么回事？难道刚才发生了海啸？

不可能，如果发生过海啸，别说F岛，整个牛尔代国都会被吞没。而且这里只是迷雾世界中很小的一座孤岛，苍道真的会模拟出海啸这种大型灾难吗？

高阳思绪纷飞，猜测着各种可能。

忽然间，他感觉到摩托艇在轻轻摇摆。

他低头一看，海面在剧烈起伏，海水流动急促而紊乱。同一时间，高阳已经感受到脚下出现一股巨大的能量波动。脑海中也响起了系统的警报。

幸运值收益5000！

高阳大惊，立刻以摩托艇为踏板，双脚用力一蹬，朝前方的岛屿平地跳了过去。

他原本的位置，冲出一道堪比楼房的巨型水柱，摩托艇直接不见了踪影。

七八秒后，水柱消退，并化为了倾盆大雨，砸落下来。

高阳抬手挡住脸，根本无济于事，浑身立刻被浇成落汤鸡。他眼角一紧，发现了目标。

月夜之下，高阳的头顶上空，漂浮着一个人影，准确说，那人影是踩在一注细小的海面喷泉上。

那是一个银发红瞳的美丽女人，穿一身复古气质的宫廷红色长裙，端庄又高贵；一头柔顺的银发长到腰间，微微卷曲，在涌动的气流之下，四处飘散。

她的左臂温柔地挽起，将一只沉睡的白猫抱在怀中。

银发女人明明刚从海底冲出，身上却没有沾上一丝水渍，当然，白猫也是。

高阳没有问她是谁，因为只要看一眼女人的脸，就知道那是初雪的姐姐。

她们果然是双胞胎啊。

"白露？"高阳问道。

"看来初雪跟你提起过我了。"白露的声音很温柔，语气却充满了高冷的敌意，让高阳感觉很奇妙。

白露颔首，看了一眼怀中睡去的初雪，眼底是无尽的怜爱和心疼。

几秒后，她抬头看向高阳，眼底只剩下冷厉的杀意："早知道，当初就应该让小雪吃了你，也不至于搞成现在这样。"

高阳心中泛起一丝很复杂的苦涩。当初的高阳还很弱，作为食物或许营养不够丰富，但好歹是食物。可现在高阳成了初雪的好朋友，初雪是无论如何都不会再吃他的。

"你看哪儿呢？"

高阳一惊，是王子凯的声音。

海面上漂浮着一张木制的沙发，王子凯浑身湿透，摇摇晃晃地站在沙发上，抹了一把脸上的海水："臭女人，你的对手是我，哥还没打过瘾呢！"

"你居然没死？"白露眼底掠过一丝惊讶，"有意思。"

"哈哈哈！就你那三脚猫的功夫，是在给哥搓澡吗？把初雪给我放了，我考虑饶你一命！"

"就凭你？"白露冷冷一笑。

王子凯双手握拳，手背上冲出了三根锋利的骨刺！他用力一蹬，将脚下的懒人沙发踩入水下三四米，同时，整个人朝着半空的白露飞过去。

白露的右手早已经对准王子凯，手指用力一张。

一时之间，海面上喷出无数道细小的水线，月光下，它们犹如透明的钢丝，从四面八方射向王子凯。

这些水线虽然无法射穿王子凯的身体，却将他死死钉住了！

"又来，有完没完！"王子凯很不爽，他被无数的水线束缚在了半空，拼命挣扎却是徒劳，"臭女人，有种面对面打！"

白露没有理会他，右手迅速握拳。

一瞬间，那些细小的水线变成了紫色的锋利的冰锥，朝着王子凯聚拢。

王子凯的身上陆续开出了紫色的冰晶之花。

转眼间，王子凯就被无数的紫色冰晶之花给冻结成了一块紫色琥珀。他还张大着嘴巴，似乎在大骂着什么，犹如一个生动的人形标本。接着，封印住王子凯的巨大紫色冰晶块往下坠落，"扑通"一声掉到水面，并且悬浮在了海面上。

糟了！高阳发动瞬移，想要去救王子凯。

仅仅是一瞬间，他停止了这个念头。

他忽然发现，不知何时，自己的四周正漂浮着无数的水珠，它们密密麻麻，就像一场被按下时间暂停键的暴雨。这些水珠仿佛有生命般，微微战栗着，在月光下呈现一种诡异的浅紫色。

这就是白露的天赋？类似水元素和冰元素的结合，以她目前对元素的掌控力，至少相当于觉醒者的6级元素天赋。

偏偏现在打架的地方还是海面上，这里简直可以说就是为白露而设的战场。尽管相比坐摩天轮时的自己，他已经变强了不少，但仍然不可能是白露的对手。

"高阳，我给你两个选择。"白露的声音轻柔甜美，语气却异常无情，"一、千疮百孔，死无全尸；二、让我妹妹吃掉，死得其所，也不枉费你们朋友一场。"

高阳不回答，默默调动体内的能量。

白露眉头一皱，作为鬼，她轻易地察觉到了高阳体内的能量流动，就像捕食者一眼就能分辨眼前的猎物是否美味。

"高阳，你明知自己没得选，为何情愿死掉，也不成全我妹妹？"

"对不起。"高阳看向白露，声音有些愧疚，但很坚决，"我有非活不可的理由。"

所以，即便只有万分之一的概率，也要战斗到底。

两秒的沉默后，白露缓缓抬起右手："永别了。"

白露即将握拳。

下一秒，成千上万的紫色水珠，会变得像钢珠一样坚硬，像钉子一样尖锐，并附带鬼独特的诅咒之力，将高阳的身体射成一个筛子。

高阳不是王子凯，无法将皮肤硬化，绝不可能抵挡住这一波攻击；即便他有"瞬移"的天赋，在紫色水珠的包围之下，他也不可能做到穿透它们从而逃离。

眼下的局面，必死。

"啊！"海面上传出一声尖叫。

白露的右手没能握拳，她怀中的初雪不知何时醒来，狠狠地咬住了她的左手手腕。被咬的皮肤上，很快就开出血红色的邪恶花纹。

"初雪你……"白露相当震惊，妹妹竟然不惜用自己的诅咒之力，也要阻止她杀死高阳。

咬完这一口，初雪彻底昏迷过去。

那一刻，白露伤心、愤怒，更多的却是无奈，以及一种非常惆怅的失落。

妹妹长大了啊，再也不服自己的管教了。

白露心念一动，调动体内的所有能量，抵挡妹妹的诅咒之力在自己体内蔓延。很快，她雪白皮肤上的红色花纹一点点收缩并退回到伤口处，到最后，就连被初雪咬伤的牙齿印也消失不见。

这个过程中，高阳四周的紫色水珠重新变回透明的颜色，并且纷纷落地，变成一摊普通的水泊。

高阳没有耽误，抓住机会，连续三次发动"瞬移"，来到王子凯身边。

王子凯被紫色冰晶冻成了一块巨大的"果冻"，漂浮在海面上。

高阳跳到这块"果冻"上，双手按在脚下的紫色冰晶上，顿时，掌心袭来一股幽深而诡异的寒意，像是无数只小虫子试图钻进他的皮肤和血肉中。

这就是鬼自带的诅咒之力！

"火焰！"高阳顾不上多想，倾泻能量，试图用火焰的高温熔化紫色冰晶。

有效果！

紫色冰晶开始熔化，并腾升起一股浓郁的、带着淡淡异香的紫雾。一时间，海面上就弥漫开一阵紫雾，效果犹如烟雾弹。

白露全神贯注抵御住初雪的诅咒，低头一看，岛屿上的高阳已经不见。九点钟方向的海面上，正弥漫着阵阵紫雾，在雾气的中央，还隐约闪烁着燃烧的红光。

白露立刻猜到是怎么回事，她再次抬起右手，对准了那阵紫雾："水蛇！"

三条海水化成的白蛇冲出海面，它们吐着幽紫色的蛇信子，盘旋着身体，冲进了紫雾当中一阵翻倒。

转眼间，海面上的紫雾就被冲散了，然而白露没有看见高阳和王子凯的身影。

忽然间，白露脚腕处一紧。

白露大惊失色，王子凯不知何时靠近自己，他的右手抓住了自己的脚踝。王子凯的身后，还背着一个人，正是高阳。

五秒之前，被紫色冰晶冻结住的王子凯被高阳救出。

两人默契十足。

王子凯背着高阳，以剩余的浮在水面的紫色冰晶为踏板，朝头顶上空猛地一跃，及时躲开了三条水蛇的攻击，并且冲向白露。

可惜白露悬空颇高，王子凯背着人极限跳跃后距离依然不够，但没关系，高阳发动了3级"瞬移"，弥补了剩下的距离。

三秒后，王子凯成功抓住白露的脚踝。

王子凯的手就像铁钳，一旦被他钳住，轻易不可能逃脱。

这一刻，王子凯铁了心要当白露脚上的挂件，说什么也不松手。

同一时间，王子凯背上的高阳再次发动"瞬移"，这一次，他闪现到了白露的头顶上空。

他张开双手，朝下对准白露的天灵盖："火焰！"

白露的反应不可谓不快，她立刻举起右手，召唤出一道紫色冰晶之伞，并且高速旋转。

两道汹涌的火舌从高阳手心冲出，缠绕成一道火柱，朝着白露浇筑下来，却撞击上了高速旋转的冰伞。在冰伞的旋转之下，火柱瞬间朝着四面八方飞出，而冰伞表面也在高温之下迅速瓦解，飞溅出无数细碎的冰块。

一时间，海面之上，出现了一个由火焰和冰晶组成的小型龙卷风暴。

高阳原本就没打算靠"火焰"打赢白露，鬼的能力肯定不止于此，他看似凶猛的攻击，不过是为了分散她的注意力。

真正的胜负手，是王子凯。

此时，白露一手抱着昏迷的初雪，一手召唤出冰伞挡住高阳从天而降的火焰攻击，已经无暇顾及其他。

王子凯还抓着白露的脚踝没放手，他的另一只手背"刷"的一声冲出三根骨刺。

虽然王子凯内心也觉得自己的行为有点令人不齿，但是眼下也顾不上了。

"我戳！"

三根骨刺刺入白露的小腿。

白露的身体在能量加持下，可以抵御普通的物理伤害，可面对王子凯这削铁如泥的骨刺，竟然脆弱得像一根白葱。

白露发出一声惨叫，她的小腿已经被骨刺穿透，溢出鲜血。

白露眉心闪过一丝惧意，这个王子凯究竟是何方神圣？他的武器竟然可以刺穿自己的小腿，下一次，只怕要刺穿她的心脏了。

白露感受到真正的严重威胁，她迅速收回右手，头顶的紫色冰晶之伞瞬间失去了能量加持，在火焰的喷射之下快速瓦解，最多还能撑两秒。

但两秒已经足够，白露双手抱住怀中的初雪，双眼一闭："水人！"

转瞬间，白露的身体变得柔软而透明。

不到两秒，白露的身体化为一团紫色液体，从复古的宫廷红色长裙中爆开来，散开成了无形的水流。

王子凯抓住的脚踝，自然也化为一摊水。这团紫色液体分成了七八小股，朝着海面落下，其中两股紫色液体还托着白猫，缓缓落在了海面上。

王子凯失去固定点，"扑通"一声落进了水中。

三秒后，高阳也跟着落入水中。

在水里非常危险，高阳没有犹豫，游向王子凯，从身后抱住了他，连续发动"瞬移"，将他带到了不远处的岛屿上。

两人一上岸，就摆开继续战斗的架势，但是久久没等到白露。

大约过去一分钟，远处的海面上，再次出现七八股颜色偏紫的液体，朝着那件漂浮在水中的宫廷红色长裙聚拢。

慢慢地，红色长裙被水流撑起来，变得饱满，渐渐变回了人形。

十几秒后，白露重新出现，怀里依然抱着初雪这只白猫。不同的是，这一次，姐妹俩都被海水浸湿了，显得十分狼狈。

高阳看向白露的怀中浑身毛发被浸湿成一缕一缕的初雪，一阵心疼。

高阳的视线下移，发现白露的右小腿还在流着血，看来王子凯对她造成的伤害是有效的。

白露刚才使出的那一招"水人"，似乎耗费了巨大能量，她的脸色越发苍白，胸口的起伏稍显激烈。

杀高阳本来就只是为了泄恨，现在杀不成，她也不再恋战。

"高阳，留着你的命，我们还会再见。"白露轻轻一抬手，一道水幕在她脚下升起，将她与两人的视线隔绝开来。

当水幕重新落下时，白露和初雪已经消失不见，沐浴在白色月光下的海面又恢复了平静。

高阳没有完全放松，默默查看系统，幸运值收益消失，看来白露确实走了。

转念之间，高阳又有些担忧初雪，以初雪如今的状态，只怕撑不了多久，他们甚至没能好好告别。

"呼——"王子凯长舒一口气，叉腰看向海面，"这臭女人，有点东西嘛。"

王子凯很少夸人，看来这次确实遇到强敌了。

今晚如果不是高阳跟王子凯联手，外加初雪在关键时刻倒戈，只怕战况又是一边倒的碾压。这次白露占尽地利的优势，如果换一个地方，在高阳和王子凯有准备的前提下，跟她打个平手还是没问题的。

短短两个月，高阳的成长称得上飞速，可对于迷雾世界的恶化速度而言，自己的成长又显得那么微不足道。

"喂，她真是初雪的姐姐啊？"王子凯的话把高阳从思绪中拉了回来。

"是。"高阳承认。

"她说吃你，是什么意思？"王子凯刚才也听见了白露的话。

高阳陷入犹豫，按理说，他应该继续瞒着王子凯才保险，或者胡言乱语把王子凯给糊弄过去。可不知为何，这一刻，高阳很想对眼前的人说实话。

初雪这个心结，憋在他心里面很久了，他想找人倾诉，想来想去，最合适的人，原来就在眼前。

"王子凯，初雪其实是鬼。"

"哈？"王子凯愣住，"鬼？什么鬼？幽灵？妖怪？"

接下来的几分钟，高阳把关于鬼的情报，以及初雪的特殊之处都告诉了王子凯。

王子凯认真听完，脸上的神色陷入了一种微妙的迷惘当中。

良久后，他蹲下来，用双手的大拇指摁住太阳穴："有点乱，我捋捋，让我先捋捋……"

大约过去三十秒，王子凯重新站起来，一拍大腿："我捋清楚了，你看是不是这么回事啊？初雪是鬼，要吃人，否则会饿死。"

"是。"

"初雪很特别，只能吃你，吃不了其他人。"

"是。"

"初雪不吃你会饿死，但吃了你，你会死。"

"是。"

"初雪不想你死，但初雪的姐姐不希望初雪死。所以初雪不想吃你，但初雪的姐姐希望初雪吃你。"

"是。"

王子凯说完自己都惊了一下："我居然听懂了！"

"王子凯，换作是你，你会怎么做？"高阳第一次在王子凯面前流露出无助和迷茫。

王子凯又是一惊，夸张地张大嘴，用手指着自己的鼻子："兄弟，你在问我意见？"

高阳点点头。

"哈哈！"王子凯非常开心，用力拍了一下高阳的肩，"这种事，找我商量就对了！"

王子凯伸手摸着下巴，认真思考了几秒，也可能只是假装认真思考了几秒。

"有了。"王子凯看向高阳，"兄弟，你想死吗？"

"不想。"高阳诚实回答，"可是……"

"我再问你，初雪想吃你吗？"王子凯打断。

"应该也不想，否则她早吃掉我了。"

"这不就结了！"王子凯双手一拍。

"可是……"

"别可是了！"王子凯再次打断道，"兄弟你这人什么都好，就是太扭捏了！"

高阳一愣。

"正所谓强扭的瓜不甜，硬吃的饭不香！退一万步，就算你牺牲自己让初雪吃了你，初雪她能开心？还不得一辈子痛苦自责，你觉得这划算吗？"

高阳怔住，他从没想过，王子凯竟然能说出这么通透的话，这就是当局者迷旁观者清吗？

"你说得对。"高阳看向王子凯，第一次主动放弃了思考，"那我该怎么做？"

"什么都不做，要是初雪真死了，该伤心伤心，该难过难过，该吃吃该喝喝，反正……"王子凯一脸严肃地看向大海。

忽然，他扭头看向高阳，咧嘴一笑："第二天醒来，又是一条狗。哈哈哈！"

高阳不明所以地看着王子凯。

"哈哈哈哈，不好笑吗？哈哈哈哈！"王子凯还在笑。

…………

白露过来接走妹妹，痛快打了一场，然后拍拍屁股走了，却留给王子凯一个超级烂摊子。

天亮后，王子凯实在不知道要怎么跟酒店方解释，岛上的童话屋一夜之间消失了。于是王子凯决定不解释，他咬死自己什么都不知道，反正一觉醒来屋子不见了，自己睡在地上，睁眼就可以看到星星。

高阳懒得管闲事，假装不知情，反正王子凯是只兽，也不会引起太多怀疑，自己要是掺和一脚，反而容易暴露。他趁天亮之前回到自家酒店，补了三个小时的觉。

接下来的一整天，高阳继续陪家人度假。

王子凯因为童话屋被毁一事，接受了当地警方的调查。直到晚上，王子凯才灰头土脸地回来了。

王子凯说自己的酒店没了，F岛最迟后天才有空出来的酒店房间，所以他只能来高阳这里借宿。

高阳一家人自然是欢迎的，并对王子凯的神奇遭遇表示了深深的同情。

晚上，大家一起吃吃喝喝，有说有笑。

深夜，奶奶、爸妈、妹妹都睡下了，王子凯跟高阳挤在客厅的沙发上聊天。

两人聊起上大学的事，高考后二十多天就会出成绩，高阳就可以填志愿了。

填志愿，那都是猩红潮汐之后的事了，那时候他都不知道自己是不是还活着。之后两人又聊了些闲话，高阳困意袭来，慢慢睡去。

觉醒之后，高阳的睡眠时间缩短了一倍，而且很少做梦，即便是梦，也是零散的意识流，不成形。可这次，高阳做梦了，还是特别清晰的梦。

天空低垂的血月巨大而压抑，整座离城都弥漫着鲜红的血雾。

高阳站在一个空旷的街道上，到处都是同伴们流着血的尸体。他被一个人掐住脖子，从地面提了起来。

高阳呼吸困难，努力睁开双眼，却看不清楚对方的脸庞。

对方的另一只手，轻易地刺穿了他的胸膛。

…………

高阳猛地睁开眼睛，惊醒过来，但是，他并没有发出任何声音，身体也没有动弹。

他平静地躺在摊开成床的折叠沙发上，身旁，不见王子凯的身影。

王子凯去哪儿了，不用睡觉吗？

高阳心中刚产生了这个疑问，就察觉到屋外的露天阳台上传来轻微的声音，像是两个人在对话。

魅力值500的高阳，六感颇强。他集中精神，让听力变得更加敏锐，隐约听见了两人的聊天声。他的心跳一顿，接着开始加速——是王子凯和高欣欣。

"不行，我要吃他。"王子凯语气坚决。

"我说了，再等等，有点耐心。"高欣欣平淡的声音带着一股威严。

"我不想再等了，我等得够久了！"王子凯的声音有些急躁，"这跟我们说好的不一样！"

"小声点，会吵醒他的。"高欣欣提醒道。

"不可能，他睡得很死。"王子凯很自信。

"你真以为他察觉不了，你根本不知道他有多狡猾。"高欣欣冷笑，"到时候，我们就前功尽弃了。"

"既然如此，我现在就吃了他……"

"不行！"

"砰"一声，高阳不知何时出现在阳台上的落地窗前，他用力拉开了窗户。

"哇啊——"

"啊啊！"

高欣欣跟王子凯两人正蹲在阳台上，两人做贼心虚，吓了一跳。

高阳心中冷笑：呵，还来！事不过三，懂吗？我这次可不会再上当了，也绝不会再过度脑补了！

"你们两个！鬼鬼祟祟的在这里干什么？！"

"没、没什么……"高欣欣赶忙站起来，想要挡住身后的矮木茶几。

"哈哈，我俩睡不着，随便聊聊……"王子凯也紧张得双手没地方放。

"让开！"高阳抓住高欣欣的胳膊，将她拉到自己身边。

高阳没说下去。

阳台上的木茶几上，放着两桶方便面，还没来得及泡开。旁边放着一盒撬开的午餐肉，那是高阳带过来的最后一盒午餐肉！

那可是高阳的命根子啊，他自己都一直没舍得吃！

"我，我的午餐肉！"高阳心都碎了。

"嘿嘿，老哥，我跟王子凯半夜饿了，光吃泡面不得劲，就借你的午餐肉……"

"你们管这叫借？"要不是考虑到爸妈和奶奶还在睡觉，高阳真想骂人了。

"我受不了了，我先吃了！"王子凯再也顾不上了，他抓起午餐肉就往自己的泡面里面倒，端着泡面就跑。

"啊，给我回来！"高欣欣气急败坏，端起自己的泡面追出去，"有一半是我的！"

"站住！我也要吃，你们一人分我一半！"高阳也追了出去。

上午九点，高阳一家人各自穿着松散睡衣，懒洋洋地围坐在饭厅的餐桌边，吃着酒店送来的标配早餐，王子凯也在。

大家一边吃早饭，一边商量着白天上哪儿玩，气氛融洽自然，俨然是一家人了。

高阳幽怨地盯着桌对面的王子凯。对于王子凯伙同高欣欣偷吃自己最后一盒午餐肉一事，高阳还耿耿于怀，而且他怎么也没想到，王子凯竟然是主谋！

王子凯被盯得不自在，心虚地赔着笑，用叉子叉起一块培根，丢到高阳的餐盘里："兄弟，来，吃培根……"

"不用，你自己吃。"高阳冷冷地叉着培根，丢回王子凯的碗里。

"阳阳、小凯，你们这是吵架啦？"爸爸哪壶不开提哪壶。

"没有！"王子凯很激动，"高叔你别乱讲，我俩感情好，怎么可能吵架。"

"是啊。"高阳皮笑肉不笑，"我们感情好，就算这世上只剩最后一盒午餐肉，也一定会让给对方吃。"

"差不多行了啊！"高欣欣都看不下去了，一脸嫌弃，"不就是一盒午餐肉吗，几个钱呀，没完没了了是吧！"

"重要的不是午餐肉，是你们不经我的同意……"高阳脸色一变，"唰"一声站起来，丢掉手中的刀叉，快速冲向厕所，"砰"一声摔上门。

"阳阳，你怎么还发火了啊，这孩子真是的！"爸爸在后面喊着。

"别理他，老哥就是中二期（指青春期特有的思想、行动、价值观，是对青少年叛逆时期自我意识过剩的一些行为的总称）来得太晚了。"高欣欣吐槽道。

高阳反锁厕所门后，立刻摁下冲水马桶键，双手捂住嘴巴，蹲下来，身体蜷缩成了一团。

"复制"和"识谎者"同时升到了4级。

幸亏高阳如今的六感足够敏锐，在升级之前，高阳已经提前察觉到身体中能量的微妙变化，从而提前躲进厕所避开了家人的耳目。不然，真是一场不小的麻烦。

这些天，如何把符文回路带在身上而不被人发现，一直是个让高阳头疼的问题。

尤其是朱雀过来后，他身上拥有了两块符文回路。

王子凯无所谓，以他的特殊性，即便看见了也未必有任何反应，但家人就不好说了。在牛尔代国这一周，大家每天挤在一个不算大的酒店房间里朝夕相处，没有自己的卧室和私人空间，藏东西可是大问题，稍有疏忽就会酿成大错。

对此，高阳也豁出去了。即便如此热的天，他还是穿上了七分裤。至于两块符文回路，他则用透明胶带死死缠在自己的大腿内侧，一边一块。

虽然……有点恶心，但这的确是最保险的地方。

"兄弟，你没事吧？别生气了，我回家赔你午餐肉行不？我赔你一箱，不，十箱！"王子凯在厕所外面敲门。

"我没生气，跟你闹着玩的，我忽然有点拉肚子。"高阳回了一声，又冲了一下马桶，"一会儿就好，你们先吃。"

"嗨，早说嘛。"王子凯的声音立马开心了起来。

这小子，真好哄啊，高阳笑着叹了口气，微微定神，心念一动。

进入系统。

你现在累计183个幸运点。

查看4级复制。

4级复制：可复制序列号15之后的所有天赋。

复制方式：触摸对方身体0.7秒。

复制数量：1。

储存时间：5小时。

使用时间：20秒。

间隔时间：6小时。

4级复制永久属性加成：精神力+400，魅力-100。

查看4级识谎者。

4级识谎者：24小时内可主动辨别一次目标是否说谎，且判断他的谎言为善意还是恶意。

4级识谎者永久属性加成：精神+80，魅力+40。

版面属性更新。

体力：500。

耐力：500。

力量：800。

敏捷：1100。

精神：730。

魅力：480。

运气：565。

等一下，是不是加少了？

哦，没少。天赋每次升级的属性加成是不累计的，所以是扣掉上一个等级的属性加成来计算。

系统不会出错。

瞧把你能的。

退出系统。

…………

上午天气不错，全家人决定来一次列岛游，搭游船将整个牛尔代国的小岛都参观一遍，不仅是商业区，也包括一些原住民的岛屿村落。

大家的兴致都很高，除了高阳妈妈，掌管财政大权的她一直在担心预算。

很快，王子凯就完美地解决了这个问题，他坚持给所有人掏腰包，作为收留他过夜的感谢。

一家人自然坦然接受，除了妈妈，扭捏了好久。

转眼，六个人度过了开心充实的一天。

晚上，大家吃了晚饭，赖在酒店不再出门。

高阳以想独自一人在岛上散步为由出门了。高欣欣自然不乐意，高阳早有准备，让王子凯负责搞定她。

王子凯不辱使命，在他死乞白赖地哀求下，高欣欣只好陪他玩一会儿手游。

高阳出门后，先在F岛随意走了一会儿，确认没被人跟踪后，他悄悄赶往流星岛的私人水上别墅。

这栋被吴大海包了十天的豪华别墅，依然灯火辉煌，放着震天响的音乐，看起来似乎有很多人在玩闹。

实际上，这栋别墅目前只剩下朱雀和绛狐，其他人都已经分批次搭乘飞机返回了离城。

高阳轻松翻过铁门，经过碧蓝色的露天泳池，轻松爬上二楼的阳台。

他走进客厅，一眼看到正在喝咖啡的绛狐和刷手机的朱雀。沙发上的两人警觉地抬头，认出是高阳，神色放松下来。

朱雀问："你怎么来了？"

"事情还顺利吗？"高阳不答反问。

"其他人先回去了，我跟小狐在等X，跟他一起回离城。"朱雀想了想，"不出意外，明早的飞机。"

"那就好。"高阳别有用意地看了一眼绛狐,又看了一眼朱雀。

朱雀立刻会意,笑了笑:"有话直说,小狐是我心腹,信得过。"

绛狐没说话,脸上闪过一丝自豪。

"行。"高阳也不再防着,一边走向朱雀,一边开始脱裤子。

朱雀先是一愣,赶忙伸手挡住双眼:"七影,你这是要干吗啊!"

"别紧张,里面还穿了。"高阳赶忙解释。

高阳麻利地脱下七分裤,里面还穿着一条及膝的黑色贴身泳裤。

套着黑色泳裤的左边大腿内侧,缠着几圈透明胶带,粘着一块用黑色塑料袋裹好的符文回路。

高阳将大腿上的透明胶带一圈一圈撕下来,取下智慧符文回路,将它从黑色塑料袋中拿出来,递给了朱雀。

"给。"

朱雀微微皱眉,没有接。

她看了一眼绛狐。

绛狐也有点为难,表情微妙地问:"七影长老,你……没什么传染病吧?"

"没有!我干净得很!"高阳有点生气,也有点受伤,"而且我用塑料袋包着,我很注意卫生的!"

"七影啊,"朱雀扶额,"你这,太谨慎了啊,实在有损魅力。"

高阳不以为然:"只要确保不让家人发现,别说藏在这,就算让我塞……"

"咳咳。"朱雀咳嗽一声,示意高阳不用再说了。

绛狐面带嫌弃地上前,用两根指头的长指甲,轻轻夹住高阳手中的符文回路,迅速转身冲进了洗漱间,估计是要好好地给符文回路"消毒"。

高阳穿回裤子,笑着跟朱雀分享好消息:"夏姐,我的'复制'和'识谎者'都升到了4级,智慧符文回路用不上了,所以交给你保管。"

"猜到了。"朱雀也笑了,"恭喜呀,又强了一些。"

"时空符文回路我继续带着,希望能赶在猩红潮汐之前升级。"

"七影啊,我送你个东西吧。"朱雀说。

"什么?"

"稍等。"朱雀说着回到房间,一分钟后,她走出来了,手里拿着一个物件,是一个十分接近肤色的臂包。

"来,脱衣服。"朱雀道。

"哦好。"高阳也不顾忌,双手抓住T恤的衣角,往上一扬,轻松将T恤脱下,露出偏瘦却肌肉轮廓分明的上半身。

"哇哦。"朱雀盯着高阳的小腹打量,"看不出,挺结实嘛。"

朱雀扬扬下巴:"抬手。"

高阳立刻抬起右手,朱雀上前,将臂包缠在他的手臂内侧的腋下位置。

高阳低头一看,确实不明显,穿上衣服,基本看不出来。

"你看，这不挺好吗？"朱雀退后一步，又整体打量了一下高阳，笑着解释，"组织早就考虑过随身带符文回路不便于隐藏的问题，这是专门定制的臂包，后勤部可以领，我还以为你知道。"

高阳穿好T恤，语气哀怨："我哪会知道，也没人跟我说，我加入工会就还没去过后勤部。"

"哈哈，这个臂包是我这次带时空符文回路时用过的。"朱雀笑笑，"没新的了，你先凑合着用吧。"

"谢谢夏姐！"高阳很是感激，迫不及待地开始脱裤子。

"哇，你又干吗啊！"朱雀后退一步，差点又要捂眼了。

高阳全然不在意："我把符文回路换到臂包里，缠在腿上难受死了，还热！"

"亏你这些天能忍下来。"朱雀叹了口气，大手一挥，"厕所在那边，去里边换，实在太不文雅了！"

"哦好。"高阳往厕所走。

朱雀看着高阳的背影，无奈地笑了：七影啊七影，姐刚对你产生一丁点异性方面的兴趣，结果你真的瞬间就让我恢复理智了。

欸，等等，这小子，该不会是故意的吧？

朱雀微微一愣，眼底闪过一丝若有似无的笑意。

几分钟后，高阳跟绛狐分别从厕所和洗漱室走出来。

"好了。"

两人异口同声，纷纷一愣，互相看了对方一眼。

高阳已经脱下了泳裤，撕掉了大腿内侧的透明胶带，将时空符文回路换到了接近肤色的臂包中。现在他一身轻松，神清气爽。

绛狐用白色手帕将智慧符文回路包好，刚才他已经反复将其清洗、消毒、擦拭了好几遍。

朱雀坐在客厅的沙发上，端着一杯红茶，朝两人招招手："都过来，坐。"

高阳和绛狐走过去坐下。

朱雀抿了一口茶："七影、绛狐，我刚接到会长的电话。今晚，他跟李某人，会跟酒鬼见面。"

"希望一切顺利。"绛狐说。

"不好说啊。"朱雀不太乐观，"这酒鬼，感觉也挺古怪的。"

"你见过酒鬼吗？"高阳问。

朱雀摇摇头："我连人家是男是女都不清楚。"

高阳一脸不解："实力排行榜是我们麒麟工会做出来的，酒鬼在榜单前四，那我们肯定是对人家有了解吧？"

"呵，这榜单其实是继承了上世纪的一个江湖榜单，那时有不少高手前辈，酒鬼就在其中。不过嘛，前辈们陆陆续续死得差不多了，好像只有酒鬼活了下来。"

朱雀笑笑："麒麟工会成立后，酒鬼作为那一代的高手，就一直留在了榜单前五，也表示我们对前辈的一种尊敬。"

高阳点点头：原来如此，这样说来，酒鬼已经很老了。

在高阳的印象中，目前就接触过两位年纪较大的觉醒者：一个是保养有道的李夫人，一个是十二生肖的泼猴。觉醒者是"高危职业"，命长的很少。

"七影，"朱雀看向高阳，"我跟绛狐走后，这边就剩你一人，没问题吧？"

高阳点点头："没问题。"

初雪被姐姐白露带走，自己身上只剩下一块时空符文回路，而且知道这件事的人也很少。一时半会儿，高阳想不出自己在这边还能惹上什么麻烦。退一万步，真惹上麻烦，还有王子凯。

"那好，我们离城见。"朱雀眼波流转，声音柔了几分，"好好陪陪家人。"

高阳点头。

高阳在朱雀的别墅待了一会儿便离开了，回到F岛时，已经是深夜十点。

高阳经过之前冲浪的那片海滩，游客还很多，年轻男女们在沙滩上玩闹着，还有人在放烟花。

夜空传来一阵闷雷，豆大的雨滴落下来。雨季的牛尔代国就是这样，阵雨说来就来。

游客们大呼扫兴，纷纷抱头往岸边的酒店跑去，不一会儿，沙滩上就只剩下高阳一人。

高阳走在大雨中，忽然意识到自己似乎不太"合群"，他也应该跑去躲雨的。可那一刻，他心中忽然出现了逆反心理，其实他以前就挺喜欢在雨中漫步的，不管了，就这么走着吧，很快就到家了。

高阳抬起双手，将湿哒哒的刘海往脑后梳，没走几步，余光一闪。

他停下脚步，侧身看向一旁的海滩上——那里趴着一具尸体！

离城，山青区，青荷公园。

深夜，天空下着小雨，一辆加长的黑色商务车缓缓开进公园的大门。

雨夜天，公园内不见游客，显得有些冷清。

青荷公园是离城的三大公园之一，植物茂盛，自然风光很好。这里最为有名的就是青荷湖，每到夏天，湖中开满荷花，郁郁葱葱，景色优美怡人。站在湖泊中央的八角凉亭上，会有一种穿越感，是古风爱好者的拍照胜地。

此刻，黑色加长商务车正开往青荷湖。

车内坐着四人。

司机是一个戴着口罩、墨镜和鸭舌帽的中年男人，脸几乎被遮得严严实实，穿着非常正式的黑西装，戴一副黑色手套，浑身上下看不到一丁点皮肤。

他是百川团6组的组长，江湖名号黄连。

黄连是一种中药，非常苦。事实上，黄连的遭遇也很苦。

黄连觉醒没多久就被一只噬兽发现，当时他还是一间花炮厂的烟花师。那个深夜,他被迫引爆整个烟花厂跟喷兽同归于尽。

黄连的身体被大面积烧伤,昏迷了整整一个月,最后是百川团的人把他从鬼门关给抢救回来。自此之后,他就加入百川团报恩了。

副驾驶座上坐着一个安静的小男孩,他是3组的小天。

小天穿着乖巧的儿童礼服,系着安全带,全程闭上双眼,发动"感知"天赋,确保一千米内没有可疑的强大的生命体靠近。

加长商务车后面是一个小型包厢。

李某人和麒麟,各自对坐在小沙发上,中间是一张固定的玻璃茶几,上面还放着一些杂志和茶饮。

车开得很稳,两人像是坐在室内。

麒麟双手握着拐杖,面带微笑:"我还以为酒鬼是先生,没想到是女士。"

"女士。"李某人微微一笑,"今年是二〇一八年,我没记错的话,她应该有九十六岁了。"

"九十六岁,比我想象的还要高寿啊。"麒麟颇为吃惊,随后又淡淡补充了一句,"尤其,还是对一个觉醒者而言。"

"是啊。"李某人点点头,"她是迷雾世界最年长的觉醒者。"

"李夫人,你跟酒鬼前辈是怎么认识的?"麒麟颇为好奇。

"她呀,是我的领路人。"李某人双眼微合,眼中流露出敬佩,她用无不怀念的口吻说道,"也是我最早加入的那个组织里的人。"

麒麟不动声色地思考片刻,一个非常久远的名字浮上他的脑际:玄门。

玄门是一个很老的觉醒者组织,创立于上世纪四十年代。那时觉醒界还没有如今"三分天下"的局面,玄门可以说是"一统江湖"。即便是现存最长寿的十二生肖组织,也是在玄门出现二十多年后才创立的。

不过,由于当时还没人发现终焉之门和符文回路,所有人的天赋都受限于3级,觉醒者们的总体实力是远不如现在的。

关于玄门的资料并不多,最著名的就是三十八年前的"白灾"事件。据说是觉醒者和高级兽爆发的一场战争,领导者是几只妄兽。但这条消息是否可靠,已无从证实。

白灾之后,玄门灭亡,大量觉醒者也在那一年死去。

"呵呵。"李某人笑着点点头,"上世纪七十年代我加入玄门,那年我十五岁。现在想来,那十年,犹如一场梦。"

麒麟推敲着时间:"李夫人,你加入玄门的第十年发生了白灾,玄门组织灭亡了?"

"是。"

"白灾,究竟是什么?"麒麟问。

"我不知道。"李某人摇摇头,"当年我的'先知'才3级,能力有限,我不属于上前线的战斗人员。"

李某人的声音有些沉重:"我记得,那年冬天,玄门所有战斗人员都被派去执行一个重要任务。半夜时分,酒鬼冲进来,浑身是血,受了很重的伤。她告诉我,执行任务的人都死了,包括她的丈夫,玄门创始人……"

李某人停下来,回忆这件事似乎让她痛苦,她必须缓一缓。

麒麟耐心等待。

"那晚,酒鬼决定带我逃走,但高级兽追了过来,我们遭到袭击。我不清楚发生了什么,因为我直接晕了过去。

"当我醒来时,我的双腿失去行动能力,并身处一个陌生的地方,酒鬼不知所踪。"

"岛国。"麒麟猜到了。

"是,那是一个很小的孤岛,我在那待了三年,一个当地的觉醒者负责照顾我,那个人后来成了我的丈夫。"

麒麟微微点头。

"三年后,我跟丈夫回到离城。我一直在寻找酒鬼,也在寻找玄门的其他人,但是都一无所获,玄门已然成为了历史。

"一年后,我创立百川团;后来,我丈夫病逝;再后来,酒鬼重新出现。

"白灾发生那年,酒鬼已经五十八岁,但她看上去就像三十多岁一样年轻。我再次见到她是在千禧年,也就是十八年前。七十八岁的她已经是个真正的老太婆,我一眼甚至没能认出来。岁月真的很残忍啊。"

"关于玄门和白灾的事,酒鬼绝口不提,她只说发生的事情无法改变,人要往前看。

"我希望酒鬼加入百川团,甚至想把团长的位置让给她,让她继续领导觉醒者。自从二十年前你发现符文回路的存在后,觉醒者的实力大增,我认为觉醒者的未来是光明的。"

"但是,酒鬼拒绝了你。"麒麟猜到了。

"是啊,她说她老了,觉醒者的未来跟她再没关系,她要好好享受晚年生活了。"

李某人说到这儿,长叹一口气:"很难相信,这话会从酒鬼的嘴中说出来。如果你认识年轻时的她,你就会知道她是多么豪情万丈和理想主义的一个人。"

"现在,她在做什么?"麒麟好奇。

"不做什么,每天喝酒,喝得烂醉如泥。"李某人又叹了一口气,"她上次肯见我已经是一年前,因为没钱买酒了。"

"这次肯见你,不会是上次你给她的买酒钱花完了吧?"麒麟开了一个玩笑。

李某人苦笑:"说不定,还真是。"

两人说话间,汽车停了。

"李夫人,到了。"黄连用沙哑得几乎漏风的声音说道。

麒麟回头看向车窗外,他们来到了青荷湖岸边的一片草地上。

"小天,你在车上等着。"李夫人温柔地吩咐道。

"是。"小天眨了眨澄澈的大眼睛,然后继续把风。
"黄连,辛苦你了。"李夫人继续说。
"是。"
黄连打开车门,撑起一把长柄黑伞,走到车尾,打开后备厢,拿出折叠轮椅,然后迅速回到车身左侧,将轮椅打开,拉开车门。
黄连一手撑伞,一手朝着车内的李夫人张开。
李某人的身体立刻变得轻盈,缓缓漂浮起来,并飘出车门,坐在了轮椅上。
黄连一手撑伞,一手推着李某人的轮椅往前走。
麒麟跟着下车,眼眸微凛。
黄连的天赋应该是"重力",序列号31,时空系,作用是可以改变自身以及周身范围内的所有物体的重力大小。
百川团大部分成员的天赋都是序列号100之后的,但组长级别的成员也不乏高手。看来,百川团的实力也并没有外界以为的那么弱。
麒麟撑开一把长柄黑伞,一手拄着拐杖,缓缓跟上。
青荷湖边上,停着一辆宽大破旧的白色房车。
这辆车应该在这待了很长一段时间,房车的尾部搭着简易的遮阳棚,棚子下面是一张小桌子和一把折叠凳。车子四周的窗沿下还囤着不少杂物,随处可见瓶瓶罐罐,啤酒、白酒、葡萄酒、药酒,车主人简直就是空酒瓶收藏家。
黄连推着李某人的轮椅,来到房车前。
麒麟撑着拐杖走在后面,虽然极力隐藏,但动作还是有轻微的失调,一时间,麒麟竟然有些心酸。
两个残疾人为了拯救种族的命运,跑来找一个天天烂醉的酒鬼,说出去谁信啊!
"酒鬼。"轮椅上的李某人喊了一声。
房车内没反应。雨还在下着,滴滴答答地打在深色的车窗玻璃上,阵阵雨雾吹过老旧的房车,整个画面透着一种说不出的凄楚感。
"你直接叫老太太酒鬼,不会不礼貌吗?"一旁的麒麟笑着问。
"谁要对她使用尊称,她才真的会发飙。她以前啊,最不服老了。"李某人笑着解释。
"酒鬼!"麒麟也没了顾忌,喊了一声。
房内传来声响,接着,车窗里亮起橘黄色的灯光,老旧冷清的房车立刻多了一些温馨的烟火气。
"谁啊?"车里传来一个老太婆的声音,声音沙哑,但很暴躁,中气十足。
"我,木子。"李某人大声回答,"我身边这位就是麒麟,我们约好了今晚见面。"
房车内的人沉默了片刻,似乎在努力回忆这件事,接着,里面传出不耐烦的声音:"我在睡觉,明天再来!"
"酒鬼,你明明答应了我们今晚见面。"李某人开始卖惨,"外面下好大的雨,我们一个坐轮椅，一个挂拐杖，来一趟多不容易啊，你忍心将我们拒之门外吗？"

听到这话，麒麟更心酸了。

"吵死了！不见，我要睡觉……"车内的声音更加暴躁了。

麒麟撑伞的腋下夹着一个酒盒："酒鬼，听说你爱喝酒，我特意给你带来一瓶九五年的陈年佳酿。"

"哎哟。"房屋内传来殷切又精神抖擞的笑声，"来就来嘛，还带什么礼啊，快进来吧。"

几秒后，车房的门朝着一边拉开，一个没有阶梯的斜坡搭了下来。

李某人跟麒麟面面相觑，眼神颇为无奈：这个酒鬼，根本就是个老顽童嘛。

"黄连，你也回车上吧。"李某人看一眼麒麟，"有劳了。"

"应该的。"

黄连离开，麒麟收了伞，然后推着李某人的轮椅进入了房车。

房车内的空间很大，前半段是一个厅堂，有餐桌和沙发，后半段分为上下两层空间，下层是厨卫，上层是卧室。

厨房的洗漱盆里全是没有洗的碗筷，衣服、生活用品还有空酒瓶和空罐头扔得满地都是，麒麟几乎没地方下脚。

房车的主人，一个白发毛糙、满脸干瘪、布满皱纹的瘦小老太婆，罩着一件破旧宽大、看上去像是一条变形的黑色连衣裙的男性黑T恤，枯槁的双脚上穿着一双脏兮兮的人字拖，邋遢得不行。

她坐在一张懒人椅上，单脚踩在椅子上，睡眼惺忪地挠着头："两位，随便坐啊。"

李某人直接坐在轮椅上，倒是省去了麻烦。

难题留给了麒麟，因为他放眼看去，根本没地方坐啊。

最终，他找到一张破旧的塑料矮凳，拘谨地坐下，手脚很不自然地并拢，非常局促，他觉得自己此刻的样子非常愚蠢。

酒鬼蜡黄色的皮肤严重下垂，两只眼袋浮肿得像两只水袋。她的眼睛耷拉着，几乎只剩下一条缝，但缝隙中的目光很锐利，并不浑浊。

麒麟刚坐下，酒鬼就急不可耐地伸出瘦骨嶙峋的手："酒给我。"

麒麟将手中的酒盒递给她。

她兴奋地接过，两三下就撕开了精贵的包装盒，这手劲一看就不是普通人。她从盒里掏出一瓶上好的白酒，直接上口，"吧嗒"一声就把盖子咬开了。

她揉了揉通红的鼻头，凑到酒瓶口前闻了闻，脸上露出了满意的神色，干瘪的皱纹都舒展开来："够香！够醇！老酒啊，果然是老酒！"

她说完举起酒瓶，对着嘴就打算来上一口。

"酒鬼。"李某人赶忙喊住她，今晚可不能让她两下就醉了，必须控制节奏，把要紧事给谈了。

李某人笑笑："这美酒独享多没意思啊，大家一起喝嘛。"

"木子！你也喝酒了？"酒鬼有点吃惊，随后非常欣喜，"太好了，你终于悟了！何以解忧，唯有喝酒啊！"

"今天破例。"李某人笑着看了一眼麒麟，"主要是陪两位。"

酒鬼看向麒麟："小子，你也爱喝酒？"

麒麟点点头，谦虚道："有时候会喝点红酒。"

"哈哈，好啊！"酒鬼心情大好，"那今晚我们就不醉不归。你们看外面下着雨啊，多好的天气啊，就应该喝酒。"

酒鬼把酒瓶放下，四处看看："呀，我这里没杯子啊。"

"有碗也行。"李某人提议。

"好，用碗……呀，碗没洗。"酒鬼说。

"我来吧。"麒麟站起来，这次没拄拐杖，他一瘸一拐地走到房车后面的洗碗池边，打开了水龙头。

等待洗碗池的水蓄起来之前，麒麟先收拾起了乱糟糟的厨案。他将一些空罐头和外卖食品的打包盒扔进垃圾袋，打包好。

酒鬼捧着手里的白酒，回头看了一眼做家务的麒麟，嘿嘿笑道："我酒鬼何德何能啊，能让麒麟工会的一把手给我洗碗。"

"您可是玄门创始人之一，我是晚辈，应该的。"麒麟背对着酒鬼，声音谦逊地拍着马屁。

"小伙子，不错！"酒鬼心情更好了，看向李某人，声音爽快，"木子，说吧，找我什么事？"

"那我也不绕弯子了。"接下来的几分钟，李某人郑重地将猩红潮汐一事进行了详细说明。

酒鬼双手捧着酒瓶，不时闻一闻酒香，也不知道是在听还是在走神。

五分钟后，李某人基本说完，看向酒鬼，等待她的反应。

酒鬼放下酒瓶，抬起头，毫不吃惊地回了一句："搞半天，就这事啊？"

李某人先是一愣，接着无奈地笑了："这事不够严重吗？"

"就我这个情况，还能活几天都不知道。"酒鬼自嘲地笑了，"说不定今晚醉倒就再也醒不来了，我管那么多干什么？"

李某人不语，她知道酒鬼说的不是真心话。

"再说，我现在走路都快站不稳了，就我这样，你们还指望我去跟兽打架？"酒鬼说完笑得更欢了，"我帮你们加油都够呛，哈哈哈！"

麒麟一瘸一拐地回来，手里拿着两只干净的白瓷碗，还有一个白瓷碟，碟子里放着一些花生米："我看到还有一包花生米，没过期，正好当下酒菜。"

"妙啊！太妙了！"酒鬼两眼放光，大喜过望，赶紧招手，"来来来！"

麒麟将碗放下，酒鬼给两人满上，然后直接对着酒瓶喝了一小口。

"啊——"酒鬼抱着酒瓶，心满意足地靠在沙发椅上，"不愧是九五年的酒啊，我仿佛也回到了那一年……"

麒麟跟李某人也端起碗，轻轻喝上一口。

李某人飞速地皱起了眉，麒麟喉咙里也是一阵火辣，脸上却不动声色。

酒鬼一口酒下肚，整个人都精神起来，蜡黄的面色似乎都泛起了一丝红润。

她坐起来，抓起几粒花生米，扔进嘴里："木子，实话告诉你吧，你梦到的这场猩红潮汐，我早知道了。"

李某人和麒麟皆是一惊。

几秒后，麒麟忍不住问道："酒鬼，您该不会也有预知未来的能力吧？"

"哈哈，没有。"酒鬼又对着瓶子喝了一口酒，然后重重地将酒瓶放在了桌上，拍了一下胸脯，颇有当年豪情万丈的感觉，"根本用不着那么麻烦。"

"我不明白。"在老前辈面前，麒麟没有架子，坦然求解。

"木子，你当初跟了我十年。"酒鬼笑着看向李某人，"你可知道我的天赋是什么？"

李某人摇摇头。当时酒鬼的天赋是绝密，尽管李某人跟酒鬼的私下感情不错，但她并不算核心层的人，所以并不知情。

"呵呵，那你想不想知道？"满脸皱纹的酒鬼坏笑起来，像一个可爱的老巫婆。

李某人点点头。

"喝酒！先喝酒，我再告诉你。"

李某人无奈地摇摇头，端起碗，皱着眉头，又喝下了一小口。

"哈哈哈哈！"酒鬼很开心，看一眼麒麟，"小子，你也喝啊！喝！喝了我就告诉你们。"

…………

牛尔代国，F岛，深夜十点。

高阳没看错，确实是一具尸体。

他犹豫了一下，在迅速离开和过去查看之间，他选择了后者。当然，在犹豫的瞬间，他不忘进入系统，通过查看幸运点确认了暂时没有危险。

高阳快步走到海边，小心地靠近。

尸体是一名女性，穿着蓝色的中袖制服和一条过膝的黑裙子，脚上是白色长袜和黑色礼鞋，其中一只鞋还脱落了，不知去向。

应该是溺水身亡，被海水冲上来的；不过，她这装扮，感觉像上个时代的女大学生啊，是在玩cosplay（角色扮演）吗？

高阳犹豫了一下，将尸体小心地翻过来。

是一个正值青春的少女，扎着两个温婉的麻花辫，娟秀的瓜子脸，脸色苍白，但是并没像死人那样煞白，皮肤也没有浮肿。

高阳一惊，立刻伸手探了一下她的鼻息：还有呼吸！

阵雨还在下，海浪一声声打上来，将高阳的双脚和少女的身体给淹没了。

高阳顾不上太多，将女孩抱起，回到沙滩上，再放下。

"喂，你醒醒？"高阳拍了拍女孩的脸。

女孩没回应，眉头微微动了一下，嘴里也发出了十分微弱的呻吟声。

高然低头检查，发现女孩侧腰的衣服被割破了，腰部有一道狭长的伤口，在海水的浸泡下，伤口发白，血都快流干了。

她受伤很重，并且失血过多！

高阳没多想，迅速救人。他伸手摸向自己的裤袋，以防万一，这些天他都随身携带两支C药剂，没想到现在竟然用上了。

少女的身份只有三种可能：迷失者、普通人类、觉醒者。

如果是迷失者，C药剂不知道对她有没有用，不过胖俊当初的"治疗"对王子凯也有用，理论上C药剂应该也可以。

如果是人类和觉醒者，那是同类，更应该抢救一下。

高阳左右看看，确认附近已经没有其他人，他悄悄拔掉C药剂的注射针套，掀开少女侧腰部位已经破裂的衣服，摸到伤口处的外围，将一整支C药剂注射了进去。

"唔。"少女发出一声痛苦的哀鸣。

大约过去三十秒，少女苍白湿润的脸上恢复一些血色。

高阳仔细确认，少女侧腰上的狭长伤口也正以肉眼可见的速度缓慢愈合。他在一旁静静守候了几分钟，直到少女身上的外伤基本恢复，只留下一道粉色的疤痕。

少女的身体抽搐了一下，缓缓睁开双眼，最先看到高阳模糊的脸庞。

"你没事吧？"高阳有很多问题想问，"你是谁？为什么在这儿？你被什么袭击了？"

少女愣了愣，意识一点点回归，脸色茫然，眼神中透着恐惧，声音虚弱地说道："别，别杀我……"

"别怕，我不会伤害你。"高阳说。

"救我，救我……"女孩冰凉的手抓住了高阳的手，"他，他要杀我……"

"谁？谁杀你？"高阳问。

"爹，爹要杀我……"女孩的眼角出现了泪水，这次她的脸上除了害怕，还有悲伤。

爹？父亲？高阳越发糊涂，看来一时半会是问不清了。

高阳抬头四顾，这时，四个年轻人朝这边走来，两男两女，在雨中跑跑闹闹，手里还拿着啤酒，似乎喝醉了。

"你现在能走吗？"高阳问。

少女不说话，试着站起来，但身体还很虚弱。

"算了。"高阳抓住她的一只胳膊，放到自己的肩膀上，"我背你。"

高阳将少女背起，迅速远离了那四个年轻人，朝另一个方向离开。

高阳推测：受伤的女孩应该是人类，如果是迷失者，反应不会是这样；也不可能是高级兽，高级兽如果受了这种程度的伤，不太可能完整地保持人形态了。

在牛尔代国同时出现两个人，其中一个还受伤了，怎么看都很可疑，有一定的暴露风险。因此高阳决定去一个没人的地方，慢慢盘问。

"别怕，没人伤害你，现在很安全。"高阳感觉到背上的少女还在颤抖，轻声安抚道，"你叫什么名字？"

过了十多秒，女孩卸下最后一点防备，诚实地回答道："怀洧。"

"好名字。"高阳随口一答，继续往前走。

又过了一会儿，女孩轻声问："你呢？"

"我啊……"高阳顿了一下，开口道，"齐颖。"

高阳背着怀洧，走到F岛一处无人的沙滩。这里是一片礁石带，游客较少，深夜更不会有什么人。

这时，阵雨停了。

两人坐在一块礁石上，任由海风将自己的头发和衣服吹干。

"你好些没？"高阳问怀洧。

"嗯，好多了。"怀洧下意识地伸手摸向侧腰上的伤口，很不可思议地说道，"你，你是怎么治好我的？你莫非是仙人，会仙术？"

高阳一怔，一时间竟然不知道从哪儿说起。现在可以确定，女孩一定是人类了，不过，还是有不少疑团。

"怀洧，接下来我问，你答。"高阳说。

怀洧点点头，对于救命恩人，她自然没什么防备。

"你之前说，你爹要杀你，他为什么要杀你？"

一提到这事，怀洧的眼中又出现惊慌，微微低下头，用力掐住自己的手："我，我不知道……爹平日对我很好，可是，可是今晚，他忽然就变成……变成了妖怪。"

妖怪？高阳琢磨着这个词，已经猜出七八分。

怀洧情绪有些激动，拼命摇头："不，那不是我爹，我爹，肯定是被那个妖怪给害了，那个妖怪还想害我……"

"怀洧，你想没想过，那个妖怪，为何要害你？"高阳顺着怀洧的话往下说。

"妖怪就是会害人。"怀洧说。

"我知道，但是为什么偏偏选中了你。"高阳引导道，"有没有可能是因为你的一些经历？"

怀洧愣了愣，眼睛一亮，抬头看向高阳："难道是因为我也会法术？跟你一样？"

高阳目光带着一点审视："你会什么法术？"

"我好像，可以从一个地方跑到另一个地方去。"怀洧的语气不是很确信。

高阳一惊：难道是时空系天赋，空间传送？

"你什么时候会法术的？能具体跟我说说吗？"

怀洧微微低头，娟秀姣好的脸庞上出现了一丝犹豫。

"不想说的话，不勉强，只是你现在的情况，我不知道怎么帮你。"高阳以退为进。

"我说。"怀洧咬了下小巧而饱满的下嘴唇，试着组织语言，"一个月前，我……我爹的肺病又犯了，我给他去药堂抓药，回家时夜深了，我被两个流氓给盯上了。

"我很害怕，想跑，他们一直追，后来他们把我拉到了深巷里。当时我害怕极了，我一边反抗一边大喊救命，可是没人来救我……

"当时，我脑子里闪过家中的画面，闪过我爹，我多希望自己已经回到家中……然后，仿佛做梦似的，我一恍神，就回到自家房间的床上。

"一开始，我还以为是自己睡着了，做了一场噩梦，可当我看到手里还提着大夫给我包好的中药时，我才确定了，那不是梦。"

高阳陷入思考：从她的描述来看，她果然不是这个时代的人啊，可她却出现在这里，难道她拥有什么特殊天赋？

海风有些大，吹乱了怀洧耳边的头发丝，她动作温婉地捋了一下："那晚，我给爹煎药，爹很惊讶我竟然回来得这么快，我就跟我爹说了实话。我说，可能是神仙保佑，把我送回来了，爹也没再多问什么。

"我很小的时候，娘就过世了，我跟爹相依为命。我爹是个私塾先生，他很疼我，家中并不宽裕，但他还是坚持送我上学堂、去女校。他总说，无论男女，知识都是可以改变命运的……"意识到自己扯远了，怀洧赶忙把话题拉回来，"反正，我和爹感情很好，无话不谈。可那天起，爹忽然变得不对劲，看我的眼神也怪怪的。

"后来好几次，爹总是冷着声音问我，是不是会什么法术？我那晚给他抓药，是不是飞回来的？我觉得这太荒唐了，我怎么可能会飞啊。我回答不知道，我真的就像做梦一样，就回来了。

"今晚，爹又犯病了，咳得厉害，家里药也喝完了。我心急如焚，出门给爹抓药，但时间很晚了，我怕药堂关门，想快点赶过去，然后一恍惚，我就来到了药堂门口。"怀洧苦笑了一下，看向自己的双手，"那一刻，我才发现，原来我真的会法术，我可以从一个地方忽然出现在另一个地方。

"我很开心，抓了药，立刻用法术回了家。我很开心地告诉爹，原来我真的会法术，说不定我还会其他法术，可以治好他的病。

"躺在床上咳嗽的爹，忽然间就不咳嗽了。他下床，走向我。他的眼神很可怕，我从没见过那么可怕的他，而且，他的身体也变了……"

"他变成你从没见过的妖怪，要杀你。"高阳替怀洧说完了。

"是的，他，他还叫我……"怀洧试着回忆，"觉醒者。"

高阳心中一沉，果然。

"爹，不，是妖怪的手，变成了一把白森森的刀，朝我刺过来，我想躲开，腰还是被他刺伤了。当时我真的很害怕，我只想逃走，然后一恍惚，我就什么都不记得了。醒来时，我就见到你了。"

高阳点点头，有了头绪："怀洧，接下来我要说的非常重要，我只说一遍，你一定要认真听。"

"好。"怀洧点点头。

"你爹，并不是你真正的父亲，而是一种叫……"

明明非常严肃的时候，怀洧的肚子却不合时宜地叫了起来。

"对不起。"怀洧尴尬的眼神都不知道往哪儿看，"你，你继续说，不用管我。"

高阳看一眼怀洧的脸，毫无血色，她大伤刚愈，体力消耗过度，确实需要补充一点能量。

高阳回头看向不远处的酒店，一楼有二十四小时营业的超市。

"在这儿等一下，我给你弄点吃的，马上回来。"高阳起身。

"不用了，我也不是很……"

"咕噜"一声，怀洧的肚子再次发出了抗议，她双手捂脸，不再说话。

"等着。"高阳善意地笑了笑。

高阳不敢多耽误，迅速走进酒店一楼的超市，也不管那么多，胡乱从货架上拿了一些零食和几瓶饮料，就结了账。

几分钟后，高阳赶回偏僻的礁石带，一眼就看到四个陌生人把怀洧团团围住，并且很粗鲁地推搡着。

糟了！怕什么来什么！

高阳提着购物袋，快步跑过去。走近一看，竟然是之前在雨中海滩游玩的四个年轻游客，两男两女。看他们的长相，应该也是离城来的游客，而且喝了不少酒，满脸的酒气。

"喂，小姐姐，你这是 cosplay 吗？"其中一个梳中分的年轻男人，态度轻浮地将怀洧搂到自己怀里，一手还搂住了怀洧细软的腰肢。

"放开我！你们、你们想干什么……"怀洧挣扎着，却被另一个醉醺醺的寸头男抓住双手，"美女，别紧张，一起玩玩嘛。"

"住手！"高阳冲过去。

搂住怀洧的中分男人抬头看了一眼高阳："哟，美女，这是你的小男友呀？"

"长得挺俊嘛。"旁边一个尖下巴的女人开口道，"小帅哥，放松点，一起来玩嘛。"

"放开她！"高阳抬高声音，眼神也犀利了起来，直接朝四人走过去。

两名女生见情况不对，顿时酒醒了不少，不敢再吭声。

抓住怀洧双手的寸头男也松开了怀洧，只有中分男还搂着怀洧，似笑非笑地看向高阳。

"爽哥，算了，走吧。"寸头男看向叫爽哥的男人。

"是啊，人家开不起玩笑，都生气了。"尖下巴女孩也在劝，"我们走吧。"

中分男却没有松开怀洧，他忽然从裤袋掏出一把折叠军刀，抵住怀洧白皙的脖子："别过来！信不信我立刻杀了她！"

"呀！"旁边的尖下巴女生吓一跳，"你、你疯啦！"

"兄弟，你这是干吗啊？"寸头男也吃了一惊，吓得退开了几步，"赶紧把刀放下，你这是，这是犯罪了啊！"

"都给我闭嘴！"中分男忽然间变得凶神恶煞，朝高阳大喊，"你再往前走一步，我立刻抹了她的脖子！"

103

怀洧起初还在挣扎，但当折叠军刀抵住她的下巴，甚至割伤表皮留下一道血印时，她浑身僵硬，别说动弹，几乎都不敢呼吸了。

"别冲动。"高阳赶忙扔掉手中的食物，抬起双手，确保自己没有武器，也没有敌意。

"转过身去！"中分男大喊一声，"立刻！"

"好，好，只要你别伤害她。"高阳缓缓转过身，他背对着几个人。

没有任何迟疑，下一秒，三根柔韧粗大的触手冲过来，将高阳的腰部、腋下和脖子给死死勒住。

高阳越想反抗，触手就缠绕得越紧，让高阳动弹不得。

"啊啊，救命啊！"

高阳身后传来男人和女人的尖叫声。

"哈哈，哈哈哈！太走运了，两个觉醒者啊，两个啊……"

高阳的身体被触手抓离地面，并且缓缓转过来。

高阳看清了，中分男的两只手臂分别化为三根粗大的触手，将他和怀洧死死束缚住，并举到了半空。

他是吞噬者！而他之前的三个同伴，两女一男都是迷失者，尖叫之后便晕厥过去——等他们醒来时，会忘记刚才的一切，自动修正这段记忆。

"我的，都是我的……"吞噬者的脸在灰暗的月光之下变得极端的扭曲，双眼绽放出阴冷的欲望之光。

三根触手上开始长出湿滑而细小的触手，它们朝着高阳的头部蔓延，即将钻进他的七窍之中。

"你，你是怎么……发现的？"高阳双手垂落，放弃了抵抗，不甘心地问道。

"呵呵，伤口啊，她腰上的伤口，有觉醒者的味道……"

原来如此，刚才他假意调戏怀洧，实则为了查看她腰上刚愈合的伤口。看来C药剂中残留了死猪天赋的能量气息，足够强烈的气息短时内会留下痕迹，吞噬者靠近的话，是可以闻到的。

嗯，这个信息记下了，以后这方面得小心点。

好，不演了。

高阳一手抓住勒住自己脖子的触手："火焰！"

火焰立刻顺着触手烧向吞噬者的身体。

"啊！哇啊啊——"吞噬者立刻被烧伤，被迫松开了高阳。

高阳在双脚落地的瞬间发动"瞬移"天赋。他出现在吞噬者的眼前，右手已经掐住了吞噬者的脖子。

"咔嚓"一声，高阳彻底折断了他的颈骨。

吞噬者一个哆嗦，双腿跪地，倒了下去。他另一只手上的触须也急速收回，渐渐变回了普通人类的手臂，虽然手指的皮肤上还有一点兽形态的残留，但已经非常轻微了。

怀洧跪坐在地，双手捂着脖子，拼命咳嗽："咳咳，咳咳……"

"你没事吧？"

"没，没事……"怀洧抬起头，吓了一跳，"啊！你，你杀了人！"

"他不是人，他是妖怪，就跟你的……"高阳把"爹"字吞了回去，他四处看看，叹了口气，"这里也不安全，我们再换个地方。"

高阳刚转身，只觉得腋下一松，有什么东西从自己的衬衫下面掉出来。

高阳一摸，是臂包里的符文回路。

之前被吞噬者的触手绞住身体时，触手的力气其实非常大，虽然高阳目前的体魄能轻易承受住，但他身上的衣服和臂包就未必了。

高阳一转身，果然是时空符文回路。

"这是什么……"怀洧刚要起身，就发现一块圆形的金属片掉落在了礁石上，她伸手捡起来，借着月光细细打量。

冰凉、光滑的质感，做工精致，有许多细小的、流动着光泽的凹槽，中间还有一个抽象的沙漏图腾。猛然间，怀洧感到一股莫名的熟悉感和亲切感，那是一股神奇的暖流，透过她的指头导向她的全身，并在她的胸口汇聚。

接着，直冲天灵盖。

怀洧一阵恍惚，双眼一闭，仰头倒下去。

高阳一个"瞬移"贴近，一把接住要落地的符文回路，一手揽住她的腰，确保她不会摔倒在礁石上。

"怀洧？你没事吧？"高阳喊了一声，她似乎又晕了过去。

…………

深夜十一点，离城山青区，青荷公园，房车内。

雨变小了，绵长地下着，荷花池内荷叶苍翠，荷花淡雅，天地之间清幽而寂静。湖旁边的房车内亮着橙色的灯光，不时传来阵阵笑声。

酒鬼、麒麟、李某人，待在相对局促的房车内，围着一张小木桌，上面放着两碗白酒和一碟花生米。

花生米吃了大半，两碗白酒也快见底。

酒鬼手中拿着酒瓶，还在回忆往事："不是我吹，想当年，我可是觉醒界公认的大美女，追求我的人，从青荷公园的南门排到了北门。"

"觉醒者一共不到两百人，怎么可能排那么长的队伍。"向来庄重的李某人，在酒鬼面前也变成了一个喜欢抬杠的顽皮小孩。

"死丫头懂什么，兽不能算进去啊？就老娘当年的美貌，别说兽了，狗见了都会摇尾巴！"

酒鬼老眼放光，很是得意："想当年，我老公为了追求我，硬是在那场觉醒者切磋大会上打败了所有人，那叫一个威风啊。"

"后来，我俩就领了证，还建了玄门……"说到这，酒鬼的眼神忽然暗淡下来，她长叹一声，"欸，不提也罢，都是些糟心事。"

麒麟端起瓷碗，语气敬佩："那时候，您跟爱人就想过要创建组织探索迷雾世界了。这份胆识和格局，令人敬佩，晚辈敬你一杯。"

说完，麒麟将最后一口酒一饮而尽。

酒鬼一愣：这小子，是在激我呢？他的言下之意不就是我现在这副鬼样子，完全没了当年的豪情壮志是吧？

"呵。"酒鬼也开始给麒麟戴高帽，"我们当年算什么啊，在你们现在看来，不就跟三岁小孩一样。二十年前你发现符文回路的存在，才真是觉醒者的希望。你们都这么强了，还要我一个糟老婆子做什么？"

李某人微微一愣，向来讨厌提老的酒鬼，竟然主动自嘲。

"酒鬼，"李某人的声音软下来，"这一次，真的关系到所有觉醒者，不，是整个人类的生死存亡。"

酒鬼看着手中要见底的酒瓶，沉沉叹了口气："我这辈子啊，就是活得太长了，才会这么苦。幸好还有酒，酒可真是个好东西啊，古人说得对啊，这一醉啊解千愁。"

酒鬼说完，仰起头，一口气将剩下的白酒全喝了。

这气魄，把在座两位都吓了一跳。

"嗝——"酒鬼打了嗝，用力抹了一把嘴，将酒瓶随意往身后一扔。

"木子、麒麟，你俩……"酒鬼顿了顿，"相信缘吗？"

麒麟和李某人皆是一愣，还以为要进入正题了，怎么忽然又扯到这种奇怪的问题上了。

"呵呵，缘这东西，妙不可言啊。"酒鬼有了醉意，优哉游哉地问道，"今天，是几月几号来着？"

"二〇一八年六月十三号。"

"啊！"酒鬼睁大了眼睛，大喊一声，"今天！就是今天啊！这一切，果然是缘啊！"

麒麟和李某人更糊涂了。

酒鬼激动地看向麒麟："麒麟，你们工会，是不是有一个小子，十八九岁，最多不超过二十岁，名叫齐颖。"

"齐颖？"麒麟愣住，片刻之后，玩味地笑了，"是有这个一个人，不过齐颖是他的化名，他是我们工会的长老，叫七影。"

"什么？！"酒鬼忽然间很生气，"他居然骗我！他居然，居然连真名都不肯告诉我，亏我，亏我当年还那么崇拜他！"

"等等，"李某人更糊涂了，"你……崇拜七影长老？"

"是啊，齐颖那小子，是我的救命恩人啊！"酒鬼说。

"他救过你？什么时候？"麒麟也大为震惊。

"就在此时，就在此刻。"酒鬼说完哈哈大笑，"缘，果真是妙不可言啊！"

…………

牛尔代国，F岛，深夜十一点。

106

"怀洧，醒醒。"高阳轻轻拍了拍女孩的脸。

怀洧缓缓睁开了双眼。

"你刚才突然晕过去了，大约有三十秒。"高阳说，"你没事吧？"

怀洧坐了起来，有些恍惚："我刚才，忽然间……像是飞了起来，很……很奇怪的感觉……"

难道是天赋升级？不是吧？碰一下就能升级？

高阳顾不上多想，将怀洧扶起来，捡起地上那一袋零食饮料。

"跟我来。"高阳领着怀洧，跑向不远处一个娱乐场所的码头。

高阳趁着没人，迅速"借"来一艘摩托艇，带着怀洧，开往 X 的私人领地——那个建有沙滩排球场的私人岛。

怀洧从没坐过类似的交通工具，一路上紧紧抱着高阳的腰，不停地惊叹道："天啊，太厉害了，太厉害了，这东西居然可以在水上跑！这就是大海吗？我还是第一次见到大海，真大啊！"

不到十分钟，两人抵达 X 的私人岛。

高阳停好摩托艇，跟怀洧在遮阳伞下的懒人椅上坐下。

高阳从购物袋里拿出一包薯片，撕开："来，你先吃点东西。"

"这是……什么呀？"怀洧看了一眼，对薯片十分陌生。

"别管了，能吃就行。"

怀洧点点头，把手伸进零食袋里，拿出薯片，放进嘴里，小咬了一口。

几秒后，她眼睛一亮："嗯，好吃，好，好……"怀洧试着寻找形容词，"好神奇的味道，甜甜的，焦脆焦脆的，还有一些从没尝过的味道。它叫什么？"

"薯片。"高阳笑笑。

"薯片？"

"它是土豆做的。"

"不是吧，这哪里还有土豆的味道，这太神奇了！"怀洧非常吃惊，又咬了一口，"是用法术做的吗？"

高阳不再说话，又拿出一盒巧克力夹心饼干，撕开包装袋。

"这是饼干，我知道！"怀洧拿起一片，吃了一小口，"唔，巧克力的味道！"

"原来你吃过巧克力。"

"当然！"怀洧有些自豪，"爹给我买过，在十四岁生日那天……"

一说到父亲，怀洧的笑容不见了，眼中又染上了伤感。

"别想了，快吃吧，吃饱了，我还有不少事要问你。"

怀洧点点头，化悲痛为食欲，继续吃起来。

高阳也有些渴了，拿出一瓶饮料，喝上一口，开始思考接下来怎么办。

高阳的初步想法是：先把怀洧的底细打听清楚。

朱雀在流星岛，离这儿有段距离，刚才他们被一只吞噬者发现了。保险起见，还是等怀洧身上 C 药剂气息彻底散去，再带她回朱雀的别墅，然后从长计议。

怀洧其实很饿了，但她吃东西还是小口慢咽，不发出声音，非常文静和淑女。吃了半盒饼干和一包薯片，她饱了，看一眼高阳手中的饮料："这是水吗？"

"差不多，不过是有味道的水。"高阳随手从袋子里拿出一罐饮料，丢给怀洧。

怀洧看着手中的蓝色易拉罐："这，要怎么打开啊？"

"上面有个拉环，看到没？"高阳指了指，拉开就行。

怀洧很轻松地拉开，十分兴奋："成功了，这水真有意思呀！"

怀洧学着高阳，把饮料口对着嘴巴，仰头喝下一口。

"咳咳……"她咳嗽起来，眉头拧起，"味道……好怪啊！"

高阳有点意外，饮料不应该是甜的吗？就算之前没喝过，甜味也不至于觉得奇怪吧？

"唔，虽然奇怪，但是还不错。"怀洧舔了舔嘴唇，有些回味，"嗯，再试一口。"

怀洧仰头又喝了一口，这次没有咳嗽："嗯！真好喝！"

高阳有点好奇，又从袋子里拿出一罐与怀洧手中一样的饮料，仔细一看，顿时傻眼："啊，不好意思，我刚没仔细看，这不是饮料，是啤酒！"

"啤酒？"怀洧微微一愣，盯着手中的易拉罐看了看，欣喜地笑了，"原来这就是啤酒的味道！"

怀洧又仰头喝了一大口，漆黑的双眼亮晶晶的，像是打开了新世界大门。

高阳弱弱地问："那个，你满十八岁了吧？"

"今年正好十八岁。"怀洧问高阳，"齐颖先生，你呢？"

"跟你差不多。"高阳含糊说道。

"我猜也是。"怀洧笑了笑。夜晚的海风吹拂，她的两个麻花辫有些松散了，几缕发丝轻轻拍打着洁净又娟秀的脸颊，她的眉眼中，透着一股质朴和纯真，确实不像是这个时代的人。

"怀洧，你知道现在是多少年吗？"高阳问道。

"知道啊。"怀洧不明白，"二十九年呀。"

高阳暗暗吃惊：二十九年！这说法，还真是上个时代的人啊。

高阳回忆了一下历史，上一个时代的二十九年，就是一九四〇年。

看来，这个怀洧的天赋，不仅可以跳跃空间，还可以穿梭时间，也就是所谓的时空旅行！

怀洧是在一九四〇年觉醒，被父亲发现并袭击，危急关头，发动天赋进行时空旅行，来到二〇一八年的牛尔代国。

"怎么？有什么问题吗？"怀洧察觉到高阳脸色不对，"对了，这是哪儿？我之前从没来过这里，我从没见过海。"

"怀洧，接下我告诉你的事，你别吃惊。"高阳无奈地笑笑，"你现在所处的世界，是二〇一八年。"

"二〇一八年？"怀洧没有这种时间概念。

"简单说，你来到了七十八年后的未来。"

"什么！"怀洧激动地站起来，慌乱地四处乱看，"这，这不可能！我好好的，怎么会跑来七十八年后啊，我一定，一定还在做梦……"

她颓然地坐回沙滩椅上，又看向一旁的啤酒。她拿起啤酒，咕噜咕噜一口气全喝完了。

终于，她冷静了一些，并缓缓抬头："现在，真的是七十八年后啊？"

高阳点头。

怀洧不再说话，她接受了。

"怀洧，接下来我说的，你认真听。"高阳耐心地说道，"我和你一样，都是觉醒者。而杀你的人，无论你父亲，还是刚才那个男人，都不是妖怪，而是一种叫兽的生物。

"至于你为何会来到这里，以及我刚才为何可以使用火焰，这不是什么法术，是我们作为觉醒者的天赋。"

二十分钟后，怀洧听高阳讲完了迷雾世界目前已知的所有世界观。

她沉着脸，双眼发愣，正在经历一场剧烈的头脑风暴。

"怀洧，怀洧？"高阳伸手在她眼前晃了晃，"我说完了。"

怀洧缓缓抬起头，伸手从袋子里拿出一罐啤酒，拉开拉环，仰头喝了一大口。

"别喝了。"高阳把啤酒抢过来，"你听明白了吗？"

"听明白了！"怀洧情绪有点失控，大喊道，"我的家人、朋友、老师、同学全都是兽！我一直活在一个虚假的世界！我是人类，我不是我爹娘生的，我也不知道自己是从哪儿来的，我现在觉醒了，我的天赋是时空系，我跑到了七十八年后的未来，遇见了你！"

高阳点点头："正是这样。"

"可是，我不明白，世界怎么是这样的啊？"怀洧双眼通红，双手捂住了脸，顿时又变得迷茫和沮丧，"我到底……该怎么办？"

"我也不知道。"高阳如实回答，"不过，你既然能来，肯定可以回去。你知道自己的天赋名吗？"

怀洧微微一愣，几秒后，她想起了什么："我刚才，晕倒的时候，就是碰到你的符文回路时，我脑子里似乎听到了一个声音。"

"什么声音？"

"好像是……三十空……幽灵？对，就是三十空幽灵。"

"三十空幽灵。"高阳重复一遍，试着断句，"三十，空幽灵。不对，三，十空幽灵……"

"啊，是序列3，'时空幽灵'！"高阳说。

原来如此！高阳以前就想过，在权威的序列表出现之前，没有系统的觉醒者如何知道自己的天赋和序列号。

原来升级时是能听见的。

"序列3？"怀洧已经从高阳那了解到199种天赋的存在，"你是说，我的天赋

109

排第3？天啊，我这么厉害吗？"

"是啊，序列号3，你刚还升级了，你现在是4级'时空幽灵'！"

高阳心中感慨，万万没想到啊，竟然是个大佬。

她之前不过才被动地使用过几次天赋，竟然就直接3级了？当然人在危险时被激发出巨大潜能的可能性是存在的，而且靠前的天赋说不定本身就有特殊之处，比如跳级之类的。

"可是，我怎么一点感觉都没有？"怀洧看着自己的双手。

"你可以闭上眼睛，试着感受体内的能量。"高阳笑笑，"只可意会，不可言传。"

怀洧闭上眼睛，皱起眉头，一脸便秘的表情。

半分钟后，她睁开眼睛，叹了口气："我好像……还是感受不到。"

高阳略一犹豫，伸出一只手："来，把你的手给我。"

怀洧点点头，伸出手。

高阳握住怀洧的手："闭上双眼，静静感受。"

高阳调动能量流向自己的掌心。

怀洧闭上双眼，忽然，她感觉高阳的手心变得温热，并非是温度上的热，而是一种很奇妙的感觉。怀洧并不知道这是觉醒者之间的能量共振，但是，这股温热传入她的手心时，她立刻有了清晰的概念。靠着这概念，她很快找到了自己身体内的那股奇妙的能量，这股能量不同于对方，是属于自己的。

很快，怀洧抓住了身内的能量，慢慢地，一套清晰的脉络和路径在她的体内展开，正式与她的身体和精神融会贯通。

沉默的两分钟过去。

怀洧缓缓睁开双眼，整个人的精神面貌都焕然一新，甚至连声音都变得沉稳和自信。

她感激地看着高阳："我找到了它，原来它一直在我体内，我现在可以控制它了。"

"真的吗？太好了。"高阳松开怀洧的手，其实他并没有把握，不过是随意试一试。

怀洧看着眼前的高阳，他跟自己年纪相仿，但是行为举止都比自己要成熟许多，而且懂得那么多知识，又救了自己，还引导自己获得了天赋的能量。

忽然间，她对眼前的人产生了崇拜之情。

"齐颖，你是我的救命恩人，也是我的老师，我可以叫你老师吗？"

高阳有点意外，自己还是第一次被人叫老师，感觉有点受不起这个称呼。

不过，见怀洧这么真诚，他也不好拒绝："可以啊。"

"谢谢。"女孩笑着看向高阳，"齐颖老师，我可能得回去了。"

"啊？"高阳一愣，一会儿还打算带她去见朱雀。

转念一想，也对，怀洧的时间旅行，肯定有时间限制，甚至还会有次数限制和其他限制，否则这天赋也太超乎常理了。

"嗯,我现在能感觉到了,那股带我过来的能量在拉我回去……"怀洧淡淡一笑,眼中是复杂的光芒,"我要回到自己的世界了。"

"你回去千万要小心,不能相信任何人。如果你不忍心杀死你父亲,那你就得永远离开他,换一个身份重新生活。"

怀洧点点头:"好,我知道要怎么做了。"

"齐颖老师。"怀洧想了想,认真说,"我今后……还能来找你吗?"

高阳微微一怔,苦笑道:"可以是可以,但最好不要来了。"

"为什么?"怀洧不解。

"因为,你恐怕见不到以后的我了。"

"为什么?"怀洧问。

"再过七天,猩红潮汐就要来临,那一天……所有觉醒者可能都会死。"

怀洧沉默了几秒,抬起头,目光坚定:"不,老师你一定会渡过难关,我们也一定还会再见面!"

"你就借你吉言了。"高阳笑笑,"你也是,在你的时代,好好活下去。"

"嗯,约好了。"怀洧再次伸出手。

高阳稳稳握住。

两人相视一笑。

不知不觉间,怀洧的脸庞和身体渐渐变得透明,周身也浮现出奇妙的能量磁场。

高阳只觉得一阵劲风在身边炸开,吹乱了他的头发,迫使他微微闭眼了半秒。他握住的手消失了,眼前的怀洧也消失了。

雨后的夜空,月色昏暗,大海宁静,那个来自上世纪的十八岁女孩,仿佛从没出现过,只有温柔的夜风和海浪声。

沉默片刻,高阳拿出手机,给朱雀拨打了电话。

电话很快接通:"这么晚了,有事?"

"夏姐,问你个问题,你听没听过一个叫怀洧的觉醒者?"

"谁?"

"是个大佬,不过是上个世纪的人了。"

"不认识,没听过这号人。"

"是吗?"高阳叹了口气,心情有些复杂,难道怀洧没能好好活着?

转念,高阳又觉得自己太蠢,怀洧返回之后,不可能再用真名了,估计会给自己取一个江湖名字,不知道她会叫什么。

高阳对着电话笑了:"夏姐,我刚遇到一件奇事,必须当面跟你说。"

…………

离城山青区,青荷公园。

凌晨,公园里的路灯已经全部熄灭,天地之间更加幽静,只有湖边的一台房车还亮着橘色的暖光,是清冷雨雾中唯一的一抹温馨。

在酒鬼说完自己第一次时空旅行的经历后,车内沉默了将近一分钟。

111

麒麟双手握着拐杖，总结道："您是说，您可以时空旅行，并且，一小时前，十八岁的你，已经在牛尔代国见过我们工会的七影长老了，而且，你还偶然从他那接触到时空符文回路，把天赋升到了4级？"

麒麟说完，露出微妙的笑容，他情愿相信是酒鬼喝醉了在胡言乱语。

"怎么？"酒鬼有点不爽，"不相信？"

麒麟还要说什么，李某人却笑着打断了麒麟："你电话要来了，先接电话吧。"

话音刚落，麒麟的电话果然响起。

麒麟看了一眼来电显示，是朱雀打来的，他也不避讳，大方地接起："有事吗？"

"嗯，有件事，我感觉要立刻向你汇报。是关于七影的，他说他今晚遇见一个女孩，来自七十八年前……"

两分钟内，麒麟静静听朱雀讲完整件事。

"知道了。"麒麟放下手机，看向酒鬼，"我现在相信了。"

"哈哈哈哈……"酒鬼挥舞着空酒瓶，开怀大笑，笑声都破音了，"缘啊，这就是缘，妙不可言……"

过了好一会儿，酒鬼才满意地看向两人："嗯，酒都喝完了，我就告诉你们吧，我的天赋是序列3，'时空幽灵'。"

麒麟和李某人目光流转，这一定是最强时空系了。

酒鬼颇为自豪："能力嘛，有好几种。你们只要知道其中两种就行，那就是可以进行空间传送和时间穿越。"

酒鬼嘿嘿笑了一下："不过嘛，也没你们想得那么厉害。限制可多了，空间传送，我半个月才可以传送一次；至于时间穿越，我要一年才可以来一次，而且一次最多维持一小时，还有，同一天是不能去两次的。"

麒麟和李某人若有所思。

很快，麒麟开口："酒鬼，我有一个问题……"

"我知道你想问什么。"酒鬼打断道，"空间传送无法穿越迷雾，我能活动的地方，只限于离城和其他孤岛。"

李某人接着开口："我也有一个问题……"

酒鬼再次打断："你是不是想问我有没有去未来看看？"

李某人笑着点点头。

"看了，不仅未来，过去，我也去过。"酒鬼讲到这儿，声音沉下来，不急着说下去。

她的眼神忽然间变得苍老，缓缓靠在沙发上，长长叹了一口气："没有过去，也没有未来。"

麒麟一惊，已然明白了酒鬼的意思。

李某人也陷入深深的沉默。

"这破地方，没有过去，也没有未来。"酒鬼冷冷笑了，"懂了吗？"

麒麟和李某人当然懂了，但是要立刻接受这个事实，却不是那么容易。

酒鬼的声音变小了不少，多出几分倦意："我啊，去过最早的时间，是一九二〇年，再往前，我无法过去了。

"我去过最晚的时间，是猩红潮汐发生的最后一晚，再往后，我也去不了。我尝试过各种办法，但还是去不了。"

"一九二〇到二〇一八，"李某人抬头："九十八年。"

"不，是一百年。"麒麟的声音沉冷了几分，这个结论让他内心震惊。

李某人一惊，立刻明白过来。

没错，是一百年，如果猩红潮汐没有提前到来，那么它将会在两年后发生，也就是一九二〇到二〇二〇年，正好一百年。

这个迷雾世界的时间长度，或者说寿命，只有短短一个世纪。如今，因为苍母教和妄兽的阴谋，世界的终结还要再提前两年。

这一刻，李某人终于理解了，为何酒鬼会从一个热血强大的女性变成一个整天醉酒的颓废老人。

衰老，并不是主要原因，失去希望，才是。

酒鬼早已经知道迷雾世界的极限和边界在哪里。

所有觉醒者，甚至所有的兽，都逃不出苍道，逃不出命运，大家不过是笼中鸟。

三人无可避免地陷入了沉默，房车内静得可怕，只剩下夜雨轻轻拍打车窗玻璃的声响。

酒鬼似乎很累了，闭上了双眼，半睡在沙发上，忽然唱起了歌。老人的声音沙哑苍凉，却又还能听出一丝少女的清澈和纯净。

"背影是真的，人是假的，没什么执着，一百年前，你不是你，我不是我……"

麒麟不是悲观之人，他不会轻易放弃。

"酒鬼，你去过猩红潮汐最后一晚，告诉我们，谁赢了？"

酒鬼轻轻摇摇头："不知道，我没能看到结局……"

麒麟和酒鬼立刻明白过来，酒鬼去过那一天，但因为时间限制，或者其他原因，她没能目睹完整场战斗。

酒鬼还是闭着眼睛，声音越来越微弱，她还在清唱："悲哀是真的，泪是假的，本来没因果，一百年后，没有你，也没有我……"

李某人的脸色瞬间煞白，微微张嘴，却说不出话，她已经预测到了。

麒麟还在思考，发现李某人的脸色不对，他猛地一惊，立刻俯身上前，伸手探了一下酒鬼的鼻息。

三秒后，麒麟默默收回手："她死了。"

向来优雅端庄的李某人，脸上出现了明显的悲伤和脆弱。她紧紧闭上双眼，咬紧嘴唇，久久没有说话。

房车外面还下着雨。

小天和黄连坐在商务车的驾驶座和副驾驶座，双眼一直看着湖边的房车，看着房车里那一抹橙色的温暖灯光。

忽然，小天清澈的眼眸中闪过一丝与年龄不相符的忧愁与凝重。他清晰地感知到了，某个很强又很脆弱的生命体的气息，戛然而止。

十秒后，房车中的那抹光熄灭了。

细雨还在下着，青荷池中的荷花静静盛开，清幽落寞。

…………

牛尔代国，F岛。

最后一天，高阳一家人没什么安排。

大家一觉睡到上午十点，悠闲散漫地吃完早餐，接着便开始各自收拾行李。

王子凯原本行李最多，不过与白露的那一战后，他的所有行李和那栋童话屋酒店都化为乌有，沉入大海。不幸中的万幸是，考虑到王子凯丢三落四，来牛尔代国后，他的护照一直是高欣欣在帮他保管。这真是救了王子凯的老命，不然他一时半会都别想回家。

晚上九点的飞机。

下午，高阳一家人和王子凯在岛上的热带树林随意逛了逛。傍晚时分，大家又去海滩上吹了吹海风，看美丽的夕阳。

大家约好，三年后的今天，等高欣欣高中毕业后的暑假，全家人要再来这里一次，也包括王子凯。

做约定时每个人都很开心，除了高阳，因为他不知道自己还能不能活到三年后。

吃了晚饭，大家坐水上飞机去机场，准时登上了回离城的航班。

次日清晨，一家人回到离城，回到了真正的家，王子凯也回了自己家。

大家各自补了一觉，醒来时已是中午。妈妈没时间准备正常的午饭，给大家下了一碗西红柿炒蛋面。

一家人围在饭桌上吃面，爸爸称赞着妈妈的手艺，一片欢声笑语。

"对了，爸、妈……"高阳找准机会，说出想了很久的说辞，"后天王子凯要去一个俱乐部试训。"

"俱乐部？"妈妈虽然对王子凯的印象大为改观，但还是有些警惕，"什么俱乐部？"

"电子竞技俱乐部。"高阳解释道，"王子凯游戏玩得不错，有一家俱乐部看上了他，找他打职业比赛，但要先试训一周。王子凯想拉我一起陪练，毕竟平时我跟他玩游戏多。"

高阳有点心虚：就我和王子凯那技术，还打职业呢，简直笑掉大牙，不过反正家里人也不懂。

"好啊。"爸爸没多想，吃着面回答道，"你去陪陪小凯嘛，小伙子有梦想挺好。"

"我也这么想，牛尔代国这几天一直被他关照，就当是感谢了。"高阳笑了笑，"不过俱乐部的试训是全封闭的，需要一周时间。"

妈妈抬起头，眼神直勾勾地看过来："这么说，你一周都不回家了？"

高阳点点头："俱乐部包吃包住，妈不用担心。"

妈妈的脸色不太好，不过也没说什么。

高阳赶忙拿出手机，"妈，你看，就是这家俱乐部。"

一家人都凑近了点，看向手机。

"哟，不错嘛。"爸爸最先捧场。

这家俱乐部确实存在，也确实在试训一批年轻选手，但跟王子凯没有半毛钱关系。不过，高阳已经把上面的联系方式修改成了麒麟工会文职部门的电话号码，即便妈妈打电话过去咨询，也会有专人负责应对。

做戏必须做全套，而且高阳还是跟王子凯这个迷失者待在一起，能大大降低被怀疑的风险。当然，即便如此也无法保证万无一失，但这已经是目前高阳能想到的最佳借口。

"大家没意见，我就没意见。"妈妈终于松口了。

高阳松了一口气，妈妈是最难搞定的，只要妈妈同意了，其他人就是走程序了。

"爸爸呢？"高阳问道。

"儿子，放心去吧。"爸爸很支持。

"老妹呢？"高阳又问。

"没意见。"高欣欣一脸无所谓。

"奶奶呢？"高阳看向奶奶。

"奶奶能有什么意见呀？"

"不会怕我做什么坏事吗？"高阳笑着问了一句。

"不会，我相信阳阳，阳阳最懂事了。"

奶奶，对不起，高阳心里默默想道。

发动"识谎者"。

目标没有撒谎，态度为善意。

高阳心中狠狠松口气，太好了，看来奶奶也没对自己起疑。

两个多月前，高阳觉醒后，曾一度希望自己的家人都是人类。现在想想，这种想法太天真，太自欺欺人了。

如今，他已经不指望家人全是人类，只希望他们全是迷失者。这个概率还是很高的，毕竟这里大多数都是迷失者，按麒麟工会的推断，高级兽和迷失者的比例差不多是1∶100。

当猩红潮汐来临时，高阳除了要防止外面的人伤害家人，也不得不考虑家人中是否有高级兽。

奶奶曾经跟爷爷在一个房间，还目睹了爷爷死亡的真相，如果家中真有谁是高级兽，奶奶的可能性最大。所以高阳必须铤而走险，对奶奶测个谎。

现在，他确认奶奶没撒谎，且为善意。

这一秒，高阳由衷地感谢自己的幸运。

…………

下午和晚上，高阳在家待着，尽可能表现得平常和自然。

深夜，高阳在房间内进行了一小时的基础体能训练，虽然对于之后的危机，这种细微的提升不过是杯水车薪，但……也不能自暴自弃。

训练完，高阳洗了澡，刚躺在床上，就收到了来自麒麟的加密短信。

凌晨一点，高阳戴上口罩和鸭舌帽，悄悄从窗户翻出去，搭车前往苏医生的蓝房子诊所。

这次，除了苏医生，高阳最先到来，之后的十几分钟内，朱雀、白虎和青龙陆续赶来。

诊疗室的窗户拉上了窗帘，开着光线柔和的壁灯。

苏医生还是一副心理医生的打扮，他坐在主持的位置上，一手握着拐杖，一手推了下眼镜："好，下面开始互助治疗。谁先来？"

"我先说吧。"青龙花了十多分钟，将雪国发生的事情详细讲述了一遍。

大家听完，没急着发表看法。

青龙说完，朱雀欠欠身："我接着说。"

之后的二十分钟，朱雀将牛尔代国的事情，包括符洞——其实并非符洞，而是左爷的"妄境"，都详细讲述了一遍。

大家听完，按捺住好奇，没发表意见。

麒麟看向白虎："你有补充吗？"

"没有，小夏讲得很清楚了。"白虎一手捧着保温杯，一手挠挠小肚腩，"我这边的事，大家都知道了，帮青龙大哥把莎拉的尸体带给朱雀进行审问，然后陪朱雀一起进入左爷制造的结界，玩了场狼人杀，然后再带尸体回来，就这些。"

麒麟微微点头，视线落到高阳身上。

高阳坦然回答："我在牛尔代国的倒数第二晚，遇到了一个叫怀洧的女孩，她是从七十八年前穿越过来的觉醒者，天赋是'时空幽灵'，这事我跟朱雀汇报了。"

"我查过了，没有叫怀洧的觉醒者。"朱雀说。

"真的可以时空旅行吗？"白虎难以置信。

青龙不说话，半信半疑地思考着。

"这件事，刚好得到了证实。"麒麟笑容微妙，"这个怀洧，就是我昨晚跟李某人去见的酒鬼。"

"啊？"朱雀和高阳异口同声。

短暂的震惊后，高阳忍不住笑了："我早该想到的，她的确很爱喝酒，第一次喝就上瘾了。"

接下来，麒麟将酒鬼的事告诉了大家，也包括酒鬼探索出来的真相——迷雾世界的"寿命"只有一百年，最后还提到了酒鬼的死。

高阳相当震惊，一时间心情也有些沉重。

酒鬼死了啊，不过她能活这么久，已经比绝大多数觉醒者厉害了，想必，她度过了跌宕起伏又无怨无悔的一生。

不过高阳总觉得这是两个人：死去的，是一个叫酒鬼的老人；他认识的，是一个叫怀洧的少女。

这感觉很不可思议。

其他三位长老，也陷入不同程度的震惊中。

就连见过世面的青龙，也不自觉地伸手，捏了捏眉心，微微叹口气："也就是说，即便我们这次能渡过猩红潮汐的危机，留给全人类的时间，也只剩两年了。"

"是。"麒麟声音冷静，略有遗憾。

"可是，如果迷雾世界的寿命只有一百年，那之后会怎么样？"白虎将双手轻轻一拍，"难道'砰'的一声，世界就消失不见啦？"

白虎的这个问题显然是在问麒麟，麒麟双手撑着拐杖，没有回答，而是看向高阳。

高阳想了想，尽量大胆地推测："可能……世界的毁灭不是终点，一切还会再重新开始。"

"就像是电脑重启？"朱雀打了个比喻。

"对哦，宇宙不也是这个规律嘛。"白虎说，"大爆炸，大坍缩，重新开始。"

青龙想到什么，看向麒麟："苍母教的教义中，苍道会衰亡，世界会毁灭并归于虚无，只有信奉苍之神母的生灵们才能得到救赎，通过终焉之门这个唯一的通道，前往极乐的彼岸。"

"看来苍母教这套说法并非空穴来风，还是有一点依据的。"朱雀微微俯身，大拇指轻放在下嘴唇上，"也难怪玄武会心甘情愿被苍母教驱使，在我们工会当卧底。"

"一切都是为了生存。"青龙略有些感慨，"只是每个人的生存之道不同。"

房间内出现了长时间的沉默，大家各自思考着，思绪漫无边际地遨游着。

麒麟用拐杖敲击了一下地板，将大家的思绪拉回现实。

"各位，目前我们首要面对的还是猩红潮汐。撑过去，我们还有两年时间来搞清楚这些问题。撑不过去，一切没意义。"

"对。"青龙赞同。

"我跟龙、李某人已经达成共识。"麒麟说，"猩红潮汐来临前，所有觉醒者，包括跟三大组织关系不错的散人，都会聚集到白虎分部，大家一起迎接敌人，准备战斗。"

"会长，"高阳有所担忧，"妄兽中可能会有能使用大面积破坏力的天赋，我们全部集中在一起，反而很危险。"

"呵呵，七影老弟，你是不是忘了我呀？"白虎笑了。

高阳一愣：对呀，白虎是安保部长，天赋肯定不简单。

"会长，可以告诉他吗？"白虎看一眼麒麟。

"可以的，自己人。"麒麟说。

"我的天赋是'绝对防御'，序列9，最强守护系天赋。虽然目前只有3级，不过够用了。"白虎乐呵呵地解释，"我的能力之一，就是制造一个安全结界，有一层楼那么大。这个结界绝对无法破坏，还可以移动，外面的一切东西进不来，但里面的东西可以出去。"

"血雾也进不来？"高阳想到了无视所有规则的血雾。

"呵呵，也进不来。"白虎相当自豪。

"这么强？"高阳承认，他嫉妒了，作为一个贪生怕死的人，这简直是他梦寐以求的天赋啊。

"限制也很多，首先就是时间太短，一次只能维持十分钟，之后就得休息一小时，不过，足够应付你说的那种情况了。"白虎继续说，"我会让拥有感知和侦查能力的同伴负责站岗，一旦察觉到危险靠近，我会立刻保护大家。"

"原来如此。"

高阳放心地点点头，心中感叹：可惜啊，白虎的"绝对防御"只有3级，因为目前还没发现守护系的符文回路。

如果白虎的天赋能升到7级，说不定安全结界的持续时间可以延长至几个小时，这样的话，白天休息，晚上打开结界，说不定能够躲过猩红潮汐。

"白虎只能给我们兜底，确保不会被敌人一网打尽。"麒麟的声音，把高阳从不切实际的美梦中拉回来。

"想要改变命运，还是得主动出击。"青龙接过话。

"没错。"麒麟点点头，看向四位长老，"届时，在座都是核心战力，请务必做好背水一战的觉悟。"

"是。"四人异口同声。

..........

猩红潮汐来临的倒数第二天，高阳醒得很早。

清晨七点，高阳独自一人出门，搭车前往大徐区向阳路的生如夏花店。推开门，打扮清新的歌姬系着花艺围裙，在店内包一束玫瑰花，她的发尾被温婉地扎起，搭在左肩上。

"欢迎光临，随便看看。"歌姬专注地工作，没有抬头。

"我来买花。"高阳说。

歌姬听出高阳的声音，手上的动作微微一愣，笑着抬起头："是七影长老呀，想买什么花？"

歌姬虽然微笑着，眼底却闪过一丝淡淡的凄寂和忧伤。

高阳知道，自己的出现，让她想到了某人。

"去探望过世的朋友，有什么推荐？"高阳问。

"男士还是女士？"歌姬声音自然地问。

"都有。"

歌姬略一沉默，再次浅笑道："男士的话，我推荐白菊、勿忘我、满天星；女士的话我推荐康乃馨、郁金香、百合。当然，也可以考虑逝者生前喜爱的花，其实送花就是一份心意，不用太拘泥。"

高阳略一思考："给我一束白菊、一束满天星、一束百合。"

歌姬一愣，没想到高阳竟然要买三束花。

"好，稍等。"

…………

八点左右，高阳来到太平桥墓园。

早晨的空气还很清新，山岗上的风还残留着一丝夜晚的清凉。

高阳双手捧着三束花，爬上半山腰，沿着崎岖的小石路，找到了李薇薇的墓碑。

墓碑上照片里的女孩，温柔美丽，笑靥如花。

高阳蹲下，将百合花放在李薇薇的坟前。

"李薇薇，抱歉啊，这么久了，还是第一次来看你。"高阳的声音有些伤感和愧疚，"这段时间，实在发生了太多事情……"

觉醒之前，高阳跟李薇薇是无话不谈的青梅竹马，此刻的高阳，明明有很多心事想跟她分享，可话到嘴边，却一句也说不出来。

沉默了半分钟之久，高阳无奈地笑了笑："总之，我一切都好。要是还有机会的话，下次我再来探望你。"

高阳起身，往反方向走了一段路，又上了一条小岔路，来到了万思思的坟墓前。

这次，他将怀中的满天星放在了墓前。他愣愣地看着墓碑上的照片，照片上的女孩笑容腼腆，眼神羞涩。

高阳的心又是一阵钝痛。

## 第四章

# 潮汐来临

"万思思，我来看你了。"高阳强打起精神地笑了笑，"你走之后，发生了很多事。对了，我替你报仇了，不过，也不算彻底报仇，接下来有更紧迫的事得面对，所以，彻底报仇的事得再等等了……"

高阳说到这儿，忽然意识到自己的伪善。

其实对万思思来说，杀了红疯就算报仇了，消灭苍母教，万思思真的在意这种事？说到底，高阳不过是要强行给自己一个理由：不原谅自己，继续保持愤怒，不断变强，直到迎接命运的终点。

高阳自嘲地笑了笑，声音有些艰涩："万思思，对不起啊，如果我当初再谨慎点，再强一点，你可能就不会死……"

"万思思，那天你跟我说，如果没有我，就不会有现在的你。

"我现在，有些明白这句话了。如果没有当初的你，也不会有现在的我。人生，确实很奇妙啊，但也非常残酷。

"我不知道，接下来自己还要失去多少；我也不知道，自己什么时候会成为别人的失去。

"但只要我还活着一天，我永远……永远不会忘记你。"

高阳站起来，深深地看了一眼墓碑上的少女，转身离开。

几分钟后，高阳找到了自己要见的最后一位朋友，也是最新的一块墓——鬼马之墓。

走近了，高阳吃了一惊，鬼马的墓碑前，正坐着一个清秀的人影。

乌黑的长发、白T恤、牛仔裤，略显苍白的容颜美得雌雄莫辨，一双异瞳深邃幽静。

高阳认出龙的瞬间，龙也感知到高阳的靠近。

龙还在看着鬼马的墓碑，他的侧脸对着高阳，温和自然的声音中透着淡淡的疲倦："黑马，你来了。"

"巧啊，龙先生。"七影故作生疏。

"这里没其他人，不用拘谨。"龙说。

高阳立刻松了口气，龙那可怕的天赋，高阳信得过。

他将手中的白菊放到墓碑前，拍了拍鬼马的石碑，然后在龙身旁坐下，声音恭敬地说道："队长。"

"牛尔代国之行，顺利吗？"龙声音淡淡的。

高阳猜不透龙是真的关心，还是在问他要情报。

"挺好。"高阳顿了一下，"队长，牛尔代国的情况，需要汇报吗？"

"麒麟已经把信息同步给了我和李某人，当然，他应该有所保留，不过，我并不需要你来补充。"

高阳犹豫了一下，还是说道："酒鬼的事，你也知道？"

龙轻轻地笑了："你忘了，我可是一路冬眠过来的人，按辈分，你们该叫我爷爷了。"

高阳沉默。

龙继续说："你以为，玄门的白灾，为何酒鬼可以活下来？"

高阳一惊："队长，是你救了她？"

龙低下头，叹了口气："我们十二生肖，也为此付出了惨重的代价。"

"白灾究竟是什么？"高阳问。

"简单说，有三只妄兽，试图消灭所有觉醒者，但失败了。"龙眨眨眼，"前尘往事，不必再提，还是着眼未来吧。"

高阳一闪念：这跟 X 之前透露的妄兽信息是吻合的。

高阳又想到什么，道："队长，关于迷雾世界只有一百年寿命的事，你也早知道了？"

龙没有回答，算是默认。

那一瞬间，高阳终于想明白了为何龙要大费周章的冬眠。按照龙的年纪，如果要自然等到二〇二〇年，他已经相当年迈，所以他要用冬眠的方式，把自己的寿命控制在青年时期，保持最强的实力，为的，就是迎接"世界末日"这一天。

龙，是一个为了理想可以付出一切的战士啊！

如果这世上，还有谁能成功走到终焉之门打开的那一天，那么只能是龙！他才是命运选中的主角啊！

高阳对龙的敬佩和忌惮，又加深了几分。

很快，高阳平复情绪，一些疑问涌上心头："队长，我不明白。"

龙侧目看着他："你问。"

"既然你已经知道了那么多，为何还要派我去当卧底？我感觉，我打探出来的情报还不如你自己了解的多。"

"不，苍母教的事，我知道的就很少。"龙淡淡一笑，"而且，我送你去麒麟工会，也是为你考虑。"

121

"我……不懂。"

"七影，我一早就知道，你有'幸运'天赋。"

高阳大骇，顿时毛骨悚然！他极力按捺，才没在脸上表现出来震惊。

高阳不说话，他不知道能说什么，沉默是唯一的选择。

龙的声音依旧平和，感受不到情绪起伏："麒麟工会有神迹符文回路，以我对你的了解，你去了麒麟工会，肯定会想办法接触神迹符文回路。你当时还很弱，麒麟未必会防你。我是不可能的，麒麟绝不会让我碰神迹符文回路。"

高阳震惊了：这个龙，还真是算无遗策啊！

可是，龙为什么会知道我有"幸运"？我从没跟任何人讲过。难道龙会"读心术"？不应该，会"读心术"的人是蓝豚，他已经死了。莫非龙等蓝豚死后领悟了"读心术"？

算了，现在想这些没意义。

当务之急，是要站稳挨打！

"队长，我不是有意要隐瞒……"

"没关系的。"龙露出理解的笑容，"高位列的天赋，本来就是觉醒者的底牌，我们都在隐藏，你也隐藏，这很公平。"

"可我的天赋，不是高位列天赋。"

龙没有接高阳的话，转而又看向了鬼马的墓碑："高阳，你知道，天赋的本质是什么吗？"

高阳摇摇头，龙居然叫他本名了，看来接下来的话很重要。

"我也不知道，但我猜测，天赋的本质是一个整体，一种我们无法理解的能量，被拆分成199份，又对应了十二种类型，也就是十二符文回路。

"能量之间都是有关联的。"龙停顿了一下，"先给你补个小知识，1~12的天赋，分别是十二类型的最强天赋。"

高阳一惊：这对我可不是什么小知识啊！

的确，就高阳所知的靠前天赋：万象、时空幽灵、傀儡大师、绝对防御、杀人专家、庄家，分别对应最强的精神系、时空系、召唤系、守护系、伤害系、辅助系。

这样算来，龙的天赋，莫非是最强的神迹系？

龙继续说："十二类型的最强天赋者，通过身体接触，可以察觉到对方身上是否有同类型天赋。

"你还记得，当时我在鼠门处决鬼马后，有走到你身边问你有没有事吗？"

高阳先是一愣，微微一惊："可你当时没有碰我啊？"

龙笑笑："不，我碰了你的肩，只是没让你察觉。"

高阳恍然大悟：这肯定是龙的天赋在搞鬼。

"那时候，你就知道我有'幸运'天赋了？"

龙点点头。

高阳沉思片刻："可是，你为何能确定是'幸运'天赋，而不是其他神迹类的天赋？"

"我刚说过，我认为天赋是一个整体，一股能量。"龙看向高阳，"这个推测并非凭空想象。"

"天赋之间是首尾相连的。"龙看向高阳，"我是首，你是尾，反过来，我是尾，你是首，天赋是一个整体，一个圆。"

龙伸出手："来。"

高阳迟疑了一下，他想不出拒绝龙的理由，也没有拒绝龙的资本。

他伸出手，握住龙的手。顿时间，高阳感受到了，一股奇妙的能量涌入自己的体内，但同时，自己的能量似乎也在被龙给夺走。

非常奇妙的体验。

三秒后，龙松开了手。

"高阳，你果然接触到了神迹符文回路。"

"谢谢你，现在，你我的体内，都种下神迹符文回路的种子，能否破土而出，就看个人造化了。"

"序列1，'主宰'，最强神迹系。"龙看向高阳，异瞳微微闪烁，"你是第一个知道我天赋的人，这是作为你完成任务的感谢。"

高阳早已经震惊得说不出话。

完成任务！原来，这才是月色真美的真正任务。

鬼马的任务，不过是其中一个。

隐藏更深的任务，是让高阳替龙拿到神迹符文回路的"种子"。

龙知道麒麟防备着龙，也知道麒麟已经猜到龙是最强神迹天赋，所以麒麟绝不可能让龙拿到神迹符文回路，就连碰一下都不可能。但麒麟没有料到，龙可以通过高阳这个"媒介"，得到神迹符文回路中的"能量种子"！

龙的计划并非万无一失，事实上，这是一场豪赌！

只要高阳这边稍有差池，都不可能促成龙想要的结果。但偏偏高阳命硬，在符洞中活下来还立了大功，并且真的接触到了神迹符文回路。

龙当初说过，只有高阳能完成这个任务。

龙不是在鼓励高阳，而是在陈述一个事实。

高阳陷入沉默，震惊之后，是深深的挫败。他觉得自己在龙面前，实力和智力都被全方位碾压了。

"高阳，抱歉，利用了你。"龙很坦荡。

高阳摇摇头，快速平复情绪，努力让自己在大佬面前不卑不亢："我也隐瞒了自己的天赋，扯平了。"

"好，扯平了。"龙点头。

"你之前说，我跟你很像。"高阳迎上龙的目光，"当时我并不觉得，但现在，我改变想法了。"

龙饶有兴致地眨眨眼："是吗？"

"因为，我俩都是狂热'赌徒'。"高阳苦笑。

龙笑了："是啊，其实不仅我们，其他人，谁不是在赌。牌桌上的筹码很少，时间又有限，想要成为赢家，而不是被淘汰出局，大家的吃相都不好看。"

真是个犀利毒辣的比喻啊。

高阳叹了口气，望向鬼马的墓碑，忽然觉得有点不好意思，明明是来探望他的，结果却跟龙在这里聊起了工作。

"队长，"高阳又想到了什么，"既然你交给我的终极任务已经完成，我是不是可以回来了？"

"你自己决定。"龙的嘴角还有笑意，"我看得出，你对那边的同伴也是真情实感的。"

高阳坦然回答："他们都是好人。"

龙点点头："如果你想继续留在那儿，甚至真正加入他们，我也尊重你。"

高阳不说话。

龙继续说："我始终相信，觉醒者的命运，殊途同归。"讲到这儿，龙嘴角的笑意消失了，"当然，麒麟和李某人除外。"

高阳一惊："什么意思？"

龙看向高阳："或许我没立场说这种话，但作为感谢，这一刻我对你毫无保留。因此我想告诉你，麒麟和李某人未必是我们的敌人，但跟我们在本质上不是一路人。"

高阳细细咀嚼这句话。

"队长你是说，他们跟我们只是顺路，但终点站不一样。"

"很有可能。"龙回答。

"他们想做什么？"高阳不明白。

龙摇摇头："我还不确定，但，迟早会清楚的。"

这一刻，高阳越发迷惘了。龙的话值得相信吗？虽然他说什么做什么都显得坦荡真诚，可他不是也利用了我吗？或许……现在他说这种话，也是一种离间计，想要拉拢我。

如果龙不值得相信，麒麟和李某人又值得相信吗？

这三人，谁都不是省油的灯，越了解，越发现深不见底。

莫名地，高阳又想起黄警官的那句话——我们都是世界的孤儿，早被神遗弃了。

高阳心情复杂地想：黄警官，你怎么那么多金句啊，你不改行去写文可惜了。

十分钟后，高阳离开了太平桥墓园。

他没有马上进入系统，而是直接回家。跟家人吃过午饭后，他假装回房午睡，然后反锁房门，拉上窗帘，盘腿坐到了床上。

他深吸一口气，再次确认，龙在自己体内残留的"能量"彻底消散了。

进入系统。

探索主宰！幸运点随便扣！赶紧的！

  无法探索。

为什么？我不是知道名字了吗？之前也算领教过他的天赋了，算是探索过了吧？

  目标拒绝。

什么意思？再说一遍？

  目标拒绝。

难道说，龙的天赋可以给自己设置防火墙，拒绝被你探索到？

  可以这么理解。

为什么会这样，是不是因为他的天赋是最强神迹系，幸运系统也是神迹系，所以你被压制了？

  请自行探索。

要你何用！

  退出系统。

高阳睁开双眼，长舒一口气。这个龙，太高深，太神秘，太强大了。

算了，目前的首要事情，还是猩红潮汐。

下午和晚上，高阳留在家中，假装无事发生。

第二天醒来时已是上午九点，终于，他迎来了猩红潮汐前的最后一个白天。

上午十点，高阳收到麒麟工会的加密短信，信息重复了三次，让大家最好于天黑前前往白虎分部集合，最迟必须在凌晨之前，这是死限。

中午吃饭时，高阳十分活跃，可能因为这是他在这个家的最后一顿饭。

吃完午饭，高阳很想去厨房帮妈妈洗碗，但他忍住了，这个行为太反常。他窝在沙发上，心不在焉地看着电视。

奶奶从睡房走出来，悄悄凑过来，在高阳身边坐下。

"阳阳啊，你一会儿是不是就要走啦？"奶奶问。

"是啊，小凯来接我。"高阳看一眼手机，"应该快了。"

奶奶乐呵呵地笑着，抓起高阳的一只手："给。"

高阳低头一看，是两百块钱："奶奶，你这是……"

"奶奶没多少钱，你别嫌少，拿着，去那边想吃什么自己买。"

"奶奶，真不用！"高阳不肯要，"我这又不是出远门，过几天就回来了。"

"拿着！"奶奶坚持，"这是奶奶的一点心意。"

高阳想了想，不再推辞，笑着收下："奶奶，你对我真好。"

"呵呵，应该的，你可是我的宝贝孙子。"接着，奶奶又笑眯眯地把手伸进口袋，一脸的神秘。

两秒后，她掏出一盒锡纸包好的桂花糕："看，这是什么？"

"哇！"高阳早猜到是这个，还是假装惊喜地接过，塞进口袋，"谢谢奶奶！"

"呵呵，路上吃。"奶奶故意眨了一下眼睛，开玩笑道，"可别让妹妹知道啦。"

一时间，往事翻涌。

奶奶很爱吃糖，高阳小时候，奶奶的口袋里总会变出各种糖，其中一种就是小盒装的桂花糕。

但是那时妹妹有蛀牙，不能吃，奶奶每次都只能偷偷拿给高阳吃。

有一次，高阳考试成绩下滑严重，爸爸很生气，痛骂了他一顿。

高阳赌气，把自己锁在房间，明明肚子饿得咕咕叫了，也不肯吃晚饭。

深夜，一家人睡下，高阳饿得翻来覆去睡不着，这时奶奶悄悄敲响了高阳的房门。

奶奶在高阳的床边坐下，一边摸着他的脑袋安慰他，一边从口袋掏出用锡纸包好的桂花糕。

高阳立马接过，狼吞虎咽，那是他记忆中吃过的最好吃的桂花糕。

刚吃完，高欣欣不知何时站在了门口。

"奶奶给哥哥吃，不给我吃！奶奶重男轻女！"

"嘘……小声点！"奶奶做贼心虚，赶忙把孙女拉进房间，关上门，又从口袋掏出一块桂花糕，塞到她手里。

高欣欣这才不生气了，开心地吃了起来。

后来，两兄妹长大了，吃过的零食成百上千，早不爱吃桂花糕了，可奶奶买的糖，却还是以前那些"老古董"。

奶奶每次拿给高阳和高欣欣，两兄妹都会假装开心地接过，事后随手一放，很少再吃。

其实这些奶奶都知道，但她每次关心两兄妹，给他们手里塞桂花糕已是不变的习惯。

门铃响起，高阳的思绪被拉回来。

高欣欣上前开门，王子凯提着一个大行李箱站在外面，笑容爽朗，干劲十足："哟，欣欣，你哥呢，要走啦！"

"哥，你的好兄弟来啦！"高欣欣有一点阴阳怪气地喊着。

高阳立刻起身，提起行李袋走到门口："挺准时嘛！"

"那是！赶紧的，下午三点就要报道，我怕迟到！"王子凯越老越上道了，演技自然，"兄弟，你觉得我当上职业选手的机会有多大？"

"以你的实力，七成还是有的！"高阳睁眼说瞎话。

"哈哈，出发！"

高阳转身："奶奶、爸、妈、老妹，我走了。"

奶奶还坐在沙发上，一脸慈祥地微笑着："走吧，别误点了。"

爸爸坐在轮椅上，正在给阳台上的盆栽浇水，他有点吃力地回头看向玄关处："阳阳走啦。"

妈妈刚洗完碗，从厨房走出来，双手在围裙上擦了擦："路上小心，在外头别惹事啊。"

"赶紧走，这样就没人跟我抢电脑了！"高欣欣站在饮水机旁，端着水杯，一脸嫌弃。

"回头见。"

换好鞋的高阳，笑着带上了门。

高阳跟王子凯下了楼，坐上王子凯的跑车前往俱乐部的大楼，到地点拍了几张合影后，又开车前往王子凯的家。

王子凯非常兴奋，一进门就把行李箱一扔，鞋子一脱："高阳你是个天才啊，接下来的一周，我们就可以玩个天昏地暗，再也没人管我们了。"

"是啊。"高阳敷衍着，从自己的行李袋中拿出了一捆粗大的麻绳，还有几根束缚带。

王子凯一脸不解："你带这东西做什么？"

"哦，之前执行任务时用到的。"高阳随口撒了个谎。

王子凯并不在意，没再问了。

之后，两人打了一下午游戏，并且点了外卖。

不知不觉到了傍晚。离城的夏天，八点多才天黑。

高阳对猩红潮汐已经有了详细了解，这都是觉醒界的前辈们传下来的信息：天黑后，月亮会开始变红，但并不明显，所有普通人类和迷失者对此也不会察觉。这时，普通人类和迷失者会开始出现潮汐反应，也就是困意来袭。

极少数普通人类和迷失者会在几分钟之内快速入睡——高阳觉醒前就是这种情况。

相当一部分普通人类和迷失者，会变得昏昏沉沉，丧失对任何事情的兴趣，并在接下来的三小时内陆续入睡。只有极少数普通人类和迷失者，仍然不会入睡。

然后，凌晨到来。

血月变得巨大猩红，血雾也在这一刻出现。

届时，剩下还没睡的普通人类和迷失者会被强制入睡，与此同时，所有高级兽的兽格觉醒。

猩红潮汐正式降临，直到天亮才会结束。

窗外的天空渐渐黑下来。

高阳起身走到窗前，看了一眼天空，橙黄色的月亮染上一点点粉红，需要仔细看才能发现。

"晚上干吗？"王子凯吃完了外卖，嫌食物的蒜味太重，正在刷牙。

"唱歌怎么样？"高阳随口一说。

"好啊，我最近刚练了两首，正好跟你展示展示！"王子凯颇为得意，说话过于激动，一滴牙膏沫掉在了T恤上。

晚上，两人唱歌，唱累了又继续打游戏。

这期间高阳一直在注意时间，终于来到十一点四十分，只剩二十分钟就到临界点了。

高阳的心越来越忐忑，这个王子凯，怎么一点困意也没有啊，他真的是迷失者吗？还好，我早就准备了 B 计划。

有人按响门铃。

"哈哈，夜宵到了！"王子凯跳起来，兴奋地跑去开门，结果愣在门外，"你们，是谁啊？"

门外站着一男一女。

男生二十几岁，眉清目秀，一副大学生打扮，背一个黑色单肩包，脖子上挂着白色耳机，脑袋后面扎着一个小辫子，一副没睡醒的样子。

他单手插袋，懒懒地挥手："哟。"

女生瘦小白皙，穿着黄 T 恤和宽大的浅蓝色牛仔背带裤，蓬松的蘑菇头，大眼睛，尖下巴。

她的笑容透着一丝狡黠："哈喽，你就是那个叫'凯哥制霸峡谷'的学弟吧！"

"欸！你怎么知道我的农药 ID（账号）？"王子凯吃了一惊。

高阳已经走到了玄关处："天狗、罐头，你们来了。"

"兄弟，这两人谁啊？"王子凯问，其实王子凯在古家村见过天狗一面，但他完全忘记了。

高阳笑笑："同事，过来执行任务的。"

王子凯一听任务立刻两眼放光："兄弟，可以嘛，我就知道这一周不会这么简单！哈哈，来来来，让我们大干一场。"

时间紧迫，高阳不理会王子凯，跟天狗和罐头交换了下眼神："东西带来了吗？"

"嗯！"罐头拍了拍鼓鼓的小腰包。

"进屋。"高阳说。

天狗和罐头立刻进屋。

王子凯发现没人理自己，有点蒙："欸，什么任务啊，跟我说说啊。"

来到屋内，高阳立刻朝罐头伸手："先给我一支。"

"好！"罐头拉开腰包拉链，从里面拿出一支跟 C 药剂差不多的注射药剂。

高阳接过药剂仔细打量，针管里是一种深褐色的半透明药液。

这是麒麟工会开发的 D 药剂，又称强效镇定剂，一针下去，无论是人还是兽，哪怕是贪兽和嗔兽，至少也要睡上四十八小时。

高阳找麒麟工会申请了五支，一周肯定是够用。高阳拔掉针套，单手轻推注射器，一滴褐色液体从针管中溢出。

"这什么东西？"王子凯凑过来问。

"好东西。"高阳说着，给了罐头一个眼神。

罐头立马会意，走到王子凯身后，拍拍王子凯的肩："学弟，我就是之前跟你玩过手游的学姐，玩大乔特好的那个！"

"哦哦哦，是你呀！"王子凯看着罐头愣了几秒，总算想起来。

"学弟，你游戏玩得很差啊，要不要我教你玩呀？"罐头笑嘻嘻的。

"哈？谁要你教……"

王子凯话未说完，他身后的高阳已经将 D 药剂扎入了王子凯的脖子并迅速注射。

王子凯一怔，没搞清楚发生了什么事，他缓缓伸手，想要去摸自己的脖子，发现手根本抬不起来。他眨眨眼，身子一软，倒了下去。

高阳伸手抱住他，同时拔出注射针管，递给了罐头。

高阳双手搂住王子凯的腰，将他轻松扛在了肩上，转身就走："去地下室。"

几分钟后，高阳、罐头、天狗三人来到王子凯家的地下室，将昏迷的王子凯用粗麻绳给结结实实地捆住，还缠上强韧的束缚带，这才放下心来。

罐头给束缚带打了一个漂亮的蝴蝶结，站起来，拍拍手："搞定！"

高阳看着在椅子上歪头昏睡的王子凯，心中有些愧疚。其实这个 B 计划，很早就在高阳的心中成形了。老实说，走到这一步，高阳根本无法保证王子凯真的只是一只迷失者。

如果王子凯是，那么天黑后的这几个小时，他应该会睡着。但现在已经证明，王子凯不是这种情况，那么大概率他是自己不了解的高级兽，这样的话，十二点一过，王子凯的兽格势必会觉醒。

那时候，高阳跟王子凯之间便再没有回头路。

这是高阳绝对不想看到的事。为了阻止这种事情的发生，高阳决定，即便王子凯自己不睡，高阳也要想办法让他入睡，直到猩红潮汐结束。

高阳把这个计划向麒麟坦白，麒麟同意了。

对于王子凯这种特殊的迷失兽，麒麟工会的态度是：优先观察，如果风险实在太高就杀死。

高阳向麒麟保证，可以把风险控制在最低，并愿意承担一切后果。于是，高阳申请到五支 D 药剂。

高阳的计划粗暴简单，白天是安全的，那么自己隔一天就过来给王子凯注射一次 D 药剂，让他直接昏睡七天，反正以他的身体素质，不吃不喝七天问题不大。

一觉醒来，猩红潮汐结束，他们还是好兄弟。

当然，前提是高阳能活过这七天。

如果活不过去，王子凯也不会有事，只会以为高阳人间蒸发了，至少在王子凯心中，高阳依然是他的好朋友。

"队长，"罐头看了一眼王子凯，又看了一眼高阳，"你居然不惜做到这一步，你跟学弟真是兄弟情深啊。"

高阳的笑容无奈，语气却很认真："他救过我好几次，还特别信任我。可以的话，我永远不想伤害他。"

"哇！"罐头猛地后退一步，用奇怪的眼神打量高阳。

罐头被高阳拍了一下脑袋："队长你别打我脑袋呀，我本来就不聪明了。"

高阳故意板起脸："别贫了，快回白虎分部。"

"两位，"一旁的天狗声音有些不对劲，"情况不妙。"

"怎么？"高阳刚问话，脸色一沉，心脏几乎骤停。

眼前的座椅上，原本应该昏迷的王子凯，醒了。

"呃，头好晕啊……"王子凯迷迷糊糊地睁开眼，忽然发现自己被结结实实地捆在椅子上，猛地一惊，"哇啊，这，这是怎么回事……"

他抬头，发现高阳、罐头和天狗三人愣在原地，脸色死灰。

"兄弟，你这是干什么啊，为什么要把我绑起来啊？"王子凯激动地朝高阳喊起来。

"王子凯！你、你先冷静点，听我解释……"

高阳真的蒙了，这种情况他完全没料想到。

虽然他也考虑过王子凯的体质特殊，D药剂的效力可能会衰减，昏迷时间会缩短。但是，至少能让高级兽昏迷四十八小时的D药剂，使用在王子凯的身上，竟然十分钟都没能维持！

这太离谱了！王子凯，究竟是什么怪物啊？

"高阳，你赶紧给我解释！"王子凯有点生气了。

忽然，王子凯眼神凶狠地看向罐头和天狗："你们两个，肯定是你们出的馊主意对不对？"

王子凯情绪激动，开始挣扎："休想挑拨我们之间的关系！"

罐头脸色惨白，本能地开始后退。

天狗也后退一步，微微抬起双手，随时准备发动天赋。

"别！"高阳用眼神阻止天狗，沉声说，"天狗、罐头，你们先出去。"

罐头愣了一下："队长，没时间了……"

"出去！"高阳加重声音，用命令的口吻说道。

罐头咬着牙，犹豫了几秒，走出地下室。

天狗看了一眼高阳，没说什么，也离开地下室。

"喂！你们两个别走……"王子凯还在叫嚣。

地下室的门关上，房间里只剩下高阳和王子凯。

昏暗的光线下，两人相视无言，沉默了片刻。

"王子凯，对不起，都是我的主意。"高阳坦白。

"什么意思？"王子凯实在无法接受，"兄弟，你好好的干吗要把我捆起来啊？"

"我……"高阳急中生智，"是为了给你特训！"

"特训？"王子凯愣住。

"对！特训！"高阳手心冒汗，强行镇定下来，"百川团的李某人你还记得吧，就是观海楼那次请我们吃料理的女人。"

"哦，知道，她怎么了？"王子凯被高阳带到话里去了。

"她能预知未来，她预测到……未来有一个很厉害的反派，他是终极反派！"

高阳慢慢走近王子凯，声情并茂，"那个反派超强，我们都不是对手，最后都会被他杀死，就连你，也不是他的对手。"

"真的假的？"王子凯半信半疑，"不应该啊，我可是天命之子。"

"按理说你可以打赢他，但你的最终潜能还没有被彻底激发。"高阳拍拍王子凯的肩，"所以，我这周打算给你进行特训。把你捆起来，这只是特训的第一步，为的就是要激发你的全部潜能！"

"哈哈！"王子凯信了，"我就知道，这一周不会这么简单！"

"嗯，对。"高阳心中松了口气，看来蒙混过关了。

"特训内容是什么？"王子凯跃跃欲试，"是不是要让我自己挣脱开这些绳子？嗨，小意思，你等着啊。"

王子凯深吸一口气，双手握拳，咬紧牙关，额头上青筋暴起："啊——"

几秒之内，他的整个肌肤都变成青铜色，肌肉迅速隆起，整个身躯一下比之前强壮了一大圈。

"啊！"王子凯用力一挣，麻绳和束缚带脆弱得像是面条，瞬间绷断，飞溅出去。

一块被绷碎的束缚带飞向高阳，"啪"一声抽在他的脸颊上，留下一道红色印痕，火辣辣的疼。

"哈哈！呼——"王子凯喘着气，站起来，活动着手臂，"兄弟，你这特训不行啊，得加码啊，就这点程度还不够我热身。"

高阳杵在原地，大脑一片空白，眼前的人，是自己最好最熟悉的朋友。

但这一刻，他强大得让自己感到如此陌生。

不，王子凯绝不可能是迷失者！

他一定是某种深度沉睡的高级兽！

"砰"的一声，罐头推开地下室的门，天狗也跟在她身后，两人十分焦急。

"队长！十二点了，不能再等了！"罐头几乎是央求道。

就在罐头话音落下的瞬间，高阳的胸口轻轻地抽了一下，仿佛被某根手指拨动了心弦。

接着，高阳感受到了，一股无处不在的、弥漫性的压抑感降临。

罐头和天狗也不同程度地感受到了这个陌生的"警告信号"。

此前，他们三人并没有作为觉醒者经历过猩红潮汐，此刻，身处地下室的他们，也没能目睹猩红潮汐的降临。

但是，白虎分部的觉醒者们，完整目睹到了这惊人又诡异的一幕。

深夜的离城，看上去和往常没什么不同，只不过所有居民楼和办公楼的灯光明显比白天少了七八成，车流量也非常稀疏，绝大部分市民都入睡了。

凌晨刚过，几乎是一瞬间，城市的路灯和所有公共设施的灯光全部熄灭，整片水泥森林彻底黑了下来。

天空的圆月，以肉眼可见的速度在膨胀，并染上了浓郁的猩红色。它悬浮于夜空之上，位置极低，犹如一只邪神的眼睛，阴森地打量着这世上的每一处。

这只"眼睛"散发着不输于白昼的红色强光,整座城市都笼罩在压抑的红色之中。接着,无声却汹涌的血雾出现在了地平线和江面上。

起初,它只是一条红色的抖动的线,慢慢地,大家看清了。

那是浓郁的血雾,它们像按下加速键的潮汐,翻滚着、奔腾着,从城市的四面八方蔓延过来。

转眼间,大地之上,全是半米高的血雾。

事实上,不仅是大地,无论你所在的建筑有多高,血雾都会幻化出一根根红色藤蔓,安静地爬上来,穿透任何障碍物,再像水流一样均匀地铺展在你脚下。除非能一直悬浮在高空之上,否则谁都逃不开血雾的无差别追踪。

王子凯家的地下室内,高阳、罐头和天狗还愣在原地,在他们胸口的心弦被拨动的十几秒后,血雾已经悄无声息地钻进了地下室的门缝,在他们的脚下蔓延开来。

高阳低头,无法看见自己的双脚,只有一地的血雾。他脸色苍白,张了张嘴,却发不出声音,只能无力又茫然地看向眼前的王子凯。

王子凯似乎看不见血雾,也可能不在意这东西。

他脸上还挂着笑:"喂,你们怎么都不说话了?"

"队、队长……"罐头害怕得浑身颤抖,但是,她没有逃跑,而是鼓起勇气上前一步。

这一次,无论发生什么,她都不能再拖后腿,她要跟七影队长并肩作战。

天狗不动声色地抬起右手,伸到衬衫的领口处,摁坏了一颗深蓝色的纽扣。然后他双手对准王子凯,调动能量,随时准备发动4级"空间切割"。

不,不!不应该是这样。

高阳双眼通红,思绪如麻,理智告诉他:不能再傻站着,眼前的人极度危险,要么逃跑,要么战斗!

可高阳就是做不到,跟王子凯的点滴往事疯狂浮现,几乎要把他的脑袋撑爆。

"唰——"

两秒后,王子凯的手背上冲出三根锋利的骨刺。

他缓缓上前一步,猩红压抑的地下室内,他脸上的笑容透出一分诡异,讲话的口吻也变得轻缓而慵懒。

"你们,不是要特训吗,还等什么?"

…………

白虎分部,52楼。

白虎分部是一座大型五星级酒店,叫白湖酒店。45楼以下,按照正常酒店来经营。45楼以上则是麒麟工会的白虎分部,只能乘坐内部专用电梯才能抵达。

这里除了给每位员工分配单独的酒店宿舍,配有休闲室、娱乐室、训练室等,还储存有大量的装备和物资,相当于千禧大楼的负6楼。

52楼,是白湖酒店最顶层。这里是一个按照避难所打造的大型空间,分为东、西、南、北、中五个区域。

中间区域是核心人员的指挥室兼会议室。

东边区域是起居室，设有一百多个胶囊床铺，如今已增设到两百个，男女分开。

西边区域是公共澡堂和厕所，由于空间有限，全是狭小的隔间。

南边区域是自助餐饮区，那里有自助厨房，储备着足够两百个人吃上十天的食物和饮用水，还包括罐头、零食和各种饮料。

北边区域是休息区，配有一些沙发和座椅，还有一面视野开阔的巨大的扇形落地窗，方便大家观察外部的情况。

白虎本人坐镇在中央区域的指挥室，一旦出现危险情况，他会发动"绝对防御"，将整个52楼都纳入自己的防御结界内。

这一次，三大组织成员都聚集到白湖酒店52楼，也包括一些散人。

全员加起来共一百五十六人，这些几乎是目前迷雾世界的全部觉醒者。

猩红潮汐来临前十分钟，将近一百多个人聚集在北边的休息区，大家站在落地窗前，以一种无比震撼的心情，目睹血月降临以及血雾的出现。

尽管他们身处在如此高的位置，不到十秒钟，脚底就出现了半米高的血雾。

血雾是无处不在的，谁都躲不掉。

青灵和黄警官站在落地窗前，两人和其他觉醒者一样，脸色沉重。

黄警官的手机一直开着机，神经高度紧绷。他骗妻子说这七天要执行一个秘密任务，除非有紧急情况，否则不要联系他，妻子不疑有他。

现在，凌晨已过，猩红潮汐降临。

他非常害怕会接到妻子的电话或者收到妻子的短信，因为这说明只有两种可能：一、他的妻子是高级兽；二、他身边有高级兽怀疑他是觉醒者，并利用他妻子给他设陷阱。

其实，黄警官也考虑过在家安装监控，这样就可以拍摄到入夜后的情况：如果妻子在十二点前睡过去，就代表她是迷失者；如果妻子没睡……

黄警官不敢往下想，最终，他还是没勇气做这件事。

此刻他只能攥着手机，祈祷着凌晨到天亮这段时间手机永远不要响。当然，如果响起了，他会做好一切觉悟，哪怕……是去赴死。

一旁的青灵盯着窗外一片猩红的离城，默默攥紧了拳头。

高阳还没回来。

她之所以会这么清楚，是因天狗没回来。

她知道高阳要借十二生肖的天狗帮自己执行一个任务，任务完成后，他会赶在十二点前回到白湖酒店的52楼。

现在看来，任务没有完成，出意外了。

"青蛇！黄牛！"白兔快步走过来，手中拿着一个开着定位系统的平板，上面是离城的平面地图，地图上有一圈一圈的雷达波纹，一个红点不断闪烁着。

青灵一眼就看到了地图上的扎眼的红点。

"天狗有危险！"白兔说。

青灵二话不说，转身就走，黄警官立刻跟上，白兔同行。

三人刚走出几步，又同时停下。

斗虎抄着双手，挡住三人的去路，他不说话，一脸似笑非笑。

"让开。"青灵声音冷厉。

"好啊，先打过我。"斗虎说。

"虎叔，天狗有危险！"白兔很焦急。

"猩红潮汐期间，外出执行私人任务的同伴，要做好死亡的觉悟。"斗虎的声音里带着遗憾，"这是规矩。"

"天狗是被七影叫过去的！"白兔很生气。

"天狗自愿协助七影，这是他的选择。"斗虎的声音平静。

"我现在自愿去救天狗。"青灵冷冷地说道，"还有高阳。"

斗虎眼神遗憾地摇摇头："青蛇，来不及了，真有危险的话已经发生了。七影和天狗都对付不了的敌人，至少是妄兽和鬼团，你们去也是送死，我不能看你们冒险。"

眨眼间，青灵的唐刀已经砍出，斗虎单手拿着短刀架住。

"别逼我。"青灵目露凶光。

"这话，应该是我说啊。"斗虎沉沉叹了口气。

…………

江景别墅区，王子凯家，地下室。

"你们，不是要特训吗，还等什么？"

王子凯说完这句话，脸上的笑容消失了。他上前一步，高阳、罐头和天狗几乎同时退后一步。

不对！这种话说的口气，绝不是往日的王子凯。

动手！快动手！

该死！别傻站着！动手啊！

高阳在心中咆哮，可就是动不了手。

罐头知道不能再等了，她一手抓住高阳，一手抓住天狗。

一瞬间，三人都消失了。

王子凯的脸上愣了一下："欸，人呢？"

"高阳，你，你人呢……"王子凯又往前走了一步，这一次，不仅说话的语调缓慢，整个人的步子也变得虚浮。

他手背上的骨爪自动收回，眼皮重重合下来，又很艰难地睁开，然后再次阖了下来，整个人也像喝醉了酒一样摇摇晃晃。

"来特训……特训……"王子凯一个趔趄，往前栽倒。

隐身中的高阳迅速从空中现身，上前一步，张开双臂接住王子凯，对方的下巴枕在他的肩上。

高阳紧紧抱住王子凯，因为有外人来，脸上不动声色，内心却在狂喜。

太好了！王子凯是迷失者，即便他这么强，他也真的是迷失者啊！

他睡过去了，不是 D 药剂的效力，是猩红潮汐的规则！他刚才说话不对劲，只是他即将昏迷时的思维滞后的表现，并不是什么兽格觉醒！

高阳小心翼翼地扶着王子凯，生怕会惊醒他。他蹲下将王子凯放在地上，一瞬间，脚下浓郁的血雾将他给吞没了。

这个血雾，不会让王子凯呼吸不过来吧？高阳觉得自己多想了，但还是将王子凯横抱了起来。

"走，回客厅。"

高阳带着罐头和天狗离开地下室，来到客厅，将王子凯放在沙发上，这样，血雾就没法淹没他了。

高阳看着熟睡的王子凯，沉沉叹了口气。

尽管过程一波三折，但结果是好的，谢天谢地。

这时，天狗正在讲电话："误会一场，没有危险，我们立刻回来……啊，打起来了？没事吧，虎叔把你们三个都打趴了……呃……"

一分钟后，天狗一手挽着高阳，一手挽着罐头，带两人从王子凯家的窗户口飞了出去。

猩红的血月之下，三人快速飞过被血雾覆盖的江面。

猩红潮汐第一夜。

凌晨三点，西荆区。

血月当空，茂密的山林地区也被染成了一片殷红，仿佛发生了某种奇异的火灾，每棵树都在寂静燃烧。

山林深处，隐约可见一栋白色二层小洋房，屋内亮着灯。

换作往日，这栋洋房的四周笼罩着一层障眼法，让它跟整个山林融为一体，加上洋房四周没有上下山的路，基本不可能有人会发现这里。

不过猩红潮汐到来这段时间，小洋房的主人认为没有再隐藏建筑的必要。

这七天，觉醒者们才是应该四处躲藏的猎物。

洋房内的厅堂，一派复古的宫廷风装潢，巨大的水晶吊灯，厚重奢华的暗色窗帘，花纹美丽的柔软地毯，精致名贵的纯手工家居，满墙的名家油画。

一个身穿黑色男士礼服的小男孩，坐在一张华贵的主人椅上。他看上去只有七八岁，瘦瘦小小，穿着白袜子和手工皮鞋的双脚悬在椅子下，没有着地。

男孩一头银发，中分，额前的短刘海微微弯曲，一双暗红色的大眼睛介于可爱和深沉之间，将两种气质完美结合。他的右眼角，还有一颗美人痣。

明明拥有着一张人见人爱的可爱脸蛋，气质却非常苦大仇深，微微蹙起的眉间仿佛藏着万千的烦恼。

"欸。"他叹了一口气。

作为一家之主，他压力很大。

"春大人，白露和初雪回来了。"

小男孩的身后，站着一个身穿燕尾服的高大中年男人，拥有短而硬的银发、深红色的眼眸、棱角分明的硬朗脸庞，宽阔的下巴上还长着美人沟。

被称为春大人的小男孩微微点头，忧心忡忡道："看样子，白露还是没帮初雪找到新猎物啊。"

"春大人放心，猩红潮汐期间是我们的主场，接下来，我们有的是机会。"身穿燕尾服的男人说。

"惊蛰，你太乐观了。初雪这丫头非常特殊，比我们任何一个人都要更特殊，她的猎物，不是那么好找的。"

叫惊蛰的男人微微颔首，不再说话。

"欸。"春又叹了一口气：压力，真的好大呀。

春是鬼团创始人，也是迷雾世界的第一只鬼。

他的来历、年龄都非常神秘，也从未告诉过别人。他虽然外表是一个小男孩，但心智已经是一个历尽沧桑的老者。

很早以前，春就在不断寻找新诞生的同伴，扩大着鬼这个种族的势力。他自己的名字，是以二十四节气中的"立春"来命名的。

春，代表了希望，鬼这个种族，比任何种族都更需要希望。

这之后，每新加入一个成员，就按二十四节气的顺序往后命名。当然，名字并不拘泥，可稍做修改。

二十七年前，白露和初雪这对双胞胎诞生后，鬼团再没有新成员加入。

原本，初雪应该是叫秋分，但初雪不喜欢这个名字，三岁那年，她擅自改名成初雪，取自小雪这个节气。

春答应了，谁让初雪是家族中最小的孩子呢。在春眼中，她就是自己的宝贝孙女，掌上明珠。

曾经，鬼团人丁最兴旺时，家族成员达到十一个；可现在，只剩下四个：春、惊蛰、白露和初雪。

在觉醒者眼中，鬼是强大的，可怕的，嗜血的。这也没错，毕竟鬼以觉醒者的能量和生命为食。但……其实也是无比脆弱的。

就像那些名贵的宠物，看似高贵优雅，其实隐藏着各种遗传性疾病。

鬼也一样，每个鬼的身体里都流淌着不一样的诅咒。这个诅咒可以让鬼获得强大能力，并让鬼多出一种生命形态，但诅咒也是可怕的慢性绝症，随时会要鬼的命。

定期进食，只能确保鬼的生存，并不能阻止诅咒的病变和恶化；诅咒想什么时候夺走鬼的生命，全看诅咒的心情，毫无征兆和规律可言。

春抬头看向一面照片墙，上面是已经离开的家族成员的照片，他们全是银发红瞳，大多都很年轻，脸上挂着天真烂漫的笑容。他们当中只有极少数是死于捕猎，剩下的全是被自身的诅咒带走的。

大约二十年前，苍母教的人找上了鬼团，他们自称可以给鬼提供稳定的食物来源，并且有办法治好鬼体内的诅咒，前提是鬼愿意跟他们合作。

春并没有天真到完全相信苍母教，但他认为跟苍母教合作也没什么损失。

于是，鬼团和苍母教开始了合作。

这些年，鬼团要做的事情很简单，偶尔帮他们暗杀一些觉醒者，或者利用初雪的能力复活一些觉醒者。苍母教也确实提供了稳定的食物来源，但治好鬼团的诅咒一事没有兑现。

苍母教给出的理由是：时机尚未成熟。

"欸。"想到这儿，春忍不住又叹了一口气。

初雪无法吃普通食物，源于她自身特殊的诅咒。如今，好不容易找到了一个可以吃的特殊食物，初雪却不愿意吃，还跟那个食物成了好朋友，怎么会如此荒唐啊？

难道说，脑子变蠢变轴，也是诅咒导致的？

眼看初雪越来越虚弱，姐姐白露也是心急如焚，除了在外面瞎跑，抓一些初雪根本没法吃的散人，也没有其他办法了。

门被推开，白露抱着猫形态的初雪回来了。

白露美艳高贵的脸上流露出一丝憔悴和疲态，她将怀中沉睡的白猫放进一个粉色的猫窝中。

白露走到沙发前，再也顾不上端庄的仪态，直接仰倒在了沙发上，闭上了双眼。

"白露，这样下去不是办法。"春说。

"我知道，但是妹妹死也不愿意吃那个高阳。"白露没睁眼，语气恨恨的，胸膛微微起伏。

"会吃的。"春转头，怜爱地看了一眼猫窝中的初雪，"这孩子是倔，但再倔也倔不过求生和进食的本能。"

"现在三大组织都聚在一起，根本找不到机会。"白露道。

"耐心等待。"

"没时间了！"白露从沙发坐起来，大喊一声，声音痛苦，"初雪随时会死！"

妹妹要是死了，白露也不想活了。在这个世界上，除了妹妹，她什么都没有。

"欸。"春又叹了一口气，从胸前的口袋拿出一张名片，"白露，联系他。"

白露微微一张手，春手中的名片就飞到了她修长的手指间。她看了一眼名片："这是谁？"

"当初帮初雪找到特殊食物的人。你联系他，他或许愿意再帮我们一次。如果他有什么条件，只要不触及底线，我们都答应。"

"好。"白露赤色的眼眸中重新燃起了希望。

随即，她又微微皱眉："他是觉醒者吗？为何要帮我们？"

春摇摇头："他是妄兽，跟我们并非朋友，但……也不算敌人。"

…………

猩红潮汐第二天。

上午九点，王子凯家客厅。

沙发上的王子凯迷迷糊糊地醒来，一睁眼就看到坐在身边的高阳正幽幽地审视着自己。

"哇啊！"王子凯大喊一声，瞌睡全无，揉着脑袋坐起来，"我，我什么时候睡着的啊，兄弟你这是干吗啊，吓我一跳！"

"欸。"高阳故作忧愁地叹了口气，"特训效果不行啊。"

"什么？"王子凯一顿，记忆重新复苏，一拍大腿，"哦对啊！特训，昨晚我们不是要特训吗？我怎么睡着了啊！"

"这就是特训。"高阳说。

"哈？"王子凯有点蒙。

高阳又叹了口气："实不相瞒，昨天来的那个罐头，天赋叫'睡美人'，是一种很强的诅咒类天赋。"

王子凯听得一愣一愣的。

"她对你使用了'睡美人'。这个诅咒的特别之处在于，只要一过凌晨，你就会自动入睡。"

"我去！这么强？"王子凯张大嘴巴。

"是啊。"高阳叹了第三口气，"所以，你必须想办法挺住，如果你能挺过'睡美人'的诅咒，之后你跟最强反派战斗，就不会被他的催眠攻击干扰，一定可以必胜！"

王子凯恍然大悟："兄弟，你……你真是用心良苦啊！你放心，我绝不会让你失望，我今晚一定不睡觉。"

高阳点点头，伸手拍拍王子凯的肩："嗯，你有这个斗志是很好的，不过，'睡美人'非常厉害，我估计你短时间内都别想撑过去。不过嘛，你毕竟天赋异禀，我估计最多一周时间，你就可以战胜了！"

"哪用得着一周啊，五天，不，三天我就可以战胜！"王子凯豪气十足。

"嗯。"高阳起身，看了一眼旁边的茶几，"我给你买了早餐，你随便吃点，我还有事先走了。"

"等等！"王子凯喊道，"你走了，那我白天做什么啊？"

"修炼啊！"高阳的表情变得严肃，"你不好好修炼，晚上怎么抵御得住'睡美人'？你可是在特训！记住，为了应对终极一战的最强特训！"

"没问题！"王子凯感觉燃起来了。

"嗯，我还需要为你跟反派的终极一战做些准备工作，处理完了再联系你。"

"行！"王子凯拿起一杯豆浆吸了一口，"我吃完早饭就开始修炼！兄弟，你放心，最多三天我就可以战胜'睡美人'，你等着！"

高阳十分满意，微笑着点了点头。

…………

高阳回到白湖酒店52楼，一整天，他都是在基地度过的。

他和黄警官隔半分钟就忍不住看一次手机，就连在吃饭时也不例外。

跟他们一起吃午餐的白兔受不了了："黄牛，你有完没完？再看我没收了！"

"我看我的手机，你吃你的饭，又不冲突。"黄警官苦笑了一下。

"你这样很影响别人吃饭！"白兔有点暴躁，黄警官身旁的高阳觉得膝盖有点疼。

"附议。"白兔身旁的青灵也默默补充道。

"你又不是没设置声音提醒，老看手机，有意义吗？再这样看下去，本来没事，都给你们盼出事了。"

高阳一听，白兔说得有道理啊，赶忙将手机塞回口袋，发誓再也不看。

"呸呸呸！乌鸦嘴！"黄警官瞪一眼白兔，也将手机收回，专心吃饭。

凌晨，猩红潮汐准时降临。

血月当空，血雾无处不在，那种弥漫式的压抑感又回来了，像一片阴霾，笼罩住了每个人的心。

三大工会已经联合起来，派了两个适合侦查的三人独立小队在全城巡逻，其中一个小队由天狗、罐头和小天组成。天狗带着可以隐身的罐头和可以大范围感知强大生命体的小天在高空侦查，非常安全和稳健。

其他觉醒者无事可做，只能等待。

高阳和黄警官坐在落地窗前的懒人沙发上，两人攥着手机，魂不守舍，一言不发。此刻如果谁有读心术，大概会听到这两人一直在重复着三句话：老天保佑！手机别响！快点天亮！

半夜，果然有觉醒者的手机响起。

每一次铃声响起，高阳和黄警官的心都会被狠狠地揪住，瞬间脸色煞白，然后才意识到，那不是自己的手机。

"七影长老！"

高阳回头，绿茶正朝他走来，手里攥着手机，脸色很难看。

高阳立刻明白过来，站起身："你手机响了？"

"是。"绿茶语速偏快，有些着急。

"电话是我弟妹打来的。"绿茶目光闪躲，心存侥幸道，"不一定是兽，可能是觉醒的人类。"

高阳不语，这种可能性，就跟中彩票一样，太小了。

"她跟我弟在大学外面租了房子。"绿茶继续说，"她半夜醒来，发现我弟昏迷了，怎么也叫不醒，以为他生病了，想打急救电话却打不通，最后打到我这儿来了。"

高阳猜出绿茶的意思："你想去确认情况，想让我陪同？"

"是。"绿茶攥着手机，"我不能不管，即便弟妹是兽，用我弟弟引我上钩，我也必须去。"

"不是，你找你们组织的人就行，为什么找七影？"一直旁听的黄警官不希望高阳冒险，他道，"我记得……你们没有很熟吧？"

绿茶盯着高阳："我们执行过任务，也算是朋友了吧。我还叫了一个人，是小丑，我们三人一起去，我保证不会出问题。"

高阳还是不语。

小丑这么冷漠的人，竟然会愿意去冒险，高阳是有些意外的。

"哎。"绿茶叹了口气，"如果只是对付一只高级兽，我还是不在话下。就怕她拿我弟要挟我，我一个人肯定没法摆平。"

绿茶看向高阳，声音中带着一丝恳求："小丑可以分辨兽的气味，确认身份，而你有瞬移，头脑又聪明，真要在关键时刻救人，只能靠你了。七影长老，我只有这么一个弟弟，你一定要帮我，这个人情我今后……"

"行了别啰唆了。"高阳打断他，"我们走。"

绿茶一愣，没想到高阳这么轻易就答应了："好，走！"

高阳决定帮绿茶，主要有两点原因。

一是当初在左爷主持的狼人杀中，高阳投出了让绿茶死亡的关键一票，虽然最后知道这只是游戏，但高阳还是有些愧疚，这次帮他，算是补偿。

另一点则是私心：这几天晚上，自己也可能遇到相同的情况，说不定也有需要找绿茶帮忙的地方。

"我也陪你去。"黄警官站起来。

"不用。"高阳拒绝，"人太多不一定是好事。"

"可是……"

"万一你手机响了怎么办？"高阳说。

黄警官瞬间被说服了，叹了口气："行，你们自己小心。"

绿茶跟高阳迅速去后勤部领了一些基本药品和装备，他们走到出口的电梯处时，小丑已经在一旁等候多时了。

他改变了样貌，化身为一个十分普通、毫无特点的青年人。

三人离开白湖酒店，坐上绿茶的私家车，前往 A 大学。

开车的绿茶心急如焚，车开得很快。副驾驶座上的小丑寡言少语，看着窗外，提防着可能出现的危险。高阳拿着手机，不时担心自己的手机会响起。三人一路无话。

沉睡的城市道路空旷，很快，绿茶就来到 A 大学附近的一栋单身公寓楼，很多大学生情侣都会在这里租房同居。

三人进入单身公寓的大厅，前台的保安果然已经坐在椅子上沉睡过去。

三人迅速步入电梯，来到 1003 房。

绿茶很快就找到了房间，高阳进入系统，暂时没有危险警告，但这只表示门后没有即将发生的危机，并不代表整件事不是陷阱。

绿茶有点拿不定主意，半天不敢开门，最后看了一眼高阳。

高阳轻轻点头。

绿茶深吸一口气，按下门铃。

三秒后，门打开了。

门内站着一个穿睡衣的年轻女孩，她身形圆润，属于比较有福气的长相。

可现在的她神色憔悴,头发散乱,双眼红肿,脸上还有风干的泪痕:"哥,你总算来了……"

女孩发现绿茶身后还站着高阳和小丑,有点疑惑地问:"他们是……"

"都是朋友,正好在一起,过来帮忙。"绿茶早就想好了说辞。

女孩没有多问,赶忙打开门迎他们进屋:"来,快进来。"

绿茶因为有同伴在背后,所以放心进门,也不担心自己的弟妹会忽然袭击自己。

高阳和小丑故意慢了一步,跟在绿茶和女孩的背后进了屋。

"哥,我半夜醒来,发现小军不对劲……"

单身公寓不大,一通到底,尽头是一张床,上面躺着一个穿睡衣的男生。

"小军睡得太沉了,怎么都叫不醒……我想叫救护车,可没人接电话。我背不动他,我想找邻居帮忙,但是敲了几扇门都没人理我……我,我不知道这是怎么了。"

女孩絮絮叨叨地解释着,看得出很着急。

绿茶沉着脸,快速走到床前,守着昏睡不醒的弟弟。

女孩也要过去,却被绿茶喊住:"弟妹,你别过来。"

"啊?"女孩有点蒙,"哥,你这是干吗呀?别愣着啊,我们赶紧把小军送去医院……"

她没再说下去,忽然间,她发现气氛不太对。她慢慢转身,发现小丑正抄着双手,守在单身公寓的玄关处,那是唯一的出口。

高阳也和她保持着一定的距离,神色冰冷,动作戒备。

单身公寓内静得可怕,某种暗流正在无声地涌动。

女孩焦急又茫然的神色一点点凝固,两秒后,她的眼底闪过一丝幽微的绿光。几乎是一瞬间,她的嘴巴裂开到下颌处,狰狞的裂口中流淌着黏稠的淡绿色液体,她飞身扑向了离自己最近的绿茶。

她是寄生者,想寄生到绿茶的身体中。

绿茶早有准备,迅速抓起身旁的一个枕头挡了上去,并将枕头塞进了寄生者的裂口中。

枕头只能短暂地抵挡一下,但已经足够,绿茶的另一手发动"寸劲",一拳打向寄生者的胸口。

咬住枕头的寄生者飞了出去,"哐当"一声撞碎一旁的玻璃茶几。

一时间,白色鸭绒漫天纷飞,玻璃碴碎了一地。

寄生者顾不上几乎被震碎的内脏,挣扎着爬起来。她很清楚自己不是绿茶的对手,又侧身扑向了高阳。

她此刻只有一个念头,那就是咬人。只要能咬到觉醒者,她的能量、意识和部分记忆就能以另一种生命形态在觉醒者的体内存在下去,实现某种意义的共生。

她扑向高阳,却扑了个空,高阳发动"瞬移",轻松绕到了她的身后。

"噗"一声,高阳拿出随身携带的匕首,刺穿了寄生者的后背。

"嗷——"寄生者发出一声哀号。

高阳手臂发力，用力一推，匕首刺穿了寄生者的心脏。她不再哀号，身体一软，倒下了。
　　地板上很快出现了一摊血泊，寄生者的身体在血泊中抽搐了两下，慢慢变回了人类形态，不过裂开的嘴巴还残留着一些兽化后的痕迹。
　　小丑慢慢走过来，抽出随身携带的匕首，蹲下，在寄生者的脑袋上又凿了一个孔，确保她不能诈死和偷袭。
　　事情结束，解决得很顺利，没有一点拖泥带水。
　　但如果绿茶一个人来，可能真的会中招，毕竟，这只寄生者并不打算设下陷阱伤害绿茶，也没打算用小军威胁绿茶。
　　她原本的意图，只是要利用昏迷的小军，吸引绿茶的注意力，然后趁其不备扑上去咬他一口，最后寄生在他身上。
　　"谢谢你们。"绿茶如释重负，心存感激，"这份恩情，我铭记在心。"
　　小丑没说话。
　　高阳点点头："走吧。"
　　"好。"
　　绿茶起身前，转身看了一眼还在床上昏睡的弟弟，语气心疼："小军明天醒来，要怎么面对死去的女朋友……"
　　　　警告……
　　由于早有防备，当高阳的耳边刚出现系统的声音时，高阳本能地发动了"瞬移"。
　　绿茶只觉得一恍惚，高阳已经抱着他来到墙角。
　　而绿茶原本所在的位置，也就是弟弟的床边，刺出三根细长、锋利的白色骨刺，这三根骨刺，是弟弟的手指。
　　绿茶的脑袋"嗡"地一下炸开了，他知道这意味着什么，但他根本无法进行下一步的思考。
　　"不！"他大喊一声。
　　"嗖——"
　　骨刺又一次刺向高阳和绿茶，高阳再次"瞬移"，带着绿茶来到公寓的玄关处，跟小丑站在了一起。
　　"不，不不！为什么……为什么会这样？"绿茶的声音痛苦万分。
　　叫小军的年轻人冷冷地从床上坐起来，并没有急着再行动。
　　高阳看清了小军的样貌，长着一张很显小的短脸，黑发细软，五官柔和，看上去人畜无害。
　　事实上，绿茶的弟弟确实性格很好，两兄弟相依为命。弟弟从小懂事乖顺，对哥哥十分信任和尊重。
　　"老哥啊，"小军坐在床上，双手搭在膝盖上，低着头，语气有些伤感，"你为什么不肯乖乖让我杀掉再吃了你呢？这样，我们就永远在一起了。"

寄宿者。

高阳双手调动能量，以他目前的经验，寄宿者是除妄、生、死兽之外，战力最强、最狡猾的兽。

"小军，哥……哥对不起你……"绿茶的声音充满了自责，"是我太大意了，我应该隐藏得更好一点，这样……这样就不会让你起疑……"

"老哥啊，"小军站了起来，摇摇头，"不怪你，你可以骗过其他兽，但是……我可是寄宿者啊，你怎么可能骗过我？"

"什么意思？"高阳问。

小军冷冷地笑了，一半的脸隐没在黑暗中。

"用你们的话来说，我体内的兽格即便在沉睡时，也可以分辨普通人类和觉醒者，只是被人格、被苍道压制了。"小军耸了耸肩，"所以喽，猩红潮汐时，我的兽格必然苏醒，这一天注定要来。"

太好了！高阳知道自己很无情，甚至无耻，但这一刻，他最先想到的还是自己的家人。

现在看来，至少我的家人之中没有寄宿者。有寄宿者的话，无论我平日隐藏得多好，他们体内的兽格都能分辨出人类和觉醒者，不过是碍于人格和苍道的压制，必须等到猩红潮汐时才能苏醒。

"老哥，"小军看向绿茶，嘴角含笑，声音抱歉，"对不起啊，我真的很爱你，你是我最亲的人，我记得所有你对我的好……可是，可是不知道为什么，我现在就想杀了你，我根本控制不住我自己……"

"老哥，求你了，让我吃掉你，让我们合二为一，这样我们就永远在一起了。我保证，这个过程很快，你不会有一丁点痛苦。"

"老哥，"寄宿者还保持着弟弟的模样，一脸的渴求，朝绿茶伸出手，"我知道，你肯定舍不得我死，对不对？"

"你说过要照顾我的啊，现在只有你可以救我，我不想死，让我吃了你吧，这样我就是半人了，我们合二为一，一起变成人类活下去……"

"小军……"绿茶几乎动摇，上前一步。

"清醒点！"高阳大喊一声，"他根本不是你弟，你弟死了！他是兽！"

"老哥！"小军也激动了起来，双眼通红，"我就是你弟啊，我说的都是实话。我什么时候骗过你？他才在骗你，他想挑拨我们兄弟关系……"

"你不是绿茶的弟弟。"一直沉默的小丑，忽然蹦出一句。

小军一愣，不明白小丑为何这么笃定："你凭什么这么说？"

"他弟根本不会伤害他，就像他也不会伤害他弟。"小丑的声音毫无感情。

高阳吃了一惊：本以为小丑会说出"我能闻到你身上的气息"这种证据，却没想到他的理由直指人性。

绿茶浑身一颤，如梦初醒：是啊，如果是小军，又怎么舍得伤害他？

他朝小军伸出的手，颓然放下。

绿茶眼中流下两道热泪，还是不死心，最后试着问道："小军，真的不能回头了吗？等猩红潮汐过去，等你的兽格沉睡，我们还是兄弟，就像以前那样……"

三根骨刺忽然刺过来，高阳拿起匕首，挡住两根，还有一根刺入绿茶的肩膀，一抹鲜血溅到绿茶的脸上。

绿茶纹丝未动。

"别愣着！"高阳大喊一声。

这一趟，真是来对了啊。

今晚，高阳真切地明白了一件事：觉醒者最大的敌人，从来都不是兽，而是自己的软肋！

"人类，别天真了，已经回不了头了。"寄宿者小军笑了，这次，他没叫绿茶老哥，而是叫他人类。

不知是不是错觉，那一瞬间，高阳捕捉到小军眼底闪过的一丝遗憾。

"……为什么？"绿茶不明白。

"站队已经开始了。你们，都得死。"

小军话音未落，身体迅速长出暗紫色的鳞片，将通身包裹住，他的十指化为骨刺，强烈的杀气弥漫开来。

警告，幸运点收益增幅至2700倍。

"让我们来吧。"高阳叹了口气，上前一步，"小丑，上了。"

"嗯。"小丑的左手放在脸上，再松开时，他已经变成高阳的模样，并拥有50%的"瞬移"能力和属性加成。

小丑之前触碰高阳，感知到他体内的"瞬移""火焰""复制"和"识谎者"。

小丑的"千面人"目前只能模仿一种天赋，他选择"瞬移"。

"不用了。"绿茶及时喊住高阳和小丑，他的眼神悲痛而坚定，"他是我弟，要杀，也是我来。"

…………

凌晨五点，距离天亮还有半小时。

一辆轿车正在开往白湖酒店的路上。

开车的人是小丑，绿茶坐在副驾驶座上，浑身鲜血，脸庞和头发上也全是干掉的血迹。

他右手的五根指头全部骨折，腹部、大腿、右胸都有程度不等的刺伤，因为及时注射了C药剂进行治疗，所以没有生命危险。

绿茶的弟弟小军，那只寄宿者，跟绿茶激战一分钟后，被绿茶的"寸劲"打爆了心脏，没有感受到太多的痛苦。

绿茶没有处理尸体，只是清除了自己和同伴的痕迹。

他必须等到白天，等警察打来电话，告诉他弟弟和弟妹昨夜被入室抢劫并残忍杀害，他再假装刚得知这个噩耗然后悲痛大哭，把整场戏演到最后。

车内，绿茶脸色死灰，一言不发，盯着自己的双脚出神。

他脚上穿着一双蓝白色的跑步鞋，已经被血染成了暗褐色。

那是上个月，弟弟和弟妹两人一起送给他的生日礼物。价格上千的网红鞋，这对小情侣用打零工赚的钱买的。

"小军啊，"绿茶想起一些事情，笑了笑，"上次陪我过生日，跟我说，老哥，我有女朋友了，你也快给我找个嫂子吧……"

高阳和小丑没接话，他们很清楚，绿茶只是想说点什么。

"我问为什么啊。小军说，老哥，我长大了，能照顾好自己了，你以后，也要为自己想一想啊……"绿茶没再说下去。

"别废话了。"小丑手握方向盘，看着前方，"想哭就哭。"

绿茶哭了，一米九几的大个子，哭得上气不接下气，哭得鼻涕眼泪混在一起，像个不知所措的孩子。

…………

第二晚，觉醒者们总体平安度过，但……也有损失。

这一晚，一共有五名觉醒者的手机响起，其中一个没接，另外四个都接了，并做好赴死的觉悟，自愿离开52楼。

最终，只有三人回来，其中两人受了点轻伤，还有一人没能回来，并且失联。

因他是百川团的成员，李某人组建了一个搜查小队，天一亮便派出去搜寻同伴的下落，两小时后，搜查队找到同伴的部分尸体，用尸体袋装好，送到北归殡仪馆保存，然后集体返回52楼。

大清早，高阳独自去了王子凯家。

王子凯昨晚自然没能挺过来，又睡了过去。

醒来时，王子凯又见到守在一旁的高阳，有点不好意思地挠了挠乱糟糟的头发："嘿嘿，昨晚没挺过去，不知道什么时候就睡了！兄弟你放心，今天我继续修炼，晚上一定挺过去。"

高阳摇摇头："别急，欲速则不达。"

"咦，你黑眼圈有点重啊？"王子凯发现高阳的脸色憔悴，"你昨晚没睡觉？"

怎么可能睡得着啊，生怕家人会给自己打电话。

高阳笑笑："是啊，没睡。"

"兄弟！"王子凯简直感动得涕泗横流，"没想到，没想到你竟然一直守着我！

"你肯定一整晚都在给我加油打气对不对！我太让你失望了，竟然一整晚都没醒，我辜负了你的特训！"

你学什么不好，别学我过度脑补啊！

"铃铃铃——"

手机响起，一瞬间，高阳的脸色煞白，他几乎是颤抖着从裤袋里拿出手机。

他告诉自己：没事，没事，白天打过来的，不会有什么事。

来电显示是高欣欣。

高阳一看这三个字，根本没勇气接。

他把手机递给王子凯:"我,我妹打来的,你帮我接。"

"瞧你这怂样!"王子凯笑了,大方接过电话,"喂,高欣欣,不是说了吗,我们在特训,这几天没事别打扰我们,我可是要当职业选手……什么?!"

王子凯大喊一声,站起来:"真的假的?"

高阳的心狠狠一坠:果然出事了。

半小时后,高阳跟王子凯赶到警局。

高欣欣正坐在大厅的长椅上,双眼红肿,脸上还能看到凌乱的泪痕。

她一见到高阳和王子凯,立刻站起来,冲向高阳,抓住哥哥的手臂:"哥!"

"别慌啊,别慌。"高阳也抓住妹妹的手,"警察怎么说?"

"已经立案,在派人调查,让我先回家等消息。妈妈,妈妈不会出什么事吧?"高欣欣说着,眼泪又在眼眶中打转。

"不会有事的。"高阳徒劳无力地安慰着,自己心里也没底。

接下来的十分钟,高欣欣跟高阳和王子凯讲清了事情的来龙去脉。

事情得从猩红潮汐第一天说起。

高阳跟王子凯下午离家,前往"俱乐部",一切无事。

晚上七点一家人吃了晚饭,下楼散步,没走一会儿,大家都觉得有些困意,便决定回家。

这时妈妈忽然想起酱油用完了,便单独去超市买酱油,让大家先回去。

按理说,妈妈去趟超市,很快就会回家,可妈妈没有回家。

七点半左右,爸爸和奶奶已经回房睡觉了,高欣欣也越来越困,但想起妈妈还没回家,就给妈妈打电话。

妈妈告诉高欣欣,说自己在超市遇见一个多年不见的高中同学,以前两人感情很好,所以决定去她家住一晚。

高欣欣也没有多想,直接在沙发上睡了过去。

第二天上午,一家人醒来,妈妈还没回家。

爸爸给妈妈打电话,发现妈妈的电话关机了。

爸爸有点担心,但又觉得妈妈一个成年人,去同学家玩,应该没什么事,可能手机正好没电了。就这样一直到了傍晚,妈妈还是没回家,手机也还是打不通。

这时候,一家人终于觉得不对劲,考虑要不要报警,失联二十四小时的话,已经可以立案了。

很奇怪,大家明明很担心妈妈,可还是昏昏沉沉睡过去,一觉睡到了天亮。一家人睡醒过来,妈妈还是没回家,电话依然打不通,他们决定立刻报警。

爸爸坐轮椅不方便,奶奶腿脚不太好。高欣欣一个人去警局报了警,并跟警察说明了事情的来龙去脉。

警察初步猜测,妈妈口中的那个老同学,很可能加入了传销组织或者诈骗团伙,妈妈可能被她骗了,甚至被拘禁起来。

警方马上立案调查,开始查小区的监控,并让高欣欣安心在家等待,如果这期间妈妈还打来电话,要第一时间录音并通知警方。

高欣欣跟爸爸、奶奶通了电话,让他们也别急,在家等消息。

此刻,高欣欣情绪稍微稳定了些:"哥,对不起,我知道你在陪王子凯特训……"

"说什么傻话!"王子凯激动地打断了高欣欣,"阿姨不见了,多大的事啊,哪还有心情特训啊?"

"可是,打电竞不是你的梦想吗?"

"我梦想可多了,不差这一个!"王子凯说,"再说嘛,明天还有机会。"

"王子凯说得对。"高阳安抚道,"别担心,妈妈肯定不会有事。"

高欣欣点点头:"我们去找妈妈。"

"行!"王子凯,"坐我的车,我们一起找。"

"别急。"高阳有不同的意见,"现在找太盲目了,我们先回家等警方调查的结果,再想办法去找。"

"高阳说的有道理。"王子凯点点头。

回家一路上,高欣欣还是很不安。王子凯一直在安慰高欣欣,反而高阳很少说话,心事重重的。

高阳也非常担心妈妈,可是,他还必须考虑其他两个可能性:一是妈妈是高级兽,发现高阳是觉醒者,故意引诱他出来;二是妈妈遇见的那个老同学是高级兽,她拘禁了妈妈,想把高阳引出来。

这两种可能性都有,但是不大。

因为如果高级兽要引诱高阳出来,会直接联系他,并给出明确的时间地点,现在妈妈是失踪了,这不符合高级兽猎杀觉醒者的行为动机。

高阳、王子凯和高欣欣三人回到家中,爸爸和奶奶急得团团转,高阳又是一阵安抚。

接下来,大家坐在家中干等,午饭也没吃,一直等到下午五点,两位警察带着一些监听设备上门了。

警察很遗憾地告诉高阳一家人,他们调查昨天事发时的小区监控和街边超市的监控,确实发现当事人在超市买酱油时,遇见了一个戴口罩和遮阳帽的中年女性,两人相谈甚欢,手挽着手离开超市,并坐上一辆出租车离开。

根据监控追踪,车开到了西荆区的郊区。

西荆区的郊区很多路口都没有监控,警方已经找到了出租车司机,得知了她们下车的地方,并锁定了嫌疑区域持续寻找,目前没有进展。

警察初步断定,高阳的妈妈确实有被绑架或拐卖的可能性。

警察给家人的建议是,在家耐心等待,如果是绑架,绑匪一定会打电话,警方会对他们的电话进行监听和定位;但如果是拐卖,就只能等警方侦破了。

接下来的一个小时,家中的气氛十分沉重,大家各自拿着手机,等待着可能出现的电话,时间分外难熬。

"不行!"高欣欣站起来,把手机交给爸爸,一脸坚决地说道,"我要去找妈妈！"

"我跟你一起去。"高阳也站起来，将已经设置成"安全模式"的手机交给爸爸，"王子凯，你来开车。"

"没问题！"王子凯一口答应，一直等待不是他的风格，他现在就想赶紧行动起来。

"爸、奶奶，你们留在家里等电话，我们出去找。"高阳说。

"好。"爸爸声音干涩，失魂落魄地点了点头。

两位警察还是建议大家都在家中等电话，当高阳、高欣欣和王子凯执意要出门寻找时，警察也不能勉强，毕竟现在不能完全确定当事人就是遭到了绑架。

…………

一个小时后，高阳和高欣欣坐着王子凯的车来到西荆区的郊区，盘旋在高阳妈妈下车的路口。

"我们来分析一下。"王子凯一边开车一边努力开动脑筋，"如果我们是诈骗团伙，或者绑匪，我们会把人藏在哪儿？"

"不能太引人注目，不需要登记身份，得避开监控，还要便于隐藏。"高阳试着分析。

高欣欣用王子凯的手机打开地图，寻找着可能藏身的地点，一下就找出好几处。

三人开始寻找，中途随便吃了点东西。

不知不觉，就找到了晚上十点半。

这期间，高欣欣一直很困，几次都在车上睡了过去，但很快又惊醒了过来，王子凯倒是一直很有精神。

高阳眼看猩红潮汐要来了，提议到："要不今天先这样，高欣欣，回家吧，明天我们再……"

"谷家山庄！"高欣欣大喊一声，指着手机地图，"这里！本来要做成农家乐主题的度假山庄，结果烂尾了，妈妈有没有可能被藏在这儿？"

可能性很小，高阳并不乐观，但不忍掐灭高欣欣的希望。

人在绝望的时候，任何一点渺茫的机会都想要抓住。

"完全有可能啊！走，去找找！"王子凯非常支持，调转车头，一脚将油门踩到了底。

按照地图导航，三人驱车下了公路，进入到一条旧马路，开了十分钟，又绕进一条通往乡村的水泥宽路。看样子道路明显是新修不久，跟四周的整个环境格格不入。

汽车借着月色，穿过一大片农田，终于来到了坐落在山脚的一排烂尾别墅区，这就是谷家山庄了。

王子凯把车停在一片没铺水泥的空地上，这里应该就是临时停车场。

大山的左边是一面湖泊，能看到一些凉亭、护栏的雏形，似乎刚要搭建就停工了。右边的山脚下是十几栋中式风格的酒店别墅，才盖了个毛坯房。

高阳看了一眼王子凯的手机,已经十一点了。

再过一个小时,猩红潮汐就要来了。

高欣欣和王子凯会被苍道强制入睡——至少,按照高欣欣的描述,她这两天都是昏睡过去的,今晚她好几次都差点睡过去,这样的表现非常符合迷失者或普通人类的身份。

当然,也不能完全排除妹妹是高级兽,即使这种可能性非常之小。

因为高欣欣在,高阳和王子凯不方便动用超凡力量飞檐走壁,三人一栋一栋的顺着别墅的位置去寻找。

每仔细排查完一栋烂尾别墅都要花个两分钟,全部查完时,已经过去了小半个钟头了。

高阳一方面担心妈妈的下落,一方面担心即将来临的猩红潮汐。

很快,三人回到临时停车场。

高欣欣站在湖边,用王子凯的手机给家里人打电话。

王子凯和高阳站在车子前,王子凯压低声音对高阳说:"兄弟,还半小时就凌晨了,我一会儿要是抵抗不住'睡美人'的威力,是不是又得睡过去啊?"

"完全可能。"高阳回答。

"那一会儿你来开车。"王子凯把车钥匙递给高阳,"不然我开一半睡着可就不妙了,我俩无所谓,你妹妹是普通人,可别伤着了。"

高阳一怔,这个王子凯,什么时候这么细心温柔了,他一阵感动,随之而来的又是一阵不安。

细心、聪明、温柔,这些褒义词出现在王子凯身上,可不是什么好兆头啊。

高欣欣跟家里人通完电话,垂头丧气地走回来:"哥,爸爸还是没接到任何电话。"

"什么情况?"王子凯皱起眉头,"难道不是绑架?"

"不知道。"高欣欣情绪又有点失控,"妈妈不会被那个女人给害了吧?你们说,那个女人,有没有可能是嫉妒妈妈,所以……"

"高欣欣,别胡思乱想。"高阳打断妹妹,"太晚了,我们这样盲目寻找没意义,回家吧。"

高欣欣一愣,有些生气道:"哥,你这就放弃了?"

"不是放弃,是这样找下去也是徒劳。"高阳试着冷静地解释,"我们还是要相信警察……"

"我不回家!要回你自己回!"高欣欣大喊。

"高欣欣!别胡闹了!"高阳也严肃起来,上前去抓妹妹的手,"现在情况够乱了,你就别添乱了,立刻回家!"

"你放开我!"高欣欣甩开高阳的手,"我没添乱,我一定要找到妈妈,没找到妈妈,我绝不回家!"

高阳没时间了,心一横,忽然上前一把扛起妹妹,转身就往王子凯的车边走:

149

"王子凯！开车！"

"啊？哦哦……"王子凯赶忙上车。

"你放我下来！你放开我！"高欣欣挣扎着。

"啊……"高阳大喊一声，妹妹咬了一口高阳的手。

高阳被迫松开，高欣欣双脚落地，转身就跑。

"高欣欣！"高阳喊着，只见高欣欣沿着湖泊跑走，湖泊旁边是一条小路，一边挨着一座不算高的山。这座山应该是打算建成景观区，不过刚建了个雏形。

高欣欣沿着山路跑上了山，身影很快消失了。

高阳又急又悔，看向王子凯："你在这儿等着，我把她追回来。"

"我跟你一起。"

"不用！"高阳说，"我很快回来。"

高阳尽量以普通人的速度追了上去，并不敢发动"瞬移"。他不想被高欣欣看见自己的天赋，毕竟不能百分百确定她就是普通人类或迷失者。

高阳沿着小石路追上去，山上没有路灯，竹林繁茂，月光幽暗，周遭的能见度很低。

"高欣欣！"高阳一边往山上走，一边大声呼喊，声音在山林中回响。

高阳想给天狗和罐头打个电话，他肯定没法在猩红潮汐开始前赶回白湖酒店，但如果有天狗和罐头来接他，即便猩红潮汐来了，他也可以安全返回。

忽然，高阳想起自己根本没带手机，遂放弃了这个想法。

"高欣欣！对不起，刚才是哥的不对，你出来吧，我们继续去找妈妈好不好？"高阳连哄带骗，大声在空荡的山林中呼喊。

除了自己的回音，没有任何回应。

很快，高阳就来到山顶，山顶比较平坦，铺了一个几百平方米的水泥坪观景台，中间还有一座观景塔，才盖了三层就烂尾了。

"高欣欣！"高阳又喊了一声，天空的月亮已经整个变成粉红色了。

不行，不能再拖延下去了，马上凌晨了，血月和血雾就要来了！

"高欣欣！妈妈回家了，妈妈没事，我刚接到了爸爸的电话，你出来吧，我们回家！"

情急之下高阳只能撒谎了，这也是不得已为之。

"哥！"高欣欣的声音出现了，从那个烂尾的观景塔内部传出。

"高欣欣！"高阳看向不远处的烂尾观景塔，外面还搭着没拆除的脚手架，脚手架的下边有一个黑漆漆的门洞。

几秒后，一个瘦小的白色身影跑了出来。

是高欣欣，她脸色慌张地冲向高阳，一把搂住了高阳，把头埋进他的怀中。

高阳用力抱住妹妹："欣欣，对不起，刚才是哥不好……"

"哥，我好怕……"高欣欣声音颤抖地打断了他，头还埋在他怀里，"塔里，塔里有东西，刚抓住了我……"

"什么东西？"高阳赶忙问。

警告！你正面临极度危险的处境。

幸运点收益增幅至 5000 倍。

高阳大吃一惊，用力推开了高欣欣！

高阳把高欣欣推倒在地，长这么大，他还是第一次对妹妹这么粗鲁。

这出于高阳的防御本能，事实上，幸亏他推开得足够迅速，才逃过一劫。

高阳跟跟跄跄着退后两步，右手捂住自己的小腹，鲜血染红了衬衫，并从他的指缝间溢出来，一滴一滴掉落在地上。

高欣欣手中握着一把锋利小巧的银白色匕首，她缓缓站起来，神色麻木地看着高阳。刚才，若不是高阳及时推开她，她的匕首恐怕要插得更深。

"为什么？"

高阳既震惊又迷茫，但他没有坐以待毙，问出这个问题的同时，右手迅速拿出随身携带的 C 药剂，拔掉针套，插进了自己的侧腰。

药液注入体内，疼痛迅速减轻，鲜血止住，伤口慢慢愈合。

高阳扔掉空了的 C 药剂，再次退后两步，与高欣欣保持着安全距离，双手汇聚能量。尽管身体做出战斗的准备，但感情上，他完全没有接受这个事实。

妹妹的兽格觉醒了，要与自己为敌。

"妹妹，为什么？"高阳又问了一声，声音悲伤，眼神破碎。

高欣欣没回答他，还是木着一张脸，双眼黯淡无光，魔怔地盯着他。

高阳暗暗一惊，等等，不对劲！

眼前的女孩，既不是自己的妹妹，也不像兽格觉醒的高欣欣；而且，猩红潮汐还没到来，就算妹妹是高级兽，也没到觉醒时间。

高阳冷静下来，凝神观察，放大自己的六感。终于，高阳看清了，高欣欣的身后正漂浮着一个接近透明的能量状，似人形，就像是某种背后灵。

"你是谁？"高阳大喊一声，"想对我妹妹做什么？"

"好敏锐啊。"高欣欣说话了，声音机械得像一个木偶，"被你发现了。"

"我再问你一遍，你是谁？"高阳眼底闪过一丝杀机，谁也别想伤害高欣欣！

"我名傅，没有字，按照你们人类的礼数，你可以叫我傅爷。"高欣欣没有感情地回答道。

傅爷？！高阳立刻想到姜爷和左爷！

"你是妄兽。"高阳说。

"是，按你们的说法，我属于观察者。"

"不，观察者不会伤害人类。"高阳说。

"你们对我们有误解，我们无所谓伤害不伤害人类，我们只是在解题，仅仅是各自的解法不一样。"

果然，跟左爷的说法一致。

人类是问题，妄兽的使命是答题。

一时间，高阳恍悟："我妈妈失踪，是不是你搞的鬼，就是为了引我出现？"

"她不会有事。"高欣欣拿着刀，上前一步，道，"你妹妹也不会有事，我向你保证。"

"你想做什么？"高阳盯着高欣欣的背后灵，思考着在不伤害妹妹的前提下杀死傅爷的办法。答案是无解，他根本不了解傅爷的能力。

高欣欣又往前走了一步："我要你做一件事，很简单……"

"成为我妹妹的食物。"

头顶传来一道温柔又高贵的女声，高阳一抬头，观景塔的脚手架上出现一个熟悉的身影，月光下，她银发飞舞，穿一袭华贵的宫廷红色长裙。

"白露！"高阳相当吃惊。

白露的臂弯中，白猫形态的初雪蜷缩成一团，陷入了昏睡。

山顶的夜风吹过，白露舞动的银发下面，是一双锋利而坚决的红色眼眸："高阳，今晚你必须成为初雪的食物。"

高阳很想大喊一声：凭什么？

可他刚要张口，却愣住了，因为……他已经清楚了白露和傅爷的计划。

果然，被操控的高欣欣忽然举起匕首，抵住了自己雪白的脖颈。

"不要！"高阳大喊一声，"求你，我求你，不要伤害她……"

高欣欣的脖颈很快就被锋利的匕首割破了表皮，一丝鲜血顺着匕首流下来。

"高阳，我的答案，是初雪。"傅爷控制着高欣欣，眼神木然地说道，"初雪不能死，你必须成为她的食物，为了实现这点，我将不择手段。"

高阳脸色铁青。

"我知道你很聪明，但是别耍花招，我的天赋是'妄魂'，我可以附身在所有比我精神力低的生物上，除非我主动离开，否则，你绝对无法阻止我让你妹妹自杀。

"我不仅会杀死你妹妹，还会想办法杀死你所有的家人、朋友、重要之人……即便我做不到，鬼团也可以做到。"

"但是，只要你自愿做初雪的食物，我保证，你的家人朋友都会平安无事。"高欣欣说完，仰起头，将匕首进一步嵌入皮肤，"给你十秒钟。"

"我答应你。"

没有任何犹豫，高阳回答了。

"很好，很干脆。"高欣欣退后几步，"放心，我一定履行承诺，你不会白死。"

白露抱着初雪从脚手架上飘落下来，走到高欣欣的身后。

两秒后，高欣欣的身体一软，手中的匕首脱落，整个人往后倒。白露用身体接住她，一只手掐住她细小的脖子。

这个动作在警告高阳：她可以轻松拧断高欣欣的脖子，不要耍花招。

高阳全程没有动，也不打算耍花招。

几秒后，一个穿蓝白条病号服的老头缓缓走出观景塔。他瘦得可怕，浑身只剩下皮包骨。他的脸色死灰，满脸的老人斑，头发稀疏得几乎掉光，看起来已经病入膏肓。

"呵呵，很意外吗？"病人打扮的傅爷看向高阳，声音沙哑得几乎在漏风，"我是妄兽，但也是一个癌症晚期患者。"

高阳面无表情，一言不发。在决定成为初雪的食物后，他忽然对一切都失去了兴趣，什么迷雾世界，什么妄兽、生兽、死兽，什么终焉之门，跟他再无关系。

原来……他真正最想要的，不过是身边的所爱之人都能平平安安啊。

为了这一点，他可以毫不犹豫地舍弃一切，哪怕是生命。

世界或许是虚假的，但爱是真实的。

爱过，就不枉来人世间走一遭。

呵，黄警官，到头来，我竟跟你一样。

"我们啊，活了很久很久，都是一些快入土的老家伙了。"傅爷缓缓从白露的手中接过初雪。

接着，他盘腿坐在地上。

"我们一直在观察你们，一直在努力思考，寻找答案。可是，我们的智慧如此有限，时间也是如此有限，是时候交卷了。但愿，我的答案是对的。"

傅爷不再说话，一瞬间，他低垂下脑袋，双眼只剩下浑浊的眼白。

同一时间，他怀中的白猫也睁开了双眼，那是一双魔怔般的碧绿色眼眸。

初雪，已经被傅爷的"妄魂"控制住了。

"喵！"初雪叫了一声，浑身的白色毛发开始膨胀，朝四面八方蔓延并且融化，化为阵阵白色烟雾，将她笼罩其中。

十几秒后，一个洁白无瑕、纯净如玉的少女站在白雾中，若隐若现。

"哗啦——"一声，白露单手扔过来一件大斗篷，初雪接住，在白雾消散前，将自身裹住。

初雪的碧眼已经变成了红眼，依然魔怔着，她的身后附着傅爷的灵体能量形态。

她缓缓走向高阳，用毫无感情却相当空灵的声音问道："高阳，我要吃你了，准备好了吗？"

"高阳！别耍花招！"白露用温柔的声音说着异常歹毒的话，"如果我妹妹活不了，你妹妹和你的家人，也不会活着的！我说到做到！"

"准备好了。"高阳举起双手，"来吧，我不会抵抗。"

他尽力了，这一次他真的想不出破局的办法。妹妹、妈妈都在他们手中，爸爸和奶奶说不定也有危险，还有他身边的朋友们。

白露如果失去初雪，等于失去一切；一个失去一切的强大的疯子，势必会夺走高阳的一切来报复他。

高阳只有一死，才能阻止这一切的发生。

初雪已经来到高阳身边，双手环抱住高阳的腰，踮起脚，嘴巴张开，凑到高阳的脖子处。

高阳缓缓闭上双眼：奶奶、爸爸、妈妈、妹妹、王子凯、青灵、黄警官、胖俊、斗虎、罐头、灰雄、曼蛇、罗尼、九寒、朱雀……

总之，所有人，再见了。

很高兴认识你们，很高兴来到这个世界上。

脖子处传来细微的刺痛，伴随着初雪嘴唇柔软的触感，并没有很可怕。

两秒后，高阳浑身触电般，失去了力气，往后倒下。初雪顺势扑倒在他的身上，咬住高阳的脖子开始吮吸，但并非吸高阳的血，而是吸他体内的能量。

她的喉咙轻轻蠕动，抱住高阳的双手越来越紧。

高阳并不痛苦，只觉得很累，很想睡，很快，他就听不见任何声音，也失去了任何感觉。

…………

高阳似乎在做梦，梦里是无边无际的黑暗，他在往下坠。

不知道下坠了多久，也不知道什么时候是个头，他只觉得身体在下坠的过程中越来越轻，越来越薄，仿佛一片来不及落地就融化的雪花。

"咚、咚、咚"，忽然间，耳边传来沉闷的声音，像是有人隔着厚重坚硬的门板在敲门。

高阳一恍神，发现自己已经躺在了平地上，他感觉非常冷。

"咚、咚、咚"，声音再次出现，似乎是从地面传来的。

高阳缓缓坐起，发现自己坐在一面巨大的看不到边界的冰湖之上，他脚下的冰面之下，有一个人影。

是一个银发赤眼的少女，她的头发像是白色海藻一样在水中荡漾开来，她握着发白的拳头，用力敲打着冰面，嘴巴微张，冒着泡泡。

"初雪！"高阳又惊又喜，认出了少女。

"你等着，我马上救你！"高阳跪在冰面上，握紧双拳，用力砸向冰面。

冰面十分坚厚，但出现了一丝裂缝。

高阳看到了希望，他深吸一口气，抬起双手，握拳，再次砸下去。

"咚"的一声，这一次，裂缝变宽了，变多了，朝着四周蔓延。

最后一次，高阳使出全身力气，狠狠砸下去。

"咚——"冰面碎开，出现一个不大不小的冰洞。

"哇！"初雪得救了，她的脑袋从冰冷的水里冒了出来。

"高阳！"她开心地大喊一声，"你救了我！"

"快！抓住我的手！"高阳小心地趴在冰面上，朝水中的女孩伸出手。

"嗯！"初雪一把抓住高阳的手。

"我拉你上来……"高阳忽然听不见自己的声音了，耳边嗡嗡作响，浑身冰冷异常。

他还要说话，却被灌了几口冰水。

一瞬间，他发现自己正浸泡在冰湖之下，而初雪在冰湖上面，初雪还抓着他的手，似乎想把他拉出水面。

但是初雪的力气太小，高阳的手一点点抽离，最终朝着湖底缓缓下沉。

高阳一个闪念，记忆回来了。

啊，我想起来了，我自愿成为初雪的食物，我要死了，现在这一切，不过是我生命弥留之际的幻觉。

就这样吧，我累了。

高阳放弃了求生意志，缓缓闭上眼睛，任由身体沉入冰冷黑暗的深渊。

水面传来声音。

初雪跳入冰湖之中，朝着高阳游过来。

高阳再次睁开了眼睛，满脸的疑惑。

滞重的湖水中，初雪再次抓住了高阳的手。

"哗啦——"一声，忽然间，四周的湖水消失了，世界归于了虚空和黑暗。

初雪和高阳手拉着手，被上下两股无形的引力拉扯着，绷成了一条直线。

"你干什么？"高阳有些吃惊。

"高阳！不要松手！"初雪大喊着。

"松开我，你救不了我！"高阳很着急，"你吃掉我，好好活下去！这样我的家人和朋友也能……"

"不要！"初雪大喊起来，"不要不要不要！"

高阳愣住。

"我不要你死，不要，绝对不要……"初雪哭了。

一时间，高阳浑身袭来剧痛。

高阳痛苦地喊叫，他低头一看，不知何时，自己的半截身体已经沉入一个无头尸体组成的邪恶沼泽之中。无数双发黑生锈的苍白之手，抓住他的身体，锋利的指甲刺进他的血肉之中。

"啊！"初雪也痛苦地大叫起来。

高阳抬头，在他眼中倒挂着的初雪，身上也缠满了满是锋利倒刺和红色眼睛的藤蔓，它们死死勒住初雪，不惜伤害她也要将她拉上去。

"松手！"高阳大喊，"不然我们都会死！"

"我——不——要！"

鲜血染红了她的身体，顺着她的手臂滑落到了手背上，接着，流向了高阳的手上。更多的鲜血直接滴落下来，染红了高阳的脸，甚至流进了他的眼角和嘴中。

高阳已经说不出话，他的身体遭受着无数苍白之手的撕扯和凌迟，他失去了一切，就连痛感也失去了。

意识弥留之际，他看到初雪。

初雪赤红的双眼之中绽放出夺目的光芒，她姣好的脸上青筋暴出，狰狞得像一只小恶魔。

"好朋友……绝不背叛……好朋友……"

"拉钩上吊……一百年……不许变……"

"啊——"初雪发出一声愤怒的尖叫，一时间，所有纠缠住她的邪恶藤蔓和撕扯着高阳的苍白之手全部被尖叫声给震碎了。

它们分崩离析，解体成了尘埃，消融在黑暗中。

"咔嚓——"一声，周身的黑暗像一面镜子一样破碎开来，缝隙中，照进来一道光。

被光芒笼罩的初雪，用力将高阳拉向自己，温柔地抱住了他。

现实中，猩红潮汐刚刚降临，红月当空，血雾弥漫。

景观塔下，初雪趴在高阳的身上，忽然间，她停止了"进食"，魔怔的双眼一凛，找回了灵动的光泽，随后，眼角开始抽搐。

不远处，盘腿而坐的傅爷浑身一震，脸上闪过一丝震惊，浑浊的白眼开始收紧。不一会儿，一道细小的鲜血从他的鼻孔中流出。

他的"妄魂"遭到剧烈的挣扎和抵抗！

一旁的白露已经将昏迷的高欣欣放进观景塔内，她察觉到傅爷的不对劲，大喊道："坚持住，让她吃完！"

话音刚落，傅爷的另一只鼻孔也流出一道鲜血。

他本来就死灰的脸色更加惨淡，他那病入膏肓的身体已经没多少能量支撑了。他深深运气，这一次，毫无保留。

初雪的身体再次一僵，又变得顺从，她再次加重咬入高阳脖子的力度，可是，她的喉咙没有蠕动，她仍然不肯继续吮吸食物的能量。

她的意志在跟傅爷的"妄魂"拉锯。

初雪的身体开始颤抖，并且越来越剧烈，十几秒后，她缓缓张开嘴，染血的嘴唇一点点离开高阳的脖子。接着，她的头，她的背，开始慢慢挺直，仿佛无论她的背上压的是一个灵，还是一座山，都无法阻止她挺起胸膛。

终于，初雪张开双臂，愤怒地仰天长啸。

一时间，巨大的能量涟漪从她四周荡开来。

傅爷吐出一口鲜血，被能量涟漪震得飞出去，重重撞在脚手架上，接着跌落在地。

初雪长啸之后，昏迷过去，倒在高阳的身上。

"初雪！"白露冲上前去，扶起妹妹，一手摸她的脸，一手放在她的胸口听她的心跳声。

两秒后，白露几乎喜极而泣。

回来了，那个健康的充满活力的妹妹又回来了，作为双胞胎，她能清晰地感受到妹妹体内涌动的能量。

白露愣住，看向地上脸色苍白、一动不动的高阳，她伸手探下他的鼻息：还活着！

怎么可能？！

白露异常吃惊，被鬼吃居然没死的猎物，这还是第一次遇见。

白露转身，看向不远处的傅爷。傅爷躺在血雾中，七窍流血，奄奄一息，但他的脸上没有丝毫的恐惧。

"哈哈，哈哈哈……"傅爷用最后的力气大笑起来，"我答对了，我的才是正确答案，我的才是啊……哈哈哈哈哈……"

傅爷睁大眼睛，望着天空的血月，消瘦衰老的脸上挂着无限满足的笑容，并逐渐凝固。

他死去了，死而无憾。

…………

高阳睡了很久，很沉，没有做任何梦。

当他醒来时，一时间不知自己身在何处。他睁开双眼，看到了夜空。

当视线变清晰时，他才意识到那不是夜空，而是天花板。但是天花板被涂成深蓝色，上面点缀着黄色的星星，还有一个弯弯的月亮。其中一颗星星旁边，歪歪扭扭地写着三个很幼态的字：初雪星。很近的一颗星星旁边也写着三个字：高阳星。

高阳转动眼珠，意识到自己正在一个房间内，洛可可风格的装潢，自己正睡在一张柔软的散发着淡香的床上，床上还堆满了各种娃娃，透过轻柔的床幔，精雕淡雅的花束壁纸映入眼帘。

高阳动动手指，逐渐找回身体的控制权。

十几秒后，他从床上坐起来，猛然一惊。

床对面的复古高背椅上，坐着一个人。

七八岁的小男孩，穿着正经的黑色礼服，银发、红瞳，面容乍一看纯真可爱，仔细看，眉宇间又刻着这个年纪不应有的老成。

"咳咳。"男孩轻咳一声，"你醒了。"

高阳心中防备，但身体太过虚弱，他并没有反抗的打算。他知道，如果对方要害自己，自己根本不会醒来。

"我睡了多久？"这是高阳最关心的问题。

"三天。"

"三天？！"高阳一惊，侧头看向窗外，依然是压抑的红色。他低头一看，地板上果然弥漫着一层血雾。

这已经是猩红潮汐的倒数第二夜！

高阳立刻想到了高欣欣和王子凯。

"我妹妹！还有我朋友……"

"放心，他们平安无事。"小男孩回答完，又补充了一句，"白露是这样说的。"

高阳一怔：果然，这个小男孩也是鬼，他跟白露是一伙的。看来，他现在来到了鬼团的地盘。

高阳心中还是松了口气，至少那个傅爷和白露履行了承诺，没有伤害他的家人和朋友。

"你是谁？"高阳又问。

"春。"小男孩微笑,"鬼团首领,不过我更喜欢大家长这个称呼。"

你?首领?大家长?你这样子,当团宠还差不多吧?

高阳忍住吐槽,又问道:"初雪还好吗?"

"她很好,之前一直陪着你,现在去休息了。"春嘴角微微上扬,"作为鬼团的大家长,我必须先跟你聊一聊。"

高阳不作声。

太好了,初雪没死,自己也没死,自己的家人朋友也没事,这是最好的结果,我真的太幸运了。

"咳咳。"春又轻咳两声,伸出一根指头,"要做我们鬼家的赘婿,就得遵守规则。第一条,也是最重要的一条:一定要守男德,婚前必须洁身自爱,婚后更不能在外头拈花惹草……"

"等等!"高阳似乎听到了什么奇怪的词语,"赘婿?"

"对啊!"春一副理直气壮的模样,眼底却透露出一丝紧张,他用小男孩的声音说着非常长辈范的话,"臭小子,我警告你,我们鬼团只进不出,你休想把初雪拐走。想跟她在一起,你就必须入赘……"

"不是,春……先生,你误会了,我跟初雪只是朋友。"高阳尴尬地解释。

"朋友?"春非常吃惊,从椅子上跳下来,声音转怒,"鬼不需要朋友!"

高阳沉默。

"鬼不需要朋友!"春严肃地重复道,"只需要家人!既然你不打算加入鬼团,我也不能留你了……"

春的眼底闪过一丝杀机,忽然间,他浑身散发出强大的威压,高阳立刻喘不过气来。

"砰——"的一声,房门被撞开,穿着薄纱睡裙的初雪冲了进来:"高阳!"

初雪开心地跳上床,一把抱住高阳。虚弱的高阳完全承受不住她的热情,"啊"了一声就被她扑倒在床上。

初雪开心地用脑袋蹭高阳的下巴:"高阳你醒了,太好了!"

"初雪,你轻点……"

高阳欲哭无泪,艰难地坐起来。初雪还死死抱住高阳的脖子不松手,她扭头看向春,凶巴巴地大喊:"不准伤害他!"

白露也款款走进房间,脸上的笑容温柔妩媚。

"白露,到底怎么回事?"春一脸茫然,"这小子不做赘婿?你居然骗我,我可是一家之主!"

白露露出抱歉的微笑:"春大人,要是我不骗您,您怎么肯救他?"

"谁也别想伤害高阳!春大人也不行!"初雪松开高阳,弓着背,朝春咧起嘴。

春愣了几秒,忽然无奈地摇摇头,长叹一口气:"一个个的,翅膀都硬了啊。"

"春大人,"白露柔声道,"这小子毕竟救了初雪的命,现在也算是半个鬼,即便他不加入我们,只要不与我们为敌,也不至于杀他。"

158

春再次看向高阳，心中一阵扼腕，的确，他能从这个觉醒者的身上，闻到鬼的气息。

如果不是因为这个，三天前，白露把他扛回来时，他当场就会杀了高阳。

本以为鬼团终于可以再添一名男丁，现在看来，是自己一厢情愿了。

"欸。"春又叹了口气，双手别在身后，慢慢走出房间。

"春大人，"白露继续问，"您这是决定放过他了？"

春大人没回头，挥了挥手："看在初雪的份上，这次饶了他，下次再见，就是敌人了。"

春关上门，房间只剩下初雪、白露和高阳。

初雪再次开心地抱住高阳，脑袋不停地蹭高阳的下巴。

白露优雅地走到床前，轻提裙摆，在春之前坐的椅子上坐下。她平静地审视着高阳："高阳，我知道，你现在肯定急着回白湖酒店。"

高阳不语：她居然连白湖酒店都知道。

"放心，直到今晚，你们觉醒者还没遇到什么大危机，所以，你大可等天亮再走，更安全。"

高阳还是不说话。

白露的身体微微一斜，跷起了腿。她双手合十，放在裙子盖住的大腿上："接下来我说的话，你给我认真听。

"初雪的确吃了你，但中途停止了，而你也奇迹般地活下来。对于鬼，对于猎物，这都是从没出现过的事。"

白露笑了笑，嘴角泛着轻微的苦涩：如果自己可以吃人而不杀人，她也不会杀人。可她没得选，但现在妹妹有得选，这是好事。

白露审视着高阳，道："不过，你不要觉得是你自己命大。你真正能活下来的原因，是因为初雪体内的一部分诅咒流入了你的身体。"

"诅咒？"高阳抓住重点。

"我们鬼，生来带着诅咒。诅咒让我们强大，给我们特殊的能力，还让我们拥有第二形态。"

第二形态？

高阳立刻懂了：初雪可以变成猫，白露可以变成一摊"水"，这就是第二形态。

"当然，诅咒的代价也很严重。"白露眼神闪过一丝不甘，"那就是，它没有任何征兆，随时可能要我们的命。"

高阳一惊：这不就是定时炸弹吗？那是不是说，我现在的体内也有一颗定时炸弹？

"如今，你的体内拥有初雪的部分诅咒。好处是，你可能会拥有诅咒的能力，变得更强；坏处是，你可能也随时会死。"

"明白了。"高阳很快就接受了这个结果，比起被初雪吃掉，现在多活一天都是赚一天。

"你为什么要告诉我这些？"

高阳很好奇：其实春的做法才是对的，觉醒者跟鬼是天敌，水火不容。

站在鬼的角度，杀死高阳才是对的。鬼团今天不杀高阳，明天可能就是高阳带着觉醒者来消灭鬼团。

"还能为什么。"白露面露苦笑，"谁让我这个傻妹妹，这么宝贝你呢！"

"我们是好朋友！姐，你不会懂的！"初雪很骄傲地插话道。

"是是是，我不懂。"白露声音中充满了宠溺，"高阳，天亮你就离开，今后就是敌人了。但我还是希望你能活得久一点，毕竟，初雪就指望你这张长期饭票了。"

我谢谢你啊！搞半天，你不杀我还是在为初雪考虑，不过这样反倒合理。

高阳点点头："我天亮就走。"

白露款款起身："春大人给你准备了一些人类食物，你要饿了就出来吃点。天亮后，惊蛰会送你离开。"

发动"识谎者"。

白露没撒谎，态度中立，既无善意，也无恶意，看来不是什么陷阱。

白露提到的惊蛰，应该也是鬼。目前已经有四只鬼了，看样子，鬼是根据二十四节气来命名，高阳默默记下信息。

白露离开房间后，高阳也基本恢复了行动力，他伸手摸了摸初雪的头："初雪，你去外边等我，我一会儿出来。"

"不要。"初雪撒娇。

"听话。"

"哦。"初雪乖乖跳下床，走到门口，她忽然转身，笑嘻嘻地补充了一句，"我买了你最爱吃的午餐肉。"

"午餐肉要煎着吃才好吃。"高阳笑笑。

初雪的大眼睛转了一圈："那我叫春大人给你煎！"

别了吧，真怕这个春大人嫌我事多，一气之下杀了我，高阳有点担心，但没敢说出口。

初雪关上了门，高阳等待了一会儿，闭上眼睛。

进入系统。

你现在累计 410 个幸运点。

查看属性版。

体力：21。

耐力：32。

力量：613。

敏捷：910。

精神：582。

魅力：411。

运气：565。

我的妈！这太狠了！

虽然猜到被初雪吃了能量会掉属性值，可是体力和耐力这都见底了啊！其他属性也损失不小。

系统，你别告诉我这是永久掉的啊？

　　是。

这不是掉属性，这是在掉我的肉！

　　另外，你体内多出一股神秘能量。

应该是初雪留下的诅咒，能探索吗？

　　无法探索，必须先触发它。

如何触发？

　　请自行探索。

又搁这套娃是吧。

幸运点全用了，先帮我把体力和耐力匀一下。

　　体力：226。

　　耐力：237。

　　力量：613。

　　敏捷：910。

　　精神：582。

　　魅力：411。

　　运气：565。

　　退出系统。

高阳深呼吸，慢慢感受着能量滋润和强化着自己的身体机能。

两分钟后，高阳苍白的脸上肉眼可见的出现了一些血色，虚弱和疲倦感也消除了不少。

"砰——"的一声，门被推开，初雪的脑袋探进来："午餐肉煎好了！春大人让你再考虑一下赘婿的事。对了，什么是赘婿呀？"

高阳心中翻了个白眼：没完了是吧？

高阳在奢华辉煌的宫廷风客厅中，享受了一顿春大人亲自准备的晚宴。

鬼虽然不需要吃人类的食物，而且吃多了还对身体有害，但并非绝对不能吃，偶尔吃一些是无妨的。春作为大家长，为了让这个家有温馨的感觉，逢年过节也会学着人类准备所谓的过节饭，只可惜厨艺有待加强。

高阳心惊胆战地吃着春准备的丰盛晚宴，外加那煎得有点焦的午餐肉，再三答应春会认真考虑当赘婿一事，不敢得罪他。

天一亮，高阳跟依依不舍的初雪告别，戴上眼罩，被惊蛰送走了。

惊蛰抓住高阳，高阳只觉得一阵恍惚。十秒之后，高阳摘下眼罩，发现自己正站在一个陌生街道的十字路口，惊蛰已经不见踪影了。

高阳身上没手机，他第一时间赶往王子凯家。王子凯刚醒，见到高阳惊喜交加。

高阳先借王子凯的电话给组织报了平安，电话里，灰雄开心得一嗓子差点把高阳吼聋了。

高阳消失这三天，整个 5 组如坐针毡、寝食难安，都以为高阳出事了。

要知道，虽然这些天没出现重大危机，但每个夜晚，都有一些自愿离开 52 楼的觉醒者没能平安归来。截至今天，觉醒者已经累计死亡六人，受伤九人。

电话中，高阳没法跟灰雄多解释。

他先挂了电话，又跟王子凯聊了半小时，把这几天发生的事了解清楚了。

按王子凯的说法，当时在谷家山庄，凌晨一到他就没能抵御住"睡美人"的诅咒，在车上睡着了，醒来时发现高欣欣正睡在副驾驶座上，但高阳不见了。

王子凯毕竟跟高阳打过无数次配合，他心想高阳肯定是去执行什么任务了，离开前还把妹妹给送回了车上。

于是王子凯随便帮高阳扯了个谎，骗过了高欣欣。

高欣欣自己也是睡得迷迷糊糊的，只记得昨晚自己赌气冲到了山脚下，然后就什么都不记得了——看来，那一瞬间，她就被傅爷的"妄魂"附体，跑上了山。

王子凯开车送高欣欣回家的路上，高欣欣接到爸爸的来电，爸爸开心地告诉高欣欣，妈妈联系上了，并没有被绑架，虚惊一场。

半小时后，王子凯直接送高欣欣去了医院。

住院楼的病房里，妈妈腿上打着石膏，身上和脸上也有多处伤痕。她旁边的病床上躺着一个和她年纪相仿的女性，正是妈妈的高中同学，那人也受伤不轻，浑身多处缠着绷带。

原来事发当天，妈妈去超市买酱油，撞见这位老同学后，因两人以前感情很好，如今多年不见，便很激动地聊起了天。

妈妈的老同学叫庄梅，高欣欣叫她梅姨。

这位梅姨，十年前离了婚，便卖了城区的房子，去西荆区的乡下盖了一间农舍，自己种花种菜，养鸡养鸭，过上自给自足的隐居生活，每年上不了几次市区。

妈妈听到老同学的描述，非常神往，主动要求去她家参观一下，并过上一夜，好好叙旧，第二天再回来。

于是两人便搭车前往梅姨的家。

梅姨带着妈妈回家参观了一圈农舍。傍晚时分，天还没有彻底黑，梅姨又带妈妈去后山采蘑菇，打算明天给她做蘑菇炖鸡。

结果也不知道怎么回事，正在爬山的妈妈忽然感到头晕目眩，摔了过去，梅姨见老同学要摔，赶忙过去拽她，结果两人一起滚下了山。

两人醒来时，已经是第二天上午。

妈妈跟梅姨都摔进了山沟，腿也断了，手机又没信号，叫天天不应，叫地地不灵，她俩差点以为要死在山沟里。

幸好两天后被一个砍柴的老农给发现了，这才得救，被送去了医院。

虽然事情听起来曲折离奇，还有点荒诞，但好歹妈妈平安无事，一家人已是谢天谢地。

之后的三天，高阳一直没出现，由于他的手机放在了家里，其他人也联系不上他。

虽然王子凯极力帮高阳打掩护，但高欣欣还是很生气。

高阳听王子凯说完，基本把事情给理顺了。

妈妈和梅姨属于极少数的那种迷失者或普通人类，天一黑就会昏昏欲睡，不慎摔进山沟，跟外界断了联系，于是有了这一场绑架乌龙。

但是，真的是意外吗？还是说是傅爷策划好的？即便不是傅爷的策划，傅爷也绝对利用了此事。

不过现在没工夫追究这个，猩红潮汐还有最后一夜，这才是高阳首要面对的事。

…………

中午，高阳赶往妈妈所在的医院。

高欣欣正举着手机跟妈妈一起在打视频电话，视频那一边，是在家坐轮椅的爸爸。

"老婆，我妈给你熬的排骨汤，你记得喝啊，这样骨头愈合得快点。"

"知道了，说多少遍了，啰唆，没别的事我先挂了。"妈妈半躺在床上，一只腿打着石膏，被吊了起来，手臂也受伤了，进行了包扎。

"高阳！"高欣欣发现站在门口的高阳，生气地站起来，"你还知道回来啊！我还以为你心里根本没这个家呢！"

"妈，对不起！"高阳提着一袋水果走进来，放到妈妈的床头柜前，"妈，这三天确实有事，我女朋友状态很差，我只好二十四小时陪着她，生怕她出事，现在她才总算冷静下来。我身上没手机，所以联系不上你们。"

高阳在心里吐槽：王子凯你撒的什么谎啊，我真服了你！

得亏王子凯是兽，兽给人类打掩护，说服力自然是翻倍的。

"啊？自杀？"妈妈有点担心，"发生了什么事？"

"我……想分手，她不同意。"高阳早就想好了说辞。

"好好的，为什么要分手啊？"妈妈更不理解了，"你们马上上大学了，可以自由恋爱了，这不挺好的吗？"

"她要去留学，我觉得异地恋不现实。"高阳装作很痛苦很迷茫的样子，"长痛不如短痛。"

"欸。"妈妈叹了口气，"你们年轻人的事，妈也不懂。但妈觉得，如果感情还在，就不要轻易放弃，办法总比困难多，你这样随便提分手，太没担当了。"

"我们聊清楚了，没事了。"高阳一脸不想再聊这个话题的表情，"妈，我都听王子凯说了，你腿怎么样？"

"没事。"妈妈有些愧疚，"怪我自己，太不小心了，好好地爬个山，也能摔沟里去。"

"这事怪我，要不是我提议上山采蘑菇，也不会出事。"旁边的一位阿姨说话了。

高阳看过去，是一个跟妈妈年纪相仿的中年女性，很瘦，黑色中分长发自然地垂落在肩上，整个人都散发着一种从容、质朴的气质。她的皮肤状态很好，但是疏于保养，眼纹和法令纹有些深，看上去比妈妈要老不少。

"高阳，这是梅姨，我高中同学，那时她是班长，我是学习委员，关系可好了。"妈妈笑着说。

"梅姨，你好。"

高阳笑着打招呼，他其实很想套点话，再对她发动"识谎者"，测一测她的身份，可惜之前对白露用过，短时间内无法再用。

之后，高阳、高欣欣陪妈妈和梅姨闲聊了一会儿，然后一起在医院吃了午饭。

下午两点，高阳送高欣欣回家，又跟爸爸、奶奶聊了一会儿，然后一起吃了晚饭。

七点半左右，高阳见一家人无精打采，已经开始犯困了，他知道是潮汐效应快来了。

高阳借口去找王子凯，离开了家，这次，他直奔白湖酒店52楼。

一小时后，高阳搭乘专属电梯抵达52楼，电梯门一打开，高阳吃了一惊。

电梯门外正对着的大厅，黑压压地站着一百多号人，围成一个半弧形，纷纷注视着电梯内的高阳。

事实上，失联三天的七影安全回来，对觉醒者们的意义重大。

要知道，如果连麒麟工会的七影长老，实力排行第15的人，都在外面遇害了，足以证明他遇到了可怕的敌人，这很可能是重大危机的前兆。

眼下，马上就到猩红潮汐的最后一晚，部分觉醒者已经开始乐观起来，或许，李某人的预言出错了，或许大家已经改变了预言。

只要再平安度过最后一夜，猩红潮汐就彻底结束了，希望就在眼前。

"七影队长！"

罐头挤开人群，冲向高阳，灰雄、曼蛇、罗尼、九寒也跟着上前。

"慢着！"一个声音喊住了5组的人。

人群让开一条道，朱雀走向了高阳。

"七影，我需要检查一下你的身体，排除你是半人的可能性。"朱雀的目光警惕地盯着高阳，"不介意吧？"

"好。"

朱雀又上前一步，而白虎已经来到朱雀身后，应该是打算随时保护朱雀。

朱雀伸手，握住高阳的手。

顿时，一股奇异的能量钻进高阳的手心，扩散到了他的全身。

五秒后，那股能量离开了高阳，朱雀收回手，脸色一沉。

"三天前你受了重伤，差点死去。"

"是。"

"发生了什么？"

"我差点被鬼吃了，但我活了下来，逃走了。"高阳坦然回答。

现场一片哗然。

朱雀此前从没遇见过这种情况，无法确定真假。

她后退一步："你现在这种情况，我无法确定你还是不是之前的七影。"朱雀目光一沉，"很抱歉，我可能得拘禁你。"

"能理解。"高阳点点头，"但是，就没别的办法证明我的身份了吗？"

朱雀犹豫了一下，回头喊了一声："你们谁能证明他的身份？"

"我。"小丑走出来，他表情木然，不疾不徐地解释，"我能伪造兽的气息，也能分辨兽的气息，被贪兽夺舍，半个月内气息都不会彻底融合，我可以通过尝对方的血液来分辨觉醒者和半人。"

"还有这种事？"朱雀半信半疑。

"是的。"陈萤点点头，"小丑的确能分辨。"

曼蛇朝高阳丢过一把飞刀，高阳轻松地接住。他旋转匕首，轻轻划破了自己的食指指腹，一滴鲜血流出来。

小丑上前，用自己的食指沾了一点高阳指尖上的血，放进自己的嘴里。

几秒后，小丑抽出手指头，语气笃定："血液中没有贪兽的气息，他不是半人。"

朱雀总算松了一口气，眼神变得柔和："欢迎归队。"

高阳也暗暗松了口气，毕竟他体内还有初雪的诅咒之力，看样子，小丑无法分辨出这个。

"太好了！"罐头开心地冲上来，"队长，我之前占了一卦，就知道你不会有事。"

"你还会占卦了？"高阳有点好笑。

"嘿嘿，就是玩一局游戏，对方人头数减去我方人头数，双数就是吉利，单数就是……"

"好了，不用解释了。"高阳就知道她"狗嘴里吐不出象牙"。

5组其他人也高兴地围了上来。

人群中的青灵、黄警官和胖俊安静地看着，没打算上前凑热闹。黄警官如释重负地叹了口气，青灵面无表情地转身了。

…………

事后，高阳跟5组的人聊了好一阵，来了解大家的情况。

九寒和曼蛇最安全，他们平日里独来独往，人际关系简单，这几天手机直接关机，谁也不理。

灰雄的职场关系比较复杂，这时如果请年假容易被怀疑，但他也挺狠的，提前把自己的腿给"摔断"了，表面上是住院几天，然后接着回家休养，实则藏在了52楼。

不过靠着C药剂和组织中的"奶妈"，他现在的腿已经基本恢复了。

罐头和罗尼还是学生，平日跟班上的同学关系一般，而且因为是离异家庭，亲人之间也比较疏远。他们的手机开着机，在社交网络上继续正常活跃，没引起谁怀疑，也没有在半夜接到过谁的电话。

深夜十一点，高阳整组人坐在餐饮区喝咖啡。

柳轻盈端着一杯茶款款走来。

"七影长老。"她的声音酥软，这一声喊下来，身边人都愣住了，不自觉地被老板娘给吸引住。

就连罐头，都不自觉地屏住呼吸，目光无法从她那婀娜多姿的身段上离开。

"咯咯！"灰雄夸张地咳嗽一声，坏笑着看一眼高阳，端起咖啡起身，"各位，走了。"

其他人立刻识趣地起身，脸上也是奇怪的笑容。

5组的人离开后，柳轻盈在高阳的对面坐下，微微一笑："好久不见啊。"

高阳回了她一个微笑，抿了一口咖啡："说起来，猩红潮汐的前两晚，我都没看见你。"

"我是第四天才过来的。"柳轻盈大方承认，"呵呵，按照往次的经验，前几天的危险不大。"

高阳心一沉：柳轻盈这是话里有话啊。

"最后一晚，希望也平安无事。"柳轻盈说。

高阳点点头："是啊。"

"不过，"柳轻盈言笑晏晏地转折道，"这大概不可能吧，我今天醒来，心里就老觉得不踏实，总感觉会发生点什么……"

高阳抬头，压低声音："柳老板，都这种时候了，有话就直说吧。"

"呵呵，七影长老是明白人。"柳轻盈笑笑，微微凑过来，她用高阳才能听见的声音说，"今晚，小心一个人。"

"谁？"高阳眉头一紧。

柳轻盈左右看看，确认四下无人后，轻轻看了一眼高阳的右手。

高阳立刻会意，伸出手，柳轻盈在他的手心快速写下一个字。

高阳收回手，面色有些沉重："消息可靠吗？"

柳轻盈也收回笑容："并不确定，但根据我掌握的情报，此人有所隐瞒，言行有矛盾之处，你留个心眼，不会错。"

"知道了。"

"那么，告辞。"柳轻盈端着茶，款款离开。

第五章

# 诡异仪式

凌晨，红月准时出现，血雾接踵而来。

猩红潮汐最后一夜正式来临。

两个三人巡逻小队外出巡逻，继续侦查离城的情况。

其他人留在 52 楼。最后一夜非常关键，组织已经不允许任何觉醒者因任何私人原因擅自外出。

时间似乎过得格外慢，终于，时间来到凌晨三点。

高阳自然无心睡眠，他站在休息区的落地窗前，和许多觉醒者一起守着天亮前的最后三个小时。

被猩红月光笼罩了天空、被血雾侵染了大地的离城，看上去寂静而异美。

四百多万的迷失者和两百多个普通人类，此刻正陷入沉睡；醒着的一百五十多个觉醒者，则聚在一起抱团取暖。

而那些兽格苏醒的高级兽，在前面六个夜晚，甚至在最后一夜的前半夜，都不过是在小打小闹，毫无章法地各自为营，这太不寻常了。

他们一定在秘密谋划，伺机而动，他们要在最后一夜的最后一刻，对觉醒者发动总攻，杀对方一个措手不及。

虽然没人希望暴风雨来临，但绝大部分觉醒者都悲观地认为：这场暴风雨，一定躲不掉。

"高阳。"高阳回头，黄警官不知何时站在高阳身边，跟他一起看向窗外。

"我的手机一直没响。"黄警官说。

"不会响了。"高阳真心为黄警官开心。

"我也这么认为。"黄警官笑着点点头，"如果我老婆是高级兽，或者我身边有高级兽，早该行动了。"

"是的，我的也没响。"高阳说。

"太好了。"黄警官也为高阳松了口气，"接下来，我们得担心自己的命运了。"

高阳点点头。

黄警官问："你分到几组？"

"4组，队长。"高阳故意开玩笑，"我还是觉得自己更适合后勤组。"

"你小子。"黄警官笑着给了高阳的肩膀一拳，"这时候了还想着躲。"

三大组织的领袖肯定不会天真地认为今夜也会风平浪静，他们已经将觉醒者分为战斗部和后勤部。

战斗部共八十人，分为4组，每组二十人，全是拥有战斗、辅助战斗天赋的觉醒者。高阳是第4组的队长，黄警官、青灵、胖俊都分在第2组。

潮汐来临前，胖俊的"治疗"升到4级，正式加入十二生肖，继承马的位置，称号：俊马。

"高阳，"黄警官掏出一根烟，没急着点上，"如果，我是说如果，我出了什么事……"

"我知道该怎么做。"高阳打断同伴，深深地看了他一眼，"反之，一样。"

"好。"黄警官点点头，两人默契地伸出拳头，对碰了一下。

黄警官抽完烟便离开了。

高阳仍独自站在落地窗外出神，这时，他的手机响起。

高阳一惊，迅速拿起，虚惊一场，是青灵发来的信息。

这姑娘搞什么啊，要吓死我吗？我还以为是家人发来的短信！

高阳一边这样想，一边打开对话框，是一张图片，内容是一顿丰盛的海鲜火锅。

高阳微微一愣，转过身，不远处的沙发上，青灵、白兔、歌姬三人正坐在一起。

白兔和歌姬正在聊天，青灵拿着手机，看了一眼高阳，又低下头玩起手机。

几秒后，高阳的手机再次响起，是一段文字。

  青灵：我是青翎，等猩红潮汐结束，我们三人一起吃火锅吧。

  高阳：好啊。

  青灵：约好了。

  高阳：约好了。

高阳微笑着收回手机，一个声音传过来："七影！"

高阳抬头，是朱雀，她从中央指挥室的方向走过来："过来一下！"

高阳的心一沉，快步走去。

高阳跟朱雀进入指挥室，麒麟、龙、李某人、斗虎、青龙、白虎、陈萤、无色、X都在。

李某人坐在轮椅上，脸色异常苍白，浑身发抖，身上披着一条毛毯。

"怎么了？"高阳看向大家。

"我刚小睡了一会儿，我，我又看到了……"李某人声音有些虚弱，"就今晚，很多人会死……"

大家的脸色都变得严肃。

"有看到具体线索吗？"麒麟问。

李某人摇摇头:"梦太短了,不过,我好像看到了一根巨大的红色光柱,我不知道那是什么……"

这时,斗虎的手机响起。

斗虎看了一眼手机,是天狗打来的。他接通,几秒后,脸色深沉了几分。

"是不是巡逻小队发现什么了?"白虎问。

"带上望远镜,上楼顶。"斗虎快步走出中央控制室。

其他人也跟上。

一行人进入电梯,前往了楼顶天台。

高空之上,巨大的血月低垂,仿佛就悬浮在自己的头顶。夜风苍劲,吹乱大家的头发和衣服。

大家环顾四周,很快都发现了异常。

离城的东、南、西、北四个方向各出现了一根巨大的白色光柱,直冲云霄。

斗虎拿着望远镜,看向一根白色光柱,发现地面的血雾正幻化成无数"藤蔓",围绕着白色光柱盘旋而上,转眼间,四根白色光柱都变成了诡异的血柱。

"这是什么东西?"斗虎放下望远镜,咂咂嘴,"看上去有点邪门啊!"

"就是它!"轮椅上的李某人也放下手中的望远镜,"我在梦中看到的血柱,我以为只有一根,没想到竟然有四根……"

"李夫人,"龙开口了,声音在夜风中显得有些苍凉,"你之前说,所有人都是死于一场灾难。"

"这场灾难不摧毁城市,只杀死觉醒者。"麒麟接着说下去。

"血雾,会不断升高,直到将所有事物吞没……"无色接着说完了,她的眼底闪过一丝恐惧。

"它们,"高阳深吸一口气,说出自己的猜测,"在进行某种灾难仪式。"

没人反驳,大家都想到了一块儿。

东、南、西、北四根诡异的血色光柱,是某种灾难或诅咒仪式,仪式完成,灾难就会发生,届时,血雾会无限升高,吞没一切,所有觉醒者都会死。

一切,都跟李某人的预言对上了。

"虽然不清楚他们究竟在搞什么鬼,"斗虎用大拇指摸了一下鼻头,"但我们不能坐以待毙,必须去阻止!"

斗虎看向龙:"队长,下令吧!"

龙看向麒麟,淡淡说道:"麒麟,你是今晚的总指挥。"

麒麟沉默三秒,当机立断:"青龙组!"

"在。"青龙上前一步。

"立刻带队前往东边,不惜一切代价破坏那根血柱,以及跟它有关的一切。"

"交给我。"

"斗虎组!"

"在。"斗虎一边回答,一边活动着脖子。

"你前往南边，任务同上。"
"没问题。"
"朱雀组！"
"在。"朱雀回答。
"你前往北边，任务同上。"
"明白。"
"七影组！"
"在。"高阳上前一步。
"你前往西边。"
"是。"
"龙、X、白虎，我们留下，保护后勤部，防止敌人调虎离山、声东击西。"
"好。"白虎回答。
龙和X各自点了点头。
"为生存而战！"麒麟高喊一声。
"为生存而战！"所有人，异口同声，铿锵有力。
凌晨三点二十六分。
白湖酒店的地下停车场，急速开出八辆大型黑色商务车。
每辆车上分别乘坐着十位全副武装的觉醒者，两辆车为一个行动组，分别开往东、南、西、北四个方向，任务是破坏血柱，阻止可能出现的灾难仪式。
七影组的两辆车正全速飞驰在空无一人的马路上，开往城市西边的血柱所在地。
开在前面的商务车内，司机是灰雄，曼蛇坐在副驾驶座，盯防可能出现的埋伏。后车位上坐着高阳、九寒、罗尼、罐头、天狗，以及三名年轻人。
天狗虽是十二生肖的人，但考虑到战力平均，他特来支援高阳的第4组。
另外三个年轻人，则是百川团5小组的组员，小组长是绿茶，绿茶和另外九名小组队员，则坐在另一辆车上。
理论上，百川团5小组的人都听绿茶调遣，但本次行动的最高指挥权在高阳手上。
"2车情况一切正常。"高阳挂在耳边的微型对讲机传来绿茶的声音。
"收到，1车情况一切正常。"高阳回答。
罐头捧着平板，正在查看地图："七影队长，那根红色的光柱，应该是在西荆区的西郊公园。"
高阳点点头，朝灰雄问道："多久能到？"
"现在路况很好，我尽量半小时内赶到。"灰雄的声音自信。
高阳不再说话。
半小时后他们面对的是什么，谁也不清楚。
高阳下意识地摸了一下裤袋中的时空符文回路：被初雪吃了一次能量，属性值

170

下降不少，如果抵达目的地之前，"瞬移"能升到4级就好了，这样还可以再恢复一些实力。

"七影队长。"高阳对面的年轻人说话了。

高阳收回思绪，看向他。

说话的是一个又高又瘦的年轻人，两边的头发剃掉了，中间的黄发往后竖，还扎了一个小辫子，本来就长的脸显得更长了。

"我叫三条，我跟张伟是好哥们儿。"年轻人咧嘴一笑，小眼睛炯炯有神，"我可以问你要个签名吗？"

"三条，都什么时候了，还搞这些有的没的！"

旁边一个矮矮胖胖的年轻人说话了，他戴黑色鸭舌帽，一身嘻哈风打扮。他激动地摘下帽子，恭敬地看向高阳："七影长老，我叫AK47，嘿嘿，你叫我老7就行。我跟张伟也是好哥们，请你务必也给我一张签名！"

七影看向两人，没急着回答。

"队长，你的小粉丝不少啊，哈哈！"开车的灰雄发出粗犷的笑声。

"这叫迷弟。"罐头笑嘻嘻地更正。

"什么迷弟呀，"老7旁边的年轻女孩说话了，她留着灰色中短发，偏清纯的脸上涂着一张性感红唇，"他俩是迷信！"

"柳丁！你别乱讲！"三条顿时有点心虚。

"这哥们儿去过三次符洞，每次都活着出去，两个月不到就当上长老，还有四天赋，妥妥的位面之子，沾沾他的好运活下来的概率肯定大。"

柳丁俏皮地重复道，再看向三条："这话不是你说的吗？"

三条脸一阵红一阵白。

"迷信怎么了？"老7理直气壮地说："怕死丢人吗？在座的谁不怕死啊！虽然怕死，但我们不还是决定勇敢战斗，这还不够吗？！"

"说得好！"开车的灰雄喊了一声。

"给我马克笔。"高阳笑了，"我给你们签一个，灵不灵我可不保证。"

"我先来！"

三条立马从裤袋掏出一支马克笔，递给高阳，热情地把胳膊凑过去："写这里，平安顺利，就这四个字！"

高阳写下平安顺利，写到第三个字时，写不出来了，马克笔没墨水了。

"不是吧？！"三条很激动，看向老7和柳丁，"快！给我马克笔！"

两人面面相觑，一看就没有随身带这东西的习惯。

"我去！这……这也太不吉利了……"三条脸色垮下来，看来他是全场最迷信的人。

"需要匕首吗？"曼蛇似笑非笑地把玩着手中的匕首，"让队长给你刻身上，更灵验。"

"呃，还是算了。"三条嘿嘿一笑，坐回了自己的位置上。

171

高阳心道：曼蛇，你真是迷信终结者啊。

"三条是吧，你别怕。"灰雄乐呵呵地点上一根烟。

"雄叔，你不是戒烟了吗？"罐头喊起来。

"戒什么，上次进符洞我就想通了，能活几天都不知道，人生苦短，及时行乐。"灰雄吸了一口，吞云吐雾，"罐头你别打岔，让我把话说完。"

灰雄一边开车，一边瞄了一眼后视镜中的三条："三条别怕，我们回头还有一个诸事顺利的仪式，到时候大家一起做，保你平……"

"砰——"的一声。

事情发生得太快，灰雄只觉得一抹黑影从天而降，重重地踩在了前车盖上。

一秒后，灰雄看清了，是一只年轻力壮、高达两米的杀伐者。

"安。"

灰雄嘴中的余音，下意识地说了出来。

…………

凌晨三点四十分，通往东豫区的马路畅通无阻，青龙组的两辆商务车正全速开往目的地。

开在前面的车内，乘坐着青龙长老和他的九位部下，都是来自麒麟工会1小组和2小组的人。

另外一辆车上的十人，则来自百川团的4小组，队长为小丑。

开车的男人是青龙的得力部下，麒麟工会的护法兼1小组组长十四虹，一般大家都叫他四虹。

他三十一岁，剑眉星目，鼻梁高挺，五官硬朗，非常像电视剧中那些自信但冲动的正派人物。事实上，他的性格也确实如此。

青龙坐在副驾驶座，单手搭在车窗上，脸色深沉，目光锐利，全部注意力都集中在防范可能出现的危险上。

不一会儿，汽车开上高架桥，地势慢慢上升，前方被血雾缠绕的光柱变得更近了。

出发时，血柱在视觉上只有小拇指大，现在，它已经接近一个拳头大。

"还有十分钟。"四虹说。

"嗯。"青龙对着耳挂式对讲机说道，"还有十分钟抵达目的地。"

"收到。"对讲机内，小丑声音木然地回答，然后收麦。

"青龙长老。"四虹目视前方，双手不自觉地握紧了方向盘，"我们一定能赢，对不对？"

青龙脸上没有表情，心中十分意外，就连往日那个自信爆棚的四虹，今天也变得不安了。

"尽人事，听天命。"青龙淡淡开口道。

四虹点点头，想了想，还是说道："队长，关一下麦克风，聊两句私事。"

青龙伸手，把麦克风关了。

四虹语气微沉:"那个小丑,靠不住,别太相信他。"

"怎么?"青龙眼角一紧。

"听说小丑觉醒前是个诈骗犯,坐过牢,而且他本来是百川团 4 小组的副组长,三年前一次任务中,4 小组组长离奇死亡,他才当上组长。这个人,不可信。"

青龙微微点头,没发表任何看法。

四虹不再讨论小丑,商务车已经开下高架桥。

四虹又想到什么,看了一眼后视镜上挂着的玉佩吊饰,那是他未婚妻给他求的平安玉佩。

"青龙长老,虽然立 flag 不好,不过万一这次我不能活着回去,请你……"

"小心!"青龙迅速伸手,抓住方向盘往右边猛打了五分之一圈。

商务车做出一个危险的拐弯,躲开迎面飞过来的一辆小轿车。

"哐当"一声,飞来的小轿车砸落在地面,在路面刮擦出大量的火花,撞向第二辆商务车。

两车相撞,商务车推着轿车一起冲向了路边,撞进了服装店的玻璃橱窗内。

…………

同一时间,斗虎组的两辆商务车正全速开往南冀区的离城大学,根据判断,血柱的位置就在那个区域。

开在前面的车上,坐着十二生肖的成员。

白兔开车,斗虎坐副驾驶座,后车位上坐着青蛇、黄牛、歌姬、死猪、电鼠、萌羊、泼猴、俊马。

另一辆车上的十位成员,来自百川团 6 小组,组长黄连。

萌羊坐在歌姬身边,歪着脑袋睡着了,平日里这个时间,萌羊已经做了几场梦了。

开车的白兔垮着脸,目视前方:"我还是觉得,不应该带萌羊出来。"

斗虎叼着半截烟屁股,眯着眼睛道:"萌羊还小,但天赋很有用,有她和死猪在,我心里更有底。"

"可是……"

"兔子。"斗虎冷冷地打断,"你真认为今晚的战斗,有人能幸免?如果我们都死了,萌羊一个人躲起来就能活下去?"

白兔不再说话,道理她都知道,可感情上还是接受不了:萌羊才多大啊,就得被迫参与这种级别的任务。

这一次战斗,肯定比以往任何一次都要凶险和绝望。

车上的气氛也有些沉重。

吴大海勾住胖俊的脖子:"俊马,一会儿紧紧跟着哥走,听见没,哥会保护你。"

"我……我还是跟着斗虎老师吧。"胖俊底气不足,不敢看吴大海。

"你小子!"吴大海激动起来,"是信不过我吗?你不跟着我,一会儿我受伤了,谁来治疗我!"

"电鼠，露出狐狸尾巴了吧？"黄警官打趣道。

"对，我就是怕死，你不怕？"吴大海嘲笑道。

"呵。"黄警官不回答，看一眼身边熟睡的萌羊，"一会儿我负责保护萌羊。"

"五十步笑百步。"青灵手握唐刀靠在座椅上闭目养神，冷不丁地说了一句。

"青灵！"吴大海十分感动，"你刚才是在帮我说话对不对？我就知道，你心里还是有我的！"

"呵呵，老夫没理解错的话，青蛇是在一起嘲讽二位啊。"泼猴慢悠悠地说道。

"猴爷，人艰不拆OK？！"吴大海有点不爽。

"什么是人艰不拆呀？"泼猴听不太懂网络用语。

"人生已经如此艰难，有些事就不要再拆穿。"死猪用鼻音浓厚的声音解释道。

"艰难。"泼猴回味着这个词，满是皱纹的脸上浮现出一个沧桑的笑，"是啊，人生，确实艰难啊。"

"大家小心！敌人来了！"白兔喊了一声。

顿时，所有人都警觉起来，歌姬温柔地摇醒萌羊："萌小羊，快醒醒，要战斗了。"

"嗯……"萌羊揉着眼睛，不情不愿地醒过来。

开车的白兔开始减速，斗虎已经用对讲机通知了另外一辆车上的黄连小组。

前方的马路上出现三个人影，相隔不到一百米，看不太清。

白兔眼神一动，只见三个人影的头部出现一抹夺目的绿光。

"是寄生者。"斗虎认出来。

白兔听不见声音，只觉得眼前的视线一晃，三道诡异的绿色死光直射过来。

…………

凌晨三点五十六分，北雍区，植物园。

朱雀组的两辆商务车全速开过来，植物园的铁门紧锁，但商务车没有减速。

"哐——"的一声，商务车坚硬的车头撞倒了铁门，长驱直入。

植物园内是大片的平地，种满了各种花卉，后方则是一个地势平缓的山坡，那束光，就在半山腰上。

开在前面的车上，坐着麒麟工会的朱雀长老和她的部下——6组所有成员，外加3名百川团的成员，他们都是无色的手下，来自百川团1小组。

麒麟工会护法兼6组组长绛狐开车，朱雀在副驾驶座。

"快到了。"朱雀说。

"嗯。"绛狐一手握着方向盘，一手从口袋里掏出香水，在自己的手腕上喷了一点。

朱雀微微一愣，那是执行牛尔代国的任务时，自己送绛狐的生日礼物。

绛狐收回香水，回头看一眼朱雀，脸色平静，目光中却闪过一丝羞赧："这香水很好闻，我很喜欢。"

"我的品位还用说。"朱雀很自信。

"朱雀长老，"绛狐目视前方，声音又细又柔，"有件事，我一直想问你……"

"我拒绝。"

"长老你……"

"好了好了，不开玩笑。"朱雀严肃起来，"你问吧。"

"你当初，为什么要救我？"

"啊？"朱雀差点没反应过来。

"当时我成了那个样子，人不人鬼不鬼，还拒绝跟任何人交流，天赋也失灵了，你为什么还要管我？"绛狐问得很真诚。

朱雀抿着嘴唇，思考了几秒，语气忽然变得认真而温柔："其实，我以前有过一个弟弟，我很爱他，可是因为一场意外，我失去了他。看到你的第一眼，我就把你当成了我的弟弟，发誓要照顾你一辈子。"

绛狐愣住，眼角微微泛红，刚想说什么。

"哈哈，你是不是想听这样的故事？"朱雀坏笑起来。

"长老你……"绛狐面色尴尬，还有点生气，"这种玩笑一点都不好笑！"

"小狐啊，让你失望了。姐当初救你只是单纯好奇，一个觉醒者受到巨大打击后竟然会暂时失去天赋，这种情况之前从来没遇见过。"朱雀耸了一下肩，"所以喽，我每天照顾你，观察你，这只是我的工作呀。"

"原来……如此。"绛狐的眼神暗淡了一分。

"小狐啊，你现在的行为，在心理学上叫移情。"朱雀单手托着下巴，看向车窗外，声音淡淡的，"你觉醒后，不得不杀死曾经深爱的继父，你痛苦、愧疚、孤独，这份感情不找到寄托就活不下去，而我刚好出现，于是你把这些感情转移到我身上，仅此而已。"

绛狐声音有些赌气："我知道自己是移情，不可以吗？"

朱雀沉默。

"移情很羞耻吗？"绛狐冷冷一笑，"朱雀长老你不用觉得有什么负担，我把你当亲人，你还是可以把我当下属，甚至一个工具人，无所谓，我不在乎，这是我自己的事。"

"绛狐，"这次朱雀叫了他的全名，"你误会了。"

绛狐怔住。

"我跟你说这些，不是要伤你的心。"朱雀眼神变得柔软，"而是想告诉你，人是很坚强的生物，即便我不在了，即便某天你又变回孤独一人，也可以好好活下去。"

绛狐紧咬嘴唇，眼眶泛红。

"我的话，听进去了没？"朱雀问。

"遵命！朱雀长老。"绛狐认真回答。

"咳咳。"耳麦里传来无色的咳嗽声，"非常感人的场面，我们全车人都被迫听完了，下次记得关麦克风啊。"

朱雀尖叫一声，顿时面红耳赤："太社死了，我居然忘了关麦……"

"队长！"绛狐踩下刹车，"快看！"

朱雀朝绛狐那边的车窗看过去，立刻皱起眉。

眼前是一片倾斜度很小的花园，有足球场那么大。花园里种满了向日葵，半米高的血雾淹没了向日葵的一半花枝，簇簇拥拥的向日葵仿佛生长在一片血海之中，画面透着奇异的幽美。

那一柱被无数血雾藤蔓缠绕的巨大白色圆形光束，从向日葵花海的中央拔地而起。

朱雀目测，它的直径至少有十五米。

"下车，进入战斗状态。"朱雀朝对讲机里说了一声。

两辆停在林荫道上的商务车，车门同时被拉开，训练有素的觉醒们迅速下车。

十人一组，背靠背站着，相互掩护。

朱雀轻轻挥手，大家小心地走进向日葵花海，一边拨开齐腰的向日葵，一边靠近那束诡异的血色光柱。

无色朝队员中一个瘦小的蓝色马尾女孩说道："青草，探路。"

"是。"叫青草的女孩闭上双眼，口中念念有词。

不到十秒，大家周身的空气流动紊乱起来，并出现细小而密集的嗡嗡声。不断有蝴蝶、蜜蜂、蜻蜓和各种瓢虫飞出花海，在青草的头顶上空盘旋，密密麻麻一大片，很快，它们朝着不远处的血柱飞了过去。

不仅如此，大家的脚下也发出窸窸窣窣的细微声音。虽然被血雾遮挡住，但朱雀猜测是各种爬行类昆虫在行动。

青草的天赋应该是"昆王"，序列号 64，能控制四周一定范围内的所有昆虫。

无数昆虫组成的大军朝着目标飞去，在朱雀的眼中，它们像是一阵彩色的雾，飘过被血月沐浴的花海，朝着血色光柱聚拢。

起初，这一片昆虫大军试图钻进血柱中，但很快它们就止步于光柱之外，只能在四周不断地盘旋。大约过了半分钟，昆虫大军开始溃散，转眼就消失不见。

青草睁大了眼睛，脸色苍白，声音微颤："昆虫们不受控制，逃走了。"

"怎么回事？"无色问。

青草摇摇头："它们……感到了恐惧。"

所有人的脸色都沉下来。

虽然早就料到此行凶险，也做好了牺牲的准备，但这一刻，大家骨子里还是生出一种对未知的恐惧。

朱雀深吸一口气，握紧拳头，率先往前走并道："大家跟上。"

绛狐紧跟其后，其他人陆续跟上。

一分钟后，朱雀组全员已经相当靠近那被血雾缠绕的白色光柱。

近看，它十分雄伟，像是连接天地的顶梁柱。发光的地方，是一个高于地表一米的临时搭建的石头祭台，祭台之上的血雾比较稀薄。

祭台的边缘围着一圈人，准确说，是一圈人形态的兽。

他们身穿带帽的宽大白袍，双腿跪地，双手合十放在胸前，低着头颅，态度谦卑。他们的嘴中念念有词，像是在念诵邪恶的咒语，让人感觉无比压抑。

朱雀等人看清了，每一只兽的腹部都插着一把匕首，鲜血染红了他们的白袍，流入他们脚下的凹槽之中，他们用自己的鲜血，灌满了祭台上的凹槽。

这些凹槽组成一个大型图腾，正是苍母教的那个抽象的邪恶标志：被类似太阳的东西包围的一只竖眼。

朱雀感到一阵恶心，她不清楚这是什么邪恶的把戏，也完全没兴趣搞清楚。

"破坏它们！"朱雀大喊一声。

朱雀身后有一个扎着脏辫、皮肤黝黑的壮汉，身穿专业的现代作战服，扛着冲锋枪，身上挂着各种炸弹。他二话不说，从腰间取下三颗手雷，拔掉雷环，朝着祭台方向扔过去。

三颗手雷同时爆炸，威力前所未有的巨大。

祭坛直接被炸毁，一时间，碎石、泥土、白袍兽们的血肉和残肢漫天纷飞，祭坛之上的巨型白色光束顿时消失不见。

原本紧紧缠绕着光束的血雾藤蔓失去了攀附，缓缓坠落下来，更多的，还来不及坠落便在半空中消散了。

"哦豁！"穿迷彩服的壮汉叫赤蝎，天赋是"爆破专家"，序列号78，伤害系。

他精通所有爆炸类武器和爆炸类陷阱，并且在使用爆炸武器和陷阱时威力翻倍。

大部分白袍兽们当场被炸死，少数几个没死的白袍兽犹如失去灵魂的行尸走肉，拖着残破的染血的身躯，重新站起来，一点点朝祭坛方向走去，似乎还要垂死挣扎，继续刚才的邪恶仪式。

一道劲风吹过，一把足有吊扇大的乌金制成的三角回旋镖飞过去，高速旋转，呈弧线切开几只兽的脑袋。接着它又旋转回来，稳稳回到一个身材高挑、四肢修长的女性的手中。

这名女性留着粉色中短发，小麦色皮肤，穿黑色无袖背心和一条作战紧身裤，肩颈、腹部和臀部的肌肉格外结实。

她叫艾曼，无色组的副队长，天赋"臂力"，序列号76，强化系。

艾曼的臂力惊人，使用投掷武器的威力翻倍，还有其他能力加成。

几只被切开脑袋的白袍兽无声地倒在了花海中，尸体很快就被半米高的血雾给淹没。

"就这样……结束了？"青草声音很轻，有些不可思议地问道。

"哼！"赤蝎抄着双手，笑声有些不屑，"搞什么嘛，还以为很厉……"

赤蝎的话音忽然中断，他脸上的笑容僵住，如同被人点了穴。

一时间，大家都注意到赤蝎的异常。

"赤蝎？"绛狐要走过去。

"别动！"朱雀抓住绛狐，脸色严峻。

赤蝎还是僵在原地，睁大的眼珠子流出了一滴惊恐而绝望的泪。

一秒后，赤蝎的嘴巴里开出了一朵鲜血淋漓的向日葵。

…………

凌晨三点四十一分，七影组。

灰雄嘴中吐出最后一个音节的同时，已经看清楚了。

一只两米高的蜥蜴人形态的杀伐者，从高空跳落到了商务车的车头上。

事发突然，车内的人惊了一秒。

"低头！"喊话的不是别人，竟然是老7。

灰雄和曼蛇都没有系安全带，他们的本能先于思考，飞快地弯腰低头。

"咚咚"！老7空着双手，朝车窗玻璃外的杀伐者弹了两个指头。

顿时，两道无形的"空气弹"打出去，它们击碎了玻璃，射中杀伐者的胸膛和肩膀。

"嗷——"杀伐者发出痛苦的嚎叫，从车盖上飞出去，重重落在马路上。

老7看上去矮矮胖胖，反应却相当灵活，他的天赋是"指力"，序列号90，强化系。

他不仅可以用手指弹出威力强劲的"空气弹"，就连投掷硬币、卡片和小物件，都能附加奇特的杀伤力和穿透力。

杀伐者被空气弹击飞出去的瞬间，曼蛇和灰雄迅速踢开车门，冲下车。

"准备战斗！"高阳拉开车门，钻出车门的瞬间发动"瞬移"来到车顶上。

其他人也迅速下车。

绿茶那一组的行动也很快，十名觉醒者都已经下车，互相掩护地围成一圈。

高阳站在车顶，四下环顾，道路两旁的街道上都是五层居民楼，非常安静。

但是高阳已经感受到杀气，耳边也传来系统的警告声。

两秒后，道路两边的房屋的玻璃窗纷纷碎开，数不清的黑色身影破窗而出，跳向高阳一行人。

这些黑影还在半空时，高阳就借着红色月光看清了，他们全是年轻力壮的杀伐者。

"上！"高阳大喊一声，一跃而起，迎向从天而降的一只杀伐者。

杀伐者锋利的手刃刺向高阳，却刺了个空。

高阳的身影消失，瞬移到了杀伐者的身后。

高阳双脚踩在杀伐者的背部，双手从后面摁住他的脑袋，跟着一起往下坠落。

"砰——"的一声，杀伐者落地了，并被高阳踩在脚下，一时间动弹不得。

"火焰！"

火焰从高阳的双手中喷出，顺着杀伐者的脑袋，燃遍了它的全身。

杀伐者在大火中痛苦哀号，这时，其他的杀伐者已经陆续跳下高楼，跟觉醒者们厮杀了起来。

其中三只杀伐者朝高阳冲过来，高阳感到一阵杀气，他没有闪躲，倾注全力发动火焰。

"轰——"的一声，高阳的周身冲出一道火柱和无数强劲的热流，瞬间将其他三只杀伐者给逼退。

"吼！"一只暴躁的灰色巨熊手脚并用地跑过去，他一边奔跑一边撕碎残破的上衣，冲向离自己最近的一只杀伐者。

两米多高的杀伐者，站在普通人面前充满了压迫感，可在同样两米多高的强壮巨熊面前，多少显得有些瘦弱。

灰雄一手接住杀伐者的手刃，一手握住了他的头颅，即将发力捏碎他。

杀伐者没给灰雄机会，长满锋利鳞片却又柔韧无比的尾巴狠狠甩向灰雄的腰部，哪怕灰雄的皮毛厚实，还是被刀片般的鳞片给割伤。

"啊……王八羔子！"灰雄吃疼，被迫松开杀伐者的头颅和手刃，双手一把抓住缠住自己腰部的长尾，拧麻花般用力一拧。

"嗷嗷——"这次轮到杀伐者哀号了。

灰雄紧抓住他的尾巴，开始疯狂转圈。杀伐者在灰雄的旋转下变成一个大摆锤，其他想要围过来的杀伐者全部被逼退了。

"哈哈哈哈！"灰雄又笑了起来。

高阳烧死脚下的杀伐者时，已经听到灰雄那铁憨憨的粗犷笑声，心中苦笑，不管怎么说，灰雄在提升士气方面，向来是数一数二的。

高阳没有细数，凭感觉判断，这次伏击他们的杀伐者，至少有四十只！

一只或几只杀伐者，并不难对付，但是一次出现四十只年轻力壮、疯狂嗜血的杀伐者，绝不是闹着玩的。

其他人都已经进入激烈的战斗。

曼蛇扔出三把飞刀，其中两把飞刀打在杀伐者脸部坚硬的鳞片上，只有一把刺入他脆弱的眼球，但已经足够。

"嗷！"杀伐者停止进攻，本能地伸手去拔出右眼中的飞刀。

九寒没有放过这个机会，迅速逼近眼睛被刺的杀伐者，朝着对方的心脏快速打出三拳。

"弱点"触发！半秒的滞后，四周的空气一紧。

杀伐者后背猛地一弓，飞了出去。

然而，三下快拳造成的杀伤力还不足以摧毁杀伐者的心脏。

绿茶刚击退了一只杀伐者，迎面正好撞上被九寒击飞的杀伐者，他对着朝自己飞过来的杀伐者的后背用力打出一拳。

"寸劲"触发！

"砰"的一声，杀伐者再次被打飞几米，落地后滚了几圈。

杀伐者快速爬起来，龇牙咧嘴地，还要战斗，两秒后，浑身一抽，双腿一软，死在了地上。

"咚咚咚"，一阵急促的枪响。

老7不断打出空气弹,将逼近自己的杀伐者击退,但并不能击倒他们。罐头和罗尼也双手持枪,不断射击,但也只能暂时逼退围拢过来的杀伐者。

这时,三条蹲在一只死去的杀伐者面前,将双手放在他的尸体上,嘴中念念有词。

十秒后,死去的杀伐者重新站起来,双眼中闪烁着癫狂的红光,发出一声怒吼,以比生前更快的速度冲向自己的同类,就像一条疯狗,见人就咬。

三条的天赋是"赶尸人",序列号84,召唤系。

他可以复活任何尸体三分钟,让尸体进入狂暴状态,攻击敌人,直到时间结束或者尸体彻底丧失行动力,但是,尸体无法使用生前的天赋。

"支援!我需要支援!"灰雄强势战斗一分钟后,渐渐有些力不从心。

一人面对着六七只杀伐者,哪怕他是一辆坦克,也渐渐顶不住了。

一只杀伐者找准机会,横扑过来,拦腰将灰雄撞翻在地。另外两只杀伐者迅速跟上,扑过来,将双刃插在灰雄的脖子上。

其他几只杀伐者不再恋战,绕开灰雄,冲向其他觉醒者。

两个蓝色小水球被扔了过来,在压住灰雄的两只杀伐者的胸口炸开。

两只杀伐者遭到莫名的攻击,微微一愣,随后便意识到这不过是普通的水球,炸开的水球除了在自己的身上留下一片水渍,并没任何杀伤力。

灰雄一惊,脸上写满了荒谬和绝望:搞什么啊?哪个觉醒者脑子出了问题,用水球这么儿戏的玩意儿当武器啊!我的皮毛再厚也架不住杀伐者的手刃啊。

灰雄心一沉,知道完蛋了。

自己虽然不至于脑袋搬家,但颈部大动脉肯定是要被割断的。如果同伴能在一分钟内及时赶来,给他注射C药剂,或许还能救他一条熊命。

被水球击中的两只杀伐者不再迟疑,将锋利的手刃插向灰雄的脖子。

但是他们并未意识到,自己的动作明显慢了下来,就像是被人开了四倍以上的慢放,它们锋利的手刃一寸一寸地刺向灰雄的脖子,那个画面相当诡异。

扔出水球的人,是那个灰发红唇的女孩,柳丁。

她的天赋是"缓慢",序列号94,毒素系。

柳丁的血液中带有缓慢毒素,目标只要被她的血液触碰到,行动会变得异常缓慢,持续十秒到三分钟不等;当然,一小时内,缓慢毒素对同一目标只能有效一次。

柳丁不是近战类型的觉醒者,她另辟蹊径,事先准备好水球,并提前在里面掺杂了自己的血液。

3级"缓慢",加上血液含量较低,效果非常一般,杀伐者的动作仅仅缓慢了六秒。但就是这六秒,给同伴们争取了宝贵的救援时间。

两把飞刀准确地刺入两只杀伐者的眼睛,鲜血喷射,溅了灰雄一脸。

两只杀伐者甚至没有发出惨叫,因为他们的痛觉神经也跟着变得迟钝。

高阳瞬移过去,双手抓住刺入两只杀伐者眼窝中的飞刀刀柄,用力往前一推,直接将整把飞刀都刺入他们的头颅。接着,两道火舌从高阳的手心喷出,瞬间吞没杀伐者的脑袋，并将他们冲飞出去。

两只脑袋还在燃烧的杀伐者倒在了地上，不再动弹。

高阳转身朝灰雄伸出手，灰雄一把抓住高阳，站了起来。

两人什么都没说，高阳一个"瞬移"离开，灰雄抹了一把脸上的血水，大喊一声冲向杀伐者最密集的地方："你爷爷我又回来了！"

目前来看，七影组的情况很不乐观。

高阳、九寒、灰雄、曼蛇、绿茶这些人，如果只顾自己，不会有太多危险。罐头可以拉着罗尼隐身，也能活命。

但剩下的觉醒者们，综合战斗能力太弱，在众多杀伐者混乱的围攻之下非常危险。

此刻，汽车旁边的三条偷偷靠近一只杀伐者的尸体，想要再次发动"赶尸人"。

"砰"的一声，一只杀伐者不知从哪儿出现的，跳上了车顶，并且用力一跃，扑向车下的三条。

老7情急之下弹出一发空气弹，射向偷袭三条的杀伐者。但由于持续作战的原因，老7打出的空气弹威力有所下降。

空气弹射中了杀伐者的胸口，却没能阻止杀伐者的攻击轨迹，只是轻微地减缓了他的冲力。

一秒后，杀伐者的手刃轻易地刺穿三条的后背。

杀伐者的手刃像一把钢叉，将三条这只"鱼"给叉起来。他用力往头顶一举，手刃托起三条的身体，贯穿了三条的胸膛。

三条的鲜血洒落，一部分血顺着杀伐者粗壮的手臂流下来。

"三条！"绿茶大喊一声，声音中饱含着愤怒和悲痛，可他正被两只杀伐者缠住，根本赶不过去。

"畜生！"老7大喊一声，抬起双手，正要朝敌人弹出两发空气弹。

锋利的手刃从天而降，老7只觉得一抹刀光从眼前晃过，回过神时，自己的双臂已经不见了。

"啊……"老7哀号着倒下，两只断臂流出鲜血，"我的手！我的手啊……"

"老7！"

原本跟罐头一起隐身的柳丁没能控制自己的情绪，尖叫出声。

三只杀伐者立刻察觉到罐头隐身的大概位置，朝她们冲了过去。

罗尼知道，该自己上场了。

当战场的天秤开始朝着敌方倾斜时，他就会发动"混乱"，短暂的强行终止所有人的战斗。

中止之后，觉醒者会先一秒反应过来并做出行动，然后战况有可能会出现转机。

在罗尼高亢怪异的尖叫声中，觉醒者和杀伐者全部进入混乱状态，停止了厮杀。

十秒不到，罗尼的声音消失。事实上，他每次发动"混乱"也无法维持太久。

罗尼这一嗓子，导致自己、罐头和柳丁直接暴露。

181

但是战况并没有出现太大的转机，之前意图冲向他们的三只杀伐者迅速清醒，继续冲向了他们三人。

没人来救他们。

所有人都陷入苦战，根本无暇顾及别人。

杀伐者的数量太多，他们攻击强、防御高、敏捷高、爆发也强，如果没有大范围、强威力的伤害天赋，根本不可能迅速解决掉。

"快跑！"

千钧一发之际，罐头伸出双手，用力将左边的罗尼和右边的柳丁推开。

三只杀伐者因为目标忽然分散，没能流畅地做出攻击，动作停滞了一秒。

高阳刚杀死一只杀伐者，他发动"瞬移"躲开其他杀伐者的纠缠，朝罐头的方向丢出三个火球，这已经是他能照顾到的极限。

三只火球威力不大，存在感却很强，三只杀伐者本能地避开火球，攻击节奏再次被打乱。

罗尼抓住这几秒时间，迅速给手枪换弹夹，朝杀伐者开枪。

"啪啪"几声，子弹打在杀伐者的身体上，虽然无法穿透他们坚硬的鳞片铠甲，但也造成了一定伤害，阻止着他们靠近。

柳丁再次扔出含有自己血液的水球，命中了两只杀伐者，让他们的动作变得缓慢。

三人都很清楚，这不过是在拖延时间，让自己的死亡延后了一些。

"所有人！"

头顶上空传来一个少年的声音。

高阳抬头一看，半空中漂浮着一个人影。

是天狗！

对啊，战斗一开始，天狗就不见人影了。

此刻，天狗飞在半空，双手朝着脚下的战场张开，手掌之上缠绕着灰白色的能量团，那是能量外溢的表现。

"趴下！"天狗大喊一声。

高阳知道天狗的天赋是什么，他最先反应过来，迅速趴下，并且大声重复道："趴下！"

天狗的第一声"趴下"，不少人还没反应过来，但高阳的第二声"趴下"，所有人都反应过来，他们顾不上还在跟杀伐者缠斗，也顾不上其他危险，无条件地迅速趴下。

"空间——切割！"

一秒后，天狗发动了超广范围的一次"空间切割"。

杀伐者刚出现时，天狗也加入了战斗，但效果并不好，杀伐者太多，太分散，且行动敏捷，又跟队友们厮杀在一起。

天狗的"空间切割"不好发挥，而且很容易误伤到队友。

于是，天狗产生了一个大胆的策略。

他直接飞到半空，试图制造一次贴着地面的大型的"空间切割"，就像沿着蛋糕最底部的位置横切一刀，但这需要时间积蓄能量，至少三十秒。

天狗在积蓄能量的途中，罗尼又发动了混乱，虽然他跟天狗的距离较远，但还是一定程度地干扰到了天狗，因此又耽误了一些时间。

现在，天狗的"魔法吟唱"终于完成。

天狗向着地面的整条街道，发动了4级"空间切割"，并在发动的瞬间，将天赋升到了5级！

趴在地上的高阳，只觉得整个四周的空间似乎凝固了一秒，然后，他头顶一米高的位置，出现轻微但古怪的断裂感，接着他看到了空间错位时的切口，就像是镜片碎裂之后的"缝隙"，这个缝隙只出现一秒。

一秒后，整个街道的空间回归了正常。

所有觉醒者都趴在地上，所有的杀伐者都站立着，并且停止了战斗。

两秒后。

除了三只杀伐者幸免于难，绝大部分杀伐者都被拦腰斩断。

杀伐者们的尸体纷纷倒地，鲜血染红了整条马路。

高阳、九寒、罗尼、绿茶等人第一时间站起来，冲向最后三只杀伐者，并轻松解决了他们。

天狗从天空缓缓降落，站在车顶上。

汽车一抖，车顶微微倾斜，显然这辆商务车也被切成两半，上下部分出现了位移。

天狗大口喘着气，刚那一招，几乎耗掉他的所有能量，但从结果上来看，是值得的。如果他没能一招歼灭杀伐者，整个七影组最保守估计，也得阵亡三分之一的人。

"啊啊……"老7靠在一个马路墩子上，双手断裂的他还在哀号。

"救人！"绿茶抹一把脸上的血，大喊一声。

"柳丁，来帮忙！"一个身材瘦小、戴黑色八角帽、背着医疗包的黄发女孩捡起了老7的两只断臂。

柳丁接过两只断臂，象征性地给老7拼接了回去。

八角帽女孩拿出两支C药剂，分别在老7的两只断臂处注射了一针，半分钟后，断臂开始黏合，但速度非常缓慢。

八角帽女孩的双手放在老7的手臂上，嘴中念念有词。

很快，老7的两只手臂发生变化，变成软趴趴的两根"橡胶手臂"垂落下来，尽管如此，两只手臂却真正地同肩膀连接了起来。

"五分钟就好。"八角帽女孩说。

"雨溪，我没事，快，去救三条！"老7脸色煞白，还在担心三条。

叫雨溪的女孩本就难看的脸色变得更加暗沉。

她眼底掠过一丝沉痛，朝老7摇摇头："他被穿心了，没用了。"

"啊！"老7大喊一声，自责地哭了，"都怪我，都怪我……我刚才的空气弹要是威力再大点,三条肯定不会死!"

"可恶!可恶!"老7的双手动弹不了,他用脑袋猛撞身后的水泥墩子。

"老7。"绿茶不知何时走过来,伸手垫住老7的脑袋,"我知道你跟三条情同手足,你要真想死我不拦你,但不是死在这儿,你还要替三条报仇。"

老7满脸的鼻涕眼泪,用力点头:"报仇!一定要报仇!我要杀光这群畜生!"

一场遭遇战,七影组牺牲一人,重伤两人,轻伤六人,两辆商务车被"空间切割"破坏,没法再行驶。

幸好附近不远处的公交车站前,还停着一辆公交车。公交车司机估计开的是末班车,路上实在顶不住困意,于是在路边停车睡了过去。

灰雄把司机抬下车,发动公交车,一行人上车,继续赶往西郊公园。

…………

凌晨三点四十五分,青龙组。

小丑所在的那辆商务车直接冲进路边的服装店橱窗内。

店内报警器响起刺耳的声音来,商务车也在冒烟。

"砰"的一声,副驾驶座上的小丑一脚踢开车门,跳下车。

几秒后,商务车的后门打开,其他队员也陆续出来,除一个队员额头流血,受伤较重,其他人都没大碍。

"都站我身后来!"已经下车的青龙,站在马路中央大喊一声。

所有人朝青龙靠拢,站在他身后,四虹、小丑两人则站在了青龙的左右。

"敌人只有一个,但很强。"青龙已经感应到了,"要来了。"

话音刚落,天空之中出现一个黑色人影。

青龙抬头,从他的角度看去,那个逆光的人影正好处在血月的正中央,仿佛他是从血月上面跳下来的。

人影在青龙前方二十米处降落,直接踩碎了地面,溅起无数的碎石,并震荡起一圈劲风,吹得大家微微眯起了眼。

青龙眼神微变。

来者是一个白发老人,留着很长的辫子,满脸胡须,脸庞上的皱纹如同刀刻一般,充满着锋利的杀气,双眼矍铄明亮。

他打着赤膊,一身精壮的肌肉,下身身着一条黑裤,一双功夫鞋。

他看了一眼青龙,声音嘹亮雄浑:"报上姓名!"

"麒麟工会,青龙。"青龙毫无惧意地回应道,"你又是谁?"

老者思考两秒,回答道:"妄兽,至暗者,金爷。"

青龙冷冷一笑:这老头,倒是爽快。

青龙双手握拳,一前一后,摆出开打的架势:"来吧。"

"哈哈!"金爷大笑一声,"原来青龙就是你啊,老夫早想跟你打一场了。可惜,可惜啊,老夫今晚要找的人不是你。"

金爷说完,单膝跪地,双手撑着地面,做出一个短跑比赛的抢跑动作。

184

两秒后，金爷像一发炮弹一样，拔地而起，瞬间消失不见，只留脚下一个严重龟裂和下陷的路坑，以及一圈震荡开来的强劲气流。

除了青龙，所有人都被这一幕给震撼住了。

这就是妄兽的实力吗？

"青龙长老，追吗？"四虹看向青龙，语气不太确信：真要追，恐怕得开直升机才能追上。

青龙略一思考："他是冲着白湖酒店去的，别管他，我们继续执行任务。"

四虹有些担忧："可是……"

"放心。"青龙笑着打断，"这个金爷的确很强，但还不是会长的对手。"

…………

凌晨三点四十七分，斗虎组。

白兔只觉得视线一晃，三道诡异的绿色死光射了过来。

幸亏斗虎及时提醒白兔，白兔很了解寄生者，也知道有一种寄生者可以用嘴巴发出带有强腐蚀性的绿色死光。

白兔在三道绿色死光射出的前一秒，已经轻打方向盘转了向，并踩了刹车。

三道绿色死光沿着马路正中央竖割过来，白兔驾驶的商务车及时躲开了绿色死光的攻击，撞上路边的护栏。

斗虎全程没关对讲机，后面一辆车上的黄连也及时听到了提醒，他本人是司机，迅速拐弯并减速，也躲过了一劫。

两队人马立刻从车上冲下来。

这时，斗虎已经注意到街道两边的房屋上，站着几十个身影，一部分是嗔兽，一部分是贪兽中的寄生者，还有少部分寄宿者，而可以从口中喷射死光的寄生者，至少有十只以上。

"大家往猴爷那靠拢！"斗虎当机立断。

斗虎组的全员之前已经相互认识过，大家都知道猴爷指的是十二生肖的泼猴。

大家立刻向泼猴靠拢。

穿着唐装的泼猴颇有些仙风道骨，他双手合十，在胸前击掌。

"喝！"泼猴低吼一声，迅速下蹲，双手按在地面。

一时间，路面的水泥混合着泥土拔地而起，变为四面墙壁将所有人包围起来，并且开始封顶，转眼就变成一个坚固的土元素堡垒。

十多道绿色死光射了过来，被坚固的堡垒挡住。

绿色死光附带的腐蚀性绿液一点点腐蚀堡垒的外壳，但是新的土元素源源不断地增加，对堡垒进行修复。

泼猴的天赋是"大地"，序列号28，元素系。

可以操控附近的土元素作战，这是一个很强的天赋，对周边环境要求很低，因为土元素几乎无处不在。可惜觉醒者至今没能找到元素符文回路，泼猴的"大地"一直停留在3级。

堡垒还在不断承受着死光的狂袭，一些寄宿者通身长出紫色鳞片，武装自己的同时，慢慢朝堡垒围拢过来。他们抬起双手，可长可短的骨刺随时做好进攻准备。

由于堡垒是密封状态，堡垒内部一片漆黑，有人打开手机手电筒，将内部的空间照亮。

"被动挨打不是我的风格。"斗虎拔出背后的青犬妖刀，开始部署战局，"歌姬，准备唱歌。"

"是。"

"死猪，你留在原地，配合泼猴，保护好俊马、萌羊、歌姬。"

"交给我。"死猪的鼻音浓厚，自带混音效果。

"黄牛，最远的敌人交给你。"

"OK。"黄牛拔出腰间的两把手枪。

"白兔、青蛇，我们解决四周的寄宿者。"斗虎说。

"好。"白兔手里握着自己的专用武器，一根乌金棒球棍。

青灵从手中召唤出了唐刀。

"电鼠，你也藏好，掩护我们。"

"放心吧！"电鼠活动了一下机械臂，跃跃欲试。对付这群小喽啰，他还是没在怕的，必须在青灵面前好好表现一下。

"我们做什么？"黄连问斗虎。

"你们自由发挥，优先保命。"斗虎眼下没工夫安排黄连小组的行动，只能相信他们了。

黄连点头，朝身后的队员下令："执行 A 方案。"

"是！"九个觉醒者异口同声。

"歌姬！唱吧！"

歌姬双手合十，跪坐在地，闭上双眼，犹如一个虔诚祈祷的少女，她张开口，开始了吟唱。

与此同时，土元素的堡垒上，开出无数的小孔。

两秒后，歌姬的歌声从这些小孔中传出，温柔空灵中又带着一丝奇异而魅惑的松弛，犹如温柔的风，轻轻吹拂着百米之内的每一只兽。

不到十秒，精神力较弱的兽已经无声倒下；而精神力较强的兽，注意力也变得涣散；一些站在高楼之上口吐绿色死光的寄生者，攻击的频率也慢了下来。

少数精神力较强的寄宿者，脸上的鳞片蠕动生长，包裹住耳蜗，最大程度地抵御着歌姬的"安魂曲"。

5级"安魂曲"可以区分敌我，同伴们的精神也在歌声的涤荡下变得安宁和舒缓，会稍有分神，但不至于入睡。

斗虎用力扇了一下自己的脸，瞬间清醒不少，他大喊一声："打起精神，上了！"

很多人先是一愣，纷纷效仿，扇了自己一耳光。

一时间，清脆的耳光声此起彼伏。

当然，白兔、青灵没这样做，她们用力掐了一下自己的手臂，也达到了同样的效果。

"猴爷！"

泼猴双手离开地面，一时间，土元素建筑的堡垒开始瓦解。

一道鬼魅般的身影冲破尚未完全瓦解的堡垒，高速逼近十米外的一只寄宿者。

那只寄宿者完全没有反应过来，鬼魅般的身影已经带着一道凌厉的刀光从他的侧面经过，砍下了他的头颅，即便他的表皮长有坚硬的鳞片铠甲，也无济于事。

身旁的两只寄宿者迅速做出反应，朝斗虎射出锋利的骨刺。

白兔发动"跳跃"，以同样快到不可思议的速度逼近一只寄宿者，将手中的棒球棍狠狠砸在他的脑袋上。

寄宿者直接旋转着飞了出去。

另一只寄宿者也没来得及攻击斗虎，一把唐刀高速飞来，砍在寄宿者的脖子上。

寄宿者的脑袋迅速一歪，用坚硬的鳞片挡下唐刀的劈砍，将唐刀夹在脖子和肩膀之间。

但他没料到，下一秒，青灵的身影已经贴近。

她一个俯冲，伸手握住唐刀的刀柄，一瞬间，唐刀之上出现淡淡的青色刀气。

"唰——"的一声，青灵手中的唐刀切断了寄宿者的脖子，那是 3 级"金属"和 5 级"刀神"共同作用下的斩杀之力，寄生者的鳞片铠甲无法防御。

玄武一战，青灵的"刀神"升到了 5 级！她手中的唐刀，几乎跟王子凯的骨爪一样，削铁如泥。

青灵杀死一只寄宿者后，没有停留，一个转身，冲向下一个目标。对方也冲向她，并且刺出三根骨刺。

"锵——"的一声，青灵挥刀架住三根骨刺，两人陷入僵持。

"青灵小心！"她身后不远处，传来吴大海的声音。

斗虎发起战斗时，吴大海也没闲着，召唤雷电对附近的高级兽们进行轰炸，但对方都敏捷地躲开了，不过吴大海的本来目的就是要打乱他们的阵形和节奏。

吴大海最主要的精力，还是在掩护青灵。

因此，他率先发现房屋三楼的一台空调机柜上正蹲着一只寄生者，那寄生者胸口隆起，嘴巴大张，对着青灵方向喷出一道死光。

"青灵小心！"吴大海跟那只寄生者的距离过远，无法阻止，只能提醒。

"砰砰——"两声，黄警官迅速打出两枪，命中寄生者的喉咙，虽然没能阻止他，却及时改变了绿色死光的发射角度。

一道绿色死光从青灵的左侧切割过去，直接切开一只想要来夹击青灵的吞噬者。

吞噬者的三只触手像面条一样被绿色死光切开，横切口上鲜血喷涌，冒出淡绿色的腐蚀性浓烟。

"啊！"吞噬者发出痛苦的哀号。

一道大腿粗的紫色雷电从天而降，帮他彻底解脱了。

吴大海抬着双手，自我感觉良好地歪嘴一笑：哼！敢碰我喜欢的女人！找死！

两束绿色死光从街道两边的屋顶射过来。

泼猴双手一抬，一堵水泥墙拔地而起，勉强挡住两束死光，但死光中的腐蚀性绿液还是溅射开来，飞向了萌羊的脸。

死猪张开巨大的手掌，将它们挡下。

一时间，死猪的手掌和手臂上都开始冒烟，绿液开始腐蚀他厚实的表皮。死猪镇定自若，稳如泰山，不到十秒，腐蚀停止了，死猪手部的表皮也开始自愈。

"猪大哥！我来帮你治……"胖俊终于找到机会露一手，他冲到死猪身边，低头一看，死猪手臂上的伤已经痊愈。

胖俊愣在原地，尴尬地挠了挠头，又乖乖躲在了死猪的身后。

黄连小组中一个身穿黑色紧身作战服的男人，戴着黑色口罩，口罩上是一个狰狞的荧光色骷髅嘴。

他叫骨男。

"锁定！"他张开一只手，对准楼顶上的一只寄生者，一秒后，他大喊一声，"置换！"

须臾间，骨男消失，出现在楼顶，而楼顶上的寄生者出现在骨男之前的位置。

骨男天赋是"时空转换"，序列号46，时空系。

他可以在一瞬间跟目标置换空间，同时削弱对方的所有能力。

被置换位置的寄生者短暂地愣住，之后迅速做出反应，没有继续喷射绿色死光，而是扑向眼前的黄连。

只要咬到黄连的身体，他就可以成为黄连的一部分，放弃自身躯壳，以能量和意识的混合体，寄生在黄连体内。这之后，黄连可以获得他的部分能力，但也需要承受他的反噬，就跟当初的寄生者小刘一样。

然而，扑向黄连的寄生者忽然停下，身体浮在半空，进退两难。

黄连已经发动了"重力"，让寄生者四周失去了重力。

与此同时，已经杀完一圈的斗虎折返回来，他鬼魅般的身影经过这只悬浮在半空的寄生者，便顺手砍下他的脑袋，且丝毫没做停留地冲向另一群高级兽，还不忘留下一句话："不谢！"

眨眼间，被斩首的寄生者消失，骨男重新出现，两者的位置又调换了。

三分钟过去。

这三分钟对有些人而言很漫长，比如胖俊和萌羊，对有些人而言却很短暂，比如斗虎，他觉得自己才热了个身。

歌姬一曲完毕，当她重新睁开双眼，四周的马路和建筑破败不堪，死去的高级兽横尸遍野。

最后一只还站着的吞噬者，胸口被青灵的唐刀刺穿。

青灵潇洒地转身，拔刀，收刀，吞噬者无声倒地，为这场战斗画下完美的句号。

"继续赶路！"斗虎收回青犬妖刀，朝着路边的商务车走去。

十二生肖的人很自然地跟上。

黄连和他的队员们看着十二生肖这群人的背影，一时间心情复杂。

太强了。

虽然黄连不觉得这场遭遇战会很难应对，但是短短三分钟内，斩杀近五十只高级兽，其中包括不少强悍的寄宿者，还是零战损。

这实在是过于恐怖。

那一刻，黄连忽然间对今晚的大决战多了一丝信心。

或许，很多人会在今晚死去，包括自己，但是，人类不会轻易灭亡。

就像当初那场差点葬送黄连的大火，挺不过去，死，挺过去，涅槃。

人类这种生物，或许弱小、愚蠢，不断犯错，但灵魂深处却永远蕴含着迎接涅槃的勇气和觉悟。

人类，并不伟大，但也不渺小。

…………

凌晨四点零七分，朱雀组。

北雍区植物园，向日葵花园。

赤蝎的嘴巴中开出一朵血色向日葵！

这一幕如此突然，又如此诡异，以至于所有人都怔了一秒。

"大哥！"6组的一个圆脸青年冲过去，他叫赤蜂，跟赤蝎亲如兄弟，两人都在孤儿院长大，当初一同进入麒麟工会，外号也取了一对。

"站住！"朱雀立刻拉住了赤蜂。

"朱雀长老！救他！"赤蜂大喊。

朱雀脸色沉重地摇摇头，她已经感觉不到赤蝎的生命气息。

"他死了。"朱雀说。

"不，不可能……"

似乎为了印证朱雀的话，一时间，赤蝎的全身上下都皮开肉绽，开出一朵朵血淋淋的向日葵。

其中一朵向日葵从赤蝎的胸口绽放，向日葵的花蕊正是他那停止跳动的心脏，血月之下，邪恶诡异。

这种情况，别说朱雀，神仙也救不活了。

"不！"赤蜂悲恸地大喊一声。

"他来了！"青草脸色煞白，神色慌乱，"八点钟方向！五十米……三十米……"

青草已经发动"昆王"，让脚下的昆虫帮自己搜查敌人的位置，已经得到准确的反馈。

大家看向青草的八点钟方向，向日葵长得十分茂密，根部又被半米高的血雾笼罩着，隐蔽性十足。

三十米外的向日葵不断摇曳，发出簌簌声响，似乎有不明生物正在贴着地面靠近。

"小心！"无色朝自己的队员大喊，"退后！"

"喝！"艾曼大喝一声，全力甩出手中的巨型回旋镖。

回旋镖贴着地面高速旋转，一路飞过去，犹如一个割草机，向日葵的绿色根茎和黄色花朵漫天飞舞。

回旋镖即将接近目标，忽然间，大把的向日葵扭动起来，它们的根茎聚集缠绕在一起，花叶也改变形状。

两秒不到，就组成了一个向日葵"稻草人"。

回旋镖插入这个稻草人中，竟然卡住了。

艾曼惊诧万分：不可能，普通的花草就算组合在一起，也绝不可能挡得住回旋镖的切割！

她没时间疑惑。

悉悉窣窣的声音还在继续，不明生物继续贴着地面朝人群冲过来。

"我杀了你！"赤蝎的死让赤蜂失去理智，他双手上的指甲化为深褐色的长刺，冲向不明生物。

赤蜂刚冲出几步，一个身影快速从他身后追上——是朱雀，她一把抓住赤蜂的肩膀，往后一甩，赤蜂整个人都向后飞出去。

朱雀并没冲向不明生物，而是快速来到已经变成"花人"的赤蝎身边，她一手摸向他的腰间，脸上闪过一丝悲痛和愧疚。

"啊！"朱雀大吼一声，全力爆发，双手提起赤蝎，将他"连根拔起"，朝着不明生物的方向丢过去。

赤蝎的尸体落向还在花海中穿梭的不明生物，虽然没有直接命中目标，却在落地的瞬间发生了爆炸。

赤蝎身上的所有炸弹同时爆炸，一时间，所有人都被强大的爆炸气流给震飞了出去。

不明生物所在的那一片花海，直接被炸出一个巨大的深坑。

几秒后，大家爬起来，稳住阵脚。

"大哥……"赤蜂哭了，他并不怪朱雀的冷酷无情，事实上，要不是朱雀刚才阻止他的冲动行为，他可能也被不明生物杀死了。

他只是很难过，赤蝎死了，尸体灰飞烟灭，他甚至没能跟大哥好好告别。

无数向日葵被炸成了碎片，化为燃烧着的火星，在天空中飘零。

朱雀组全员站在火海之中，目光齐齐看过去。

敌人没死，但已经被爆炸逼出了真身。

一个穿着满是鲜花图案的连衣裙的女人，她很老了，脸上的皱纹层层叠叠，头发花白，用一根簪子盘起，上面还别着一朵小红花。

她飘在空中，准确地说，是踮起脚尖，站在由无数向日葵茎秆组成的一根直立起来的藤蔓上。

她看上去轻盈优雅，朱雀可以想象，老人年轻时应该很美。

"至暗者？"朱雀试着跟对方交流。

"嗯。"老者轻声回答，深陷的眼窝中是一双淡蓝色的眼眸，"姓苗，无名，能力'妄花'，懂礼貌的年轻人，都叫我苗婆婆……"

苗眼神一沉，发现四周出现了各种蝴蝶、蜜蜂和蜻蜓，其中，还隐藏着不少致命的杀人蜂和虎头蜂。

"呵呵，看来你们，不太懂礼貌啊。"

苗苍老的脸庞淡淡一笑，她张开双手，无数的向日葵从血雾中拔地而起，飞向半空。它们的花朵化身铠甲，将苗装扮成了一位"花仙子"。

向日葵的叶子和根茎则围在她四周高速旋转，犹如锋利的刀片。

无数昆虫飞向苗，都被那万千的碎叶跟根茎给切成了碎片。

黑压压的一片昆虫，瞬间溃不成军，消失殆尽。

苗消灭了昆虫，却没有停止，她四周的叶子还在高速旋转，以苗为中心，很快形成一道绿色的龙卷风。

龙卷风从天而降，冲向朱雀等人。

艾曼已经拿回自己的回旋镖，俯身蓄力，打算使出全力一掷。

朱雀快速来到她身边，将手放在艾曼的右手臂上："等价交换！"

一瞬间，艾曼的右手臂爆发出一股崭新的能量，她的手臂力量立刻翻了三倍。

朱雀是怎么做到的？！艾曼没时间思考。

"啊！"她大喝一声，继续蓄力。

"蜂毒！"赤蜂冲上来，化为针刺的指甲，在回旋镖的刀刃上划了几下，让上面沾上致命的毒素。

赤蜂的天赋是"蜂毒"，序列号 80，毒素系。

指甲可以变为针刺，扎入目标可以让其中毒，拥有麻痹、致幻、中毒、癫狂等不同的毒素。

"去死吧！"艾曼扔出回旋镖。

巨型回旋镖犹如直升机的螺旋桨，高速旋转的同时带着强大的气流和破坏力，朝头顶上空的绿色龙卷风冲过去。

乌金制成的回旋镖比草叶坚固太多，加上艾曼翻了三倍的"臂力"，回旋镖势如破竹，摧枯拉朽地直接切开了绿色龙卷风，并命中了龙卷风中央的苗。

血色的夜空之中，巨大的回旋镖将苗的身体劈成了两半。

赢了？！所有人都看着天空，想要确认结果。

"是替身！"朱雀第一时间发现了不对，回旋镖在切开苗的身体时，并没有溅射出任何鲜血。

果然，两秒后，大家看清了，被回旋镖切成两半的，不过是一些向日葵的根茎组成的"稻草人"。

"救、救我……"

朱雀猛地转身，十米开外的青草脸色苍白，眼神惊恐。

苗不知何时，站在青草的身后。

她皮肤下垂、长满老人斑的脸庞，轻轻凑到青草的耳边，形如枯槁的右手搭在青草的肩上。

"小姑娘，别怕死，美丽，才是永恒的。"

话音刚落，青草的身体上绽放出无数的血色百合。

"青草！"

无色愤怒地大喊一声，目光狠厉地看向青草身后的苗。

她的红发往后纷飞，眼中出现凝固的红斑，眼角甚至开始流血，她一次爆发出百分之两百的精神力！

"石化"——全开！

苗苍老的脸庞狠狠一颤，瞬间感受到致命的精神侵袭钻入她的眼中，并霸占了她的大脑，几乎让她的意志消弭。

苗虽已年迈，精神力却不在无色之下。

她抵御住无色的第一波精神入侵，迅速闭上双眼，通过阻绝视觉通道来减缓"石化"的精神攻击。

同时，苗单手一挥，青草的尸体飞向了无色。

无色看着飞向自己的青草，心一软，稍微松懈了"石化"的攻击，苗趁机重新遁入花海中。

"小心！"朱雀高速奔跑过来，扑向无色，拦腰抱住她横飞出五六米。

"砰"的一声，青草的尸体爆炸了，炸出无数锋利的花叶和人体的内脏与骨肉，其杀伤力并不亚于一颗小型手雷。

"牵制住她，五秒就行！"绛狐喊道，"剩下的交给我！"

朱雀眼底闪过一丝幽光：只能用那一招了，这是朱雀和绛狐的撒手锏。

"无色，介意之后一个月都昏迷不醒吗？"朱雀冷冷问道。

"只要能杀了这个臭老太婆，别说一个月，一年都行！"无色此刻别无所求，只想为同伴报仇。

朱雀伸出手，放到了无色的额头上："等价交换！"

一瞬间，无色感觉自己大脑中的精神力在疯狂地尖叫，就像沸腾的开水，它们进入了癫狂却无比强大的状态。

无色惊诧地看向朱雀，不明白她对自己做了什么。

"上了。"朱雀没有解释，目光冷静地在向日葵花海中搜寻苗的踪影。

"组长！"无色小组中，一个身材粗短的中年男人大喊一声，他叫老莫。

无色立刻会意，冲向老莫，朱雀、绛狐也冲过去。

"哈哈哈哈哈！哈哈哈哈哈！哈哈哈哈哈！"

短发男人忽然仰头发出有节奏的笑声，这笑声非常魔性，带有奇异的情绪感染力，回荡在整片花海中。

果然，三十米开外的向日葵中出现了动静，苗朝着短发男人快速逼近。

老莫的天赋"嘲讽"，序列号143，辅助系，可以挑衅敌人攻击自己，打乱敌人的节奏，降低敌人的警惕心。

朱雀和无色立刻冲过去。老莫还在大笑，确保苗一定会过来攻击自己。

然而苗在距离老莫十米左右时停了下来，迅速清醒，没有掉入圈套。

五六根由植物根茎缠绕而成的藤蔓从花海中冲出，袭向老莫。

老莫一惊，没考虑到苗的远程攻击。他挥舞手中的砍刀，劈开了袭向自己的藤蔓，却没有发现一只藤蔓悄悄贴着地面袭来，忽然缠紧了他的脚踝。

"糟了！"老莫大惊失色，没来得及做出反应，就被藤蔓狠狠一拉，接着抛向半空，朝着苗的藏身处飞过去。

苗从花海中一跃而起，冲向半空的老莫。

苗的双臂上缠满了青色的藤蔓和五颜六色的花朵，她的十根手指头化为深褐色的锋利的树根。

"噗——"苗树枝般的指头，刺入了半空之中老莫的胸膛。

一秒后，老莫的身体上开满了无数的染血玫瑰。

"嘭"，老莫的身体化为满天飞舞的血水和红色玫瑰花瓣。

"老莫！"

无色对准半空的苗，再次发动"石化"！

这一次，就连她身边的朱雀和绛狐，也感受到空气之中的扭曲张力，那是极强的精神力外溢的表现。

半空之中，踩在藤蔓上的苗的身体狠狠一怔。

这一次，没有任何缓冲，苗脸上的皮肤出现了钙化，并出现裂痕，她的左手臂几乎失去了知觉。

苗反应极快，强忍住无色的精神攻击，迅速抬起右手。

十多根藤蔓一齐冲向无色。

"小心！"朱雀推开无色，中断她的天赋，但也救下她一命。

藤蔓缠住了朱雀的身体，苗故技重施，将她抛向半空。

这一次，苗非常谨慎，藤蔓始终没有松开朱雀，而是死死束缚住她，将她带向自己。苗的右手指头化为锋利的树根，朝朱雀的胸口刺去。

两秒后，朱雀就将重蹈赤蝎、青草、老莫的覆辙，变为一朵盛开鲜花的尸体。

朱雀嘴角冷冷一笑，她是故意被抓的。

"等价交换"！全开！

顷刻间，朱雀体内的能量被疯狂激活，她的综合战力翻到了五倍！

"啊！"朱雀大喊一声，双手一挣，突破了藤蔓的束缚。

苗大吃一惊：这是什么怪力？！不仅是力量，敏捷也翻了五倍。

朱雀飞向苗的瞬间，先于苗出手，她眼中流动着金光，狠狠一拳砸在苗的脸上。

"咚——"的一声，苗呈一条斜线摔进花海中，激荡起无数向日葵的碎屑，就连血雾也跟着荡漾开来，再重新慢慢聚拢。

朱雀落地，胸口剧烈起伏，她这种状态最多持续半分钟。

朱雀天赋是"等价交换"，序列10，最强生命系。

能力机制颇为复杂，首先是四种主动机制：

一、以透支身体未来的状态为代价，短时间内强化身体当下的状态。

替队友强化的极限是三倍，透支队友未来一到两个月的状态。

替自己强化，可高达五倍，透支自己未来三个月的状态。

二、给自己和别人治疗，透支的是朱雀本人的状态。

三、审问尸体，透支的也是朱雀本人的状态。

四、复活尸体，一次性透支朱雀本人的全部状态。

还有两种被动机制：

一、身体拥有强效恢复能力。

二、身体状态可以储存，最大额度为十二个月。

可以把这十二个月的储存状态理解为一种生命能量，生命能量如果一次性损耗掉，强效恢复能力就会停止，需要等价的时间来进行基础恢复。

朱雀审问尸体，会透支一个月左右的生命能量。

治疗队友，则要视队友的损伤程度而定，一到九个月的生命能量不等，但只要没达到极限，朱雀都可以通过强效恢复力加速恢复。

至于复活死者（心脏和大脑没有严重破坏才能复活），则需要一次性透支朱雀十二个月的全部储存状态，等于说，复活死者之后的一年，朱雀都会陷入深度昏迷。

此刻，朱雀让自己的战力瞬间翻了五倍，维持了三十秒，一口气透支了三个月的储存状态，还有九个月的储存状态可使用，还能使用三次，每次维持三十秒。

但是，朱雀的眉头没有舒展，她很清楚，刚才那一拳看似解气，却没有重创对手，即便再缠斗下去，她也无法解决苗。

而无色，恐怕坚持不了半分钟就会昏迷，这就是三倍强化战力的代价，一切都是等价的。当队伍中的两名最强的觉醒者失去战力，等待他们的结局将是全军覆没。

这一系列思考，只花了朱雀几秒钟。

几秒后，不远处的苗重新站起来。

准确说，她是被无数向日葵的鲜花和根茎簇拥着，慢慢悬浮起来的。她嘴角流血，脸上却笑着。她高高地举起双臂，身体上已经开满了五颜六色的鲜花，美丽妖冶。

"让我们一起，化身永恒之美吧。"

一时间，整片花海的风都停止了，空气跟着凝固。

成千上万条藤蔓拔地而起，瞬间组成一片遮天蔽日的绿色牢笼，将所有人都关进了牢笼之中。

朱雀一惊：苗想同归于尽！

"绛狐！"朱雀大喊一声。

"邀请成功！"绛狐自信的声音传过来，不知何时，他已经出现在苗身后。

苗在被朱雀一拳打向地面时，忌惮朱雀的连续攻击，所以尽管原地未动，却调动了花木保护自己。

这让她忽略了绛狐的存在。

几秒之后，当苗意识到有人在自己背后时，她没有特别在意，因为她已经决定跟所有人同归于尽。

苗并不清楚朱雀和无色的满状态能维持多久，也许只能维持极短时间，也许能维持很久，如果能维持很久，苗没有胜算。

苗不会赌这种可能性，她带着使命而来，必须完成使命，因此，她第一时间决定同归于尽，她自认为可以做到。

可她低估了绛狐。

遮天蔽日的绿色藤蔓将所有人都关住，原本藤蔓上应该开出艳丽的妖花，然后埋葬所有人，但是，妖花并没有开出来。

苗已经无法动弹，也无法再调动自身能量。

绛狐双眼溢出金色的光芒，朝苗大喊一声。

"庄家！"

一股强大的半透明金色结界从绛狐的脚底迅速展开，变成一个半球形的空间，将苗和绛狐关在了里面。

空间内，出现五枚能量状态的金色筹码，飘浮在两人之间。

绛狐的天赋是"庄家"，序列号12，最强辅助系。

高阳成功拿到召唤符文回路和辅助符文回路后，绛狐第一个使用辅助符文回路将"庄家"升到了4级。只需要定身敌人五秒钟，并与敌人保持十米以内的距离，就可以将任何敌人拉入庄家的领域内，且强制进行五次博弈，庄家可任意制定规则，且拥有51%的胜率。

这一招，对付同等实力的敌人十分无用，对付实力巨大的敌人却有奇效。

"第一局赌硬币！"绛狐伸出左手，"筹码左手！请下注！"

苗冷冷地看着绛狐，不回答。

她想杀绛狐，却发现自己的身体无论如何也动弹不了。

两人中间出现一枚能量状的巨大硬币，它疯狂旋转了几秒，停下。

正面朝上。

"砰——"的一声，苗的左手手臂直接被爆炸，一时间血肉纷飞，染红了苗满是皱纹的半边脸庞。

苗强忍住没有叫出声，脸色却瞬间苍白了下去。

"玩家弃权，庄家赢！"绛狐宣布结果，"第二局赌硬币！"

绛狐伸出右手："筹码右手！请下注！"

"正面。"苗已经清楚自己绝对无法反抗规则，只能加入赌局。

闪烁着金光的能量状硬币重新出现，高速旋转，并在几秒之内停止。

反面朝上。

"砰——"的一声，苗的右手手臂也爆炸了。

这一次，苗没忍住，发出痛苦的声音。

她瞬间失去两只手臂，浑身被鲜血染红，瘦弱的身躯变得更加佝偻。

她满脸鲜血，低垂着头，喘着气，脸上却浮现了不屑的笑意："这就是庄家吗？有趣，再来！"

"第三局赌硬币！"绛狐伸手摸向自己的左肺，"筹码左肺！请下注！"

"正面。"苗下注。

金色硬币出现，旋转，停止。

正面朝上。

绛狐吐出一口鲜血。

绛狐输了，他身体内的左肺彻底坏掉。

"绛狐！"朱雀站在庄家的结界空间外，全程目睹，心急如焚。

她安慰自己：没事，没事的，修复绛狐的肺部只需要四个月的储存状态，她目前的储存状态还够用。

绛狐咧嘴一笑，抹一把嘴："继续！"

"来，继续！"苗不再畏惧，原本她就打算跟所有人一起葬身花海，化为刹那而永恒的美。

现在，她把一切交给了真正的命运，这样的死法，或许更适合妄兽。

"第四局赌硬币！"

绛狐指向自己的双眼："筹码双眼！请下注！"

"正面。"苗没有丝毫犹豫，继续押注。

硬币出现，旋转，停止。

反面朝上。

两注鲜血从苗的眼窝中喷出，她的双眼被某种力量无情地夺去。

苗的脸色更加苍白，但这点痛楚对她而言已经没什么威胁了，她的声音无比遗憾："又输了啊。"

"最后一场赌局……"绛狐停下，没有马上公布内容。

"呵呵，小伙子，继续啊。"

失去双臂的苗站在原地，用那双血淋淋的空洞眼窝看着绛狐。

绛狐还是没说话。

"你在害怕，我能感觉到。"苗的脸被鲜血染红，她笑了，"最后一把了，你可要赌大一点啊，只要你杀不死我，我还是可以跟所有人同归于尽。"

"哈哈哈，"苗忽然间仰头大笑，"来吧，我们赌命吧，心脏，或者脑袋，这样才能救你的同伴啊！

"到底是你赢，还是大家一起死，让我们交给命运吧！"

绛狐脸色阴沉，微微抬头，看向结界之外的朱雀。

"绛狐！别听她的！"朱雀大喊，"我们可以赢！剩下的交给我们，我们可以打败她……"

绛狐朝朱雀笑了笑，他知道朱雀在撒谎。

赢不了的，只要苗没死，"庄家"的结界一旦消失，她会立刻跟所有人同归于尽。

"不！不行！"朱雀冲过去，握拳用力击打"庄家"的结界，却只是徒劳。

她大喊大叫："停下！这是命令！绛狐！这是我的命令！"

无色已经昏迷过去，被艾曼扶着，艾曼和其他同伴站在不远处，一时间说不出话，四周是遮天蔽日、重重封锁的藤蔓牢笼，他们的生死全在绛狐手中。

绛狐重新看向苗："臭老太婆，你未免太小瞧'庄家'了！"

绛狐大喊一声，第一次，他的声音不再尖细，而是变得庄严又雄厚："最后一局赌硬币！

"赌注心脏！请下注！"

"正面！"苗大也兴奋了起来，大喊一声。

两人中间出现一枚硬币，它高速旋转，眼看就要停止。

"强行终止！没收所有筹码！"绛狐额头上青筋暴起，双眼流出了鲜血，他拼尽全力大喊一声，与此同时，他的"庄家"升到了5级。

"唰"的一声，能量状的硬币消失了。

双眼已瞎的苗虽然什么也看不见，但感觉到能量的诡异变化，她脸上闪过一丝茫然："你做了什么？"

"呵，我可是庄家啊，只要表现形式是公平的，最终解释权归我所有。"绛狐脸色苍白地笑了，"最后一局作废，没收所有筹码，很公平啊。"

苗不再说话，她已经明白了。

苗轻叹一口气，死前的最后一刻，她忽然很在意自己的头发，不知道头发上那一朵花有没有别好。可惜，她失去了双手，不能最后整理一下。

绛狐缓缓抬头，看向朱雀，眼中是万般的不舍，他轻轻张嘴，没发出声音。

朱雀读懂了他的唇语，四个字——姐姐，再见。

苗和绛狐的心脏同时爆炸，胸口直接炸穿，两团血雾弥漫开来。

两人无声地倒下，周身的金色结界消失了，与此同时，遮天蔽日的藤蔓牢笼也开始缩回地面，消失不见。

"绛狐！"朱雀冲向绛狐。

艾曼则将昏迷的无色放在地上，拿起回旋镖冲上去，手起刀落，将苗的脑袋砍下来，又在关键的部位补上几刀，确保她再不可能复活。

另一边，朱雀跪在地上，抱起了已经死去的绛狐。

"为什么！为什么要这么做！"朱雀悲痛欲绝地质问道，"为什么啊！以前也是，现在也是，你总是那么淘气，总是不肯听我的话！"

"不，我不会让你死，小狐，你等着，姐姐马上救你……"

朱雀将绛狐用力抱进自己怀中，她知道绛狐的心脏已经彻底破坏，她知道自己

197

储存的生命能量已经不够，她知道即便搭上自己这条生命也未必能救回绛狐。

可她不在乎，连自己弟弟都保护不了的人，算什么姐姐啊！

"等价交换！"朱雀将自己的储存状态毫无保留地注入绛狐体内。

忽然间，朱雀脖子一凉，被针扎了一下。

两秒后，她浑身一软，失去了意识。

身后，赤蜂满脸泪水和歉意，他刚给朱雀注入了一种麻痹毒素，不致命，但会让她休克过去。

"对不起，朱雀长老，我不能看着你做傻事，活着的人，还需要你。"

…………

凌晨四点十分，东豫区新墓园。

青龙组赶往了血柱的现场。

跟朱雀组看到的情况相同，在墓山下的广场上出现了一个略高于地面的临时祭坛，祭坛周边跪着身穿带帽白袍的兽，他们将匕首插入腹部，用自己的鲜血灌满祭坛上的凹槽，浇筑出一个血色的苍母教图腾。

巨大的白光以祭坛为原点，直冲云霄，血雾化成的红色藤蔓围绕着这道光柱攀爬而上，最终组成了一根诡异的血柱。

青龙没让其他人动手，亲自过去，打出认真的蓄力一拳，彻底将祭坛摧毁，并消灭了那些白袍兽。

光束顿时消失不见。

然而就在任务完成后的半分钟，敌人出现了，上百只不同类型的高级兽从四面八方包围过来。

青龙组无法逃离，被迫迎战。

惨烈的战斗持续了二十分钟。

觉醒者们都拼尽全力跟高级兽厮杀，战斗结束时，广场上已是尸山骨海，幸存的人悲痛、愤怒，但最终都化为了疲惫和沉默。

青龙的九名部下，阵亡一人，重伤一人，轻伤一人。

小丑的部下阵亡五人，重伤二人，轻伤一人。

青龙亲自上前，来到一名成年男性的尸体前，他为保护另一名同伴，心脏被一只寄宿者的骨刺刺穿。

青龙蹲下，亲自为他合上双眼，语气沉痛地说道："把同伴们的尸体都带回……"

青龙话未说完，眉头一皱，察觉到异样。

死去的同伴，那双刚被青龙合上的双眼猛地睁开，闪烁出诡异的蓝光。

"远离尸体！"青龙大喊一声，同伴的尸体已经蹲起来，扑向青龙。

青龙迅速伸手，掐住尸体的脖子，封锁住它的行动。

他心下一惊，自己掐住的，已然不是普通尸体的脖子，而是坚硬、光滑、冰冷的木头。

怎么回事？！青龙手臂发力，用力将尸体推离了自己。

尸体飞出几米，摔落在地。两秒后，它慢慢爬起来，浑身都变得僵硬，并且发出清脆的"咯咯"声响。

猩红的月光之下，所有人都看清楚了，同伴的尸体完全变成了一只木偶。

尸体歪着脑袋，张开嘴巴，发出"咯咯咯"的诡异笑声，仔细看，会发现它的嘴巴两边有两道竖立的裂缝，上下移动着，那完全就是木偶的嘴巴了。

"小心！"

"退后！"

其他同伴的尸体也陆续站起来，变成了诡异的木偶。

不仅仅是同伴们的尸体，那些被杀死的高级兽的尸体，都陆续站起来，它们动作僵硬怪异，迅速变成了木偶。

"咯咯咯，咯咯咯——"木偶们的双眼闪烁着幽蓝色的光，方形嘴上下闭合着，不断地发出瘆人的笑声。

在这笑声中，它们的双手和双脚变成了锋利尖锐的木刺。

"准备战斗！不要留情！"青龙当机立断，下达命令。

剩下的十四名觉醒者，包括重伤的三人，都朝着青龙的方向聚拢。

广场上的上百只木偶尸体，则以怪异的姿态，摇摇晃晃地朝着觉醒者们包围过来，它们一边大笑，僵硬的身体一边剧烈抖动。

"咯咯咯！"

"咯咯咯！"

这笑声让人感到莫名压抑和焦虑，并且思维混乱。

十几秒后，笑声戛然而止，三分之二的木偶一齐冲向觉醒者。

这些木偶并非直线扑过来，它们跳着奇怪的舞蹈，不断旋转和跳跃，时而靠近，时而远离。甚至连它们自己都无法预测自己下一步的动作，仿佛它们真的只是在癫狂地跳舞。

但在这毫无章法的舞蹈中，又暗含着最阴险的杀机。

一个舞蹈着的木偶，前一秒还背对着四虹，下一秒脑袋和四肢便一百八十度旋转，由背面变成正面，锋利的手刺直逼四虹的面门。

四虹的手中幻化出一把金闪闪的光剑，毫不留情地将木偶劈成两半。

四虹天赋是"光芒"，序列号15，元素系，可以使用光元素。

"光芒万丈！"四虹大喊一声，另一只手举向天空。

顷刻间，他的头顶开始聚集起强烈的光线，那光线变成一团椭圆的金色发光体，在血月的侵染下，泛着一点绯红。

"轰——"的一声，顷刻间，那团金色发光体爆炸开来，化为无数的光箭，射向了一大片木偶，犹如一场壮观的箭雨。

木偶们的身体犹如箭靶，插满了无数的光箭，陆续倒地。

四虹眼底闪过一丝惊喜：看来光元素的攻击对木偶们有用……这个念头刚出

现，他的剑眉又皱起来。

几秒后，倒地的木偶们纷纷站起来，它们的身体开始疯狂抖动，并不断发出"咯咯咯"的诡异笑声，仿佛在嘲笑四虹的徒劳攻击。

很快，木偶身上的光箭纷纷被抖落下来，少部分没能抖落的光箭，则继续插在木偶的身体上，并不妨碍它们的行动，甚至从某种程度上来说，还变成了它们身上的尖刺，增加了它们的危险系数。

更恐怖的是，就连刚才被四虹劈成两半的木偶，也在地上挪动着，自己把自己慢慢拼接好，缓缓地站了起来。

"没用的，必须彻底摧毁。"青龙沉声说道。

"可恶！"有生以来四虹第一次痛恨自己为何没有"火焰"天赋，这样就可以把这些木偶一把火给烧了。

木偶们继续癫狂地舞蹈着，觉醒者们也开始了厮杀。

四虹挥舞着锋利的光剑，不断将靠近自己的木偶砍成两三段，但这些木偶很快就能重新拼接好。

青龙这边稍好一点，他拳头的破坏力非常之强，一拳命中，拳劲能把木偶整个震成碎片，导致木偶无法复原。

但是，效率太低。

青龙可以保证自己不死，但队友们迟早会在这场没有尽头的消耗战中折损大半。如果全靠青龙一人，想要把上百只木偶都摧毁成木屑，至少得二十分钟，且体力耗费极大。

战斗才持续一分钟，已经传来了同伴们受伤的叫声。

这时，一个身影来到青龙身边，是小丑："我闻到妄兽的气味了，三点钟方向！"

青龙定睛一看，三点钟方向的十几只木偶中，确实有一只木偶不太一样，其他木偶都在疯狂地舞蹈，只有它不过在象征性地跳动着。

青龙立刻有了推断：想要同时控制上百个木偶尸体作战，主人自己也必须在场，远程操控是不可能办到的。

青龙一拳摧毁一个忽然扑向自己的木偶，深深运了一口气。

他双腿一蹬，以极快的速度奔向了那只可疑的木偶。

三十米的距离，青龙只用了两秒，几乎逼近"杀人专家"全开的斗虎的速度。

青龙撞飞了几只拦路的木偶，逼近那只在原地不太动弹的木偶——找到你了！

这只木偶比其他的木偶矮小不少，肢体的僵硬程度也要低上一些，很明显是伪装成木偶的活物。

它发现青龙的逼近，迅速往一旁闪躲。

但青龙早就做出预判，调整了出拳的角度。

半秒后，青龙一拳打向木偶的胸口。

"轰——"的一声，木偶灰飞烟灭，变成了漫天飞舞的碎木屑。

一瞬间，广场上的所有木偶全部散架，变成大大小小的一地"零件"。

结束了吗？刚想松口气的青龙猛然一怔，察觉到危险！

他的身体之上，已经悄无声息地缠绕了无数根细线，这些细线的另一端，正连接着所有木偶的零件。

这是陷阱！

成百上千的木偶零件飞速地朝着青龙聚拢过来，它们用自身锋利的木刺，刺向青龙。青龙早已调动能量强化身体肌肉，他不可能被这些东西伤到。

但是，越来越多的木偶零件吸附到了青龙的身体上，转眼便将青龙包裹，将他变成一只巨大的"木偶球"。剩下一半的木偶，重新组合起来，继续跳舞和杀人，拖住了其他觉醒者。

"青龙长老！"四虹察觉到青龙置身险境，再次召唤出一场光箭雨，射向了木偶们。

趁着木偶倒地的短暂瞬间，四虹的手中幻化出一把巨型光芒大剑，他提着大剑冲向了那只巨大的木偶球。

"啊——"他双手举起巨剑，剑刃之上的光能四溢。

下一秒，四虹就将劈出一道光元素组成的巨大的剑气，足以摧毁木偶球，帮青龙逃离出来。

没想到，小丑不知何时出现在四虹背后，徒手刺穿了四虹的心脏，一只血手从四虹的胸膛上穿出来。四虹的身体狠狠一颤，双手上的巨剑化为一阵光芒尘埃，在空气中消散。

"小丑……你……"四虹瞳孔放大，缓缓回头，嘴角溢出鲜血，他是那么震惊、愤怒和不甘心，却只能迎来死亡。

"不能让你阻止木偶葬，否则，我没胜算了啊。"

小丑从四虹的胸膛中抽出血淋淋的手，他的身体开始变换，很快显出原形，是一个消瘦、苍老、眼神阴郁的白发老头。

与此同时，那些被光箭雨射中的木偶们再次站了起来，它们"咯咯咯"地笑着，再次冲向其他觉醒者。

"你……不是小丑……"倒在血泊中的四虹，用最后的力气说道。

"至暗者，虞，能力'妄偶'。"

虞用低沉沙哑的声音说完，缓缓看向木偶球。从一开始，虞的目标就是青龙，他很清楚，解决了青龙，就赢得了胜利。

虞双手抬起，对准眼前的巨型木偶球体。

虞早就知道青龙的存在，也对他的天赋有所了解，一次杀不死青龙，就永远不是对手。而如果正面对决，虞没什么胜算，但现在……虞很有信心。

青龙虽强，但如此多尸体产生的扭曲怨念和精神力是非常可怕的，即便青龙也会被同化。

"木偶葬……"

虞刚要发动天赋，一把匕首就刺穿了他的背部。

虞微微一怔，浑浊的老眼中流露出一丝迷茫和惊恐。

谁？虞缓缓侧目，是一只木偶尸体，但很快，这只木偶的脸庞发生了变化，变成了小丑的脸。

战斗一开始，小丑就趁乱伪装成木偶，并给自己打上了尸体的气息，成功隐藏起来。他想要偷偷找出虞，却没想到，虞变成自己骗了青龙，并偷袭了四虹。

小丑没有上前阻止，他很清楚自己的实力有限，他是只有一次机会的刺客，找不到最好的时机，绝不会贸然靠近。

哪怕……同伴们不断在牺牲，哪怕四虹被虞背刺。

伪装成木偶的小丑，依然不为所动。

时机还不成熟，必须等虞最松懈的时候，才能不被他察觉地悄悄靠近，而这个时机，就是在虞即将发动木偶葬的时候。

"你就是小丑啊……"虞看着小丑，嘴角泛起一丝冷笑，"还真是个……小丑啊……"

小丑骤然感到一股同归于尽的杀意，他想离开，才发现自己的身体早已被无数的细线给封锁住。

"至少……"虞的嘴角流出鲜血，"至少，要杀了你啊……"

一瞬间，组成木偶球的部分木偶零件，纷纷脱离原来的球体，飞向小丑和虞，将两人层层包裹住，变成一个全新的中型木偶球。

被束缚在其中的小丑，猜到自己必死无疑。

那一瞬间，他没有丝毫害怕，竟然长长地舒了一口气：妹妹，哥哥努力活到了最后一秒，现在……终于能来见你了。

木偶葬！

虞发动了自己的最强能力。

顿时，木偶球的中央，绽放出夺目的蓝色光芒，强光瞬间吞没了整个广场，甚至照亮了整片天空。

几秒后，强光消失，原本困住虞和小丑的木偶球已经变成一个巨型木偶，它现在是一个真正的、毫无生命力的死物。

这只木偶颓坐在地上，耷拉着脑袋，嘴巴裂开，脸上是滑稽的笑容，眼底却充满了悲伤，那是一个小丑。

原本被木偶零件困住的青龙，感受到束缚力的减弱。

"喝——"他大喊一声，挣脱开了木偶球，一时间，木偶零件漫天散落。

青龙首先看到躺在血泊中的已经死去的四虹。

"四虹！"青龙声音悲怆，眼中充满愤怒。

他猛地抬头，看向身旁的一个巨型木偶，那是一个巨大的耷拉着脑袋的小丑。

青龙很快感受到，它不是敌人，只是一个没有生命力的死物。

广场上的其他木偶纷纷解体，变成一地零件，最后，失去能量的它们，慢慢变回了尸体。

战斗终于结束，没有胜利的欢呼，只有悲痛的哭喊，最终一切归于沉寂。

又有几名同伴，永远地离开了大家。

青龙沉默片刻，大致猜到是怎么回事。之前的小丑是假的，小丑似乎没有见过妄兽，又如何能闻出妄兽的气味？当时情况紧急，青龙也来不及细想，才落入虞的陷阱。

真正的小丑，一定伪装成了木偶，接近虞，并跟他同归于尽。

青龙来到四虹的尸体边，将他扶起来。

这时，他发现地上掉落了一个黑色钱夹。

青龙捡起，这不是四虹的钱夹。他打开钱夹，里面有一些纸币和证件，还夹着一张照片。

青龙想确认是谁的钱包，于是拿出照片端详，是一张合照。

医院楼下的花坛中，蓝天白云，阳光明媚。

一个大学生打扮的年轻男孩推着轮椅，轮椅上坐着一个穿病号服的清瘦女孩，没有头发，戴着遮阳帽，脸色苍白，鼻孔里插着氧气管，但她却在笑，眼中有光。

青龙翻转照片，背面是一行娟秀的字体。

　　哥，这辈子拖累了你，只能下辈子再还。你出来后，不要自责，也不要恨这个世界，好好活下去。

　　爱你的妹妹。

　　…………

凌晨四点十六分，南翼区，离城大学。

斗虎组赶到大学操场上，一眼就看到了同样的邪恶祭坛、祭祀的白袍兽和那道冲天的血色光柱。

电鼠没放过这个表现机会，毕竟这群白袍兽就是一群不会移动的活靶子，他召唤闪电，对着祭坛一通乱劈，白袍兽们纷纷倒下。

接着，泼猴远距离操控土元素，将祭坛直接犁了个底朝天，直冲云霄的光束顷刻间消失。

任务轻松结束。

就在所有人都惊讶于事情过于简单时，斗虎、青灵、白兔忽然感觉侧面袭来一阵强大的杀气。

斗虎甚至来不及提醒大家，他侧身一跃，双手捞住电鼠和俊马的腰部，粗暴却敏捷地闪到了一边。

青灵也往右边一闪，将歌姬扑倒在地。

白兔直接发动"跳跃"，抱着萌羊跳出十多米远。

就在三人做出反应后的瞬间，一道看不见的锋利气流竖切过来。

其他人还愣在原地，来不及做出任何反应，甚至不知道发生了什么，只感觉周身的空气骤然扭曲了下。

黄连站在人群之中，缓缓扭过头，看向身旁的一名同伴——空气扭曲的中心位置,就是从他同伴这边传来的。

这名同伴大睁着双眼,脸色茫然,一动不动。

"老谢?"黄连轻轻喊了一声,生怕惊动了某种可怕的征兆。

叫老谢的男人没有说话,也没有做出任何反应,下一刻,鲜血四溅,染红了他周边每一个人的双眼。

"老谢!"黄连大喊一声。

又是一道锋利的气流袭来,这一次,是横切。

"喝——"死猪双手交叉护在胸前,身体蹲下,健壮庞大的身躯挡在黄连等人的前面。

大家听到利刃割破血肉的声音,死猪的脸色铁青,维持着原本的动作不变。

月光之下,他那遒劲有力的肌肉坚硬得像是铁块。下一秒,这坚硬如铁的身躯还是被撕裂了。

死猪粗壮的双臂上出现一道触目惊心的裂口,皮肉夸张地绽开,能看到内里的骨骼。

死猪心下大惊,皮糙肉厚的他连炸弹都奈何不了,竟然被伤成这样。

死猪的手臂自然垂落,显然已经废了,至少三分钟内无法复原。

"散开!"黄连如梦初醒,大喊一声。

其他人顾不上为死去的同伴悲伤,立刻朝着四面八方散开。

与此同时,斗虎已经拔出背上的青犬妖刀,他看向敌人的方向。

操场尽头,百米开外,走来一个黑色人影。

他穿一身古朴的黑衣,戴着一顶坏掉半边的黑斗笠,腰间别着一把刀,慢慢走来。

夜风吹起,他的黑色衣摆和斗笠带子朝着一边摆动,看上去,就像一位来自古代的刀客。

他步伐稳健,气场肃杀,在距离斗虎二十米的位置停下。

斗虎看清了斗笠下面的半张脸,那是一张老人的脸,法令纹犹如刀刻,面目苍老,但充满锐不可当的杀气。

"至暗者?"斗虎问。

"卫,妄刃。"对方惜字如金。

斗虎严肃的脸上忽然出现了油滑的笑容:"卫爷,大家无冤无仇的,不一定非要打吧,要不算了,我们离开这里便是。"

还抱着萌羊的白兔心中一惊。

这个斗虎,在被杀死一个同伴、死猪被重创的情况下,居然毫不犹豫地选择和谈!这说明,眼前的妄兽极度危险,斗虎也没信心打赢,他不想再牺牲更多人。

"你们死,或我死。"卫的回答很简短。

"那就是没得谈了。"斗虎露出杀气,举起妖刀,对准了卫。

卫左手握住刀鞘,往前迈了一步,微微俯身,右手缓缓握住刀柄。

204

血色浓郁，操场上铺展着一片血雾，夜风吹过，时间寂静了三秒。

斗虎化身一道魅影冲向卫。

卫的刀也在同一时间出鞘。

保持着将近五十米距离的白兔几乎没能看清楚卫出刀的动作，只捕捉到一道细而窄的冷厉弧光。

她立刻发动"跳跃"，撞向还站在原地的胖俊。

魅影般的斗虎惊险地躲开卫斩击出的刀气，继续冲向卫。

那道刀气继续竖劈过去，飞向了更远处的胖俊，幸亏白兔将他撞飞，他才躲过一劫。

"锵"！一秒后，斗虎的青犬妖刀和卫的长刀相撞。

一道气流从两人脚下荡开来，就连四周的血雾都被短暂地吹散。

论持久力，斗虎不如战士，但论短时间内的爆发力，斗虎自信不输任何人。

可这个叫卫的妄兽，竟然站在原地，稳稳地接住了他这一刀，并且看起来似乎还游刃有余。

这就是妄兽的实力吗？强得有些离谱了啊。

不远处，传来歌姬轻柔、空灵的歌声，她发动了"安魂曲"。

斗笠下卫眼神微微一紧，斗虎明显感觉出卫的刀松懈了一分。

但仅仅是一分。一秒后，卫的刀爆发出更强劲的力量，他用力架开斗虎，接着一个侧身，以快到不可思议的速度挥出一刀。

一道竖切的刀气急速飞向歌姬，歌姬完全来不及闪开，当她感觉到危险时，她只剩下一秒的反应时间。

一秒后，歌姬消失。

刀气斩过后的瞬间，骨男出现在歌姬原本所在的位置。

千钧一发之际，骨男利用"时空转换"打了一个完美的时间差，成功救下歌姬。

骨男没料到的是，在他出现的半秒之后，一道横斩过来的刀气切开了他的胸膛。

骨男自诩心细胆大，很少犯错，更别说这种致命的错误。

为什么？究竟哪里出了问题？

他的眼神既惊恐又茫然，还有一丝不甘，他缓缓低头，胸口已经浸出大片鲜血，染红了衣服。

骨男的胸口被斜着切开，鲜血横流。

他倒在地上，双眼睁大，死不瞑目。

骨男不知自己为何而死，因为他的肉眼根本没有发现，卫在架开斗虎的瞬间，朝着歌姬的方向连续挥出两刀，先竖劈，再横斩。

一个间隔半秒的"十字斩"，这样敌人躲开刀气的难度将直线上升。

"骨男！"黄连大喊一声，怒火冲溃理智，他朝剩下的同伴大喊，"战斗！"

十二生肖的人，已然加入战斗。

除斗虎外，唯一有自信近身后不被秒杀的人就是青灵，她提着乌金唐刀冲向了

205

卫和斗虎。

在5级"刀神"的加持下,青灵足以对卫造成威胁,配合着斗虎招招致命的凶狠攻击。卫一手持刀,一手握着刀鞘,左挡右架,全力应对敌人,再无暇挥出"十字斩"这种远程攻击。

三人的身影在猩红的操场上缠斗,刀影凌乱,不分敌我。

黄警官双枪在手,目光锐利如鹰眼。卫在战斗时高速移动,又被斗虎和青灵的纠缠和夹击,他轻易开枪可能误伤队友。

不过4级"枪神"已经拥有相当精准的预判能力。

"砰砰砰",黄警官找准机会,连开三枪。

卫挥刀架开青灵的直刺,侧身躲开斗虎的竖砍,子弹射向他的侧面,他左手抓刀鞘往上一摆。

刀鞘挡开了两发子弹。

最后一发子弹竟然慢了半秒,且微调了角度,这当然是黄警官的小计谋。

威力极强的子弹从卫的左臂擦过,虽没有射进手臂,却也割伤了他的手臂肌肉。卫迅速往后一跃,退开五米。

这次,卫以极快的刀法朝远处开枪的黄警官挥出一个"米字斩",四道锋利的刀气直逼黄警官,完全没有闪躲的角度。

泼猴早有预判,双手撑地,一道将近半米厚的土墙拔地而起,护住了黄警官。

一秒后,四道刀气袭来。

土墙在一瞬间被切得四分五裂,勉强抵挡住了刀气。

黄警官只觉得一阵疾风扑来,脸上、胸口、肩膀一阵火辣辣的疼痛,强弩之末的刀气依然化身刀片,割伤了他的皮肤。

黄警官难以置信地睁大眼睛,隔着几十米的距离,切开半米厚的土墙,还能持有如此的刀气,果真恐怖!

黄警官不禁担心起斗虎和青灵,近距离跟卫搏杀,该有多危险!

卫后跃到五米之外,朝黄警官挥出"米字斩"的时候,电鼠知道自己的机会来了,不用担心会误伤同伴的他单手召唤出"闪电"。

几道大腿粗的紫色雷电从天而降,劈向卫。

事发突然,卫再次一个后空翻跳开,他身体刚腾到半空,忽然感到头顶一个黑影笼罩下来。

一辆商务车朝他压来。

是黄连,他改变了商务车的重力,直接将它扔向了卫。

卫在半空一个侧身旋转,挥出一道"十字斩"。

半空的商务车立刻被切成了四块,朝着四周飞出去。

卫安稳落地,头顶的雷电又出现了。

卫再次躲开,朝着左边横闪,忽然,一道魅影疾速逼近,是斗虎!

但这一次,斗虎的速度比之前快上两倍,杀气也重了两倍,卫已经无处可避!

难道他之前一直在隐藏实力？

游刃有余的卫第一次感到极大的威胁，这一次，他顾不上之后可能出现的雷电、子弹、汽车，或者一切远程攻击。

他拿出百分之三百的专注力、爆发力，正面迎上斗虎的一击。

五秒之前。

当卫朝黄警官挥出"米字斩"时，斗虎已经意识到事情的严重性。再这样耗下去，就算最终获得胜利，同伴的折损也会过半，这样的惨烈结局，是斗虎不愿看到的。

因此斗虎立刻做出一个决定，这是他以前就想过但始终没机会实践的战术。

自残！对，正是自残！

斗虎的天赋，越接近濒死状态就越强！

斗虎拿出短刀，毫不犹豫地插入自己的胸口，刀尖刺入的位置几乎靠近心脏的位置。

他没有拔出短刀，因为拔出来，血流过快，会更加危险。

一瞬间，斗虎体内的能量开始疯狂地尖叫，它们暴走了。

"杀人专家"，濒死状态——全开！

斗虎金光四溢的双眼中，只剩下卫的身影。

他以就连他自己都惊诧的速度冲过去，他感觉自己不是在奔跑，而是在瞬移。

他的右手像是战神之手，带着绝对的精准与力量，挥出势如破竹、避无可避的一刀。

卫也挥出平生威力最大的一刀。

刀影像两道闪电碰撞在一起，一时间，天地都黯然失色了半秒。

"轰"的一声，强大的刀气交汇之后，爆发出一个巨大的能量波，朝四周荡开来。距离两人最近的青灵用刀插入地面保持稳定，但还是被掀翻，震飞了好几米。

其他人隔着十几米的距离，也被能量波吹得连连后退，几乎站不稳。

当大家回过神时，斗虎已经站在卫的身后，他身体前倾，低着头，保持着一个挥刀结束的动作。

卫站在原地，右脚前踏，右手握刀，也保持着一个挥刀结束的动作。

两人隔着十米，背对着背。

两秒后，斗虎的整条右臂喷出一道弧形的血线，卫的整条右臂也喷出一道弧形的血线。

两人拿刀的整条胳膊，同时从身体上断落，断口处涌出大量的鲜血。

斗虎缓缓跪下，左手捂住断臂的缺口，无法再战。

断臂对斗虎来说并非致命伤，但胸口处自残的伤已经非常严重，再强行战斗会危及心脏，必死无疑。

卫也遭到重创，但他还能再战。他调动体内能量，最大程度地减缓断臂处的失血速度。

接着他用脚轻轻一挑，将长刀挑起，左手握刀，毫不犹豫地朝着黄连的方向挥出一道"十字斩"，力道虽不如右手，但威力依然强劲。

白兔发动跳跃，将黄连扑开，躲过一劫。

接着她迅速站起，再次发动"跳跃"，靠近斗虎。

她现在要做的，就是把斗虎带到被死猪保护的胖俊和萌羊身边。

两人配合治疗，只需要两分钟，斗虎就可以勉强恢复到再战的程度，届时，卫必输。

"砰砰砰"，传来一阵急促的响声——黄警官开枪了。

卫快速挥刀，挡住连续不断的子弹，刀身溅射出火星。

雷电从头顶劈下来，独臂的卫左避右闪，用蛇形走位朝着目前威胁最大的吴大海逼近。

歌姬重新吟唱起来。

卫已经没空理会她，虽然歌姬的"安魂曲"会对卫造成一定的精神干扰，但是断臂的痛楚反而能让他保持清醒，基本抵消了安魂曲的催眠效力。

卫近身的速度太快，吴大海已来不及躲开。

吴大海条件反射地抬起自己的机械右臂。

"铛——"的一声，他的右臂挡下了卫的长刀，伴随着"啊"的一声，他整个人都被震飞了七八米。

吴大海倒在地上，连滚带爬地站了起来，慌张无比地摸向自己的胸口，没事。

他心中大喜，不禁感慨：不愧是我花六百金乌币买的机械臂啊，厉害啊，质量就是好！关键时刻，还是得靠钞能力啊！

吴大海定定神，重新看向战场。

黄连那边的两名近战觉醒者和青灵，已经跟卫缠斗起来。

而在这之前，除了斗虎和青灵，其他人连近身的机会都没有。

但现在，断臂的卫战力减弱了大半，加上黄警官的子弹随时可能对卫造成致命威胁，分散卫的部分注意力。这就让其他近战觉醒者也能参与战斗了。

吴大海知道，胜利迟早属于他们。

但是还不能松懈，逼急的狗最可怕。

他慢慢朝着战场靠近，左手积蓄能量，双眼紧紧锁定青灵的身影，随时准备发动雷电，攻击卫，并且掩护青灵。

他心中有些愧疚：其他两位兄弟，对不住了，保护心爱的女人才是一个男人该做的事，你们就自己小心吧。

卫跟三个近战觉醒者缠斗，感到威胁最大的还是青灵。她刀法精湛，刀气咄咄逼人，只要被砍中一刀，基本都是致命伤。

卫已经没有余力解决远处的黄警官、歌姬和黄连，但他必须立刻解决掉这两只烦人的苍蝇，才能专心对付青灵。

想法闪过的瞬间，卫又招架住青灵的几次快攻，且挡下了黄警官阴险的子弹偷袭，同时还躲开两道雷击。

卫站定一秒，左手握刀，用力一振。

忽然间，手中的长刀变成两把，刀身更薄，也更锋利轻巧。

他将其中一把刀的刀柄咬在嘴中，斗笠下的双眼中掠过一抹强烈的杀意。

卫双腿弯曲，身体前倾，蓄力之后双腿用力一蹬，身体高速旋转着飞向青灵。

他左手和嘴中的长刀，划出两道螺旋形的锋利刀影，分别切断一个觉醒者的手臂和一个觉醒者的脑袋。

"啊啊啊！"手臂被斩断的觉醒者发出哀号。

另一位觉醒者则无声地倒地。

青灵来不及闪躲，挥刀格挡，她用一把唐刀挡下卫的连续双刀进攻。

卫的身体还带着巨大的动能，在半空螺旋旋转，两道刀影凶猛狠厉，逼着青灵一边招架一边不断后退。

终于，青灵找准机会，双手持刀，架住了卫左手的刀。

卫的冲劲也到了末尾，他顺势双脚落地，脑袋一侧，嘴中咬着的另一把长刀切向了青灵雪白的脖颈。

青灵早料到自己会出现武器不够的情况。

早在招架卫的时候，她就分出小部分精力发动"金属"，寻找着斗虎的青犬妖刀。

那真是一把好刀啊，青灵早就想要了。

关键时刻，青犬妖刀飞过来，替青灵挡住了横切，然而3级"金属"驾驭妖刀的力量十分有限，幸好青灵的左手迅速握住妖刀刀柄，用力架住了卫的横切。

但青灵依然低估了卫的力量。

卫的脖子狠狠一扭，长刀再度发力，竟然将青灵给震飞了出去。

青灵飞出七八米，在铺满血雾的草地上滚了两圈，手中的两把刀也脱落。

她一个翻身站起，本能地迅速发动"金属"，想要拿回自己的双刀。

但卫没给任何机会，早已挥出"十字斩"，剑气袭向青灵，她已然来不及闪避。

卫挥出的刀气虽不如右手用刀时强劲，但依然足够切开血肉之躯。

可刀气没能杀死青灵——因为一个全程留意青灵的人在这之前迅速做出预判，并以他平生最快的速度赶到了青灵身边。

如果可以帅气地抱走青灵，来一个皆大欢喜的英雄救美，他当然一百个愿意……可他没这个能力。

光是及时赶到青灵跟前，他已经拼尽全力。

这一刻，他才知道，自己是多么无能。

这一刻，他才知道，"好男人不该让心爱的女人受一点点伤"这种潇洒的话，不是谁都有资格说的。

这一刻，他才接受，原来自己真的不是主角。

吴大海能做到的，只是张开双臂，尽力挡在了青灵身前。

209

这个动作一点也不帅气，甚至有点蠢。

吴大海的左手臂直接断裂，胸口绽开出一道巨大的豁口，肋骨往外翻开。

一道滚烫的鲜血溅到了青灵的半张脸庞上。

接着，吴大海倒在了青灵脚下。

青灵呆住，看着脚边的吴大海，就那么看着，说不出任何话。

黄警官开枪了。

歌姬的声波攻击加重了威力，甚至开始一定程度地干扰到队友。

黄连、泼猴也加入战场。

四人合力拖住了卫。

吴大海嘴角冒着血泡，看着身旁的青灵："我，我可以……碰一下你的手吗……"

青灵一怔，看向吴大海。

哪还有什么手，吴大海的整条左臂都被刀气斩断，掉落在一米外的血泊中。

青灵微微颤抖地点点头，伸手紧紧握住吴大海冰冷的机械臂。她低头望着吴大海，仍然什么话也说不出口。

吴大海的眼神迅速失去神采，他的机械臂根本没有触感，但他还是假装开心地笑了："这就是……女孩的手吗？哈、哈哈……"

机械臂的力气流失，变成一块废铁，从青灵的手中脱落。

青灵看着吴大海的脸，满是鲜血，瞳孔放大，头发耷拉着，一点都不酷。

她伸手，替他合上了双眼。

青灵站起身，染血的半边脸庞面无表情，双手一张。

唐刀和青犬妖刀飞回手中。

她提着双刀，冲向了卫。

卫忽然感到杀气在逼近，迅速转身。

青灵的唐刀带着幽蓝色的刀气猛砍过来。

卫左手抬刀架住，扭动脖子，嘴里的刀切向青灵的脸。

青灵左手握住青犬妖刀，架住卫的另一把刀。

一秒后，青灵的两把刀刃冒出妖邪的蓝色刀气，青灵的双眼也流动着淡蓝色的光泽，那是能量外溢的表现。

"刀神"——突破6级！

领悟：双刀流。

卫目光一紧：对手，又变强了！

两人，四刀，殊死一战。

顷刻间，凌乱而高频的闪现，带着各种锋利的刀气和重影，荡开了一圈圈强劲的气流，两人脚下的血雾不知不觉间被驱散，露出了操场草地。

杂草被剑气切割，碎屑纷飞。

两人早已进入忘我境界，万事万物都不存在，天地之间只有自己的两把刀，以及对方的两把刀。

黄警官缓缓放下双枪，黄连、泼猴和其他人也放弃助战的想法，就连歌姬也停止了歌声，生怕干扰到青灵。

　　此刻，青灵和卫已经跟死神签下生死契，再无后路，究竟是谁生谁死，不过在一瞬间。

　　其他人，只能等待结果。

## 第六章

# 成神之路

青灵和卫的刀速还在变快，刀法越来越凌厉，越来越狂乱，几乎变得癫狂。

两人都没有半步退让，豁出性命地压榨着自己和对方的极限。

斗虎在萌羊和胖俊的双重治疗下，已经缓上一口气，再过一分钟，他就可以接管战场，定下乾坤。但这一刻，他很清楚已经不需要自己出场，再过十秒，不，七秒，胜负就会分出来。

青灵，是他带过的最好的学生，就连她的刀法，也越来越像自己了啊。

鬼马死了，电鼠也死了，之后还会有更多人死去，自己也可能会死。

长江后浪推前浪，前浪停下，后浪继续赶路，总有一天，大家要在这个迷雾世界，走出一条路。

青灵和卫的双刀对拼已经到了极限，两人都在凌乱密集的刀影中寻找着一击必杀的机会。

终于，破绽出现。

青灵和卫同时向前迈出半步，挥出一记横砍，两刀相交，擦出火星，由于力气太大，青灵手中的妖刀和卫嘴中的长刀都被震飞出去。

两人没有停下攻击，彼此的另外一把刀，朝着对方直刺过去。

刀尖与刀尖精准相撞，然后交错而过。

卫的长刀先割开青灵右脸颊的皮肤，随后，青灵的唐刀刺穿了卫的心脏。

破败的斗笠下，卫苍老的眼角闪过一丝疑惑：自己的刀法从不出错，可为何最后那一瞬间，刀刃偏离了，仿佛有一股无形的力量，改变了刀的轨迹。

没错，因为青灵发动了3级"金属"，在最后半秒干扰了卫的长刀。

青灵拔出唐刀，断臂的卫踉跄后退两步。

他单膝跪地，反手握刀撑住地面，低下头，无声地死去。

直到生命最后一秒，他也没有倒下。

他是敌人，也是一个值得敬佩的刀客。

青灵浑身染满鲜血，胸膛剧烈起伏。她收回唐刀，缓缓转身，不远处，白兔已经蹲在吴大海的尸体前。

白兔将吴大海残缺的尸体抱进怀中："电鼠，去年你生日，想要我送你一个拥抱，我拒绝了。对不起啊，我真小气，我现在补给你……

"你这个人，我真的特别嫌弃你……"白兔紧紧抱住吴大海，一边笑，一边流下了眼泪，"可是，你别死啊……你死了，以后我还能吐槽谁啊……"

黄连这边，有三位同伴离开，他们分别是老谢、骨男、律几。

其中，老谢的儿子才出生一周；骨男的女朋友才答应他的求婚；至于律几，今天是他的三十六岁生日，他出发前甚至没来得及吃上一口蛋糕。

黄连和其他队员看着死去的三个兄弟，面色悲恸。

这时，空灵、舒缓的歌声响起，不夹带任何的催眠效果，只有饱满的情感和那化不开的忧伤。

　　我怕我没有机会，
　　跟你说一声再见，
　　因为也许就再也见不到你。
　　明天我就要离开，
　　熟悉的地方和你，
　　要分离，
　　我眼泪就掉下去。
　　我会牢牢记住你的脸，
　　我会珍惜你给的思念，
　　这些日子在我心中永远都不会抹去。
　　我不能答应你，
　　我是否会再回来。
　　不回头，
　　不回头地走下去……

…………

凌晨四点十九分，西荆区，西郊公园。

七影组的十九人开着一辆公交车冲进西郊公园，来到高阳当初跟王子凯调查过的那片中央湖泊。

巨大的血色光柱，就是从湖泊中心的小岛上发出的。

在这之前，小岛上还有一个童话小屋，但现在，童话小屋已被推平，被一个临时祭坛取而代之。

此刻，湖面上轻轻覆盖着一层血雾，仿佛一片诡异的红色仙境。

仙境中央，十几个穿白袍的兽跪在祭坛边缘，用自己的鲜血举行着某种献祭仪式，一道白色光柱从祭台上生出，直冲苍穹，无数血雾藤蔓缠绕而上。

高阳站在湖边观察，让其他队员掩护自己。

十几秒后,天狗就带着高阳飞过湖泊,来到中央岛屿的祭台上空。

高阳化身喷火枪,对着祭坛和那些邪恶的白袍兽进行了毫不留情的焚烧,白袍兽在大火中哀号着,纷纷坠入湖泊之中。

天狗连续发动"空间切割",将祭坛切得杂乱无章,犹如一个顽皮的小孩用刀叉破坏掉了一块比萨。

不出意外,血色光柱立刻消失。

高阳跟天狗迅速回到湖岸。

"队长,任务完成了?"罐头有点难以置信,这比想象中的简单太多。

高阳沉默两秒:"理论上,是的。"

"赶紧回去吧。"灰雄抬头看向白湖酒店的方向,"我总觉得这是他们的调虎离山计,感觉敌人的目标是总部。"

"我赞……同。"罗尼说。

"总部有大佬坐镇,应该没问题。"老7不是很确信,但也有点担心后勤部那些没有战斗能力的同伴。

"绝对没问题!"绿茶给队员们加油打气,"不过我们也立刻回去,以防万一。"

一行人立刻返回公交车。

灰雄发动公交车,将车开出西郊公园。

很快,公交车经过西郊公园的一个游乐园,忽然一个急转弯,拐进一片草坪,直冲游乐园而去。

车上的人都毫无准备,有些站着的人差点摔倒。

高阳抓稳扶手,看向驾驶座:"灰雄,怎么回事?"

灰雄握着方向盘,猛踩刹车,脸色十分难看:"我去,这车不听使唤了!"

忽然间,四周亮起,整个游乐园的娱乐设施全部启动,旋转木马、过山车、海盗船、大摆锤。

欢乐吵闹的音乐也响了起来,梦幻的霓虹灯在血月的沐浴下,显得格外妖异。

公交车已经停下,正停在游乐园的中央。

"快看!"坐在车窗边的柳丁发现了什么。

大家纷纷望向车窗外,不远处的高架铁轨上,已经开动的过山车忽然加快速度,朝着他们冲过来。

"快下车!"高阳大喊一声。

站在车中间段的绿茶一脚踢开车门,车尾的老7直接破窗而出。

可是,诡异的事发生了——绿茶的一脚几乎将车门给踹瘪,却没能踢开车门;老7用力撞向车窗,车窗玻璃竟然没有被撞碎。

以觉醒者的身体素质而言,这种情况根本不可能发生。

驾驶座上的灰雄跳起来,他迅速兽化成一只强壮的巨熊,重重一拳砸向了前车窗的大玻璃。

"嘭"的一声,车窗玻璃立刻化为碎片,但是……玻璃并没有散落在地。

车窗玻璃即便处于碎片状态，却仍然彼此相连，维持着原本的形状，仿佛在车窗玻璃的后面，还黏着一层透明的坚固结界。

双臂基本恢复的老7破口大骂，朝着身边的玻璃窗打出空气弹。

没用，玻璃全部碎裂，但就是没有一个出口。

"是某种结界。"曼蛇说。

"车！车来了！"柳丁喊起来，头顶上空，高速开向他们的过山车"哐当"一声脱离了高空轨道，朝公交车"飞"了过来。

高阳已经判断出过山车降落的位置。

"都到车尾去！"高阳大喊，"灰雄，你挡前面！"

一车人迅速冲向车尾，已经兽化的灰雄完全信任队长，他什么也没问，张开双臂，站在公交车的中部，挡住了所有同伴。

高阳双手撑住车尾的玻璃，深吸一口气，朝前面发动了"瞬移"！

他的身影变得模糊，并且不断拉扯着，像是某种信号接收不好的影像画面。

现在，整辆公交车被封印成了一个整体，轻易无法破坏，但高阳的"瞬移"竟然推着公交车往后挪动了两米。

斜飞下来的过山车撞向公交车，一瞬间，包围公交车的结界消失。

原本应该撞进公交车中段的过山车，因为高阳挪动了两米距离，撞进公交车的头部。

"啊——"灰雄化身坚如磐石的巨熊，双臂拦下了过山车的车头，奋力抵挡着过山车剩余的冲力。

灰雄只坚持了不到三秒。

但就是这三秒，足够高阳撞碎失去结界封锁的车窗玻璃，让大家集体跳下了车。

当高阳抱着罗尼和罐头发动"瞬移"逃出公交车时，灰雄再也坚持不住了。

过山车像一条巨蟒，带着不可思议的力量，整个贯穿了公交车的车身，从车尾穿出，撞着灰雄一路冲出几十米的距离，甚至撞塌了一间矮屋。

高阳很担心灰雄，虽然以他的防御力肯定死不了，但这一下必定会受重伤，短时间内不可能再战斗。

大家死里逃生，惊魂未定。

"救人！"高阳喊了一声。

"雨溪！"绿茶立刻给了队友一个眼神。

"是！"雨溪背着医疗包冲向已经变成一片废墟的矮屋。

"小心，敌人来了。"天狗懒懒的声音中流露出一丝警惕。

大家纷纷侧身，顺着天狗的目光望去。

前方二十米外，明亮绚烂的旋转木马上，横坐着一个身材娇小、穿紫色公主裙、戴高贵纱帽的女性，她手里还抱着一只小熊娃娃。

如果只看打扮，会觉得她一定是个天真烂漫的少女。

可当高阳看清她的脸时，巨大的反差却让他印象深刻——她非常衰老，脸部的皮肤下垂严重,皱纹犹如一条条沟壑,她的五官也像是在高温之下融化的蜡像。

"你们终于来啦。"她的声音明明很沙哑,却似乎还保留着少女的纯真,这更加让人感到毛骨悚然。

"你是……妄兽?"高阳冷冷问道,"至暗者?"

少女打扮的老人从旋转木马上飘了下来,双脚没有落地,悬浮在血雾之上。

当她保持站立的姿势时,看上去更加瘦小,可能只有一米四。

"我姓童,没有名字。我年纪最小,大家都叫我童童。"

叫童的老人讲话像小孩子,她微笑着——如果那还能称之为微笑的话,看向大家:"我的天赋是'妄念'。"

"妄念"——能操控念力!

高阳心下一惊,迅速思考对策,脸上却不动声色地问:"你想做什么?"

"哥哥姐姐们,来跳舞吧。"

童说着,举起了手中的小熊娃娃,一手拧着自己公主裙的裙角,开始转圈。

她看上去天真而欢乐,仿佛真的只是来参加一场童话中的舞会的。

顿时,高阳四周的空间变得滞重而压抑,天地开始扭曲,他的呼吸也变得不顺畅。其他人同样感受到了被强大念力包围的压迫感。

这时,游乐园里所有的大型娱乐设施全部悬浮起来,也包括那被撞毁的公交车和过山车。

转眼间,除了觉醒者和童,整个游乐场仿佛都处于失重的状态。

这些大型物体不规则地旋转起来,看似杂乱无章,实则暗藏杀机。

高阳六感敏锐,立刻察觉到空气流动的微妙变化。

"小心!"他发动"瞬移",救走不远处的老7,半秒后,一艘海盗船砸向老7原本的位置。

没能命中目标,已经砸变形的海盗船再次悬浮起来,重新在高空旋转,加入了混乱无序的大家庭。

不断有大型物体忽然攻击觉醒者。

大家的阵型被彻底打乱,不得不上蹿下跳地躲避着,就像在躲避一场大型流星雨。

很快,第一个阵亡的人出现了,目睹这一切的老7发出愤怒地咒骂声。

高阳已经顾不上其他人,他和九寒、天狗、曼蛇四人身手最灵敏,开始组织起了进攻。

曼蛇在悬浮的大型物体上跳来跳去,迅速隐藏在了大摆锤的背后。

当大摆锤旋转着接近童的位置时,三把飞刀从天而降,射向正在旋转着舞蹈的童,然而当飞刀抵达童周身一米的空间时,立刻就被念力拦下,接着无力地落地。

"啊!"

飞刀只是佯攻,曼蛇已经出现在童的正上方,他双手握住锋利的短刀,直刺童的天灵盖。

然而，结果仍是一样，曼蛇也在距离童一米的距离静止了下来。

曼蛇心脏一紧，顿时感到一股强大的念力朝自己袭来，无论自己如何用力，匕首始终无法再靠近童一寸。

此刻的童，不得不停止了舞蹈，她微微仰头，看向想要偷袭自己的曼蛇，严重下垂的嘴角闪过一丝调皮的嘲笑。

"哥哥，不可以耍坏哦。"童伸出右手，轻轻一握。

"啊……"曼蛇浑身一紧，手中的武器脱落，痛苦哀号。

一瞬间，仿佛有一只无形的巨人之手，将曼蛇攥紧了，他浑身多处骨折，甚至内脏已经开始感受到压迫，他觉得自己就像一只即将被人捏爆的蚂蚁。

"空间切割。"飞行在半空的天狗悄悄来到童的视觉死角，朝着童发动了天赋。

整个游乐园的空间都处于童的念力场中，即便看不见天狗，童也能察觉到危险来袭。

她轻巧地侧身闪开，之前站的位置上，空间出现短暂的错位，地面的血雾出现裂口，并且快速愈合，一个恰好飞过的电话亭"咔嚓"一声被切成了两半。

童一个旋转，轻轻一挥手，被念力束缚的曼蛇就朝天狗飞过去。

天狗接住几近昏厥的曼蛇，迅速飞到安全的地方，将曼蛇放下。

趁着童分神的瞬间，九寒已经逼近到童的侧面，朝童的脸部打出一记直拳。

九寒出手很快，这一次，拳头几乎要碰到童的脸，才被念力给锁住。

拳劲吹起童的纱帽，她一头稀疏枯槁的白发垂落下来，皮肤暗沉并且严重下垂的衰老脸庞彻底暴露出来。

童微微一愣，眼底闪过一丝惊慌和羞耻，似乎不想被大家看到她的样子。

"不准——"童的声音充满着愤怒，"欺负我！"

高阳发动"瞬移"将九寒救走。

半秒后，童的眼前乍现一股巨大的念力，将正好经过九寒身后的旋转木马撕得四分五裂。

"不！"柳丁大喊一声。

刚救下九寒的高阳一惊，他回头一看，一个年轻人整个腰部以下都没有了。

那个年轻人叫楚封，是柳丁的男友。他之前悄悄隐藏在旋转木马后面，打算对童发动偷袭，却没料到童打算杀死九寒的念力波及了旋转木马。

虽然楚封立刻逃走，还是晚了一步，身体被撕成了两段。

高阳心中一沉：不行，必须速战速决，否则，所有人都会死在这儿。

"罗尼！"高阳朝罗尼大喊一声。

一瞬间，罐头和罗尼出现，他们之前就躲在一棵树后面。

"看准机会！"

"明白！"罗尼说。

三大组织决定合作后，除神迹符文回路，所有符文回路都可以暂时共享，因此罗尼的"混乱"被升到了4级。

现在，他的"混乱"可以一定程度地区分敌我。用数据来说，以前的"混乱"是对敌人和队友造成 100% 的混乱效果，现在是仍然对敌人造成 120% 的效果，对队友造成 80% 的效果。

"罐头，上背！"高阳已经复制九寒的"弱点"，他打算像杀死玄武一样，故技重施。

罐头立刻冲过来，跳上高阳的后背。

两人瞬间消失在童的视线中。

高阳发动"瞬移"。

一发火球凭空出现，飞向了童。

童只微微一个眼神，火球就在逼近她的过程中四散开来，化为乌有。

但这只是佯攻，一道斩断空间的扭曲力量再度袭来。

童能感受到能量的发动方向和轨迹，再次提前预判，轻巧地躲开，就在她躲开的瞬间，忽然感到左侧传来巨大的杀气。它来得非常之快，童没能感受到它顺畅的能量轨迹。

那是自然，"瞬移"原本就是跳跃式的，加上罐头的"隐身"，视觉上也看不见，即便是被念力保护的童也防不胜防。

高阳发动"弱点"，一拳打向童的胸口。

他几乎以为自己要成功了，可最终，拳头还是在距离童胸口几厘米处硬生生地停下。

一股无形念力组成的屏障挡住了他的拳头，不过没能挡住拳劲，童被震得一个跟跄，跌坐在地。

童像是被大人推倒的小孩，愣了一秒，生气地丢掉手中的小熊娃娃，踢着双腿，大哭大闹。

"呜呜呜，你们欺负人……我要杀了你们……"

童哭闹的时候，四周的念力又增强了一倍。

她放弃对四周大型物体的控制，悬浮在半空的物体纷纷落地。童缩小了念力的领域覆盖范围，将其集中到了自己周身三十米之内。

这一次，是弥漫式的全方位念力，一瞬间，高阳感到异常沉重，甚至抬不起脚，五脏六腑翻江倒海，几乎要被某种无形的力量给压爆。

就连飞在童头顶上空的天狗，也直接坠落。

高阳的隐身也消失了，因为高阳背上的罐头完全承受不住念力的弥漫式压迫，从高阳身上摔落下来。

"咿呀咿呀咿呀咿呀——"不远处的罗尼不再犹豫，发动"混乱"。

顿时，所有人的头脑都陷入了混乱，但与此同时，弥漫式的念力压迫感也直线下降。

"啊……"童双手捂住耳朵，"难听死了！难听死了！"

几秒后，念力重新占据上风，并且开始反噬罗尼的精神攻击。

218

罗尼吐出一口鲜血,跪在了地上。

"空间切割!"倒在地上的天狗张开双手,再次发动天赋,但因为念力的严重干扰,"空间切割"失去准心,与童擦肩而过,只割开她的裙袖和一小块皮肤。

"啊啊啊啊啊!"童痛苦地大叫了起来,她承受痛苦的能力,完全就是一个小孩。

但与此同时,她的念力更强大了。

一时间,高阳甚至无法站起,被迫单膝跪地。

不行!这样下去,所有人都会死!

"瞬移!"高阳大喊一声,拼尽全力发动"瞬移",来到童的身前,双手的能量喷薄而出。

"火焰啊……"

高阳没能成功发动"火焰",这次,肩膀流血的童愤怒地抬起双手,发动最强念力,目光恶毒。

"我要……杀了你们所有人!"

童尖叫一声,高阳顿时感觉两只无形的念力之手攥住自己,并且试图将他捏碎。

高阳调动全身能量奋力抵抗,也只不过是减缓死亡的降临。

"队长……你不能死……"不远处的罗尼双手撑地,缓缓站起来,他的嘴中全是血,双眼也布满狰狞的血丝。

他朝高阳扬起了嘴角:"我和西燃的梦想,交给你了……"

不!罗尼,别说这种不负责任的话!

要去终焉之门,你就自己去!我才不要再背负这种沉重的枷锁,我已经背负得够多了!

罗尼仰起头,将身体的所有能量倾注在胸腔之中,然后通过喉咙爆发了出来。

那一刻,罗尼的"混乱"升到5级:对敌人造成150%的混乱效果,对队友造成70%的混乱效果。

所有人都捂住耳朵,脑袋几乎爆炸。

"别叫了,吵死了,吵死了,吵死了!"童也忍受不了,她收回双手,捂住了耳朵,周身的念力在瞬间消失。

被束缚的高阳也因此得救,他的大脑也感到极度混乱,一时半会儿失去了行动能力,只勉强还可以思考。

"吵——死——啦!"两秒后,童的念力开始反扑,这一次,她收回了周身的弥漫式念力,针对性地反扑向声音的源头——罗尼。

罗尼的尖叫声立刻中止,他再次吐出一口鲜血,那口鲜血甚至也悬浮在半空,无法落地。

罗尼被强大的念力裹挟着,双脚缓缓离开地面,悬到半空。

生命的最后一秒,他用充血的双眼看向高阳,眼神中有深深的不舍,以及温柔的告别。

罗尼的身躯爆炸了。

念力收回，尸体落地，只剩下阵阵血雾缓缓散开。

"啊！"高阳大喊一声，对童发动"火焰"。

两道凶猛的火舌包裹住童，却没能烧伤到童，只不过在她四周形成了一个包围圈。

即便如此，灼热的温度还是让童感受到不适，大大分散了她的注意力。

罗尼的死，给其他队友争取了时间。绿茶已经悄悄靠近，从高处跳下，出现在童的背后上方，发动"寸劲"，袭向童的天灵盖。

可惜没能得逞。

童及时察觉到危险，一手使用念力抵御着高阳的火焰，另一只手抬起，"抓"住了自己头顶上方的绿茶。

她用力一握拳，绿茶强壮的身体顿时扭曲地绷紧了。

"啊啊啊——"绿茶大喊大叫，但同时，还有一个女孩也发出了惨叫。

童微微仰头，笑了："姐姐，你在躲猫猫吗？"

是的，绿茶的背后还背着一个女孩，柳丁。

柳丁并没有特意藏起来，她的脑袋就枕在绿茶的肩上，她的右手腕，不知何时被割开一道口子，鲜血染红了绿茶的手臂，顺着他的拳头流下来。

"嗒"，一滴鲜血落在童的眉心。

柳丁冷冷一笑，眼神包含着失去爱人的痛苦和怨恨："不要小瞧我们啊。"

童愣住，她忽然感觉身体变得迟缓，整个世界似乎都变慢了。

在她的耳中，柳丁说话的速度好慢好慢。

"不——要——小——瞧——我——们——啊——"

三秒后，世界又回归了正常。

童想要再次发动念力，彻底捏碎绿茶和柳丁，可是，她的身体使不上力，她感觉胸口微凉，有什么冰冷尖锐的东西刺进了自己的心脏。

接着，才是巨大的痛苦，以及深渊般的恐惧。

童甚至无法转头，看清是谁从背后刺穿了自己的心脏，便无声倒下。

罐头的双手还握着染血的匕首，浑身颤抖，脸色惨白。

她睁大的双眼之中是难以置信，她不是在做梦，她刚才……杀死了一只妄兽。

童的念力是如此恐怖，如果不是因为她的心智像小孩，如果她足够谨慎和沉稳，她或许可以让七影组全军覆没，但童也非常脆弱，没有念力的保护，即便是罐头，也能一刀了结她。

高阳冲过来，抢过匕首，再一次刺入童的心脏，一连刺了三刀，然后他进入系统，确认危险结束，才扔掉了匕首。

他站起来，满脸血渍地转身，看向一旁的罐头，罐头已是满脸的泪水。

"队长，我，我替罗尼报仇了……"

"做得好。"高阳冷冷地说。

"可是，为什么，为什么还是好难过……"

"复仇是必须做的事。"高阳早就有过这种感觉,他强行压抑着心中弥漫的悲伤,"但复仇改变不了什么。"

"原来,原来是这样啊……"罐头双手捂住脸,止不住地大哭起来。

柳丁已经走到了楚封的尸体旁边,他的腰部以下都不见了,被队友用一件衣服盖住。

柳丁抱住男友的尸体失声痛哭:"不要,不要离开我。你答应过我,不会比我先死的……你起来!给我起来啊……"

九寒捂着受伤的肩膀走过来,他刚才为保护一个同伴被巨物砸中而受伤,因此没能参加最后的战斗。

注入C药剂的曼蛇伤势勉强恢复,一瘸一拐地走向罗尼死去的地方。

雨溪扶着受伤的灰雄,缓缓走过来。

不一会儿,5组的人,都站在那一地的尸体前。

大家什么都没说,只是沉默。

那一刻,所有人的耳边,似乎都响起了那句永远不同声的口号。

"诸事顺利。"

"诸事顺……利。"

…………

凌晨四点二十五分,白湖酒店,52层。

龙、麒麟、李某人,三位组织的领袖待在休息室的落地窗前很久了。

麒麟单手拄着拐杖,眼镜下面的目光幽静深沉。

龙窝在一张懒人沙发上,抱着双腿,懒懒地看向落地窗外的夜景。

李某人坐在轮椅上,目光平和,眉间却是藏不住的深深忧虑。

距离南边最后一束红色光柱消失,已经过去了快半小时。

这段时间,同伴牺牲的消息陆续传来,四个小组都遭遇到强敌,艰难地赢下了战争。

"这不是成功了嘛。"X单手插袋,拿着一瓶啤酒,边喝边走过来,"早知道这么简单,我就不来了……"

X话音未落,目光一沉。

不只是他,其他三人也纷纷察觉到了。

"白虎。"麒麟说话了。

白虎就在附近的沙发上闭目养神,他睁开双眼,起身来到窗边,往下看了一眼:"呵,果然不会这么简单。"

白湖酒店的楼下是一个广场,临着一个繁华的十字路口。

此刻,空无一人的广场上,出现一个人影,正静静注视着白湖酒店52层。

这是一名很年轻的女性,披着黑色薄风衣。

她一头红色长发,深邃的眼睛一只是水蓝色,一只是深红色。她的五官秀丽温柔,可不知为何,又同时流露出淡淡的忧愁和冷酷的阴郁两种截然不同的气质,非

221

常怪异。

她整整注视了一分钟，嘴角带着淡淡的笑。

接着她微微扬了一下手，脚下立刻刮起了飓风，她的红色长发飞舞，风衣簌簌作响，她整个人都被风托起，缓缓升到半空。

很快，她与52层的高度持平，和房内的人隔着不到三十米的距离——龙、麒麟、李某人、X、白虎，以及身后几十个没什么战斗力的觉醒者，这其中就包括百川团的沙叶、陈萤和张伟等人。

沙叶忽然感受到一阵极其不祥的预感，她目光警觉地望着落地窗外的红发女性，下意识地将女儿抱紧，并在心中默默祈祷。

"莉莉娅。"麒麟最先认出来。

龙没说话，他知道莉莉娅是谁。

李某人微微皱眉，很快也反应过来："竟然是她！"

莉莉娅悬空的身影，与夜空中巨大的血月重叠在一起。

逆着猩红的月光，她的表情捉摸不透，微微上扬的嘴角像是在淡淡微笑，又像是悲伤哭泣的前兆。

忽然间，风静止了，她的红发和风衣都自然垂落。

她优雅地抬起右手，对准52层的方向张开，手心立刻涌动出一股能量，闪烁着诡异红光，那是诸多元素混合而成的红色死光。

"绝对防御！"白虎感受到危险，没有任何犹豫，"啪"的一声双手合十。

当即，白虎的脚下出现一团闪烁着金色光芒的奇异能量团，它犹如有生命的金色油漆，迅速在地板上蔓延开来，接着爬上墙壁和天花板。

瞬间，整个52层的内部空间都处在了"绝对防御"的能量结界中。

两秒后，莉莉娅发动了攻击。

如果此刻有人站在莉莉娅的侧面，就会看到，这个悬浮在高空的女人，四周的空气都染上了红光，并且诡异地流动着。

莉莉娅的掌心迸出了一道巨大的红色死光，天地间都是惨淡的深红。

"轰——"的一声，红色死光瞬间吞没了整个52层，还波及了下面的几层楼。

转眼间，白湖酒店顶部的几层楼房就被直接"融化"，呈现一个斜着的缺口。缺口下面，是无数被拦腰斩断的觉醒者的专属宿舍，此刻如果有人睡在床上，一睁眼就可以看到夜空和星星。

但聚集在52层的觉醒者并没有被杀死。

尽管酒店最高的几层楼都被死光融化，但"绝对防御"的空间却固若金汤，它仍悬浮在原本的位置，像一个半透明的金色正方形飞船，飞船内部的所有人都毫发无损。

莉莉娅的脸上还保持着淡淡的笑意，并不惊诧。她没急着发起第二波攻击，却是安静而耐心地等待着。

她虽然不知道白虎的天赋的具体能力，但她很清楚，这种不讲道理的绝对防御状态不可能持久。

她并不着急，时间，是站在她这边的。

麒麟当然也知道时间不在自己这边，他立刻做出决策。

"白虎，带大家离开。"麒麟没回头，目光沉着，"龙、X，要上了。"

"好。"龙已经起身走到了麒麟身边，声音平静。

X单手捏碎喝空的啤酒罐："会会她！"

三人同时走出金色结界，身体轻易地穿过半透明的金色能量墙。

"绝对防御"只能出，不能进。

三人走出结界，便来到半空，失去支点后，他们飞速朝着地面坠落。

当三人即将落地时，下降的速度忽然变缓，三人轻轻落地。

"谢谢。"

麒麟笑了笑。他作为一个瘸子，从这么高的地方摔下来，想要优雅落地实在很困难，但作为目前觉醒者的领袖，在见到妄兽的领袖时，也不能丢份。

龙目光从容："举手之劳。"

X没表示感谢，单手插袋，眯着双眼看向前方。

三人落地的同时，白虎立刻操控着结界飞快地离去。是的，"绝对防御"结界不仅可以防御任何攻击，还可以高速移动，真的犹如一艘飞船。

莉莉娅很清楚，自己真正的对手在广场上，逃走的不过是些蝼蚁，因此她也缓缓降落到了广场上。

但她依然没急着出手，而是隔着百米不到的距离静静地观察三人。

龙、麒麟和X也没有急着出手，也观察起了对方。

对峙了将近一分钟，X最先失去耐心："我说，还打不打？不打我回去睡觉了。"

麒麟脸上挂着淡淡的微笑，还是不说话：谁先动手，谁的格调就降下来了啊。X，这么简单的道理，你竟然不懂？

龙对此倒是无所谓，他异瞳中的眸光有些漫不经心，像是思考着什么，又像是走神了。

"哈哈，这么谨慎吗？还要先派小弟们探路。"忽然间，X察觉到了。

广场四周，以及十字路口附近的楼上，都出现了各种高级兽，他们快速奔跑和跳跃着，朝三人冲了过来。

龙、麒麟和X三人也开始行动，不约而同地朝着莉莉娅的方向走去。

三人不紧不慢地走着，似乎只是普通的夜间漫步。

最先杀过来的是杀伐者，足有几十只，他们速度最快，最嗜血。

可当他们冲进三人周身十米的距离时，却纷纷停下了，愣在原地，双眼睁大，仿佛看到什么不可思议的事情。

事实上，他们都已经进入麒麟为他们准备的幻境当中。

麒麟撑着拐杖，继续往前走着，右手举起，轻打响指："憎恨。"

几十只杀伐者忽然暴走，开始互相残杀。他们对着身边的同伴发起最凶猛的进攻，倾注了最恶毒的怒火。

三人继续慢慢往前走，穿过互相残杀的杀伐者，就像穿过一个热闹的舞会，身边的兽们不过是在跳舞。

其实，龙和X可以走得更快一点，但必须照顾到麒麟这个拄拐的残障人士，所以也放慢了脚步。

这时，第二波兽围了上来，主要是吞噬者以及贪兽中的寄宿者。吞噬者的双手化为触手，寄宿者的双手则长出锋利的骨刺。

这一次，他们闭上了双眼，忌惮着麒麟的致幻，改为远程攻击。

无数的触手和骨刺在十米之外的距离朝着三人冲过来。

可当他们距离三人五米左右时，又纷纷停下，像是被人按下了暂停键。

龙一边走着，一边轻轻抬头。

上百根触手和骨刺纷纷收回攻击，不少兽的身体甚至退化为了人形态。两秒后，他们的双眼睁大，呈现出一种诡异的魔怔状态。

接着，他们不约而同地双膝跪下，朝着龙的方向以头磕地，双手放在地面，犹如那些朝拜的信徒。

几秒之内，几十只高级兽保持着这个极度谦卑的臣服姿势，无声地死去了。

远处的楼上还有不少寄生者，他们胸膛隆起，喉咙蠕动，嘴中出现了绿色死光，对准了广场上的三人。

倏然间，一阵黑风吹过。

仔细一看，才发现那不是黑风，而是无数黑色尘埃组成的毒素之风。

当它们吹过这些寄生者的身体时，寄生者嘴中的死光忽然间"哑火"了，他们纷纷从高楼之上跌落，摔到路边。

他们双手捂住脖子，表情痛苦地挣扎着，身体上先是长出水泡，接着开始流脓和腐烂，不到半分钟就变成了一具仿佛死去半个月以上的尸体。

"瘟疫骑士"，序列8，最强毒素系。

能力之一即召唤出一阵毒素之风，只要被它吹拂超过两秒，或者吸入半秒，没有任何生命体能活下来。

将近两百多只高级兽，在短短一分钟内全部死去。

而这一分钟内，麒麟、龙、X三人一直朝着莉莉娅走去，没有停下脚步。

终于，三人与莉莉娅只隔着不到十米的距离。

麒麟开口说话了，他的第一句话竟然是："我们一定要打吗？"

"是。"莉莉娅点点头，声音清澈而冰冷。

"以往的猩红潮汐，不也相安无事吗？"麒麟仍然试着争取。

"该答题了。"莉莉娅简短地回答。

"你也是觉醒者，为什么要背叛人类？"龙问道。

莉莉娅微微一愣，似乎回过神来，想起了一些久远的往事。

她淡淡一笑，那笑容中有少女的天真和忧伤："因为做人类，不快乐啊。"

三人皆是一惊，没想到她的回答竟然是这样，说得真诚又轻巧，还透着一股荒诞感。

"你现在……究竟是什么？"麒麟微微皱眉。

莉莉娅略一思考，轻声回答道："按你们的说法，我属于半人，但不是被寄宿者夺舍的低级半人。

"我，是妄兽和觉醒者的结合体，身与灵的真正融合。我是终，也是莉莉娅。"

一时间，麒麟恍然大悟。

终，是妄兽；莉莉娅，是觉醒者。

看来圣山教堂底下那个邪恶的殿堂，确实在进行邪恶仪式。

莉莉娅不是第一个祭品，这之前，苍母教尝试过很多次了，但莉莉娅是唯一成功的祭品。

虽然不知道苍母教是怎么办到的，但是他们让莉莉娅和妄兽的领袖——终，实现了融合。

可能融合是一个漫长过程，所以即便仪式成功，莉莉娅还是以原本的身份生活了一段时间，还被送到离城留学，并婉拒麒麟工会的邀请，随后失踪。

当然，也可能是莉莉娅"失踪"之后，才开始了这个融合计划。

这些事，麒麟无法得知了。

但结果不会改变：现在的莉莉娅既是妄兽又是觉醒者，或者说，既不是妄兽也不是觉醒者，所以苍道不再能约束她——她可以随心所欲。

既然如此，为何莉莉娅要选在猩红潮汐的最后一晚行动？

理论上，任何时间，莉莉娅都可以行动。

可能是因为其他高级兽仍然只能在猩红潮汐来临时才可以攻击人类，也可能还藏着别的阴谋。

麒麟没时间想明白，他最后试探着问道："你完全违背了苍道，就不怕受到惩罚？"

"苍道又如何？"莉莉娅脸上的笑容消失了，这一次她的眼神变得傲慢而阴鸷，仿佛切换了人格，"我有更重要的使命，那就是清除所有人类。"

不只是觉醒者，而是所有人类。

这，就是终的答案。

"不巧啊。"龙的异瞳闪过一丝冷光，"我还想活久点，打开终焉之门瞧一瞧。"

"既然谈崩了……"X活动了一下手臂，嘴角一扯，"那就开打吧。"

麒麟点点头："上了。"

麒麟话音刚落，莉莉娅的身影已经消失。

好快！麒麟一惊，他虽然近战格斗能力不强，但视觉极其敏锐，可就连他竟然都只捕捉到一道残影。

一秒后，莉莉娅已经出现在麒麟的身后。

空白——麒麟心中默念，调动全部精神力，对周身三米内的一切生命体进行

225

精神侵袭。

原本要刺穿麒麟心脏的莉莉娅，瞬间感到大脑中的所有情感、思维、逻辑都在极速流失，她甚至差点忘记自己是谁，为何要站在这儿。

一秒后，莉莉娅夺回大脑的控制权。

她迅速退跃，瞬间退到了二十米外。

麒麟迅速转身，锐利的双眼寻找着莉莉娅的身影，想要对她发动"幻觉"。

莉莉娅没给他机会，再度消失，并于一秒后出现在龙的眼前。她的右手早已化为一把绯红色的利刃，插入龙的胸膛。

龙站在原地没动，异瞳一震，周身立刻出现某种不可理解的力场，锁住莉莉娅的攻击。

不仅如此，这力场还在层层加深，压在她身体上的重量开始翻倍。

莉莉娅感受到巨大的威胁，凭借着即便在妄兽当中也是碾压级的爆发力，她立刻挣脱开龙的力场束缚，急速后退了二十米。

她刚站定，一股无形的毒素之风已悄然包围了她。

一时间，莉莉娅的四周出现了无数的黑色斑点，但这些斑点无法真正靠近莉莉娅，只能在她的周身形成一个黑色罩子。

莉莉娅已然察觉到 X 的攻击，早已在四周聚集起透明的风元素之墙。

"砰"的一声，一秒后，风元素之墙炸开，将毒素之风的万千毒素尘埃全部轰散了。

毒素之风立刻重新聚集，但莉莉娅已经离开，她跳跃到三人的头顶上空，右手五指张开。

无数红色光柱从天而降，插入地面，将三人围在一只红色牢笼中，接着，地面龟裂，耀眼的红色冰晶破土而出，它们绽放出一朵朵巨大的红色冰花，撑破了红色牢笼。

瞬间，三人都被冻在了冰花中。

莉莉娅没有任何犹豫，掌心迸发出一道巨大的红色死光，瞬间吞没了眼前的红色冰花。红色死光可以融化一切，整条街道都被摧毁，变成了一条沟壑，不远处的商城，也被冲出一个黑黝黝的洞口。

结束了？

莉莉娅看着前方，忽然瞳孔一震。

不对，她终于意识到——这是幻觉！

…………

现实中。

在麒麟说出"上了"两个字的前一秒，他就已经悄无声息地对莉莉娅发动了幻术。

虽然莉莉娅在幻术中跟三人激烈地战斗了将近一分钟，可现实中，仅仅过去了两秒。

两秒后，莉莉娅从幻术中清醒过来。

但是，太迟了，这宝贵的两秒，已经让龙成功发动天赋并锁定目标。

"辛苦了，剩下的交给我。"龙上前一步。

夜风将美少年的长发吹起，月光之下，异瞳妖冶。

"主宰降临，众生臣服。"

天地之间骤然暗淡，一股强大到无法理解的力场，从莉莉娅的四面八方袭来，带着神灵般的圣洁与威严。

须臾间，莉莉娅四周的实体世界消失，只剩下她和龙两人。

周围全是灰雾，它们流动着，又似乎静止着；它们虚空寂静，又似乎在沸腾喧嚣，这是一个矛盾的、不可思议的空间。

莉莉娅眉心一紧，伸出右手，掌心瞬间迸发出高于之前两倍的红色死光，但这死光却在一瞬间消失，准确说，是被四周的灰雾给夺走和吸食掉了。

忽然间，莉莉娅想起神话传说中的一句话：开天辟地，混沌初开。

她现在，莫非就身处在这混沌之中？

龙的身后出现一张混沌幻化而成的椅子，他静坐在椅子上，微微倾斜身体，双手搭在扶手上，其中一只手慵懒地抵着自己的脸庞，像一尊漫不经心的神。

此刻，龙就是世界主宰。

"审判开始。"龙微微开口，声音深邃、古老而庄严，就像是从天地之间发出一样。

顿时间，混沌散去。

四周变为蛮荒的灰土，天空灰蒙蒙一片，什么都没有，天地之间的界限和区别并不是那么明显。

冷峻荒凉的大地上，立着一个审判罪人的古老石台，两道青铜柱直冲云霄，柱子上缠绕着巨大的黑色铁链，分别吊着莉莉娅的两只手臂。

一股无形的力量迫使她低头下跪，但她不肯屈服，保持着站立姿势。

"雨露。"龙的声音再度出现。

很快，天空降下冰冷、锋利的灰色雨滴，它们速度极快，犹如死亡射线，拍打着莉莉娅的每一寸肌肤。

这些灰白色的雨滴造成的并非是物理上的伤害，甚至不是精神上的伤害，它们仿佛在凌迟着莉莉娅的生命本质，在一点一滴地瓦解它。

莉莉娅觉得自己不是在死亡，而是在消失。

"啊啊啊——"莉莉娅痛苦哀号，除了无条件地承受这凌迟之苦，她什么也做不了。

不知道过了多久——时间的概念在这里没有意义。

灰雨终于停止，莉莉娅撑过了第一场审判。

莉莉娅抬起头，惊讶地发现周身的世界又发生了变化——天空出现滚滚的黑色乌云，大地之上也不再是荒芜一片，一些新绿冒出了头，那是生命的颜色。

莉莉娅有一种错觉，这些生命和生机，都是从她体内流失出去的，她的身躯和精神正在承受的，是神创世时的苦难。

神椅上的龙面无表情：莉莉娅能撑过第一关，完全在他预料之中。

三秒后，龙目光流转，慵懒地抬起左手，降下第二道审判。

"雷鸣。"

天上的乌云开始翻滚涌动，滚滚雷鸣犹如千军万马咆哮着从天际边奔来，很快，无数利刃般的灰白色闪电穿透云层，劈向审判台上的莉莉娅。

闪电从天而降，痛楚贯彻莉莉娅的天灵盖，接着传遍全身，再从脚底散开。

一次又一次，莉莉娅的生命本质不断遭受到重创，她痛苦的叫喊声被淹没在震耳欲聋的雷声中。

这一次，她感觉再也支撑不住，忍不住要下跪。

但她没有这样做，因为内心深处有个声音在告诫她：如果她下跪臣服，迎接她的就是彻底的消弭。

不知过了多久，天地之间已经长出了茂盛的花草。

乌云散去，天空湛蓝如洗，整片大地生机勃勃。

这一次，莉莉娅依然没跪下。

她抬头，傲慢地看向神座上的龙，嘴角透着冷笑，仿佛在说：神创世经历的苦难，也不过如此啊。

龙还是一副慵懒的姿态，并没表示出太多意外：能撑过第二关的人，有，但不多。

龙这一生遇到的对手当中，从没有人能撑过第三道审判。

事实上，只有3级"主宰"的龙，发动第三道审判已是极限。

这一次，龙微微抬头，嘴唇轻张："四海。"

与此同时，白虎的防御结界犹如一艘半透明的金色飞船，带着后勤部几十位没什么战斗力的觉醒者飞往十龙寨。

很快，"金色飞船"缓缓降落，接着，金色结界墙开始融化，并回到了白虎的体内。

"绝对防御"的空间结界如果静止不动，能撑到十分钟以上；但如果带着这么多人高速移动，只能撑三分钟。

但白虎认为——这值得。

如果一直待在原处，以莉莉娅那恐怖的破坏力，实在过于危险。就算莉莉娅的敌人是麒麟、龙和X，也一定会波及他们。

此刻，白虎心中是有埋怨的，自己的运气真差，如果能早点发现守护符文回路，也能把天赋升上去，自己这个安保部长才能更有用啊。

大家都在战斗，自己却帮不上更多的忙。

一时间，他又想到没能参加的单位组织的球赛，好不容易可以不用坐替补席，结果因为猩红潮汐而错过了。

白虎在球队的位置是守门员，说起来，他这一辈子似乎一直在被动防守，从没主动出击过。

　　白虎想起了电鼠那小子说过的话：你这样一点都不酷啊。

　　呵，确实不酷。

　　人到中年才会明白，世界不是围着自己转的，英雄梦想谁都有，但是能平安活着已经不容易了啊。

　　不知道，那小子现在怎么样了。

　　"我们安全了吗？"问话的人是沙叶，她抱着女儿，站在人群之中。

　　"暂时安全了，我已经给青龙组和斗虎组发了信号，他们在赶来的……"

　　"白虎小心！敌人来了，会出现在你头顶。"轮椅上的李某人打断了白虎，她已经预测到十秒后会发生的事。

　　一时间，大家慌乱成一团。

　　白虎眉头一皱，迅速转身，看向头顶上空，已经发现了高速接近的目标。

　　白虎大喝一声，抬起双手，在头顶上方召唤出一面半透明的金色巨盾。

　　一个留着长辫子、上身赤膊的老者从天而降，一拳砸在金色巨盾之上。强劲的气流爆炸开来，在广场上空荡开了一个冲击波，十龙寨四面建筑的玻璃纷纷被震碎。

　　但是，白虎身后的几十个人却安然无恙，甚至感受不到一点点的风声。

　　白虎召唤出来的金色巨盾虽然跟自己的身体保持着一定距离，能量状态却和身体紧密相连。

　　他只觉得双臂一麻，浑身一震，全身的骨头几乎都要散架，他踩在地面的双脚，已经陷了下去。

　　在"抗揍"这件事上，很少有人是白虎的对手，可这个老者从天而降的一拳，白虎差点都没能接住，这是何等可怕的威力。

　　叫金的妄兽已经落地，他双手握拳，浑身肌肉，遒劲有力，苍老的面颊消瘦冷峻、杀气腾腾。

　　"至暗者，金爷，'妄拳'。"他大喊一声，"你，报上姓名！"

　　"麒麟工会，白虎。"白虎回答。

　　"你就是白虎？"金爷冷冷一笑，"总算找到你了。"

　　"找我？"白虎一边问，一边暗暗活动了下些麻痹的手臂和指头。

　　"对，终让我杀你。"

　　白虎先是一惊，旋即心中竟然还有点高兴：呵，想不到我竟然这么重要，妄兽们还专门派了一个强者来杀我。

　　"速速受死，我赶时间。"金爷摆开架势，"杀了你，再杀光你身后的人，我再去找青龙，他才配当我的对手。"

　　白虎嘴角一咧：还是被人小瞧了啊！

　　白虎上前一步，没有回头，声音沉了几分："你们哪儿也别去，站在我身后。"

　　"白虎长老，我也可以战斗……"张伟就要上前。

229

"站在我身后！"白虎大吼一声，向来和气的他变得前所未有的严肃。

他没工夫跟这小子解释刚才金爷那一拳是什么威力。

如果那一拳他没有接下，而是躲开，光是那一拳的拳劲，就足以杀死后勤部三分之二的人。在这个叫金爷的妄兽眼中，这些没有战斗力的觉醒者，不过是一根指头就能捏死的虫子。

现在，唯一能保护他们的人，只有白虎，但也仅仅是保护。

他这个守门员，永远战胜不了金爷这个黄金射手。

幸好，他不需要战胜，只要守住，而防守，白虎可是专业的。

金爷冲了过来，速度快到不可思议。

他犹如一个高速火车头，拳头上带着可怕的冲力，直逼白虎。

白虎双手握拳，交叉于胸前，顿时，他前方幻化出一堵巨大的半透明金色盾牌。

"轰——"的一声，妄兽中的最强之矛对上觉醒者中的最强之盾。

巨大的能量震荡开来，整个十龙寨都发生了震颤，金爷强劲的拳风像是被礁石劈开的河水，朝着两边冲过去。

白虎身后的几十个人安然无恙，但他们两侧的花坛和树木，犹如台风过境，一片狼藉。

"哈哈哈！"金爷遇到强敌，兴奋了起来，"我倒要看看，你能接我几拳！"

金爷双腿一蹬，跃向了几十米的高空，他握紧右拳，身体绷直，朝着十龙寨的广场中央垂直扎了下来，犹如一颗坠落的流星。

糟了！白虎迅速冲到人群当中，双手往头顶一举。

源源不断的能量从白虎的双手中涌出，它们迅速展开，化为一个半圆的金色屏障，将所有人都罩在里面。

金爷一拳打在金色屏障上，凶猛的能量涟漪朝着四周荡开，厚达一米的金色屏障出现了深深的裂痕，濒临崩坏。

白虎吐出一口鲜血，双腿已经踏碎了水泥地面，陷进去半米多深。

白虎的周围，几十个觉醒者早已跟自己最亲之人抱在一起，等待着死亡降临，可等到的却是平安无事，毫发无伤。

他们甚至连一点风声都没能听到。

"别……瞧不起人！"

满嘴鲜血的白虎大喊一声，双手用力往头顶一推，金色弧光倒扣过来，变成了一朵"金色莲花"，花瓣迅速收拢，将金爷包裹在"花蕾"中。

白虎一跃而起，双脚抽离深陷的水泥坑中，他双手全程控制着包裹住金爷的"花蕾"，狠狠一甩。

"花蕾"高速飞出，犹如一个拆迁球撞向了一栋联排楼房。

房屋的墙壁塌陷，被砸出一个洞。

白虎喘着粗气，抬手抹一把嘴角的血，自言自语道："我这个球……守得还不错嘛……"

230

"哇！"白虎双手撑地，又吐出一口鲜血。

之前抵御莉莉娅的攻击，开启"绝对防御"已经消耗了白虎巨大的能量，刚才跟金爷的一番较量，他的能量更是严重透支。

该死，青龙和斗虎怎么来得这么慢啊！

"哈哈哈！哈哈哈哈！"金爷尽兴的笑声从破败的楼屋中传来。

金爷的身影从坍塌的废砖碎瓦中冲出。

"继续！继续！"金爷满身是血，双手握拳，冲向了白虎。

他的双手打出恐怖的快拳，一时间，成百上千个拳影朝着白虎袭来。

"喝——"白虎双手握拳交叉在胸前，能量幻化出的金色屏障已经明显没有之前的厚了。

这次，金爷使出了全力，原本他打算保存实力跟青龙决一死战，现在看来，他小瞧了这个白虎。

真没想到啊，只是单纯地进攻一个沙袋，也能打得如此过瘾，那是最极致、最纯粹力量的比拼。

白虎一步一步往后退，体内的能量早已消耗殆尽，这一次是在燃烧生命。

金色的屏障开始出现裂缝，不断有凶狠的拳劲穿透过来，打在白虎的身体上。

白虎的双臂和胸膛变得皮开肉绽，流血染红了上衣。

好累！好煎熬啊！还有多久！为什么比赛结束的哨声还不结束！裁判，你是不是故意的啊！

这个球门，我真的要守不住了！可是……我无论如何也不想输掉这一场比赛！我可是麒麟工会的安保部长啊，我身后可是站着几十条人命，这当中还有老人、妇女和小孩啊！

他们都指望着我啊！

可是，对不起……我真的尽力了。

"叮——"的一声，金色屏障彻底破碎，化为无数金色的能量颗粒。

事实上，已经打出上万快拳的金爷，也已是强弩之末。

他的两只拳头已经鲜血淋漓，威力和速度都大大减退。金爷的心中无比遗憾，哪怕再早个二十年，他都会打得更尽兴。杀掉这个白虎，他还有力气再杀一个青龙。

可现在，对付一个白虎就用掉了他八成的功力。

岁月无情催人老啊。

"砰"！金色屏障碎裂的瞬间，金爷打出了最后一拳。

这一拳，扎扎实实打在了白虎的胸口。

白虎的肋骨断裂，内脏全部被震碎，他的后背猛地凸起，拳风从他的后背贯穿，化为一阵悲壮的血腥之风，吹向身后的几十个人。

"白虎长老！"张伟泪流满面，大喊一声，"我跟你拼了！"

陈萤不希望张伟送死，极力拉住了他。

"白虎叔叔……"沙叶怀中的女儿一直在哭，之前是害怕，现在是伤心。

就在半小时前，这个笑容和善的白虎叔叔，还给了自己一根橘子味的棒棒糖。

白虎七窍流血，已经听不见身后传来的声音，他"扑通"一声，双膝跪倒在地。

在他将死之际，一道强劲的风刮过。

青龙终于赶来了，他高速冲向金爷，出其不意地朝着金爷的脸上打出了愤怒的一拳，直接打碎了他的下颌骨。

金爷甚至没能看清是谁打了自己，身体就高速横飞出去，撞进了联排大楼的侧面，一连撞碎了三面墙壁。

金爷满嘴鲜血地倒在废墟之中，眼冒金星，只剩下一口气，他挣扎着还要站起来。

一个黑影从天而降，用一把青犬妖刀刺穿了金爷的心脏，并快速旋转了一圈。

两秒后，斗虎拔出妖刀，金爷瞪着双眼，咽了气。

斗虎看着脚下妄兽的尸体，又抬头看向了屋外的广场方向。

他语气遗憾："还是来晚了啊。"

"老白！老白！"广场中央，青龙将白虎抱在怀中。

白虎已经睁不开眼睛，他灌满鲜血的耳朵隐约听出了青龙的声音。

他嘴角冒着血泡，气若游丝的声音中透着一丝骄傲："我，守住了……球门。"

话音刚落，白虎咽下了最后一口气。

…………

同一时间，白湖酒店。

大楼下的广场上，到处躺着高级兽的尸体。

在这些尸体当中，站着两个人和一个诡异的灰白色的巨型球体。

这个球体有热气球那么大，跟地面保持着一米的距离，血雾化为的藤蔓将这个球体紧紧缠绕，想方设法要钻进去，却被拒之门外。

这个灰白色球体，正是龙的天赋"主宰"展开的领域，里面的空间和时间是无限的。

在这个领域中，龙就是万物主宰，目标一旦进入领域，不可能离开。

结局只有三种：

一、目标接受审判并死于审判。

二、目标接受审判并活下来。

三、龙对目标的审判被强行终止。

三是可以做到的，而且非常轻易，只需外面有人对领域进行破坏即可。

领域内部，有着超越因果定律和宇宙法则的坚固，什么也别想破坏，但领域的外部，却脆弱得像是一只蛋壳，甚至经不起一块小石子的撞击。

麒麟和 X 站在外面死死守候着，以防意外发生。

一直沉默的 X 脸色微微一愣，似乎感应到了什么。

他看向麒麟："龙能杀死她吗？"

麒麟没有侧头，紧紧注视着"主宰"的领域球，表情微妙："不知道，我也是第一次见到他的能力。"

"序列 1，'主宰'，应该是最强神迹系。"X 语气玩味，"这名字可真够跩的啊。"

麒麟没有接话，他还看着眼前的领域，微微出神。

他已经开始预想今后可能跟龙发生冲突的情况：龙的天赋的确可怕，但发动"主宰"需要两秒时间，对我来说，两秒的时间还是很充裕的；真要打起来，谁输谁赢还真不好说……

麒麟的念头中断，胸口传来一阵凉感，他眼神疑惑，嘴唇微张。

他缓缓低下头。不知何时，X 的毒素之风凝聚成了一把小巧的匕首，插进了麒麟的后背，并且从前胸贯穿。

"为……什么……"麒麟脸色惨白，难以置信地看向一旁的 X。

X 双手插袋，不看麒麟，眯眼盯着前方的灰白色球体，侧脸阴沉："别怪我，大家都有自己的道路，选择了，就不能回头。"

"你……"麒麟再也说不出话，毒素之风钻入他的体内。

两秒后，麒麟的身体开始融化、坍塌，迅速化为一堆恶心的腐肉，跟衣物黏在了一块儿。

X 上前一步，微微扬起下巴，毒素之风从那堆腐肉之中抽离，冲向了灰白色领域球。

他要中断龙的审判，救下莉莉娅。

忽然间，X 的后脑勺出现一阵坠痛，他浑身一震，大惊失色：是幻术！

一秒后。

现实中的 X，发怔的眼睛恢复了神采，他感觉胸口剧痛，他微微低头，一把拐杖刺穿了他的心脏。

麒麟站在 X 身前，左手拿着拐杖，将拐杖从 X 的心脏位置拔了出来。

他的眼神无不遗憾："你果然背叛了人类。"

X 的胸口喷出鲜血，他身体一软，跪在了麒麟的脚下："你……什么时候……"

"你不会以为我需要直视你才能发动幻术吧？"麒麟右手推了一下鼻梁上的眼镜，略微反光的镜片下，他的目光深邃而冷厉："不，余光就足够。

"另外，我还能感受到身边人的情绪起伏，哪怕非常轻微。我们身边分明没有敌人，你却忽然动了杀机，只能是冲着我来的。"

麒麟顿了一下，嘴角泛起一丝苦涩的笑容："当然，也多亏七影的提醒，出发前他让我小心防范你，我便留了个心眼。"

X 重重倒在地上，身边的血雾被短暂的驱散，他嘴角流着血："好……可惜啊……差一点……就成功了……"

麒麟冷冷审视着即将死去的 X："为什么要背叛人类？"

"我说过了……"X 声音虚弱，却紧闭双眼，似乎拒绝在临死前继续被麒麟的幻术迷惑，"每个人，都有自己的道路……既然选择了，跪着也要走完啊……"

忽然间，麒麟感觉到身后的气场不太对劲。

麒麟猛地回头，灰白色领域球的表面出现了一道细微的裂痕，是毒素之风，它化为一把长钉，刺穿了领域。

X为什么还有能力发动毒素之风？！

就在这时，闭上双眼的X迅速站起来并往后跃开十几米，跟麒麟保持开了安全距离。

X重新睁开眼睛，看向麒麟，冷笑着说："麒麟，我刚刚是替你可惜啊，你差一点就成功了。"

X说话间，胸口也停止了流血。

麒麟一惊：怎么会？我明明用拐杖刺穿了X的心脏，我分明能感受心脏被破坏的微妙感觉。为什么？究竟哪里出错了？

很快，X给了麒麟答案，他的胸口忽然隆起，并且像一团发酵的面团一样蠕动了起来，仿佛里面藏着另一股生命。

"寄生者！"麒麟猜出来了。

X点点头："没错，我身上有寄生者。我现在有两颗心脏，我的另一颗'心脏'可以随意改变位置。"

"你果然与兽为伍了。"麒麟的语气流露出鄙夷和不屑。

"这一切，都是为了完成左爷的使命，贯彻正确的道路，你不会明白的……"

X语气有些伤感，他再次闭上双眼，张开双臂，整个人都被毒素之风托起，缓缓升上半空。

"麒麟，一切都是局，从李某人预言到你们觉醒者的命运，不，从更早开始，你们就在棋局中了……

"只是，我也是在你们来牛尔代国找上我的那天，才决定好自己要走的道路的。

"就在刚才，最后一个祭品白虎也死了，我在他身上留下了契约，我可以感受得到。

"麒麟，好好看着，接下来，将是改变历史，不，改变世界的一刻。"

X的手中，忽然多出一块符文回路，正是毒素符文回路。

"另外，再告诉你一件事吧，这——才是符文回路真正的使用方法！"

一瞬间，毒素符文回路在X的手中融化了，化为一股液态的黑色能量，沿着X的手指，钻进他的躯体。

他再次睁开双眼，瞳孔和眼白漆黑如墨。

7级"瘟疫骑士"，与毒素符文回路的能量完美共振，从而达到真正的满级——8级！

触发最强毒素天赋——"地狱之毒"。

发动！

X夸张地张开了嘴巴，发出了刺耳的尖啸声。

仿佛有成千上万的厉鬼在他的体内经历着炼狱之苦，源源不断的黑色毒素从X的七窍之中涌出，化为了遮天蔽日的毒素云团，整条街道都陷入了黑暗之中。

"空——"

毒素云团炸开，化为四道能量，朝着四个方向飞去，自动寻找着已经将生命和灵魂献给地狱的祭品。

他们分别是死去的小丑、罗尼、电鼠、白虎。

东豫区新墓山的山下广场上，那个带不走的巨大小丑人偶。

西郊公园游乐场，那一片布满尸体和血水的草地。

刚刚被运回十二生肖基地的装着电鼠尸体的裹尸袋。

十龙寨的中央广场，已经盖上一块白布的白虎。

四具尸体或尸体遗留物，在同一时间蔓延出邪恶的黑色能量。

"尸体……不对劲！"

一旁的沙叶发现了白虎尸体的异常，她忽然有一种很不好的预感，她转身朝人群大喊："快！离开尸体！"

一道巨大的毒素能量从天而降，扎入了白虎的尸体。

其他三具尸体也同时被毒素能量找到。

转眼间，尸体消失不见，它们跟毒素能量一起，化为四座巨大的灵体状的黑色石棺。

黑色石棺的棺盖缓缓打开，发出牙齿摩挲的声音。

接着，介于气态和液态之间的黑色物体从棺材中流出，浸入地面的血雾之中，它们仿佛是世间所有污秽和邪恶的浓缩。

血雾感受到了某种奇异的催化，变成了深褐色，并迅速膨胀、升高。短短半分钟，血雾就犹如那不断气化的啤酒泡沫，冲到了百米高空，也钻入地底深处，迷雾世界的任何人，都无处躲藏。

又是半分钟过去，这些被催化的红雾迅速消失，再次回归到了之前半米左右的贴地状态。

而那四座邪恶的黑色石棺，已经消失不见。

看起来，似乎什么都没发生过，但是，一场真正的瘟疫已经降临，并在所有的觉醒者体内发生了作用。

青龙、斗虎、李某人最先感到不适——某种奇怪的能量入侵了他们的身体，仿佛无数的蜉蝣，在温和却贪婪地蚕食他们体内的能量。

这些"蜉蝣"虽然陌生，却十分狡猾，它们绕开了身体的防御系统，像是一种更高维度的病毒，根本无从理解和抵御。

白湖酒店下的广场上，麒麟也有同样的感觉。

"你做了什么？"麒麟震惊地看向X。

"十分钟内，所有觉醒者都会死于地狱之毒。"X缓缓落地，脸色略微苍白，声音中透着一丝隐藏不住的疲惫。

"你……是怎么做到的？"麒麟身体的能量快速流逝，他几乎要站不稳了，还是强撑着。

X没有解释，因为这不是一两句话能说清楚的，而麒麟，也没必要知道了。

这一切，都是左爷选择的答案。

X当初没有撒谎，左爷确实是观察者，起初也的确是X家中的老管家。

X从小没人管教，是左爷把他带大的，对X来说，左爷不是他家的仆人，是他真正的亲人。

在X觉醒后，意外暴露身份，差点被杀，是左爷出手救了他。

其实从当时左爷的行为来界定，他已经是光临者，但左爷坚持认为，自己是观察者，因为左爷并不站在觉醒者这边，也不觉得帮助觉醒者就是正确答案。

左爷有自己的答案，答案的第一步，就是培养X。

这才是X一直是散人，没加入任何组织的真正原因。

左爷并没有把X当成自己的棋子或傀儡，他从一开始就说清楚了自己的目的，并且让X自己决定。

左爷认为：想要破局，只有一种办法，那就是杀死除X之外的所有觉醒者，再杜绝新的觉醒者出现。

这样，X迟早能领悟所有天赋，成为最接近神的存在，然后，他就有能力打开终焉之门了。

打开门之后要做什么？

左爷没有答案，他的答案，止步于打开终焉之门。

他相信，这之后，已经成神的X自然会知道下一步该如何走，世界的命运又该如何发展。

起初，X并不认同左爷的极端道路，可是慢慢地，X发现似乎真的找不到其他更好的道路，他动摇了，陷入了迷茫，深深的迷茫。

直到猩红潮汐来临前，三大组织派代表找到他，告诉了他李某人的预言，并希望他加入，而这一切，也在往左爷希望的道路发展。

苍母教的阴谋、妄兽们的答案、觉醒者们的反抗，正是这一切，促成了李某人预言中的未来。

原来，这就是命运啊。

那一刻，X才意识到，自己已经站在了命运的十字路口，他就是那最后一块、最关键的拼图，他将决定命运的齿轮是否启动。

这时，X决定来一场沙滩排球，让比赛的输赢来决定世界的命运。听上去特别儿戏，特别荒诞，就跟抛硬币来决定世界的未来一样。

但X恰恰认为，这才是命运的美妙之处——我已经迷茫了很多年，直到现在还是没有答案。可是，我必须做出决定了。既然如此，那就把命运交给命运吧。

最终，高阳一行人赢下排球赛，替X做出了决定。

X这个人，一旦决定，便不会回头。

接下来，X正式成为左爷的同伙，他骗高阳一行人，说有符洞，想要拿到毒素符文回路就必须凑满十三人。

毒素符文回路只是诱饵，其实X的"瘟疫骑士"早就升到7级，毒素符文回路也一直在他和左爷的手中。

最终，所有人都自愿进入左爷的"妄境"之中——游戏开始，契约生效；胜负未分，永不结束。

十三人，开始一场关乎生死的狼人杀。

其实，游戏本身并不重要，重要的是玩家们以赌上生死的决心，自愿跟X签订契约，X作为白狼王，和狼人同伴们杀的每一个人，都是在完成签约仪式。

这也是左爷"妄境"的隐藏能力，在结界内，可以悄无声息地将契约之力转换给X的"地狱之毒"，让觉醒者们在不知情又自愿的情况下成为祭品。

游戏结束，契约完成，胜负已分，皆为命运。

小丑、罗尼、电鼠、白虎这四人，都是被狼人"杀死"的玩家，都跟X签订了契约。

他们将成为完美的觉醒者祭品，未来，当祭品们在特定的时间死掉，就会以身体和灵魂为代价，召唤出"地狱之毒"，并以红雾为媒介，侵染到每一个跟祭品一样的生命形态，谁也不能幸免。

哪怕是发动"地狱之毒"的X，也无法幸免。

所以，X一早就让特殊的寄生者进入身体，这样，他便不再是纯粹的觉醒者，可以逃过一劫。

至于今晚的四根血柱，那不过是一个虚假的邪恶仪式，为的就是引觉醒者们出动，确保妄兽们可以杀死祭品。

其实，只要杀死三个祭品就可以发动"地狱之毒"，不过中毒效果会弱一些、慢一些，觉醒者们还能做出最后的挣扎，但死亡的结局不会改变。

X没想到，妄兽们竟然顺利完成任务，四个祭品全部被杀死了。

那一刻，他知道，左爷为他安排的成神之路，成功了。

"我将成神。"面对麒麟，X只是简短地说出这四个字。

麒麟浑身一震，已经猜到X想做什么：他要杀死所有觉醒者，然后独占所有天赋，成为接近神的存在。

"所以，你不惜跟妄兽合作？"麒麟问。

"终的答案是杀死所有人类和觉醒者，我的目标是杀死所有觉醒者，我们不过是互相利用。"

"你背叛了人类，也不可能被兽接纳。"麒麟冷冷道。

"所以我才说了啊。"X一字一顿，"我、将、成、神。"

毒素符文回路的能量重新离开X的身体，又以符文回路的形态出现在他的手中。

X修长的手指把玩着符文回路："左爷那老头子，替我选择了一条特别孤独的道路啊。"

"哈哈哈……"X忽然仰头大笑，笑得浑身颤抖不能自已，喜悦的眼泪流了下来，

"不，不，不不不不不……"

X已经陷入癫狂："不对不对不对，不是那老头子的选择，是我自己的选择！"

"直到这一刻，我才发现，其实在我的内心深处，我一直想走这条路啊！我只是不敢承认，不敢承认自己是一个不需要家人、不需要朋友、不需要同类的怪胎……"

"现在，真当我迈出这一步。"X看向麒麟，收回癫狂的笑容，眼神变得阴鸷，"我才明白，这就是我一直想做的！我将成神，再弑神！"

就在这时，龙的领域，那个灰白色球体，破碎了。

当X用毒素之风破坏"主宰"的领域外壳时，龙感受到领域内的动摇和瓦解，但是，龙强行稳住想要再坚持一会儿，撑到处决完莉莉娅再结束。

原本，龙可以办到。

可是领域出现了缝隙，血雾趁机钻了进来。

很快，X发动"地狱之毒"，"地狱之毒"以血雾为媒介，在短时间内无差别地侵染了每一个觉醒者，即便是"主宰"领域内的龙，也不能幸免。

龙立刻感受到身体内的能量开始被某种奇怪的东西贪婪地蚕食着。

终于，龙无力再支撑领域。

莉莉娅也因此逃过一劫。

领域消失后，龙和莉莉娅同时出现在了广场上。

两秒后，龙吐出一口鲜血，昏厥过去。

化身为主宰审判众生，自身就必须先承受主宰的神威，这对龙而言已是极大的负荷；加之他还想要强行拖延领域的时间，现在又身中"地狱之毒"，早已透支了所有能量。

莉莉娅也单膝跪地，脸色苍白，呼吸急促。

她的外表虽然没有任何伤痕，生命本质却遭到严重的创伤。好险啊，就连她自己都不知道审判还有多久，自己又还能撑多久。

没有X的救援，她恐怕是活不下来了。

看来选择跟X联手，是正确的。

妄兽的恢复能力很快，不需要一分钟，莉莉娅就可以恢复到六七成，再对付他们，绰绰有余。

事实上，也没什么好对付的敌人了，X的"地狱之毒"即将杀死每一个觉醒者。

他们赢了。

这时，麒麟也支撑不住，无声地倒下了，"地狱之毒"已经蔓延至他的全身。

"看来，还是我们技高一筹啊。"X单手插袋，看向昏迷在地的麒麟。

莉莉娅重新站起来："我的同伴，都死了。"

妄兽之间存在感应，其他五位至暗者全部死亡了。

"我曾经的同伴，也马上要死了。"X似笑非笑，"我们都一样。"

莉莉娅转身："接下来，就是清除所有人类。"

X无所谓地笑笑，耸耸肩："请便……"

"噗"的一声——一把短刀刺入 X 的后背，洞穿他的前胸。

是高阳！

高阳声音微颤，是压抑不住的愤怒："你都干了些什么？！"

X 缓缓回头，脸上流露出一丝茫然："七影，你为什么没事？"

X 微微一愣，忽然笑了："啊，我知道了，你也不再是纯粹的觉醒者了啊。"

高阳一惊，这人被穿心了，讲话竟然如此流畅，完全不像是一个将死之人。

高阳刚赶到不久，并不清楚 X 体内拥有寄生者，X 真正的心脏可以随意改变位置。

猛然间，高阳感到一阵诡异的黑风正悄无声息地朝自己包围过来，他发动"瞬移"，迅速躲开。

短刀从 X 的后背自动吐出来，X 的胸膛和后背忽然隆起、蠕动，又很快回归平整，仿佛里面藏着一只有生命的虫子，刚才被小小的惊扰了一下。

X 转身看向高阳，眼中掠过一丝杀意："跟我一样的存在，必须清除。"

否则，我的成神之路，会有竞争者啊。

半小时前，高阳组打败了妄兽中的最强念力者——童。

没时间悲伤，同伴们的尸体由受伤的觉醒者看守。还有战斗能力的人在公园"借"了两辆车，立刻返回白湖酒店。

高阳有一种预感，战斗还没结束，天亮之前，一切仍是未知。

高阳、九寒、绿茶、天狗、老 7，五人一车，开在最前方。

当车距白湖酒店只剩下五分钟的路程时，大家看到道路前方的酒店大楼完好无损，心中刚松一口气，立刻又提起来。

所有人都发现了，白湖酒店外的半空中出现了一个红色小光源，几秒后，那个光源炸出一道巨大的红色死光，瞬间将酒店顶部的几层楼吞没了。

那一瞬间，车内的人都震惊得失去了言语，接着，才是后知后觉、深入骨髓的恐惧：他们要面对的，究竟是多么可怕的敌人？

"我们，我们赢不了……"老 7 陷入崩溃，恐惧彻底压垮了他，他抱住脑袋，神色痛苦，"我们全部会死，全部要死！果然预言是真的……"

"快看！"九寒喊了一声。

一时间，大家重燃了希望。

白湖酒店的 52 层虽然被彻底摧毁，但白虎已经发动了"绝对防御"，制造出一个金色的正方形结界，将所有人都保护起来。

不一会儿，那个金色结界竟然像一艘飞船那样迅速飞走。

"快点！"九寒催促道。

"已经最快了。"天狗脚踩油门，双手握着方向盘。

之后不清楚过了多久，因为对高阳而言，每分每秒都是煎熬。

很快，他们的车便开到离白湖酒店最近的一个路口。忽然间，天黑了下来，高阳并不知道，那是 X 发动了"地狱之毒"，大量的毒素云团遮天蔽日。

239

几秒后，毒素云团化为四股能量，迅速找到四个祭品，变为四座黑棺，释放出"地狱之毒"，接着血雾在毒素的催化下迅速升高，将离城吞没。

天狗被迫停车，几个人完全搞不清楚发生了什么事，升高的血雾已经慢慢消散，恢复原状，像是什么都没发生。

然而除高阳外的其他人，都已经中毒。

"不对劲……"九寒脸色铁青地捂着胸口，感觉到体内的能量在消逝。

绿茶和老7也已经说不出话，他们虚弱地靠在座椅上，呼吸急促，浑身冒冷汗，像两条搁浅的濒死的鱼。

开车的天狗，头趴在方向盘上，睁大着眼睛，脸色惨白，既茫然又惊恐。

高阳呆住了，不明白究竟发生了什么。

几秒后，高阳踢开车门，快速冲向白湖酒店。

留下来无法解决任何问题，不管大家是中毒，还是诅咒，高阳都没有能力为他们化解。

强烈的直觉告诉高阳，始作俑者肯定是袭击白湖酒店的那个人，必须解决他！

半分钟后，高阳赶到白湖酒店下面的广场，却立刻被满广场的高级兽尸体给震撼了，这里显然发生了一场惨烈的战斗。

广场中央，有一个灰白色的球体，而麒麟和X正以敌对的姿态，站在球体旁边。

高阳不敢贸然插手大佬之间的战斗，只能悄悄靠近寻找机会。

凭借敏锐的六感，他模糊地偷听到了几句麒麟和X的谈话，以及X那疯魔的笑声，接着，灰白色球体瓦解消失，龙和莉莉娅出现了，两人似乎发生过激烈的战斗。

龙口吐鲜血倒下，莉莉娅也半蹲下来。

接着，麒麟倒下。

X跟莉莉娅闲聊了几句什么。

这个X，果然有问题！

柳轻盈当初就提醒过高阳，高阳也悄悄提醒了龙和麒麟，可为何还是让X得逞了？刚才忽然升高的血雾，难道是X的天赋，大家都中毒了？怎么可能有这么恐怖的天赋？他是怎么做到的？

高阳大脑极度混乱，他来不及把一切事情想清楚了，他找准时机，发动"瞬移"，从背后刺中了X的心脏。

但他跟麒麟一样，并没有料到X已经被兽寄生了，拥有了第二心脏。

"跟你一样的存在？"高阳越发疑惑，"我听不懂你在说什么。"

"呵，别装了，你现在也不是纯粹的觉醒者了吧？"X上前一步，"否则，你已经中毒了。"

高阳先是一惊，忽然就想明白了，刚才升高的血雾，是一次针对所有觉醒者的毒杀，自己之所以幸免，是因为自己已经不再是纯粹的觉醒者，自己体内有初雪的诅咒。

高阳刚一分神，立刻感觉之前那道诡异的黑风朝自己刮来。

"瞬移"！高阳往一旁闪开。

还没站定，一道身影已经出现在高阳眼前。

怎么可能？！

已经恢复七成状态的莉莉娅，直接预判了高阳的闪躲位置，并以不亚于"瞬移"的速度靠近了高阳。

莉莉娅伸手袭向高阳。

"火焰！"高阳来不及避开，只好手心朝着莉莉娅喷出火焰。

然而莉莉娅根本无惧火焰，顶着高阳的火焰继续伸手。

莉莉娅掐住高阳的脖子。

"瞬移"！

高阳本能地发动"瞬移"挣脱，他的身影模糊一秒，却没能消失，仍然被莉莉娅的右手掐住——好强大的力量！

莉莉娅将高阳提起，用那蓝红色的异瞳，幽幽地审视他。

两秒后，莉莉娅浅浅一笑："你体内没有寄生者，但是有鬼的气息。"

"什么？"一旁的X很吃惊，"还可以这样？"

"不清楚。"莉莉娅略一思考，"既然觉醒者跟兽可以躲过苍道进行融合，觉醒者跟鬼进行某种程度的融合，是可能的。"

"呵，有意思。"X眯起眼睛，"杀了他吧。"

莉莉娅点头，她即将扭断高阳的脖子，可一眨眼，右手就抓空了，高阳不见了。

莉莉娅眉头轻挑：刚才发生了什么？

事实上，高阳也不知道发生了什么事，他只觉得一恍惚，自己已经远离了莉莉娅，身旁站着一个人，正扶着他的肩膀。

"总算是赶上了啊。"女人松开高阳，自信一笑。

高阳侧目看向女人，她一身中性化的深色西装，浓密的黑发扎成一个大马尾，耳垂上是丁零作响的银制大耳环，白皙的脖颈后侧文着一个"酒"字，脸上戴着遮住眼睛的黑色蕾丝假面，飒爽而神秘。

高阳顿时觉得眼前的女人有几分面熟，却又一时想不起在哪里见过。

"齐颖老师，才见过几天，就不认识我了？"女人笑着说道。

高阳猛地一惊："怀洧！"

怀洧笑了："我现在叫酒鬼，玄门创始人之一。"

"你……"

"十八岁的我太弱，为了这一天，我等了十年。"

高阳又惊又喜，胸前涌起一股暖流。

此刻的怀洧已经二十八岁，这是她生命中最强的阶段，她知道今天非常关键，因此特意赶过来帮自己。

对高阳而言，两人分别不过十天，可对于怀洧而言，彼此已经阔别十年。

此刻，莉莉娅和 X 忌惮着这个天赋神秘的酒鬼，没有立刻发动攻击。

"酒鬼，"高阳眼神防备着不远处的敌人，语速颇快，"具体情况我也不清楚，反正除我外的觉醒者都中了 X 的毒，必须立刻杀了他，说不定大家还有救。"

"我会中毒吗？"酒鬼问。

"应该不会，毒气发动时你还没来这儿。"高阳猜测。

"明白了。"身经百战的酒鬼已经有了判断，"那红发女人太强，我们不是对手，先一起对付 X……"

"她不会袖手旁观的。"高阳低声说。

"交给我……"

酒鬼话音未落，无数细小密集的死光，犹如一场大雨从天而降。

而与此同时，两人四周的路面，冲出无数根红色光柱，以牢笼的形式将两人封锁。

"时空幽灵！"

酒鬼发动天赋，时空力场全开。

骤然间，高阳发现以酒鬼为中心的二十米范围内的世界都变成奇异的灰蓝色，空气之中悬浮着奇怪的断线状的灰蓝色光粒，犹如珠帘。

莉莉娅发动的元素组合攻击，变得缓慢无比，犹如被摁下慢放键。

高阳跟酒鬼的速度却没有变慢，他们非常轻松地就闪避开元素攻击，顺利跳出红色光柱的围堵。

两秒后，无数的死光雨在高阳和酒鬼原来的位置炸开。

酒鬼不知何时已经来到莉莉娅的侧面，并冲向莉莉娅。莉莉娅也扭身迎上去，几乎是闪现到了酒鬼的身边，手臂已经变成缠绕着红色元素的利刃，切向了酒鬼的脖颈。

酒鬼嘴角微翘。

"时空幽灵"——发动！

两秒之内，莉莉娅的速度变慢了三倍。

酒鬼轻松地蹲下，躲开莉莉娅的斩击，双手撑住地面。

"空间缝隙"——开！

顿时，四面灰蓝色的时空之墙，从莉莉娅的脚下升起，犹如一个来自异时空的电话亭，将莉莉娅锁在了里面，接着，这个电话亭迅速扭曲，并在一瞬间化为一个黑点，"哗"的一声消失不见。

酒鬼呼吸变得急促，额头渗出细汗。这一招要耗费巨大能量，但她知道，这是目前唯一的选择。

酒鬼朝高阳大喊一声："我只能关她两分钟！"

高阳已经明白酒鬼的意思：两分钟内必须杀死 X，否则，他们必输。

此时，X 已经朝酒鬼伸出右手。

在酒鬼把莉莉娅关进空间缝隙时，X 的毒素之风已经悄无声息地朝酒鬼聚拢。

高阳发动"瞬移",将酒鬼救走。

X原地不动,眼神微紧,"地狱之毒"那一招,耗费了他巨大的能量。

事实上,那一招并没结束,还在进行中。

至少还要五分钟,才能吞噬掉所有觉醒者体内的能量,然后X必须再次动用毒素符文回路,召唤出那四口黑棺并合上棺盖,才能给一切画上句号。

但如果这五分钟内,X死了,仪式将中断,觉醒者体内的"地狱之毒"也将停止蚕食能量,功亏一篑。

现在的X已经没有剩余的战斗力,在失去莉莉娅这个强大队友,对面又增员了酒鬼这个强劲敌人的情况下,X知道自己不可能是高阳他们的对手,别说五分钟,两分钟他都撑不住。

X在心中骂了句脏话:没想到啊,成神之路的第一天,竟如此狼狈。

X闭上双眼,张开双臂,自言自语道:"出来吧。"

一秒后,X的身体开始膨胀、蠕动、变形,并迅速撑破了上衣,变得比之前强壮整整两倍。他浑身长满深紫色的肉条状肌肉,胸口出现一只碗口大的紫色眼睛,那只眼睛像只狡猾的虫子,咕噜咕噜地游走在X的上半身。

一会儿在左胸口,一会儿在右腹部,甚至还能游到手臂上。

这会儿,紫色眼睛出现在了X的右手掌心。

它眨了一下眼睛,瞬间射出一道细小却致命的紫色死光,朝高阳和酒鬼横扫过去。

酒鬼和高阳同时跳起,躲开能将钢铁都切成两半的死光。

同一时间,X拔腿就跑。

高阳和酒鬼皆是一愣,没想到X竟然会逃跑。

不过转念一想,这又的确是最合理的战略,他甚至不需要真的逃跑成功,只需要拖延两分钟,等莉莉娅出来,就能赢得胜利。

"追!"

高阳跟酒鬼同时追上去。

把身体交给寄生者的X,变得强壮而敏捷,他冲出几十米后,双腿猛地一蹬,跳上三层高的楼房,破窗而入。

奋起直追的酒鬼面露难色,她的身体综合能力虽然也不错,但并非战士和敏捷型英雄,也不可能一下蹦上三层楼。

酒鬼倒是可以进行空间传送,但是她并不知道X最终会逃往哪儿,这个能力也用不上。

高阳已经考虑到这个情况,他可以追上X,但需要酒鬼的协助才能稳赢。

他边跑边减慢速度,把后背留给酒鬼:"上来!"

奔跑中的酒鬼微微一怔:不愧是齐颖老师,哪怕我现在大你十岁,还是好崇拜你啊!

酒鬼跳上高阳的后背,双手紧紧环抱住高阳。

高阳背着酒鬼跳起，踩到二楼的空调机箱，接着衔接一个"瞬移"，爬上三楼。

屋内是商场，X还在狂奔。

高阳一边全速奔跑，一边靠"瞬移"拉近距离，慢慢追上X。

X感觉到敌人的逼近，他胸口的紫色眼睛咕噜咕噜地转移到后背上，并在一秒后迸射出五六道像细蛇一样扭曲的死光。

高阳全力追赶，没料到X会来这一手，已经来不及躲避。

瞬间，四周的时间变慢，连带着那五六道袭来的"紫色细蛇"也变慢了。

背着酒鬼的高阳，轻巧左右移动，避开了死光。两秒后，时间恢复正常，高阳身后的地面爆炸了。

X没想到对方这么难缠，他忽然转弯，"砰"的一声破窗而出。

背着酒鬼的高阳紧跟着跳出窗口。

X还没落地就朝着头顶上方射出一道死光。

这次高阳已有防备，在半空发动"瞬移"，轻松躲开。

X落地之后一个滚身，接着想要跑向街道对面，他刚冲到人行道上，高阳已然挡住他的去路。

X大惊：怎么会这么快！

并非高阳变快，而是X变慢了。

当高阳背着酒鬼跟X拉近距离时，酒鬼立刻发动"时空幽灵"，被领域笼罩的X，速度立刻减到之前的三分之一。

对X而言，高阳的速度快了三倍，X根本不是对手，甚至连高阳出拳的动作都看不见。

高阳重重一拳打向X的小腹，X整个人都飞出去，接着腹部才传来迟钝的痛感。

他还在半空时，高阳再次"瞬移"过来，接着是一拳打在他的脸上。X继续往后飞，撞弯了一个路灯柱，跌倒在地。

X的紫色眼睛已经转移到他的左肩膀上。

"咻"的一声，紫色死光射向高阳，但是，太慢了。

酒鬼已经从高阳的后背上下来了，但一直紧跟在高阳身边，随时发动"时空幽灵"。

高阳轻松躲过紫光的偷袭，"瞬移"到X身前。

X肩上的紫色眼睛感受到巨大的威胁，本能地想要逃跑，但它再怎么逃，也逃不出X的上半身，它刚移动到胸口，就被高阳徒手抓住。

高阳的手指插入X的胸膛，握住了这只眼睛，它才是X真正的心脏。

高阳毫不犹豫，发力捏爆这只眼睛，却惊讶地发现，它竟然比想象中的要坚固。

"火焰！"高阳改变思路，发动"火焰"。

火焰从高阳的手心迸发出来，直接在X的胸腔之中燃烧，再蔓延至全身。

X痛苦哀号，奋力挣扎，可在高阳看来，他挣扎的动作是如此之慢，就连他的叫喊声都变成奇怪的慢放。

被火焰炙烤的 X，此刻看起来，竟然有一点蠢。

酒鬼发动了最强"时空幽灵"——三倍增速。

高阳每焚烧 X 一秒，就等于焚烧了 X 三秒。

很快，X 被烧得焦黑，再也无法反抗。

这时，被高阳攥紧的那只紫色眼睛失去了主人能量的庇护，沦为一块普通的人体组织，脆弱无比。

高阳轻易地捏爆了它，就像捏爆一块黏糊糊的果冻。

两秒后，X 无声倒下，眼神之中甚至没有痛苦，只有深深的茫然。

为什么？为什么结局会是这样？

左爷，你好像……搞错人了啊。

原来……我不是命运选中的人，原来……要成神的人不是我啊。

好恨啊，好不甘心啊！

生命弥留之际，已被烧得血肉模糊的 X，抬了抬眼皮，用那双急速暗淡的眼睛，最后看了一眼高阳。

"都是命……你，赢不了的……

"哈哈哈哈哈哈哈……"

癫狂的笑声戛然而止，X 死了。

高阳脸上没有胜利的喜悦，反而越发沉重，他听懂了 X 的话。

从李某人预言猩红潮汐的到来，直至他们觉醒者至今所做的一切，似乎都在促成预言中的命运。他们的反抗，也是命运的一部分。

X 死后，"地狱之毒"中断，觉醒者体内的毒素消退了。

绝大部分觉醒者都能活下来，但是已经元气大伤，陷入昏迷，短时间内也不会醒来。

可是束缚住莉莉娅的时间，却只有两分钟，当莉莉娅从时空裂缝中回来，目前没人是她的对手。

高阳迅速蹲下，在 X 的尸体上找到了毒素符文回路并收好。

"齐颖老师！"酒鬼的声音传来。

高阳起身，一回头，发现莉莉娅已经出现。

空旷的十字路口上空，她被一阵风元素托着，缓缓降落。血月之下，她的红发飞舞，异瞳妖异，犹如一个堕落的天使。

真正的决战，刚刚开始。

"齐颖老师……"

高阳微微侧目，身旁的酒鬼已经变得透明。

"抱歉，不能和你并肩作战了……时空穿越，到极限了。"酒鬼的声音透着不甘。

高阳吃了一惊，没想到穿越的时间这么短。

"这十年，发生了好多事，真想和老师好好聊聊啊。"酒鬼轻轻笑了。

高阳微微点头："我这十天，也发生了很多事。"

"齐颖老师，我们还能再见面对不对？"酒鬼问。

还能再见面吗？

高阳也问自己，现在的他，要如何战胜眼前的强敌，他跟莉莉娅根本不是一个等级。

"一定能。"高阳才不管那么多，先不负责任地开下一张空头支票再说。

"再——"

酒鬼没能说出"见"字，她消失了，四周荡开一圈温柔又落寞的能量涟漪。

再也没有队友，这次，要孤军奋战了吗？

不远处的莉莉娅，朝自己慢慢走来。

"红疯是你什么人？为什么叫你姐姐？"高阳朝莉莉娅大声问话。

莉莉娅微微一愣，并没有停下脚步："在我们都还是人类时，我们以姐弟相称，很多试验品都死了，只有我跟他活了下来。

"为了促成我和终的完美融合，红疯献祭了自己的一半灵魂，不过，他也获得了相应的回报。"

难怪那个红疯变得疯疯癫癫，原来他也献祭了。

红疯当时说"姐姐死了"，其实莉莉娅没有死，只是跟妄兽融合了。如果不是高阳事先了解苍母教的邪恶行径，他还真有点听不懂。

"红疯得到的回报，就是你的'爆炸'天赋？"高阳问。

"是。"莉莉娅点点头，"不过我也并不需要'爆炸'，因为我有'元素精灵'。"

"元素精灵，序列号4，最强元素系，可以操控多种元素并组合新元素。"

"爆炸，自然也是可以的。"

莉莉娅已经抬起手，朝高阳打出一个响指。

高阳一惊，立刻发动了"瞬移"。

"轰——"的一声，半秒后，高阳原本所在的脚下仿佛埋下了几颗地雷，立刻发生了爆炸。

高阳闪躲到半空，心下大惊：她什么时候将能量注入我脚下的路面的？为什么她只是轻轻打了个响指，就能远距离发动爆炸？

三条细长的"红蛇"扭曲着身体，射向高阳。

高阳再次发动"瞬移"，惊险躲开。

高阳双脚落地，莉莉娅的身影高速逼近，一脚踢过来。

糟了！高阳立刻双手交叉护在胸前，挡下莉莉娅的一踢。他感觉自己像被一辆汽车给撞上，整个人都飞出去。

"哐当"一声，高阳撞塌了路边的一个饮料贩卖机，接着滚落在路边。

高阳的双臂直接被震麻，可能还骨裂了，但他完全顾不上，他刚咬牙站起来。莉莉娅已经悬浮在他的头顶上空，他四周的地面，已经插满了红色光柱组成的牢笼，阻止高阳"瞬移"逃走。

莉莉娅手心朝着高阳张开，即将发射巨大的死光。

无处可逃，必死无疑！

然而，莉莉娅没发动。

她眼神一凛，不知何时，马路上的红色消防栓打开了，被月光染红的水流大股大股地往外涌，整条马路都覆盖了一层浅浅的水泊，只是被半米高的红雾遮挡，很难第一时间察觉。

莉莉娅的四周，出现了密集的紫色水珠，它们像是一场被按下时间暂停键的倾盆大雨，将莉莉娅包围住。

莉莉娅无处可逃。

"烟雨葬！"白露那温柔却很霸气的声音出现。

瞬间，成千上万滴锋利坚硬的紫色水珠朝莉莉娅极速聚拢，它们射击在莉莉娅的身体上，炸出耀眼的紫色火星。

一时间，仿佛无数的紫色爆竹在莉莉娅的身上炸开，紫色雾气阵阵弥漫开来。

一个裹着斗篷的身影轻盈地降落在高阳身边，高阳一看，是初雪。

"高阳，我来了！"初雪一手挽住高阳的胳膊，一手轻轻一挥，红光光柱组成的牢笼立刻无声断裂。

高阳发动"瞬移"，带着初雪逃离。

"初雪，你怎么来了？"高阳又惊又喜。

"我来救你了！"初雪兴奋的微笑中透着一丝天真，仿佛这只是一场有趣的游戏，"好朋友，要有始有终！"

正在对付莉莉娅的姐姐白露，可就一点也开心不起来了。

她穿着华贵的复古红裙，抬起双手，操控着无数的紫色水珠埋葬莉莉娅，丝毫不敢松懈。

一开始，初雪要来帮高阳，白露是极力反对的。

鬼跟兽向来井水不犯河水，可她又如何拗得过妹妹；而且如果高阳死了，妹妹今后上哪儿找食物也是个问题。

春大人也很关注今晚的事情，一直派惊蛰暗中了解情况。

当惊蛰得知，妄兽的领袖终已经跟觉醒者莉莉娅合体，并且联合X想要一起杀死所有觉醒者和普通人类时，春再也坐不住了。

觉醒者可是鬼的食物，即便目前鬼团的成员不吃不喝也还能活个两三年，可两三年后就只能等死了。

春大人一声令下，于是鬼团参与了这场战斗。

不过，春希望的仅仅是阻止妄兽的阴谋得逞，只要确保觉醒者和人类不会灭亡就可以。

春并不希望跟高级兽全面开战，兽和人类互相制衡，才是鬼团最想看到的情况。

白露知道妄兽的实力在自己之上，已经做好了最坏的打算。

可当她见到莉莉娅，真切地感受到她身上那股强大又诡异的气息时，她才意识到事情的严重性。

不行！绝不能让这种怪物活下去！

持续半分钟的"烟雨葬"即将结束，十字路口的中央上方，已经腾升起一团巨大的紫色烟雾。

白露的长发和裙摆飞扬，双眼红光四溢，双手猛地往上一扬。

一时间，马路上的积水腾升起来，化形为两条紫色的水龙，它们咆哮着，彼此纠缠、盘旋，将紫色烟雾中的莉莉娅给包围住。

"双龙戏珠！"白露没有任何保留，使出了全力。

两条巨型紫龙撕咬着纠缠在一起，紫色的能量涟漪震荡开来，沿着十字路口的四条街道冲开。

紫色烟雾瞬间散开，一个足有电影巨幕那么大的紫色水晶墓碑竖立在了马路中央。

墓碑中央，是被冻结住的莉莉娅，犹如一只不慎掉入紫色琥珀中的昆虫。

赢了吗？

白露的胸口微微起伏，精致美艳的白皙脸颊上流下一滴细汗。她的细眉微蹙，始终没有舒展，几秒后，又加重了一分。

不，没赢。

紫色冰晶墓碑中的莉莉娅纹丝不动，像是被封存在了时光之中，可是她那蓝红色的异瞳中，却流过一丝诡异的光华，接着，她浑身的皮肤出现犹如毛细血管般的彩色纹路，并迅速遍布了全身。

随着"咔咔"的声响，紫色冰晶墓碑的表面出现了裂痕，并迅速蔓延。

先是一道细小的彩色华光从冰晶墓碑中射出，接着，是无数的彩色光束射出。"砰——"的一声，紫色冰晶墓碑被炸成粉碎，莉莉娅完好无损，轻轻落地。

"没用的。"莉莉娅微笑着，"我有元素符文回路，任何元素攻击都对我无效。"

莉莉娅说话间，手中多出一块元素符文回路。

7级"元素精灵"，与元素符文回路中的能量产生完美共振，从而达到满级8级，并触发最强元素天赋——"元素天使"！

元素符文回路在莉莉娅的手中"融化"，化为一道彩色流光，迅速蔓延至莉莉娅身体的每一寸肌肤之上，就连她的红发也变成了彩色。

眨眼间，莉莉娅通身都变得流光溢彩，像是人体彩绘，并且是不断流动的有生命的人体彩绘。

"哗啦——"一声，两秒后，莉莉娅的背后长出一双巨大的五彩斑斓的元素之翼，月光之下，阴郁华美。

"为何要与我为敌？"莉莉娅上前一步。

"没有食物，我们迟早是死。"白露完全被莉莉娅的气场碾压，她强忍住没有退后，直视莉莉娅的眼睛。

"啊。"莉莉娅轻轻地笑了笑，有些吃惊的样子，"我差点都忘了啊，鬼要吃人啊。"

略一思考，莉莉娅抬起右手："也好，鬼原本也是错误的存在，一起消失好了……"

陡然间，巨大的威压从天而降。

莉莉娅抬起的右手垂下来，并非她想要放下，而是她的身体忽然间变得异常沉重，无法抬起。

不仅如此，莉莉娅脚下的地面也出现了夸张的裂缝，接着路面大块地翻起，然后开始下陷。

莉莉娅的双脚也跟着陷入地面，仿佛有人用一把巨锤，将莉莉娅这个"地桩"给一锤一锤地打入地下。

高阳、初雪和白露都感受到了这股巨大的威压，它以莉莉娅为中心，还在不断加重，且朝着四周蔓延。

高阳发动"瞬移"，带初雪后退到安全位置。

白露也立刻往后跃开。

莉莉娅感受到威压的来源方向，被元素之衣包裹住的她非常吃力地抬起头，看向头顶天空。

一个穿黑色礼服、打红色领结、中分银发梳得一丝不苟的大眼睛小男孩，正悬浮在半空，朝莉莉娅的方向张开双手，面色凝重。

是春，鬼团的大家长。

春的声音清澈又沉稳："既然你不想放过我们，我们也没必要留你了。"

春的红瞳绽放夺目的光芒，他的头发和衣服簌簌作响，疯狂往上舞动，领口处的领结直接脱落，吹上了天空。

春正在往脚下倾泻巨大的能量力场。

"天降神威！"

以莉莉娅为中心的路面，再次降下一股无形的威压，比之前翻了一倍。

莉莉娅已经抬不起头，她低垂着脑袋，被迫单膝跪地，颤颤巍巍地想要努力站起来，逃离能量力场。

威压又翻了一倍。

地面继续下陷，四周的裂缝还在加深，犹如地震，道路两边房屋玻璃全部震碎，墙壁开裂。

"叮——"的一声，莉莉娅的元素之翼碎开，化为一片元素颗粒。

威压再翻一倍。

这一次，路口中央已经彻底塌陷成一个陨石坑，莉莉娅倒下了。她嵌在陨石坑中央的最深处，她身上的衣服早就被撕成碎片，此刻，就连包裹住她身体的元素之衣也在一点点退却。

"初雪！"高空的春大喊一声。

"高阳，看我的！"初雪有点骄傲地朝高阳笑了笑，转身一跃而起，跳进了陨石坑。

瞬间，她的四周就出现一个带纹路的半透明绿色光球，初雪左边的赤睛，正渐渐变成墨绿色。

绿色光球带着初雪，无视几千倍的重力，缓慢地飘向陨石坑的中央。

不一会，初雪便漂浮到了莉莉娅的上空。

"夺魂之镰！"

绿色光球中的初雪仰起脸，四周顿时展开了属于她的力场。

她的绿瞳中，钻出一股诡异的带有高频闪烁的灰白斑点的绿色能量，化身为一个由灵体组成的身穿长斗篷的巨型死神。

死神呈女性形态，她被黑色兜帽遮挡住半边脸，只露出银色长发和苍白的下巴，还有一张沾满鲜血的冰冷红唇。

与此同时，初雪的红瞳之中，也冒出一股带有高频闪烁的灰白斑点的红色能量，它们化为死神手中的长柄镰刀，刀刃猩红锋利。

初雪缓缓低头，看向脚下的莉莉娅。她抬起右手，依附在她身后的巨型死神也抬起了手中的镰刀。

镰刀的伤害是无法防御的，因为它是特殊的灵体状态，她不会伤害莉莉娅的身体，但会直接带走她的魂魄。

然而，就在初雪操控死神举起镰刀时，莉莉娅的身后重新长出元素之翼，甚至比之前的更加巨大。

…………

三十秒前，被春彻底压制在陨石坑底部的莉莉娅，遍布全身的元素之衣也开始出现裂痕。

她不清楚春的"天降神威"还能持续多久，但很清楚自己的元素之衣撑不了太久，当元素之衣被撕碎，自己的身躯不可能抵御这恐怖的威压。

那几秒内，莉莉娅和终的人格发生了一场对话。

莉莉娅：要输了。

终：不，我会献祭自己。

莉莉娅：想清楚了，我是人类。

终：我们早已融为一体，即便我消失，你也不再是人类。

莉莉娅：好吧。

终：杀死所有人类，替我交卷，之后的路，你自己决定怎么走。

莉莉娅：嗯，我尽量。

终：伟大的造物主啊，这一刻，我向您献上我的血肉、我的灵魂、我的一切因果命运。请赐予我力量，让我完成您的使命。

发动"妄祭"。

百分之三百，以死为生，血灵融合！

莉莉娅的蓝眼和红眼，开始源源不断地涌出浓稠的血液，即便是几千倍的重力，也不能阻止它们往外冒。

几秒之后，她的两只眼睛变成了空洞的黑色眼窝，在莉莉娅的眉心之中，长出一只深紫色的竖瞳。

莉莉娅皮肤之上的元素外衣重新变得丰沛，甚至长出饱满的美丽鳞片，将莉莉娅全副武装。

更多的元素之力，顺着莉莉娅的四肢往外溢出、蔓延，迅速延伸至整个陨石坑，将其变成一个元素之阵，闪烁出夺目的光彩。同一时间，莉莉娅的后背也重新长出一双元素之翼，比之前的更加巨大，它缓缓支撑着莉莉娅重新站起来。

一时间，春、白露、高阳和初雪的脸上都出现了震惊和茫然。

初雪操控的"夺魂之镰"已经挥出了一半。

还是慢了。

"轰——"的一声，整个陨石坑内，冲出一道巨大的七彩元素之柱，犹如火山喷发。

初雪瞬间就被元素之柱吞没和融化了。

"初雪！"高阳和白露同时大喊一声。

陨石坑上空的春也没能幸免，几乎同时被这道直冲苍穹的元素之柱给吞没。

顷刻之间，整座离城都被这道元素之柱给照亮，它仿佛一座照亮世界的通天塔，就连天空中悬挂的巨大血月都黯然失色。

十秒后，元素之柱消失了。

高阳和白露愣在原地，甚至来不及悲伤，一道身影像流光一样来到两人身旁。

是惊蛰，他一手抱着昏迷的春，一手抱着昏迷的初雪。

惊蛰的半张脸和整个身体，都被元素之柱给"烫伤"，呈现出一种诡异的青紫色，有些地方的皮肤脱落，深可见骨，其中还镶嵌着元素结晶般的彩色颗粒。

惊蛰是目前已知生命体中速度最快的存在，极限速度是两倍音速，每秒可达七百多米。

千钧一发之际，惊蛰花了一秒时间，冲进元素之柱，救下初雪和春，并为他们挡下大部分元素伤害。

惊蛰双腿跪地，昏死过去。

"高阳，"白露此刻已经顾不上天敌的立场，目光决绝，"带他们走，我来拖住这个怪物。"

高阳不认为这是个好办法。

逃？往哪儿逃？莉莉娅已经不受苍道制约，她可以随心所欲地杀死所有觉醒者和人类。

不，还有希望。

X的"地狱之毒"已经中断，龙、麒麟、青龙、斗虎这种强者的恢复速度一定比普通觉醒者快，说不定什么时候会醒来，只要等他们醒来，就有胜算。

"你走，"高阳上前一步，"我来拖住她。"

"就凭你？"白露既吃惊，又透着不屑。

"她有元素符文回路在身，你的能力对她无效。"高阳冷静分析，"论速度，你还不如我，你觉得谁更适合跟她纠缠？"

白露沉下脸，一时无法反驳。

"快走，别拖我后腿。"高阳丢下狠话。

白露不再犹豫："自己小心。"

她召唤出水元素，托起初雪、春和惊蛰，迅速离开。

高阳一抬头，莉莉娅已经离开陨石坑，朝着高阳和白露飞过来。

莉莉娅朝逃跑的白露张开双手，忽然间，眼前闪现出一个人影。

高阳一跃而起，"瞬移"到莉莉娅的身前。"火焰"已对她无效，高阳拔出随身带的匕首刺向莉莉娅的胸口。

就在高阳刺向莉莉娅的瞬间，匕首竟然迅速分解成一堆金属元素尘埃。

高阳一惊，立刻收手，发动"瞬移"与莉莉娅保持了距离。

高阳的目的达到，就这几秒的拖延，白露已经走远。

接下来，只要靠着"瞬移"跟莉莉娅纠缠……

高阳一惊，双腿传来刺痛感，他猛地低头，自己的双腿不知何时结上了一层坚硬的红色冰晶。

高阳大骇：就在他刚才近身攻击莉莉娅的那一秒内，莉莉娅竟然同时发动了两种元素之力，一边分解他的匕首，一边悄无声息地冻住他的双腿。

这就是"元素天使"吗？对元素的使用已经到随心所欲的地步。

符文回路的力量太恐怖了！

原来，8级天赋确实存在，但不是靠自己升级，而是将符文回路短暂地融合成身体的一部分，创造出最强天赋。

他手中的动作没有停下，他双手喷出火焰，不惜以轻度烧伤自己的双腿为代价，迅速融化掉红色冰晶并脱身。

一秒之后，几十束蛇形的红色死光像烟花一样弯弯扭扭地从天而降。

高阳所在的地面，发生了大范围的密集爆炸，碎石纷飞，火光冲天。

高阳已经通过两段"瞬移"躲到了一个报刊亭上，但是由于之前的攻击范围太大，他还是负伤了。

他的左手臂被一束红色死光擦过，肌肉直接撕裂，流血不止。

高阳单手掏出C药剂，咬掉针套，扎进自己的左手臂，刚注射完，他就感觉到背后一阵杀气。

是莉莉娅。

高阳大吃一惊！他的眼睛一直盯着莉莉娅她明明还在不远处的前方没有移动。

但转瞬间，高阳就意识到，远处的那个莉莉娅只不过是元素制造的短暂幻影。

与此同时，高阳的前方、上方、左边和右边，都出现一道半透明的风元素墙壁，挡住高阳"瞬移"的去路。

太快了！这个莉莉娅，不仅对元素的操控收放自如，身体综合战力也是顶级的，她的速度几乎要赶上"瞬移"的速度了。

这一刻，高阳才知道自己有多么天真，他还想着至少能拖延十分钟，现在看来，一分钟都做不到。

高阳来不及转身招架，也无法靠"瞬移"逃走。

他几乎已经看到这样的画面——半秒后，莉莉娅化为利刃的手轻易刺穿他的后背，从胸膛贯穿，并掏出他的心脏。

要死了吗？命运，果然还是无法改变吗？

空气爆破的声音炸现，高阳只觉得一道飓风从自己身后刮过，那是无比强劲的气流，几乎将高阳给掀飞，而与此同时，四周的风元素之墙消散了。

紧接着，不远处传来建筑倒塌的声音。

高阳猛地回头，发现莉莉娅正狼狈地躺在一面坍塌的建筑墙壁中。

而在莉莉娅前方的马路上，站着一个人。

看来，刚才就是这个人高速杀出，撞了莉莉娅一个措手不及。

高阳定睛一看，半路杀出的人是一个白发老人。

她还穿着印有小熊图案的可爱睡衣，那是孙女去年送她的生日礼物。她光着脚，散乱的头发上别着一个少女风的粉色发夹，发夹的形状是一个草莓蛋糕，因为她非常爱吃甜食。

老人缓缓开口，苍老的声音中怒气腾腾："不准欺负我家阳阳。"

高阳又惊又喜：是奶奶！

她是妄兽！是光临者！奶奶从一开始就知道自己的身份！

莉莉娅在元素双翼的帮助下，很快从废墟中站起。她脸上并未露出太多惊讶，并非她已经预料到这一幕，而是她有一种面对任何可能性都坦然接受的淡漠。

她不急着反击，冷冷问道："云，看来，你也有答案了。"

云双拳握紧，沉声回答："是啊，这就是我的答案。"

莉莉娅的眼窝空洞，眉心中间的紫色竖眼闪过一丝不解："保护觉醒者，让他们苟延残喘？"

"呵呵，觉醒者会怎么样，我才不在乎。"云笑了。

"那你在乎什么，一个虚假的孙子？"莉莉娅有点遗憾，"终要是还活着，会替你感到遗憾的。"

"我才替终遗憾啊。他呀，真是越老越糊涂，走进了死胡同。"提到这个昔日的同伴，云叹了口气，"人也好，兽也好，我活了这一辈子，只悟出一件事。"

"什么事？"曾经作为人类的莉莉娅，似乎也不明白。

云不急着回答，缓缓回头，笑容亲切又慈祥地看向了高阳。

高阳张着嘴巴，却说不出话。

虽然早就想过奶奶是高级兽的可能性，并对此做好了准备，但奶奶是光临者这件事，还是对他造成了巨大的冲击。

他一时之间感到无以复加的震惊，同时，又感到巨大的庆幸，甚至还有一丝温暖。

高阳看着眼前这个如此熟悉又陌生的老人，千言万语，汇成了两个字："奶奶。"

"欸。"奶奶笑着应了一声，缓缓转过身，回答了莉莉娅的问题。

"家人，最重要。"

"家人？"莉莉娅更加失望了，"你的答案，原来是自欺欺人。"

"孩子，自欺欺人的，是你啊。"云声音惋惜。

道不同，不相为谋。

两人静静注视，沉默了三秒。

瞬间，云化为一团火焰，飞向莉莉娅。

并非比喻，而是真正的妖火，火焰为深蓝色，火芯为深紫色。

云的天赋是"妄妖"。

莉莉娅眉心的竖眼紫光闪烁，巨大的元素之翼猛地向四周展开，无数华美的元素之刃飞向那团妖火。

妖火瞬间分散开来，化为十几簇流光，它们轻巧地错开了元素之刃，然后重新汇聚，并在贴近莉莉娅的瞬间变回了云的人形态。

云带着美丽妖火的拳头，打向了莉莉娅的脸庞。莉莉娅抬起被元素之力缠绕的右手，虽然接住了云的拳头，却没能接住云的冲势。

"轰——"的一声，两道身影纠缠在一起，撞碎一面墙壁，进入商城之中。

漆黑的商城内部安静了一秒，接着频繁闪烁出蓝色、红色等彩色华光，建筑内部也发生了各种爆炸。

高阳很想帮奶奶战斗，可是，他很清楚，自己什么也做不了。

光临者领袖和至暗者领袖之间的战争，完全不是他能插手的。

三十秒过去，一道妖蓝色和一道深红色的身影相继冲破商城的楼顶。

两人速度太快，已经化为两道能量状态的魅影，拖着长长的尾迹，频繁跳跃在十字路口附近的楼房之间。

两人高速追逐、缠斗，各种元素之力溅射、爆炸，就像两个元素精灵在狂欢，并引爆了一场立体的烟花晚会。

高阳无力地站在路口，脸上是不断变换的流光。他抬头仰望着这场元素组成的烟花晚会，只能祈祷，在烟花晚会落幕时，活下来的人是奶奶。

两只妄兽的缠斗持续了整整一分钟，终于，两道魅影拖着长长的尾迹在十字路口的上空处交汇，犹如两颗流星相撞。

"轰——"的一声，巨大的能量球夹带着各种元素微粒在半空爆炸开来。

高阳抬起双手，努力站稳，他差点就被掀飞了。

爆炸刚结束，两道魅影已经纠缠在一起，犹如一道烟花盘旋着上升。

"哗啦——"一声，一双巨大而华美的彩色双翼展开了，遮天蔽日，整条街区顿时流光溢彩，那是莉莉娅的元素之翼！

"啊——"割破耳膜的尖叫声荡开，在彩色双翼的下方，一团蓝色妖火迅速扩大、蔓延，犹如一朵盛开的曼珠沙华，朝着上空的莉莉娅绽放。

世界苍白了几秒。

当高阳的视线再度清晰时，夜空回归了猩红。

两道人影纠缠在一起，高速坠落，再次砸进了之前春造成的陨石坑中。

"奶奶！"高阳迅速奔向陨石坑。

陨石坑的中央，云和莉莉娅都已经遍体鳞伤。

尤其是云，浑身上下没有一片皮肤是完整的，全部皮开肉绽，深可见骨，并且镶满了五颜六色的元素颗粒。

尽管如此，云却稍微占据上风，她正骑在莉莉娅的身上，双手按住莉莉娅的胸口，已经被元素烫伤的脸庞异常扭曲。

"啊啊——"云大喊着，双手猛地往上一拨，顷刻间，莉莉娅身上的元素之衣和背部的元素之翼全部缩回到了她的胸口处。它们犹如一层蛇皮，被云给蜕了下来，并迅速化为一团元素能量。

云的身体再次化为一簇妖火，裹挟着那团元素能量，离开了莉莉娅的身体。

一秒后，妖火飞到了高阳身边，重新汇聚成遍体鳞伤的云。

云手中的元素能量，已经变回了元素符文回路。云将符文回路塞进高阳手中，高阳接过那块沾满奶奶鲜血的符文回路。

"哇——"奶奶口吐鲜血，跪倒在地。

"奶奶！"

高阳蹲下，扶起了奶奶。

刚才的战斗，耗尽了云最后的生命和能量。

她缓缓伸出血肉模糊的、沾满元素颗粒的手，想要摸一摸孙子的脸，但最终，又怕自己的手太脏，缓缓收回。

高阳一把握住奶奶的手，放在自己的脸上。

"阳阳啊，别怕……奶奶，不是坏人。"

"奶奶，不要走，不要离开我……"高阳紧握住奶奶的手，泣不成声，"您还要长命百岁，您还有很多好吃的甜食没吃，您不可以……"

"奶奶，爱你啊。"

云的双眼迅速失去神采，嘴角含笑，染血的手从高阳的脸庞上垂落下来。

不！这不是真的！奶奶不可能就这样死掉，绝不可能。

熟悉的耳鸣又来了。

"奶奶没多少钱，你别嫌少，拿着，去那边想吃什么自己买。"

"我们家阳阳啊，越来越能干了，以后肯定比你爸还要有出息！"

"奶奶啊，不用活那么久，只要阳阳和欣欣可以平安长大，只要我们一家人可以像现在这样开开心心的，奶奶就可以放心去喽。"

高阳紧紧搂住了死去的奶奶，仰天大喊，那饱含痛苦的怒吼从胸腔之中爆发出来，带着强烈的能量共振。

瞬移升级。

4级瞬移：可闪现10米距离。使用时间间隔：0.8秒。

4级瞬移永久属性加成：力量+500，敏捷+900。

附加效果：可穿透普通障碍物和墙体。

火焰升级。

4级火焰：精神力+400，魅力+80。

最高温度达1500℃，自身完全免疫普通火焰伤害。

领悟新技能：焰拳。

属性版面更新。

体力：226。

耐力：237。

力量：813。

敏捷：1210。

精神：782。

魅力：441。

运气：565。

你最新累计获得幸运点785。

加满体耐，剩下的全加幸运。

体力：500。

耐力：500。

力量：813。

敏捷：1210。

精神：782。

魅力：441。

运气：813。

高阳轻轻放下奶奶的尸体，为她合上双眼，再替她整理好枯槁的白发，别好粉色草莓蛋糕发夹。

高阳站起来，身影瞬间消失。

此时的莉莉娅，失去元素符文回路的加持，之前又轮番跟龙、鬼团和云战斗，状态已大大折损。尽管如此，她毕竟是拥有妄兽领袖体魄和7级"元素精灵"的完美融合体，依然很强。

莉莉娅在被云强行夺走元素符文回路后，进入短暂的虚弱状态，很快就被一股风元素托着悬浮起来。

她没急着攻击高阳，并非要给高阳和云告别的时间，只因她自身也需要一点时间，重新适应身体状态——失去符文回路加持后的状态。

她刚刚找回了部分状态，高阳就发出一声悲恸的大喊，周身震荡出一阵能量涟漪。

莉莉娅能感觉到，他又变强了不少。

可惜，还不够。

高阳没有马上攻击莉莉娅，而是做出了奇怪的行为。

他在放下云的尸体后，从口袋里掏出一个锡纸包装的糖果，小心地打开锡纸，里面的白色糖果已经变成了粉末。

他张开嘴，将碎末状的糖果放进嘴中，慢慢咀嚼，一点点也不舍得洒出来。吞下这颗糖，他才站起来，抬头看向莉莉娅，眼底闪过一丝寒意。

高阳"瞬移"到莉莉娅身前。

他的拳头上缠绕着一圈火焰，温度达到1500℃，逼近钢的熔点，普通的肉身之躯光是触碰一下就会被熔化。

莉莉娅并非普通之躯，但失去"元素天使"的她已经无法免疫所有元素，因此她没有贸然接下这一拳。

她飞速后移，躲开高阳的拳头。

"轰——"的一声，高阳的"焰拳"虽没有打中莉莉娅，但缠绕在拳头上的火焰却非常灵活地化为一道火舌，扑向了莉莉娅。

是的，高阳已经可以精准地控制火焰在周身的流动。

莉莉娅始料未及，她反应极快，在被火焰吞噬的瞬间再次闪向一边，流动的火焰还跟着莉莉娅转弯，追踪了她一段距离，才不情不愿地消散。

莉莉娅的脸颊失去了元素之衣的保护，出现了一块粉红色的烫伤。

高阳没有停留，靠着"瞬移"，再次逼近莉莉娅。这一次，他的两只拳头上都带着灼热的火焰。

莉莉娅不再闪避，再消耗下去对她不利。

她忌惮的不是高阳，而是不知何时会醒来的龙和麒麟。

即便"地狱之毒"的计划失败，她只要能在龙和麒麟恢复之前杀死他们，最终还是有清除所有觉醒者和人类的实力的。

趁这个高阳对自身招式的使用不够熟练，并且综合战力稍逊于目前自己的状态，她必须立刻杀死他，夺回元素符文回路。

她眉心的紫眼一睁，瞬间释放出体内剩余的所有能量。

莉莉娅的周身立刻荡漾出蓝风、苍火、紫雷、白冰、绯光五种元素之力，它们化为能量状态，在莉莉娅的四周快速旋转，并源源不断地汇聚到了莉莉娅的双手中。剩余部分的元素之力，则在莉莉娅的身后筑起一面半透明的元素之墙，为的就是防止高阳"瞬移"到自己的身后。

高阳很清楚，自己没有回避后退的选项。

这一拳，就是最后的决战！

一瞬间，高阳身上的火焰全部消失，他也将自身所有的能量汇聚到自己的右拳上。

"焰拳！""瞬移"过来的高阳，挥拳打向了莉莉娅。

"精灵之光！"莉莉娅的双手发出五元素之力，化为一道巨大的华美的元素之光,冲向高阳。

"轰——"的一声,红色的火焰和五颜六色的元素之光撞击在一起。

顷刻间,整个十字路口的街道苍白一片,强劲的元素之风荡开,带着各种元素能量乱窜,到处都是火焰、冰晶、闪电和锋利光元素碎片。

三秒之后,高阳的火焰率先消失,莉莉娅的精灵之光将他整个吞没,并且冲飞出去。

高阳飞出几十米,重重砸在了一辆路边的轿车上,车身深深地凹陷进去。

"滴滴滴",汽车发出刺耳的警报声。

高阳遍体鳞伤,血流不止,皮开肉绽的伤口中全是元素颗粒,整个人也已经昏死过去。

莉莉娅胸口剧烈起伏,嘴角溢出了鲜血。她定了定神,三秒后,迅速移动到高阳身边。

她伸出右手,卡住高阳的脖子,将他缓缓提起。

高阳的脸庞烧伤严重,嘴里满是鲜血,一只眼睛的眼球已经跟眼皮融化在一起,完全睁不开,另外一只眼睛微眯着,勉强能看清莉莉娅。

不,我还没有输!我还能打!

高阳使出最后的力气,抬起右手,努力握成拳头,想要挥向莉莉娅。

"噗"的一声,没有丝毫的迟疑,不给任何机会,莉莉娅的左手插进高阳的胸膛。

莉莉娅将高阳的心脏掏了出来。

"扑通,扑通……"那颗鲜红的心脏还在莉莉娅的手中跳动着。

当极致的痛楚出现时,高阳的感觉反而变得模糊、遥远,他甚至不觉得痛了,也没力气再发出毫无尊严的哀号。

他双手垂落,半眯着的一只眼睛,无力地看向自己的心脏。

都说,人死之前会有走马灯。

可是,高阳的脑海中却只是闪过了一个毫无意义的念头——原来,我的心脏长这样呀,真难看。

莉莉娅捏碎了高阳的心脏。

# 第七章

# 黑白之墙

"呜呜呜……"

好吵啊，就不能让我睡一会儿吗？

高阳又困又倦，只想睡觉，耳边却一直传来小女孩的哭声。

他不胜其烦，可又无法忽略，终于，他叹了一口气，睁开双眼，立刻吃了一惊。

原来他不是在自己床上睡懒觉，而是躺在一片黑暗的世界之中。

他立刻站起来，四下看去，什么都没有。

"呜呜呜……"小女孩的哭声又传来了。

忽然间，不远处的一个灯泡亮起，照亮了黑暗中的一隅。

高阳朝着光亮走过去，渐渐看清楚了，那里有一张儿童床、一个衣柜、一扇紧闭的房门和窗户，因为没有墙壁，四周又是一片黑暗，窗户和门就像浮在空中。

儿童床边的地板上，坐着一个小女孩。

她看上去只有三四岁，非常瘦小，一副营养不良的模样。她顶着一头乱糟糟的银发，穿着不太合身的宽大红裙，手里抱着一个打满补丁的布娃娃，悲伤又无助地哭泣着。

"你怎么了？"高阳走近了小女孩。

小女孩停止哭泣，吸了吸通红的鼻子，抬起那双哭肿的红色大眼睛，看向高阳。

"姐姐不见了，我好害怕。"

"姐姐去哪儿了？"高阳问。

小女孩摇摇头："姐姐说天黑之前会回家，可是到现在都还没有回来。"

高阳安慰她："姐姐肯定会回来的，别担心。"

"嗯。"小女孩点点头，又看向高阳，"大哥哥，你是谁呀？"

"我吗？"高阳一愣，竟然忘了自己的名字。

"你叫高阳对不对？"小女孩说话了。

高阳一惊：对啊，我叫高阳。

"你怎么知道我的名字？"

小女孩擦干眼泪，有些羞涩地笑了笑："你是我的朋友，未来的朋友，我有时候会梦见你。"

"朋友？"高阳一愣，忽然间，他也反应过来了，"啊，你是初雪，小时候的初雪。"

"嗯。"初雪开心地笑了笑。

"咚咚咚"。

忽然间，有人敲门。

"是姐姐！"初雪开心地站起来，跑到了门口。

她打开了那扇没有墙壁的门，门后面，并非黑暗，而是一个光亮的世界。

这扇门，仿佛连接着两个时空。

门外站着的，并不是初雪的姐姐白露，而是一个穿着白T恤、牛仔短裤和凉鞋的小男孩，肩上扛着一根蓝色捕虫网。

"初雪，我们去抓知了。"小男孩开心地笑了。

高阳一怔：这不是小时候的我吗？

小男孩也发现了高阳，他先是疑惑，然后露出了天真又友善的笑容："大哥哥，你要一起去吗？"

高阳笑了笑，道："好啊。"

高阳慢慢走向门边，逐渐看清了门外的世界。

是一个熟悉的院子，院子里有好多小朋友在玩耍。蓝天白云，午后的微风吹过茂盛的樟树，簌簌作响，蝉鸣不断。

"不要乱跑，一会儿就吃饭啦。"隐约中，他还听见宿管阿姨的声音。

这是……他记忆中小时候生活的孤儿院啊！

高阳心情急切，加快了脚步。

"不行！"

高阳刚要跨出门，已经站在门外的初雪却大喊一声。

初雪牵着小男孩的手，严肃地看着高阳："你不能出来！"

"为什么啊？"高阳真的很怀念小时候，真的很想跟他们一起去抓知了。

"高阳，你忘了吗？"初雪认真地说道。

"什么？"

"你已经死了啊。"初雪眨了眨眼睛，并不难过，"你被杀死了。"

一瞬间，所有记忆回归了。

是啊，我死了。

尽管我和大家，做出最大的努力，拼上了最后一口气，但还是没能改变命运。

我死了，我的心脏被莉莉娅掏出来捏碎了。

一切都结束了。

"是啊，我死了。"高阳苦笑。

"没关系的，高阳。"小女孩还抓着儿时高阳的手，站在微微逆光的门外，"我们是好朋友，好朋友不会让朋友死去的。不过，只有这一次哦，下次，我就不能再保护你啦。"

高阳说不出话，忽然间，他四周的一切都消失不见，只剩下眼前的这一扇门和门后面的世界，甚至，连门口的世界也消失不见，只有一片白茫茫的光线，即将吞没一切。

小男孩和小女孩朝高阳挥手。

这时，即将消失在白光中的小男孩看向高阳，微微一笑："大哥哥，请忘了我吧。

"永远，永远不要再回头了哦。"

…………

莉莉娅捏碎高阳的心脏，伸手搜寻高阳身上的元素符文回路。

仅仅过去两秒，高阳那无力垂落的残破右手忽然抬起，擒住莉莉娅的手腕。

莉莉娅大惊：这怎么可能？！

高阳空洞的胸口开始修复，血肉之中重新生长出一颗心脏，一颗布满了妖异美丽的黑色诅咒的红色心脏。

初雪体内的诅咒之力，可以复活生命一次。

高阳体内拥有初雪一半的诅咒，这就是当初系统在他体内检测到的神秘能量，现在，这股能量已经成功触发。

转眼间，心脏外面的骨血也修复了，就连高阳身上和脸上的其他伤口，也快速愈合。

高阳双眼一睁，眼中金光四溢。

幸运升级。

4级幸运，属性值上限达到1000。

拥有觉悟之力：可临时改变除运气外的所有属性点，不受属性上限限制，维持时间10秒，发动间隔时间48小时。

瞬移升级。

5级瞬移：可闪现15米距离，使用时间间隔：0.7秒。

5级瞬移永久属性加成：力量+700，敏捷+1300。

附加效果：可穿透特殊障碍物和墙体，结界和领域除外。

火焰升级。

5级火焰：精神力+650，魅力+130。

最高温度达2100℃，自身完全免疫普通火焰伤害。

焰拳威力增加一倍。

复制升级。

5级复制：可复制序列号10之后的所有天赋。

复制方式：触摸对方身体0.6秒。

复制数量：2。

储存时间：8小时。

使用时间：20秒。

间隔时间：4小时。

5级复制永久属性加成：精神力+700，魅力-200。

属性版更新。

体力：500。

耐力：500。

力量：1013。

敏捷：1610。

精神：1332。

魅力：391。

运气：813。

高阳面无表情："轮到我了。"

莉莉娅立即感到一股强大到足以瞬间撕碎她的杀气和意志。

她想退后，但高阳仍然擒着她的手腕。

莉莉娅没有丝毫犹豫，另一只手迅速松开高阳的脖子，化为利刃，砍向自己的左手。她不惜以断臂为代价，也要逃离高阳。

来不及了。

"砰"的一声，高阳的拳头以极快的速度打在莉莉娅的胸口上。

莉莉娅的身体横飞出去。

在飞出的瞬间，她强忍住心脏几乎被震碎的剧痛，微微扣动手指，试图召唤元素保护自己。

高阳再次闪现到了莉莉娅的身边。

莉莉娅眉心的紫眼中流露出不可思议的惊恐：为什么，他的动作如此之快，这种速度，这种力量，即便是我状态最好时，恐怕都要略逊一筹。

莉莉娅永远不可能再知道答案，因为高阳发动了"觉悟之力"。

十秒之内，他的临时属性版面如下：

体力：1。

耐力：1。

力量：1902。

敏捷：1610。

精神：1831。

魅力：1。

运气：813。

"焰拳！"

高阳攥紧的右拳，带着巨大的火焰能量，打向莉莉娅的胸口。

这一拳，直接打进了莉莉娅的胸腔中。

一条巨大的焰龙愤怒地咆哮着，撕咬着莉莉娅直冲夜空，拖出一道鲜红到刺眼的尾迹，犹如一颗倒飞的流星，照亮了整座城市，仿佛要将苍穹烧出一个洞。

那一刻，血月在它面前，都黯然失色。

十几秒后，焰龙慢慢在夜空之中消失。

莉莉娅也一并消失，她早已尸骨无存，化为空气。

妄兽的领袖终，死了；觉醒者莉莉娅，死了。

高阳站在原地，属性值复原。

他喘着粗气，几乎瞎掉的双眼慢慢感受到了光线和颜色，几乎聋掉的耳朵听见了尖锐的汽车报警声，几乎麻木的脸上也渐渐感受到带有烧焦味和血腥味的风。

高阳重新回到这个世界，然而大脑还是一片空白。

他缓缓坐下，盘起双腿。

眼前是一片狼藉的街区，马路、城市设施、房屋，没有一处是完好的，像是被无数导弹给轰炸过。

高阳闭目静坐，纹丝不动，犹如一块石头。

不知过去多久，头顶的血月消失不见，地面的血雾也彻底退散。

高阳感受到了什么，缓缓睁开眼睛，街道尽头的地平线上，出现了第一束曙光。

那一束橘红色的曙光照在了高阳的脸庞上。

其实在战斗结束后，高阳就感到无以复加的疲惫，可他死死撑着，无论如何也不能昏过去。

就是为了这一刻。

终于等到了，天亮了，猩红潮汐，结束了。

人类，没有灭亡。

高阳安心地合上了双眼，现在，他只想睡觉，沉沉地睡上一觉。

这是他除死亡之外，人生中最漫长的一觉。

高阳努力挥动着翅膀，不让自己坠向虚无的深处，他猛然意识到，自己不知何时变成了一只白色蝴蝶。

应该是梦吧？高阳这样想着，内心没有太多的惶恐和不安。

他继续扇动着翅膀，朝前方飞去，视野逐渐清晰，四周出现了光亮。

高阳侧过头，渐渐看清了，那是一面白墙，准确地说，是表面不断流动和跳跃着梦幻般的白色光华的存在。

它看上去无限高，无限长，无边无际，没有尽头，仿佛是矗立在宇宙之中的一座长城。与之对立的另一边，也矗立着一面"漆黑之墙"，它看上去同样无限高，无限长，表面涌动和沸腾着诡异的黑色能量。

高阳从没见过那么黑的事物，他的眼睛盯着那面漆黑之墙，只觉得一阵恍惚，明明隔得很远，却感觉下一秒自己的身体和灵魂就会被黑墙彻底吸进去。

两座矗立在宇宙中的巨墙保持平行，组成了一个不可思议的"宇宙廊道"，廊道中间则是一条非常宽广的河流。

说是河流不太准确,因为它的表面流淌着浓稠的深褐色液体,更像是某种充满堕落和邪祟之物的沼泽。沼泽看上去非常阴冷,可又呈现出沸腾的状态,不时会"咕噜咕噜"地冒出恶心的泡泡,然后再"吧嗒"一下碎掉。

不仅如此,沼泽上还漂浮着许多只深红色的眼睛,大小不一,大的可能有一只鲸鱼那么大,小的则只有虾米那么小。

它们的眼中倒映着黑白之墙,频繁地睁开,又闭上。

除了密密麻麻的眼睛,沼泽之中不时还会有苍白的手臂伸出来,绝望又徒劳地捞着什么,像是溺水之人想要抓住救命稻草,最终不过是再次沉沦。

高阳努力扑腾着翅膀,生怕会坠入这条可怕的河流。

然而,这条河流就跟两边的"黑白廊道"一样,无限延伸,没有尽头。高阳飞了很久很久,他感觉越来越累,翅膀沉甸甸的,他只想找一处栖息之地落脚。

谢天谢地,前方的河流中央终于出现了一座岛屿,仔细看,才发现那并非岛屿,而是一棵生长在沼泽之中的参天大树。

大树的根应该在河底,灰白色的树干长出河面,茂盛的树枝上挂满了长条形的树叶。它们一簇一簇地垂落下来,像是悬崖之上的大瀑布,被崎岖嶙峋的礁石分开,形成了无数条灰白色的小瀑布。

好大的一棵树啊。

感觉比我之前在时空符洞中看到的那一棵树还要大上十倍,这哪是树啊,这简直就是一座树城了。

高阳一边感慨,一边慢慢地飞过去,很快,他吃了一惊。

树枝上挂着的根本不是什么灰色的长条形树叶,而是灰白色的头发丝,这些头发丝一簇一簇地缠绕在树枝上,像蛇一样缓缓地蠕动着。

高阳的头皮一阵发麻,但更诡异的不止于此——这棵树的树干和树枝上,长满了"人"。

大多数"人"只有一个模糊的轮廓,仿佛被一层厚厚的犹如灰色薄膜的树皮给兜住,而有些"人"则突破了那层膜,能看到清晰的脸庞和身体,但是皮肤依然不完整,还能隐约看到鲜红的肌肉和细小的筋脉。

高阳越是靠近这棵树,越是胆战心惊。

他想掉头飞走,可是,他实在没有力气,感觉身体都要散架了。

看来,在树上栖息与沉入满是眼睛和苍白之手的河流中,他只能二选一。

高阳最终选择在这棵大树上栖息。他飞向一根很大的树干,垂直地悬挂在了一缕缓缓蠕动的头发丝上。

他的身体很轻,几乎没有重量,因此没有引来任何的注意和攻击。

高阳松了口气。

"喂,醒醒!"一个女孩的声音传来。

高阳吓了一跳,他定睛一看,身旁的树枝上忽然朝两边裂开,一张少女的脸庞从缝隙中间钻出来。

虽然她的脸部还有一些地方没有皮肤，露出了鲜红的肌肉组织，但相比其他"人"，她的脸庞已经算较为完整的了。

她大约十三四岁，一头海藻般的棕红色长发，饱满光洁的额头，狭长的灰蓝色眼睛，眼距略宽，透着一股纯真的野性。

"喂！醒醒！醒醒！醒醒！"她不断地喊着，声音兴奋无比，在寂寥的空间中荡开。

她一边喊着，一边奋力挣脱束缚，脖子以下的身体也渐渐从树皮之中浮现，露出少女身体的轮廓，不过上面还裹着一层厚厚的灰膜，看起来无法完全脱离。

高阳已经意识到，少女不是在跟自己讲话。

因此他没做出任何回应，静观其变。

很快，棕红发少女旁边的树枝也裂开，另一个十三四岁的少女探出头来，她进化得更为完整，脸上光洁无瑕。

她有一头柔顺亮丽的黑色长发，一双深邃动人的黑色眼眸，五官玲珑，脸部线条流畅含蓄。尽管年纪很小，但她脸上已经看不到少女的天真和稚气，更多的是大人才有的忧郁和沉稳。

"有事？"美丽的黑发女孩声音冷淡，还透着一丝淡淡的厌倦。

"跟你说哦，我刚才又做梦了！"有着狭长眼睛、灰蓝色眼眸的棕红发女孩兴奋地喊起来。

"是吗？"黑发女孩敷衍道。

"我梦到我是一个学生，你知道吧，就是……"

"知道。"黑色女孩打断道，她不想再听废话。

"全校最帅气的男神公开追求我，说对我一见钟情，让我做他的女朋友，我说我要考虑考虑。结果他根本不给我时间考虑，一把将我推到墙上，对着我就是一个壁咚。你知道壁咚是什么吧……"

"知道——"黑发女孩尾音拖长，表达着自己的不耐烦。

"哈哈，我心跳加快，扑通直跳！"棕红发女孩痴痴地笑着，"他真的好帅啊！眼看着他就要吻上来，我缓缓闭上了眼睛……结果你猜怎么着？"

"爱说不说。"黑发女孩懒懒地打了个哈欠，身体往后缩了缩，身体上的灰膜缓缓裹紧了她，她似乎打算再次隐入树枝中。

"哎哎哎别呀，你听我说嘛！"棕红发女孩语气着急，"谁知，我没等到深情一吻，却等来一把刀！那个男神居然将一把刀刺进我的胸口，他还对我说：'对不起，我是觉醒者！'"

棕红发女孩入戏太深，情绪越发激动，被灰膜束缚住的胸膛激烈起伏："他，他怎么可以这样啊！竟然对我使用美男计！太狡猾了，觉醒者果然没一个好东西！等我过去，要把他们全杀了！"

"吵死啦，吵死啦！"这时，两个女孩下方的树枝中，又钻出一个女孩。

这个女孩看起来十一二岁，一头金色的中短发，碧绿色的眼眸。她生长得显然很慢，脸上大部分的地方都没有皮肤，露出深褐色的肌肉组织，尽管如此，还是可以看出她的脸蛋漂亮娇俏，也是个美人胚子。

"你们什么时候滚蛋啊，整天就知道吵我睡觉！"金发女孩没好气，凶巴巴的。

"嘿嘿，快了，马上就轮到我俩啦。"棕红发女孩语气颇为自豪，低头看向脾气暴躁的金发女孩，"等姐姐们过去了，你可别太想我们哦。"

"想什么！"金发女孩还是凶巴巴的，起床气很大，"不过这破地方我也待腻了，真想早点过去啊。"

"喂，等去了那边，我们也继续当朋友吧。"棕红发女孩兴致很高地提议道，她用手指摁住下巴，"嗯，我想想啊，我们可以开一家咖啡店……"

"什么是咖啡店？"金发女孩打岔。

"不是吧，你连咖啡店都没有梦到过？"棕红发女孩有点吃惊。

"咖啡是一种饮料，黑色的，大多味道很苦。"黑发女孩淡淡地解释道，"咖啡店就是专门制作咖啡的地方。"

"苦是什么味道？"年纪最小的金发女孩继续问。她的味觉刚出现不久，在梦中，她只尝过甜味和酸味，她喜欢甜味。

"很奇怪的味道。"黑发女孩在梦中尝过咖啡，她摆出一副无所谓的样子，"有人喜欢，有人讨厌，我没什么感觉。"

"哎呀别打岔！听我继续说。"棕红发女孩抢回了话题，"我们仨开一家咖啡店，白天就在咖啡店上班，晚上呢，就变成帅气的怪盗，专门偷名贵的艺术品！然后嘛，一个笨警察一直想抓我们，每次都抓不到，被我们耍得团团转，最后还和我相爱了，哈哈哈！"

"无聊，肯定又是哪个人类写的无聊故事！"金发女孩毫无兴趣，很快，她双眼一亮，露出无限向往的表情，"等我过去，一定要完成主人的使命。"

"喊，使命什么的，才无聊呢。"棕红发女孩一脸嫌弃地泼冷水，"再说，你哪来的自信呀，姐姐们那么厉害，都失败了，你凭什么觉得自己能成功？"

"我不一样，我是最特别的！"金发女孩一脸骄傲，"我梦到过主人，他说过，我是最特别的。"

"呀，巧了，我也梦到过主人这样跟我说。"棕红发女孩坏笑起来，"主人该不会对每个人都这么说吧？哇，这不就是海王吗？你们知道什么是海王吧……"

"你在撒谎！"金发女孩生气了，"你，你居然敢亵渎主人！你一定会失败，你一定会受到神罚！"

"哼，我才不怕呢。"棕红发女孩一脸无畏，看向身旁的黑发女孩，"欸，你有没有梦见过主人？"

黑发女孩摇摇头："没有。"

"从来没有？"棕红发女孩有点吃惊。

"从来没有。"黑发女孩又回答了一遍，不悲不喜。

"真可怜，被主人抛弃了。"金发女孩有点幸灾乐祸。

266

"是吗？"黑发女孩淡淡一笑，还想说什么。

蓦地，她轻轻皱眉，看向棕红发女孩的头顶上方，一缕灰色发丝上，正停着一只闪烁着淡淡白色的蝴蝶。

"蝴蝶。"黑发女孩淡淡的语气中透着一丝欣喜。

"啊？什么？"棕红发女孩没反应过来。

"我看到了一只蝴蝶。"黑发女孩说。

"梦里见到的？"金发女孩也来兴趣了，她听说蝴蝶很美丽，但从没梦见过。

"不，就在这里，现在，真美啊。"

黑发女孩微微一笑。高阳很难想象，冷若冰霜的她，笑容竟是如此温柔，甚至让高阳感到一丝莫名的亲切。

旋即，高阳回过神来，吃了一惊：她居然可以看见我，我还以为她们都看不见我呢。

不行，不能留在这儿了，高阳扇动翅膀，决定飞走。

忽然间，不知从哪里伸出一只苍白之手，抓住高阳，将他捏得粉碎。

…………

九月二十三号，离城山青区，十五中。

十五中是离城的艺术高中，除普通班外，还设有美术班和音乐班。

傍晚，下午的课程结束，学生们有一个小时的休息时间，寄宿的同学不能外出，但走读的同学可以离校回家吃饭。

铃声响起没多久，十五中的校门口便不断拥出学生，大家三五成群，有的还推着自行车。

一个身材纤细、皮肤白净、面容姣好的女孩走在出校的人群中。

她穿白衬衫、藏蓝色百褶裙、白袜和方头小皮鞋，明明是统一的校服，在她身上却青春灵动，像是情歌 MV 中的甜美少女。她背着一面沉甸甸的大画板，把原本就纤细的她衬托得更加娇小。

她的头发蓄长了，扎着双马尾，露出白净的脸颊和细脖颈，像一个瓷娃娃。

她的眼睛大而漆黑，有着讨人喜欢的鹅蛋脸，整个人却笼罩着一层生人勿近的疏离感，反差颇大。

"高欣欣！"一个留平头、戴眼镜，额头上长着少许青春痘的男孩小跑着追过来，整个人散发着书生气的腼腆。

他尽量让自己表现得热情又自然："回家吃饭啊？"

此人名叫广焕，是高欣欣的同班同学。

高欣欣看都不看广焕，单手抓着背画板的带子，低头赶路："去医院。"

"医院啊，哈哈真巧，我们顺路……"广焕的笑容已经有些尴尬，整个人变得局促起来，"哦对了，你还没吃饭吧，我知道一家油泼面特别好吃，我请你……"

"广焕。"高欣欣站住，冷冷地回过头，看广焕的眼神像是长辈在打量一个幼稚的小屁孩，他的内心仿佛被她一览无遗。

高欣欣想了想，又道："我没时间陪你玩。"

这句话没有撒谎，奶奶死了，哥哥变成植物人，爸爸还坐着轮椅，现在，家中健康的人只有她和妈妈。

办完奶奶的葬礼，付完哥哥的医疗费和住院费，家中已经捉襟见肘。

当然，还有哥哥的大学费用，妈妈一直留着，因为大学还保留着他的学籍，妈妈绝不会放弃儿子。

出事后，妈妈也找了工作。

高欣欣一边上学，一边继续当穿搭博主，疯狂接店家的推广，就连"欣欣横刀向天笑"的 ID 名也改成了"一切都会好起来"。

其实，她最终会选择进美术班，也跟她的爱好有关：有美术功底，以后给自己化妆、拍照、搭配衣服，都更有优势。现在的穿搭博主也不好当，同行们都非常努力。

现在，高欣欣非常缺钱，每天除了学习以外，她想得最多的事情就是怎么赚钱。

"啊……哈哈哈……"广焕没想到高欣欣会这么直接，尴尬地摸着头，"我……我就是……想交个朋友……"

"我不需要朋友。"高欣欣转身，继续往前走，"我很忙，你找别人吧。"

高欣欣加快脚步，闷头走向不远处的公交站，站在站牌旁边。

金色的夕阳明明那么温柔，可女孩的身影却显得忧伤而落寞。

为什么？她是那么的美好，可总是蹙着眉头，苦着脸，一点都不快乐。她似乎背负了很多很多的东西，表面上对一切都满不在乎，实则是为了保护自己而封闭内心，自我桎梏。

高欣欣身上所有的一切，都让广焕感到新奇。广焕想要靠近她，想要了解她，想要真正走入她的内心世界。

张扬的汽车引擎声打断了广焕的思绪，他抬头，只见道路尽头杀出一辆跑车。

跑车的驾驶座上，坐着一个帅气的金发男生。

转眼，跑车在高欣欣的路边停下，金发男生摘下墨镜，朝高欣欣挥挥手。

高欣欣面无表情地上了车，甩上门。

几秒后，跑车扬长而去，消失在马路尽头，只留下一道余音未散的引擎声。

广焕杵在原地，傻眼了：等等？刚才是什么情况？

飞驰的跑车上，两人都很沉默。

王子凯有些尴尬，主动挑起话题："你哥上个月的住院费我已经缴了。"

"好，下个月我再还你。"高欣欣的声音过分客气。

"我都说了不用还，高阳是我兄弟，我也得尽一份力……"

"高阳是我哥，是我的亲人。"高欣欣冷冷打断道，"我会照顾好他，你的好意我心领了。"

"高欣欣！"王子凯十分头疼，很无奈地叹了口气，"你这又何必呢？"

高欣欣不再说话。

哥哥昏迷的这些天，她也不知道自己是怎么了，就是憋着一股气，不知道在跟谁较劲。

后来她才想明白，她在跟生活较劲，在跟命运较劲。

好好的一家人，明明只是过了一个晚上，就永远地失去了奶奶，哥哥也变成了植物人。

这一切，都是因为一场该死的天然气管道爆炸。

六月二十三日清晨，一条街道出现了地面塌陷，引发了不少房屋倒塌和整条街的天然气管道爆炸，发生了严重的火灾，伤亡人数达到了几百人。

抢救工作持续三天，这三天，市民们陷入巨大的悲痛中。

很长一段时间，这件事都挂在社交媒体的榜首，大家不断讨论、不断追问、不断控诉，可随着时间推移，事件还是慢慢消失在了大众的视野中。

毕竟，对于大多数人而言，生活并没有受到太多影响。

可对于受害者的家属，这份伤痛和打击是永远笼罩在头顶的阴霾，不知道需要多少年才能彻底散去。

这其中，就包括高欣欣一家。高欣欣的奶奶死于这场灾难，哥哥也昏迷不醒，到今天，已经在医院躺了整整三个月。

根据调查，官方大概还原了事情经过：高欣欣的奶奶上了年纪，睡得少，每天早晨都起得很早，用老年卡乘坐公交车，去公园散步，或者去菜市场买菜。

事发那天的清晨，奶奶搭乘的公交车正好经过那条街，发生爆炸后，街上的汽车连环追尾，奶奶被甩出车窗，当场死亡。

而原本去王子凯家过夜的高阳，不知为何也出现在那辆公交车上。

高欣欣只能推测，或许高阳跟王子凯玩了一个通宵，一大早就各自回家，高阳正好遇见要出门的奶奶，于是陪着奶奶一起搭公交车，一起遭遇了爆炸和车祸。

高阳身上有一些伤痕，但都不严重。

医生推断，他可能是脑震荡引起的深度昏迷，至于什么时候醒来，说不准，可能几天，也可能一辈子。

高欣欣一家人听懂了医生的话：高阳变成了植物人。

…………

思绪蔓延间，王子凯的跑车已经停到医院对面的路边。

"谢了。"高欣欣背着画板，下了车。

王子凯欲言又止，最终没有跟着她一起下车。

因为高阳的特殊情况，高欣欣一入学就跟班主任特别申请过。

每天晚自习时间，她都陪着哥哥在医院度过，给他的身体做一做康复按摩，陪他说说话，深夜回家睡觉，第二天清早去上早自习。

王子凯反正每天都很闲，干脆当起了高欣欣的司机，接高欣欣放学，晚上再送她回家。

毕竟一个女孩子，走夜路不安全。

高阳现在醒不来，兄弟的妹妹，就是自己的妹妹，王子凯有照顾她的责任。

王子凯坐在车上，望着高欣欣有些落寞的背影跟着人群走过斑马线，长叹一口气：高阳啊高阳，你怎么还不醒啊？那晚究竟发生了什么，到底是谁让你变成了这样？我一定要替你报仇！

我现在已经可以战胜"睡美人"的诅咒了，我们说好要一起拯救世界的，你可绝对不能食言啊！

…………

高欣欣推开淡蓝色的病房门。

里面是一个双人间病房，不过另一张床铺空着，目前只有高阳一人。

高欣欣像是回到家中一样，很自然地取下背上的画板，将它和手中的画具箱一起放在墙角。

她转身走到窗户旁，将遮光的窗帘拉开一半。柔软的夕阳流淌进来，染红了她的脸庞；晚风中透着秋天的凉意和一股淡淡的炊烟味，吹乱了她的头发丝。

高欣欣立在窗口，面对窗外喧嚣又祥和的城市，闭上双眼，深吸一口气，像是在调整情绪，又像在祈祷着什么。

三秒后，她睁开双眼，脸上洋溢着轻松愉快的微笑。

"哥！"高欣欣脚步轻快地来到病床边，"我来看你喽。"

高阳躺在床上，穿着蓝白竖条纹的宽松病号服，脸色略显苍白。他的头发更长了，刘海几乎遮挡住眼睛，手背上插着输液管，因为消瘦，皮肤干燥，青筋明显。

高欣欣搬过来一张小凳子，在高阳身边坐下。她伸手，将哥哥额前的刘海拨到两边："老哥，你头发有点长了，我明天给你剪一下吧。哈哈别慌，我现在的刘海都是自己修的，手艺直逼理发师！"

高欣欣说着，身体前倾，抓起高阳的一只胳膊，开始给高阳进行按摩。

医生交代过，植物人需要多按摩身体的穴位，促进血液循环，另外，也要活动他全身的肌肉，经常翻身，避免局部肌肉出现萎缩和坏死的情况。

"哥，爸决定把食品厂的股份全部转给庆叔，彻底退出。"高欣欣一边给高阳按摩，一边说着，"其实爸现在的情况，不能再像以前那样跑业务，压力全在庆叔这边，对庆叔很不公平。

"庆叔人很好，给了爸爸一笔钱，反正生活这边你不用担心。而且，爸爸也进了残疾人培训班，很快就可以工作了。

"大学名额这边，我们一直替你留着，帮你填的离城大学，报的是计算机系。反正你平时除了玩游戏也没什么爱好，爸说了，现在IT行业好就业。不过，你要是不喜欢，到时候再转专业就行。"

高欣欣站起身，开始给高阳的右腿进行按摩。

她有些吃力地将高阳的右腿弯曲，细心地给他按压着小腿上的穴位："对了，妈妈没在超市打零工了，通过朋友介绍去了一家金器店当导购员，虽然那边规定不要三十五岁以上的人，但妈妈形象好气质佳，店长还是通融了。"

"总之，一切都好，不用担心。"高欣欣看了一眼高阳的脚，皱起眉头，"哥，你脚指甲长得也太快了吧！欸，我没带指甲刀，明天再来给你剪。"

高欣欣就这样絮絮叨叨地说着，想到哪儿说到哪儿，并给高阳做了一遍全身穴位按摩。

接着，她去打了一脸盆温水，沾湿毛巾，给高阳擦脸和脖子。

结束时，窗外的天已经黑了。

高欣欣将洗漱用品装进脸盆中，放回床底下，然后洗了下手，转身拉上窗帘。

她回到哥哥的病床边，将病床摇起来，从书包里拿出一瓶牛奶和一片吐司，仓促地结束了自己的晚餐。

她擦擦嘴，拿出手机，翻出昨天读到的小说："哥，今晚继续给你读书，我看看啊，昨天读到哪儿了……"

高欣欣坐好，轻咳一声，进入状态，柔声读道："'你们很美，但你们是空虚的。'小王子仍然在对她们说，'没有人能为你们去死。当然啰，我的那朵玫瑰花，一个普通的过路人以为她和你们一样。可是，她单独一朵就比你们全体更重要，因为她是我浇灌的。因为她是我放在花罩中的。因为她是我用屏风保护起来的。因为她身上的毛虫（除了留下两三只为了变蝴蝶以外）是我除灭的。因为我倾听过她的怨艾和自诩，甚至有时我聆听着她的沉默。因为她是……"书读到一半，高欣欣突然停下，她微张着的嘴在颤抖，眼睛用力睁大着，眼泪不受控制地流下来，润湿了有些憔悴的脸庞。

…………

半小时后，王子凯用力撞开病房门，气喘吁吁、满头大汗地冲了进来。

收到高欣欣的短信时，王子凯刚吃过晚饭，正在开车往医院赶，没想到在一个路口堵车了。

他一秒都没法多等，立刻推开车门，就往医院跑。

此刻，王子凯双眼通红，脸色死灰，他盯着病床上已经被盖上白布的高阳，大脑一片空白。

"不，不不不……"他朝前走了几步，双腿一软跪在了地上，"这不可能，绝不可能！"

王子凯神情痛苦，朝一旁的高欣欣大喊："怎么会这样啊？我下午还看过他，他明明好好的，为什么忽然就，就……"

王子凯说不出"死"字，死这件事可以发生在任何人身上，甚至是自己身上，但绝不能发生在他的好兄弟身上。

高欣欣站在高阳的尸体旁，紧闭双眼，用力咬住下嘴唇，什么话都说不出。

"高阳！"王子凯痛苦地大喊一声，连滚带爬地冲到床边，用力掀开盖住高阳脸的白布，"你给老子醒过来！听见没！立刻醒过来！"

"王子凯……"高欣欣终于开口，声音微颤，"医生，医生说了……我哥走得很安详，没有痛苦……"

"去他的安详！去他的没有痛苦！"王子凯朝高欣欣大吼一声，"高阳才不可能走,立马叫医生过来!不就是没心跳了吗?给我抢救回来!救不活我兄弟,我一把火把这破医院给烧了!"

"王子凯,你,你别这样……"高欣欣抬起双手,用力捂住了脸。

"高阳!你不能死!我绝不允许你死!"王子凯抓住高阳的双肩,痛苦的热泪从他的脸庞滚落,滴在高阳苍白的脸上。

"我们,我们可是94二人组啊,我们说好了,说好了要一起干翻那些蜥……"

高阳猛地睁开双眼,大喊一声:"我没死!"

…………

半小时前。

当高欣欣不经意地抬起头时,发现半躺着的哥哥……醒来了。

高阳面色苍白,半睁着无神的眼睛,虚弱地看着高欣欣。

良久后,高阳才找回一丁点力气,努力笑了下,用沙哑到变形的声音问道:"怎么……不念了……"

"因为她是……"高欣欣浑身战栗,呼吸急促,她吸了吸鼻子,坚持把那句话念完,"因为她是……我的玫瑰。"

"哥!"高欣欣丢掉手机,扑过去,轻轻伏在高阳的怀里,大哭起来。

高阳也想张开双臂,抱一抱妹妹,想揉揉她的头发,可他暂时还没有这个力气。

怀中的高欣欣泣不成声:"哥,哥你终于醒了……我,我就知道……你不会抛下我们的,我就知道……"

"让哥,看看你……"高阳半天挤出一句话。

"嗯……"高欣欣立刻重新坐好,双手胡乱地抹掉了脸上的泪水。她看着高阳,又哭又笑。

"欣欣,"高阳嘴唇微张,语气中满是心疼,"你……瘦了好多。"

…………

此时,病房内的气氛有一点尴尬。

泪流满面的王子凯还紧抓着高阳的双肩,悲痛的表情一点点凝固,事情的发展过于奇怪,他那智商有限的大脑一时间实在是反应不过来。

"王子凯,我刚醒,高欣欣让我装死,想……想跟你开个玩笑……"高阳脸色苍白地笑了笑,"看来,我装尸体装得很成功啊。哈哈哈……"

"哈哈哈哈哈!"双手捂脸的高欣欣再也忍不住,开怀大笑起来,"不行了不行了,我憋笑憋得好辛苦,哈哈哈!"

王子凯没有笑,他松开高阳的肩,颓然退后了一步,松了一口气。

接着,他缓缓转过身,半天没说话。

高阳心说:糟了,玩笑开大了。

当时他就不赞成开这种玩笑,但高欣欣极力坚持要整蛊王子凯。

其实高欣欣是有点赌气和报复心理的,因为高欣欣总觉得,哥哥会出事,王子凯也有一定责任。

如果那晚王子凯没有叫高阳去他家睡，或许高阳就不会出事，当然，这种怪罪完全是无理取闹。

"王子凯，对不……"高阳赶忙道歉。

"你们是不是有病啊！"王子凯忽然转身，朝高阳和高欣欣怒吼一声，兄妹俩愣住，就连病房外走廊上路过的人都给吓了一跳。

"这种事情也能拿来开玩笑？"王子凯胡乱伸手抹掉脸上的泪痕，"你俩脑子是进水了吗？"

"开个玩笑，不至于这么生气吧……"高欣欣也觉得自己有点过火，愧疚地低下头，但还是下意识地嘴硬。

"至于！"王子凯顿时委屈劲上来了，朝高欣欣大喊，"高欣欣，我每天来陪你哥的时间不比你少！我比你更希望你哥能醒过来！

"我王子凯天不怕地不怕，牛鬼神蛇从来不信，可我竟然还傻兮兮地跑去拜菩萨，傻兮兮地跪了三个多钟头，只求菩萨保佑高阳……"王子凯气得涨红了脸，他从牛仔裤袋掏出了一块护身符木牌，"我还去求签，求护身符……"

王子凯一把将护身符甩到高阳的身上："你倒是好啊，醒来后第一件事就是串通你妹骗我！"

王子凯捶胸顿足："你还是不是人啊！你就是这么把我当兄弟的？！"

高阳拿起被单上的那枚护身符，是一个长方形的檀木牌，正面刻着"高阳"二字，反面刻着"平安"。

高阳捏住护身符的手指微微发抖，鼻子有点酸。

王子凯对他好，高阳一直都知道，但他真的没想到，王子凯竟然能做到这一步，反观自己，却亏欠他太多。

高阳心下愧疚不已，他也顾不上矫不矫情了，认真说道："王子凯，对不起啊，我跟你道歉，你这么担心我，我却骗你玩，我，我真不是东西。

"这段时间，谢谢你照顾我，照顾欣欣，这份恩情，我一定会报答。"

王子凯沉着脸，还很生气。

过了五六秒，他忽然一拍大腿，哈哈大笑："哈哈哈哈，被骗了吧！哈哈哈……"

这次轮到高阳和高欣欣傻眼了。

"这护身符就是奶茶喝满十杯送的！"王子凯还在笑，"哈哈哈，瞧你刚才那紧张样……"

高阳顿时哭笑不得。

过了好一会儿，王子凯笑累了，重新看向高阳，满脸开心，眼底闪过一丝小孩子的稚气："喂，你刚说的话还算数吗？"

"我说了什么？"高阳装傻。

"报答我啊。别想赖账，我可都听见了！"王子凯很激动。

"好好好，只要我能做的，我一定做。"高阳无奈地笑了。

王子凯咧嘴一笑："那就陪我玩一周游戏！"

"就这？"高阳以为听错了。

"对！"王子凯很得意，"你可别以为这很容易，按天计算，随叫随到，除非特殊情况，否则绝不能放我鸽子，听明白了吗？"

"遵命！"高阳努力打起精神。

"还有你！"王子凯瞪了一眼高欣欣，"你以后见了我要叫我凯哥，不准没大没小的，听见了吗？"

"是是是。"高欣欣吐了下舌头。

这时，高欣欣的手机响起，她接过，"嗯"了几声，挂了电话，看向王子凯。

"王……凯哥，我爸和我妈马上就到医院门口了。我爸坐轮椅不方便，你能去帮下忙吗？"

"哼，刚骗完我，居然还有脸使唤我？"王子凯佯装生气，抄着双手。

"好啦，凯哥，对不起嘛。"高欣欣开始撒娇。

"停停停，别给我来这一招，鸡皮疙瘩都起来了。"王子凯一脸嫌弃，快步走出了病房。

关上门，病房内只剩下兄妹俩。

短暂的安静后，高欣欣抬头，认真地看着高阳："哥，你才醒，我本来不想跟你说，怕刺激你，但我想了一下，还是觉得应该第一时间让你知道。"

高阳不语，知道高欣欣要说什么。

"奶奶……走了。"事情虽然已经过去三个月，可高欣欣一提到奶奶，还是止不住地难过，眼眶又红了。

高阳先是假装吃惊，接着迎来了真切的悲痛。

高阳一边努力消化这份滞后的悲伤，一边听高欣欣简单地说了一下那场死了几百人的灾难：路面塌陷导致整条街道的天然气管道爆炸，引发了连环车祸和火灾。

高阳内心既震惊又疑惑：究竟是谁善后的？

所有觉醒者都因为"地狱之毒"昏迷过去，在天亮时才陆续醒来，他们根本没时间，也没能力进行这么庞大和复杂的善后工作。

别的不说，光是从离城的四面八方将高级兽的尸体搬运到一条街上，他们都做不到。

猩红潮汐的最后一晚，所有死去的高级兽和觉醒者都被安排在一场大型事故当中，并且抹去战斗痕迹，欺骗所有的迷失者。

这种事，究竟谁能做到？高阳只想到一个人：苍道。

城市各处发生过激烈战斗的地方，想必就如同古家村一样，迅速下沉到地底，苍道再使用某种3D打印的强大能力，对这些场景进行复刻，就像什么事都没发生过，而跟莉莉娅最终决战的那一条街，则直接伪装成坍塌和天然气管道爆炸的大型事故。

当然，或许还有一个人可以做到，那就是姜爷。他是仅剩的一只妄兽，作为观察者，他到最后也没有出场。

不过高阳还是认为，苍道善后的可能性更大。

毕竟，猩红潮汐一结束，苍道的规则和制约能力重新占据上风，维持表面世界基本的秩序，是苍道的职责。

"哥？"高欣欣见高阳有些走神，"你，你没事吧？"

高阳并不掩饰自己的迷茫，将计就计地"回忆"道："我只记得，那晚我跟王子凯在网吧通宵，很早就回家了，刚到小区，就遇见了奶奶，然后……然后我就什么都不记得了……"

高阳捂住脑袋："啊，头好疼……"

"哥！"高欣欣顿时紧张起来，"你千万别勉强，事情都过去了，想起来也改变不了什么……"

高阳点点头，不再说话。

就在这时，病房门被推开，妈妈、坐轮椅的爸爸、推轮椅的王子凯站在门外。

"阳阳！你醒了！"妈妈盘着头发，化着淡妆，穿着金器店导购员的红色制服和红色高跟鞋，胸前别着闪闪发光的镀金工牌。

她一见到醒过来的高阳，立刻快步走过来。她很想拥抱儿子，又怕撞到他，最后改为双手紧紧握住高阳的手，欲言又止，眼圈通红。

"妈，奶奶走了，妹妹跟我说了。"高阳主动开口。

妈妈再也忍不住，捂着嘴啜泣起来。

一旁的高欣欣又小声哭起来，爸爸也在无声地抹着泪。

王子凯先是一愣，赶忙把高叔的轮椅推到高阳床边。

"我……我还有事，先走了。"王子凯留下一句话，仓皇地离开病房，关上门。

王子凯没有真正离开，他站在病房门外，听着病房内传来一家四口悲喜交加的哭声和说话声，一时间也红了眼眶。

他吸了吸鼻子，抹了一把眼角的泪水，破天荒地想起了自己的父母。

王子凯的父母离婚多年，都已各自组建了新家庭，手机社交圈里偶尔也能刷到他们的生活照。

无论是爸爸那边的弟弟，还是妈妈那边的妹妹，都接受着精英教育，品学兼优，有教养、懂礼貌，未来可期。不像王子凯，用他爸的话说就是烂泥扶不上墙的败家子，这辈子钱不会少他的，但对他也没有任何期待，只求他不惹事、不添乱、不给自己丢脸就行。

王子凯想起了小时候，父母还没有经商发迹，只是一个化工厂的小职员，一家三口住着窄小的职工宿舍。每到傍晚，王子凯放学回家，一推开门就能看到爸爸坐在沙发上看电视，妈妈在厨房忙活，空气中是熟悉的饭香味，日子平凡却温馨。

那时候的王子凯，也想过要好好上学，长大了当科学家，然后结婚生子，养育孩子，孝敬父母。

那时候，王子凯还有家。

王子凯正在走神，一名医生急匆匆地赶过来。他刚做完手术，听说昏迷三个月的植物人患者醒了，立刻过来检查情况。

王子凯立马伸手拦住："等一下。"

"怎么？"医生一愣。

"等几分钟吧，现在……不方便。"王子凯说。

医生一愣，这时他隐约听见病房门内传来了高阳一家人的哭声，他理解地点点头："行，我过一会儿再来。"

病房内，高阳一家人相互抱在一起，痛快地大哭了一场，宣泄了这些日子以来积压的悲伤情绪。

很快，高阳接受了主治医生的检查，确认没有大碍，不过还是要住院观察一段时日，同时进行复健训练。

深夜，爸爸、妈妈和妹妹都回家了，整栋住院部熄灯，高阳重新躺下。

病房内很安静，月色皎洁，透过窗帘的缝隙照进来，在天花板上留下一抹狭长的洁白月光，像是黑暗中的一道伤口。

高阳盯着天花板，回忆着猩红潮汐最后一晚的那一幕幕，只觉得一阵恍惚，感觉像是一场梦。

他记得自己在复活并杀死莉莉娅后，感到特别特别累，但还是坚持到天亮才昏迷过去。他真的没想到，自己会一觉睡上三个月。

这应该也是复活的代价。

进入系统。

您最新获得 124 个幸运点。

不是，整整三个月啊，纯挂机也有 2000 多点了吧？

深度昏迷接近于死亡状态，不算正常生存状态。

你这也太严谨了吧，就不能对我好点吗？

别人家系统都是各种送福利，你倒好，整天跟我锱铢必较。

我只是幸运天赋和你能力数值化的客观体现，并非真正意义上的金手指（指让主角轻易获得某种特殊能力或道具）。

出息了，还知道金手指。

算了，看下属性版面。

体力：466。

耐力：473。

力量：1003。

敏捷：1560。

精神：1302。

魅力：371。

运气：813。

等等，属性点也不对吧？感觉变少了。

每次发动觉悟之力，都会消耗 3%～5% 的属性值。

我天！

莫生气，莫生气。人生就是一场戏，因为有缘才相聚……

  退出系统。

高阳一连深呼吸了四五次，才慢慢平复了激动的情绪。

忽然间，"咔"的一声，病房的门缓缓打开。

高阳立刻警觉，抬头看过去，门后没有人。

"谁？"高阳喊了一声，身体做出应战准备。

这时，一个小东西出现在门口，慢悠悠地飞向高阳，并在高阳一米外的空中停下。

高阳看清了，是一个小型的手拧礼炮。

"砰"！礼炮炸开了，朝着高阳喷出各种彩卷纸和金色碎片。

"Surprise（惊喜）！"

拿着礼炮的罐头显形了，她站在高阳床边，脸上洋溢着开心的笑容，双眼还有些红肿，像是哭过。

在得知队长醒来的消息时她当场喜极而泣，不过，现在来探望队长，一定要开开心心的，可不能垂头丧气。

高阳早猜到是罐头，淡淡一笑："其他人也来了吧？"

"嗯！"罐头用力点头，还盯着高阳的脸看，她要反复确认队长醒来了这件事，自己不是在做梦。

灰雄和九寒走进病房，手里各自提着一个水果篮。

"队长，你这一觉可睡得够久啊。"灰雄将水果篮放到床头柜，"不过，我相信你肯定会醒！"

"我也赌你会醒来。"九寒眯着双眼，嘴角微翘，"托你的福，我们各赢了10个金乌币。"

"嘿嘿，这一波赚麻了！"罐头笑了。

窗帘一掀，曼蛇从侧面的窗口跳了进来，手里还拿着一束白色康乃馨。

曼蛇不说话，将康乃馨插入窗台前的一只空花瓶中。

"看样子，输钱的人是曼蛇了。"高阳猜到了。

曼蛇将花插好，回头看向高阳，似笑非笑道："我也不是没想过来偷偷了结你，30个金乌币，那可是我两个月工资啊。"

"搞半天，我的命就值这点钱啊。"高阳自嘲。

"怎么可能？"灰雄叉着腰，中气十足，"你现在可是实力排行榜第6的大佬，别说30个金乌币，3000个金乌币都值。"

高阳微微一愣，不用猜也知道现在实力排行榜的前5人是谁：麒麟、龙、李某人、青龙、斗虎。

"小声点。"曼蛇说，"这里是医院，不是自己家。"

"提醒得好。"灰雄看了曼蛇一眼，"你，出去把风，我们要跟队长好好聊聊。"

277

"为什么是我？"曼蛇皱眉，有点不爽：论在队伍中的地位，他曼蛇就算比不过灰雄和九寒，不是还有个罐头垫底吗？怎么也轮不到他啊。

"反正你话少，留在这儿也是冷场。"灰雄说。

曼蛇一时间竟然无法反驳，他冷冷一笑，单手插袋，慢悠悠地走出病房，带上了门。

"队长，你可算醒了，我们每天都盼着你醒来。"罐头在高阳身旁坐下，因为没开灯，光线昏暗，罐头一双大眼睛不时眨着，泛着柔软的光。

"这一觉，确实睡太久了。"高阳微微叹了口气，看向灰雄，"这三个月，有发生什么事吗？"

"发生了不少事，倒是没什么大事。"灰雄摸出一根烟，刚要点上，愣了一下，收回打火机，香烟就那么叼在嘴边。

"一时间也不知从哪儿说起。"灰雄也拉过来一张椅子坐下，"队长，你有什么想知道的，我来回答。"

高阳思考了一下，从最关心的问题问起。

他声音略沉："那一晚，死了多少人？"

灰雄跟九寒对了一下眼神，嘴角浮现一抹意料之中的苦笑。他们早猜到，队长醒来后肯定会问这件事，因此早有准备。

灰雄从皮夹克的胸前口袋掏出一张折好的纸张，声音简短地回答："名单。"

高阳立刻反应过来，这是那一晚的觉醒者死亡名单。

他接过纸张，打开，第一时间寻找十二生肖的牺牲人员，下面只有一个名字——电鼠。

高阳怔住，一时间心情万分复杂：谢天谢地，青灵、黄警官和胖俊没事。

可是，电鼠死了。

高阳不禁想起第一次见电鼠时的情景：在一个陈旧的街机室内，一个打扮浮夸、讲话不正经、一心只关注青灵美色的人。

那时，高阳对电鼠非常嫌弃，甚至是厌恶。

后来加入组织，高阳见识到他的财大气粗，他的心口不一，他隐藏在内心深处的自卑和孤独。

牛尔代国之旅，高阳又接到电鼠的电话，他让高阳一定要好好对青灵，也不管高阳和青灵愿不愿意，强行上演了一出三角恋。

再到狼人杀的"互相残杀"与劫后重生……

不知不觉，高阳对电鼠的印象已然改观，也有了一些感情。

"电鼠，怎么死的？"高阳有些好奇，斗虎那么强，还有萌羊和死猪，竟然没能救下电鼠。

"听说斗虎组遇到的是一个叫卫的妄兽，一个很可怕的刀客。"灰雄回忆着自己掌握的情报，"这个电鼠，好像是为青蛇挡刀了，身体被砍成两半，没得救了。"

高阳的心狠狠一抽，捏住名单的手指头不自觉地用力，指腹一点点发白。

电鼠，你是个真男人啊。

高阳沉默片刻，深吸一口气，低头看向麒麟工会的名单，一共死了十人，其中包括罗尼、绛狐和白虎。

"绛狐和白虎长老……"高阳很吃惊，"也牺牲了？"

"绛狐跟妄兽同归于尽了……"罐头的声音有些低落，"白虎长老，他……他为了保护后勤部，坚持到了最后一刻……"

接下来的两分钟，灰雄简单说明了一下他了解到的情况。

高阳默不作声，艰难地消化着沉痛的心情。

最后，高阳看向百川团的死亡人数：共三十六人，其中包括跟高阳一起出过任务的小丑。

百川团损失最为惨重，看来，即便"地狱之毒"中途停止，一些较弱的觉醒者还是没能逃过这一劫。

高阳叹了口气："我们……还剩多少人？"

我们，自然是指所有觉醒者。

"算上这三个月出现的新觉醒者，三大组织加上散人，一共还有一百零二人。"九寒回答完，又补充了一句，"这是工会统计的数据，不绝对准确。"

觉醒者，只剩一半人，不过比起李某人预言中的全军覆没，已算不幸中的万幸。

高阳微微点头。

他调动能量，手中的死亡名单立刻燃烧起来，照亮了大家的脸庞。

高阳随手一挥，燃烧的名单像一团鬼火，飘向垃圾篓，并在落入垃圾篓的前一秒，完全燃烧殆尽，变成一小撮灰烬。

"哇，跟魔术一样。"罐头满脸的新奇，"队长，你能精准控制火元素了吗？"

"嗯，我的'火焰'5级了。"高阳回答完，又想到什么，"对了，我身上的符文回路……"

"放心，没丢。"灰雄笑着接话，"据我了解，你昏迷时，麒麟会长、青龙长老、龙、斗虎等人都醒了。苍道善后得差不多了，麒麟会长和龙找到你，拿走了你身上的符文回路……"

"那三块符文回路，给了谁？"高阳问。

九寒眼波流转："三大组织各分到一块，时空符文回路给了麒麟工会，元素符文回路给了十二生肖，毒素符文回路名义上给了百川团，但必须由三大组织共同看管，百川团想要使用，得在其他两个组织的监管下进行。"

高阳立刻想到青灵和泼猴：这十二生肖拥有了元素符文回路，她的"金属"和泼猴的"大地"应该都突破4级了。可惜啊，当初吴大海一直在找元素符文回路，想要升级"雷电"，甚至花大价钱悬赏，可惜直到死，他也没能用上。

"队长，"灰雄露出微妙又老练的笑容，"我们都知道，你跟十二生肖的某些前同事关系不错，不过，我还是多嘴提醒你一句，今后……可要注意避嫌啊。"

高阳点点头，感觉灰雄话里有话："灰雄，自己人，有话直说吧。"

"队长果然是爽快人。"灰雄笑笑,"先说好啊,这只是我个人感觉。我本以为,经过猩红潮汐这一役,三大组织会更加团结,可这三个月以来,情况却似乎恰恰相反。"

"其实,我也有这种感觉。"九寒说。

罐头眨眨眼:"啊?有吗?我怎么没感觉?"

灰雄不理会罐头,继续说:"后勤部的朋友跟我说,现在组织之间的符文回路交易限制特别严格,其他方面的防范也比之前要多。"

高阳微微皱眉,感觉这说不通啊。

忽然,高阳一惊,抓住了关键信息——因为8级天赋!

现在龙、麒麟和李某人肯定都知道8级天赋的存在,所以,符文回路不单单是帮助觉醒者突破4级的工具,更是强力到恐怖的大杀器,不得不防。

"精神符文回路还在百川团手里吗?"高阳立刻问。

"不,在十二生肖手中了。"灰雄说,"十二生肖用辅助符文回路跟百川团交换的。"

"知识符文回路,还在我们工会手中吧?"高阳又问。

"是呀。"罐头不明所以,"队长问这个干吗?"

高阳没解释,慢慢在脑袋中过了一遍信息。他昏睡太久,思维还有些迟缓。

目前,麒麟工会拥有四块符文回路:神迹、时空、知识(智慧)、召唤(控制)。

十二生肖也拥有四块符文回路:精神、元素、生命、强化。

百川团则有三块符文回路:辅助、伤害、毒素。

其中的毒素符文回路,还需要在三方的共同监管下才能使用。

麒麟的天赋是7级"万象",十二生肖和百川团绝不可能让麒麟拿到精神符文回路,会杜绝他摸索出升8级"万象"的可能性。

但百川团没能力保管好精神符文回路,便选择了跟十二生肖以辅助符文回路做交换,这是正确的选择。

至于百川团手中的伤害符文回路,肯定不会再跟十二生肖换回来。

斗虎的"杀人专家"在猩红潮汐一战中应该升到6级了,只要再升1级,就可以尝试跟伤害符文回路成功融合,达到8级,百川团必须防一手。

麒麟工会这边,手握神迹符文回路和知识符文回路,要防的自然是龙的8级"主宰"和李某人的8级"先知"。

同样,十二生肖的强化符文回路和生命符文回路,防范的则是青龙长老的8级"无限进化"和朱雀的8级"等价交换"。

至于时空符文回路、元素符文回路和召唤符文回路,暂时还没危险,因为天赋的拥有者已经死去,暂时也没觉醒者领悟到这三个天赋。

不过当初麒麟愿意用两块符文回路跟十二生肖交换时空符文回路,足以证明麒麟不想让时空符文回路落入他人之手。酒鬼的"时空幽灵"相当恐怖,真要达到8级,绝对是能左右胜负甚至命运的一张牌。

思考完毕，高阳缓缓抬头，发现灰雄、九寒和罐头都看着他。

"怎么都看着我？"高阳问。

一时间，三人都默契地笑了笑。

"队长，感觉你睡了一觉后，有点变了。"罐头小心翼翼地说。

"呵，我也有点这种感觉。"灰雄摸着胡须浓密的下巴，"难道是因为变强了，所以有大佬气场了？"

"罐头应该不是指这个。"九寒直言不讳，"队长身上的少年气少了，更像一个成年人了。"

"莫非，这就是传说中的'人不会慢慢长大，而是一瞬间长大'？"罐头坏笑。

"别挖苦我了。"高阳有些疲惫地笑了笑，"我昏迷三个月，醒来后有点不一样很合理吧。我有些累了，你们也走吧，别待太久。"

"好，早点回工会啊，大伙都等着你呢。"灰雄起身。

"队长，那我们先走了。"罐头有些依依不舍，忽然想到了什么，"啊，对了，队长还会来上大学吗？"

"当然。"高阳点头，"我家人帮我填了志愿，离城大学，电子计算机系。学校考虑我的特殊情况，名额给我留着。"

"太好了，我们是同校！"罐头难掩激动，"队长以后就是我的学弟了。嘻嘻，学姐罩着你！"

"没大没小！"灰雄轻拍了一下罐头的脑袋，"走了。"

5组的四个人离开后，病房重新安静下来。

高阳靠着床头，缓缓闭上眼睛，忧心忡忡。

奶奶走了，一些同伴也走了，换来的是这个迷雾世界暂时的平静。

"7预言"因猩红潮汐的事推后了，可是，符文回路能让天赋升到8级这个情报，又加剧了三大组织的防备和对立。

内战一事，恐怕还是无可避免。

不过，目前还有苍母教这个最大的共同敌人，这个共同的生存难题还有两年时限，内战不会马上爆发。

高阳比谁都希望团结一致，可三大领袖未必这样想。

龙的最终目标是打开终焉之门，为了这一天，他可以付出一切、牺牲一切；麒麟和李某人的野心仍是一个谜，但显然跟龙不一致，否则，彼此间的防备不会那么深，尤其是麒麟和龙之间。但如果麒麟和李某人的最终目的不是打开终焉之门，那会是什么？高阳无法想象。

至于高阳自己的"野心"，他也渐渐明晰。

那就是不惜一切代价保护家人和同伴，保护身边重要之人，让大家都能平安活下去；如果这个迷雾世界即将毁灭，那就去寻找另外一处可以生存的世界。

因此，高阳跟龙的目标，至少在打开终焉之门这一步，还是一致的。

如果能成功打开终焉之门，门后有什么，高阳和龙要走的路又是否还能一致，便不清楚了。

"欸。"高阳轻叹一口气：靠人人会跑，靠山山会倒，还是得靠自己。

是时候考虑另起炉灶的事了。

目前，可以确定的自己人有：王子凯（兽）、青灵、黄警官、胖俊、灰雄、罐头、九寒和曼蛇。

但就凭他们这点人，要脱离原组织自立门户，并不是明智的选择。得罪原组织不说，目前的力量也很有限，真要发生内战，自保都够呛，更别提一统江湖，促成团结和平。

不能急躁，欲速则不达，还需要一些时间变强，同时寻找更多志同道合且值得信赖的同伴。

就这样吧，先休息。

…………

翌日下午一点，住院部，楼下花坛。

这几天的天气已经转凉，高阳坐在自动轮椅上，来到花坛中央的喷泉旁边，晒着暖融融的太阳，吹着凉爽的秋风，十分惬意。

从他苏醒到现在，已经过去十八个小时，他的身体状态恢复得不错，体内沉睡三个月的能量也得到进一步的复苏和巩固。

他已经行动如常，根本不需要轮椅，但保险起见，他还是决定伪装成虚弱状态，再住院几天，接受复健治疗。

毕竟一个昏迷三个月的植物人，醒来后立刻生龙活虎、活蹦乱跳地出院了，太容易引起怀疑。

但是也不能演太久，时间宝贵，高阳计划争取一周内让自己从坐轮椅变为拄拐杖，然后出院，回归生活的正轨。

高阳正盘算着，身后传来声音："老哥！"

轮椅上的高阳回头，是高欣欣。

她还穿着夏季的白蓝色校服，背着小书包，扎着双马尾，一路小跑过来，笑容洋溢，小脸通红。

"高欣欣，你怎么来了？"高阳心中开心，脸上却有些责备，"你不是要上课吗？"

"现在是午休时间，往后晚自习不能来陪你了，所以中午来看看你呗。"高欣欣说着，递给高阳一个食物袋，"给。"

高阳接过，袋子里是一盒打包的章鱼烧。

"顺路买的，我吃了两颗，还有两颗留给你。"

"嗯，正好还没吃午饭。"高阳拿起竹签，叉起一颗章鱼烧往嘴里送。

"呀，"高欣欣忽然想起什么，"老哥，你现在是病人，吃这么油腻的食物不好吧，要不还是算了，给我吃。"

"别担心，你哥我天赋异禀，问题不大。"高阳边吃边笑。

"嘿嘿。"高欣欣也笑了，她走到高阳身后，推着高阳的轮椅，"哥，我送你回病房。"

"好啊。"

高欣欣推着高阳回到住院部，进入电梯。

电梯里，高欣欣一直在说着学校里发生的趣事，高阳一边吃章鱼烧，一边乐呵呵地听着。

"叮——"的一声，电梯门打开，高阳抬头一看，竟然来到了住院部的顶层。

"啊。"高欣欣这才发现自己按错了电梯，赶忙重新去按楼层。

"别。"高阳笑着阻止，"正好，我想去楼顶吹吹风。"

"好，哥想吹风，那我们就去吹。"或许是因为高阳刚醒，高欣欣对哥哥格外温柔，百依百顺。

很快，高欣欣推着高阳的轮椅，来到天台。

天台上晾满了白色床单，床单被阳光照耀得洁白发亮，在风中猎猎作响。

"秋高气爽，真舒服啊。"

高欣欣放下高阳的轮椅，双手别在腰后，蹦蹦跳跳地走到天台边缘。

她双手撑着护栏，探头往楼下看，不时晃动着腿。

高阳还是微笑着，不说话。

不知过了多久，高欣欣笑着转身，额前的发丝被风吹乱。

"哥，问你个问题哈。"

"问呗。"

"你……什么时候觉醒的呀？"

高阳脸上的笑容凝固，半天没有回答，只觉得这一幕是如此熟悉，仿佛在梦中见过，然而此时此刻，他很确定，这绝不是梦，也不是幻觉。

高欣欣上前一步，还是微笑着，仿佛这只是一个稀疏平常的问题。

"老妹，你在说什么啊？"高阳装糊涂。

蓦地，高欣欣收回了脸上的笑容，眼神冷了下来："哥，你知道吗？我比谁都希望你醒来，可是，我也比谁都希望你永远不要醒。"

"只有这样，你才永远是我的哥哥。可是啊，你还是醒了，天知道，那一刻我有多难过。"

"高欣欣……"高阳声音艰涩，双手握紧了轮椅扶手，"我说过，不管发生了什么，我们永远是……"

"别傻了。"高欣欣笑着打断。

高阳怔住。

"哥，从发现你已经觉醒的那一刻起，我就永远不再是你妹妹，你认识的那个高欣欣，已经死了，永远地死了。"

高欣欣又往前一步，微微扬起下巴，语气冷漠傲慢："现在，站在你面前的是苍道的化身，万兽的统领，秩序的制定者，命运的编织人，创世魔女与初代堕天使

283

的唯一后裔，荆棘女王大人，奈奈。"

高欣欣优雅地抬起右手，对准高阳："哥，永别了。"

下一秒，轮椅上的高阳消失不见。

高欣欣完全没反应过来，高阳的右手已经掐住她细软的脖颈，带着她飞过一面晾在钢丝绳上的白色床单，撞在了蓄水池的墙壁上。

"哗啦——"一声，猎猎作响的白色床单缓缓落下，将墙上的两人兜头罩住。

被阳光照射得通透发白的床单内，高阳面色冰冷，眼底泛着锋利的杀机。他掐住高欣欣脖子的力度加深了一分，随时可以拧断她的颈骨。

而高阳的另一只手，已经锁住高欣欣两只细小的手腕，抵在头顶上方的墙壁上，确保她无法反击。

"你是谁，为什么要冒充我妹妹？"高阳冷冷地问。

"呵，不错嘛，凡人。你是什么时候发现吾王本尊的？"冒充高欣欣的女孩冷冷一笑。

"一开始就发现了。"高阳面无表情，"章鱼烧里有芥末，高欣欣最讨厌吃芥末。"

"人的口味是会变的，就像人心也会变。唯有吾王，秩序、真理、光明、正义的化身，才能抵御黑暗力量的侵蚀，拯救天下苍生……"

"还有一个原因，"高阳打断道，"你刚才那串自我介绍，以及现在这些话，中二味太冲，我老妹，最讨厌的就是中二。"

"哪、哪里中二了！"故作高冷的女孩被触到逆鳞，顿时激动起来，"尔等凡人，竟敢亵渎啊啊啊痛痛痛……"

高阳失去耐心，手中的力度加深："说人话。"

"别杀我！自己人！"

"这不是可以正常交流嘛。"高阳冷笑。

"我，我是……麒麟工会2组副组长，奈奈，现已加入第5特别行动组，特来，特来报道。"

发动"识谎者"。

目标没有撒谎，态度为善意。

高阳并没松手，只是稍微放松了手指的力度："天赋是什么，为什么能变成我妹妹？"

叫奈奈的女孩见脱离危险，神色再次变得傲慢："大胆！吾王之神力也是尔等凡人可以窥探啊啊啊……天赋'大小'，上个月又领悟了'千面人'。"

"大小"，序列号35，辅助系，身体可随意变大变小。

"千面人"是百川团小丑的天赋，看来小丑死后，这个天赋被分配给了奈奈，所以她可以伪装成自己的妹妹。

高阳松开奈奈，将罩住两人的白床单一掀，转身走向轮椅。

奈奈也掀开罩住自己的白床单，此时，她还穿着高欣欣的高中校服，但已经恢复了原生长相。

一个跟妹妹年纪相当的少女，脸色苍白，齐肩的灰紫色短卷发，略蓬松的斜刘海遮住了左眼，右眼眸漆黑如墨，黑眼圈严重，几乎赶上烟熏妆的效果，鼻头小巧，嘴唇饱满，嘴角微翘，唇缝中隐约可见两颗洁白的兔牙。

高阳坐回轮椅上，目光带着审视："青龙长老让你来的？"

"不，是麒麟会长直接任命的。"奈奈语气颇为自豪，又补充道，"青龙长老的两个行动组合并成一组，吾王特被派来5组协助你。"

"白虎长老的人呢？"高阳又问。

"跟朱雀长老的小组合并了。"奈奈回答。

高阳微微思索：猩红潮汐死了不少人，四大长老剩下三个，重新编排成员合情合理。不过，这个奈奈究竟是麒麟派来协助自己的还是监视自己的，尚不好说。

高阳点点头："知道了。"

"呵，吾王此次前来，还带了麒麟会长的手令！"

奈奈反手从书包的侧面口袋掏出一张A4纸，上面歪歪扭扭地写着一些字，明显就是奈奈用马克笔写上去的。

"七影长老听令……"

奈奈话未说完，高阳一个"瞬移"来到奈奈身前，毫不客气地抢走了那张纸，奈奈被吓了一大跳。

高阳看一眼纸上的信息：凌晨三点，蓝房子，互助治疗。

高阳手中的作业纸立刻燃烧，化为一团灰烬，随风消散。

高阳重新回到轮椅上，深吸一口气，切换为普通病人，笑容温和："奈奈小姐，麻烦你送我回病房，谢谢。"

奈奈先是一愣，随后冷笑着抄起双手："哼，凡人，既然你诚心诚意地有求于吾王，吾王今日便满足你的夙愿……"

"奈奈，"高阳有点为难地摸了摸下巴，语气担忧，"你是之前就有这种症状，还是，今天才有的？"

"什么？"奈奈不明所以。

"呃，没什么。"多一事不如少一事，高阳决定闭嘴。

…………

下午，王子凯到医院找高阳。

他很清楚高阳的身体没什么问题，但还是陪着高阳演戏，耐心地看着护士帮他做"复健训练"，看着高阳装虚弱的模样，憋笑都把脸给憋紫了。

晚上七点左右，金器店下班的妈妈来到医院，给高阳用保温饭盒带上自己做的家常菜，她知道王子凯也在医院，特意准备了两份。

王子凯吃得可香了，对阿姨的厨艺赞不绝口，一张小嘴像是抹了蜜，逗得阿姨眉开眼笑。

高阳的妈妈对王子凯也是越看越顺眼，以往的偏见早就荡然无存。

晚上十点，高欣欣提前下晚自习来医院看高阳，还顺路给高阳带了一些小吃，大家一边吃东西，一边跟家中的爸爸通视频电话。

高阳表示，复健训练很顺利，要不了一周就可以下床行动，然后去上大学。

十点半，住院楼熄灯，妈妈、妹妹和王子凯都离去，病房再次安静下来。

高阳小睡了一会，然后翻身下床，脱掉病号服，深吸一口气：开始锻炼！

高阳先是一套几分钟的热身动作，接着开始做进阶版的训练动作，确保锻炼到了身体上下的每一片肌肉群。

挥汗如雨一小时后，高阳用毛巾擦干身上的汗渍，换上王子凯给他带过来的常服，扣上黑色鸭舌帽，戴上黑口罩，打开病房的窗户，一跃而下。

凌晨三点，高阳准时来到麒麟的蓝房子诊所。

麒麟、青龙、朱雀三人已经在心理咨询室等候一会儿了。

麒麟穿着一件米灰色的V领羊绒衫，戴棕色镜框眼镜，卷曲的头发有些长了，温文尔雅中少了些书卷气，多了一丝艺术家的气质。他双手拄着拐杖，神色自若地坐在正位。

左边的双人沙发上，朱雀穿一件浅蓝色的圆领薄毛衣、一条深色阔腿裤，戴一顶复古的格子八角帽，羊毛卷的头发被压住，贴着白皙的面颊。她一手捧着奶茶，一手刷着手机，盘起双腿，姿态放松。

坐在朱雀对面的青龙穿一件笔挺的老派夹克，目光锐利，下巴上的胡须修剪得一丝不苟。他正襟危坐，不苟言笑。

"七影，你能醒来太好了，我们都很担心你。"麒麟笑容真诚，"由于各种原因，不方便亲自去探望你，见谅。"

"会长客气了。"高阳在朱雀身旁坐下。

"七影，你瘦了不少呀。"朱雀仰头，帽檐下面的慵懒双眼打量了一会儿高阳，"不过，好像也变强了不少。"

"天赋升级了。"高阳如实回答。

"莉莉娅是你杀死的吗？"青龙已经猜到了结果，不过还是想亲口确认。

"是，不过，有很多人的功劳，我只是完成了最后一步。"高阳说。

麒麟点点头："七影，你先把我们昏迷之后的事完整讲述一遍。"

"是。"

接下来的半小时，高阳尽量详细地将X发动"地狱之毒"之后的事情，以自己的视角讲述了一遍，包括酒鬼的支援、鬼团的介入，以及他的奶奶——光临者的领袖云的介入，还有最后他在愤怒之下天赋升级杀死了莉莉娅。

但是，高阳隐藏了两点：

一是他跟初雪的关系，以及他体内拥有初雪的诅咒，他是被掏心后在诅咒的作用下复活了一次才反杀的莉莉娅。

二是他拥有"幸运"天赋，升到4级后解锁了"觉悟之力"。

高阳断定，唯一知道他有"幸运"天赋的龙，不可能把这件事告诉麒麟。

麒麟、朱雀和青龙认真听完，全程没有插一句话。

其实根据现场留下的打斗痕迹，加上后续的一系列调查和求证，昏迷之后的事情三人也基本猜出了大概。但听高阳这个当事人详细说明一遍后，三人还是感触良多，心情复杂。

"你奶奶的事，节哀。"麒麟说。

高阳不说话，微微点头。

朱雀放下手中的奶茶，换了一个更正式的坐姿："X之前说，妄兽有十四只，是不是还有一只没出现？"

"对，一个叫姜爷的观察者，我以前见过一次，后来再没见过。"高阳如实回答，但没提黄警官的事。

"这个姜爷的答案是什么？"青龙看向高阳。

"不知道。"高阳轻轻摇头，"但是，他给我留下过一个忠告。"

高阳看向麒麟，不紧不慢地重复："不要打开终焉之门。"

麒麟镜片下面的眼睛目光深邃，眼波流转，脸上却没有情绪起伏，猜不透他在想什么。

大约沉默了半分钟，麒麟看向高阳："七影，符文回路能让觉醒者的天赋升到8级一事，你肯定知道了。"

"是。"

麒麟嘴角泛起一丝苦笑："X发动'地狱之毒'时，龙正在主宰领域内和莉莉娅战斗。我本以为，他不会知道这件事。"

麒麟顿了一下，目光微沉："我跟龙几乎同时醒来，一起找到你时，你已经昏迷。"

高阳不说话，静静等待下文。

"当时你身上有三块符文回路。龙拿走了元素符文回路，并告诉我，时空符文回路永久交换强化符文回路和辅助符文回路；至于毒素符文回路，留给百川团，这一晚百川团付出了巨大牺牲，这是他们应得的，但是，毒素符文回路必须在三方组织的共同监管下使用。"

青龙和朱雀的脸色不太好看。

朱雀不爽地说："这个龙，真狂妄。"

"的确。"麒麟会长笑了笑，"龙当时不是在向我提建议，而是直接做决策。"

"会长同意了？"青龙问。

麒麟点点头："同意了。那一刻，我确定他也知道天赋8级的秘密，他做出的决定，的确是我们三大组织都能接受的。"

高阳的心微微一沉：果然，跟自己猜测的一样。

符文回路的最大作用，是让天赋升到8级，这件事必然会加速组织间的矛盾。

"可能……龙在主宰的领域内也能听见你跟X的谈话。"青龙摸着下巴上的胡须，试着推测道，"也可能，龙是通过跟莉莉娅的战斗了解到这件事的。"

"无论如何，就结果而言，这个情报等于半公开了。"朱雀微微叹气，"龙知道，十二生肖的高层必然知道。李某人可以预测未来，稍微结合事实一琢磨，估计也不难猜出是怎么回事。"

"嗯。"麒麟赞同朱雀的结论，他再次看向高阳，"七影，你昏迷这三个月，有些工作我们已经在展开，今晚，我把你纳入，正式安排后续任务。"

"是。"高阳点头。

麒麟端起桌边的茶，喝了一口，道："如果迷雾世界的寿命是一百年的结论无误，那我们只剩下二十一个月的时间。

"我们，乃至所有觉醒者都要做的，就是找齐十二符文回路，这是首要任务。"

"我们要打开终焉之门吗？"高阳故意问。

"嗯，那是之后的事。"麒麟没有正面回答。

高阳不再说话。

麒麟看向青龙："青龙，寻找最后一块守护符文回路的任务，交给你了。"

"是。"青龙点头。

"当然，你们也多留意，有任何线索直接上报。"

高阳和朱雀一齐点头。

朱雀想了想，说："有件事我一直很在意，就是最后一名观察者姜爷，以及他的答案是什么。"

"对，这很重要，可能关系到迷雾世界的真相，这事主要是百川团的人在做。"麒麟看向朱雀，"朱雀，你参与进去，确保事情在我们的掌控中。"

"好。"朱雀颔首。

麒麟看向七影："最后一件事，也是我认为目前最紧迫的事。"

"苍母教。"高阳早已猜到答案。

"对，苍母教背后牵扯甚广。它们作恶多端，对我们威胁巨大，必须清除。而且我相信，这个邪恶教派的背后，肯定藏着很多有关迷雾世界的答案。"

青龙和朱雀纷纷点头赞同。

麒麟目光冷静沉着："七影，这个任务，我就交给你了。"

"是。"

这次，七影不再谦虚和推脱。

无论从实力的提升上，还是考虑到跟苍母教的新仇旧恨，他都当仁不让。

"这件事，我跟龙还有李某人交流过。"麒麟说，"他们不放心全权交由我们工会负责，坚持要以合作的方式进行调查。"

"呵，这是要派人过来监视我们啊。"青龙眯起了锐利的双眼，眼角出现少许鱼尾纹。

"换我也会这么做。"朱雀不以为然，"苍母教可是一个宝藏组织，肯定能挖出很多重要的宝贝和情报，当然要分一杯羹。"

"我当然清楚。"麒麟点点头，"不过我没拒绝，对付苍母教，团结一致是好事。"

"七影，你的第5特别行动组，负责调查苍母教，并接受十二生肖和百川团的协助。行动代号：破苍。目标：不惜一切代价，揪出苍母教和其领袖苍之神母。"

高阳点头："十二生肖和百川团派出了哪些人？"

"十二生肖派出青蛇、黄牛和天狗。"麒麟说，"百川团派出陈萤和艾曼。"

高阳似笑非笑："我还以为，这么重要的事，十二生肖至少也会派斗虎来。"

"斗虎好像在调查其他事。"朱雀微微眯眼，笑容玩味，"这个十二生肖，小动作可不少呀。"

"不去管他们。"麒麟双手拄着拐杖，轻敲地面，"各位，还有什么异议吗？"

"会长，今天下午奈奈来找我了。"高阳说。

"给你安排的新队员还满意吗？"麒麟笑着问。

"除了有点中二病，其他还好。"高阳如实回答。

"让奈奈加入你们队伍，主要是考虑到她的天赋很适合。"

"奈奈小时候有自闭症，整天躲在房间看漫画，所以性格有点古怪。"青龙补充道，语气像个长辈，"但那丫头聪明着，关键时刻从不掉链子，这点可以放心。"

高阳点点头：的确，有"大小"和"千面人"，非常适合潜行、伪装和调查；一起外出任务，她还可以给大家打上迷失兽的气息，大大降低了暴露风险。而且，奈奈在伪装成高欣欣时，一开始的确以假乱真，足以证明关键时刻她是靠谱的。

"会长，能再给我几天时间吗？"高阳苦笑，"我当了三个月植物人，不能马上康复，还得做几天复健训练，再去大学报到，重新适应表面世界的身份。"

"可以。"麒麟说，"成员的联系方式我让情报部发你，你自己安排，可随时向我汇报进度。"

"好，我这里没问题了。"高阳说。

"两位呢？"麒麟看向朱雀和青龙。

青龙和朱雀摇摇头，表示没什么问题。

"那好，今天的互助治疗就到这儿。"麒麟撑着拐杖站起，"之后如无特殊情况，一个月开一次会。"

"是。"三人异口同声，跟着站起来。

高阳、朱雀、青龙三人离开蓝房子诊所，快步下楼。

即将分开时，朱雀主动喊住高阳，表示要送他一程。

高阳没客气，上了朱雀的车。

车子平稳地开在寂静的夜路上，高阳坐在副驾驶座上，两人没急着聊天，各自思考着事情。

不知过了多久，车在一个红灯路口停下，朱雀随口一问："想抽根烟，可以吗？"

高阳点点头："请便。"

朱雀降下车窗，掏出一包女士香烟，叼起一根放在嘴边，刚要摸打火机，绿灯亮起，朱雀只好先开车。

高阳轻轻勾了一下手指头，朱雀嘴中的香烟自动点燃。

朱雀微微扬着下巴："谢了。"

"你什么时候抽烟的？"高阳随口一问。

"上大学时就抽了，后来认识绛狐，他不希望我抽烟，一见面就念叨，我嫌烦，就戒了。"朱雀笑笑，声音有些飘忽，"现在，总算没人念叨了，又可以抽烟了。"

"节哀。"高阳说。

"呵，居然轮到你安慰我。"朱雀缓缓吸了一口烟，道，"你也是，节哀。"

高阳无声地点点头。

两人又是一阵沉默。汽车电台放着感伤的老歌，仿佛也在为车上的人默默怀念着已经逝去的人。

朱雀道："上个月，麒麟工会给所有死去的同伴举行了葬礼。"

高阳一愣，立刻明白过来："你做出决定了？"

"是啊。"朱雀笑笑，"这之前，同伴的尸体都留着，因为我总想着，什么时候可以用自己的'等价交换'去复活他们。现在看来不太可能了，这世界只有两年不到的时间了，在还能复活的尸体当中，我想不出有谁值得我付出昏迷一年的代价。"

朱雀停顿了一下，笑容伤感："而我愿意复活的同伴，却复活不了。"

比如白虎，比如绛狐，朱雀没说出来，但高阳清楚。

"会长同意了？"高阳问。

"他尊重我的决定。"朱雀侧头，看了一眼高阳，"所以，工会给他们办了一场体面的葬礼，算是告别。"

"以后，告别只怕会越来越多，要有心理准备啊，七影长老。"朱雀声音幽幽的。

高阳微微一愣，这还是朱雀第一次叫他七影长老，感觉，生分了不少啊。

看来朱雀已经在试着收回自己的感情，为将来可能出现的各种告别做准备。

这世间的任何事物都如此，只要你不那么在乎，失去时就不会那么痛苦和难过。

"就到这儿吧，朱雀长老。"高阳也客气地微笑道，"谢谢你捎我一程。"

接下来的几天，高阳演技爆炸，"加快"了复健训练的恢复进度，顺利出院。

高阳回到家，第一件事就是去奶奶的房间，来到一个朱红色的老式立柜前，立柜的最上层放着爷爷和奶奶的遗照，遗照前摆着一个小香炉。

高阳把拐杖放到一边，给爷爷奶奶上了三根香，然后跪下磕了三个头。

高阳没有马上起身，他跪在地板上，环视奶奶的房间。房间布局还保持着奶奶生前的模样，一张硬床、一个棕色的老式双开门衣柜、一台已经坏掉的缝纫机，墙上挂着颇有些年代的日历。

墙角还有一些没什么用的瓶瓶罐罐、一台旧电风扇和一些小玩意儿。无论什么东西，奶奶都舍不得扔，总是觉得扔了可惜。

高阳吸了口气，似乎还能闻到空气中的糖果香味。

高阳又忍不住回想起小时候，他和高欣欣老是往奶奶的房间跑，坐在奶奶的床上，听奶奶讲一些奇奇怪怪的民间故事。

听到一半，兄妹俩就会吵着要吃糖，奶奶摸摸两兄妹的脑袋，让他们等着，然后开门出去。

两兄妹坐在床上，期待又兴奋地晃荡着双腿，不一会儿，门就打开了。

奶奶站在门外，手里抓着一把五颜六色的糖果，乐呵呵地笑着："阳阳、欣欣，吃糖喽。"

高阳愣住，眼眶红了。

"阳阳，拜完了吗？出来吃饭吧。"站在门外的不是奶奶，而是妈妈。

"好。"高阳伸手去拿拐杖，假装行动不便地站起来，走出房间，轻轻带上了门。

为了庆祝高阳出院，妈妈准备了一桌丰盛的午餐，一家人开开心心地吃饭聊天，很有默契地避开了所有不开心的事。

下午，王子凯开车送高阳去大学报到。

妈妈和妹妹原本也想送高阳，无奈一个要上班，一个要上学，只能拜托靠谱的王子凯了。

高阳拿着录取通知书和银行卡，上了王子凯的跑车。

一小时后，王子凯来到离城大学。

离城大学是一所有着悠久历史的大学，不过高阳已经很清楚这不过是虚假的历史，因为整个迷雾世界才有一百年的寿命。

离城大学处在南冀区，在离城的大学中排名第三，有十几个学院，五十多个本科专业，老师、学生和其他在校职工的总人数将近两万人。

王子凯的豪车实在过于引人注目，高阳没他让开进大学，而是提前在附近的路口停下。

"这还没到呀，我送你进去。"王子凯说。

"不用，剩下的我自己处理，回头联系。"高阳开门下车。

"行，有事尽管找我。"

"嗯，你也是，别天天玩，在家好好修炼。"高阳担心王子凯三天两头就来大学找他，给他安排了充实的"修炼课程"。

"放心！稳！"王子凯拍拍胸脯，开车走了。

高阳一手拄着长拐杖，一手背着单肩书包，书包上还挂着王子凯送的檀木平安符。

他站在路边，拨通了罐头的手机。

电话被迅速接起，她的声音慌乱："队长，有急事吗？"

"倒也没有……"

"等我一分钟！要上高地了，队友需要我！"

电话挂了。

高阳翻了个白眼。一分钟后，罐头果真回了电话："队长，这把我MVP（对团队贡献最多的玩家），嘿嘿！"

"我快到校门口了。"高阳边走边说。

"啊？"罐头相当吃惊，"你不是明天来报到吗？"

"提前了。"高阳原计划今天出院，在家休息，明天再来大学报到。

但高阳心中着急，想快点让生活步入正轨，快一点推进破苍任务。他已经昏迷三个月了，浪费了太多时间。

"等一下！我，我马上来……"

罐头十分仓促，竟然忘了挂电话，那边传来一阵嗡嗡声，很快就听见罐头在呼天喊地："天啊，我下巴上怎么长痘啦！难道要来大姨妈了？周姐，遮瑕膏，你的遮瑕膏在哪儿……"

高阳挂了电话，啼笑皆非地叹了口气。

十分钟后，罐头匆匆忙忙地赶到校门口。

她穿着一件宽大松垮的灰色卫衣，几乎遮到膝盖，戴着鸭舌帽和口罩，头发和脸几乎全部遮住，只露出两只水灵灵的大眼睛。

"队长，我，我来了……"罐头双手撑着膝盖，喘气连连，看样子是一路小跑过来的。

高阳点点头，故意客气道："麻烦罐头学姐了，请带我去报到吧。"

"嘿嘿，队长，在大学你就叫我橙子吧。"罐头有点不好意思，"那，我，我也叫你高阳？"

"好。"

"高阳。"罐头叫了一声，口罩下面发出一声痴笑：哇，还是第一次叫队长的名字，感觉好亲切。

"哦，对了。"罐头想起什么，从口袋掏出一根红水晶吊坠项链，"队长，把这个戴上。"

"这是什么？"高阳接过并问道。

"先戴上，一会儿你就知道了。"罐头卖了个关子。

高阳戴上红水晶项链，藏进衣服里。

罐头领着高阳走进大学，经过一些房屋，来到一栋教学楼前："队长，报到之前，我得先带你去另一个地方报到。"

"哪儿？"高阳好奇。

"一个社团。"罐头一脸神秘。

十分钟后，高阳来到这栋教学楼的最顶层。

这一层的教室都空了出来，作为各种社团的活动场地。两人穿过长长的廊道，来到尽头的一扇门前，看上去像个占地不大的杂物间。

门上挂着一个黑色招牌，上面用红漆写着"魔女社团"四个字。

招牌下面贴着一幅手绘的海报，上面画着各种奇怪的符号和神秘学图案，还歪歪扭扭地用彩笔写着社团的关键词：

爱·死亡·机器人·赛博疯子·幽灵诗社·堕天使禁猎区·神弃国度·邪王绯红之眼封印之渊墟·世界尽头与冷酷仙境之彼岸花与三途河……

高阳再看下去，什么狗屁不通的词汇堆砌啊，不会真的是那个姑娘吧？

罐头走到门口，轻敲了三下门，忽然一本正经地大喊一声："在下橙子，参见创世魔女与初代堕天使的后裔，世界的暗黑守护神，奈奈女王殿下！"

高阳无奈：我去，还真是她啊！

高阳看向罐头，无奈地扯了下嘴角："橙子，真的有必要吗？"

罐头摘下了口罩，下巴上果然有一颗遮瑕膏也没能遮住的粉红色痘痘，超级大，看上去像一个蚊子包。

她一脸苦笑道："我试过了，正常敲门她不会开的，还是走程序比较快。"

几秒后，有人开门了，然后是转身疾跑的声音。

接着，屋内尽头，传来了奈奈故作神秘的声音："呵，吾王早已等候多时，进来吧。"

罐头跟高阳进屋，随手关上门。

里面果然是一间杂物室，空间有些逼仄和昏暗，房屋尽头的窗户上挂着厚重的窗帘，几乎透不进阳光。

室内唯一的光源，是祭祀木桌中央的黄铜烛台上燃烧的蜡烛，蜡烛的旁边还摆放着占卜用的水晶球、塔罗牌、魔法书等各种神奇的"魔法道具"。

祭祀桌的后面，拉着半透明的黑色蕾丝纱帘，帘内有一个人影，若隐若现。

几秒后，人影走出来。

身材娇小的奈奈披着黑色斗篷，一只眼睛戴上了黑色眼罩，嘴里咬着红色的吸血鬼假牙，右手臂上缠绕着"染血"的绷带，拿着一把塑料死神镰刀，胸口挂着夸张的银白十字架，左手端着一本打开的黑暗魔法书籍，上面还放着一个邪恶的骷髅头道具。

高阳惊了：这是什么中二元素大杂烩啊！

他身旁的罐头已经摘下鸭舌帽，上前一步，单膝跪下，非常配合地演起来："奈奈女王，这位是我的同伴，也是您忠实的仆人，特来拜见女王殿下。请您为他的水晶注入魔力，我们一定誓死守护好这片神圣的净土，抵御外来黑暗势力的入侵……"

高阳听得一愣一愣：不是，罐头你这也太投入了吧，我怎么感觉你很乐在其中啊！

奈奈将镰刀一挥："诸神黄昏即将来临，凡人们，不用害怕，无须迷茫，吾，创世魔女与初代堕天使的后裔，秩序、真理与命运的缔造者，必将带领你们……"

奈奈总算认出了高阳，吓得一个趔趄，扔掉了手中的魔法书和镰刀，那个塑料骷髅头"咕噜咕噜"地滚到了高阳的脚下。

高阳捡起脚边的骷髅头，轻咳一声："咳咳，奈奈女王，我赶时间，能不能快点？"

高阳说完，将骷髅头抛了过去，奈奈慌忙接住。

"哈哈哈！"奈奈大笑三声，缓解尴尬，"原来，你就是被命运选中的少年啊！上前一步，吾王这就赐予你足以与邪神战斗的力量，让你保卫家园，开创未来！"

"队长，快，把水晶项链给她。"罐头在一旁使眼色。

高阳取下脖子上的红水晶项链，扔给奈奈。

奈奈单手接住，握住了红水晶吊坠，闭上眼睛，似乎在发动能量，接着，她朝着红水晶吹了一口气，再将其丢回给高阳。

高阳接过，看一眼，笑着问："这迷失者的气息，能管几天？"

"哇，队长你怎么知道？"罐头很是吃惊。

高阳心道：罐头，你以为谁都跟你一样笨。

来到魔女社团门外那一刻，高阳就猜到怎么回事了：奈奈领悟了"千面人"，拥有将觉醒者伪装成迷失者的能力。

目前这所离城大学，觉醒者的人数有点多。

除高阳外，罐头、天狗、奈奈也在这所学校，四人今后免不了经常见面，这将大大增加被高级兽怀疑的风险。虽然妄兽已死，生兽和死兽又至今未出现过，高阳自认为即便被贪兽和嗔兽发现，他也能轻松应付。

可是，不排除大学里有号角者的情况，届时要暴露了身份，恐怕就得被迫"屠校"了，这是高阳绝对不想遭遇的状况。

罐头、天狗和奈奈起初就以人类身份进入大学，三人之间原本没有交集，相安无事。现在要忽然给他们打上迷失者的气息，反而会引起高级兽的怀疑，所以，唯一需要伪装的，就是刚入学的高阳。

今后，高阳在大学就随身佩戴项链，伪装成迷失者，回家时取下项链即可，两边都不会暴露。

唯一的问题是，项链上的迷失者气息不能储存太久，得定时来奈奈这里补充。

"三天。"罐头回答高阳，"奈奈领悟……"

"叫我女王！"奈奈激动地更正。

"呃，奈奈女王在领悟'千面人'后，被送去十二生肖'深造'了一段时间，她现在已经是5级'千面人'了。"

高阳微微点头：看来，三大组织虽然切断符文回路交易，但如果觉醒者想要升级天赋，还是有办法，就是麻烦点，得自己前往对方的组织基地，在对方的严格监视下进行接触，升级完成再离开，绝不允许带走符文回路。

高阳看向奈奈，这个奇怪的中二病女孩，领悟天赋不到一个月就升到了5级，真是人不可貌相啊。

"呵，凡人，你既得到吾王的魔力，也就肩负起拯救世界的神圣使命，一旦踏上这条充满荆棘和鲜血的修罗之路，便再也不能回头了！"奈奈又发病了，单手捂住半张脸，仰头发出魔性的笑声。

"咚咚咚"，门响了。

三人忽然噤声，看了过去。

几秒过去，门外的人并没有念中二台词，看来不是自己人。

顿时，奈奈脸上出现惊恐的神色，她不仅恢复正常，还立刻躲到高阳的身后："别，别开门！千万不要开门……"

高阳看向罐头，罐头也是一脸疑惑，她不知道还有谁会在这时来魔女社团。

高阳进入系统，暂时没有危险，但他还是进入应战状态，双手调动能量，视线锁定门口。

"砰"！两秒后，门被粗暴地踢开了。

高阳看清楚了，门外站着的人是青灵。

她刚进行完短跑训练，穿着一条灰色运动短裤和一件无袖黑背心，头发扎成高马尾，白皙的脖子上搭着一条毛巾，浑身都是汗。

青灵一手拿着半瓶矿泉水，一手握着一根红水晶吊坠项链。

她刚要说话，一眼迎上了高阳的视线。

两人皆是一惊。

高阳立刻猜到怎么回事：青灵也上了离城大学，并且会定期来找奈奈，将自己伪装成迷失者。

两秒的安静后，青灵将手中的水晶项链一扔，奈奈立刻跳起来接住。

这次奈奈没有任何中二发言和表演，直接干活。其实最开始，奈奈是一视同仁的，但在领教过青灵的刀法后，她再也不敢在青灵面前犯病。

"你醒了。"青灵声音冷淡。

"嗯，有几天了。"高阳回答。

"你没告诉我。"青灵还是冷着脸。

"白兔和俊马第二天就来探望我了，还以为他们告诉你了。"高阳笑了笑。

"我一直在学校，最近没回千禧楼。"青灵面无表情，她的视线越过高阳的肩，看向身后的奈奈，语气又冷了一分，还透着不耐烦，"快点。"

"马上马上……就好了就好了。"奈奈的语气介于害怕和谦卑之间。她在注入迷失者的气息后，立刻将水晶项链抛向了青灵，生怕耽误青灵一分一秒的时间。

青灵单手接过吊坠，转身就走。

门被重重关上。

"哼，愚蠢的女人！"青灵一走，奈奈的中二魂立刻死灰复燃，抄着双手，强行找补，"又一次被我精湛的演技给蒙蔽了啊！先让你狂妄一些时日，待我的力量全部恢复，就是你的死期，哈哈……"

高阳的手机连续响起三次信息提示声，非常突兀地打断了奈奈的笑声。

罐头和奈奈都看向高阳。

高阳当着两人的面，拿出手机看了一眼，微微一愣，竟然是青灵发过来的短信。

  青灵：火锅！

  青灵：吃火锅！

  青灵：我要吃火锅！

高阳会心一笑，看来是青翎的人格出来了。

眼看罐头已经贼头贼脑地凑过来偷看，高阳忙收回手机，故意说："橙子学姐，快带我去报到吧。"

罐头跟高阳离开魔女社团，去教师楼办理入学手续，其间罐头充当了一次兔费导游，为高阳介绍了一下学校的基本情况，最后领他去了计算机系的男生宿舍3号楼。

"好了，队……高阳学弟，"罐头看一眼男生宿舍，"这里我就不进去啦……"

"今天谢了，改天请你吃饭。"高阳微笑。

"哈哈，好嘛。"罐头也笑了，"那……我要吃火锅！"

"要不换一个？"高阳问。

"那就……烤肉怎么样？"罐头说。

"行。"高阳挥挥手，提着学校统一发放的被单、脸盆等生活用品，走进了宿舍的大门。

高阳的宿舍在509，他提着大包小包爬上五楼，很快找到了自己的宿舍。

宿舍门锁着，高阳用领到的钥匙开了门。

入眼是一个长方形空间，尽头是采光良好的窗户，四人间宿舍，一边两个床，床都是上铺，上铺睡觉，下面是一体式的木制学习桌和储物柜。

四个床位中，只有靠近门口的床铺还空着，说是空着，但无论是上铺还是下面的学习桌和储物柜，都堆着各种杂物。

下午三点，室友们应该还在上课，寝室内没人。

高阳叹了口气，开始收拾东西，他刚要行动，身后一亮，门被推开。

高阳立刻转身，只见一个身影站在门外。

是个跟自己年纪相仿的男生，一米七左右，戴一副度数很深的眼镜，斯斯文文，弱不禁风，穿一套款式老旧的黑灰色休闲装、一双杂牌球鞋。

他的黑色短发柔软熨帖，贴着额头，有些自然卷。

他皮肤干净，但有些蜡黄，太阳穴处还有一块无伤大雅的浅色白斑，像是小时候营养不良造成的。

他手里拿着一个有盖的大水杯，另一只手上提着一个包裹。

他见到高阳，先是一愣，随即露出拘谨但温柔的笑容："你该不会是……高阳吧？"

"对，是我。"高阳礼貌地微笑。

"你醒了？！"对方很吃惊。

"是，我之前出车祸，一直昏迷。"高阳解释，"上周才出的院。"

"我都听说了。"男生绕过高阳，将手里的东西放到自己的桌上，转身道，"来来来，我帮你一块儿收拾。"

"不用不用，我自己来。"

"不不，应该的，你床上也堆了不少我的东西，怪不好意思的。"男生笑着推了下塌鼻梁上的眼镜，卷起手上的袖子，"我叫弥施，弥漫的弥，施肥的施，室友都叫我老施。"

"你不老啊。"高阳随口一说。

"呵呵，我上学晚，马上要二十岁了，寝室里年纪最大。"弥施说。

"哦好。"高阳笑笑,"那你以后就叫我小高吧。"

"小高,好的,以后就多关照了。"

弥施既腼腆又热情,他帮高阳收拾了床铺上的杂物,把床铺好,还用湿抹布擦掉了桌子上灰尘,又帮高阳把生活用品收拾好。

"砰"的一声,忽然间,寝室门被人一脚踢开。

高阳跟弥施都惊了一下,纷纷抬头。

门外站着一个高瘦的男生,一头酒红色的头发,三七分,穿着暗粉色长袖衬衫和一条时尚的黑色九分裤,脚上是一双限量版白色板鞋。

他的皮肤状态不错,桃花眼、高鼻梁、薄嘴唇,五官周正,称得上小帅,但仅仅是小帅。

抛开其他因素只论颜值的话,龙是9.5分,王子凯是8.8分,而这个人差不多7.5分。

他一手插在口袋里,一手拿着一瓶啤酒,板着一张脸,表情十分奇怪。

他猛地仰头,喝完瓶中的最后一口啤酒,嘴角一抽,冷笑道:"呵,我好不容易动心一次,她却让我输得这么彻底……"

说完他就把酒瓶往地上狠狠一摔,大骂了一句脏话。

空酒瓶"哐当"一声摔在地上,弹了两下,滚到了高阳的脚边。

一时间,气氛尴尬得要命。

男生气冲冲地走进来,总算发现高阳这个陌生面孔。他先是一愣,旋即看向一旁的弥施:"老施,他谁啊?"

"高阳。"弥施弯腰,捡起空酒瓶,丢进垃圾桶,又朝高阳笑笑,"这位是球球,室友。"

"哎哟我去!"叫"球球"的男生怒气顿消,一脸吃惊和新奇地走过来,用力拍拍高阳的肩,"你就是高阳啊,你小子不是出车祸变成植物人了吗?居然真的醒了?"

高阳露出尴尬又不失礼貌的微笑。

"哥们儿,我叫裘丘,裘千尺的裘,山丘的丘。"酒红色头发的男生笑容爽朗,"他们都叫我球球,或者双Q,或者企鹅,都行。"

"球球你好,就叫我小高吧。"高阳说。

"小高!大难不死,必有后福呀!"裘丘很开心,立刻拿出手机,"不行,我得把寝室长叫回来,今晚必须好好给小高接风洗尘,庆祝一下!"

正说着,身后又是一亮,寝室门开了。

裘丘一转身,乐了:"哈哈,说曹操曹操就到!"

一个平头的男生走进来,手中提着两个开水瓶,他不算很高,一米七五左右,但身板结实,一身精壮的肌肉。

他浓眉大眼、目光炯亮、肉鼻头、厚嘴唇,给人的感觉非常温厚和踏实。

"球球,你开水瓶又忘楼下没提了,我顺道帮你打……"男生话未讲完,目光停留在了高阳的脸上。

"大健,这是高阳,他醒了,来上学了。"弥施笑着介绍。

"哟,醒啦,大好事啊,恭喜恭喜!"男生立刻放下两个开水瓶,上前一把握住高阳的双手,笑容亲切,"我叫林大健,你可以叫我大健,或者寝室长,都行。哈哈。"

"你好,你好。"高阳没想到室友们个个热情似火,一时间有点不习惯。

裘丘大喊一声:"今天我刚被女神发好人卡,小高又正式入学,简直双喜临门啊!"

弥施露出无奈的微笑:"球球,双喜临门不是这么用的……"

"我不管!今晚必须吃香喝辣,不醉不归!堕落街强哥大排档走起!我请客!"裘丘大手一挥,豪气十足。

"球球,现在才几点啊,天都没黑呢!"林大健乐呵呵地笑着。

"这样吧。"弥施看向高阳,"我先带小高去熟悉一下环境,顺便见一下辅导员。六点钟,我们在堕落街不见不散。"

…………

接下来的时间,弥施带着高阳熟悉了一下校园环境,又去找了辅导员。辅导员对高阳表示了关心,加了高阳微信,把他拉到班级聊天群,群里的同学们都对他表示了欢迎。

六点不到,弥施带高阳前往大学的堕落街。

高阳早就听闻,每所大学都有一条堕落街,由饭馆、小吃摊、网吧、KTV、精品店、廉价旅馆等商铺组成,是大学生们主要的娱乐消费场所。

四人选择了一家大排档店,点了烧烤和啤酒。

天色黑下来,整条堕落街挤满了人,烟熏火燎、人声鼎沸,讲话必须很大声才能听见。

很快,裘丘就吃了七八串烤羊肉。两瓶啤酒下肚,他脸色红润,情绪激动了起来。

他一甩酒红色的三七分刘海,啤酒瓶往桌上一砸:"我真的想不明白,我要长相有长相,要内涵有内涵,要钱有钱,而且,最重要的是什么……"

裘丘用力拍着胸脯,看向高阳。

高阳一脸迷茫,不明白他要说什么。

"最重要的是,老子一米八啊!"裘丘高喊一声,恨不能整条街的人都听见,"一米八啊!各位,你们谁有一米八?!"

其他三人一时间低下了头。

弥施最矮,只有一米七;林大健高些,一米七五;高阳一米七八,不过他才十八岁,应该还能再长一点。

"那个女人!居然拒绝了有颜有内涵有钱还一米八的我!"裘丘一脸难以置信,"这不科学!这没道理啊!"

298

"球球,老哥我得说句公道话了。"林大健手里拿着一串烤鱼,才吃了两口,"你的条件确实不错,但人家那可是女神啊,放抽卡游戏里那就是UR(超级稀有)卡啊,她看不上你还真不意外。"

"就是,军训第一天,人家一张被人偷拍的侧脸照就在大学群里传疯了。"弥施扶了一下眼镜,笑着放下筷子,"看上她的人少说也得有一个营吧。"

"你们说得也太夸张了吧?"高阳在一旁听着,笑眯眯地喝着可乐——他植物人刚醒,大家不让他喝酒。

"确实,完全可以当大明星了,照片我都还留着。"林大健翻出手机,凑到高阳眼前,"来,你瞧瞧。"

高阳一口可乐喷出来,拼命咳嗽:"咳咳!咳咳……"

手机相册中的那张侧脸照,是穿着军训迷彩服的青灵。

"哈哈哈,瞧瞧……"林大健乐不可支,"没见过世面。"

"哥们,千万别动心!"裘丘长叹一声,"听我一句话劝,靠近她,会变得不幸,我就是前车之鉴。"

"这女人啊,"裘丘咕噜咕噜地灌了一口酒,"美则美矣,没有灵魂!"

"叮叮……"这时,高阳的手机响起。

他放下手中的可乐,拿出手机,是青灵发来的信息,看这三连发的风格,应该又是妹妹青翎了。

  青灵:后天!
  青灵:晚上七点!
  青灵:大鱼火锅店!

高阳回复一个"OK"的表情,迅速把手机塞进口袋,假装无事发生。

寝室四人在大排档一直待到晚上九点半才结账。

裘丘酒量一般,酒品奇差,喝醉之后一直在发癫,被林大健和弥施搀扶着往回走,路上还是不安分。

回寝室后,裘丘短暂地醒来,去厕所吐了个肝肠寸断,然后趴在床上睡死过去。

林大健打开瑜伽垫,开始拉伸身体,然后做俯卧撑、仰卧起坐和平板支撑。

高阳也想加入,不过考虑到自己是植物人刚醒的虚弱人设,况且他现在的锻炼已经是进阶版,直接来个单手倒立俯卧撑一百次,恐怕会吓坏室友,遂忍住了。

弥施洗完澡,回到桌边,打开手提电脑,翻开书本,开始认真学习,果然是学霸。

十点半,寝室熄灯。

裘丘已经打起了呼噜。

洗完澡的林大健躺在床上,戴上耳机,刷着短视频。

弥施打开充电台灯,还在埋头学习。

高阳最后一个洗澡。洗完后他躺回上铺,有那么一瞬间,他真的觉得,自己就是一个普通大学生,什么兽啊,世界末日啊,跟自己都没有关系。

凌晨，弥施和林大健也睡了。

高阳发动六感，靠着超强的听力，确认室友三人都进入呼吸沉稳的睡眠状态。他深吸一口气，闭上双眼。

进入系统。

你最新累计292个幸运点。

进入天赋神殿。

针对之后的变强之路，高阳思考了很久。

现在"幸运"升到4级，属性点限制提升到1000，力量、敏捷和精神，在几个天赋的属性加成下，都突破了1000，无法再提高。

体力、耐力、魅力则还有不小的补足空间，粗略算算，把这三个补到1000，还得花费1600多个幸运点。

一笔巨款啊。

另外，运气也可以无限提升。

但是，根据百川团给的数据调查和分析，已经得出结论：100号之后的天赋最多只能升到4级。

该结论是否正确无法确认，必须实践才知道。

如果高阳把运气加到1500，甚至2000，还是无法升级，那足以说明"幸运"也只能升到4级，但这得花费1200点幸运值。

又是一笔巨款啊。

权衡再三，高阳认为，当务之急还是要领悟新天赋。

猩红潮汐过后，牺牲了很多觉醒者，天赋神殿中多出很多新天赋，就连排行前12的天赋都空缺出将近一半；如果能领悟到这些天赋，再升到4级，无论是天赋能力，还是其属性加成，都堪称恐怖。

自己若不抓紧领悟，则会被其他觉醒者分走，或者被新觉醒者分走，比如奈奈，她上个月就领悟了原本属于小丑的"千面人"。

高阳顿时非常扼腕，如果自己没有昏迷三个月就好了，转念一想，自己还是太贪心了。

那晚，他靠着初雪在自己体内的诅咒，心脏被捏爆了都还能起死回生，反杀莉莉娅，还因此突破4级"幸运"，提升属性值上限，还领悟了"觉悟之力"，这一切的代价，仅仅是昏迷三个月，可以说是已经赚得盆满钵满了。

说起来，不知道初雪怎么样了，她大概还不知道我已经醒来的事情，或者被姐姐管教着。

算了，眼下还有很多事，觉醒者和鬼的立场也十分复杂，之后有机会再联系初雪好了。

高阳思绪纷呈间，已然来到天赋神殿。

出乎意料的是，这次他没有回到孤儿院，也没有看到孤儿院外面那个空寂的宇宙和十二道光柱，而是站在一个空无一人的商城游戏厅里。

放眼望去，这里全是闪烁着彩色光亮的游戏机、跳舞机、迷你 K 歌房，游戏音效和欢快的音乐声混合在一起，十分嘈杂。

高阳的眼前，摆放着十二台夹娃娃机，不过，娃娃机里面放着的不是娃娃，而是一些发光的尘埃能量组成的微型星云团。

十二台娃娃机上都有画风可爱的图腾，它们分别是：世界树（生命）、旗帜（辅助）、獠牙（毒素）、拳头（强化）、盾牌（守护）、繁花（召唤）、海胆（伤害）、眼睛（精神）、火焰（元素）、书籍（知识）、沙漏（时空）、六芒星（神迹）。

"领悟一次天赋要花费 480 个幸运点，你现在还无法领悟。"温柔的声音从高阳身后传来。

"我知道，我就进来逛逛不买还不行吗？"

高阳没好气地转身，顿时吓一跳，这次系统的形象，竟然是白露！

眼前的白露，一改往常高贵优雅的女王形象，穿着一套兔女郎制服，浓密的银发上扎着两只可爱的毛茸茸的白色兔耳，左边的耳朵还软趴趴地折了下来，看起来非常可爱。

高阳咧咧嘴，不知不觉间，系统幻化的白露走到了高阳身旁。

高阳不看白露，而是盯着眼前十二台游戏机。

很快，他微微皱起了眉头。

## 第八章

# 破苍行动

高阳原本打算攒够了幸运点就在时空系、毒素系、元素系和辅助系这四个类型中领悟天赋，因为酒鬼的"时空幽灵"、X的"瘟疫骑士"、莉莉娅的"元素精灵"和绛狐的"庄家"都空缺了出来。

虽然白虎的"绝对防御"和玄武的"傀儡大师"也空了出来，但前者因为没找到守护符文回路，只能升到3级，后者的天赋过于邪恶，有悖高阳的底线，所以不在选择范围内。

高阳一眼看下来，发现时空、毒素和元素的三个娃娃机中，存货有点多。即便是存货最少的时空娃娃机中，也漂浮着五个微型的能量星云团。

按照以往的经验，高阳需要领悟三次才能成功，那么就得一口气花费1440个幸运点！

即便现在天赋暴增，提升了领悟概率，只需要抽两次，那也要960点，仍然是一笔巨款啊！如果没能领悟强力天赋，而是领悟到了100号之后的天赋，那就是血亏。

唯一存货少一点的只剩下辅助娃娃机，里面只漂浮着三个星云团，而其中必有一个是"庄家"。

高阳已经从朱雀那了解过"庄家"的机制，配合朱雀的"等价交换"，确实是个非常神奇的天赋。如果自己的"幸运"加成也能在"庄家"领域内发挥作用，那简直就是不讲道理。

试想一下，之后若遇到战力高于自己太多的敌人，直接发动"庄家"强行五五开，跟对方赌上半条命，来个两败俱伤，然后再让队友去收拾敌人，自己则老老实实接受朱雀"等价交换"的治疗，岂不美哉？

这之前，绛狐跟朱雀就靠这招打过无数次配合。

可惜那一晚，苗在花海中发动同归于尽的招数，绛狐即便重创苗，也改变不了同归于尽的结局，才只能强行一换一，打断苗的招数。

不过,"庄家"的发动时间需要几秒钟。

高手之间的对决,想要让对方原地束手就擒几秒钟,绝非易事。

"庄家"无论多么神奇,归根结底是一种把对方拉入自己的能量领域内的招式,像妄兽这种级别的敌人,是可以轻易察觉到对手在领域展开时的能量波动,从而提前闪避的。之后高阳要面对的强敌,不会在妄兽之下,所以"庄家"虽然在理论上很强劲,但实战中还是有太多不确定因素。

等等,我这是在思考组合技能吗?呵,斗虎老师,我终究还是活成了你的模样啊。

高阳看着辅助娃娃机中的三个能量团,做出了决定。

攒一波幸运点,立刻领悟天赋。届时,如果其他天赋的数量没变少,而"庄家"又还在的话,就领悟一次辅助系天赋,看能不能抽中三分之一的概率。

不过,眼下三大组织开始相互防备,谁要真领悟了排名前 12 的天赋,也未必会公开,肯定留着当成底牌。

高阳叹了口气:头疼啊,想在不当坏人的前提下快速变强,真是很难很难很难。

像 X 那种反人类的疯子选的路就简单粗暴多了:直接玩阴的,毒死所有觉醒者,再慢慢领悟全天赋。

真讽刺啊,遵守规则的人过得很辛苦,破坏规则的人却常常能得逞。可是,那些破坏规则、连底线和良知都抛弃的人,还能称之为人吗?岂不是连兽都不如?

人性……兽性……

猛然间,高阳灵光一闪,浑身泛起一阵鸡皮疙瘩,脑中有所领悟。

难道……妄兽们在找的正确答案,是神性?如何在人性和兽性充斥的迷雾世界中,寻找神性?

所以,左爷要帮 X 成神,或许他认为:拥有神的力量,就等同于拥有了神性?

嗯,有这种可能。

高阳欣喜万分,忍不住想要跟身旁唯一的见证者——系统,分享自己的感悟。

他扭头一看,白露已经不见。

"系统?你人呢?"

"有事?"白露温柔软糯又漫不经心的声音传来。

高阳转身,只见系统幻化的白露正站在一个台球桌前玩。

"咳咳。"高阳尴尬地转过身,"没事,你玩。"

…………

次日清早,高阳七点就醒来,没办法,觉醒后他的睡眠时间大大缩短。

让他意外的是,弥施醒得比他更早。弥施站在寝室外的阳台上,迎着暖融融的晨曦,认真地打着太极拳。

打完拳后,他回到寝室,见高阳已经在洗漱了,他颇为意外,笑着轻声问道:"我去吃早饭,一起,还是给你带?"

"一起。"高阳想熟悉一下环境。

弥施跟高阳去食堂吃了早餐,又打包两份带回寝室。

林大健也醒了,只有裘丘还醉着,用极其痛苦的梦游般的声音说道:"我,我头好疼,起不来了……"

八点,高阳、弥施和林大健一起去上专业课。

高阳落后一个月的课程,听得云里雾气,不过他还是认真做好笔记,强行记住知识点,打算之后找弥施补课。

转眼到了中午,三人去食堂吃饭。

宿醉的裘丘也出现了,打扮得人模狗样,精致中透着浮夸。他迈着六亲不认的步伐,往三人的桌边一坐。

"不吃饭?"林大健问。

"不吃,约了人,一会儿吃牛排。"裘丘一甩头发,颇为潇洒。

"昨天才失恋,今天就换目标了?"林大健调侃,"你是海王吗?"

"你懂什么,这叫及时止损!"裘丘拿出手机,点开社交圈的一张照片,"看,这个,大二的,漂亮吧?"

大家放下筷子,凑过去看,高阳也瞄了一眼,差点被一口饭给呛到。

照片上是一个身材火辣的女孩,小麦色肌肤,笑容明艳自信,穿着紧身瑜伽服,拿着手机站在全身镜前摆拍。

照片下面还配上一句最近的流行语:你行不行啊,细狗。

这……这不就是罐头的室友周菁吗?

当初跟牛轩等人半夜去11中探险时,与她有过一面之缘。现在想来,11中的事,仿佛是上辈子发生的了。

"身材没得说,脸和气质嘛,比青灵还是差了不少。"林大健直言快语。

"兄弟,美是多元的。"裘丘嘴硬道,"你不懂欣赏,我不怪你……"

林大健看了一眼手机:"哟,今天周三,老施,下午有你女神老师的选修课呀!"

弥施"嗯"了一声。

裘丘又嬉皮笑脸了一阵,看了一眼手机:"各位,妞在呼唤我,先走了,等我凯旋!"

裘丘离开后,弥施忽然看向高阳:"高阳,下午的选修课你要不要一起去听?"

高阳一愣,没想到弥施会主动发出邀请,他笑着问:"什么课啊?"

"古典音乐赏析课。"弥施说。

高阳暗暗吃惊:眼前这个淳朴温良的学霸弥施,看起来并不像是会对古典音乐感兴趣的人呀。

"好啊。"高阳爽快答应。

"嗯,球球和大健都不喜欢。但我感觉你会喜欢的。"弥施很开心,语气温柔。

吃了午饭,三人先回寝室。

林大健坐在台式电脑前,玩起了游戏。

高阳找弥施补习前面的课程,弥施一讲课就忘了时间,下午四点两人才匆忙出门，赶往选修课的多媒体教室。

高阳和弥施来到教室时，里面已经坐满了学生，且大多都是男生。两人从后门进来，弯着腰，很低调地坐到末尾角落的位置。

高阳抬头看去，讲台旁边放着一架黑色钢琴，钢琴前坐着一个年轻的女老师，因为被钢琴遮挡，高阳只能看到她的上半身。

女人很美，有一头瀑布般的柔顺黑发，披着一件秋季款的灰色羊毛纱，脂粉未施的脸上透着岁月静好的温柔与优雅。

高阳觉得这个女人有点眼熟，似乎在哪儿见过，但一时间又想不起来。

女人微微歪头，专注地弹着一支钢琴曲。

高阳不太懂音乐，但能感受到琴声中的柔情、悲伤、哀婉，以及某种暗流涌动的端倪，仿佛有某件宿命般的不幸即将降临，虽然不幸，但并不让人惶恐和害怕，反而让人有一种心甘情愿地接受的物哀之美。

高阳渐渐沉浸在了这美妙的音乐中，一曲完毕，高阳这才如梦初醒。

教室内非常安静，大家回味着，甚至忘了鼓掌。

音乐老师知性又柔和的声音传来："我刚弹奏的，是《月曲》的第一乐章，出自一个几百年前的著名作曲家。这第一乐章，曾被某位诗人形容为'犹如在月光闪耀的湖面上的一叶扁舟'。"

"另外，《月曲》也是这位作曲家为他的一位恋人而创作的，不过据说，后来他为这段感情付出了沉重的代价。"

"好了，下面，我们来听第二个乐章。这一章的风格相对轻快，更像第一乐章与第三乐章的一个衔接，也被其他音乐家形容为'两座深渊之间的一朵花'……"

接下来，音乐老师一边弹钢琴，一边讲着不同的古典音乐名人的故事。

不知不觉，两个小时过去。

窗外的天空一片绯红，时间已是傍晚。

"好了，同学们，这周的古典音乐赏析课就到这，我们下周见。"老师缓缓合上琴盖，一手撑着琴盖，一手扶着自己的侧腰，有些吃力地站了起来。

高阳猛然一惊，这才发现，她下身穿着一件印有淡雅花纹的宽松白裙，小腹高高隆起，她是一位孕妇！

啊！是她！高阳终于想起来，这位美丽、优雅又知性的音乐老师，是黄警官那位怀胎七月的妻子啊！

"高阳。"弥施的声音传来。

高阳表面自然地扭过头："怎么？"

"你等我一下，我想去请教一下苏老师。"弥施从背包里拿出了一张古典乐唱片。

"好的。"

弥施快步走向讲台方向的苏老师。

这会儿，苏老师身边已经围着好几个学生了，苏老师正跟他们愉快地交流着音乐。

弥施也加入进去，看得出他很紧张，看着苏老师的眼神充满了崇拜。

这时，一个身影来到高阳身边，高阳立刻察觉，转身一看，竟是青灵。

她今天没训练，穿一件红白色运动卫衣和一条显腿长的黑短裙，头发散开，板着脸，一脸生人勿近的冷淡。

"青灵，你什么时候……"

"我一直在。"青灵看着苏老师的方向，用只有高阳能听见的声音回答，"你进门我就看到你了，你没看到我。"

高阳跟弥施进来时，教室坐满了人，两人迅速找位置坐下，立刻被苏老师的钢琴声吸引，高阳的确没注意到人群中的青灵。

但对青灵来说，半路闯入教室的两个人，很惹人注意，何况一个还是熟人。

"没想到你会喜欢音乐。"高阳笑笑：还以为你除了变强什么都没兴趣。

"不喜欢。"青灵冷冷回答，"要不是黄警官，我才懒得来。"

高阳微微一愣，立刻明白过来：黄警官的妻子苏老师，每周三来离城大学上选修课，黄警官担心，就让青灵帮忙暗中照看一下。

不愧是爱妻狂魔啊。

说话间，弥施心满意足地回来，脸上还洋溢着兴奋之情。

他一抬头，就见到高阳身边的青灵，顿时吃惊地张大了嘴：这，这不是裘丘追了好久的"UR级"女神吗？

他当然没敢把心里话说出来，只是紧张又局促地看向高阳："小高，你……你俩认识啊？"

"高中同学。"高阳无奈地笑笑，"昨晚球球那样子，我没好意思说，怕刺激他。"

"呵呵，也是。"弥施点点头，眼神都不敢飘到青灵的脸上，似乎很不擅长跟同年龄的漂亮女孩交谈，"那你们……"

"你先走，我跟老同学叙叙旧。"

高阳现在跟青灵都打上了迷失者的气息，他干脆大方自然点，扭扭捏捏、故意避嫌反而招人怀疑。

"行，我去食堂吃饭。"

弥施走后，青灵看向高阳："身体恢复得怎么样？"

"差不多了。"高阳有点感动：她竟然也知道关心朋友了。

"那破苍行动赶紧开始。"青灵压低声音说。

搞半天，你是在关心这件事啊。

"放心，陈萤那边已经在调查了，明天下午五点半开会。"高阳这几天没闲着，事情早就展开了，他正要说会议地点，一个熟悉的声音从讲台方向传来。

"青灵！高阳！"

两人立刻回头，没有太吃惊。

黄警官穿着休闲的黑色短款皮衣、里面一件白色V领打底T恤、一条深色牛仔裤，非常清爽。

他站在苏老师的身旁，一手轻搂着苏老师的肩，两人十分般配。

高阳和青灵没有犹豫，大方地走向了这对模范夫妻。

"哈哈，巧了，你俩上的是离城大学啊？"黄警官不愧是经验丰富的老油条，演技炉火纯青。

"黄警官好。"高阳笑着说道。

青灵眨了一下眼睛，算是打过招呼。

"不错嘛，我当初怎么说的，好好学习，大学再谈恋爱。"黄警官十分欣慰地拍拍高阳的肩，"你看现在这不挺好吗？一起上大学，一起谈恋爱。"

高阳脸上挂着笑，心道：黄警官你秀恩爱就行了，不要擅自给我和青灵加戏啊，我们的演技没你厉害。

黄警官心情不错，看向一旁的苏老师："老婆，还记得之前我跟你说过，一个高中女孩被抢劫的案子吗？他们是那个受害者的同学，因为这事，我跟他俩私下也算是认识了。没想到啊，他们竟然成了你的学生。你说说，这不是缘分又是什么？"

"我只是一个选修课老师，你就别瞎掰了。"苏老师微笑。

"高阳、青灵，"黄警官看向两人，"今天是我老婆生日，我特意请假来接她下课。走，上我家坐坐，给你们苏老师庆生。"

苏老师啼笑皆非，无奈地看了一眼黄警官："老黄，你这邀约也太突然了，说不定人家有安排了。"

"这俩人能有什么安排，我看不是去网吧打游戏就是去KTV唱歌……"

黄警官不由分说地揽住高阳的肩："走走走，上我家吃饭，保证熄灯前送你俩回学校。"

"好。"高阳欣然答应。

青灵点点头：当然去，有饭不吃是傻子。

…………

高阳和青灵坐着黄警官的私家车，明显感觉到车速比平时要慢要稳。

苏老师坐在副驾驶座，黄警官一直在跟她聊天，问她今天学校发生的事情，讲自己最近在负责的案子，以及孩子出生后如何养育的话题，全程就没找高阳和青灵聊过天，好像他俩是透明人。

倒是苏老师，温柔体贴，不时会把话题引到两个年轻人的学业和生活上，让他们也加入聊天。

开了半小时左右，黄警官的车开进山青区一个小区的地下停车场，四人下车，搭乘电梯上了高层。

一百多平方米的房子，三室两厅，风格现代，色调柔和温馨。

进屋后，大家换上拖鞋，在客厅的布沙发上坐下。

黄警官去厨房准备晚餐。回家的路上，他去超市买了不少食材。

苏老师给高阳和青灵泡了蜂蜜柠檬茶，还端上一盘自己烘焙的曲奇饼。

几分钟后，苏老师从卧室出来，已经换上居家舒适的宽松睡衣。

她挺着大肚子，慢慢在沙发上坐下："呵呵，大肚婆，还是穿睡衣最方便，就不跟你们客气了。"

"没事，我们都很随意的。"高阳端着茶说道。

"我叫苏曦，晨曦的曦，年纪大不了你们很多，可以叫我曦姐。"

"好的，曦姐。"高阳笑着回答。

青灵点点头，没说话。

"高阳，你女朋友有些沉默呀。"苏曦说。

"她这人，有点慢热，熟了就好了。"高阳跟青灵现在是情侣人设，于是帮她解释了一下。

"呵呵。"苏曦看青灵一眼，眼中含笑，"你们两个，谁先主动的啊？"

"他。"青灵立刻抢答。

不是，你胜负欲强我知道，但不用体现在这种地方吧？

高阳笑着摸摸头，装作不好意思的样子："是我追的她。"

"我猜也是。"苏曦笑了，"她这么漂亮，追她的人肯定很多。"

"是啊，幸好我下手快。"高阳怕穿帮，赶忙把话题引到苏曦的身上，"曦姐，我听黄警官说，你们认识很早，而且是初恋，跟我们很像呀。"

苏曦微微眯起眼睛，回想起了一些往事。她单手撩了一下头发，端起茶杯轻轻抿了一口："我们高中同校，不过没什么交集，真正在一起，是大学的时候了。"

"曦姐，说说你们的爱情吧。"高阳很感兴趣，这次不是装的。

青灵也放下手中的茶杯，看向苏曦，看来她也有点感兴趣。

苏曦一愣，没想到这个高阳竟然反客为主，她无奈地笑笑："哎呀，没什么好说的，还不就是那样。"

"肯定不一样。"高阳坚持道，"感觉黄警官好爱你，经常跟我们提起你。我打赌，你们肯定经历过刻骨铭心的爱情。"

苏曦赶忙挥手："没有没有，真的很普通。"

"我也想知道。"青灵开口。

苏曦愣了下，没想到这对年轻情侣这么坚持，或许，是想从前辈的爱情故事中收获一些启发。

苏曦回头看了一眼厨房，黄警官已经脱掉外套，系上了围裙，站在案台边，一边哼着小曲一边剥虾壳。

苏曦朝高阳和青灵挥挥手："走，咱们去书房。"

书房很宽敞，有一面大书架和一扇落地窗，落地窗前摆着一台看上去很昂贵的三脚钢琴。

苏曦在钢琴前坐下："老黄这人要面子，可不乐意我提他的'黑历史'。"

"哈哈，我更想听了。"高阳笑了。

青灵也飞快地点头。

接下来的时间，苏曦慢慢回忆了一下两人是如何走到一起的。

高中时代，苏曦在音乐班，黄警官在普通班。那会儿，苏曦是学校里公认的校花，长得漂亮，弹得一手好钢琴，每年元旦晚会上，都要表演钢琴独奏的节目。

不夸张地说，几乎全校的人都很喜欢苏曦，然而，这群人中，并不包括黄警官。那时的他还不是如今的黄警官，而是一个叫黄琦的问题学生。

黄琦读普通班，成绩稀烂，性格顽劣，整天跟人打架斗狠，按理说，两人完全不可能有任何交集。

可直到高三那年，命运的齿轮似乎出现差错，狗血的故事发生了。

苏曦在一次放学回家的途中，被校外的三个不良少年给堵住。这个不良少年的老大对苏曦早有耳闻，想让她和自己当朋友，觉得有面子。

苏曦自然不肯，对方气急败坏，对苏曦推推搡搡，骂她敬酒不吃吃罚酒。

这时，一个气血方刚的十八岁高中生冲出来，把三个不良少年打得狼狈窜逃。

这人，就是黄琦。

当然，黄琦英雄救美，自己也受了伤，脸上挂彩好几处，鼻血流了一嘴。

黄琦不以为然，反手抹了一把血渍，转身就走。

"当时，我是不太能理解的。"回忆到这儿，苏曦微微颔首，手指轻抚着光滑的黑色琴盖，"那时的我，虽然成绩好，但其实是一个相当自私的人。换作是我，看到一个陌生人有难，我一定会躲得远远的，只求不要殃及自己。"

苏曦抬起头，目光柔软，继续回忆。

那年，十八岁的苏曦看着转身就走的黄琦，愣了几秒，小跑着追上去。

"谢谢，谢谢你……我可以问一下，你为什么要帮我吗？"

黄琦转身，他头发粗硬，高高瘦瘦，长着一张倔强的不好惹的少年脸庞。

他鼻孔又流出一道鲜血，反手又是一抹："不为什么。"

苏曦听到这样的回答，感到更难理解了。

如果黄琦本来就跟这三个不良少年有仇，或者，黄琦是为英雄救美，对苏曦有所求，或者有其他的目的，苏曦都觉得合理。

可这个黄琦的回答竟然是"不为什么"。

"我不明白，那你为什么要帮我？"苏曦又问。

这次，轮到黄琦一脸"无法理解"地皱起眉头，在他的世界里，路见不平拔刀相助，这不是天经地义的事吗？这哪需要什么理由？

"我说了，不为什么。"黄琦觉得这个女人真麻烦，他双手插着裤兜，微微弓背，转身要走。

"等等，你别走！"苏曦追了上来，"你……你受伤了，我给你买点药。"

那时，苏曦也不太明白自己的心情，或许，她只是单纯地不想欠他人情，也可能，她对这个跟自己完全不同的男孩产生了好奇却不自知。

那天，苏曦给黄琦买了药，黄琦没表示感谢，拿着药，就酷酷地走了。

后来，苏曦就开始偷偷留意这个普通班的黄琦。

老实说，她有些失望，因为黄琦就是一个让所有老师头痛的问题学生，不做作业，每天迟到，脾气暴躁，一言不合就跟同学起冲突，然后被老师罚去操场跑圈。

再后来，苏曦发现，黄琦是个孤儿。

黄琦小学四年级时，父母出车祸去世了，那之后他在舅舅家长大。

黄琦的舅舅是个赌棍，欠了一屁股高利贷，还不上就跑路了，把一个家徒四壁的破屋子留给黄琦，就连黄琦的学费也是街坊邻居给他凑的。

追债的人三天两头上门，刁难黄琦。

黄琦就是从那时候起，养成了刺猬般的性格——他必须让自己学会打架，并且看上去很不好惹，才能生存下来。

但是，在这样糟糕的环境下长大的少年，却能保持一颗古道热肠的侠义之心，这多亏了黄琦的一个爱好——酷爱看漫画。

黄琦经常泡在漫画出租屋里蹭免费漫画看，他觉得自己跟热血漫画里的男主角很相似，至少父母双亡这点一模一样，于是黄琦的代入感比别人都要强。

那个年代的热血漫画，男主角一定是正义感爆棚的，无论经历了多大的苦难，无论多么孤独、绝望、不被理解，都始终有一颗维护正义、锄强扶弱的赤子之心。

黄琦便是这样长大的。

"我知道了，然后，你爱上了他！"高阳听到这里，恍然大悟，千金小姐跟不良少年的故事，原来言情小说里写的都是真的啊。

"呵呵，"苏曦摇摇头，"并没有。我虽然私下一直在关注他，但只是出于一种好奇，对完全不同世界的人的好奇。后来，直到高中毕业，我跟他也只有过一次短暂的交谈。"

那是一个普通的下午，苏曦抱着试卷送去办公室。

当时办公室里正好没有老师，只有鼻青脸肿的黄琦，正坐在老师的位置上，埋头写检讨。

苏曦用脚趾头都能猜到，这个黄琦一定是又打架了，被班主任给臭骂一顿，然后罚写检讨。

苏曦将试卷放在任课老师的办公桌上，经过黄琦时，歪头看了一眼。

黄琦发现有人在偷看自己写检讨，本能地用双手盖住，抬头瞪了苏曦一眼："看什么看？"

苏曦装作无所谓的样子："你怎么那么爱打架？"

"谁说我爱打架？"黄琦硬邦邦地反问。

"事实胜于雄辩。"苏曦歪了下脑袋。

"我只是看不惯别人使坏，老师却说我多管闲事。"黄琦有些不服气。

苏曦愣住，其实换作以前，苏曦也觉得他是在多管闲事。可上一次，如果不是黄琦多管闲事，她可能就被三个不良少年给欺负了。

或许黄琦每次打架，真的都是出于正义，只是方法不对。

"既然你这么有正义心，长大了去当警察呗。"苏曦随口一说，"这样的话，什么'闲事'都可以管了。"

苏曦说完，发现黄琦抬头看着她。

那个眼神，苏曦永远忘不了，就仿佛是在黑暗的隧道中行走了很久很久，忽然发现前方有一束光的那种眼神。

回忆到这，苏曦微微叹了口气："那之后，我跟黄琦再也没说过话。一个月后，我家中出了变故，我爸妈外出入住的酒店发生火灾，他们离我而去。一夜之间，我也成了孤儿。我没有继续音乐之路，而是考上一个普通大学，靠奖学金完成了学业。"

"直到大三那年，黄琦才又找上我。"苏曦笑了笑，"当时是在大学元旦晚会上，我表演钢琴演奏，下台后，才发现一个男生正看着我笑。

"我当时差点一眼没认出来是他，他变化太大了，简直是脱胎换骨。那晚我们在大学的操场走了一圈又一圈，聊起了很多事。我聊到我的家庭变故，他聊到他的生活轨迹。"

苏曦继续回忆。

当年的办公室里，苏曦随意一句话，就像一束光，打在了黄琦的脸上，点醒了他浑浑噩噩的人生。

那之后，黄琦开始认真学习，以当警察为目标。黄琦很聪明，很快成绩就赶了上来，最后超常发挥，考入警校。

黄琦在警校读了三年，彻底洗去那一身臭毛病，锤炼成了一个正义、成熟、得体的有为青年。当然，这三年，他的脑袋也开窍了，他意识到，自己一直忘不掉那个改变了他命运的苏曦。

这次，黄琦开始暗中打听苏曦的情况。

原本应该一路顺风顺水考入音乐学院，成为一位优秀钢琴家的苏曦，如今却成了一个孤儿，在一所普通大学学着适合就业的普通专业，拿着最高奖学金，到处兼职，为生活奔波；唯一还可以演奏钢琴的机会，就是学校的元旦晚会。

她依然很漂亮，依然有很多追求者。可是黄琦却为她感到难过，原本她应该飞得更高更远。

终于，黄琦鼓足勇气，去见了苏曦，在大三那年的元旦晚会上。

他站在台下，看着美丽的苏曦穿着一袭白裙，坐在舞台上的那一束光芒中，优雅地弹奏着《月曲》，像是童话中的仙女。

黄琦想了很多很多，并最终得出一个结论：我爱这个女人。

书房内很安静，高阳跟青灵听得相当认真。

苏曦和黄琦的故事不算精彩也不算狗血，却吸引着人想要了解。

"那晚我们聊了许多，交换了手机号码，成了朋友。"苏曦说。

"就只是朋友？"高阳笑着问。

苏曦点点头，轻轻一笑："你别看老黄现在油嘴滑舌的，那会儿他可是相当正经。"

"别打岔。"青灵不满。

"呵呵。"苏曦看向青灵，"我们对彼此确实都有好感，但一直没有捅破那层窗户纸，维持着暧昧的朋友关系。

"就这样，又过去一年，我二十二岁生日那天，黄琦约我吃饭，说要陪我过生日……"

那天黄琦带苏曦去了当时离城最高的大楼，在楼顶的餐厅吃烛光晚餐。

为了这顿饭，黄琦花了自己半个月的生活费，并且提前一个月才订到座位。

黄琦第一次吃西餐，刀叉都不会拿，切牛排时既十分拘谨，还有些笨拙。

但这反而让苏曦觉得很可爱。

"其实不用特意来这么贵的地方。"苏曦说，"随便吃个饭就行了。"

"我并不是打肿脸充胖子。"黄琦很坦然，"只不过，我想送你的生日礼物，在这里。"

黄琦说着，又看了一眼手表，吃饭的过程中黄琦一直在看时间。

过了一会儿，他放下刀叉，一脸神秘："我现在要送你礼物，快闭上眼睛。"

苏曦不知道黄琦葫芦里卖的什么药，笑着闭上双眼。

这时，黄琦悄悄拉开了一旁落地窗前的窗帘，可以看到大半个离城。此刻，夕阳西沉，暮色四合，整座城市只亮着零星的几盏灯火，是它最昏暗的时候。

苏曦睁开双眼，看到这一幕时，愣了一下。

"别分神，别眨眼，马上来了。"黄琦和苏曦一起看向落地窗外的昏暗离城，并开始倒数，"五、四、三、二、一。"

忽然间，整座离城都亮了起来。

苏曦当然清楚，每晚七点，城市的路灯和其他公共设施，都会同时亮起，这跟黄琦没有任何关系。

可在黄琦的精心安排下，点亮整座城市的光芒，仿佛是黄琦为苏曦准备的一场浪漫的魔术。

"亏你想得出……"苏曦啼笑皆非，话却卡在嘴边。

她忽然发现，一旁的黄琦已经单膝跪下，拿出一枚漂亮的银戒指："苏曦，我现在还买不起钻戒，但是等结婚那天，我是说……如果你愿意跟我好，我保证，该有的都会有，我黄琦，绝不会辜负你……"

戒指也好，烛光晚餐也好，别出心裁的告白仪式也好，她虽然开心，却似乎还是差了点什么。

直到接下来，黄琦的那番话，才真正打动了她。

黄琦看向落地窗外的美丽离城，看向那逐渐亮起的万家灯火："我以前老喜欢坐在高处，就在这个时间，看着无数的窗户慢慢亮起来，我那时候就想，总有一天，我黄琦，要有一个属于自己的家。

"苏曦，你愿意成为我的家人吗？我们一起组成一个家，以后每天晚上，那些亮起的窗户当中，也会有我们的一份。"

苏曦愣了两秒，眼泪无声地流下来。

她伸出右手无名指，黄琦温柔地为她戴上戒指。

"说话算话。"苏曦说。

"说话算话。"黄琦答。

…………

"好了。"苏曦结束了最后一段回忆,"之后,我们就在一起了,谈恋爱,毕业,找工作,结婚,攒钱买房,每天柴米油盐,鸡毛蒜皮,不知不觉就到了现在。"

苏曦看向自己隆起的小腹,伸手轻轻地抚摸,神色爱怜:"等孩子出生了,我跟老黄也算是有一个真正的家了,当年他的诺言,就算实现了。"

高阳和青灵默默听完,陷入短暂的沉默。

黄警官和苏老师先后成了孤儿,因此,他们都渴望有一个家。

现在……他们真的要有一个家了。

如果黄警官没有觉醒,他应该会特别幸福吧。

可觉醒后,一切都改变了。人和兽,真的能生出"孩子"吗?这个问题,困扰着黄警官,也困扰着高阳。

"苏老师,你也一定很爱黄警官吧。"高阳故作羡慕地问道。

苏老师微微一愣,没想到高阳会问得这么直接。她有些不好意思地笑了:"老夫老妻的,还有什么爱不爱的。"

高阳发动"识谎者"。

目标撒谎,善意。

看来,苏曦是爱着黄警官的。

高阳心中松了口气:抱歉啊苏老师,作为黄警官的同伴,我必须测一下你,即便你是黄警官深爱着的人。

"吃饭了。"厨房方向传来黄警官的声音,"咦,你们怎么跑书房去了?"

"给他们看看你当年送我的结婚礼物。"苏曦抬高声音,隔着房间回答道。

苏曦走出书房时,回头看向高阳和青灵,悄声说:"一会儿吃饭,千万别提老黄当过问题学生的黑历史,他这人很要面子的。"

"知道了。"高阳笑笑。

黄警官的厨艺相当不错,做了满满一桌拿手好菜。

四人吃着饭,饭桌上,黄警官话特别多,不是在夸老婆多么有才华多么有魅力,就是在夸自己多么厉害办案效率多高,以及各种惩凶除恶的光辉事迹,话语中有不少夸大的成分。

苏曦懒得拆穿。

高阳也很捧场,没事附和几句。

青灵也很捧场,不过主要是对黄警官厨艺的认可上。从头到尾,她没有一句废话,一手端碗,一手拿筷子,坐得笔直,神色虔诚,吃得那叫一个认真。

晚饭结束后,黄警官去厨房洗碗。

三人在客厅看了一会儿电视,一直闲聊到九点,黄警官端上了生日蛋糕,大家一起给苏老师过了个简单的生日。

十点左右，苏老师有些累了，先睡下。

黄警官开车送青灵和高阳回大学。

三人上车，开出一段距离，才切换回觉醒者的身份。

"我做饭时，我老婆跟你们说了些什么？"黄警官问。

"也没说什么。"高阳坏笑道，"就是从你父母双亡，又被赌棍舅舅抛弃成为问题学生，后改邪归正考入警校……"

"好了，我明白了。"黄警官一脸尴尬。

沉默了片刻，黄警官深吸一口气，鼓起勇气问道："你有对我老婆用'识谎者'吗？"

高阳一愣：原来黄警官带他回家，是为了这个？

"用了。"高阳坦白。

"结果是好的吧？"黄警官试探着问，"如果不好，你应该会立刻提醒我。"

"嗯，你老婆是爱你的，而且是善意。"高阳说。

"谢谢，对我而言，这很重要。"黄警员语气变得温柔。

很快，汽车在红绿灯停下，黄警官又想到了什么："对了，预产期在十一月中旬。"

高阳算了一下："还有一个半月。"

"是啊。"黄警官叹了口气，声音中透着担忧。

"斗虎那边的调查有进展吗？"高阳关心道。

黄警官知道高阳在问人兽孕育生命一事，他抬头看一眼后视镜中的高阳："你猜，我为何会加入破苍计划？"

高阳立刻明白过来："这事跟苍母教有关？"

黄警官点点头："斗虎已经查到，苍母教早在几十年前，就对人兽孕育一事开始了研究，并有了一些结论，这在苍母教也是绝密信息。所以我如果想要在短时间内搞清楚，借苍母教的学习笔记看一看，是最好的选择。"

"这事，斗虎怎么会知道？"高阳问。

"他有可靠的消息来源，其余的他没说。"黄警官回答。

高阳略一思索：难道苍母教那边已经有斗虎安排的卧底？

不太可能，就连鬼马都没能成功打入苍母教的核心层，卧底哪么容易当。斗虎应该是通过其他渠道和办法搞到的这个情报，也不排除龙有介入，毕竟龙是从玄门那个年代过来的人，知道的事情很多。

不过，苍母教在研究人兽孕育这件事，高阳倒是丝毫不意外。毕竟，就连至暗者的领袖终和觉醒者莉莉娅的融合，背后都有苍母教的推波助澜。

这个苍母教的最终目的，究竟是什么？

绿灯亮起，黄警官一脚油门，开动汽车："最近还有一件事，可能也跟我想调查的事有一定关系。"

"什么事？"

"关于刘大爷的事。"黄警官说。

高阳一惊,刘大爷就是泼猴的双胞胎哥哥,那个卖麻辣烫的老头,黄警官是刘大爷的常客。

泼猴是觉醒者,双胞胎哥哥刘大爷却是一个迷失者,这根本说不通。

当初的泼猴,正是为了弄清楚这件事的真相,才加入了十二生肖,看来这件事终于有进展了。

"继续说。"高阳等待着下文。

"不急。"黄警官掏出一根烟,叼在嘴,"明天在破苍小组的会议上我再汇报,还是按程序来,省得我讲两遍。"

"行。"高阳没异议。

很快,黄警官的车开到了离城大学的校门口。

离寝室熄灯没多少时间了,高阳和青灵下了车,快步走向校门。

即将进门时,高阳忽然站住,思考了几秒后,他朝青灵投去一个眼神:"要不……今晚别回宿舍了。"

"去哪儿?"青灵说。

"去开房。"高阳说。

青灵盯着高阳的眼神:"确定?"

"确定。"

"好。"青灵抓住高阳的手,转身就走。

两人像一对小情侣一样,穿过大街,来到不远处的一个巷子,巷口摆着一些小吃摊,巷子里是一些旅馆。

高阳和青灵走进巷子,抬头就看见一家"晚安旅馆"的破旧招牌。

"就这家?"高阳问。

"嗯。"青灵点点头。

两人走进旅馆,在前台登记了一下名字,开了一间单人房。

两人手挽着手走进房间,高阳关上门,青灵很自觉地走到窗户前,将窗帘给拉上了。

两人互相看了一眼,在床上坐下。

高阳迅速拿出手机,写下一行字,递给青灵。

青灵看一眼手机,立刻起身,走到浴室,打开花洒。

高阳也拿起床头柜上的遥控,打了电视机,把声音调到最大。

接着,两人重新坐在床上,拿出武器,静静等待着,这期间,高阳一直注意系统。

大约三分钟过去。

高阳的耳边响起系统的警告声,高阳飞快给了青灵一个眼神。

青灵当机立断,一个冲刺,将手中的唐刀刺入旅馆的门后。青灵眉头一皱,通过刀刺入门后的手感,她得出门后没人的结论。

一秒后,她和高阳几乎同时反应过来:敌人在窗户外。

青灵拔出唐刀的同时左手一扬,藏在长袖中的三枚乌金飞镖像子弹一样高速射向被窗帘挡住的窗口。

"砰——"的一声,三枚飞镖刺穿了窗帘,并且打碎了玻璃。高阳放大六感,隐约听见了飞镖刺入人体的声音。

他立刻发动"瞬移",穿过窗户方向的墙体,来到外面。

高阳站在窗外的空调机柜上,低头一看,旁边的广告牌上果然留下几滴新鲜血液,应该是被青灵的飞镖刺伤了。

这时,青灵也从窗户内翻了出来。

"跑了?"青灵问。

高阳点点头。

十分钟前,高阳和青灵刚要回大学,高阳就感觉到似乎有人在跟踪他们。

高阳立刻决定带她去小旅馆,故意让自己露出破绽,来个守株待兔。

青灵很清楚高阳另有目的,立刻配合,接下来,便有了之后的事。

青灵闭上双眼感应了两秒,睁开双眼:"追!"

青灵轻盈一跳,从十几米高的窗口一跃而下。

高阳一个"瞬移",跟上青灵,一起追出巷子口。

追踪的过程中,高阳不忘拿出手机,给罐头打电话,叫她立刻来现场"善后"。

"我去!队长你你你……为什么会和青蛇去旅馆哇!"电话里,罐头非常激动。

高阳懒得解释,直接挂了电话。

虽然时间已是夜晚,但路上还有不少行人和营业的商店,以及未收摊的摊贩。

高阳和青灵不敢拿出觉醒者的行动力,把速度控制在普通人的程度上快速追赶。

十分钟后,两人来到西边的一个公园,在一片树林中停下。

"跟丢了?"高阳一边问,一边观察四周。

青灵没说话,她往前走了几步,单膝蹲下,在脚下的枯树叶上发现一枚染血的乌金飞镖。

十二生肖拿到元素符文回路后,青灵的"金属"很快升到4级。

现在青灵操控金属的能力发生了质变,不仅控制金属的重量和范围翻了一倍,还可以给自己的乌金武器注入一定的能量,产生感应。

三把乌金飞镖中,有一把飞镖刺入对方的身体后,一直没有被拔出。

青灵正是靠着感应这把飞镖的大致位置,顺利追踪到了这里。

现在看来,对方是故意引诱他们过来的。

青灵一张手,地上的乌金飞镖迅速飞回她手中,她轻轻一甩,上面的少许血渍立刻消失不见,光洁如新。

青灵站起来,看向身后的高阳:"他是故意引我们来这儿的。"

"猜到了。"高阳对此并不意外。

高阳已经放大自己的六感,搜查着四周的动静。忽然,他感到自己左侧的空气发生了轻微而急促的流动,似乎是某种东西爆炸的前奏。

　　"轰——"的一声,一秒后,一枚藏在树干上的催眠瓦斯爆炸了,整个树林立刻弥漫出一团浓烈的紫色烟雾。这种烟雾,人吸入三秒就会昏迷,即便只吸入一秒,动作反应也会变得相当迟缓,十分危险。

　　不过,高阳早已经发动"瞬移",搂住青灵的腰,带她逃离了树林。

　　高阳将青灵放下,两人并肩看向树林外的小路,路边的路灯下,站着一个人。

　　昏黄的光线下,站着一个又矮又胖的光头男人,他穿着黑白条纹的长衣长裤,光着脚,左手上还戴着一个乌金制成的长方形吊牌,上面写着数字"10"。

　　他的装扮,既像一个囚犯,又像一个病人。

　　矮胖男人的脑袋上长满了肉瘤状的凸起物,整张脸严重毁容,上面都是肉条状的粉色疤痕,他的嘴唇肥大乌黑,像是中毒了。

　　男人的声音阴冷,还黏糊糊的,像某种蠕动的虫子,让人反胃:"嘿嘿,你们果然是觉醒者啊,我要把你们抓回去,当我的玩具……"

　　男人说着,嘴角流下了黏稠的淡黄色口水。

　　公园里虽然冷清,但并非没有人。

　　事实上,小树林外面是一片小型的人工湖,湖边草地上围坐着一群大学生,还扎了两个帐篷,似乎打算在这里露营。

　　他们目睹了眼前的一幕,纷纷晕倒过去,应该都是迷失者,除了其中一个女生——她丢下手中的扑克牌,慢慢站起来,身体剧烈战栗,嘴角长出利齿,身体长出粗硬的毛发,整张脸也开始变形,转眼就成了半人半狼的形态。

　　糟了!是号角者!

　　高阳朝青灵大喊一声:"我对付他,你解决……"

　　"号角者"三字还没说出口,青灵已经提着唐刀冲向那个恶心丑陋的矮胖男人。

　　我好歹是你的临时上司,能不能给我一点尊重啊!

　　高阳在心里暗想的同时发动了"瞬移"。

　　号角者的兽格彻底觉醒,她没有犹豫,扬起头颅,打算吹响号角,唤醒附近的所有迷失者,让他们统统进入暴走状态。

　　但很可惜,她没来得及发出声音,就被"瞬移"近身的高阳掐住了喉咙。

　　号角者锋利的双爪本能地刺向高阳,但还没来得及发力,脖子便被高阳"咔嚓"一声给扭断了。

　　与此同时,高阳已经拔出随身携带的匕首,刺入号角者的心脏,确保她必死无疑。

　　号角者浑身一哆嗦,失去了力气,脑袋歪斜,四肢垂落。

　　高阳缓缓将号角者放在地上,拔出匕首。

　　此时,死亡的号角者渐渐恢复人形,她看上去,不过就是一个普通女孩。在兽格觉醒之前,她或许就是离城的大学生,跟同学们一起来露营、吃零食、打牌、喝啤酒、玩真心话大冒险，说不定，人群中还有她暗恋的男生，闺密们正在努力撮合他们……

可现在，因为一场意外，她的兽格觉醒，成为号角者，并被觉醒者当场杀死，她的"人生"就此结束。这对她而言，究竟是不幸，还是解脱，不得而知。

抱歉。

高阳轻声叹息，为女孩合上双眼。

高阳转身，看向青灵的方向，顿时吃了一惊！

虽然他对青灵如今的实力比较放心，不觉得她会输，可他万万没想到，青灵会赢得这么快。

不远处，那个戴着10号铁牌的矮胖男人，已经被几片金属路标箭头钉在一棵树上，脑袋滚落在他的脚边。

高阳完全可以想象，青灵发动4级"金属"，拔下了路标牌上的金属路标箭头刺向敌人，与此同时迅速近身，手起刀落，砍下对方的脑袋。

高阳拿出手机，一边给工会后勤部打电话叫他们来善后，一边走向青灵。

青灵手中的唐刀一甩，迅速隐匿起来。

"你杀了他？"高阳问。

青灵面无表情："本想留他一命，没想到他这么弱。"

高阳汗颜：青灵啊青灵，有没有一种可能，是你太强了啊！

"没事，朱雀可以审问尸体。"高阳看向眼前的尸体，"他是兽吗？"

"不像。"青灵推测，"他身上没有兽化的迹象。"

"嗯。"高阳点点头：虽然妄兽也不会有兽化迹象，但他这么弱的实力，显然也不可能是妄兽……

"这么说，他是人？"高阳有些意外，"也是觉醒者？"

"可能。"青灵说，"不过真的好弱。"

"嘿嘿，被人小瞧了啊……"一个声音传来。

高阳一怔，说话的竟然是掉落在草地上的脑袋，它张着嘴巴，满是肉条状疤痕的脸上露出一个丑陋又猥琐的笑。接着，被钉死在树上的无头尸体抬起双手，将胸口上的路标牌给拔了出来，尸体上喷出少量的黏稠鲜血。

无头尸体上前两步，弯腰捡起了自己的脑袋，重新安回了脖子上。很快，脖子处的皮肉就开始修复，将脑袋完好地连接在一起，只不过，因为恢复过度，留下了一条肉条状的粉色疤痕。

高阳和青灵没有马上攻击，只是摆出迎战架势：心脏被刺穿，脑袋被砍落，这都能活过来？这是什么怪物？

高阳一边观察敌情，一边试着打探情报。

"你到底是谁？"

"我是10号，嘿嘿，10号。"男人边笑边流下口水。

"你是人是兽？"高阳继续问。

10号上前一步，颇为骄傲："我当然是人啊，跟你们一样，我是觉醒者哦，嘿嘿。"

"我没见过你。"青灵皱眉：也没见过这种能力。

"嘿嘿，你们当然没见过，你们不喜欢跟我这种吊车尾玩……"胖子猥琐的笑容僵住，眼中闪过一丝变态的仇恨，"所以，嘿嘿嘿，我要把你们都变成我的玩具……"

"你是什么组织？"高阳继续问。

10号一愣，认真思考了几秒，他摇摇头："不能说哦，老大说了，还不是时候，还不到我们尾队登场的时候……嘿嘿，到时候，我们一定要给你们，给你们所有人一个大惊喜，嘿嘿嘿……"

高阳忍住翻白眼的冲动：你这不是已经说了吗？看来你的智商和精神状态不是很稳定啊。

尾队？还是第一次听说这个组织，回头找柳轻盈打探一下，说不定她知道。

"你为什么要跟踪我们？"青灵问道，唐刀已经重新出现在她手中。

"为什么？"10号的嘴角又流出恶心的淡黄色口水，他的声音含糊不清，"因为……我最喜欢漂亮的小哥哥和小姐姐了，我要把你们变成玩具，嘿嘿嘿……"

"就凭你？"青灵手中的唐刀一振。

"嘿嘿，嘿嘿嘿。"10号还是笑着，"真好看，你真好看……"

微风从湖面吹来，高阳顿时闻到一阵熟悉的异香。

高阳猛然一惊，10号的左手上不知何时握着一支小型注射器，已经插入自己臃肿的大腿外侧。

竟然是苍母教！

**警告！幸运点收益增加至 4500 倍**

"啊啊啊啊！"10号发出亢奋又痛苦的惨叫，一瞬间，他胸口的琵琶骨像绽放的花朵一样朝着外面张开，里面的内脏和血肉顺时针搅动起来，迅速变为一颗旋涡造型的肿大的黑色心脏。

心脏四周是粗大邪恶的血管，控制着10号的整个躯干。

10号矮胖的身体表面也浮现出流动的诡异黑斑，身上的肌肉开始膨胀，皮肤也变得黝黑而厚实。他光溜溜的脑袋上长出无数根锋利的白色骨刺，变成真正意义上的"刺猬头"。

转眼间，矮胖的丑陋男人消失不见，取而代之的是一个高达三米的强壮怪物。

"玩具，嘿嘿嘿，你们都是我的玩具……"

怪物化的10号嘴角流淌出的口水也变成黑色，他的表情既狰狞又猥琐，双眼闪烁着暗红光芒。

一股寒意从高阳的脚底腾升至全身。

4500倍幸运点增益的敌人，对如今的高阳来说已经不算太大威胁，何况还有拥有6级"刀神"和4级"金属"的青灵助阵，他可以轻松拿下对方。

让高阳恐惧的是，以往他遇见的每一个苍母教成员，在注射那带有异香的药液后都暴走了，沦为嗜血却低能的怪物，但眼前的10号，竟然还清醒地保有之前的智商——尽管他之前的智商并不高。

如此看来，苍母教的邪恶药物一直在推陈出新，不断改进。

虽然三大组织一次次阻止了苍母教的阴谋，可苍母教并没有停下脚步，它们似乎还是在一步一步接近自己的终极目标。

高阳身旁的青灵，可没有高阳那么重的心思。

对她而言，眼前的10号是不可多得的实战训练对象，是大型的升级经验包！

她目光一凛，地上的三面金属路标箭头悬浮到青灵的身后，与此同时，三支小巧却锋利的乌金飞镖也飘浮在主人的身边。

"上了。"青灵低声说。

"嗯。"高阳回答道。

金属路标和乌金飞镖一齐飞向怪物化的10号，它们像灵敏又烦人的苍蝇，高速纠缠着10号，不断在他的身体留下锋利狭小的割伤，转眼10号已经遍体鳞伤。

但10号的自愈能力极强，甚至超过了死猪，前一秒皮开肉绽的裂口，不到两三秒就愈合了七八成。

青灵左手的食指和中指忽然弯曲。

两把乌金飞镖附上了6级"刀神"的蓝色刀气，刺入10号的两只眼睛，一时间，他的眼窝中鲜血喷射。

"嗷嗷……"10号发出怪物般的嚎叫声，带着邪恶的能量力场从他的胸腔之中爆破开来。

高阳只觉得一道强大的半透明黑风激荡过来，四周的草木乱舞，地面仿佛都在震荡。

刺入10号眼睛的两把飞镖被震飞出去，带出两只鲜血淋漓的黑色眼珠，然而很快，被神经连接着的黑色眼珠子就自动缩回了眼窝，并在几秒内复原了。

青灵细眉微蹙，手中的长刀一振，既然对方没有致命伤，那就把他砍个稀巴烂，不信他还可以复活。

青灵刚要行动，十米开外的10号忽然消失不见，只留下一道残影。

青灵一惊：好快！

念头闪过时，巨大的黑影从她头顶扑来。

"咚——"的一声，10号的双脚踏在了草地上，泥土和草屑四处飞溅。草地被10号踩出一个半米深的土坑，土坑中还燃烧着诡异的黑色炎火。

十米开外，高阳将怀中的青灵放下。刚才他发动"瞬移"，带着青灵闪开，才避过了10号的突袭。

两人同时看向10号，他身上流动的诡异黑斑，似乎有温度，可以让四周的事物燃烧起黑炎。

"那黑炎应该很危险，千万别被烧到。"高阳提醒。

"知道。"青灵目光变得锐利，思考着接下来的作战方法。

"普通的伤害对他效果有限，他能高度再生。"高阳已经有了决策，"你想办法限制住他的行动，剩下的交给我。"

青灵并不清楚高阳打算怎么做，但没有任何怀疑："好。"

青灵再次控制飞镖干扰10号，同时提刀冲过去。

10号见青灵逼近，重重一拳砸向青灵。

青灵迅速侧闪，同时反手挥出一斩，在10号的小手臂上留下一道深可见骨的伤口。

10号强忍痛楚，另一只手迅速砸向青灵，身上的黑斑朝着拳头聚拢。

"咚——"的一声，地上被10号的拳头砸出一个土坑，夹带着诡异黑炎的泥土和草屑四处飞溅。

这次的青灵没有左右闪避，而是直接跃起，躲开了几乎致命的一击。

10号的智商虽然不高，但战斗经验还算丰富，他预判到青灵降落的位置，直接朝半空打出一拳。

"轰"！一道黑炎从他的拳头中冲出，却并没有打中本该落下的青灵。

10号猛地抬头，青灵竟然悬浮在自己拳头的上空半米处，并没有往下落。她的双脚正踩着两把乌金飞镖，那飞镖将青灵稳稳托住。

而此刻的青灵，正半侧身体，反手握刀，蓄力了一秒，锋利的银白色刀刃上荡漾出一圈圈的蓝色刀气。

周身的空间骤然暗淡，蓝色刀光如同划破黑暗的闪电。

10号的双臂被切断，掉落在地，切口处喷出大股大股的暗黑色鲜血。

在青灵挥出蓄力一斩时，看似笨重的10号反应奇快，立刻抬起粗壮的双臂交叉，护住了胸膛和心脏，这才避免自己的整个上半身被青灵斩成两段。

半空之中，还踩着两把乌金飞镖的青灵一个后空翻，与此同时，两把乌金飞镖准确地射入10号，再一次刺进他的两只眼窝。

"啊啊啊啊——"失去双臂和双眼的10号发出了惨烈的叫声。

青灵轻盈落地，一阵风从身后吹来。

高阳发动"瞬移"，瞬间将青灵带走。

一秒后，青灵和高阳同时出现在10号背后的脚下。

青灵一个贴地俯冲，再次斩出两道刀光。

10号两条小腿的肌肉被砍断，他"扑通"一声跪在地上，暂时失去了行动能力。现在，他必须同时恢复小腿、断臂和被刺瞎的双眼，而这最快也需要五秒时间。

五秒，对于高阳而言绰绰有余。

高阳一个"瞬移"来到10号的头顶上空，他没有发动"觉悟之力"。"觉悟之力"肯定可以一拳秒杀掉10号，可是这一招制造出来的动静太大，可能惊动到公园外的迷失者和高级兽，会增加善后的难度。

况且，事后还要付出3%~5%的永久属性，这太奢侈了。

再者，"觉悟之力"下的一记"焰拳"，10号恐怕会直接烟消云散，朱雀没法再审问尸体。

"焰拳！"高阳朝着跪地不起的10号的天灵盖打出了一拳，甚至只用了七成功力，就是怕对方死无全尸。

高阳的整个右手臂都缠绕着刺眼的红色火焰，化为一只小型的火焰之龙，咬向10号的头部。

"轰——"的一声，焰龙毫不留情地咬掉了10号的脑袋，并没有化为冲天的火柱，而是以一圈极其明亮的红色能量，沿着地面荡出一道涟漪。

一时间，以10号为中心的大片草坪都化为一片焦土。

高阳收回拳头，走到10号的尸体旁。

此刻，10号的脑袋和脖子彻底熔化，只剩下一副无头尸体，而这尸体也被火焰的余波烧得焦黑，并呈半熔化的状态，像一个失败的蜡像。

青灵提着唐刀走过来，看一眼脚下的焦黑尸体，又看一眼高阳，冷淡的语气中带着一丝认可："你变强了。"

"你也是。"高阳说。

无论是天赋的能力，还是战斗经验，青灵都变强了许多。

高阳没记错的话，青灵在觉醒者的实力排行榜已经来到第10名——尽管现在的实力榜已经没什么意义了。

"远远不够。"青灵并非谦虚：她的目标是最强。

高阳点点头，刚要说什么。

"嘘——"四周传来了口哨声，这口哨声虽然连贯悦耳，却来者不善。如果罗尼的"混乱"像是有一根棍子在你的大脑中粗暴地搅动，让你难受到无法思考，那么这个口哨声，就像是有双手将你的脑神经温柔地打着结，让你的思维跳脱，陷入莫名其妙的状态。

是的，莫名其妙，你的大脑并没有失去思考能力，但思绪是乱飞的。

高阳前一秒还在想着，这口哨声是从哪里来的，下一秒他就开始思考，今天早上吃的粥是不是有点咸。

高阳意识到自己走神了，强行拉回思绪，可专注不了一秒，他又走神了，并且开始好奇青灵左眼的睫毛有多少根。这都什么跟什么啊！

一旁的青灵，思绪也变得莫名其妙，胡乱飞舞。

高阳试着最大程度地封闭听觉，这才慢慢抵御住口哨声。

青灵也用双手捂住耳朵，慢慢拉回专注力。

这时，两人脚下那个巨大的焦黑的无头尸体再次活过来，就连残废的四肢也恢复过来，飞快地爬进树林中。它速度极快，动作畸形扭曲，加上浑身焦黑，就像一只没有脑袋的巨型蟑螂。

高阳和青灵想追，但口哨声变得更强了，他们不得不花更多的精力去对抗，只能眼睁睁看着10号消失在树林中。

很快，那奇异的口哨声也一并消失。

"还追吗？"青灵看向高阳，有点不甘心。

"算了。"高阳谨慎地摇摇头：很显然，这个10号还有同伙，也不知道是几个人，天赋也十分吊诡，况且敌人在暗，他们在明，莽撞追击过于冒险。

青灵不再说话，她明白高阳的顾虑。

高阳拿出手机，决定向组织汇报今晚的遭遇。

青灵也拿出手机，拨通了号码。

高阳有点意外，笑着问："你也要向组织汇报？"

青灵摇摇头，一脸认真："我问一下斗虎，以后遇到这种类型的敌人要怎么杀。"

高阳：好吧，不愧是你。

高阳跟青灵各自打完电话，不一会儿便等来麒麟工会来善后的后勤部人员。

现在两人早已经错过宿舍关门时间，没法再回去睡觉。

高阳和青灵决定提前前往明天下午的会议地点。

两人前往仍然很热闹的堕落街，来到街道尽头的一间五层楼改建房，下面四层都装修成了平价旅馆，路边挤着不少夜宵推车。

他们走进酒店，没在柜台停留，按下电梯，直抵五楼。

很快电梯打开，里面不是酒店，而是一间霓虹闪烁的桌游吧，装修风格迷幻而时髦，充满未来感。

店门口挂着一个生锈的大铁招牌，上面用一些"义肢"拼凑出四个字：边界行者。

"会议地点？"青灵显然有点意外。

高阳点点头，推开进去。

"欢迎光临。"一个声音从前台传来。

前台小姐是一个穿露肩旗袍的年轻女孩，渐变粉白色的中短发，眼睛大而灵动，戴灰蓝色美瞳，左眼下面文着一串条形码。

"你好，有预约吗？"年轻的女孩问。

"没有，我找你们老板娘。"高阳说。

"哦，她在3号太空舱。"女孩嘴角一弯，道，"不过，她现在可能有点忙哦。"

"没事，我们是老朋友了。"高阳装作和对方很熟的样子。

高阳跟青灵穿过候客厅。沙发上坐着几个等着拼桌的大学生，他们低头刷着手机，没人注意到打上迷失者气息的高阳和青灵。

两人来到3号房，面前是一扇银白色的高科技舱门。

高阳和青灵推开舱门，里面果然装修成了一间太空舱。

充满科技感的灰沙发上坐着两个人，其中一个正是百川团1组的副组长艾曼。

艾曼穿一套帅气飒爽的西装，粉色中短发梳成优雅的背头，一手端着一只装着红酒的高脚杯，旁边坐着一个黑发女孩。

"咳咳。"高阳轻咳一声。

艾曼抬头看向门外的高阳和青灵，微微一愣，然后欠身轻轻拍了拍身旁女孩的肩："姐谈点事，你先出去。"

女孩起身出去了。

高阳和青灵走进来，高阳带上门，四下看看："方便讲话吗？"

"可以。"艾曼跷着二郎腿，扬扬下巴，"随意坐。"

高阳和青灵在艾曼对面的沙发坐下，简单说明了一下今晚遭遇到的事情。

艾曼静静听完，神色严肃起来："我现在需要做什么？"

"把消息同步给到你的组织，然后给我和青灵提供休息的地方，明天下午破苍小组开会的时间不变。"

"没问题。"艾曼一边拿出手机，一边掏出一串钥匙，丢向高阳，"你们要不介意就去我的卧室休息，9号房。"

高阳接过钥匙："你呢？"

"我晚上一般不睡觉。"艾曼嘴角一歪，"通宵场玩家有时会不够，我得凑桌。"

"果然是自己当老板，真敬业。"高阳随口一说。

"倒也没有。"艾曼起身，单手插兜，淡淡回复道。

替高阳解决完住宿需求，艾曼出门去招呼店里的客人了。

高阳和青灵随后离开，前往9号房间——艾曼的卧室。

高阳用钥匙打开门，刚进去，一股诱人的熏香味扑鼻而来。

室内不大，光线暗沉，装潢复古，到处是奇怪大胆的雕像和画像，放着一张奢华艳丽的圆形公主床。

一时间，高阳仿佛又回到初次跟青灵去酒店执行任务的时候，屁股都不知道往哪儿坐。

青灵倒是很大方，她踢掉脚上的球鞋，走进独立浴室，拉上门。

高阳坐在床边的一张摇椅上，闭目养神，一边缓解战斗过后的疲倦，一边思考问题。

十分钟后，青灵推门出来。

她穿着背心，但没穿外套。她抬起双手，将微湿的头发扎起。

"你去洗。"青灵说。

"晚点再洗。"高阳从口袋掏出一个装耳塞的小塑料盒，但盒子里装的不是耳塞，而是一瓣印有红色手指印的白色花瓣。

高阳出院那天，柳轻盈让人送过来一束花，其中一朵花的花瓣上留下了指印。

高阳明白柳轻盈的用意，但一直没找到机会跟她在梦中碰头。

刚才青灵洗澡时，高阳给柳轻盈发了一条及时删除的加密短信，约她见上一面，那边回了个OK。

高阳看向青灵："我睡一会儿，大约半小时，你再叫醒我。"

"好。"青灵没问为什么，右手一抬，桌上的唐刀飞到手中。

她拿着刀，在柔软的床上盘腿坐下，立刻进入了"保镖"状态。

"谢了。"

高阳拾起白色花瓣，放在自己的嘴唇边，轻含了一秒，然后闭上双眼，开始冥想，清空脑袋中的杂念，让自己快速入睡。

…………

"恭喜康复啊，七影长老。"梦中，传来了柳轻盈温柔的笑声。

高阳睁开眼，看向身旁的柳轻盈，露出客气的微笑："好久不见，柳老板。"

梦中的高阳正坐在一辆红色的敞篷跑车内，车速很快，迎面吹来干燥又温热的大风。

前方是一片广阔的荒漠，随处可见红色和褐色的干岩石山，像巨笋一样朝着天空生长，地上是稀疏的粗犷野草。

荒漠中间劈开一条黑色公路，直通远方的地平线。

巨大的橘红色落日正在西沉，天地间镀上了一层淡淡的血色余晖。

高阳低头，发现自己穿着一身白蓝竖条纹西装，里面的衬衫和领带被扯歪了，他的头发上打着摩丝，梳成油光发亮的背头，只留下一缕没能定型好的发丝垂落在了额头上，在风中摆动。

他的右手腕上，戴着一块名贵的石英表，手指上戴着两枚浮夸的金戒指。

正在开车的柳轻盈，穿着一条清凉简单的白色吊带连衣裙、一双黑色马丁靴，一头蓬松的棕红色中短发，脖子上系着一根黑色的皮质颈圈。

柳轻盈这一身装扮，一改往常的性感妩媚，变得年轻而狂野。

高阳忽然想起来，他和柳轻盈这身行头，不就是某部犯罪电影中的情节吗？一对抢完银行却走投无路的情侣，开始了末日狂欢。

不得不说，柳轻盈每次的"美梦"都是别出心裁啊。

"说正事吧，我这次只有半小时。"高阳开门见山。

"OK。"柳轻盈松开方向盘，任由跑车行驶在永远不会有尽头的荒漠公路上。

高阳先开口了："猩红潮汐最后一晚，你给我的情报非常关键，我要怎么感谢你？"

"不用，那晚我们都是一条绳子上的蚂蚱。正因为帮了你们，我才能得救，扯平了。"柳轻盈感激地笑笑。

高阳点点头，想了想，还是问道："不过有件事我不明白，你怎么知道X有问题？X常年不在离城，只有左爷一个同伴，他俩的计划不可能有第三人知道。"

"我确实不知道他们的计划，我只是发现X言行不一，有矛盾之处。"柳轻盈解释。

"哪里言行不一？"

"呵呵，不能说，这涉及我的情报来源。"柳轻盈抱歉地抿了下嘴，"反正，在这世界上，不存在密不透风的墙，要想人不知，除非己莫为。"

高阳笑笑，不绕弯子，说出自己的猜测："你是不是，跟高级兽也有情报交易？"

柳轻盈眼底掠过一丝幽光，红唇微翘。她伸手拿过高阳手中的雪茄，变幻出一张燃烧的钞票,点燃,深吸了一口,然后转头问:"你为什么会这样认为?"

"因为我想不出其他可能性。"高阳如实回答,"无非三种可能:高级兽、鬼、苍母教。"

柳轻盈笑而不语。

"据我所知,鬼应该不知道 X 和左爷的计划;而苍母教,你似乎比我还晚得知它们的存在……"

"说明一下。"柳轻盈打断高阳道,"我后来才发现,自己早就接触过苍母教的一些情报,只是我不知道它们原来就是你们所遇到的苍母教。"

"我没质疑你的职业能力。"高阳赔笑。

"呵呵,你继续说。"柳轻盈满意地笑了。

"总之,我认为你跟苍母教有情报交易的可能性很小,因为立场矛盾。估计你已经知道,莉莉娅跟妄兽领袖融合一事,就是苍母教协助的。

"这说明苍母教跟妄兽是合作关系,而妄兽跟 X 也是合作关系。那么,苍母教没理由给你情报,让你怀疑 X 会反水,从而阻挠妄兽和 X 的阴谋,这不是搬起石头砸自己的脚吗?"

"很有道理。"柳轻盈认同。

"所以,只剩一种可能,你的情报源于高级兽。"高阳说出结论。

"七影长老,出于职业操守,我不能回答你。"柳轻盈温柔地笑着,"但我向你保证,我的情报来源,对你暂时没有敌意和威胁。"

"暂时?"高阳玩味地咂摸着这个词。

"呵呵,话不能说太死呀。"柳轻盈眨眨眼,"在这个迷雾世界,除了自己,谁都可能变成敌人,不是吗?"

高阳点点头,知道问不出什么了。

"今晚你来找我,不会只为问这件事吧?"柳轻盈眼神期待。

"当然不止。"高阳说,"我最近在调查苍母教,如果你有任何关于苍母教的情报,都可以告诉我。钱、情报,都好说。"

"没问题。"柳轻盈说,"不过,我也有一些情报需要找你确认,这对我的调查会很有帮助。"

高阳微微点头。

"猩红潮汐最后一晚发生的事,我差不多都知道了。"柳轻盈略微停顿,"其中有个 A 级情报,我想向你确认。"

"你问。"

"8 级天赋,是通过符文回路来实现,并且,只有前 12 个天赋能实现。"柳轻盈看向高阳,"是吗?"

高阳不认为这还算得上秘密。

"是。"高阳承认,"另外再送你一点小知识,序列号 1—12 的天赋,分别对应十二种符文回路的最强天赋。"

柳轻盈欣喜地笑了："哦，这我倒是没想过。"

高阳心想：猩红潮汐这一战，前12个的天赋已经半公开了，等你全部搞清，自然会发现这件事，我还不如当个顺水人情先送你。

"另外，12号以后的天赋，能否用符文回路升到8级，有待考证。或许也可以，只是暂时没人有机会尝试。"高阳用词谨慎，"当然，我个人觉得可能性不大。"

"为什么？"柳轻盈问。

高阳本想说，这算一个B级情报，不过他现在也不差这点钱，干脆大方到底："100序列号之后的天赋只能升4级，这是百川团的研究结论。"

"这个我有听说过，原来是真的呀。"柳轻盈嘴角含笑。

"所以，我认为天赋有等级之分：1—12是最高等级，可以配合符文回路升到8级；13—99是第二等级，可以升到7级；100—199是第三等级，只能达到4级。当然，这只是我的推测，你当半个情报吧。"

柳轻盈略一沉吟，愉快地吸了口气："当初找你做交易，真是太明智了，果然能从你这里得到不少情报。"

"彼此彼此。"高阳道。

"作为感谢，我也将一个A+级情报送给你。"柳轻盈说，"事实上，这个情报也跟苍母教有关。"

"哦？"高阳顿时来了兴趣。

"你之前告诉我，苍母教的成员构成很复杂，既有觉醒者，又有半人，还有高级兽，跟鬼也有往来，于是我重新整理了手上的所有情报，才发现你说的苍母教，其实我早就知道一些。"

高阳面无表情，心道：柳老板，别卖关子了，赶紧说吧。

"其实迷雾世界中一直有个相当低调但危险的觉醒者团体，作了不少恶，其中也包括暗杀。

"你们工会的蓝豚，应该就是被这个团体的人暗杀的。"柳轻盈精明一笑，"这个小情报免费送你了。"

高阳陷入沉思：当初见多识广的朱雀，从没见过杀死蓝豚的那种诅咒能力，于是推断他是被鬼所杀；但以高阳目前对鬼团成员们的了解，似乎没有谁的能力符合杀死蓝豚的能力特征，没想到蓝豚是死于觉醒者的暗杀啊。

这样一想的确更合理了：当初三空死于红疯的暗杀，蓝豚却死于鬼的暗杀，同一个任务，苍母教没必要派觉醒者和鬼来共同执行，把事情复杂化。

"确定？"高阳问。

"基本可以确定。"柳轻盈笑笑，"这个团体人很少，并且每一个人的精神状态都不是很稳定，他们中的某些队员，自称尾队……"

尾队！不就是今天遭遇的那个10号吗？

呵，真是巧啊，我也太"幸运"了。

高阳飞快地在脑袋中想了一下就掐断这个念头，防止柳轻盈捕捉到太多信息：

"你继续说。"

"我掌握到的情报就这些。目前我的其他情报来源,没能杀死和活捉过尾队的成员,所以整个结论属于我的猜测,你谨慎判断。"

高阳不语。

柳轻盈迎着风,棕红色的头发飞扬:"其实一开始,我也半信半疑,即便是猩红潮汐到来前,整个迷雾世界的觉醒者也就一百六十人左右,且几乎全在白虎分部避难。如果这个尾队也是觉醒者,是从哪儿来的?"

高阳也有这个疑惑:是啊,从哪儿冒出来的?

"不过……我后来就有了答案。"柳轻盈笑笑,"我想,他们可能是一些完全不被需要的废物,当然,废物得打个引号。"

高阳灵光一闪,摸到了一些端倪,不过他还是决定听柳轻盈说完。

柳轻盈手中的雪茄忽然变成一张表:"这是你们组织的天赋序列表,我稍微补充了一些信息,你先看看。"

高阳接过,上面密密麻麻的,是12—199的所有天赋,以及天赋的能力说明,有些说明很详细,有些说明则很简单。

不只如此,每个天赋后面,还对应写着拥有者的名字。

高阳在"复制""火焰""瞬移""识谎者"的天赋后面,看到了黑色的"七影"两字。

猩红潮汐最后一晚,很多天赋的主人死去,天赋后面的名字则变成了灰色。

很快,高阳就注意到一个段落,几乎没有主人名字,那就是序列号最后15个天赋。

柳轻盈凑过来,温柔地解释道:"众所周知,越靠前的天赋越强,越靠后的天赋越弱,因此在觉醒者界,几乎没人会去关注那些天赋垫底的觉醒者。"

高阳不说话,微微点头。

"我最初也认为,这些垫底的觉醒者或许刚觉醒就被兽杀了,或许三大组织都看不上、不需要他们,最后他们的下场还是沦为散人,活不了多久。可以说这些垫底的觉醒者,几乎就是一个透明群体。"柳轻盈指着序列表倒数第二个序列号,"你看,就连百川团这种来者不拒的组织,也才收了一个天赋垫底的觉醒者。"

高阳看过去,就排在"幸运"的上方。

"自信",序列号198,精神系。

天赋能力:一个自信的人。

高阳惊了一下,拥有者竟然是张伟。

柳轻盈笑笑:"据我所知,这个张伟,目前'自信'已达3级,除了身体稍强于普通人,几乎没有任何能力,不过嘛,他的性格倒是如同他的天赋一样,相当自信,呵呵,简直自信过了头。"

高阳陷入沉思。

"我不禁开始思考。"柳轻盈继续说道,"如果序列号垫底的这些天赋者,一直没人在意,那他们的天赋又是如何登记在序列表上的?

"我继续调查,发现最早的天赋序列表,要追溯到玄门那个时代。"柳轻盈略有些遗憾,"可惜年代过于久远,我没能找到更多的线索。"

高阳盯着手中的天赋序列表,某些端倪越来越成形,但他没让这个念头在脑内停留太久。

柳轻盈不疾不徐地说道:"基于此,对于这个自称尾队的团体,我有了些新思路。我就在想啊,或许这些垫底的觉醒者,并没有大家以为的那么弱,他们早就存在了,并且组成了自己的团体,一直暗中为苍母教服务,所以不被主流组织所知道。因为他们的天赋都垫底,于是自称尾队。"

高阳点点头:"很有可能。"

"是啊,否则很难说得通。"柳轻盈察觉到高阳的思绪波动,微微一笑,"七影长老,你怎么看?"

高阳淡淡一笑:"我想想。"

高阳靠着后车座,闭上双眼。

进入系统。

这个柳轻盈不简单啊,不愧是专业的情报贩子,我甚至怀疑她是高级间谍,就是不知道服务于谁。她的猜测应该是对的,这样的话,很多事情就说得通了。

龙之前就说过,199个天赋是一个整体,头就是尾,尾就是头。

基于这个理论,那么除了"主宰"和"幸运"首尾相连,其他十一个最强天赋,是否也是首尾对应呢?

张伟的天赋"自信",序列号198,精神系,对应的就是麒麟的"万象",序列号2,精神系。

高阳在系统内,用全息投影的方式展开了柳轻盈的那张天赋序列表。

果然,197—188的垫底天赋,分别是:时空、元素、知识(智慧)、强化、召唤(控制)、毒素、守护、生命、伤害、辅助。

而这些天赋对应正是3—12的天赋。

感觉我发现了不得了的秘密啊!

系统内的高阳继续思索:我的"幸运"天赋,我很清楚,这个垫底天赋并非真的垫底,只是需要时间成长,运用得好,十分强力,完全不输前12名的天赋。

按照"首尾相连"的结论,其余垫底的11个天赋,也应该很强才对,即便不强也绝不可能弱,或者是有特殊的作用。

既然如此,为何这么多年过去,除了我和张伟,其他垫底天赋的觉醒者,竟然从没出现过?

这太反常了。

现在一切都有了答案。

正如柳轻盈的推测:他们早就出现了,并且一直暗中存在,服务于苍母教,他们就是"尾队"!

高阳又回忆起10号的话。

"嘿嘿,你们当然没见过我,你们不喜欢跟我这种吊车尾玩……所以,嘿嘿嘿,我要把你们都变成我的玩具……"

"不能说哦,老大说了,还不是时候,还不到我们尾队登场的时候……嘿嘿,到时候,我们一定要给你们,给你们所有人一个大惊喜,嘿嘿嘿……"

10号,高阳看向倒数第十的天赋。

"蟑螂",序列号190,生命系。

天赋说明:一只小强。

对应上了啊!这个10号,就是天赋190的持有者:蟑螂,俗称打不死的小强,这不就是10号那变态的能力吗?

即便被利器穿心,被唐刀斩下头颅,即便服用苍母教的邪恶药水暴走,即便最后被高阳的"焰拳"给轰没了脑袋,还是不会死亡。最后他就像一只无头蟑螂,飞快地逃走了。

高阳抬头,按序列号从后到前的顺序,认真看了一遍天赋序列表的末尾天赋。

"幸运",序列号199,神迹系。

天赋说明:一个幸运的人。

"自信",序列号198,精神系。

天赋说明:一个自信的人。

"画家",序列号197,时空系。

天赋说明:一个爱画画的人。

"烟花",序列号196,元素系。

天赋说明:一个爱放烟花的人。

"反悔",序列号195,知识系。

天赋说明:一个爱反悔的人。

"强大",序列号194,强化系。

天赋说明:一个强大的人。

"收买",序列号193,召唤系。

天赋说明:一个奸商。

"病人",序列号192,毒素系。

天赋说明:一个病人。

"无敌",序列号191,守护系。

天赋说明:一个无敌的人。

"蟑螂",序列号190,生命系。

天赋说明:一只小强。

"暴躁",序列号189,伤害系。

天赋说明:一个脾气很差的人。

"奇怪",序列号188,辅助系。

天赋说明：一个奇怪的人。

不会错了，尾队，应该就是这些天赋垫底的觉醒者。除我和张伟外，其他觉醒者很可能都加入了尾队，并暗中效力于苍母教。

不过，有一点还是让我很在意啊：这个天赋序列表，在玄门的时代就出现了，究竟是谁整理出来的？

两种可能。一是酒鬼穿越到未来，拿到天赋序列表，再带回过去。但这样的话，岂不是陷入了"祖父悖论"？

另一种可能是，天赋序列表是从妄兽中的光临者或观察者手中流传出来的。

比如黄警官，他就是通过姜爷得知的天赋序列表，虽然不是百分百准确，但跟标准版出入不大。

好，先想到这儿。

退出系统。

高阳睁开眼睛，车已经停到了一个加油站前。

柳轻盈已经下车了，靠在车门上站着。

高阳也下了车，走到柳轻盈身旁："我整理了一下自己的情报，直接说结论。"

"洗耳恭听。"柳轻盈莞尔一笑。

"你的推测应该正确，这个尾队，就是序列号188—199天赋的觉醒者，当然，已经加入百川团的张伟除外。"

我也除外，但肯定不会告诉你。

"尾队这些觉醒者，绝不是废物，而且能力十分特殊。"

开什么玩笑，那个10号简直就是不死之身，其他尾队成员恐怕也不简单。

至于拥有"自信"的张伟，究竟是没能激发自己的潜能还是故意装弱，就不清楚了。

高阳看向柳轻盈："我再给你提供一个切入点：百川团的张伟，你好好查一下，他有可能，我是说有可能，是苍母教安插在百川团的卧底。"

虽然之前朱雀从玄武那里得到的消息，代号"尘埃"的内奸是女性，但是张伟现在的嫌疑更大，不排除张伟也是尾队的成员，故意加入百川团当内奸。

高阳想了一下，又补充道："如果你有定论，随时找我，重谢。"

现在高阳是破苍行动的负责人，权限很大，凡是涉及苍母教的调查工作，花费再多，财务都是给报销的。

"好。"柳轻盈点点头，"这算A+级情报，如果有更多隐情，得升到S级情报。"

"没问题。"高阳很爽快。

忽然间，整个世界黑下来，仿佛上帝拉上了灯，除高阳、柳轻盈和身旁的敞篷跑车，天地之间什么都没有。接着，高阳感到了有什么东西在轻轻敲击自己的额头。

"看来你的时间到了。"柳轻盈笑笑。

"下次见。"高阳不多解释。

"七影长老，下次见。"柳轻盈话中透着不舍，看不出真假。

…………

高阳睁开眼，发现是一只乌金镯子在敲击自己的额头，很轻，很有规律。

一下，两下，三下。

"我醒了。"高阳声音有些沙哑。

盘腿坐在床上的青灵抬起手，修长的五指并拢，悬浮在高阳额前的乌金镯子"倏"的一下飞回去，自动戴在了她的手上。

接着青灵解开马尾，一撩长发，倒在床上，翻过身去，以一个侧躺的姿势背对着高阳说："半小时后叫醒我。"

高阳一愣：原来你把这当成轮流放风了啊，果然够谨慎，即便在艾曼的店内，也不放松警惕。

"睡吧，我半小时后叫你。"高阳说。

"嗯。"青灵轻轻应了一声，不再说话。

骗你的，给我好好休息到早上吧。

高阳望着青灵侧躺的背影，眉目温柔。

…………

早晨七点，"边界行者"桌游吧，9号房。

青灵还维持着最初侧躺的睡姿，整晚都没有翻身，睡得非常沉。

"咔"的一声，门被推开。

青灵瞬间睁开双眼，手指下意识地弯曲，三枚乌金飞镖立刻悬浮起来，下一秒就要朝着门口方向飞过去。

"是我。"艾曼察觉到危险，赶忙说话。

青灵愣了愣，立刻从床上翻身坐起，左手一抬，三枚乌金飞镖飞回她身边。

艾曼走进房间，手里提着两份早餐。

高阳躺在房间的摇椅上闭目养神，并没有真正入睡，此刻他也睁开了眼睛。

青灵已然明白是怎么回事，她什么也没说，从手腕上取下橡皮筋，开始扎头发。

艾曼笑着将早餐放在桌上，同高阳和青灵正式打了声招呼。

高阳："我们吃了早饭就走，下午准时参加会议，你提前做下准备工作。"

"OK。"艾曼比了个手势，便离开了。

高阳跟青灵简单洗漱完，吃了早饭，错开时间先后回到离城大学。

彻夜未归，高阳免不了被三个室友一番八卦，高阳谎称自己回家了。猜到高阳跟青灵在一起的弥施也很识趣，没有拆穿。

下午五点半，高阳未回寝室，前往堕落街，来到艾曼的桌游吧。

桌游吧的门口挂着"暂停营业"的招牌，门虚掩着，高阳推门进去，见到了那个赛博少女打扮的前台。

"帅哥，你又来啦。"她认出了高阳，"找老板娘？"

"是。"高阳笑笑。

"1号房，月球基地。"女孩单手托着下巴，似笑非笑，看来是个相当稳定的迷失者啊。

高阳来到了 1 号房，所有人都已经在场了。

他有点意外，自己还提前了五分钟，没想到还是最后一个来，难道这就是领导光环？

房间内是一张圆桌，围着十几把椅子。

靠门的主座留给队长高阳，其他的位置都坐着人，从高阳左手边依次是：罐头、灰雄、曼蛇、九寒、奈奈、陈萤、艾曼、天狗、黄牛（黄警官）、青灵。

加上高阳，共十一人。

高阳坐下，没废话直接道："会议开始，先汇报一下现阶段的调查进展。"

陈萤率先说话："我的人在雪国调查了一个月，极岸教还在正常发展，但背后的苍母教势力已经悄悄转移。根据我们掌握的线索，早在两年前，苍母教的大本营就不在雪国了，只留下一些本地的边缘教众，不成气候，查不出什么线索。"

"苍母教去哪儿了？"高阳问。

"尚不清楚。苍母教的对接方式都是单线程的上对下，上层发布命令，下面无条件执行。核心高层都很谨慎，不会留下线索。他们可能去了其他孤岛，也可能就藏在离城。"

高阳没表现出失望，略微点头，看向十二生肖的代表黄警官。

黄警官露出不疾不徐的老练笑容："我们这边倒是有些进展，不过能得到这个线索纯属偶然。"

在座的人纷纷看过去，等待黄警官的下文。

"发现该线索的人是泼猴，本来今天他应该亲自来参加会议，不过昨天他哥哥生病住院，他去陪同了。"

"理解。"高阳说。

黄警官端起桌前的一次性茶杯，喝了一口茶："先简单介绍一下我们组织的泼猴，一个七十多岁的老大爷，九年前才觉醒，他有一个双胞胎哥哥，是个迷失者。"

"迷失者？这怎么可能？"艾曼相当吃惊。

灰雄、曼蛇、九寒、罐头、陈萤等人也表现出不同程度的惊讶。

"是的，这很荒唐。"黄警官玩味一笑，"泼猴就是为了弄清这个，才加入了我们组织。"

高阳抬手，示意黄警官继续讲。

"上周，泼猴领悟新天赋'记忆'。"黄警官耐心地说明，"序列号 130，知识系，能力是过目不忘，几乎能记住所有发生过的事情。"

高阳暗自思索：果然，当死去的觉醒者过多，领悟多天赋的觉醒者也会增多，理论上，X 那条邪恶的"成神之路"是可以走通的。

"泼猴觉醒了'记忆'，想起了很多遗忘的事情，就连很小时候的事也记了起来，即便是婴儿时期的事，也记得不少片段。"

原本有些小骚动的会议室慢慢安静，大家知道正题来了。

"泼猴隐约记得，自己在婴儿时期，被浸泡在一个透明的营养缸中。"黄警官说，"那是一间实验室，三个穿着白大褂的成年人每天走来走去，对泼猴进行观察和记录，他们三人像是研究员。"

"泼猴对两个元素印象深刻，一是研究员白大褂胸口上的花纹，是两个圈。"黄警官拿出手机，打开相册，"各位请看，这是泼猴画的。"

大家纷纷起身，看向手机中的一张素描照片，两个圆圈并列在一起，看上去像是横着的数字8。

"大家不觉得这个图案很眼熟吗？"黄警官问。

"苍母教！"灰雄大喊一声。

"是。"黄警官收回手机，重新坐下，"很像苍母教的图腾，衔尾蛇。这个标志可能就是苍母教图腾的前身。"

大家也纷纷坐下，交头接耳地议论了一会儿。

一分钟后，黄警官见大家安静下来，继续说："第二个元素，按照泼猴的记忆，其中一个研究人员的办公桌上放着一台黑白电视机，里面总是放着一部默剧。电视机正对着泼猴所在的营养缸，所以给泼猴留下了深刻的记忆。"

天狗用慵懒的声音补充道："我们陪泼猴看了几天默剧，终于找到他说的那一部，是卓先生的《摩登年代》。"

"七十多年前，黑白电视机，卓先生的默剧……"灰发的曼蛇抄着双手，半眯着双眼，"呵，这是在西国啊。"

高阳快速回忆迷雾世界的虚假知识：的确，符合条件的只有西国。

西国是迷雾世界的第二大孤岛，虚假面积辽阔，但能活动的真实面积不超过一万平方千米，真实人口（迷失者和高级兽）不超过五十万。

西国也有觉醒者，很少，他们不是死了，就是加入了离城三大组织。

"我们也认为是西国。"黄警官点点头，"我们初步推测出一种可能：七十年前，泼猴在婴儿时期，就成为苍母教的试验品，苍母教进行了某种我们不知道的实验，克隆，或者说创造出一个跟泼猴一模一样的迷失者婴儿。

"然后，他们将这对双胞胎送回离城的一户普通迷失者家庭让他们长大。直到九年前，泼猴觉醒，发现哥哥是迷失者，开始查探真相。"

"苍母教为何要这样做？"九寒沉声问道，"他们有什么目的？"

"吃饱撑的呗。"灰雄开了个并不好笑的玩笑。

"不清楚。"黄警官目光严肃，"兽没有生殖系统，兽如何繁衍，我们人类又从哪儿来，这些困扰我们的问题，或许能从泼猴这里找出答案。"

说不定，也能解释我老婆为何能怀孕。但这句话，黄警官没说。

"我这边的线索就这些。"黄警官看向高阳。

其他人不再说话。

高阳思考了半分钟，有了初步计划。

他看向黄警官："黄牛，你把泼猴那边的情报整理出来，交给陈萤。"

黄警官点点头。

高阳继续安排："陈萤，你先派情报人员前往西国调查。既然苍母教七十年前就在西国建有实验室，肯定可以查出不少东西，说不定苍母教也还藏在那儿。

"记得不要深入虎穴，只需要掌握相关情报就行，哪怕是间接的情报，剩下的，交给我们破苍小组。"

"明白。"陈萤点头。

高阳停顿片刻，又想到了什么："去西国的话，最好能掌握西国语言，我们短时间内做到这点恐怕很困难。

"泼猴既然领悟了'记忆'，靠他的协助，应该能制造出短时间内提高记忆力的药剂。灰雄，你负责跟黄牛对接这事，一周内务必制造出来。"

麒麟工会后勤部有"药师"，序列号86，知识系。

百川团的后勤部有"铁匠"，序列号85，知识系。

觉醒界的大部分特殊药物和乌金装备，都是靠这两位觉醒者制造的。

"交给我。"灰雄说。

高阳点点头："其他人继续暗中调查苍母教，有任何新线索立刻向我汇报，不用等到周会。"

"是。"大家异口同声。

高阳语气加重："另外，大家都要提防一个自称尾队的组织。他们是苍母教的人，天赋古怪危险，如果单独遇到了千万别莽撞，立刻寻找支援。尾队的相关信息，我随后会群发到加密群，记得查收。"

"对了。"天狗也想到什么，从口袋里掏出一只小铁盒打开，里面是十一颗颜色各异的纽扣，"这是十二生肖的报警器，改良过，大家佩戴好，危急时刻捏碎它，三大组织的后勤部能立刻收到消息并精准定位，派出支援。"

青灵一勾手指，装有报警器的铁盒自动挪到了会议桌中央，大家各自选走一个，佩戴在衣服上。

罐头为自己选了一个白色，然后为高阳选了一个黑色。

高阳戴好纽扣，看向众人："还有什么要补充的吗？"

没人发言。

高阳点点头，宣布道："今天会议就此结束，陆续离开，别引起怀疑。"

大家纷纷起身。

高阳想到什么，又淡淡地补充一句："青蛇，你留下。"

青灵看了一眼高阳，重新坐下。

天狗最后一个离开，轻轻关上门。

会议室内，只剩下高阳和青灵。

"有事？"青灵问。

高阳看一眼手机，六点多了，到晚饭时间了。

他笑着反问："不是你约我的吗？"

青灵微微一怔，想起来了，是妹妹青翎约了高阳今晚吃火锅。
"哦。"她点点头。
"就近吃吧。我刚入学，对堕落街不熟，你有推荐吗？"高阳问。
"我问问她。"青灵闭上了眼睛，将近半分钟后，青灵才睁开双眼，"杯莫停。"
看来两姐妹仔细商量了一番。
"火锅店？"高阳确认。
青灵点点头："是。"
"现在吃，还是再等等？"高阳问。
青灵又闭上眼睛，这次不到两秒就睁开了："现在。"
咦，这次达成共识挺快嘛。

…………
十分钟后，两人离开"边界行者"桌游吧，天色渐黑。
堕落街人头攒动，整条街烟熏火燎，喧嚣吵闹。
高阳跟青灵穿过热闹的人群，来到设在二楼的"杯莫停"火锅店。
店不算大，看得出是民房改建，里面除承重墙之外的墙壁全砸掉了，用木屏风隔成十几桌，整体装潢偏怀旧，充满市井的江湖气息，空气中飘散着新鲜的肉香味。
"欢迎光临。请问是两位吗？"热情的服务生小哥迎上来。
"三人。"青灵回答。
"嗯，我们先来找地方。"高阳很自然地补充道。
"好，正好还有三人座，这边请。"服务生领着高阳和青灵穿过大厅，来到房屋尽头一个被屏风隔开的小地方。
高阳忍不住笑了，这地方就是个露天阳台啊，还真是物尽其用。
两人坐下，服务员拿来一次性的菜单，递给高阳一支铅笔："点好单了随时叫我。"
服务员离开，高阳将铅笔递给青灵："你来点吧。"
青灵点头，接过铅笔，拿起菜单，随口一问："鸳鸯锅？"
"可以。"
高阳记得青灵喜欢吃辣，竟然没有直接点麻辣锅。
不错嘛，会替别人考虑了。
青灵在鸳鸯锅的后面打上一个钩，认真地看着菜单，清秀的脸上又出现无比虔诚的表情。她每次都是反复思考后，才在菜名后面上打一个钩。
高阳悄然进入系统，确认幸运点的增益没有翻倍，他又增强六感，排除四周存在危险的可能性，这才放松了下来。
他凑过去，扫了一眼青灵手中的菜单，嗯，他都爱吃。
青灵点完了，又从头到尾检查了一遍，微微皱眉，似乎陷入了挣扎。几秒后，她用铅笔的橡皮擦把巴沙鱼后面的钩擦掉，在午餐肉后面打了一个钩。
高阳心中感动：不容易啊，竟然记得我爱吃午餐肉。

"不用去掉，都点就行了。"高阳说。

青灵抬头看一眼高阳，摇摇头："不用。"

高阳微微一愣，忽然想起什么。

这顿火锅是青翎发起的，自然是青灵掏腰包。青灵的生活费一直比较紧张，高中就如此了。现在上了大学，青灵是体育特招生，学费有减免，但经济上还是不太宽裕。

思及此，高阳越发感动，又有点心疼她。

"青灵。"高阳压低声音，"你知不知道，那个币，是可以换钱的。"

现在的青灵，已经是十二生肖的优秀员工，每月有8个金乌币，她完全可以拿出1个金乌币改善生活。

要知道，5个金乌币就可以换成200万现金，随便1个金乌币，都是40万。就算这玩意儿有价无市不好换，也可以专门找中间商来做这件事，即便抽五成，1个金乌币也能换20万现金。

20万啊，足够青灵大学四年都把生活过得滋润无比——虽然按酒鬼的说法，整个迷雾世界也就只有不到两年的寿命了。

"我知道。"青灵回答，"我在攒钱，我还差很多。"

"为什么？"高阳问。

"我需要武器，"青灵的声音变小了一些，"越多越好。"

高阳顿时明白过来，对拥有6级"刀神"和4级"金属"的青灵来说，乌金刀越多就越强。

试想一下，如果青灵每次战斗都能操控几把，甚至十几把乌金刀，那么她的战力将堪称恐怖。敌人不仅要正面对抗青灵，还得防御其他刀的袭击，并且青灵也可以在战斗时随时切换各种刀具，作战更加出神入化，堪称真正的"刀神"。

虽然常规金属制造的武器也能被"金属"操控，但在觉醒者的战斗中，这类武器脆弱无比；况且乌金打造的武器，只要长期佩戴在主人身边，是可以跟主人产生能量共振，从而实现战斗力翻倍的效果，就像青灵唐刀上出现的可怕刀气，普通武器是达不到的。

但是乌金武器非常昂贵，从原材料的收集，到交给"铁匠""赋能"等天赋者去制造，都要花钱！

就拿青灵那把唐刀来说，市场价至少300金乌币，还没算制造费。以青灵现在的工资，得给十二生肖打工两年半，才能拥有一把。

届时，只怕世界早就毁灭了。

偏偏现在的青灵已经不是最初那个为了变强不择手段的姑娘，她也不能去抢，所以对于青灵来说，每个金乌币都弥足珍贵。

这一点上，高阳是幸运的，因为他目前的天赋，都不太依赖乌金武器和道具。

"不能向组织申请吗？"高阳问。

"申请了，这三把乌金飞镖就是组织给我的，原材料150金，打造和赋能费30

金。"青灵说。

180金，不算少了呀，向来抠门的十二生肖竟然大方了一回。

其实也不能怪十二生肖，他们基本没有收入来源，平日里租借符文回路、制造消耗型道具、买情报，再加上日常开销与维护等，花销实在很大。现在吴大海又牺牲了，十二生肖少了个金主，财政赤字更是严重。

不过听说负6层的秘密基地，一开始吴大海就以妥善的方式转让给了组织，所以十二生肖不用流落街头。

很够意思的是，吴大海的那辆跑车也送给了王子凯，他在猩红潮汐前就拟好了相关的遗嘱。吴大海甚至想把家产留给十二生肖，但这会引起怀疑，最终只好作罢。

据说看到遗嘱时，就连斗虎都叹息了一声：海子真男人啊。

高阳如今在麒麟工会担任长老，每月工资有50金乌币，还有任务奖励，累计下来，他有200多个金乌币了。

即便是他昏迷的这三个月，麒麟工会还是照常给他发工资，真是良心组织啊。

"咳咳。"高阳故作自然地看向青灵，"你明天来找我，我给你发工资。"

"什么工资？"青灵问。

"你不知道吗？"高阳假装意外，"破苍行动由我们麒麟工会发起，参与的人都是有工资的。"

"黄警官没告诉我。"青灵说。

"根据每个人的实力来定，你的话……"高阳想了一下，"年薪200。"

"200？"青灵眼中光芒闪烁。

"是。"高阳煞有介事，"每个人的工资都不一样，所以这事你务必保密，别跟其他人说，也别去比较。"

"好。"青灵点头。

她很开心，虽然面无表情，眼中却是藏不住的雀跃。

"恭喜啊，你又能买一把好刀了。"高阳笑笑，"来，巴沙鱼也点一份，我爱吃。"

青灵点点头，在巴沙鱼后打了个勾，又调转铅笔，用橡皮擦去了虾滑后面的勾。

"不准擦。"

高阳简直要被这个木鱼脑袋气死！

他抢过青灵手中的菜单和铅笔，继续点菜，一边点一边说："忘了告诉你，为方便行动，破苍行动的成员每个月还有1000元现金的补贴。"

怕引起怀疑，高阳不敢说太多。

"哦。"青灵不再坚持。

"点单。"高阳大手一挥，又点了五六个菜，终于心满意足。

很快，鸳鸯火锅和各色食材端了上来。

等火锅汤底沸腾的这段时间，青灵起身去自己调制酱料，走了两步，她才转身问："我帮你调？"

"好啊。"高阳正好懒得起身。

高阳微微走神，想到一些事。以他现在的财力，拿出一个金乌币，换点现金支援一下家里完全没问题。

　　自从奶奶出事，自己昏迷三个月后，家中过得十分紧巴，妹妹都瘦了，妈妈也憔悴了不少，就连坐轮椅的爸爸也四处找工作，还报名了残疾人的免费就业培训班，但是如果一下拿出很多钱，恐怕会引起家人怀疑。

　　这样……每个月先拿出一点钱补贴家用，就说是自己在外面打工赚来的。

　　很快，青灵一手夹着两个碗碟回来，像要杂技一样。

　　当青灵把四个酱料碟放在桌上时，高阳笑着问："这么多？"

　　"我跟妹妹口味不一样。"青灵坐下，俯身看了一眼已经冒泡的火锅汤，"不知道你爱吃哪种，就各调了一份。"

　　好家伙，这也太周到了。

　　高阳看向自己桌前的两碗调料，左边这碗偏酸辣口味，右边这碗偏甜辣口味。

　　"让我猜猜。"高阳说，"左边这碗是你调的，右边这碗是你妹妹调的。"

　　青灵拿着公筷，将不容易煮熟的玉米先拨入清汤锅底，点点头："嗯。"

　　放完玉米，青灵忽然抬头，盯着高阳："你喜欢哪个口味？"

　　该不会是一道送命题吧？

　　高阳不动声色，尽量表现得自然："都喜欢啊，我不挑。"

　　"嗯。"青灵重新低头，开始夹其他菜，看不出什么情绪。

　　两人吃起了火锅。

　　青灵吃东西时一丝不苟，虔诚无比，话少得可怜。

　　高阳也安静品尝着美食。为了一碗水端平，高阳轮流蘸着两只碗碟里的酱料。

　　火锅沸腾着，热气弥漫，空气中是新鲜食物的香味，木屏风后面是食客们的欢声笑语，阳台外，不时吹来透着几分寂寥的秋夜晚风。

　　一切，刚刚好。

　　如果……我真的只是一个大学生就好了。

　　这时高阳的心又变得多愁善感，当然，也仅仅是一瞬。

　　高阳抬头，青灵不知何时换上了甜辣口味的调料碗，她拿着公筷，将虾滑拨进火锅中。

　　虾滑一块块地坠入清汤中，一滴汤汁溅到青灵的手背上。

　　"呀。"青灵手一缩，叫出了声。

　　高阳笑笑：看来妹妹出来了。

　　"我来吧，"高阳起身，接过装虾滑的菜碟，"你吃。"

　　"嗯。"青翎不坚持，埋头小口地吃起了一块煮熟的玉米，整个人明显变得拘谨和文静了一些。

　　不一会儿，虾滑浮上汤面，呈鲜嫩的乳白色。

　　高阳拿起漏勺，舀了几块虾滑，放进了青翎的碗里："来，可以吃了。"

　　接着，他像是想到了什么，又舀起一些虾滑，放到酸辣口味的酱料碗中："这

339

是给青灵留的。"

"谢谢。"青翎客气道。

"客气。"

"你也吃，今晚我请客。你后面点太多了，我一人吃不完。"青翎说。

"好。"高阳重新坐下，犹豫片刻，还是笑着，"青翎，如果我说错了，你当我没说啊。"

"什么？"青翎抬起头，眼神略显紧张。

"感觉你……变温柔了。"高阳就是单纯好奇：难道是发生了什么？

青翎一怔，脸"唰"一下红了，凶巴巴地瞪过来："少在这儿油嘴滑舌！"

"对不起。"高阳赶忙低头吃东西。

"呵，男人果然没一个好东西，给点颜色就想开染坊。"

"对不起对不起。"求生欲让高阳的头更低了，就差没埋进碗里。

青翎今晚心情不错，并没有真的生气，两人又闲聊起来。

青翎的话明显比姐姐多，倾吐欲也强些，她主要负责"普通人"的身份，聊的也都是些日常话题。

比如短跑训练的辛苦和枯燥，隔几天就要发一次好人卡的烦恼，跟室友们的一些小摩擦（因为双人格的关系，导致室友们觉得她性格有点古怪）。

"欸。"青翎微微叹气，一手拿着筷子，一手托着腮，盯着热气腾腾的火锅，"要不找个男朋友吧，不然好烦。"

正在吃千叶豆腐的高阳颇为意外地看过去，道："你认真的？"

"当然啊。"青翎发现高阳在笑，眉头一皱，"你笑什么，我这话很好笑吗？"

"不是。"高阳挥挥手，解释道，"你知道吗？上高中那会儿，同学们都在传，说你不喜欢男的。"

"的确。"青翎语气严肃，"我很讨厌男人。"

"为什么？"

青翎低下头，手中的筷子在酱料碗里搅拌着，似乎在犹豫要不要说。

"不想说就算了。"高阳不勉强。

"告诉你也没什么。"青翎的声音幽幽的。

青翎放下筷子，把一缕垂下的头发撩到耳后，看着眼前沸腾的火锅："我父母死后，姑姑收养了我，她没结婚，经常换男友，但都不长久。

"初一暑假，我姑姑带回家一个男人。那人特别猥琐，总是讲荤段子，看我的眼神也很恶心，很下流。有天半夜，我被吵醒，发现有人正在偷偷撬锁，我立刻躲进床底下。不一会儿房门打开，果然是他……"

"他想对你不轨，被你逃过一劫。"高阳合理猜测，"自那之后，你开始厌男。"

"不是。"青翎话锋一转，"他不是色狼，是吞噬者，怀疑我觉醒了，想吃我，虽然我到现在都不知道自己哪里暴露了。"

高阳尴尬：姐，你这不按套路出牌啊。

340

"那晚，姐姐杀了他。"

高阳一惊：果然是个狠人啊，那么小的年纪就能独自杀死一只吞噬者。

"那只吞噬者死后，尸体变成了普通人的模样，姐姐把他处理成是坠楼身亡。第二天警察来了……"青翎停顿了一下，"反正我没被怀疑，姑姑很受打击，那之后好些年都没再找过男人。"

高阳静静听完，很想吐槽：所以，这跟你讨厌男人没什么关系啊。

青翎也意识到自己跑题了，继续说："这些年，姑姑找了不少男人，他们一开始都对她不错，甜言蜜语，连哄带骗的，可要不了多久就会厌烦她，住她的房子，花她的钱，喝醉酒了还打她。有些男人，还把主意打到我身上，不过我有姐姐，不怕他们。"青翎微微叹气，声音透着一丝同情，"姑姑这辈子，就没遇上过好男人。"

高阳默然。

"所以，男人没一个好东西。"青翎得出结论，"就算一辈子不谈恋爱，不结婚，我跟姐姐也可以过得很好。"

高阳犹豫了一下，还是决定更正她的极端想法："你姑姑确实挺倒霉，找的男人都很差劲，但这世上还是有好男人的，不能一棒子都打死。"

"别跟我说你就是。"青翎看向高阳，微微眯眼，似笑非笑。

"我不算。"高阳有点不好意思，"不过我爸就是好男人，很爱我妈，对我们也很好。"

"还有老王也是好男人，还有黄警官，你看对苏老师多好啊。"

青翎若有所思，忽然，她的身体一怔，眸光流转。

青灵的人格回来了，她换上酸辣口味的酱料碗，拿起筷子继续吃东西，还不忘闷闷地说了句："快吃，再不吃肉就老了。"

…………

一顿火锅断断续续吃了一个小时，两人……不对，是三人都心满意足。

结账后，青灵先离开。

高阳去上了个厕所，逗留了一会儿，才离开火锅店。

天彻底黑了，年轻人的夜生活才刚刚开始，高阳走出人声鼎沸的堕落街，决定回寝室。

途经大学的人工湖，秋风送爽，月色怡人，高阳决定沿着湖边的小石路散步，任由思绪蔓延。

不一会儿，他停下脚步，神经紧绷，察觉到有人在迅速逼近自己——但是并无恶意。

而且，从那熟悉又急切的脚步声来判断，只能是……

"高阳！"

初雪直接从身后扑了过来，她从背后抱住高阳，双手搂着高阳的脖子，整个人都跳到了高阳的背上。

高阳无奈地笑了："初雪，下次打招呼记得从正面出现。"

"嘻嘻，我就知道你一定会醒来！"初雪还搂着高阳，尖尖的下巴抵在高阳的肩上，"高阳，你醒了怎么都不告诉我呀！"

"我倒是想告诉你，但你又没手机，怎么联系呀。"高阳说。

"对哦！"初雪反应过来，"我之前经常偷偷来医院看你，最近有事没来，没想到你竟然醒了。"

"好了好了，先下来吧。"高阳拍拍初雪抱住自己脖子的手。

"嗯！"

初雪从高阳的后背跳下来，高阳转身，眼前一亮。

这次的初雪不再穿一件大斗篷，她穿着一件宽大的棕色卫衣，一直遮到了大腿，银发往两边梳下来，发尾扎着蝴蝶结，两个蓬松的大辫子柔顺地垂落在胸前。

大卫衣下是一双纤细的腿，穿着黑色中筒袜和帆布鞋，活脱脱一个邻家元气美少女。

高阳很少用美少女形容一个女孩，因为美少女不仅要美，要年轻，还要具备单纯、可爱、娇俏的少女感，初雪完美符合。

"高阳！"初雪认真盯着高阳的脸看了几秒，有些心疼，"你瘦了！"

高阳伸手揉揉初雪的头："初雪，你是不是长高了点？"

"嘿嘿！"初雪骄傲地举起右手，用食指和拇指比画着，"长高了一厘米。"

高阳笑了："不是，我就随口一说，没想到你还真长高了呀。"

"姐姐说，我只要再吃你两次，就可以变得跟她一样了。"初雪的表情天真又期待。

高阳顿时膀胱一紧，背上直冒冷汗："还是慢点吧，我属性值涨得都没你吃得快啊；而且你现在这样挺好啊，不用急着变成白露那种高贵美艳型。"

初雪清澈的赤眼盯着高阳看，忽然，她脸上的笑容消失。

她上前一步，凑到高阳的胸口，用力嗅了嗅他的衣服，然后生气地叫起来："有别人的味道。你刚跟谁在一起？"

"一个朋友。"高阳说，"一起吃了火锅。"

"是谁？"

"青灵，你应该见过吧。"高阳努力回忆，"你第一次见我的时候，就是张大爷异变的那一次。"

初雪红宝石般的大眼珠一转，总算想起来了，她张大了嘴巴："啊，是她！那个黑头发的女孩。"

"对，是她。"

"她，她也是你的好朋友吗？"初雪问。

"是啊。"高阳在心里补充：不仅仅是朋友，还是并肩作战的同伴。

"高阳！你怎么那么多好朋友啊！"初雪有点生气，鼓起嘴，"我不开心！"

"初雪，"高阳有点为难，试着跟初雪讲道理，"好朋友本来就可以不止一个呀。你看，王子凯也是我的好朋友，你不是也不介意吗？"

初雪一想，又觉得很有道理，可是好像还是哪里不对劲，可她的小脑瓜一下又想不明白。

"可是……可是我只有你一个好朋友啊！"初雪顿时有点委屈。

高阳看着初雪，虽然很不应该，但这一刻，他深切地意识到，初雪太像自己的一只宠物了。

这让他想起一句话：你的世界里有很多朋友，但宠物的世界里只有你。

然而高阳不想将初雪当成一只宠物，这样看似爱怜，实则是看轻了她。初雪是一个有血有肉、有情感、有智力、有灵魂的高级生命，跟他是平等的。虽然目前有点困难，但高阳还是决定跟初雪解释复杂一点的事，帮她慢慢成长。

"初雪，人的感情是很复杂的……"

"我不是人，"初雪噘着嘴，赌气地打断道，"我是鬼！"

"嗯……人也好，鬼也好，我们的感情都是很复杂的。"高阳耐心地笑着解释，"有亲情、友情、爱情，还有很多其他感情，就像你跟你姐姐之间，就是亲情，跟我是友情。"

初雪似懂非懂。

"我们的一生，会遇见很多人，会产生不同的感情。不管你多在乎一个人，都不应该独占他，这是不对的。"

当然，爱情除外，不过这个对初雪而言更复杂，就先不讲了。

"可是……可是……"

"初雪，如果现在我让你在我和你姐姐之间做选择，我们中的一个必须永远离开你，你怎么选？"

初雪认真地想着，立刻皱起了眉头，陷入痛苦挣扎："不要，我不要选……"

"如果你一定要我在你、王子凯和青灵当中做选择，我也会很痛苦啊……"

初雪微微垂下眼，点点头，"我……我好像有点明白了。"

可是……为什么还是有点不开心啊。

"哼！"初雪别过头，再次噘着嘴，"那我也要交新朋友！"

高阳哭笑不得：真是小孩子，还赌上气了。

"好啊。"高阳不反对。

"嗨，美女。"这时，一个染着金发，打扮时髦到有些浮夸的男人走过来，"这是你男朋友吗？"

初雪看了一眼高阳，摇摇头："不是，我们是好朋友。"

"哦，朋友啊。"男人眼底闪过一丝意味不明的光泽，笑容略有些轻浮，"我也想跟你交个朋友，可以吗？"

初雪愣了两秒，笑着点点头："可以啊。"

"美女，你不是这个学校的吧，你长这么漂亮，要是这学校的早出名了，我肯定见过你。"男人继续说。

"嗯，我……我是隔壁学校的。"初雪笑着撒谎。

男人见有戏，脸上的笑容更加殷切："你看，择日不如撞日，今晚有空吗？我那边还有几个朋友，我们一块儿去酒吧坐坐……"

"酒吧？"初雪还没去过酒吧，她上前一步，"好啊。"

高阳冷着脸，将初雪拉到自己身后，迎上金发男。

"下次吧，我们还有事。"

金发男顿时有点不爽，但他还是忍住脾气，强颜欢笑地拿出手机："那行吧，美女，留个联系方式，我们下次再约……"

"不必了。"高阳再次拒绝。

金发男的耐心用尽，他瞬间变脸，用力推了一下高阳："你哪根葱啊，管得也太宽了，自己没本事泡妞还不让老子……"

"不准欺负高阳！"

初雪冲上去，用力一把将金发男推开。

金发男一个趔趄跌倒在地，他没想到初雪的力气竟然这么大。

他气急败坏地站起来："装什么啊，你这种人……"

金发男没说下去，高阳冷冷地盯着他，眼底掠过一丝真实的锋利杀机。

金发男顿时感到无以复加的恐惧，这恐惧仿佛来自内心深处的第二本能，完全不讲道理，不讲逻辑，明明不应该这么害怕呀，可……就是害怕，怕到浑身打战，牙齿打战。

"滚。"高阳吐出一个字。

"你，你……你给我等着……"金发男还嘴硬，却跑得比狗还快。

高阳望着金发男跑远，确认他没有任何兽化的迹象，应该是只迷失兽。

高阳松了一口气，转身看向初雪，语重心长道："初雪，我不是反对你交朋友，但不能随便交，这世上有很多坏人……"

"我知道他是坏人。"初雪调皮地笑了，大眼睛弯成一道月牙。

"啊？"高阳糊涂了。

"他身上的气味不好闻。"初雪伸手挽着高阳的胳膊，把脸埋进高阳的胸口，"你的气味好闻。"

高阳恍悟：差点忘了，初雪的第二形态是猫啊，猫自有它判断危险、分辨好坏的特殊方式。

"那你刚才为什么要答应他？"高阳问。

"我故意的。"初雪坏笑了起来。

高阳愣住：初雪啊初雪，原来这三个月，你不仅长身高了，还长心眼了呀。

高阳又揉了揉初雪的脑袋："下次不准这样了。"

"嗯。"初雪还抓着高阳的胳膊，撒娇道，"高阳，你跟她吃火锅了！我也要吃火锅！"

不是吧，这一茬还没过去啊！

高阳心中叹气：我倒是不介意请你吃火锅，可我这才吃完啊，现在哪吃得下。

"下次吧，下次我请你吃烤鱼。"高阳说。

"好！"初雪开心地答应，随即她眼珠一转，"现在我就要吃，我不管，她吃了，我也要吃！"

高阳知道，这事不给个交代是过不去了。

高阳忽然想起了什么，从口袋掏出两颗薄荷糖："给。"

初雪兴奋地接过："这是什么？"

"糖，请你吃。"高阳保证，"她没吃过，只给你吃。"

"嗯！"初雪立刻撕开一颗糖，丢进嘴里。

"唔……好吃，清清凉凉的，还很甜！"初雪双手握拳，开心地原地跳圈，搭落在胸前的两个银色软马尾也跟着起落。

高阳每次吃完火锅，总是习惯性地在柜台拿两颗薄荷糖，改善一下口腔中的味道。不过青灵不喜欢薄荷味，所以这糖确实只给初雪吃了，高阳没撒谎。

初雪，这次就委屈你了，下次请你吃大餐。高阳一边看着开心乱跳的初雪，一边在心里说着。

初雪嘴里含着薄荷糖，声音有些含糊："高阳，那我走了。"

"这就走？"

这次轮到高阳失落了：之前你每次来找我，会待上一段时间，这次怎么才聊几句就走了啊。

"嗯。"初雪认真地点头，"我要跟姐姐、春大人还有惊蛰叔叔去环游世界，等结束了，我再找你玩。"

"环游……世界？"高阳以为自己听错了。

"春大人想带我们去看看世界。"初雪说。

高阳心道：迷雾世界才多大啊，有什么好看的；等等，也不能这么说，如果这世界真的只剩下两年的寿命，最后再好好看一眼自己生活过的地方也没错。

"好，祝你们一路顺风。"高阳真心说道。

"嗯嗯，我已经在学写字了，我会给你写信的！"初雪认真地保证道，朝高阳伸出小手指。

"好，期待。"高阳也伸出小手指。

两人拉了拉钩。

初雪嘴中还含着薄荷糖，舍不得吞下去。她抿嘴一笑，朝高阳挥挥手，欢快地跑走了。

接下来的几天，无事发生，风平浪静。

高阳白天正常上课，其他时间找老施开小灶，赶课程进度；半夜，趁室友们睡着，高阳偷偷离开寝室，前往学校的一所旧礼堂，找青灵进行格斗训练。

单纯重复的肌肉锻炼很难再提升高阳的综合实力，高阳现在需要的是真刀真枪的实战训练，而青灵就是最佳的近战老师。

青灵在高阳这儿领到200金乌币的"工资"后，立刻让斗虎去找麒麟工会，定制了一把乌金刀。材料差不多200金乌币，打造费30金乌币，青灵掏出全部家当也还差点，斗虎帮她补齐了。

这把刀以绣春刀为原型，于是取名秀刀。

秀刀形如柳叶，轻巧细窄，锋利无比，可刺可砍，特别适合用于近战。

青灵将唐刀交给高阳，自己则用秀刀跟高阳战斗，一方面是训练高阳，另一方面也是为了更快熟悉新武器。

高阳不使用其他天赋，抱着学徒心态跟青灵比拼刀术，自然是被青灵碾压。

青灵师承斗虎，异常严格，每晚都把高阳给"砍"得遍体鳞伤，叫苦不迭。不过也多亏青灵的严格，高阳的近战能力大大提升，即便不依靠"瞬移"也敏捷了不少。

转眼，一周过去，高阳渐渐适应了大学生活。

这天下午五点半，破苍小组第二次周会，照常在"边界行者"桌游吧举行，无人缺席。

这次率先发言的是灰雄，他提着一个黑色皮箱，往会议桌上一扔，颇为自豪："队长，经过我们连夜的加班加点，你要的玩意儿弄出来了，后勤部叫它M药剂。"

灰雄打开皮箱，里面放着三排装有淡蓝色药剂的小药瓶，一旁还配有吸管。

"喝下去，三天之内，就可以拥有泼猴的'记忆'天赋，任何东西，过目过耳都不会忘，特别适合突击学习。不过，这种效果会在之后的一周内慢慢衰退，彻底恢复时，这几天学到的知识也会降低回之前的水平。"

"哇！"罐头赶忙从里面拿出一瓶，"有了这个，我再也不用担心挂科了。"

"罐头，你这是作弊啊。"黄警官笑笑。

"能多给我几瓶吗？"天狗也打起了主意，"四六级好难啊。"

"呵。"灰雄嗤笑一声，"你俩别做梦了，光是这点货，都把猴爷和后勤部的人给累死了。"

灰雄看向大家："一人一瓶，别乱用啊。"

"大家保管好，执行任务时再提前喝。"高阳补充。

"恐怕马上就要喝了。"陈萤笑笑。

高阳笑了："看来，西国的调查有结果了。"

"没错。"陈萤点点头，"我这边已经找到苍母教在西国的藏身地了。"

"确定吗？"

"不能百分百确定，但十分可疑。表面上它是一家饮料厂的仓库，却有重兵把守，都是些持枪的雇佣兵。如果不是走私军火和毒品，哪犯得上这么大阵仗。所以我的人怀疑，那里可能是苍母教的实验室。"陈萤打开随身携带的公文包，拿出几份打印的资料，"各位，这是详细资料，包括这家饮料公司的前身，还有各种关系网，都很可疑。"

大家拿起资料，快速传阅了一圈。

陈萤继续说："我的人不敢再深入调查，怕有危险。"

"确实挺可疑的，一个饮料厂重兵把守，神神秘秘的。"灰雄摸着满是胡须的下巴，"不管怎样，都得去查一查。"

高阳看完资料，跟灰雄持相同意见。

他思考片刻，做出决策："曼蛇、奈奈、青蛇、黄牛、陈萤，准备一下，我们三天后去西国。"

"队长，我们呢？"罐头指着自己的脸，有点失望，队长竟然不带上她，她已经不是拖油瓶了，她的"隐身"已经4级了，具备一定实战能力了。

"是啊，我们呢？"灰雄也很惊讶，罐头就算了，他堂堂副队长，竟然也给落下了。

另一位副队长九寒对此倒是没什么表示，他纪律性很强，一旦认定高阳是队长，就会绝对服从队长的安排。

"不宜带太多人。"高阳说，"我自有考量，你们留下，继续暗中调查苍母教。"

人太多的话，声势浩大，容易打草惊蛇，所以高阳只带一半人。曼蛇是雇佣兵出身，跟踪、审讯和侦查都是一把好手，奈奈的"大小"和"千面人"适合潜行和伪装，非常实用。

陈萤要跟西国的情报人员交接，而且她的"万物通灵"也说不定能用上；不仅如此，她一个月前又领悟新天赋"万能钥匙"。

"万能钥匙"，序列号83，辅助系。

天赋能力：可以打开任何普通门锁，还可以破除普通的能量结界。

至于战力输出，有高阳、青灵、黄警官和曼蛇，已经足够，即便是妄兽这种程度的敌人，只要一次不来三个，高阳都不慌。

当然带上青灵和黄警官，还有另一个考虑。

另起炉灶的事，要开始未雨绸缪了，青灵和黄警官是高阳最信任的两个同伴，这次外出任务，正好找机会跟他们商量一下。

…………

晚上，高阳回到寝室，偷偷服下M药剂，记忆瞬间强化到过目都不忘的状态，花三天学习西国语言，再储存个一周左右，执行任务绰绰有余。

之后三天，高阳白天正常上课，半夜不再找青灵训练，而是拉上青灵一起去奈奈的魔女社团，看西国的电视剧。

深更半夜，三人并排坐在社团的小黑屋里，认真地欣赏着一部幽默的情景喜剧，全程严肃脸，气氛说不出的诡异。不过学习效果还是很不错的，三人靠着M药剂的记忆强化，迅速掌握了西国的大量口语，已经交流无碍。

第四天，高阳带上半组队员，搭乘飞机前往西国。

当然，出发前高阳跟辅导员请了一周假，理由是回医院进行检查和复健。毕竟是昏迷了三个月的植物人，辅导员不疑有他，批了假条。

## 第九章

# 西国之行

　　高阳、青灵、黄警官、曼蛇、奈奈、陈萤六人打上迷失者气息，于晚上九点登机，次日上午十一点抵达西国机场。
　　前来接机的是一个金发男人，相貌普通，但有着一双深邃迷人的灰蓝色眼睛。他西装革履，手戴名表，金发梳得一丝不苟，一副精英人士的打扮。
　　"女士们、先生们，欢迎来到西国！"他一口纯正的西国语，笑容热情。
　　"陈，好久不见。"他张开双臂要拥抱陈萤，见陈萤没有动，才想起礼节不同，立刻改为握手。
　　陈萤握住对方的手，用西国语回答道："迪克，好久不见。"
　　陈萤松开手，转身，小声地介绍："他叫迪克，西国人，百川团情报部，大部分时间在西国，这次调查就是他负责。"
　　"信得过吗？"曼蛇用家乡话问了一句。
　　"信得过。"陈萤说。
　　"迪克，这是破苍组队长，麒麟工会的七影长老。"陈萤单独介绍高阳。
　　"七影长老，久闻大名。"迪克上前伸出手。
　　"你好。"高阳微微颔首，回握住。
　　　　探索到"追踪"，是否复制？
　　　　"追踪"，序列号125，辅助系。
　　　　天赋能力：凡是触摸过的物品，一定时间内能感知到它的具体位置。
　　这就是人肉追踪器和定位器啊，确实适合情报调查。
　　接下来，陈萤又简单跟迪克介绍了一下其他成员，互相认识后，迪克领大家前往停车场，上了一辆八座的白色商务车。
　　商务车离开机场，一小时后驶入A市的1区。
　　1区是市中心，摩天大楼林立，车流如织，行人密集，街头的文化多元混杂。很难想象，号称千万级人口的大都市，真正生活的人口不到五十万。

又一次，高阳佩服于苍道这位"导演"的调度能力，以及迷失者们这些"群演"的敬业态度。

没多久，商务车开出繁华的1区，来到3区。

高阳发现，路上的行人明显变少，有些街道上看上去非常萧条，像是一座死城。巧妇难为无米之炊，看来苍道也是有极限的啊。

迪克把车停在一条老街旁，大家下车，冒充成一个小型旅游团，在一家有些年代的旅馆安顿下来。

下午三点，七人聚集在高阳的房间，一边吃着打包的汉堡、薯条和冰可乐，一边商议晚上的行动计划。

迪克拿出一张城市地图，指着地图的边缘地带，道："这里是5区，也是A市最贫穷、人口最少的老城区。"

迪克用马克笔在5区的一个地方画了一个圈。

"饮料工厂就在这一带，十分可疑。"迪克说，"其中一个仓库，有持枪的雇佣兵看守。我调查过，这个仓库没有存放货物，也没有进行违禁品的走私，但是隔上两三天，就会有一辆黑色轿车开进仓库，清晨时再离开。"

"的确很可疑，但不一定是苍母教。"黄警官说。

迪克笑笑，露出一口整齐的白牙："以上情况的确不足以说明问题。我托情报局的朋友查过这家饮料厂的前身。上世纪四十年代，它曾是一家私人生物制药公司，后来解散，就职员工全部离奇失踪。这段往事虽然被掩盖了，但还是留下了一些痕迹。"

"各位请看，这是当年那家生物制药公司的logo。"迪克拿出手机，打开相册中的一张黑白照片。

照片上的logo，正是泼猴婴儿时期记忆中的那个logo，苍母教图腾的原型。

"呵，看来没错了。"黄警官这次不再怀疑。

"情报工作，迪克是专业的。"陈萤颇为自豪地笑笑。

"谢谢。"迪克看向陈萤，露出感激的微笑。

发动"识谎者"。

高阳悄悄测了一下迪克，发现他没撒谎，且是善意。

正在喝可乐的奈奈站起来，冷笑一声，用不太流利的英语说道："呵，真是悲哀啊，吾王的手下败将，自诸神黄昏后苟活下来，竟沦落到这种流放之地。这一次，就让吾王的命运之枪来处决……"

咬着汉堡的青灵抬起头，冷冷看向奈奈。

奈奈顿时噤声，低头咬着可乐吸管，默默坐下。

"她在说什么？"迪克一脸茫然，"我是不是……错过了很重要的情报？"

"没有，她在对你的调查结果表示肯定。"高阳解释，"仅此而已。"

"呵呵。"迪克略有些尴尬地笑笑，"莫非这就是文化差异？"

不，这是正常人与中二病的差异，高阳心道。

之后大家又讨论了十分钟，基本达成一致。

高阳正式宣布行动计划："凌晨三点，我们潜入仓库。"

"会不会很危险？"陈萤有些担忧，毕竟是苍母教。

"别担心，这地方不可能是苍母教的老巢，顶多是个小分部。"高阳很笃定。

"没错。"黄警官也赞同，"苍母教的总部不可能这么张扬，还请一大堆杂兵来把守。"

"这次行动要求秘密潜入，务必干净利索，只抓关键人物，尽量别制造太大动静，以免打草惊蛇。"高阳说。

大家点点头。

"下午休息，晚上行动。"

迪克先行离开，其余人则各自睡上几个小时，为晚上的行动蓄力。

凌晨一点，大家换好夜行衣，上了迪克的车。

车子开到5区，在距饮料厂两条街之外的一个偏僻处停下，接着七人踏着夜色，穿过人烟稀少的旧街区，绕到工厂的后侧方。

有持枪雇佣兵看守的仓库，在饮料厂的东南方，后面是一条排放污水的小河。

高阳一行人蹲伏在河对岸的障碍物后面，用望远镜观察目标地点。

透着高高的铁丝网，能看到一栋大型平房仓库，蓝色顶棚、黄色墙壁，仓库的正门口把守着十几名手持冲锋枪的雇佣兵，穿着打扮很不正规，大多穿着黑背心和迷彩裤，满身的文身。

只有仓库屋顶上的三名雇佣兵在认真地放风，其他人都聚在仓库外的平地上，围着几张小桌子，抽烟、打牌，不时骂着脏话。

"曼蛇，吸引一下他们的注意力，我先去探探情况。"高阳说。

穿夜行衣的曼蛇点点头，迅速穿过废水河，靠近对面仓库外的铁丝网，轻巧地翻了进去，很快消失不见。

"咚"的一声，仓库正门口不远处的一个集装箱后面发出了声响。

"谁？！"

这立刻引起仓库屋顶上的人的警觉，他们叫唤了一声，仓库外面的雇佣兵们纷纷起身，扔掉手中的扑克牌，吐掉嘴里的烟，端着冲锋枪，将手指放在扳机上，慢慢朝着集装箱围拢过去。

已经潜伏在铁网外面的高阳立刻发动"瞬移"，穿过铁丝网。

他快速奔跑到仓库的侧墙，用耳朵贴着墙壁，强化听力，内部非常安静，没有声音。

高阳不再犹豫，发动"瞬移"，穿墙进入仓库。

来到仓库的内部后，高阳的眼睛迅速适应昏暗的光线。

仓库内堆满了长排形的空货架，上面没有囤放饮料，但也并没有其他的可疑物品。

高阳在货架之间走动查看，很快发现其中两排货架之间的距离明显要比其他的过道宽敞几倍。

高阳想起迪克查探到的情报：隔上两三天，就会有一辆车开入仓库，清晨才离开。他目测了一下，这两排货架之间的距离，可以通车。

高阳立刻转入这条过道，走到尽头，很快有了发现，脚下的地面铺着一面三米宽的正方形金属自动门。

高阳蹲下，轻敲了一下自动门，声音很脆，下面果然有地下空间。

高阳发动"瞬移"，决定直接进入，他的身影模糊一秒，却在原地未动。

高阳一惊：有结界，果然有觉醒者！

高阳当然可以用"焰拳"强行破坏这扇门，但是动静太大，不符合他秘密调查的目的，何况，这个地下空间万一有强力的觉醒者或者高级兽，高阳一人的话，也未必有把握应对。

高阳稍做权衡，还是决定团队作战，让陈萤用"万能钥匙"来开门。

三分钟后，高阳重新回到了工厂外的河岸对面。

"怎么样？"黄警官问。

"仓库里没东西，但是仓库下面还有一个地下空间，入口附有结界。"

"我可以打开。"陈萤立刻说。

高阳点点头，对着耳麦说道："曼蛇，再争取两分钟，我们要潜入了。"

"明白。"耳麦里传来曼蛇简短的回答。

很快，仓库周围又发出一些响动，除屋顶的保镖，其他人都朝着声音响动的地方聚拢，并且发出挑衅的谩骂声。

"准备行动。"高阳挥挥手。

奈奈忽然单手捂住半张脸："呵呵，凡人啊，吾王现在就给你们一次效忠于我的机会……"

"说人话。"高阳瞪了过来。

奈奈立马切换回来："我……我可以变小，待在口袋里。"

高阳立刻明白过来："行。"

奈奈发动"大小"，她的身体立刻缩小，就像科幻电影中的那样，不到三秒，就变成了一个指头大小的人。

高阳蹲下，伸出手，奈奈立刻跳到高阳的手心。

高阳将奈奈装进自己的上衣口袋，变成小人的奈奈从口袋里探出脑袋，还在叽叽歪歪地说着什么，不过声音太小大家完全听不清，想必又是一些让人尴尬的中二台词。

"噢，我的老天爷啊，这太神奇了！"作为低序列觉醒者，迪克从没见过这么神奇的能力。

其他人倒是没表现出太多的惊讶。

在曼蛇的调虎离山下，一行人隐蔽地翻过铁网，躲过屋顶守卫巡逻的视线，从仓库侧面的一扇小窗潜入了仓库内部。

高阳可以"瞬移"穿墙，但不能带队友一起穿墙，而且5级"瞬移"的极限是半小时内30次，以防之后可能出现战斗，他也是能省则省。

大家没有停留，直接来到通往地下空间的入口处。

陈萤蹲下，将双手放在脚下的金属大门上。

两秒后，她语气确定："有结界，不算强，我可以打开，你们先退后。"

大家无声地退后，陈萤的双手还放在脚下的金属门上，她闭上眼睛，喃喃自语。

几秒后，高阳感受到陈萤脚下有两股能量力场在纠缠，不到十秒便分出胜负。

陈萤的长发飘起，四周荡开一阵轻微的能量涟漪，金属门发出一阵乳白色的光亮，照亮了仓库的轮廓，两秒后便恢复正常。

"行了。"陈萤长舒一口气，轻声解释道，"这个结界带有一定的诅咒属性，贸然进去会有危险。看来这里确实有觉醒者介入，是苍母教无疑了。"

高阳不语：5级"瞬移"真好用啊，还能帮我规避风险。以后，如果遇到我的"瞬移"无法穿越的障碍，还是不要随便硬闯。

陈萤继续将双手放在门上，五秒后，门内传来机关响动的声音。

陈萤立刻站起身，退后开来。

地面的铁门缓缓朝两边回收，中间出现了一道斜坡，直通地下。

高阳习惯性地进入系统，确认暂时没有危险，才走进去。

其他人陆续跟上，奈奈还藏在高阳的口袋里，喋喋不休地发出蚊子般的细小声音。

地下通道宽四米左右，顶上装有声控感应灯，随着大家的前进依次亮起，可以想象，开进仓库的轿车会直接开进这个地下通道。

不到一分钟，大家便走到头了。

高阳目测，此处应该不到地下二十米，跟青龙长老在雪国圣山教堂探索的地下殿堂相比，属于小巫见大巫。

通道尽头是一扇自动铁门，陈萤轻松打开。

门后的空间没开灯，光线十分昏暗，大家隐约分辨出眼前是一个室内篮球场大小的地下空间，到处摆满桌子。

大家往前走上几步，高阳最先察觉到异常，一股腐烂恶臭的血腥味迎面而来。

很快，其他人也纷纷皱起眉头，脸色煞白。

青灵二话不说，双手已经拿着唐刀和秀刀。

"不对劲，小心点。"黄警官手持双枪，眼神锐利。

"陈萤、迪克，站我身后。"高阳压低声音，双拳汇聚着能量。

忽然间，整个地下空间天光大亮，头顶无数盏节能灯同时亮起。

高阳一行人立刻被曝光，无处遁形。

高阳抬头四顾，顿时皱起眉头。

他们身处一个几百平方米的地下室，地下室左边，摆着几台无影灯手术床，旁边是几辆小推车，上面摆放着沾满鲜血的手术刀、镊子、钳子、钢针等工具。

地下室右边，则是一面染满鲜血的铁壁，上面挂满严刑拷打的器具，墙下摆放的也是各种刑具。

高阳抬头看向头顶，半空吊着很多铁笼，每个铁笼里都关着一只或者两只迷失兽，它们衣不蔽体、遍体鳞伤，年纪和性别各不相同。

它们的身体多呈现半人半兽的形态，眼神或疯魔，或呆滞，或惊恐，或绝望，看起来都承受了极大的肉体和精神折磨。

"畜生！"黄警官看着前方，血压顿时上来了。

"啊……"陈萤双手捂住了嘴，眼眶顿时通红，并非害怕，而是震惊和悲痛。

其他人也看见了，在他们的正前方，是一面白墙壁。

墙上挂满了被肢解的迷失兽的断臂残肢和头颅，这些血液流干、接近腐烂的肢体，拼接起来，组成一个巨大的单词：欢迎。

这一刻，所有人都反应过来：这是圈套！

地下室二楼的走道上忽然围满了人，差不多有七八十人，都是雇佣兵，手持各种枪械，居高临下地瞄准了高阳一行人。

"开枪！"为首的男人没有任何犹豫，大声下令。

各种枪声瞬间响彻整个地下室，枪林弹雨将高阳一行人包围。

"金属！"青灵没有坐以待毙，在男人下令开枪的前一秒，她双手一张，一握，一拉。

顿时，五六张手术床飞过来，将他们几个人团团围住。

下一秒，无数的子弹打在手术床上。

高阳本想发动"瞬移"冲到二楼，将这些虾兵蟹将一一解决掉，但一瞬间，他放弃了这个策略。

要全部解决掉这些人，再快也得半分钟，但在如此密集的火力下，这几张手术床，根本撑不了半分钟。

事实上，陈萤的小腿和迪克的手臂已经分别中枪，高阳自己的肩膀也被子弹擦伤。

六个觉醒者，最后被一群迷失者用火力覆盖、乱枪打死，这说出去可够丢人啊。

"金属！"

高阳进入地下空间之前，已经复制了青灵的4级"金属"和黄警官的5级"枪神"，他双手一张，一握，一拉。

一时间，二楼的十几个雇佣兵手中的冲锋枪立刻停止射击，且不受控制地脱落，飞向了高阳。

青灵顿时反应过来，她也腾出一只手，朝二楼方向发动"金属"。

一时间，又是十多把枪飞了过来。

"黄牛！"高阳大喊一声。

黄警官瞬间明白了高阳的战术：呵，就让你们见识见识什么叫"枪神"！

"青灵！"高阳又喊一声。

青灵自然也看懂了高阳的战术，她一把抓住陈萤和迪克，迅速趴下。

同一时间，阻挡子弹的手术床也降低了位置，刚好够掩护大家。

黄警官和高阳也已经背对背蹲下，他们的四周，被"金属"操控的三十多把枪械，还悬空围绕着。

高阳发动复制而来的 5 级"枪神"。

"轰——"

一秒内，上百发子弹同时射出，瞬间击毙二楼的所有敌人，上百发子弹打出枪膛的声音出现在一秒内，因此压缩成了"轰"的一声。

在视觉效果上，这三十几把枪仿佛变成一个闪光球，朝着四面八方闪烁出耀眼的橙色光芒，一秒后，光芒消失，就像什么都没发生过，二楼的雇佣兵们却纷纷中枪倒地，或是翻出护栏，直接摔落下来。

但是如果有谁用高速摄像机拍摄，就会捕捉到这一秒内发生的事情。

高阳和黄警官背靠着背，他们的四只手以快到肉眼根本无法捕捉的速度，化身千手观音般的无数残影，同时扣动悬浮在自己周身的三十几把枪，并精准命中每一个敌人。

"闪光球"只闪烁了一秒，七八十个雇佣兵全部被射中心脏或头部，无声地死去，根本没明白发生了什么事。

唯有三只隐藏在迷失者中的高级兽没能被子弹杀死，他们从同伴的尸体和血泊中站起来，身体迅速兽化，冲向高阳一行人。

高阳和黄警官相视一笑，根本没当回事，他俩慢慢将受伤的陈萤和迪克扶起来。

青灵独自一人提着双刀冲过去，同时操控三枚锋利的乌金飞镖，身影飘逸，刀光优美，"唰唰"几下，三只高级兽的脑袋就落地了。

"真怀念啊，上一次并肩作战，还是在古家村。"黄警官说。

"不是在化工厂吗？"高阳笑着回答。

"那一次是我和青灵来救你，不是并肩作战，别搞错了啊。"黄警官眉毛一挑，"你当时被玄武虐得多惨啊。"

"咳咳，往事随风。"高阳心道：我不要面子啊。

此时，奈奈从高阳的口袋跳出来，身体变回了正常大小。

她从随身携带的医疗包中拿出一次性手套戴上，两根手指局部缩小，变为灵活的"镊子"，分别将陈萤小腿中的子弹和迪克手臂中的子弹取出。接着，奈奈为他们的枪伤注射了三分之一支 C 药剂。

陈萤咬牙忍住痛楚，脸色发白，额头上渗出一层冷汗："谢谢。"

奈奈不说话，快速为她的伤口进行了消毒、包扎。

高阳有点意外：这姑娘，不讲话时还是挺靠谱的嘛。

"我们暴露了，立刻离开这儿。"高阳说。

"不用了。"一个声音传来，大家纷纷回头，是曼蛇。

曼蛇手里拿着染血的短刀，脸上溅满了鲜血："我刚听见这里传来枪声，猜到你们中了埋伏,就先把外面的守卫解决了。"

高阳一时间不知作何表情:社会我曼哥,人狠话不多。

"既然如此。"高阳抬头看一眼那些铁笼中的可怜的迷失者,"把他们都放了,然后匿名报个警。"

青灵和黄警官点点头,两人跳上二楼,找到控制器,将铁笼一个个放下来,青灵挥刀直接劈开铁笼上的锁。

铁笼打开,里面的迷失兽却瑟缩成一团,惊慌失措,不敢出来。

黄警官和青灵互看一眼,决定不再过多干涉。

奈奈已经替陈萤包扎完手臂。

陈萤看了一眼迪克,语气严厉地质问:"迪克,这是怎么回事,你的调查败露了?"

"我……我不知道。"迪克忽然变得有些不自信,神色也有些恍惚。

高阳注视着迪克,感觉有些怪异。

按理说,之前对他测过谎,迪克不太可能是内鬼;但是地下室的这一切,说明敌人完全是事先知道,给他们准备了陷阱。

迪克是个优秀的情报人员,具备一定的反侦察能力,不太可能犯这种错误。

就在这时,半蹲在地上的迪克,忽然捡起脚下的一把冲锋枪,对准高阳、陈萤和奈奈的方向,眼看就要扣动扳机。

一把飞镖刺入迪克的手臂,迪克"啊"的惨叫一声,手中的冲锋枪掉落在地。

高阳"瞬移"过去,一把掐住迪克的脖子,将他用力推到身后的墙上。

迪克没什么战斗力,他没反抗,左手捂着被飞镖刺中的右手臂,一脸的惊恐和茫然。

高阳冷冷地审问道:"你加入了苍母教?"

"不,没有,我没有加入……"迪克挣扎着,灰蓝色的瞳孔开始放大,"我没有背叛你们!"

"你刚才打算杀我们,怎么解释?"高阳继续问。

迪克愣住,似乎完全想不起自己刚才的行为:"我不知道,我……我不知道自己怎么了……我真的不知道……"

高阳皱起眉:这个迪克,是在演戏吗?怎么感觉有点精神分裂。

"队长,"曼蛇声音冰冷,"他活不长了。"

高阳先是一惊,顿时察觉到迪克的胸前涌出一股邪恶而古怪的能量。

高阳立刻松开迪克的脖子,后退几步。

迪克忽然间脸色煞白,表情痛苦,他双手捂住胸口,跪了下来:"救命……救救我……我……我好难受……我不想死……"

"啊!"他张开双臂,仰头大喊一声。

与此同时,他胸口正中央涌现出通红的火光,烧穿了衬衫,冒出一股浓烟,但是那火并没有继续燃烧,迪克就像是被无形的铁烙给烙了一下。

两秒后，迪克倒在地上，嘴角流血，双眼睁大，死不瞑目。

"迪克……"陈萤声音不忍，不敢相信他就这么死了。

高阳确认不再有危险，慢慢走近，蹲下掀开迪克胸前的衣服，略有些吃惊。

迪克的胸口正中央浮现出一个血肉模糊的烙印，是一个"金钱"的符号。

高阳猜到，这是某种契约类型的诅咒。

这个迪克，应该是被某种控制或诅咒类的天赋给支配了，导致他的部分行为不受自主控制，他甚至无法察觉自己被人支配这件事。

这也是为何高阳对他测谎没有用。

"识谎者"的局限很多啊，以后不能过分依赖，否则迟早害死自己。

"迪克他……到底怎么了？"陈萤的眼神中有一丝悲伤，她走上前，看向曼蛇。

"他被控制了。"曼蛇语气确信，抬头看向四周，"我进来的第一眼，就觉得这地狱般的景象很眼熟，没想到，果然是他。"

"谁？"高阳看过去。

"一个老朋友，"曼蛇嗓音幽冷，透着毒蛇般的恨意，"我找了他很多年。"

高阳隐约猜到曼蛇这是遇到老仇人了啊。

"队长，我有个请求。"曼蛇看向高阳，眼神锋利，"杀死他的最后一刀，必须是我的。"高阳感觉此地还是不宜久留。

他看向曼蛇："先离开这儿，路上说。"

"他怎么办？"黄警官看了一眼迪克的尸体。

"我想带走，之后找机会安葬。"陈萤说。

高阳没反对。

陈萤要去抬迪克的尸体，黄警官叹了口气："我来吧。"

"谢谢。"陈萤点点头，但还是取下了迪克的手表。

一行人迅速离开饮料厂的仓库，回到迪克的车上，将迪克的尸体放进后备厢，开车前往另外的街区。

一路上，陈萤不忘报警，让当地的警察去救仓库地下室的迷失者。

一行人把车藏进没有监控的破旧巷口，再低调离开，进入一家鱼龙混杂的酒吧，去厕所换装，再离开酒吧。

奈奈利用"千面人"的能力，变为一个西国的本地女性，拿出早就准备好的伪造证件，在一家小旅馆开了一间双人房。

奈奈走进旅馆，关上门，拉开窗帘，推开窗，曼蛇立刻从窗口跳进来，接着是青灵和黄警官，最后是高阳。他搀扶着陈萤的胳膊，通过"瞬移"将她带了上来。

一行人暂时安全后，奈奈又点了些吃的，十分钟后，送餐员送上门一些牛奶、咖啡和三明治。

高阳喝着咖啡，直奔主题："曼蛇，说说你这位老朋友。"

曼蛇单手插在口袋里，靠在窗边，一手玩着飞镖。墙壁上的壁灯昏黄，照亮他棱角分明的半边面庞，他左眼横跨到右脸颊的狭长刀疤一半在明，一半在暗。

"二十年前,我在……"

"等等。"陈茧没忍住打断道,"二十年前?你现在多少岁?"

"三十九。"曼蛇蹙眉,不明白陈茧为何要问这个问题。

"什么?"陈茧相当吃惊,"我还以为,你绝不超过三十岁。"

"呵呵,的确。"黄警官拿出一根烟,夹在手中,没急着点上,"是不是生命系天赋的人,都老得慢一些?"

"有这个可能。"高阳想起了什么,"朱雀长老年纪也不小了,但她看上去像二十五岁。"

"呵,无知的凡人……"奈奈以一个非常中二的姿势坐在墙角的高背椅子上,上半身隐藏在黑暗中。

"好了,聊回正题。"高阳拍拍手。

"让我说完啊喂!"奈奈激动地跳起来,她好不容易找到插话的机会,"不准无视我……"

"闭嘴。"青灵冷冷开口。

奈奈立刻闭嘴。

曼蛇眼神微凛,沉声回忆道:"二十年前,我在散角当雇佣兵。散角这地方,都知道吧?"

大家点点头。

高阳没去过散角,不过久闻大名。

它是表面世界中最危险的地方,那里军阀割据,常年战乱,以毒品制造、人口贩卖、军火走私为经济支柱,是罪恶的温床。"普通人"如果不是走投无路,绝不会去那种地方。

曼蛇没什么情绪起伏,仿佛在讲别人的事:"我父母是商人,在散角做灰色生意,死于当地的一次暴乱。那年我十二岁,被抓到一个种植园当苦力。

"三年后,种植园被一个雇佣兵团给灭了,我被他们顺手救走。他们团长看中我,把我留下来,培养我,我就跟着他们混了。"

"雇佣兵团的团长叫班森,待我如兄长。副团长叫鬣狗,就是我们这次惹上的人。"说到鬣狗,曼蛇的声音中才流露出一丝压抑不住的恨意。

"总之,也不是什么新鲜事,我在雇佣兵团待了四年,每天不是杀人,就是在杀人的路上,或者被人杀的路上。只要雇主的钱给到位,什么活儿都接。当然,团长班森有底线,不杀无辜百姓,不杀老弱病残,我们杀的人,全是黑吃黑。

"鬣狗这人,笑面虎一只,表面上很好相处,实则阴险冷血。他专门管账,给我们接活儿。他身上有种奇怪的魅力,每次由他来谈判和谈价,总是很顺利,我后来才知道,那是他的天赋。"

"你是说……"黄警官抽了一口烟,"那时的鬣狗就是觉醒者了,而你还是普通人类,其他雇佣兵都是迷失者?"

曼蛇点点头,看向高阳:"我之前跟你提过,我有一个朋友,以虐待迷失者为乐,我还参观过他的'乐园'。"

"这人就是鬣狗？"高阳问。

"是。"曼蛇冷笑，"雇佣兵团中，班森和鬣狗赚得最多，不过班森总是带兄弟们花天酒地，及时享乐，存不下钱。

"鬣狗不一样，他很少跟我们去娱乐。他攒钱给自己买下一栋别墅，建了一个大型地下室，专门关押和虐待迷失者，这才是他的娱乐活动。"

"有一次，鬣狗不小心暴露了觉醒者身份，差点被一只吞噬者杀死，我正好目睹，开枪救下他。"曼蛇停下来，目光痛苦，"那是我这辈子犯过最大的错。

"鬣狗见我没暴走，也没昏迷，知道我也是人类，只是还未觉醒。他告诉了我这个世界的真相，还带我参观了他的'乐园'。当晚，我回到家，做了一整晚的噩梦。

"没几天，我们又接了一单，要去杀一个富豪，那富豪是个有名的人贩子。那晚我们杀了富豪和他的保镖，在地下室发现了很多被虐待的奴隶。

"有一个笼子很特殊，关着一对六七岁的双胞胎，银发、红眼，我印象很深。她们跟其他被虐待的奴隶不一样，更像是被细心看护起来的名贵宠物，被关在一个特殊金属制成的大鸟笼里，里面装修得像一个童话屋……

"很显然，那个富翁不敢碰她们，还供着她们，应该是有其他用处。

"那晚，看到这对双胞胎的鬣狗，两眼放光，表示这一票的钱他一分不要，只要这对双胞胎。

曼蛇眼神厌恶："我猜到他想干什么，没让他得逞，打开笼子，把那对双胞胎放走了。

"鬣狗头一次勃然大怒，还掏出枪指着我的脑袋，最后被班森拦下。班森将其他奴隶也放了，并称赞我做得对。"

高阳暗暗吃惊：那对双胞胎，该不会是初雪和白露吧？白露今年二十七岁，二十年前是七岁，时间上是吻合的。

"那对双胞胎是怎么逃走的？"高阳追问。

曼蛇一怔，没想到高阳会在意这个无关紧要的细节。

曼蛇努力回忆："我记得她们跑出笼子后，鬣狗立刻追出去了，不过他追丢了，门口只剩下双胞胎的衣服，双胞胎像是人间蒸发了。"

果然是她们俩！一个变成猫，一个变成水，轻松逃走了。

初雪和白露大概不会想到，当年自己的救命恩人，竟然是自己的"食物"。不过，她们为什么会落到那个人贩子手中？这不应该啊！即便她们当时才七岁，对付一些"普通人"还是很容易的。

曼蛇没察觉高阳的微妙情绪，继续回忆道："那对双胞胎对鬣狗来说只是个小插曲，之后他还是老样子，表面上跟谁都有说有笑，和气生财。不过他私底下，开始调查那个人贩子背后的势力。"

"结果查出了苍母教。"青灵猜到了。

"嗯。"曼蛇冷笑，"现在回想，他就是那时候搭上了苍母教这个组织。那对双胞胎，应该是鬼，那个富豪是在帮苍母教的人看护那两只鬼，可能是想驯服她们，或者做实验之类的，结果被我们搅局了。"

"鬼到底是怎么来的？"黄警官问道。

"目前还不清楚。"陈萤摇摇头，皱着眉思考了一下，"苍母教应该知道，所以才能抓到年幼的鬼。"

"很有可能。"高阳拉回话题，"先听曼蛇说完。"

曼蛇继续说："一个月后，鬣狗忽然来找我，他说他要离开雇佣兵团，去一个更强更有趣的组织，问我要不要一起去。我当时犹豫了，虽然我当时还没觉醒天赋，但毕竟是人类，班森和其他兄弟对我亲如手足，可他们毕竟是迷失者，跟我不是一个物种。"

"所以，你跟鬣狗走了？"黄警官问。

曼蛇摇摇头："我挣扎了一晚，选择留下。"

"哈哈。"黄警官很高兴，"看来我俩是一路人啊。"

曼蛇不看黄警官，低下头，眼神中的仇恨又深了几分："鬣狗离开那天，请大家去他家的别墅喝酒，算是告别。

"那天，大家都喝得很醉。听到枪声时，我正在厕所呕吐。当我回到客厅时，我发现兄弟们全死了，脑袋中枪，血流了一地。

"鬣狗站在尸体中，拿着手枪，一脸冷笑，我差点还以为自己在做梦。我问鬣狗，为什么要杀同伴？

"同伴？别搞笑了，他们就是一群牲口。其实杀不杀他们无所谓，但你一个人类，竟然对他们产生了感情，还一口一个家人，真恶心啊。所以离开前我还是决定杀了你们，省得以后每次回想起来，都要被恶心到。

"以上是鬣狗的原话。"曼蛇眼角充斥着血红的眼丝，"每一个字，我都记得。"

其他人陷入愤怒又无力的沉默，大家恨不能在二十年前的现场，亲手杀了鬣狗。

高阳忽然想到，刚认识曼蛇时，他对迷失者表现得漠不关心，甚至充满厌恶，或许他厌恶的，只是曾经那个没能保护好"家人"的自己。

"鬣狗开枪打伤我，但没杀死我，他知道如何杀人诛心。他在别墅安装了定时炸弹，我只能眼睁睁地躺在地上，看着班森他们的尸体一点点僵硬……

"半分钟后，别墅爆炸，我努力爬向阳台方向。我被炸得飞出去，可是……我没死。"

"你的天赋……出现了？"陈萤说。

"是，我领悟了'壁虎'，身体重新长了出来，昏迷了一个月。救我的人，是当初我在富豪地下室放走的一个'奴隶'。

"醒来后，我决定复仇，可鬣狗却像是人间蒸发了，一点线索都没有。

"我猜他进入了觉醒者的世界，于是我来到离城，加入麒麟工会。这些年，我一直在找鬣狗，还是没有任何线索。呵，没想到那家伙加入了苍母教。"

"果然蛇鼠一窝，臭味相投。"黄警官说完，愣了一下，忙朝青灵和曼蛇赔笑，

"就是一个成语，没有骂你们的意思。"

青灵一脸冷漠，根本不在意。

曼蛇也不在意。

"鬣狗的天赋是什么？"高阳问曼蛇。

"不清楚。"曼蛇摇头，"但这个金钱符号，的确是他最喜欢的元素。他将这个符号文在自己胸口，也很喜欢刻在他虐待过的迷失者身上。"

"鬣狗背叛我们之前，向我展现过通过在目标身上刻下金钱符号的方式来控制迷失者的能力。"

陈萤微微皱眉："应该是召唤系的天赋，就像玄武的'傀儡大师'？"

高阳灵光一闪，莫非是序列号193的"收买"？"收买"作为垫底的十二天赋，对应的正好是最强召唤系的"傀儡大师"。

这样的话，几乎可以肯定，鬣狗就是服务于苍母教的尾队成员之一。

陈萤又想到了什么，略一犹豫，再次开口："虽然现在不是时候，但有件事，我实在很在意。"

"你问。"曼蛇说。

"散角这地方，听你的描述，感觉还不小。"陈萤有些疑惑，"但是七年前，我们组织派人去那勘测过，就是很小的一个地方。"

曼蛇回答："我知道，六年前我回过一次散角，参加我救命恩人的葬礼，我也发现那地方小了很多。"

黄警官吃惊地"嘶"了一下："你是说，迷雾世界会缩小？"

"其他地方不确定。"曼蛇说，"但散角原本有很多海岛，我当年所在的雇佣兵团，有时惹到不该惹的人，就会暂时躲在海岛的热带森林里避风头。上次我再回去时，发现很多海岛无法再前往，被迷雾的边界挡住了。"

"还有这种事？"陈萤很惊诧，"你跟组织汇报过吗？"

"我向玄武汇报过，玄武让我保密。"曼蛇如实回答，"我不清楚玄武有没有告诉麒麟会长。"

高阳也陷入沉思：究竟是迷雾世界整个在不断缩小，还是只有散角那块区域在不断缩小，还无法确定；这是否跟迷雾世界的一百年寿命有关，也无法确定。

高阳拿出手机："我先将今晚的事向会长汇报。"

"我也向组织汇报一下。"黄警官拿出手机，搜寻起斗虎的号码。

"我也是。"陈萤拿出手机。

高阳心中苦笑：呵，这时候，三大组织间的竞争就出现了，任何情报都不能落后。

"陈萤，辛苦你一下。"高阳声音客气，"通灵迪克的手表，找找线索，目标是鬣狗，还有他背后的苍母教。"

"应该的。"陈萤点头，她当时取下迪克的手表，就是为了通灵。

几分钟内，大家都跟各自的组织简短汇报了一下情况，奈奈则很自觉地将大家吃剩的食物收拾好。

陈萤拿着迪克的手表走进厕所，关门之前，她看了大家一眼："我需要十分钟，尽量保持安静。"

大家纷纷点头。

陈萤进入厕所，垫上干净的毛巾，坐在马桶盖上，将迪克的手表戴上。

她闭上双眼，深呼吸，调动身体中的能量，汇聚到手腕上，感受着胳膊上的手表，并进行深层次地探索。

已是6级"万物通灵"的她，不一会儿就进入了状态。

她的意识和灵感穿过纷乱的信息，以这块手表为媒介，轻轻打开了"时空之门"，进入到一片由信息和能量组成的，能让人身临其境的影院。

无数来自手表视角的"记忆切片"在陈萤的四周展开，一幕一幕地浮动着，这些切片绝大部分都是迪克的生活内容，工作、休闲、吃饭、洗澡、睡觉等，一直追溯到了十二天之前。

化身意识和能量体的陈萤快速"游览"着迪克的记忆切片，看到一些可疑的记忆，便迅速钻入记忆中，成为一块戴在迪克手腕上的手表，经历他当时的所见所听所感。

迪克最早的五天记忆很正常。

白天扮演着自己的表面身份，一名没什么事业心、没什么名气的律师，一个单身汉。

晚上会跟同事们去律师事务所附近的酒馆喝上一杯，要遇到心仪的女性便相聊甚欢，共同消磨夜晚。

每周三晚上，他会跟离城的百川团总部进行一次五分钟左右的加密电话，汇报日常工作。

八天前，迪克收到来自总部陈萤的指示——拿到有关苍母教的资料，并在本地进行调查。

白天，迪克减少律师工作，利用职务之便开始暗中调查。两天时间，他查出十多个可疑的目标，最终锁定了其中三个，于是他便约情报局的朋友喝了两杯，拜托对方深入调查。

理由当然不可能说是在查"苍母教"，而是谎称有对家公司想挖出这三家公司的黑历史，进行舆论打击。这是司空见惯的商业竞争手段，他情报局的朋友收钱办事，没有多问。

等待结果的这几天，迪克去酒馆喝酒，继续从其他渠道打听情报，还领回家一个金发女郎。

这中间，迪克跟陈萤还有过一次电话联络，用来汇报工作进度。

三天后，迪克拿到情报局朋友找到的资料，确定这家饮料公司的前身跟苍母教有瓜葛。

迪克再次向陈萤汇报，并等待陈萤所在的破苍小队过来。

时间和能量有限，化为意识体邀游在纷乱记忆中的陈萤，不可能事无巨细地游览，她大致游览一遍，没找到特别可疑的地方。

迪克手表的"记忆"，终于来到最后一天，也就是迪克去机场接机的前十个小时，陈萤发现了陌生又可疑的面孔。

陈萤不多想，立刻钻入这一段记忆中。

时间是凌晨一点，地点是迪克的单身公寓内。

陈萤作为迪克手腕上的手表，能看到迪克的手背，以及头顶上方的两个陌生男人。

一个男人身材中等，穿着精致的蓝色西装，胸前口袋别着一支名贵的白色钢笔，细看能发现是乌金属制成的。他脸上戴着白色面具，面具上是一个没有眉毛的脸庞，诡异地假笑着。

另一个人，应该是男人，他穿着厚重阔大的白色太空服，戴圆形的橘黄色的半透明头罩，反光严重，看不清楚脸，只能看到一团一团呼在头罩内的湿雾，泛着诡异的黑褐色。

"你们……你们是谁……啊……"迪克捂住胸口，跪倒在地，像是在呕吐着什么。

作为"手表"的陈萤看到地板上出现了像是腐烂豆腐的黑色血块，那是从迪克的嘴里吐出来的东西。

此刻的陈萤，明明只是一块手表，却感受到难以名状的压抑和不适，仿佛被什么肮脏邪恶的东西给粗暴地侵袭着。

"迪克先生，"戴假笑面具的男人说话了，声音中透着一股精明和虚伪，他弯着腰，掏出白色手帕，递给迪克，"来，擦擦嘴……"

迪克没有接，声音颤抖："你们……你们到底是谁……想对我做什么……"

"深夜来访，十分冒昧。"假笑男声音滑腻，异常地客气，"听说你最近在调查我们，请问这是真的吗？"

"我……我不知道你在说什么……"迪克说着，又吐出一口黑色血块，他只觉得浑身疼痛难忍，五脏六腑像是在缓慢地灼烧。

"迪克先生，不如我们都坦诚一点。"面具男收回手帕，"你是觉醒者，任职于离城百川团的情报部，正在调查苍母教在西国这边的业务，而我呢，正好是苍母教在西国这边的业务总代理。"

迪克脸色惨白，不再伪装，大喊道："来啊，要杀要剐随便，你这坨狗屎！"

"迪克先生，"面具男呵呵笑了起来，"如果你觉得死亡就是最可怕的事情，那么很遗憾，你错了。"

迪克开始疯狂呕吐，地板上的黑色血块中，已经开始出现蠕动的褐色虫子。

陈萤只感到头皮一阵发麻，尽管此刻作为一块"手表"的她，并没有头皮这种东西。

接下来的几分钟，迪克一边吐血一边痛苦哀号。

陈萤不忍看下来，也没有足够的通灵时间再支撑她看，她控制着画面"快进"。

十分钟后，迪克再也忍受不了这种折磨，他开始求饶："求求你，杀……杀了我……求你……"

"不不不，迪克先生。"面具男看着脚下蜷缩成一团、痛不欲生的迪克，冷血又礼貌地笑道，"我是一位商人，可不是刽子手，杀人什么的太野蛮了。这样，我们来做个交易怎么样？"

"交易……好……你说，你说……"迪克已经屈服，他只想结束痛苦和折磨。

"很简单，你继续工作，而我会让你恢复健康，你只需要……"

"不，我……不能背叛同伴……"迪克仅存的理智让他做着最后的坚持。

"没有背叛同伴，你不用欺骗他们，也不用伤害他们，你只需要继续完成你的工作。"

"不……我得，我得通知……他们……"迪克眼神涣散，意志力濒临崩溃。

"迪克先生，你的工作是什么？立刻回答我。"面具男的声音突然一沉，周身散发出一股奇异的扭曲心智的精神能量。

"调查……苍母教……"迪克如实回答。

"你调查出结果了吗？"

"调查出来了。"

"然后呢？"

"我要……告诉组织。"

"对，告诉组织，就算完成工作了。可现在你面临疾病的折磨，无法完成这份工作，而我可以让你恢复健康，让你继续工作。"

"是，是的……"迪克被"说服"了。

"我要的回报，仅仅是你的生命，很慷慨吧？"假笑男风轻云淡道。

"生命？慷慨……"迪克似乎有些困惑，有些动摇，最后一丝理智在阻止他。

"是啊，每个人都要死，早死和晚死有何区别呢？所以，生命并不可贵，但是工作没做完可不行啊，你是百川团的优秀特工，必须出色地完成工作。"

"对，对，我必须……完成任务……"迪克的理智荡然无存。

"我帮你完成任务，代价是你的生命，接受吗？"

"接受，我接受。"迪克双眼魔怔，彻底被面具男这荒诞的谈判给说服了。

"迪克先生，祝贺你，做出了无比明智的选择。"

面具男掏出胸前的乌金钢笔，一把扯开迪克胸前的衣服，在他的胸口上画下一个金钱的符号。

"交易达成，合作愉快。"

…………

"啊！"

旅馆的厕所内，传来陈萤的尖叫。

青灵立刻上前，拉开门。

陈萤坐在马桶上，睁大双眼，满脸的泪水，呼吸气促。

"怎么了？"高阳等人也走到门外。

"是苍母教，有两个人……能力，非常可怕……"陈萤声音哆嗦，虽然是通灵，但她等同身临其境地目睹了迪克的悲惨遭遇。

五分钟后，陈萤双手捧着一杯热茶，坐在床头，详细地讲完在通灵中所看到的内容。

"那个假笑面具男，就是鬣狗。"曼蛇脸色阴沉，"那种荒诞的谈判方式，我很熟悉，只不过比之前更不讲理了，可能是天赋升级了。"

"有没有可能，"黄警官抄着双手，用手指轻敲下巴，"当时迪克处在身体极度痛苦和意志极度脆弱的状态，更容易被鬣狗乘虚而入？"

曼蛇点点头，表示认同。

"现在可以确定，一旦跟鬣狗达成交易，被他用钢笔签下契约，基本上等同于是他的傀儡。"高阳想了一下，又补充道，"鬣狗对傀儡的控制很深入，可以修改和删除他的部分记忆，改变他的行为逻辑，就连傀儡自己都不觉得自己是傀儡。所以，我的'识谎者'对迪克无效。"

绝对是"收买"，没有错。

按照排序，这个鬣狗，就是苍母教尾队中的7号成员。

等一下，这么说，那尾队岂不是没有1号和2号，毕竟我和张伟都没有加入尾队啊。

不管怎么说，这个鬣狗还有同伴，这次的任务比想象中要棘手。

"要怎么找鬣狗啊？"奈奈咬着一瓶酸奶的吸管，"西国这么大，我们又不是情报机构，总不能大摇大摆挨家挨户去搜吧。"

大家纷纷看向奈奈，表情微妙。

"都看我干吗，我说错了吗？"奈奈有点受宠若惊。

"原来你可以正常聊天啊。"黄警官笑了。

奈奈叉腰站起来："放肆！吾王的言行也是尔等凡人可以质疑的……"

高阳自动忽略了中二状态的奈奈，看向陈萤："通灵中，你有留意其他线索么，我们得找到鬣狗和那个……"高阳思考了下措辞，"太空男。"

陈萤摇摇头："他们都没露脸，也没透露出关键信息。"

"能再通灵一次吗？"曼蛇问。

陈萤稍有些血色的脸又白了一些："可以，一件物品可通灵两次，甚至三次。不过，第二次效果只会比第一次差，信息丢失更严重，而且，我不确定我现在的状态，能不能再经历一次迪克的遭遇……"

"不用回到那晚。"高阳说。

"啊？"陈萤有点意外。

高阳解释："鬣狗和太空男既然主动现身，显然有备而来，从他们不露脸就能看出，他们不想，也不会留下什么线索给我们。"

"有道理。"黄警官说。

"不过,迪克调查苍母教的事情走漏风声,还被鬣狗找上门来,肯定是迪克在哪个环节暴露了。"

高阳略一思索,有了决策:"陈萤,你再通灵一次,这次主要留意两个人:一个是迪克那位在情报局的朋友,通过回忆,找出他的信息;还有一个人,就是迪克带回家过夜的女郎。这两人嫌疑最大,我们从这里入手。"

"行,我试试。"陈萤长舒一口气,站起来,戴上迪克的手表,重新步入厕所。

房间内,大家或坐或站,安静等候。

不到十分钟,陈萤打开厕所门。

这一次,她的脸色没有像之前那样慌乱和苍白,只是有些疲倦:"迪克在情报局那个朋友的信息弄到了,但那个女郎,只有一个假名。"

"陈萤,你能把两人画下来吗?"高阳顿了一下,补充道,"迪克在情报局的朋友,附上详细住址。"

"好。"陈萤找到自己的公文包,拿出随身携带的速写本和素描笔,开始画人像。"万物通灵"的天赋,大大提升了她还原记忆的绘画能力。

二十分钟后,两人的肖像画完成,陈萤画得非常写实,也很生动。

高阳看了一眼手机时间,凌晨五点了。

他思考了片刻,抬头看向青灵和黄警官:"接下来分头行动。青蛇、黄牛,你们重新回那个仓库,在附近等待,看看鬣狗和太空男是否会出现,可能性应该很小,就当碰碰运气。记住,保持距离,安全第一。"

"明白。"黄警官说。

青灵点点头。

高阳又看向曼蛇和奈奈:"你们两个,去找迪克的这位情报局的朋友。奈奈,你有'千面人',先确定他是普通人类、觉醒者、迷失者还是高级兽。如果是迷失者,曼蛇,你正常审讯,逼他开口讲实话。"

"我知道怎么做。"曼蛇回答。

奈奈冷笑一声:"呵,就让尔等见识一下吾王……"

高阳不等奈奈说完,看向陈萤:"陈萤,你跟我去一趟迪克的公寓,找找线索。"

"好。"陈萤点点头。

高阳轻拍一下手:"手机保持正常,随时联系。"

大家陆续回答,开始分头行动。

奈奈迅速变小,跳进曼蛇的上衣口袋。曼蛇打开窗户,跳了出去。

青灵和黄警官也从窗口离开。

高阳挽着陈萤的胳膊,来到窗前,发动两段"瞬移",在旅馆侧面的无人窄巷中安稳落地。

两人走出巷口,在路边拦下一辆出租车,前往迪克的公寓——陈萤通过通灵的信息,清楚迪克住所的详细位置。

二十分钟后，两人下车。

高阳故技重施，扶着陈萤的胳膊，两段"瞬移"来到迪克公寓的窗外。陈萤使用"万能钥匙"，轻松打开了上锁的窗门。

两人翻进去，室内没开灯，借着月光可以看清公寓内的大致陈设，长方形的单身公寓，客餐卧一体，一目了然。

一看就是单身汉的住所，沙发上随意丢着外套和裤子，桌上是各种空啤酒瓶和一个塞满烟蒂的烟灰缸。"四处找找。"高阳说着，率先检查房间内的办公桌和抽屉。

陈萤转身去检查书架，愣了两秒。

书架上放着一个相框，里面是迪克大学毕业时跟同学老师们的合照，穿着黑色的学士服，戴方角帽。由于身材高大，站在人群的后面，他笑容灿烂，看起来无忧无虑。

高阳检查完办公桌，来到陈萤身边："发现了什么？"

陈萤摇摇头："想起了一些往事。"

高阳没再多问，转身去其他地方搜查。

陈萤也开始翻书架上面的书，一边找一边说："七年前，迪克还是离城的留学生，我是他的学姐，他在一次联谊会上见到我，开始追求我……"

陈萤说完，也是一愣：为什么要跟人说这种事？

"抱歉，说了些跟任务无关的话。"

"未必无关，继续说吧。"高阳对八卦没太多兴趣，不过听一听，说不定会有意料之外的线索。

陈萤心中感激，这一刻，她确实想跟人诉说一下，不然心里实在发闷。

"迪克对我死缠烂打，我从一开始的烦恼变成了担心，我害怕迪克是高级兽，已经怀疑我是觉醒者，在试探我……保险起见，我让小丑帮我辨别了一下，没想到，迪克竟然是未觉醒的人类。"陈萤无奈地笑了，"或许，人类彼此间是有吸引力的，所以迪克才误以为对我一见钟情吧。

"当时，我们百川团除了寻找志同道合的觉醒者，也会寻找普通人类，毕竟人类就是觉醒者的后备军。

陈萤微微俯身，开始搜查第二格书架，她自嘲地苦笑："呵，吃相真难看啊。可是百川团真的太弱了，这也是不得已为之……"

高阳没发表看法，大到组织，小到个人，都有自己的生存之道，很多时候都是屁股决定立场，没什么对错。

"我挣扎过，还是告诉了迪克真相，半个月后，他就觉醒了。"陈萤继续回忆，"后来他毕业了，回西国之前他约我出来吃饭，他特别感谢我，他说自己不后悔觉醒。

陈萤低下头，语气有些伤感："迪克死之前，不知道有没有后悔，有没有恨过我。如果不是我，他也不会死吧。"

"我以前也经常问自己类似的问题。"高阳开始检查迪克的床铺，"但现在懒得问了。"

身后传来陈萤的声音:"为什么?"

"我们总有一种能改变他人命运的错觉,这其实……"高阳思考了一会儿,想到龙说过的一个词,"很傲慢。"

"傲慢。"陈萤琢磨着。

"每个人都有自己的命,旁人对他的'改变',也是他命的一部分。所以你不用自责,就像你如果发生了什么事,也不会去怪别人对吧。"

"谢谢。"陈萤听高阳这样说,心里好受了一些。

"呵。"陈萤有些意外地笑了,"没想到你这么悲观,我还以为,你是个乐观的人。"

"我不悲观也不乐观,"高阳检查完枕头,开始检查床垫,语气有点漫不经心,"我这人信命,但不认命。"

陈萤一怔,回过头,看向还在搜查的高阳。

那一刻,她似乎从高阳的身上感受到一种让人踏实的安定感,以及一种可以信任和追随的人格魅力,仿佛只要跟着他,迟早能通往正确的道路。

这个少年才十八岁啊,比起上次接触,他似乎又深刻了不少。

果然,真正改变一个人的不是年纪,而是经历。

"发现了。"高阳放下床垫,转身看向陈萤,手里拿着一个黑色的小物件。

陈萤一愣,快步走过来,只看了一眼就皱起了眉头:"是窃听器。"

"迪克带回家的那个女郎,是鬣狗的手下。"陈萤说。

"未必。"高阳将窃听器捏碎,扔回床上,"女郎应该不是鬣狗的手下,很可能只是一个微不足道的眼线,甚至是业余的。"

"为什么这么断定?"陈萤问。

"因为很不专业,事后居然没找机会把窃听器拿走。"高阳思索了一下,继续说,"而且如果那个女郎是鬣狗的手下,鬣狗和太空男进入迪克公寓时,也会顺带拿走窃听器,尽量消除一切痕迹。"

"除非……鬣狗和太空男并不知情。"陈萤想明白了,"他们只是从手下那得知迪克在调查苍母教,但并不知道手下是怎么打探到的这个消息,也不知道他的手下是派出一个业余的眼线安装了窃听器。"

"有时候,专业的情报人员反而不容易得逞,迪克肯定能察觉。"高阳沉思,"这种业余人士,反而让迪克放松了警惕。"

陈萤眼睛一亮:"我知道迪克跟女郎见面的那家酒馆,我们可以去那里找找看。"

高阳点点头:"白天酒馆不营业,得等今晚了。"

"行,我们再搜查一下公寓,看看还有没有其他线索。"

高阳和陈萤又检查了一阵,厨房厕所也没放过,但没再找到其他线索。

天亮之前,高阳和陈萤返回酒店,当然,还是走的窗户。

两人洗漱完,各自躺在一张床上小睡了一会儿。

中午,青灵跟黄警官回来了。他们守在饮料厂的那个仓库附近,发现来处理后事的都是一些警察，并没有出现疑似苍母教的人，鬣狗和太空男也没出现。

高阳和陈萤把床让给青灵和黄警官，让他们各自睡了一会儿。

下午四点，奈奈和曼蛇回来了。

曼蛇的做事风格比较粗暴，他扮成黑社会，直接把迪克那位情报局的朋友给绑架了。在奈奈确认他是迷失者后，他们先检查了他的身体，没找到他跟鬣狗签下契约的金钱符号。

于是曼蛇便开始用对付"人"的方法，对他进行审讯和恫吓，轻松得到了答案：他跟迪克的死的确没有关系，他也不是苍母教的线人。

青灵和黄警官又同样地把床让给奈奈和曼蛇休息，不过奈奈不需要休息，她早在曼蛇的上衣口袋里睡饱了。

晚上七点，一行人简单吃了一些食物，在旅馆待命。

高阳跟陈萤按照本地的风格打扮了一番，伪装成一对情侣，去迪克常去的一家酒馆喝酒，看看能否找到那个女郎。

这个时间，酒店人还不多。高阳要了一杯威士忌，陈萤点了一杯鸡尾酒特调，两人在灯光暧昧的角落坐下，一边喝酒，一边观察。

九点左右，酒馆里热闹了起来。

长吧台边，几个浑身都是文身的壮汉在喝啤酒，他们高声交谈；酒馆中间的两张桌子拼在一起，七八个年轻男女穿着白色球服，在那看球赛；角落里，热恋的情侣忘情地拥吻着。

陈萤和高阳尽量融入酒馆的氛围，他们一边喝着酒，一边在酒馆搜寻着，就这样等到晚上十一点，那个金发女郎还是没有出现。

这时，高阳和陈萤都已经续上第三杯酒了。

"感觉她今晚不会出现了。"陈萤用母语说。

"我在想……有没有一种可能，"高阳也用母语回答，"这个女郎消失了，准确说，是被消失了？"

陈萤面色一沉，点点头："很有可能。"

"我们再坐坐。"高阳打开手机，给曼蛇发了一条加密短信。

"行，反正回去也没事。"陈萤苦笑，"只是……我不能再喝了，醉了就麻烦了。"

陈萤以前醉过一次，按照无色的描述，她酒品……不是太好。

两人在酒馆待到了凌晨，这期间，陈萤被酒馆的男人搭讪了不止一次。

酒馆的客人换了一批又一批，依然热闹，高阳跟陈萤仍然没有离开的意思。

装了木制把手的玻璃门被人推开。

一个身材火辣的金发女郎走进酒馆，她约莫三十岁，浓妆艳抹，穿性感的黑色吊带低胸裙、渔网丝袜和红色高跟鞋，右手提一个鳞片闪烁的包包，左手夹着一根女士香烟。

她的出现，立刻吸引了酒馆不少客人的注意。

她穿过人群，来到吧台处坐下，抽了一口烟，朝酒保挥挥手："玛格丽特。"

"好的。稍等，女士。"

酒保开始调酒。

金发女郎坐在高脚椅上，跷着腿，一边抽烟，一边漫不经心地环顾着，物色着今晚的猎物。

很快，她的眼神与角落中的高阳对上。

金发女郎眼底的微光一闪，迅速看向其他人，假装什么事都没发生。

"是她。"陈萤已经看清了女郎的脸，语气确定。

高阳端着酒杯，微微点头，并不着急。

"走。"陈萤想要起身。

"慢着。"高阳喊住陈萤。

"怎么？"陈萤一脸不解。

"先等等。"高阳没有多解释。

金发女郎环视了一圈，神色难掩失望。她伸手灭了香烟，轻吐了一口气。

"女士，你的酒。"年轻酒保端上一杯夹着柠檬片的蓝色鸡尾酒。

"谢谢。"金发女郎端起酒，轻轻喝上一口，微微皱起了眉。

"女士，这杯酒，是我们老板请你喝的。"年轻酒保说着，指了指桌面。

金发女郎一低头，才发现桌上还有一张纸条，之前被酒杯压着，她竟然没注意。金发女郎不动声色地拿起纸条，看了一眼，嘴角微翘，那是藏不住的喜悦。

她二话不说，放下酒杯，掏出一张小费丢在了吧台上。

"祝你今晚好运，女士。"酒保接过小费。

"也祝你好运。"

金发女郎绕过吧台，迫不及待地走进酒馆的后厨。

金发女郎刚走进一个漆黑的过道，一只体毛浓密的男性手臂就从一旁伸出来，粗暴地捂住金发女郎的嘴！

"救……唔……"

金发女郎惊恐万分，她想要挣扎，对方不给她任何机会，迅速将她拽进杂物室，反锁上了门。

"咚——"的一声，昏暗的杂物室内，金发女郎被对方一把推到墙壁上。

她抬起头，慢慢看清楚了对方，是一个棕发碧眼的中年男人，熊腰虎背，长满弯曲胡须的方脸，双眼圆溜溜的，一只硕大的酒糟鼻，表情凶悍。

金发女郎不再尖叫，而是冷冷地看着男人，刚要开口，就被男人打断了。

"该死的！安娜，我不是让你滚蛋，滚得越远越好吗？"男人凑近女人，尽量压低了声音，却压抑不住怒气，"你怎么又回来了？"

"我……"

"别告诉我你又去赌场了？"男人叉着腰，一脸烦躁，"该死的，要不是看在往日的情分上，我当初就会杀了你！"

"对不起，我……"

"闭嘴！"男人瞪着女郎，眼神一点点冷下来，"不管你有什么借口，你都不应该出现在这儿！我骗他们说我解决掉了你，要让他们知道我在撒谎，哦，天啊，该死的，我也会没命的！"

男人说着，从腋下掏出了一把消音手枪。

"天啊，你，你要做什么？"叫安娜的金发女人吃惊地张大了嘴，不敢相信男人竟然拿枪指着自己。

"安娜，对不起，别怪我，这都是你自找的……"

"等一下！"安娜的脸上瞬间没有了害怕，反而带着一丝嘲笑，"你要杀的是安娜，跟我有什么关系呀？"

男人一惊，忽然发现眼前的金发女人变得很十分陌生。她长着一张柔和的少女脸庞，昏暗的光线下，她的金发也慢慢变成了灰紫色。

这是变脸术，还是魔术？

男人吓坏了，但并没有晕过去，看来是比较稳定的迷失兽，脑子会自动修正逻辑和认知。

他感到害怕，想要开枪，手腕处却传来一阵剧痛，消音手枪顿时从手中脱落。

高阳一手掐住男人的手腕，一手接住半空的手枪，迅速塞进男人的嘴中，阻止他因为剧痛而尖叫。男人慌乱万分。

"唔唔唔……唔唔……"

"我问，你答。"高阳用西国语说道，"想不想活命，全在于你，懂？"

男人脸色煞白，满头大汗，他一动不敢动，用力地眨眼睛。

高阳松开男人的手，将消音手枪的枪管从他的嘴中拔出来，侧身去开杂物室的门锁。

男人抓准机会，立刻扑向高阳想要夺枪。高阳飞快抬手，一眨眼，枪管再次抵住了男人的下巴。

高阳背对着男人，一边开门，一边冷冷说道："我耐心有限，不会再给你第二次机会。"

"饶……饶命……"男人见识到高阳的可怕，他双腿跪下，举起双手，这一次，他再也不敢反抗。

门打开，外面的陈萤走进来，将门轻轻关上。

她一脸惊叹，看向奈奈："真有你们的啊，连我都骗了。"

"奈奈，演得不错。"高阳表扬道。

"呵，竟让吾王扮演这等蝼蚁之辈，这是何等的屈辱啊，尔等还不跪下感恩……"

"再不住嘴，今晚让你跟青蛇睡一床。"高阳说。

奈奈一秒闭嘴。

高阳低头看向这个酒馆老板，他跪在地上，浑身发抖，裤裆处已经湿了一大片。

不是，你也太怂了吧，也好，省去我动粗。

"我问，你答。"高阳重复一遍。

"是，是，是……"男人一连说了三个是。

"名字。"

"理查德。"

"跟安娜什么关系？"

"朋、朋友……"理查德抬头看一眼高阳锋利的眼神，立刻补充道，"还……还有合作关系，她……她是我的线人……"

"迪克家的窃听器，是不是你让安娜偷装的？"高阳直奔主题。

"是。"

"你服务于谁？"

"不……我不能说……求求你……"理查德双手合十，小声哭着哀求道，"他们……他们会杀了我。"

"不说，我立刻杀你。"高阳握紧消音手枪，扳机上的食指微微收紧。

"别！别杀我！我说，我全说……"理查德求饶，"我不知道他的真名，他……他自称慈善家……前两年我赌博，欠了高利贷，他替我还清了，但是……有条件……"

高阳看了一眼陈萤。

陈萤会意，立刻上前，一把扯开理查德胸前的衬衫，果然，他胸口正中心，有一个金钱的符号，像是黑色的文身。

"继续说。"高阳没有感情地发话。

"条件就是我每周都要给他抓一个猎物，慈善家会提要求，妙龄少女，健壮男人，有时候，也会要老人，甚至是孩子……该死，孩子是最麻烦的，哪个孩子会上我这里啊……"

"反正……我想办法，把猎物弄晕，丢到这儿，天亮之前，会有人开车过来，从后门把猎物运走……这事，必须隐蔽处理，不能留下痕迹。"

看来，饮料厂仓库下面的地下室里，那些被鬣狗残忍虐杀的迷失者，都是从理查德这儿"进货"的。

"还有吗？"高阳问。

"还有……还有……"理查德全部坦白，"酒馆这地方，能打听到不少情报，像安娜这种线人，我手里有五六个。慈善家说，如果……如果有谁在打听他，一定要及时告诉他；另外，他还让我散布一些假消息，引诱想来打听他的人上钩。"

"什么假消息？"陈萤问。

"是……是关于一个组织，叫苍母教。"理查德如实回答。

高阳和陈萤迅速交换了一下眼神。

"关于这个慈善家，你还知道什么？"高阳声音冷厉。

理查德沮丧地摇着头："我……我不知道，我一共也就见过他两次，他每次都戴着面具……"

"给你十秒。"高阳将枪口抵住理查德的太阳穴,"好好想想。"

"等等,请等等……"理查德抖得厉害,满脸恐惧,瞪大双眼,拼命回忆见慈善家时的画面和细节。

"啊!"理查德激动地喊出声,意识到自己动静太大,又立刻压低声音,带着讨好的笑容抬头看向高阳,"皮鞋,这位慈善家的皮鞋是手工定制的,我知道那家店,一个老字号的服饰店,有裁缝,有鞋匠,只服务于有钱人。我想在那儿定制的顾客不会太多,你们……你们可以从那里找线索。"

发动"识谎者"。

目标没有撒谎,态度为中立。

高阳看了陈萤一眼,陈萤从口袋掏出一支笔和一个小笔记本:"地址写上。"

"是,是!"理查德跪在地上,立刻写下地址。

陈萤看一眼,收好纸和笔。

"还能想起什么?"高阳继续问。

"我知道的就这些,我发誓!我真的没有任何隐瞒了……"理查德满脸的卑微和真诚。

高阳点点头,眼神冷下来:"死前有什么遗言?"

"不,别杀我……我都交代了……"理查德绝望了,开始求饶,"求求你,大发慈悲饶了我……"

"你知道你杀了多少人吗?"高阳问。

"不,我没杀人,我根本不知道这些人会被送往哪儿!"理查德强词夺理,"杀人的是慈善家!不是我!我……我没得选!我是被逼的!"

"那些被你害死的人,他们也没得选。"高阳举起消音手枪,"在我的家乡有一句话,善恶终有报。你的报应,就在今天。

"黄泉路上慢点走,我向你保证,慈善家很快就会来陪你。"高阳扣动了扳机。

短促喑哑的枪声响起,理查德无声倒下,身后的墙壁上是一摊血渍。

奈奈站在一旁,嘴唇微张,睁大双眼。

高阳站起来,掏出纸巾,将手枪上的指纹擦掉,再把手枪放回理查德已经僵硬的手中。

其实即便高阳不杀他,理查德也会像迪克一样,很快死于鬣狗的契约诅咒。所以,至少让他死前为自己的罪孽感到忏悔,也减轻他死前的一些痛苦。

高阳起身,发现奈奈还愣在原地,表情异常,有些疑惑:"怎么……之前没杀过迷失兽?"

"不,不是……"奈奈总算回过神来,双眼发亮地看向高阳,"你刚才那句话,是怎么想到的?这就是我梦寐以求的感觉啊,优雅,太优雅了!"

高阳一愣:"哪一句?"

陈萤无奈地扶额:"应该是黄泉那一句,乍一听挺中二的。"

高阳故作轻松地掰扯道:"很简单,抛弃技巧,注入感情。"

奈奈似懂非懂，大受震撼："你……你能教我吗？"

"看你接下来的表现。"

…………

高阳、陈萤和奈奈迅速从酒馆后门离开，来到阴暗逼仄、堆满垃圾的巷子中。

巷口转角的阴影下，曼蛇披着一件灰色风衣，戴一顶格子侦探帽，消瘦的侧脸透着生人勿近的冷峻，颇像一名从军队退伍后的私家侦探。

他靠在一根电线杆上，把玩着手中的飞刀。

"完事了？"曼蛇见高阳走来，问道。

高阳拿出理查德写下地址的纸条，递给曼蛇："鬣狗在这家店定制过皮鞋，你带奈奈去查一下，应该能查到线索。"

"交给我。"曼蛇接过纸条，看了一眼，朝奈奈挥了下手。

奈奈冲向曼蛇，高高跳起的同时身体迅速变小，准确地落入了曼蛇的风衣口袋中。

曼蛇转身一跃，飞檐走壁，消失不见。

"我们呢？"陈萤问。

"回酒店，等消息。"高阳说。

半小时后，高阳和陈萤回到酒店，跟黄警官和青灵简单讲了一下事情经过，接着高阳、黄警官和陈萤向各自的组织汇报情况。

结束后，大家吃了点东西，各自睡下。

凌晨三点，曼蛇还未回来。

高阳并没有真正入睡，只是在闭目养神。他睁开双眼，确认陈萤已经入睡。

他悄悄拍了一下黄警官的肩，黄警官警觉地醒过来。

高阳做出"嘘"的手势，又伸出手，越过床与床的空隙，拍了拍另一张床上的青灵的肩。

青灵飞快睁眼，眼眸在昏暗中闪着幽光。

高阳做出"嘘"的手势，示意两人跟上自己。他轻轻来到窗边，推开了窗户。

青灵和黄警官跟着起床，无声地来到高阳身边。

高阳伸出两只手，分别抓住两个同伴的胳膊，深吸一口气，发动了"瞬移"。

三人消失在了房间。

五秒后，高阳带着黄警官和青灵，通过三段"瞬移"，从旅馆的窗口抵达了楼顶。

楼顶很安静，夜风徐徐，城市的夜色迷离。

"什么事，搞得神秘兮兮的。"黄警官笑着掏出烟盒，在夜风中按了好几下打火机，才点燃了烟。

高阳不急着说话，发动六感，仔细地搜寻了一遍天台四周，确认没有其他人，才开口道："我有个长远计划，想跟你们商量一下……"

"让我猜猜。"黄警官伸出手，阻止高阳继续说下去，"你是不是……想自立门户？"

373

高阳一愣，笑了："有这么明显吗？莫非我把这事写脸上了？"

"哈哈，倒也没有，主要是我太懂你了。"黄警官轻轻一拳打在高阳的肩上。

高阳不说话，等着黄警官表态。

"高阳，你早就该走这一步了。"黄警官目光坚定，"我可一直等着呢。"

"青灵，你呢？"高阳看向青灵。

青灵没有正面回答，声音冷淡："斗虎那儿学不到太多东西了，除了他的刀，我没留恋。"

高阳忍俊不禁：你倒是诚实。

"哈哈，青灵，斗虎老师要听到你这话，该多伤心啊。"黄警官打趣道，接着又看向高阳，"为什么现在提出这个计划？"

"我当初实力不够，对迷雾世界了解也不多，所以想先看看情况。"高阳看向黄警官和青灵，"其实直到现在，我还是觉得自己不够强。但是不能再等了。我可以肯定，三大组织的最终道路不一样，等最后一块守护符文回路也找到，三大组织免不了一战。

"龙为了自己的理想可以牺牲一切，自然也可以牺牲十二生肖；麒麟面面俱到，但此人深不可测，有所隐瞒，我至今没看出他的野心；李某人也是只老狐狸，远没有她表现的那么和善。这三个组织，都不是我们最好的归宿。"

"呵，我们的看法基本一致。"黄警官弹了下烟灰。

青灵点头。

高阳继续说："我现在唯一能信任的就是你俩，还有王子凯，可惜他是兽，也不知道今后会怎样。至于胖俊，得再观察一下。"

"你需要我俩做什么？"黄警官直接问。

"先做准备，不到万不得已，我不会走这一步。"高阳苦笑：得罪十二生肖和麒麟工会，可不是闹着玩的。

"你是说……现在就开始留意志同道合的人？"黄警官问。

"是的，记住，宁缺毋滥。"高阳说。

"行，我说一下挑选同伴的标准，你看行不行。"黄警官摸着下巴思索片刻，伸出一根指头，"第一，不滥杀无辜，不主动挑起战争，无论对人还是对兽。

"第二，以生存为目的，以团结平等为前提，不能以出卖、利用、欺骗、牺牲同伴来作为胜利和生存的手段。

"第三，打开终焉之门也只是手段，不是目的。"

以防青灵没听懂，黄警官笑着解释："虽然目前我们都认为开门才是唯一的活路，但如果之后事实证明，不开门比开门对大家的生存更有利，我们就不开门。我们做的一切，都是为了活下去，而不执着于一个虚无缥缈的终极目标。"

"我没异议。"

青灵这一路变强就是为了能保护妹妹，能活下去。终焉之门后面究竟有什么，她的确有兴趣，但并没有那么强烈。

"我也同意。"高阳点点头，虽然他对门后的世界很感兴趣，但保护同伴和家人才是最重要的事，一切都可以为了这事让步。

"行。"黄警官笑了，"那我们就以这个标准去留意潜在的同伴。"

高阳点点头："希望不用真的走到这一步，但如果事与愿违，我们就独立出来。"

"嗯。"黄警官点头。

青灵微微颔首。

黄警官用夹着烟的手挠了挠侧脸："十二生肖那边，除了胖俊，我觉得天狗、歌姬和泼猴有争取的可能性，死猪、白兔、萌羊和斗虎绝无可能。"

"嗯，麒麟工会这边，我手下的人应该能带走，其他人，应该很难。"高阳这边也不乐观。

"百川团呢？"青灵问。

"你散发一下你的魅力，那个艾曼说不定愿意过来。"黄警官开了个玩笑。

青灵懒得接话，也不觉得好笑。

"陈萤是个不错的同伴。"高阳有些惋惜，"可惜啊，她对李某人很忠诚，这个墙脚不好挖。"

"对了，"黄警官忽然想到了什么，"你组里那个曼蛇，信得过吗？"

"虽然脸臭嘴臭，但相当靠谱。"高阳看向黄警官。"怎么，你觉得他有问题？"

"怎么说呢，感觉这人有点古怪。"黄警官似笑非笑，"之前来的时候，我发现他在偷偷切自己的小拇指，之后把断指扔进了垃圾桶。"

高阳皱眉："他有'壁虎'天赋，断肢可以重新生长。不过，无缘无故切自己小拇指，这是在做什么？"

"两种可能，"黄警官目光沉下来，"第一，他是个自虐狂；第二，他在给敌人留下线索，他出卖了我们。"

"第二种可能性不大。"高阳之前就对曼蛇测过谎，并无异常，而且5组一路走来，队友们全是生死之交。

"我不是要挑拨离间。"黄警官叹了口气，"总之，小心驶得万年船。"

"明白，我会留个心眼。"

高阳刚说完，手机响起，是奈奈发过来的加密短信。

高阳抬头，淡淡一笑："曼蛇找到鬣狗的藏身处了。"

…………

凌晨四点，一行人在路边"借"了一辆车，开往4区。

一路上，大家了解了事情经过。

曼蛇找到那家服饰店后，轻松拿到了最近两年定制皮鞋的客户名单，按照鞋的款式和尺码，稍一筛选，就找到了慈善家——鬣狗。

那位半夜被曼蛇抓起来审问的可怜老裁缝在恐惧之下，不打自招，全盘托出。

据说这个慈善家是个中年男人，十分神秘，只来过一次。他戴着面具，让裁缝为他测了一下身体的尺码，后来，不仅是鞋子、西装、西裤、衬衫、马甲、燕尾服、礼服、礼帽、雨伞等，那位慈善家全在这里定制；制作完成后，他都会在约定时间派两名保镖打扮的黑衣男人来店里拿衣服和鞋子。

当初光临服饰店时，他表面上彬彬有礼，出手阔绰，裁缝还以为他是一位大善人。可有一次，老裁缝因为一些私事，没能按照约定时间完成一件礼服，他就被两名保镖用枪指着脑袋，现场加班赶制。那天，两名保镖在一旁闲聊了三个小时，在他们的交谈中，无意透露了慈善家的住址。老裁缝记得，那是一个叫7号酒庄的地方。

陈萤打开地图，很快就找到了7号酒庄，在A市4区。看来这地方并没有被特别隐藏，而是大方地存在着。

4区是郊外，有不少农场，很多富人会在那里盖豪华的私人乡间别墅。

一行人坐在车上，前往目的地。

高阳的心情不太好，虽然只是巧合，但作为"七影"的他，竟然跟这个败类鬣狗盖的"7号酒庄"采用了同一个数字。

真晦气啊，现在就来灭了你。

黄警官开车，曼蛇坐副驾驶座。

高阳、青灵、奈奈和陈萤坐在后车位，奈奈变成洋娃娃大小，坐在陈萤的大腿上，车内并不拥挤。

"奈奈，你的'大小'多少级了？"高阳问。

"5级。"奈奈张开右手。

"变大变小没有时间限制吗？"高阳问道。

"变小没限制，想多久就多久。"奈奈相当自豪，音量也跟着缩小了，真像洋娃娃在讲话，"变大不行，越大维持的时间越短。"

"最大能变多大？"高阳继续问。

"嗯……"奈奈回想了一下，"达高那么大，不超过三十秒。"

"厉害，那得有十几米吧。"黄警官很惊叹，"简直就是女巨人了！"

高阳想了一下，又问："变大后有什么特殊能力吗？比如身体变得坚硬，或者能发动其他技能？"

"没有，也不需要。"奈奈很得意，"我变大后可以直接把兽给踩扁。"

高阳一愣：也对，如此巨大的体型优势，还要什么自行车。

好了，能力很清楚了，战斗的时候，再根据情况随机应变。

"其实我有一个疑问。"陈萤有点不好意思地笑了笑，"奈奈，你变大变小，衣服也能跟着变大变小吗？"

"当……当然啊！"奈奈有点心虚。

"呵。"副驾驶座上的曼蛇冷笑一声，"我怎么听说，你天赋在4级之前很不稳定，有好几次……"

"你你你……你闭嘴！"奈奈面红耳赤，"不要乱讲！吾王才不可能有那种黑历史！"

高阳汗颜：奈奈，你这是不打自招了啊。

"黄牛，你的'枪神'也5级了吧，子弹可以转弯吗？"挑起话题的陈萤赶忙转移话题，帮奈奈解围。

"还不行，不过可以射出曲线的子弹了。"黄警官如实回，并开始畅想，"6级应该就可以转弯了，7级的话，说不定能跟踪。"

"曼蛇，你的5级'壁虎'有什么不同？"陈萤继续问。

"问那么清楚做什么，你是在打探敌情？"曼蛇冷冷地回了一句。

陈萤被哽了一下，板着脸，一本正经地反击道："你看不出是七影长老想要了解大家的天赋吗？我是在帮他问。你也太小人之心了，不同组织就非得是敌人吗？我们现在是一个小组，一起执行任务，清楚彼此的天赋，可以更好地配合，提高生存率。"

"陈萤说得对。"高阳笑笑，"曼蛇，这次是你格局小了啊。"

"队长，等你哪天被人背叛时，大格局可救不了你。"曼蛇嘴硬，但还是老实回答了陈萤的问题，"5级'壁虎'恢复能力更强，力量和敏捷度更高，并没有增加特殊技能。"

"行了，我大致清楚了。"高阳结束话题，闭上双目，"我休息一会儿。"

　　进入系统。

　　你最近累计968个幸运点。

不错，刚好可以抽两次天赋。

虽然以往都是抽三次才领悟，但现在将近一半天赋腾出来，大家都开始自行领悟新天赋，我的抽奖概率应该也提高才对，试一试吧。

访问天赋神殿。

这次，高阳又回到宇宙中，眼前是巍峨壮阔、直通宇宙的"创生之柱"，高阳的脚下，是一个古老的圆盘，十二根光柱包围着他。

高阳身旁，站着脸庞娟秀、眼神温柔的宿管阿姨，她朝高阳淡淡微笑，道："目前，天赋神殿还有六十种未领悟的天赋。"

高阳依次看过去，微微一惊，开口问道："伤害天赋上次看还有五个，这次看就只有四个了？"

"嗯，两天前被人领悟了。"宿管阿姨说。

"果然。"

高阳感觉一阵心痛，不能再等了啊，必须马上领悟新天赋，否则全被别人瓜分了。

高阳看向属于辅助系天赋的那道光柱，里面还悬浮着三个雾状能量团。

很好，"庄家"还在，没被人抽走！

"我要领悟辅助系天赋。"

"领悟辅助系天赋一次，是否确认？"宿管阿姨说。

"是。"

宿管阿姨温柔地一挥手，辅助系的光柱顿时消失，悬浮在半空的三个雾状能量团中的一个，仿佛受到某种神秘力量的牵引，朝着高阳飘过来。

来！快来！到我碗里来！

高阳攥紧拳头，紧咬牙关，心中大喊。

雾状能量团像一条鱼，左看看，又瞧瞧，慢悠悠地游向了高阳，眼看相隔不到半米，倏然间，它像是一条即将上钩却醒悟过来的鱼，迅速掉头飞回去。

光柱重新出现，将三团天赋能量团束缚在内。

要不是宿管阿姨正看着高阳，他差点忍不住飙脏话。

"再领悟一次。"

"领悟辅助系天赋一次，是否确认？"宿管阿姨重复。

"是！"

这一次，光柱再次消失，中间的能量团受到了某种力量的牵引，朝高阳游过来。

高阳屏住呼吸，双眼死死盯着那团能量，眼球都要爆出来。

跳跃着金色流光的能量团慢慢飞向高阳，进三步，退两步，左飘忽一下，右游荡一下，能把高阳给急死。

早知道就不进天赋神殿了，直接让系统在后台领悟，几秒就结束，死活给个痛快，何必来天赋神殿，体验这么具象的漫长的痛苦。

终于，流光四溢的能量团来到高阳胸前，它停顿两秒，战栗着摇曳了一下，像是即将被扑灭的烛火。

那一瞬间，高阳的心脏几乎停跳：我的幸运点啊！我的血汗钱啊！

谢天谢地，能量团最终没有熄灭，也没有回去，它"倏"地一下钻入高阳的胸口。

"啊！"

高阳忍不住喊出声，并非身体感受到新能量的注入，而是单纯抽奖成功后的喜悦与激动！

"恭喜，"一旁的宿管阿姨笑盈盈地眨着眼，"你刚成功领悟了辅助系天赋……"

"'幻影'。啊……"在系统面前，高阳毫不掩饰自己的失望，"不是'庄家'啊，我不是很幸运吗？三分之一的概率都抽不到？"

"你又怎么知道，领悟'幻影'是不幸呢？"宿管阿姨歪头一笑。

高阳叹了口气：算了，两次就能抽到天赋，要知足了。

"系统，展开说说'幻影'的能力，天赋序列表上没写清楚。"

"幻影，序列号65，辅助系。"宿管阿姨化身专业的讲解员，"1级幻影，制造出一个幻影分身，维持十秒。"

"2级幻影，制造一个幻影分身，维持三十秒。"

"3级幻影，制造一个幻影分身，具备实体效果，维持一分钟。"

"4级幻影，制造一个幻影分身，具备实体效果，且拥有主人15%的六维属性值，在不被敌人摧毁的情况下，维持一分钟。"

高阳抓住了重点："也就是说，3级幻影的分身就具备行动力了，4级幻影分身，还具备一定战斗力。"

"是。"

"5级呢？"高阳继续问。

"在4级的基础上，幻影分身还能使用主人的其他天赋，属性值和天赋效果提升为20%。"宿管阿姨说。

"这天赋确实不错。"高阳没那么心疼花费的幸运点了。

"1级'幻影'属性加成。体力+10，耐力+10，攻击+10，敏捷+10，精神+10，魅力+10，为你自动更新属性版面。"

宿管阿姨轻轻抬手，眼前立刻浮现一个半透明的属性版面。

体力：476。

耐力：483。

力量：1013。

敏捷：1570。

精神：1312。

魅力：381。

运气：813。

高阳点点头："好，回去吧。"

…………

高阳睁开眼，车内很安静，队友们也在闭目养神。

二十分钟后，车已经抵达目的地附近的区域。

夜色灰蓝，不远处可以看到一座亮着灯火的庄园。

黄警官把车子开进一片小树林，大家步行离开，避开公路，从侧面慢慢靠近酒庄。

高阳让陈萤留在车内待命，但陈萤坚持要跟大家一起行动。

陈萤的天赋虽然没有太多战斗力加成，但她的综合能力还是高于普通人不少，不至于拖后腿，想到这儿，高阳没再反对。

六人摸黑悄悄靠近酒庄侧面的围墙。

果然，围墙后面设有哨台，上面站着两名持枪的雇佣兵，他们没有闲聊，一丝不苟，毫不松懈地巡视着，看上去比饮料厂仓库的那些武装力量要正规不少。

不过在觉醒者面前，还是太弱了。

高阳发动"瞬移"，瞬间出现在哨台上，轻松解决了两名守卫。

其他人立刻翻墙过来。

高阳把陈萤带上哨台，让她站在高处观察整个酒庄的情况，其余五人，则跟着他慢慢靠近酒庄最中央的别墅。

一路上，陈萤通过微型对讲机，帮高阳一行人避开巡逻的守卫，尽管非常小心，但还是遭遇了两名前去解手的守卫。

对方刚想大喊，曼蛇就甩出两把飞刀，封住了他们的喉咙。

黄警官和高阳立刻上前，将他们的尸体拖到暗处。

五人走走停停，躲躲藏藏，终于来到酒庄前方的一片园林中。

"蹲下。"高阳察觉到什么，低喊一声。

五人立刻蹲下，藏在园林中央的一棵圆柏后面。

透过枝叶的缝隙可以看到酒庄的正门外把守着六名持枪的保镖，门口的路边，停着一辆黑色轿车。

门口的阶梯上铺着浮夸的红毯，三个人缓缓从别墅大厅走了出来。

走在中间的是一个穿深蓝色西装的中年男人，胸前口袋别着一支乌金钢笔，这次他没有戴假笑面具。

棕发，一张扁平到毫无特点的脸，嘴角微微翘起，似笑非笑，这样的人如果走到人群中，根本没人会多看一眼。如果你不小心撞到他，他大概还会先低头跟你说上一声"不好意思"，就像一个没什么个性的普通的中年上班族。

但就是这样一个男人，却长着一颗肮脏、扭曲、邪恶至极的心。

西装男的左边，是一个矮胖、相貌丑陋、满脸疤痕的光头男人，脑袋上长满了凸起的肉瘤。

西装男的右边，站着一个身穿笨重的白色太空服的男人，仍然戴着圆形的头罩，完全藏住了脸。

高阳第一时间认出来，从左到右，分别是尾队的10号男、鬣狗和太空男。

曼蛇也一眼认出仇人，他脸色一沉，怒火中烧，迅速抽出腰间的短刀。

"别急。"高阳一手按住曼蛇的手臂，保证道，"我会让你报仇，但要先尽可能掌握情报。"

黄警官附和："曼蛇，你找了他二十年，不急这几分钟。"

曼蛇眼神中的火焰慢慢熄灭，迅速冷静下来，将短刀收了回去。

高阳将自己的听觉强化到最敏锐，但还是听不清楚这三人在说什么。

"不行，距离太远，听不到他们的话。"高阳刚说完，忽然一愣，侧目看向奈奈。

奈奈先是一愣，立刻明白过来："我可以变小，但距离太远了啊，等我跑过去，他们话都说完了。"

"交给我。"青灵手指一动，一把乌金飞镖飞到了奈奈的眼前。

奈奈嘴角抽了一下："还能这样。"

奈奈立刻变到最小，只有一个小拇指大小。

她跳上贴地的乌金飞镖，摆出一个帅气的御剑飞行的姿势："出发！"

"你最好抱稳。"青灵低声提醒。

奈奈听完，立刻改为趴在飞镖上，双手双脚环抱住乌金飞镖。

载着奈奈的乌金飞镖贴着地面立刻飞走，悄无声息地靠近了别墅正门口的三人。

"啊啊啊——"奈奈感觉像是坐上了过山车，她大喊大叫，然而在别人听来，不过是蚊虫的声音，根本没法引人注意。

过了三秒左右，载着奈奈的乌金飞镖已经悄悄抵达三人附近。

三人的对话声隐约传来。

"这是最后一次了。"鬣狗声音不悦。

# 第十章

# 圣 水

"不要……我不要！"10号顿时有点委屈，像个小孩子，"没有圣水，我……我不就成了废物，我不要做吊车尾……"

"喝了圣水，你也有用不到哪儿去。"鬣狗脸上还带着虚假的笑意，讲话却毫不留情，"我早说过，不要去惹离城那些觉醒者。"

太空男的声音隔着太空头罩，像是从某种特殊的装置中发出来的，是冰冷的机械音："三大组织已经联合了，到处找我们，你居然还主动招惹他们，10号，你是嫌命长吗？"

10号耷拉着脑袋，丑陋的脸庞更加丑陋，眼中却流露出扑不灭的浑浊欲望："可是……我真的好想要新玩具啊……"

鬣狗语气轻慢："要不是12号救了你，你已经变成他们的玩具了。10号，记住，你只是不容易死，并非真的不死。"

10号看着手中最后一瓶黑色药液："我知道了，我会忍耐的。"

"等着吧，只要抓到活着的白凤凰，圣水又可以源源不断，而且是新鲜圣水。到那一天，我们尾队就不再是过街老鼠，你要多少玩具有多少玩具。"

"属于我们的，都要拿回来。"太空男的机械音中有一种虔诚和敬重，"苍母庇佑。"

"苍母庇佑。"鬣狗重复。

"苍母庇佑。"10号附和。

"7号。"太空男在对鬣狗说话，"觉醒者来西国了，你这里败露是迟早的事，换个地方吧。"

"知道，我今晚提炼最后一批圣水，炸了这里就撤离。"鬣狗说。

"我们先走了。"

太空男说完，跟矮胖丑陋的10号钻进了黑色轿车。

远处的青灵立刻发动"金属"，控制暗处的乌金飞镖，载着指头大小的奈奈，悄悄飞上了汽车的车顶，想让奈奈搭顺风车一路跟踪。

然而汽车发动太快，忽然一个转弯，车顶上的奈奈直接被甩了下来，而青灵的乌金飞镖，已经到了远程操控的极限距离，无法继续使用。

"要丢了。"黄警官说。

高阳朝对讲机低声讲话："陈茧，立刻回去取车，一会儿有车离开酒庄，想办法跟踪它，记住，安全第一。"

"是。"陈茧收麦。

高阳快速思考，目前的首要任务是搜查苍母教的情报。太空男深不可测，10号在注射黑色药剂后也很凶险，一次对付三个尾队成员，高阳没有必胜把握，也担心出现牺牲。

太空男和10号先离开，反而合了他的意，这样他们就可以专心对付鬣狗，胜算非常高。

高阳思考间，鬣狗已经转身走进了别墅大厅。

奈奈抱着乌金飞镖飞了回来，她跳下飞镖，恢复正常身型，快速把三人的对话重复了一遍，因为M药剂的记忆强化作用，她几乎一字不落地背了出来。

大家听完，再次陷入思索。

高阳立刻抓住两个很关键的信息：圣水、活着的白凤凰。

通过10号跟鬣狗的对话，高阳可以确定：所谓的"圣水"，就是指能让人变成可怕怪物的邪恶黑色药液，10号因为拥有"蟑螂"天赋，即便被注射"圣水"也不会彻底失控，却可以拥有可怕的战力。

上次10号就是用它来对付高阳和青灵，10号后来落败，又被同伴救走。

这次，10号特意来找鬣狗，想要更多"圣水"，鬣狗却表示这是最后一瓶，"圣水"所剩无几。

这说明"圣水"是生产出来的，而且是通过某种稀少的原材料来生产的，从对话得知，原材料已经消耗殆尽。

然后，鬣狗又提到了"活着的白凤凰"，白凤凰是什么？有没有可能是高级兽？生兽还是死兽？鬣狗提到"新鲜的圣水"，应该是指以活着的白凤凰作为原料制造出来的"圣水"。

听他们的语气，这种"圣水"更高级、更强。

尾队一旦服用，就能变成首队。

如果只从字面意思理解，就是说尾队的实力能赶上序列号1—12天赋者那么强。不过太空男又说"属于我们的都要拿回来"，这又是什么意思？

龙之前提到过，他认为天赋是首尾相连的，难道说，尾队可以通过"新鲜的圣水"变强，然后夺回序列号1—12天赋的能力？

如何夺回？像X那样，杀死觉醒者，自己领悟？还是通过其他更加特殊的方式，特定夺回？

不知道，太多疑问了。

不过可以抓住鬣狗慢慢审问，即便是鬣狗的尸体，也可以交给朱雀来审问。

高阳抬头看了一眼，确认太空男和 10 号搭乘的轿车已经离开酒庄。

"行动。"高阳轻轻挥手，"记住，安全第一，鬣狗不一定要抓活的。"

曼蛇就等高阳这句话了，他第一个冲出去。

酒庄门外的六名保镖刚发现一个敏捷的身影跳出园林地带，两枚飞刀已经封住其中两人的喉咙，另外四名保镖即将开枪，三人就被三把乌金飞镖准确地刺中心脏。最后一名活下来的保镖也没成功开枪，高阳"瞬移"到他面前，一记下勾拳打中了他的下巴，保镖直接飞出去，倒地不起。

"走。"高阳带头走进别墅。

别墅的大堂奢华气派，高阳一行人迎面就遇见两个仆人打扮的年轻人，应该是迷失者。

高阳没杀他们，也没使用天赋。高阳快速冲过去，一拳打晕其中一个年轻人，并迅速掐住另一个人的喉咙，让他无法大声呼喊。

"别……别杀我……求你……"年轻人害怕极了，涨红了脸，浑身发软，直接跪了下来。

"酒庄主人现在在哪儿？"高阳问。

"去……去了地下室……"

"怎么走？"

年轻人抬手指向右边："直走，左转，再右转，尽头有一扇门……但是，要密码……我，我不知道密码……"

青灵来到年轻人身后，一记手刀将他打晕过去。

高阳松开年轻人，任由他倒地，一脚跨过他的身体，朝年轻人指的方向走去，其他人快步跟上。

一分钟后，五人按照年轻人的指示来到地下室的门口。

门外有两个持枪的保镖，被黄警官的两发子弹轻松解决。

曼蛇从保镖身上搜出门禁卡，打开了门，率先进去。

高阳看了一眼黄警官："你在这守着，我们进去看看。"

"这里交给我。"黄警官拿着双枪，对准了走廊尽头，确保没有敌人会来断后，"小心点。"

"你也是。"

高阳、青灵、奈奈三人跟着曼蛇，走入门后的地下室通道。

地下通道不深，不过短短的十几步台阶，尽头是一扇铁门，没有上锁。

高阳进入系统，确认暂时没有危险，排除埋伏的可能性，推开了门。

门一开，四人当即愣住。

眼前的地下室是一个几百平方米的幽蓝色空间，正中央竖立着一个直径十米左右的密封的圆柱形透明培养皿，培养皿中灌满淡蓝色液体，培养皿的下盘有无数管道连接着四周的各种实验仪器。

培养皿中，悬浮着一块巨大的暗红色的血肉组织，说一块不太准确，它看上去处于一种半腐烂的状态，被分解成了好几块，只靠一些皮肉组织勉强连接着。

高阳不知道这是什么，他初步判断应该是某种大型生物的脏器，难道……这就是"白凤凰"的内脏？

所有人的目光都被巨大培养皿中的脏器组织吸引了。

无法不被吸引，它即便已经是一坨丑陋的死物，却仍然拥有奇异的吸引力，迫使你注视它，甚至……想要放弃思考，直接顺从它、臣服它。

这并不是来自神灵般的威压，而是大地之母般的呼唤，它是如此温柔、慈悲，让人想到阳光、草地、微风、大片大片的蒲公英，一切是那么舒适、宁静、圆满。

高阳只想静静睡去，与整个自然，整个世界融为一体……

"别看它！"高阳一个激灵，回过神来，立刻提醒大家。

所有人都如梦初醒般回过神来。

这时，鬣狗的身影从巨大的培养皿后面走出来。

他换上了白大褂，佩戴着遮住了上半张脸的特制的护目镜，手中还拿着一支实验试管，里面是灰黑色的冒着泡泡的液体。

高阳最先闻到的，是那熟悉的异香，带有某种诡异的幽邃感！不过，这一次的香气浓度要稀薄很多，应该是还在调制的原因。果然，这就是他们口中的"圣水"。

曼蛇的眼中是再也抑制不住的怒火："鬣狗，二十年，终于让我找到你了！"

鬣狗大吃一惊，手中的试管掉落在地。

他透过护目镜盯着曼蛇看了几秒，震惊的脸色慢慢回归平静，嘴角的假笑重新浮现："是你啊，你居然没死？呵呵，野狗的命就是硬啊。"

"鬣狗，今天，就是你的死期。"曼蛇抽出短刀。

"呵呵，我早就不叫鬣狗了，我现在是苍母教的大祭司，我即将成就的伟业，你这种野狗是无法理解的。"

高阳不清楚鬣狗的实力，但他直觉此人不会太强。

高阳快速看了一眼青灵：上了。

青灵眨了一下眼睛：左右包夹。

鬣狗察觉到对方要有所行动，迅速从口袋掏出一个控制器，用力按下了黄色按钮。

实验室左侧的铁门打开，四只双眼通红的杀伐者冲了出来，他们身强力壮，胸口都刻有金钱符号的契约，脖子上还戴着粗大的狗环。

青灵、曼蛇提着武器迎面冲上去，先对付杀伐者。

高阳发动"瞬移"，逼近鬣狗。

鬣狗在按下控制器时，身后的墙壁内降下一辆胶囊电梯，他迅速钻进去，电梯门立刻合上。他隔着半透明的电梯门，对高阳冷笑着，并张了张嘴。

高阳再次发动"瞬移"，人已经来到电梯通道前，还是慢了一步，电梯迅速上升并消失，应该是某种紧急逃生装置。

高阳抬头看向头顶，思考着自己是否能通过"瞬移"穿过天花板，追出地面。

警告……

耳边响起系统警告声的瞬间，高阳的脑海中闪过两个画面。

第一个画面，胶囊电梯内的鬣狗张嘴对高阳说的唇语，听上去像是：永别。

第二个画面，奈奈重复鬣狗、太空男和10号三人的对话，那会儿鬣狗说过一句话：知道，我今晚提炼最后一批圣水，炸了这里就撤离。

高阳猛然一惊：糟了！这里要爆炸了！鬣狗当然清楚四只杀伐者不足以对付他们，他不过是在拖延时间。

高阳迅速"瞬移"，返回到青灵和曼蛇附近，并朝奈奈大喊："这要爆炸了！快变大！"

奈奈曾经跟着青龙长老参与过多次任务，好几次也是九死一生，作战经验丰富。她立刻明白了高阳的战术。

"啊！"奈奈大喊一声，整个人迅速巨大化，两秒不到，她的脑袋就冲向了地下室的天花板。同时，她巨大的双手朝着同伴伸过去。

高阳"瞬移"过去，搂住还在砍杀的青灵，带着她一起跳上奈奈的手掌心。

行动敏捷的曼蛇及时扔出一把飞刀，拖住杀伐者的行动后，迅速跳上奈奈的手掌心。

奈奈左手的指头迅速并拢，右手从天而降，五指弯曲，双手合拢，将三人密不透风地保护在了自己的手心。

一秒后，高阳听见巨大的连环爆炸声。

高阳、青灵和曼蛇被安稳地保护在双手之中，感觉像是待在了电梯的轿厢中，经历了一场剧烈的震颤和晃动。

不到十秒，爆炸声消失，摇晃也变得轻微。

奈奈巨大的左右手上下张开，高阳、青灵和曼蛇顿时见到了光亮，他们飞快地跳下来。

高阳抬头看去，此刻的奈奈仍然是魁梧的巨人，她刚才直接突破地下室的天花板，撞出一个巨大的洞，爬出地面，来到了别墅后面的园林区。

此时，巨人奈奈的双腿已经血肉模糊，一片焦黑，一直蔓延到大腿上，奈奈的头上也满是鲜血，应该是用脑袋强行撞开地下室天花板造成的。

奈奈再也支撑不住，双腿跪地，直接倒下。

大地震颤，飓风刮起，高阳只觉得一栋大楼在自己的眼前轰然倒塌。

接着奈奈开始以肉眼可见的速度缩小。

不到十秒，奈奈就变回那个瘦小的少女，她的下半身被炸得皮开肉绽，有些地方深可见骨，让人触目惊心。

"啊啊啊……"滞后的痛楚加倍袭来，奈奈脸色煞白，痛苦地大叫起来。

高阳一阵愧疚，同时也很庆幸：青龙没骗他，这个奈奈，关键时刻真的靠谱啊。

"鬣狗！"曼蛇发现鬣狗正朝着酒庄后面的一座荒芜的小山丘逃去。

曼蛇直追过去。

"你们没事吧！"这时，不远处的黄警官跑过来，看守在外面的他，躲过了一劫。

"给奈奈治疗！"高阳没时间解释，转身追上曼蛇，青灵提着刀跟上。

几秒后，黄警官跑到了奈奈身边，看了一眼奈奈的惨状。

"畜生！"

黄警官骂了句脏话。

黄警官迅速拿出随身携带的两支C药剂，分别注射到奈奈的两条小腿上。伤势很重，黄警官认为需要两支才能见效。

还在痛苦哀号的奈奈在注入C药剂之后慢慢停止了叫喊，她双腿上的炸伤和烧伤开始缓慢恢复，伤口愈合带来的另一种疼痛让奈奈呼吸急促，但她仍咬牙忍耐着。

黄警官惊讶地发现，奈奈承受着如此大的痛苦，从头到尾竟然没有流下一滴眼泪。

"好点没？"

"呵，呵呵……"奈奈声音虚弱而颤抖，中二包袱却没有放下，"区区致命伤，吾王根本不放在眼里，待我魔力恢复，血脉苏醒，邪眼之力解封啊痛痛痛……"

黄警官没工夫听奈奈废话，他掀开奈奈被血染湿的刘海，检查她额头上的伤口。

"不行，还得来半针。"黄警官拿出第三支C药剂，咬掉针套，"忍着点啊，打额头会有些痛。"

"呵呵，区区肉身的痛楚，跟吾王被封印千年的屈辱比起来不值一提啊痛痛痛……"

…………

另一边，高阳和青灵追到山丘脚下，天还未亮，天幕深蓝，东边的天际边却已呈稀薄的灰白色。

暗淡的月光洒落在眼前的荒芜山丘上。

山丘上全是灰土，草木不生，一条由无数奇异的白色玉石组成的小径直通山顶，这些玉石看上去像是大鱼的鱼刺，又像是巨型生物的脊骨。

青灵御刀飞行，高阳则快速奔跑。瞬移的使用次数有限，他不敢频繁使用，否则战斗时会很被动。

两人顺着白色玉石的小径，一路冲上山丘顶部。这期间，他们发现山丘上的灰土上竖立着不少白色玉石，它们形状各异，但大多狭长、尖锐，像笋一样刺向天空。

高阳没时间细想，但本能对这些玉石感到不安。

它们应该在这里存在很多年了，可为何还是那么的干净、光滑和剔透，月光之下，甚至散发着淡淡的圣洁光辉。它们跟这片荒芜的山丘完全无法融为一体，甚至根本就不是一个画风，不在一个次元。

半分钟后，高阳来到山丘顶。

顶部是一片空旷的平地，中央建着一个几十平方米的青灰色祭台。

鬣狗浑身鲜血，匍匐在祭台上，还在努力往祭台的中心爬，他一边爬一边毫无尊严地大声求饶："别，别杀我……放过我，放我一马……"

"放过你？"曼蛇手拿染血的短刀，站在鬣狗身后，脸色愤怒，"这话，你去跟班森队长说，去跟被你杀死的十二个弟兄们说！"

高阳和青灵同时停下，没再上前。

他们答应过曼蛇，杀死鬣狗的最后一刀，要留给他。

其实曼蛇会轻松解决鬣狗这一点，高阳并不意外。

鬣狗的天赋主要是通过契约控制别人，并不是战斗类型的，如果不给鬣狗时间去准备，没有强力傀儡为他作战的话，鬣狗本身是很弱的。

而且高阳断定，尾队的天赋应该没人超过4级。

当初的10号，跟青灵对抗也是不堪一击，还得依靠"圣水"才能达到幸运值增益到4500倍的战斗力。即便如此，在高阳和青灵面前，也全然不是对手。

"你……你这人……有什么毛病啊……"鬣狗还在挣扎着往前爬，"他们只是迷失兽，不过是一些畜生……跟猪狗牛羊没什么区别啊啊啊……"

曼蛇又挥出一刀，直接砍断了鬣狗的左手，鲜血溅到曼蛇的脸上："在我眼里，你才是畜生，不，你连畜生都不如。"

"别、别杀我……我，我们来做交易啊啊啊……"

一把飞刀，刺入了鬣狗的右边大腿，一时间血流如注。

曼蛇不舍得一刀了结他，这份血海深仇只换来他的死亡，真是太便宜他了。

"听我说，听我说……"鬣狗强忍住痛苦，翻过残缺的血肉模糊的身体，他还在害怕地往后挪，一边举起右手，"再过两年，大家，大家都要死……只有苍母可以救我们……我，我是大祭司，我可以引荐你加入……"

曼蛇毫不留情地挥下一刀，将鬣狗的右手也砍断。

一是为了折磨他，二是防止他再耍什么花招。

"不，别杀我……我，我不想死啊……"失去双臂的鬣狗还在垂死挣扎，他甚至很丢人地哭了，"你根本不明白，没有我，没有圣水的话，我们全都会死……"

"鬣狗，你口口声声说兽是畜生，是肮脏低劣的生物，让你厌恶。"曼蛇举起短刀，上前一步，他的身体逆着月光，像是无情的死神。

"可你所说的'圣水'应该也来自兽吧？你以为换个名字，叫它白凤凰就能改变这件事？"

鬣狗怔住，甚至忘记了痛楚。

"你所厌恶的畜生，却成为你证明自己，赖以生存和立足的筹码。到底谁更肮脏，谁更低劣啊？"

"鬣狗，你连兽都不如。我唾弃你，所有人类和兽都唾弃你。你什么也不是，甚至比不上粪坑中的蛆虫。"

当年，鬣狗知道如何对曼蛇杀人诛心，现在，曼蛇也清楚要如何回敬鬣狗。

有时候，最了解你的人，往往是你的仇人。

鬣狗怔住，睁大的瞳孔中没有了恐惧，只有滔天的怒火，这一刻，他受到有生以来最大的侮辱和漠视，并痛恨自己的无能。

"我杀了你，我要杀……"

曼蛇的短刀，刺入鬣狗的心脏。

鬣狗被钉在祭坛上，他的血液很快沿着祭坛下的凹槽蔓延开来。

曼蛇微微一怔，身后的高阳和青灵也皱起眉头。

被血液充满的凹槽，组成一个图腾，正是一只展翅高飞的凤凰。

说凤凰并不准确，那是一只庞大的飞行生物，双翼展开，身体宽大而圆润，尾部拖着无数条触须状的东西，头部是竖长的椭圆形，中间长着一只眼睛。

这个图腾，让人感到神圣。

"你说得对……根本没什么白凤凰，不过是只恶心的生兽……"即将死去的鬣狗，望着天空，嘴角冒着血泡，眼中是幽深的暴戾的恨意。

"真恶心啊……统统……去死吧……"

鬣狗用尽最后的力气，狠狠咬碎了口腔中的一颗假牙，假牙里装着浓度极高的"圣水"，那水一点点流进了鬣狗的喉咙。

下一秒，鬣狗歪着头死去。

高阳还站在祭坛上，他忽然感受到了四周的能量力场出现微妙的变化，似乎在一收一缩地呼吸着。

很快，祭坛连带着整个山丘，都在轻微地颤动起来。

"不对劲。"青灵皱眉，气流越来越紊乱，吹起了她的马尾。

"退后！"高阳大喊一声。

话音刚落，鬣狗残缺的尸体缓缓悬浮起来，立在祭坛的中央。

他浑身开始长出黑斑，两秒后，鬣狗睁开双眼，绽放出夺目的白色光芒。

鬣狗张开嘴巴，发出怪异、刺耳的尖叫声。

高阳、青灵和曼蛇三人一边后退，一边用双手捂住耳朵，只觉得脑袋要炸开。

刺耳的尖叫声在山丘上回荡，朝着夜空荡开。

与此同时，鬣狗的身体开始融化、分解，除了他的头颅，其他躯体全部化为密密麻麻的黑色细线，以一种能量粒子的状态喷涌出祭坛，贴着山丘的地面蔓延开来。

这些黑色细线像是有生命般，避开了高阳、青灵和曼蛇的双脚，像无数条细蛇蜿蜒而下，寻找着山丘上的每一块白色玉石。

这一刻，高阳恍然大悟，并且感到脊背发凉。

这座小山坡，是一座坟墓，生兽的坟墓！而山丘上那些奇特的大型笋状白色玉石，以及那条如同脊椎骨的玉石小径，都是骨头，是生兽的尸骸！

至于之前实验室培养皿中的巨型血肉组织，那是生兽的脏器！

苍母教的圣水，来自生兽！

"白凤凰要复活了！"

高阳大声喊出自己的推测，其实说复活并不准确，更像是"百足之虫死而不僵"的生兽，在鬣狗、圣水的血祭之下，出现了"诈尸"。

高阳只能祈求，自己的推测是错的，如果是真正的生兽复活，恐怕这里的所有人都要死。

青灵和曼蛇也大概猜出是什么情况，做好了迎战的准备。

山丘之上，无数白骨拔地而起，飞向山顶的祭坛，那条铺陈而上的白色小径也冒出地面，露出完整的脊椎骨形态，犹如变色天梯，卷起阵阵石沙，飞向祭坛中央。

"闪开！"

高阳发动"瞬移"，带着青灵和曼蛇避开了飞速冲过来的巨型脊椎骨。

由于动作仓促，三人落到山丘的半山腰，翻了个好几个滚才站稳。

三人站稳后，重新看向山丘顶部。

高阳只觉得头皮发麻，大脑一片空白。

山丘顶端，正匍匐着一只由无数巨型白骨组成的庞然大物，它拥有竖长形的头骨，骨头中间是一个诡异的竖立的眼窝，头骨下方连接着一根巨大的脊椎骨，穿过巨大的圆形肋骨连接着无数根细小的尾骨，至于肋骨两边则展开着遮天蔽日的翼骨。

仔细看，才发现鬣狗的头颅被一种黑色物质黏合在肋骨的内部，层层保护起来。

眼前这只"白凤凰"，足有一辆大型客机那样庞大。或许是因为失去血肉和羽毛，它还无法飞行，沉沉地匍匐在山头，俯视着山腰间的高阳、青灵和曼蛇三人。

"高阳！"

黄警官已经赶到，自然也看到了头顶的庞然大物，声音中多了几分寒意："这是什么怪物？"

"生兽。"高阳面无表情。

"生兽？"黄警官倍感震撼，如果说之前的高级兽，还多少停留在人的形态，那这个所谓的生兽，简直是某种远古生物啊。

曼蛇冷冷补充："它的尸骨被鬣狗的血液和圣水复活了。"

"这叫复活？"黄警官难以理解，"也太瘆人了！"

"现在纠结这个重要吗？"青灵手中多出两把刀，"上了。"

*警告！幸运点收益增加至7000倍。*

高阳耳边响起系统警告的声音。

那一刻，高阳甚至感到庆幸：还好还好，才7000倍，可以拼一把。

压抑的黑影笼罩下来，巨大的白色骨翼朝着四人扇过来，带着死神般的狂风。

"闪开！"

高阳发动"瞬移"，抓住黄警官往旁边猛地避开。

他之所以先救黄警官，是因为他相信青灵和曼蛇能自己躲开。

果然，曼蛇直接往右边一蹿，青灵在跳跃的同时发动"金属"，手中的两把乌金刀立刻带着她的身体一起飞了起来。

两秒后，巨大的骨翼砸下，激荡起浓烈的烟尘，整个山坡再次震颤。

普通人要是被它砸中，恐怕会直接变成肉酱。

砸在地面的巨大骨翼没有抬起，而是沿着山丘的地面横扫过来，带着翻天的尘土和强烈的气浪。

高阳再次抓住黄警官的胳膊，往上猛地跃起，同时发动"瞬移"。

两秒后，高阳跟黄警官落在了骨翼上，犹如站在一架高速奔驰的列车顶部。

"自己小心！"

高阳松开黄警官，在粗如大型管道的根根翼骨上跳动，三段"瞬移"后，他逼近翼骨与脊椎骨的连接处。

高阳的想法很简单，想要打败白凤凰的尸骸，就得一点点拆掉它，让它重新变回一堆骨头。

高阳决定先破坏连接翼骨的关节处，拆掉它的双翅。

"焰拳！"

高阳紧握的右手"蹭"的一声出现了耀眼的火焰，眼中金光四溢。

他的拳头缠绕着一圈能熔化钢铁的火舌，打向白凤凰的关节骨。

"轰——"的一声，一记结实的"焰拳"正中巨大的关节骨，凶猛的火焰以拳头为中心激荡开来，四处焚烧，一时间，四周的白骨都染上一层耀眼的金光。

但如果从高空俯瞰，就会发现，那不过是一只巨大的"白鸟"的翅膀和身体的关节处，出现的一小撮火苗没几秒就无声地熄灭了。

三秒后，高阳收回拳头，只觉得整条手臂都震麻了。

然而眼前那块巨大的关节骨几乎没有任何损坏，能熔化钢铁的火焰配合着重拳的威力，仅仅在它的表面留下了一点点裂痕，离彻底破坏它还差十万八千里。

在月光的沐浴下，这块早已没有生命的白骨，像是一座洁白神圣的墓碑，散发着不容亵渎和挑战的威严。

这……怎么可能？！

当初失去元素符文回路保护的莉莉娅，即便用强力鳞片武装全身，也被高阳的"焰拳"给熔化成了空气啊，虽然那一拳他使用了"觉悟之力"。

除王子凯的骨刺，高阳还从没有见过这么坚硬的东西。

翼骨再次挥动，强劲的气流将高阳掀飞，抛在半空。

半空中的高阳找准机会，发动"瞬移"，落回到了山腰上。他旁边，黄警官举着双枪，脸色有些绝望。

高阳的5级"火焰"都无法造成伤害，他的5级"枪神"打出的子弹恐怕也只是在给这个白骨巨鸟刮痧。

另一边，青灵和曼蛇也没有坐以待毙。

青灵手持唐刀，双脚踩着秀刀，御刀飞行，飞向白凤凰的头部；而曼蛇凭借"壁虎"的黏性，敏捷地跳跃在白凤凰的骨头上，犹如在攀爬一座钢筋铁塔，转眼就爬到了怪物的颈部。

踩着秀刀飞行的青灵，率先抵达怪物的头部。她用力一跃，从高空坠落，整个人逆着月光，双手握住的唐刀散发着阵阵幽蓝色刀气，将身后的月亮"劈"成了两半。

青灵带着势如破竹的刀气，劈向巨鸟的白色头盖骨。

刀气先行，在白色头骨上荡出一道蓝色涟漪，锋利的唐刀后至，砍进头骨中。

下一秒，青灵的双脚也踩在巨大的头骨上。

成功了，刀刃砍进了白骨，但也不过是深入几寸，在白骨上留下一道狭长的裂痕。

青灵一惊，按照她脑海中的预演，她应该将整个头骨劈成两半才对。

白骨巨鸟的脊椎尾骨蠕动起来，尾部上的无数细骨——这仅仅是针对它自己而言，对人类来说，这些细骨也粗如电线杆。

无数细骨像水蛇一样钻上半空，刺向青灵。

青灵感受到脚下袭来的紊乱气流，不敢再停留，猛地一跳，坠向山坡，坠落到半空时，秀刀旋转而来，稳稳接住青灵的双脚。青灵御刀飞行，轻巧地穿梭在无数细骨当中，仿佛一个逆着白色浪花的冲浪少女。

无数根细骨跟青灵擦肩而过，没能伤害到她。

而其中一根细骨上，攀附着一个人影，正是曼蛇。

他在爬行途中，看到了无数细骨飞向上空的青灵，在它们与曼蛇擦肩而过时，他看准时机跳了上去，搭了一趟顺风车。

曼蛇把握机会，从细骨上跳下，稳稳落到怪物的白色头骨上。

他抓起手中的乌金短刀，用力插入青灵之前劈砍的骨缝中，用尽全身力气，狠狠一刺，整把乌金短刀都刺了进去。

曼蛇青筋暴起，用力往右边一掰，试图将乌金短刀当成一根撬棍，继续扩大裂缝，把整个头骨都摧毁。

"当啷——"一声。

曼蛇太天真了，头骨没有开裂，短刀的刀柄直接折断了。

"吼——"白骨巨鸟的胸腔中爆发出一声带有能量力场的嘶吼，它身体猛地前倾，曼蛇措手不及，从高空摔落。

坠落的瞬间，他忽然意识到，他们在对付的根本不是有血有肉的生物，而是一个比钢铁还坚硬的巨型机器人，它没有痛觉，也几乎无法被普通的物理手段摧毁。

曼蛇即将坠落时，一把唐刀朝他飞来。

他立刻伸手，抓住唐刀的刀柄，唐刀立刻拖住了曼蛇。

曼蛇调整姿势，一个跳跃，安稳落地，回到青灵、高阳和黄警官的身旁。

"这玩意儿怎么对付啊！"黄警官大喊，"要不跑吧！"

高阳嘴角泛起一丝苦涩："跑？你跑得过它？"

高阳说话间，匍匐在山丘顶部的白骨巨鸟张开了巨大的双翼，将整个山丘都包围住，转眼，他们就被困在白骨组成的牢笼中。

高阳早已不知多少次深陷绝境了。

他没有惊慌，冷静思考了几秒，忽然回过神来：他们一开始就搞错了，他们要对付的东西，根本就不是这副没有生命的白骨，而是操控白骨的东西。

"黄警官，你的子弹能弯曲吧？"高阳问。

"打哪儿！快说！"黄警官声音急切，他可不能死在这儿，他老婆下个月就要生了！

高阳仰头看向白骨巨鸟的胸口处，被肋骨包围的内部，隐约可见鬣狗的脑袋，以及长在脑袋下面无数的黑色筋脉，正是那些东西，依附在脊椎骨上，再通过脊椎骨辐射到头骨、翼骨、尾骨，最终操控着这台巨型的"白骨机器人"。

"生兽并没有复活，"高阳说，"它只是被鬣狗的残留意识和圣水的力量操控的尸体，破坏它就行。"

"我懂了，打鬣狗脑袋！"黄警官举起双枪，朝着头顶上空瞄准。

"来了！"青灵沉声提醒。

十几根白色触手般的细骨，贴着地面朝四人突袭过来。

高阳一把从身后抱住黄警官，发动"瞬移"躲开。

青灵和曼蛇凭借敏捷的身法，四处闪避着。

在青灵和曼蛇眼中，眼前的怪物是无法摧毁的巨人，但在对方眼中，他俩也是怎么都抓不到的烦人苍蝇。

"肋骨之间的缝隙太窄，必须再靠近一点！"黄警官喊道。

"我尽量。"

半空的高阳，再次发动"瞬移"，落到白骨巨鸟抬起的一根翼骨上。高阳双手环抱着黄警官，黄警官则双手握枪，身体紧绷，像一尊石头。

高阳觉得自己像是抱着一尊菩萨，有点滑稽。

黄警官心无旁骛，完全把自己的性命交给了高阳。

他在不断的移动中，努力瞄准目标——被肋骨保护起来的鬣狗的脑袋，也可以说是白骨巨鸟的大脑。

周围的景物高速流动，甚至颠倒，疾风在耳边呼啸。

黄警官不断瞄准目标，却不断被打断，或来自抱住他的高阳的"瞬移"闪避，或来自白骨巨鸟自身的移动。

终于，十秒后，黄警官找到最合适的时机，只有半秒。

"砰砰砰——"

半秒内，双枪分别打出三发子弹。

前五发子弹全打在坚硬的肋骨上，甚至擦不出一丝火星，留不下一丝刮痕，但最后一颗子弹准确地预判了位置，以一个微小的弧形轨迹，钻入肋骨之间的缝隙中，射入鬣狗的脑袋。

可惜，还是差了一点，那颗子弹打在了鬣狗脑袋下方的黑色脉络上。

"啊啊啊——"

白骨巨鸟的胸腔内爆发出痛苦的尖叫，整只白骨巨鸟都朝着一边倾斜，犹如一座白骨山崖朝着山丘的一边倒塌。

黄警官还想开枪，高阳却抱住他连续发动两段"瞬移"，逃出被白骨巨鸟砸中的范围。

"轰——"的一声,白骨巨鸟倒下,砸出漫天的尘土,一时间弥漫在整个山坡之上。

高阳回到了青灵和曼蛇附近,放下黄警官。他满头大汗,喘着粗气。

半小时内,"瞬移"使用太多,快到极限了!

"可惜!再给我个十秒,我肯定能打中头!"黄警官扼腕叹息。

"交给我!"青灵看出高阳的"瞬移"快到极限,她松开手中的双刀,聚精会神,抬起双手。

两把乌金刀立刻贴地飞到黄警官的脚边。

黄警官点点头,双脚踩上刀面,像是踩上了一对滑雪板。

两秒后,双刀往上悬浮,飞向白骨巨鸟。

黄警官不像青灵那样熟悉自己的刀具,无法做到飘逸地御刀飞行,他摇晃着身体,像一个醉汉,非常努力才能勉强保持平衡,好几次都差点从刀背上摔下来。

这时,白骨巨鸟缓缓支撑起躯体,黄警官也已经依靠飞行的双刀来到半空。他握着双枪,聚精会神地瞄准,很快就找到合适射击的路径!

"砰砰砰——"

黄警官又在半秒之内打出六发子弹。

他很自信,这一次,一定能……

六发子弹,全部打在白骨上。

怎么可能?!

黄警官大惊,随后他看清了!

胸口处的肋骨上,竟然又长出犹如荆棘的细密骨刺,将肋骨和肋骨之间本就很窄的缝隙彻底挡住。

黄警官气得差点吐血:这个鬣狗,生前狡诈阴险,死后还能恶心人。

"小心!"

高阳的声音传来,站在双刀上的黄警官察觉到危险,他顾不上自己还在高空,猛地纵身一跃,一秒后,一根电线杆粗大的白色细骨刺跟黄警官擦肩而过,在他的左臂上割出一道很深的伤口,撕裂了肌肉。

"啊……"黄警官惨叫一声,伴随着滴滴鲜血一起跌落,眼看就要坠下山丘。

高阳纵身一跃,踩在了青灵操控的乌金飞镖上,接着再次纵身一跃,再次使用"瞬移",终于从身后抱住黄警官。

几秒后,高阳再靠着及时赶过来的唐刀的缓冲,顺利落地。

高阳放下受伤的黄警官,脸色微沉。

事情有点棘手了啊,不能再拖了,就在这时,他双眼一亮,看到了希望!

那个希望——是奈奈。

奈奈接受了C药剂的治疗,伤势恢复大半就立刻赶了过来。

虽然整个山丘在一段时间内都被遮天蔽日的翼骨给围住,不过对于可以随意变大变小的奈奈来说，形同虚设。

她很快就爬上半山腰，朝着高阳一行人赶来。

"吾王来了！"奈奈的双腿上还留有粉色疤痕，那是伤口急速愈合留下的痕迹，想要彻底恢复，至少还得半个月。

她刘海上的血已经凝固，变成一缕一缕的，搭在额头上，头发下面还贴着一个带有邪恶花纹的黑色创可贴。

"奈奈！一会儿听我指挥！"

高阳大喊一声，立刻跳跃加"瞬移"，来到一根翼骨上，接着又是一个弹跳，紧握右拳，逼向白骨巨鸟的胸口。

"焰拳！"

高阳大喊一声，拳头上燃烧起刺眼的红色火焰。

一道细骨从侧面刺出，刺穿了高阳的腰部。

"高阳！"

青灵大喊一声，提着刀就要冲上去，却被曼蛇一把抓住。

青灵一愣，迅速冷静下来。

这时，其他人也看清了，被细骨刺穿的高阳没有流血，也没有叫喊，那不过是一个幻影，真正的高阳，已经站在那根横刺过来的细骨上。

他以这根细骨为跳板，双腿用力一蹬的同时发动"瞬移"，逼向白骨巨鸟的胸膛。

事实上，这差不多也是高阳的"瞬移"次数极限了。

距离白骨巨鸟的胸膛只剩两米距离时，高阳的心在滴血：又要烧我3%—5%的属性值了。

但是，没有选择了。

开启"觉悟之力"！

  体力：1。

  耐力：1。

  力量：3000。

  敏捷：1。

  精神：2231。

  魅力：1。

  运气：813。

"焰——拳——"

高阳的右拳顿时金光闪烁，接着他的整个右臂，连带着整个身体，都涌起了披风般的金色火焰。

那火焰披风迅速化形为一只巨大的火焰羽翼，附在高阳的右背后，朝着夜空之中华美地展开，一时间，天地间的火星漫天零落。

半秒内，空气里传来一声低沉沙哑的鸣叫。

巨大到几乎不输白鸟骨翼的"火焰之翼",一瞬间收回到高阳的右拳上。

那一瞬间,高阳的"火焰"升到6级!

青灵、黄警官、曼蛇和奈奈四人,只看到一条咆哮着的火焰巨龙冲出高阳的右拳,冲向高山般的白骨巨鸟。

"轰隆——"一声,咆哮的火焰巨龙愤怒地撕咬住白骨巨鸟的胸膛。

整个夜空瞬间亮如白昼。

然而,高阳的"焰拳"还是没能摧毁和熔化那恐怖的白骨,它化为一圈又一圈炙热的金色能量涟漪,沿着整个山丘荡开,犹如火山喷发时,那一圈一圈流淌下去的岩浆。

曼蛇背着受伤的黄警官跳跃着躲开了那滚烫的能量涟漪。

青灵则御刀飞行,把奈奈横抱在怀中。

奈奈的头发和裙摆被脚下的能量涟漪吹起,她上次见到这么夸张的战斗场面,还是青龙长老的"愤怒一拳"。

巨大的白骨巨鸟被这一拳打中,胸口犹如承受了一颗流星,发出沉重痛苦的哀嚎。它重心不稳,仰头栽倒下去。

高阳打完这一拳,也开始朝着下空坠落,属性没来得及恢复的他,几乎什么都看不见听不见,也感受不到任何事物,但他还是大喊一声:"奈奈!撕开它的胸口!"

奈奈立刻明白是怎么回事。

同一时间,青灵也听懂了。

她毫不犹豫地将怀中的奈奈往脚下一抛,奈奈大喊大叫着落下来:"啊啊啊啊……"

与此同时,御刀飞行的青灵快速追向半空的高阳,在高阳落地前,稳稳地接住他——以公主抱的方式。

高阳的六感慢慢回来,感觉到有一双手臂捞住了自己,她的怀抱非常柔软,黑色长发在他鼻息前飞舞着,散发着熟悉的清香。

几秒后,高阳渐渐看清了青灵的脸庞。

她低头看着怀中的高阳,眼神冷淡,嘴角微扬,透着一丝淡淡的嫌弃。

那一刻,高阳仿佛听见了她的心声:帅不过三秒的废物。

同一时间,被青灵扔下去的奈奈正朝着倒下的巨鸟坠落。

她豁出去了,张开双手双脚,迎着劲风,目光坚决,大喊一声:"吾王驾到!颤抖吧世界!"

一瞬间,强烈的空气荡开。

奈奈竟然在一秒之内,变成了一个十五米高的巨人,虽然还是赶不上白骨巨鸟的体型,但也逼近它的二分之一了。

那一刻,她的5级"大小"升到6级,巨大化的速度从三秒缩短到了一秒。

奈奈分开两只脚,分别踩住白骨巨鸟的两只翅膀。

顿时,整个山丘都在震动,强劲的气流伴随着飞沙走石震荡开来,摧枯拉朽,

395

风卷残云。

奈奈没有犹豫，之前已经巨大化过一次的她，这一次能坚持的时间更短了。

她双手迅速伸向白骨巨鸟的胸膛，那里的几根肋骨被"焰拳"打出明显的裂痕和位移，肋骨与肋骨间的细小骨刺，也全被烈焰熔化殆尽。

奈奈的十根手指，用力插入"焰拳"打出的缝隙中，但也仅仅是插入，无法再深入到胸膛的中央深处。

奈奈拼尽全力，将白骨巨鸟的肋骨掰开。

被奈奈压在身下的白骨巨鸟开始奋力挣扎，哀嚎声直冲云霄。

奈奈已经拼尽全力了，但还是无法彻底掰开对方的肋骨，这是她这辈子见过最坚硬的东西了。

"不行，吾王……吾王不行了……"奈奈的力气开始流逝，她巨大化的身体开始一点点缩小。

"足够了。"

奈奈听到有人说话，她透过余光，发现曼蛇不知何时站在自己的肩膀上。

曼蛇右手握着一把乌金短刃，左手紧紧攥住一张昏黄的照片，照片的半边是一个出了画框的大头，另外半边是远处的十几个雇佣兵。

那是在二十年前的散角，某个海岛上的热带雨林中，一群人惹到刺头，正在避风头。

十几个大男人，在树林中扎帐篷，忍受着蚊虫的叮咬和闷热的湿气，吃着罐头，伴着酸涩的水果，偶尔打到野味，才会舍得开一瓶烈酒。

某个百无聊赖的下午，班森提议唱歌，曼蛇拿着匕首，一边解剖着一条可以食用的蛇，一边唱起家乡的歌。其他兄弟则睡在吊床上，躺在帐篷里，有些人喝酒，有些人抽烟，还有些人在维护枪械，他们都停下来，给曼蛇打着节拍，苦中作乐。

团长班森拿着一个相机，以自拍的方式记录下了这一刻，

那是他们唯一的合照，合照中也有鬣狗，他当时也跟着大家一起打节拍，看起来心情不错。

此刻的曼蛇，目光如炬地看着脚下的白骨巨鸟，没有任何犹豫，猛地反手挥动乌金短刃，卸下了自己的整条左胳膊。

顿时，鲜血如注，染红了曼蛇的胸膛和他带着狭长刀疤的侧脸，自然，也溅射到了奈奈还在不断缩小的脸上。

哇！这个男人是疯子吗？怎么一言不合就自残啊？简直比我还中二啊！

奈奈大惑不解。

不只是她，远处的高阳、青灵和受伤的黄警官也倍感震撼：曼蛇在干什么？！被仇恨蒙蔽了双眼，被自己的无能狂怒气疯了？

很快，他们有了答案。

曼蛇在砍断自己左手臂后，迅速丢掉短刃，右手接住了即将脱落的左手臂，用力往下一扔。

几秒后，紧紧攥住那张胶片的断臂，穿过高阳"焰拳"和奈奈合力制造出来的肋骨缝隙，掉入胸膛方向。

"轰——"的一声，一秒后，白骨巨鸟的胸膛中发生剧烈的爆炸，耀眼的金光透过肋骨的缝隙闪烁出来。

奈奈及时从白骨巨鸟的身上跳开来，身体迅速变小。

两秒后，她和曼蛇都被爆炸制造出的冲击波给掀飞了出去。

高阳勉强发动了"瞬移"，接住断臂的曼蛇，安稳落地。

青灵御刀飞行，接住已经恢复普通大小的奈奈，随后落地。

爆炸只持续了几秒便结束，鬣狗的头颅早已被炸得灰飞烟灭。

白骨巨鸟失去"心脏"的支配，迅速解体，被炸成漫天飞舞的白骨，零散地坠落到山丘上，像是降下一场大型的白色冰雹。

几个人不断地躲避着"冰雹"，半分钟后，一切才消停。

诈尸的白凤凰，再次"死"去。战斗彻底结束。

曼蛇捂着流血不止的断臂，面无表情。

"什么时候领悟的'自爆'？"高阳搀扶曼蛇，淡淡问道。

"两天前。"曼蛇如实回答，声音沙哑，脸色因失血过多而苍白。

高阳不再说话，果然，跟他猜的差不多。

原来两天前领悟走了伤害系天赋的人，就是曼蛇，而这个天赋，竟然是序列号112的"自爆"！

黄警官之前说看到曼蛇在切自己的小拇指，现在都说得通了。

曼蛇并不是喜欢自残的变态，也不是在留下线索出卖他们，而是在尝试让身体的局部爆炸，借此升级"自爆"。

刚才那个断臂爆炸制造的威力，肯定是3级"自爆"了。

"自爆"原本是一个十分无用的天赋，但配合曼蛇的"壁虎"，竟然还可以这么使用，高阳也是佩服。

"曼蛇，你终于报仇了啊。"黄警官上前，长叹一口气。

"都说报仇后只会更空虚，"曼蛇冷冷一笑，"但我不觉得，我觉得挺爽。"

高阳一怔，竟然一时间不知该说什么。

这时，曼蛇一口鲜血吐出，跪倒在地。

"曼蛇？"高阳立刻蹲下，扶住他。

"没事……"曼蛇咧着嘴，"太累了，睡一觉就好。"

高阳叹了口气：这个疯子，看来这两天一直在切自己的指头，这才快速把"自爆"升到3级，为的就是这一刻的复仇。

"C药剂，快！"高阳朝队友伸出手。

奈奈一瘸一拐地走过来，拿出自己用剩的半支C药剂："只剩下最后半支了。"

"足够了。"

高阳接过C药剂，注射到曼蛇的肩膀上，很快，他断掉的左臂缺口上，血液缓缓止住，并慢慢长出白色的骨头，像是破土而出的嫩芽。

彻底长出左臂，估计得要不少时间了。

青灵和黄警官也累坏了，顾不上太多，直接坐在了地上，沉沉地呼吸着。

奈奈一瘸一拐地坐下。

高阳还扶着虚弱的曼蛇，望向奈奈：今晚，这丫头立大功了啊。

高阳笑笑，忽然大喊一声："感谢女王，赞美女王，不愧是创世魔女与初代堕天使的唯一后裔，秩序、真理与命运的缔造者，宇宙的唯一救世主！

"这场胜利的荣光，是属于您的！让我们为女王的诞生，献上礼炮！"

高阳说完，右手一挥，朝天空抛出一个小火球。

已经可以远程微操火焰的高阳，让火球在众人的头顶炸开，变成一朵烟花，每个人都抬起头，脸庞上流光溢彩、熠熠生辉。

奈奈抬头，怔怔地看着这朵人造烟花，染满血渍和尘土的脏脸明明灭灭。

不知不觉，她的眼角有些泛红

她忽然站起来，转过身去，双手叉腰大笑起来："哈哈哈！凡人啊！吾王接受你的赞美！这场胜利的荣光，也属于你们！"

奈奈的话音刚落，天空迎来破晓。

青灰色的天际边，出现第一道曙光，照亮了已是生灵涂炭的山丘和每个人的脸。

高阳淡淡一笑。

天亮了，日出真美啊，似乎看多少次，都不会腻。

高阳五人大战一场，已经精疲力竭，伤痕累累。

大家留在原地简单地处理伤口，恢复体力，并商量着后续行动。

眼下的情况是：鬣狗的尸体灰飞烟灭，山顶的祭坛变成一地被"犁"过的碎石，无数巨大的生兽白骨散落在山丘上，像插满山岗的白色墓碑。

至于酒庄地下实验室中，不用想，肯定也被炸毁得一干二净，留不下太多线索。

"这次行动的阵仗搞得这么大，收获却不多啊。"黄警官掏出一根烟，他心中多少有些焦急，毕竟苏曦的预产期越来越近了。

"至少生兽被证实是存在的。"高阳安慰道。

"呵，这倒是。"黄警官点燃烟，老练地抽上一口道，"我还是第一次见生兽，虽然是一堆骨头。"

"我也是。"高阳说。

其实现场的人都是第一次见生兽。

断臂的曼蛇被高阳这么一提醒，立刻从裤袋掏出手机，对着四周拍了两张照。

几秒后，大家的手机同时响起。

高阳拿出手机一看，曼蛇居然在加密的"相亲相爱的破苍群"中发了两张现场图片，并在不经意间说了一句。

　　曼蛇：*刚杀完生兽，真累。*

一秒后，群里消息震天。

398

青灵前去解决酒庄剩余的保镖。

其他人坐在山丘上的废墟之中，沐浴着通透的晨光，一边等待陈萤开车回来，一边低头看手机，群里早已炸开了锅。

高阳能理解大家的激动，这可是觉醒界第一次接触到生兽。

毕竟在这之前，生兽和死兽只活在传闻中。

就高阳所知，能间接证明生兽和死兽存在的也就两人：一个是麒麟，但他嘴巴很紧，关于终焉之门，关于生死兽，他完全没有透露更详尽的信息；还有一个就是百里弋了，堪称终极谜语人、神棍天花板，莫名其妙地出现，留下一句话，便莫名其妙地消失了。

高阳一度怀疑生兽和死兽是不是自己做的一场梦，可今晚，生兽盛大登场了，虽然只是一副死去很久的残骸。

但是按鬣狗的话来说，他们还打算活捉白凤凰，这说明，这世上还有活着的生兽。不过，生兽这么大的体型，如果活着的话，要藏在哪儿？

难道说，生兽跟恶龙一样，躲在堆满金币的洞穴深处沉睡，所以不被人所知？当然还有一种更合理的推测：生兽可以变换体型。

毕竟就连奈奈都可以变大变小，生兽那么厉害，变大变小也是可以的。

说不定，平日里的生兽就伪装成了迷失者，隐藏在芸芸众生中。

"队长。"曼蛇打断了高阳的思绪。

"怎么？"高阳侧头，身边的曼蛇的手臂已经长出三分之一，"我们可以再埋伏一次，那个太空男和10号，可能会回来支援。"

"曼蛇，"黄警官无奈地笑了，"你倒是很有斗志，可你觉得以我们现在的状态，还能再打一架吗？"

曼蛇不以为然："所以我说的是埋伏。"

"不必了，他们不会再回来。"高阳十分确信。

"为什么？"曼蛇问。

"两点。第一，他们发现陈萤跟踪自己时，选择甩开陈萤的车，而没有折返对付陈萤。"

黄警官和曼蛇微微点头。

高阳继续分析："第二，鬣狗看到我们之后，没有第一时间联系同伴，逃出地下实验室后也没往酒庄正门跑，反而往后山跑，为什么？"

曼蛇立刻想明白了："鬣狗猜到，太空男和10号即便知道鬣狗被困，也不可能回来救他。"

高阳点点头："从他们三人的对话可以感觉出，他们很忌惮我们三大组织，太空男和10号并不知道我们的人数和实力，不会冒这个险。"

"呵，一辈子都在出卖别人，最后被队友抛弃了。"黄警官笑着咂咂嘴，"善恶终有报，苍天饶过谁。"

"陈萤来了。"曼蛇的目光看向山脚下。

399

陈萤的车已经开过来，副驾驶座上还载着已经处理完酒庄剩余保镖的青灵。

陈萤下车，一眼就见到像是被轰炸机轰炸后的山丘，以及满身战损、略显疲倦和狼狈的同伴，她大吃一惊。

她快步走过来："大家都没事吧？这里到底发生了什么？"

"群里不是说了吗，刚杀了一只生兽。"黄警官苦笑。

"我还以为你们在开玩笑。不是杀鬣狗吗？怎么变成杀生兽了？"陈萤感觉自己像个不认真的读者，不小心就错过了好多章。

"回头说。"高阳休息得差不多了，缓缓站起来，"先收队。"

青灵已经解决掉虾兵蟹将，六人回到7号酒庄，将酒庄的仆人们暂时关押起来，控制住了酒庄。

白天，六人轮流巡逻和休息。

凌晨，青龙长老带着三名手下过来。

陈萤和黄警官分别作为百川团和十二生肖的代表，主动留下，协助青龙接手7号酒庄的善后和调查工作。

奈奈有"千面人"天赋，适合掩护团体行动，也留下来。曼蛇受伤最重，并不急着回离城，也留下来继续养伤。

于是，只剩高阳和青灵连夜买了凌晨三点回国的机票。事实上，两人作为大一新生，请的假也确实到时间了。

两人伪装成一对异国的年轻情侣，戴上拥有迷失者气息的情侣红水晶项链，一起去机场值机，坐在候机大厅等候。

半夜的候机厅，空旷而安静。

乘客稀少，散坐在等候的长椅上，不是戴上眼罩小憩，就是低头刷着手机。

候机厅高大的落地窗外，是幽蓝色的夜幕和宽广的机场，不时有飞机起落，带着一闪一灭的红色信号灯，在夜空留下淡淡的朦胧尾迹。

高阳察觉到青灵自从过了安检之后就一直有点不对劲。青灵向来话少，但做任何事都大大方方，毫不遮掩，可现在的青灵，却有点闷闷的，虽然同样面无表情，但小动作不少，似乎在跟谁闹别扭，或者说心中积攒着无法排解的情绪。

登机还有半小时，两人并肩而坐，不太自然地沉默着。

高阳略一犹豫，还是试探着轻声问道："青翎？"

"灵"和"翎"都读二声，但为方便区分，高阳一直都是读的三声，青翎也默认了这个区别。

青翎微微一愣，扭头看向高阳："我什么都没说，你为什么知道是我？"

高阳笑笑："很明显的。"

虽然是一副身体，但气场的差别实在太大。

"哪里明显？"青翎继续问。

"一种感觉。"

"什么感觉？说仔细点。"青翎直勾勾地盯着高阳，有点咄咄逼人。

高阳没想到她如此在意这事，认真想了想，回答道："青灵的话，不管在什么时候，总给我一种随时可以提刀战斗的感觉。"

当然，睡着的时候除外。

"那我呢？"青翎问。

"你嘛……"高阳思考着措辞，想了半天也没找出更准确的词，于是斗胆说道，"你更温柔。"

青翎一怔，眼底闪过一丝柔软的光。

她这次没生气，也没骂高阳油嘴滑舌，她重新低下头，过了好一会儿，才幽幽地说道："我跟姐姐吵架了。"

"为什么？"高阳挺好奇的：你们两姐妹也会吵架啊，真是意外。

"她在生我的气。"青翎有一点沮丧。

"你惹到她了？"高阳问。

"嗯。"青翎像个犯错的小孩，双手下意识地抓紧自己的裙子，"我在她战斗时，擅自跑出来了。"

高阳愣了下，试着回忆之前跟生兽的战斗。

青灵的战斗非常连贯啊，他不记得青翎什么时候有跑出来过。

"当你的……"青翎抬头四顾，确认身边没其他人，才压低声音说，"幻影，被刺的时候。"

"啊。"

高阳当时在战斗，根本顾不上其他事。现在回想，他的幻影被刺中时，好像确实听到了青灵大喊了一声自己的名字。

原来那一声，是青翎喊出来的。

"我马上就回去了，也没影响战斗……"青翎有点委屈，"但姐姐还是很生气。她说，战斗时是生死一线，我可能害死她，害死大家……"

高阳微微叹了口气，虽然这话有点伤人，但他还是要说："青翎，你姐是对的，你下次绝不能再任性。"

"我没任性，我只是担心……"青翎激动地抬头，一迎上高阳的目光，却没能再说下去。

她别过脸，淡淡地冷笑一声："果然，你也觉得我碍事，就是个累赘……"

"别讲这种话。"高阳语气认真地打断她，"你知道你姐是因为什么才生气，她这一路走来，不断变强，就是为了保护你。"

青翎咬着下嘴唇，语气也软了下来："可是，没有我，我姐姐可以更好……"

"青翎，"高阳继续说，"你姐姐是为保护你而生的，你要不在了，你姐姐会找不到自己存在的意义。"

青翎的身体轻轻一颤，抬起眼帘，愣愣地看向高阳。

"你们两个，都不能有一点事。你以后也绝不能有这样的想法，听见没？"高阳目光炙热。

401

当初狼人杀的那种离别，高阳绝不想再经历一次。

"知道了。"青翎假装不耐烦地别过脸去，看向其他地方。

她觉得自己的脸颊有些发烫，心跳也有些加快。她撩了一下耳边的长发，脑袋里乱七八糟。

高阳顺着青翎的目光看去，斜对面是一个透着橘色光芒的蛋糕店，装潢温馨，玻璃柜中陈列着各种造型漂亮可爱的甜品，琳琅满目。

"我饿了。"高阳故意说。

青翎微微一愣，摸了摸肚子："我也有点。"

"想吃什么？"高阳说着，又补充了一句，"出差期间吃喝都可以报销。"

"嗯。"

青翎起身，双手别在背后，右手腕上的乌金双子镯跟着她雀跃的脚步轻轻晃荡着。

她走到蛋糕店前，弯下腰，认真打量起玻璃柜中的甜品。

…………

高阳和青灵抵达离城机场，已经是当天傍晚。

高阳回了寝室，三个室友都挺关心高阳的身体情况的。

高阳说自己彻底恢复，检查结果也很好。

第二天，正常上课，无事发生。

凌晨一点，高阳确认三个室友都熟睡，悄悄发动"瞬移"离开寝室，前往苏医生的蓝房子心理诊所。

凌晨两点，高阳来到诊所，发现前门半开着，前台自然是不在的。

高阳欠身入内，没有弄响到门口的风铃，前台后面的心理咨询室的门虚掩着，里面亮着灯，并传来了清晰的说话声。

"会长！你答应过我的！"朱雀的声音有点激动。

"小夏，抱歉，我可能还是做不到……"向来优雅自信的会长，声音中竟然出现了一丝犹豫和胆怯。

"会长，不到两年就世界末日了，如果那时候我们真的都要死去，你难道不觉得遗憾吗？"

"是有一点，可是……"

"相信我，来，看着我的眼睛，不准你再逃避……"朱雀循循善诱。

"不，我可能，还是不行……"麒麟的声音越发紧张，还有些沮丧。

高阳快步走过去，推开了虚掩的门。

空气微妙地凝固了。

高阳一眼就看清了，麒麟会长穿着一件松垮的灰色大圆领毛衣，头发略显凌乱，神色介于尴尬、紧张和害怕之间。

他张开双手双脚，仰靠在沙发上，左手拿着取下的黑框眼镜，右手紧紧抠住沙发上的一个抱枕。

朱雀穿一件棠荑粉的针织小外套外加中长款米色针织伞裙，一只脚脱掉了高跟鞋，穿丝袜的右脚抬起，整个人以一个"壁咚"的姿势压向麒麟，左手摁住麒麟的额头，迫使他仰头直视自己的眼睛，无法乱动。

朱雀的右手竖起修长的中指，中指上沾着一片晶莹剔透的小东西。

朱雀和麒麟听到开门声，纷纷看向门口，两人脸色一僵，异口同声地说道：

"听我解释……"

"不用！"高阳迅速抬手打断道，"麒麟会长您一直想尝试戴隐形眼镜，但出于某种恐惧心理每次都失败了。朱雀长老恨铁不成钢，今晚赌上她的尊严，一定要帮您佩戴成功，但看起来进展并不顺利。"

"不能说一字不差，只能说完全正确！"朱雀欣慰地笑了，她朝高阳摆了下头，"愣着干吗？过来帮忙啊！摁住会长的手，今天说什么也得成功！"

"好！"高阳撸着衣袖就要过来帮忙。

"松弛。"麒麟嘴里念出一个单词。

瞬间，高阳只觉得身体软绵绵的，大脑也晕乎乎的，他什么都懒得做，什么都懒得想，顺势在一旁的沙发上坐下，开始放空。

高阳隐约察觉到自己的状态被支配了，他可以试着去抵抗这种感受，但要花费巨大的精神力和注意力，因此他没有反抗，顺其自然。

朱雀也一屁股瘫坐在一旁的沙发上，一脸四大皆空、人生无趣的呆滞模样。

麒麟长吁一口气，重新坐好。

他抹了一把额头上的细汗，重新戴上眼镜，整理了下微卷的头发，拿起一旁的拐杖，最后才轻打了一个响指。

高阳和朱雀立即恢复原状。

朱雀从沙发上蹿起来，大喊一声："会长！你太让我失望了！"

麒麟无奈地笑了笑："我放弃了，我真的克服不了。"

高阳坐在沙发上，开始当墙头草："会长不想戴，夏姐就别勉强了。"

他心道：麒麟的眼睛是发动"万象"的关键，眼睛对他而言比心脏还重要，因此，他的身体对于任何想接近眼球的东西，都会有一种本能的排斥，甚至是恐惧，这确实难以克服。

"可是你不觉得，会长不戴眼镜更帅吗？"朱雀还很坚持，"我觉得会长完全有必要改变一下形象了，现在这种斯文败……斯文先生的形象一点都不霸气，完全撑不起一个领袖的形象！"

"好了好了。"麒麟用拐杖轻击了一下地板，重新拾起会长的威严，"这个小插曲就过去吧，聊正事。"

朱雀还是心有不甘，她把中指上的隐形眼镜放回药水盒里，嘴上没好气："二百三十块一副，记得报销。"

"报销，再补偿你一周的奶茶。"麒麟会长笑容含蓄地站起来，"给你俩泡杯咖啡，稍等。"

几分钟后,三人一边喝咖啡,一边开始了"互助治疗"。

高阳花了二十分钟,详细讲述了破苍小组近段时间的工作内容和进展,包括西国之行的遭遇,还有尾队的存在。

麒麟听完,快速思考了一下,微微点头:"青龙之前跟我通电话了,7号酒庄那边没找到更多线索,鬣狗处理得很干净。

"至于白凤凰的尸骸,也就是那些生兽白骨,已经是彻底的死物,感受不到生命气息。虽然白骨质地坚不可摧,但无法锻造,也没有乌金属的天赋共振属性,不适合做武器。不过青龙还是会想办法取回来一部分做存档。"

高阳点点头,跟他预想的结果差不多。

朱雀也汇报了一下寻找姜爷的工作情况,都是些捕风捉影的线索,没有实质性的进展。

"会长,"高阳犹豫了一下,问出心中的疑问,"之前朱雀长老跟我说过,我们有间接的证据,能证明生兽和死兽的存在。"

"是。"麒麟点头。

"这个间接证据是什么?"高阳开门见山,他认为现在的自己,够资格和级别知道这件事。

麒麟看了一眼高阳,不再隐瞒:"我见过生兽和死兽的相关记载,你可以这样理解。"

这说了等于没说呀。

高阳不死心,继续问:"那跟这次我们见到的生兽吻合吗?"

"老实说,并不吻合。"麒麟嘴角泛起一抹苦涩。

"居然不一样?"朱雀也有点意外,不过转而她又想到什么,"不过,生兽未必只有一种形态,就像其他兽一样,有人和兽两种形态。"

"我也这样认为。"高阳赞同。

麒麟没发表看法,他想了想,率先站起来:"是时候让你们见见了。"

"真的吗?"朱雀双眼一亮,她早听麒麟描述过,但还从没看过。

"见什么?"高阳一愣,转而猜到,"难道是,终焉之门?"

麒麟微笑着点头:"不过,现在还不能让你们见实体,先看一次全息影像吧。"

高阳立刻猜到怎么回事。

"看我的眼睛,别抵触。"麒麟微微低头,看向朱雀和高阳两人。

高阳迎上目光,顿时感觉一股清凉的水流状的能量钻进自己的脑袋,然后在自己的后脑勺汇聚、沉淀。

那感觉很轻微、很平滑,无法轻易察觉,但相比上次,高阳这次至少已经察觉到了精神力的入侵——几百点的魅力值可不是白加的啊。

现在想抵御麒麟的"万象"还不太可能,但至少有所进步。

据说当初莉莉娅掉入麒麟制造的幻觉中,两秒就清醒过来。由此可见,她的"精神"和"魅力"属性值,比高阳要高出许多。

高阳思绪蔓延，**麒麟**已经走到杂物间的门口，他推开门，走进去："跟我来。"

沙发上的高阳和朱雀互看一眼，迅速起身跟上。

门内不再是一个窄小的杂物间，而是一个完全陌生的世界。

虽然高阳知道这一切都是麒麟制造的幻觉，但他还是被这"真实感"给震惊到了。

此刻，高阳身后的杂物间门，犹如一扇"任意门"，一面单薄的门板，孤单地立在灰土上。

周身是一片辽阔到望不到尽头的荒芜之地。

天空灰蒙蒙的，泛着沉甸甸的深蓝色，既像是即将破晓前的清晨，又像是刚刚日落后的夜幕。

天地之间没有明显的界线，给人一种淡淡的虚无和苍凉感。

高阳抬头看向前方，呆住了。

门——一扇乌金打造的巨大的灰白之门，像山一样矗立在眼前。

高阳目测了一下，门的高度有一百米以上，宽度应该在七十米以上，至于厚度，高阳正对着门，无法观测。

大门的脚下也是灰土，萦绕着一圈淡淡的血雾，它们无声地四处涌动着，仿佛是这扇门呼出来的气息。

"终焉之门。"朱雀抬头，念出了它的名字，声音中透着一丝敬畏。

"是。"麒麟拄着拐杖，朝门的方向缓缓走去，"我们走近点。"

高阳跟朱雀跟在麒麟身后，一点点靠近。

走了好一会儿，三人才来到门下方，高阳跟朱雀终于能看清楚门上的纹理了。

高阳强化视觉，更仔细地观察终焉之门。

门上刻满了抽象的浮雕，尤其是在中央位置，全是各种各样的兽，这些兽的表情各异，彼此纠缠在一起，像是在互相残杀，又像是在彼此依偎，组成了一个圆形的结构。

这个圆形当中，痴兽最多，它们的外形酷似人类的男女老少，它们或开心大笑，或悲伤哭泣，或愤怒狰狞，或麻木不仁。

它们当中藏着一只狼形态的号角者，正在仰头长啸，它的"号角声"可能是引起这些痴兽喜怒哀乐的原因。

还有不少痴兽的脖子和四肢上缠绕着触手，那是嗔兽中的吞噬者对它们发起了攻击。

还有蜥蜴形态的杀伐者，也加入这场狂欢和厮杀，它们化为利刃的手臂和双腿，刺入身边其他兽的身体当中，血液四溅。

当然，还有贪兽中的寄生者，它们像只青蛙一样端坐着，滑稽地仰着脑袋，张着畸形的血盆大口，像喷泉一样喷涌出血液，飞洒在所有兽的身上。

还有贪兽中的寄宿者，通身长满光滑的鳞片，手指化为修长的骨刺，洞穿了其它兽的身体。

还有妄兽，它们围在圆圈的边缘，面无表情地旁观着其它兽，而其它的兽的任何攻击手段，也都很自觉地避开了它们。

高阳盯着这群浮雕展现出来的"百兽图"，仿佛听到了它们那亢奋、混乱又悲哀的惨叫声在此起彼伏，仿佛被丢进了地狱中的大熔炉。

事实上，也确实很像，这些纠缠在一起的兽，组成了一个"大圆形"。

而在这圆形浮雕的上方，则有一尊独立的巨大的浮雕。这个浮雕是一张女性化的脸，温柔、慈爱。她微笑着，头发像海藻般散开，朝着四面八方蔓延开来。她张开修长的双臂，紧紧拥抱着身下那群混乱厮杀的兽，像是在拥抱着自己透明的"圆形子宫"。

而在"圆形子宫"的下面，也有一只人形态的兽，看不出男女。

因为他只剩下一副白骨，他也尽力张开双臂，努力托着上面这个塞满痴、嗔、贪、妄兽的"圆形子宫"。

值得注意的细节是，这副白骨尸体的双手一共只长着七根指头，左边四只，右边三只。

以上，就是终焉之门上所有浮雕表现出来的内容了。

这些灰白色的浮雕，给人一种混乱、扭曲、疯狂但又无比庄严神圣的压迫感，让人想到了深邃、神秘又冷漠和荒谬的宇宙。

高阳沉浸在这种从未有过的震撼中。

"最上面的那个女人……"朱雀的声音下意识地变轻了，仿佛在害怕会惊动门上的浮雕，"就是生兽？"

"最下面的白骨……"高阳接话了，声音中也带着一丝忌惮，"是死兽？"

"是。"麒麟语气平和，"至少……我这么认为。"

"会长，生兽和死兽，是您取的名吗？"高阳问麒麟。

麒麟背对着高阳和朱雀，轻轻摇头："当然不是。'贪嗔痴妄生死'这句话，很早就流传出来，不过我是在看到终焉之门后，才想明白它是在指六种兽。"

高阳心一沉：百里弋，难道真是他流传出来的？

这个百里弋，究竟是何方神圣，总感觉他才像是真正的观察者，或者暗中的推动者，在左右着迷雾世界的进程。

或许，这个百里弋还在不同的时间、不同的地点，跟不同的人讲过这句话。

高阳，不过是百里弋众多棋子中的一枚，所有棋子都是一个点，最终织就一张命运的网。

高阳再次陷入遐想。

"走，再靠近点。"麒麟单手抓着拐杖，继续前行。

一分钟后，三人距离大门只有十米左右。

直到站在终焉之门的正下方，高阳才越发清晰地感受到它的巨大和庄严，以及那种强烈的不容挑战、不容亵渎的神圣感。

麒麟站在正中央，仰头看向这扇严丝合缝的乌金巨门，他的手中不知何时多出一枚符文回路，正是神迹符文回路。

麒麟举起手，很快，神迹符文回路便绽放出夺目却轻盈的金色光华，那光华像一种动态的能量。

接着，符文回路离开麒麟的手指，缓缓朝上悬浮，一直飞向了终焉之门的正中央的浮雕中，正是生兽和死兽一起拥抱的"圆形子宫"中。

子宫中，那些混乱厮杀的兽群中央，是一只仰头长啸的号角者，他的喉咙上，出现一个圆形的凹槽，仿佛号角者的喉结。

神迹符文回路"缓缓"镶嵌进凹槽中，完美契合。

"嗡——"的一声，大门似乎微微震动了一下，但高阳知道，这不是错觉，而是终焉之门感受到了符文回路的能量，产生了无形的能量共振涟漪。

一瞬间，门上的浮雕全部折叠并消失，犹如纸张上的皱纹被瞬间抚平，变为一面光滑的乌金属大门。镶嵌神迹符文回路的位置，出现一个巨大的六角星，并裂开一道上下垂直、对称的光线，形成了大门的"门缝"。

接着，六角星的四周出现了十二个符号，它们的线条闪烁着金色，分别是：世界树、旗帜、獠牙、拳头、盾牌、繁花、海胆、眼睛、火焰、书籍、沙漏。

大门上的十一块符文回路图腾，将六角星围成一圈。

几秒后，正中央的六角星开始高速旋转，很快变成了一个圆形的光环，并不断朝着四周扩散着能量，一圈一圈地荡开，覆盖整扇大门。

这时，麒麟双手已经捧着十一块符文回路，像是捧着一堆筹码。

很快，这些符文回路陆续腾空飞起，飞向属于自己的图腾位置，并镶嵌在了门中。

高阳和朱雀看着这一幕，静静屏息等待着接下来要发生的事。

比如，大门缓缓打开，里面是一片鸟语花香、适合人类生存的土地，又或者环境险恶、充满恐怖的炼狱，又或者是他们根本无法理解的异次元空间。

总之，是什么都好。

此刻，高阳和朱雀心中最纯粹、原始的好奇心，战胜了一切。

很快，他们失望了——因为十二枚符文回路归位后，终焉之门还是静止不动。

这时高阳和朱雀才恍如梦醒：眼前的一切并不是真实的，只是基于麒麟的记忆和经验制造出来的逼真幻觉。

客观事实是，麒麟没能集齐十二符文回路，没能打开终焉之门，因此他无法用幻术展现没发生过的事。

一时间，高阳有些失落，但又有些庆幸，真是奇怪的感受。

就像期待了好久好久的礼物，终于要拆开，既期待它带给自己惊喜，又害怕它让自己失望。

"我能给你们再现的只有这些了。"麒麟转身，抱歉地笑了笑。

朱雀和高阳还回味着，一时间没有回话。

麒麟笑笑："闭上眼，回去了。"

高阳和朱雀最后贪恋地看了一眼眼前的奇观，闭上了双眼。

麒麟打了个清脆的响指。

高阳和朱雀缓缓睁开眼睛，他们正站在狭窄昏暗的杂物间。

麒麟开门，率先走出去。

高阳和朱雀交换了一个眼神，无声地跟上。

麒麟坐回沙发上，放下拐杖，端起已经冷掉的咖啡："今天就这样吧，我就不送了。"

朱雀撩了一下头发，坏笑着看向麒麟："会长，隐形眼镜的事要不再试试……"

麒麟手一抖，咖啡差点洒出来，他淡淡地看朱雀一眼："再闹，我可要亲自送客了。"

"再见！"朱雀抓起沙发上的手袋，一溜烟跑走了。

"会长再见。"高阳不甘落后地溜了。

两人下了楼，朱雀一边从手提包里拿出香烟和车钥匙，一边看向高阳："捎你一程？"

"好啊。"高阳不客气。

两人上车，朝离城大学的方向开去。

朱雀今天心情不错，主动聊起来："我前几天，跟陌生人拼车玩密室逃脱了。"

"怎么样？"高阳问。

"超刺激！"朱雀的双眼闪烁着兴奋的光，"我以前总觉得跟陌生人一起很别扭，但现在，我完全改观了。

"反正大家萍水相逢，就算下一秒他们全挂了，也跟我没任何关系；我死了，他们也不会伤心。这样我反而可以尽情尖叫，尽量享受。"

高阳笑笑，不发表看法。

"你也是，别再闷闷不乐苦大仇深了。"朱雀微微眯眼，语气温柔了些，"我好像还是更喜欢以前那个又怂又精明的七影。"

高阳苦笑："你当初可不是这么说的，你说那样的我毫无魅力。"

"我有说过吗？"朱雀耸了下肩。

"你要赖账我也没辙。"高阳说。

"反正，我觉得你之前更可爱一点，现在整个人硬邦邦的，格调是有了，但少了点人味。"

朱雀单手摸着下巴，打了个比喻："可能我之前一直觉得你适合另一件衣服，当你换上后我才发现，还是原来的衣服适合你。"

"女人的心，果然是海底的针啊。"高阳随口调侃道。

"少来，你……"朱雀话音未落，顿时一个急刹，脸色一变。

几乎同时，副驾驶座上的高阳也意识到不对劲。

这里不是闹市区，凌晨三点的街道，路上没有行人，也半天看不到一辆车，可是……前方不远处的一个路口，却黑压压地簇拥着一群黑色的身影。

"前面是人吗？"朱雀皱眉。

高阳立刻强化视觉，仔细打量了两秒："是人。"

"迷失者，还是高级兽？"朱雀又问。

高阳摇摇头："无法确定。"

"过去看看？"朱雀问。

高阳略一思索：即便是最坏的打算，那群人全是高级兽，只要不是妄兽，高阳和朱雀也能对付。

实在对付不了，还可以逃跑。

"去看看。"高阳说。

"行，下车。"朱雀说。

"啊？"高阳有点吃惊，"开车过去不行吗？"

"你疯啦？"朱雀瞪了一眼高阳，"我这车很贵的，没上保险，回头砸碎了你赔啊？"

高阳一时间无言以对。

两人将车停靠在路边，立刻下车，朝前方的路口快步走过去。

整个过程，两人一直提高警惕，提防四周可能出现的埋伏或偷袭。

很快，两人靠近了路口，看得更清了。

差不多上百人，男女老少皆有，他们都穿着睡衣或居家服，光着脚，像是梦游患者们的聚会。他们站在路口处仰头，睁大双眼看着什么，眼皮也不眨一下。

高阳和朱雀也抬头向上看，夜空昏暗，月亮被乌云遮蔽，并没有什么值得仰望的目标。

高阳和朱雀交换了一个眼神，继续靠近。

"喂。"朱雀朝那群人喊了一声。

没有任何反应，他们仍旧保持着抬头仰望的姿势，整个人都魔怔了，像无数尊雕像。

高阳并没收到系统的警告提示，但他整个人都感觉很怪异，很不自在。

难道这里有符洞，对迷失兽产生了精神影响？这是有可能的，最后一块未发现的符文回路是守护符文回路，难道它是把这些迷失者召唤过来，想要一起守护什么东西？

可是这一百多个迷失者，完全不像在守护什么，更像是在集体等待着什么。

"妈妈！"忽然，人群中的一个中年男人高喊一声。

那声音包含着强烈的感情，那是某种纯粹的崇拜和敬畏。

"妈妈！"一个年轻女孩也喊了一声，脸上是夸张到扭曲的欣喜。

"妈妈！妈妈！妈妈……"

其他人也跟着喊起来，他们不外乎瞳孔放大，情绪强烈，脸部的笑容夸张到扭曲，像是打了鸡血。

一旁的朱雀和高阳只觉得头皮发麻。

"妈妈！"

这时，率先喊出"妈妈"的中年男人，朝着天空方向张开双臂："妈妈！妈妈我在这儿！妈妈带我走……"

他越发激动，浑身剧烈而急促地颤抖，双眼布满了血丝，鼻孔和耳孔都溢出细小的血流。

"妈妈！"

他整个身体缓缓飘浮了起来。

男人很快脱离地面，脱离黑压压的人群，笔直往上飞。他越发激动，大喊着"妈妈"两个字。

高阳已经回想起来，这一幕是如此熟悉。

当初在11中，牛轩也是这样呼唤着所谓的"妈妈"，然后飞上半空，身体拧成了麻花，最后爆炸为漫天血雾。

"退后。"高阳沉下声。

朱雀察觉到危险，迅速后退了几米。

高阳盯着发疯的人群，那个被"妈妈"选中的中年男人还在激动地喊着，声音回荡在空荡的街道上。

一股神秘而强大的力场沿着四面八方的地面袭来，朝着路口中央的那些人聚拢，并且从底部托起。

很快，第二个人也慢慢悬浮起来，是那个年轻女孩。

接着，是第三个。

短短十几秒，一百多人都陆陆续续地悬浮起来，笔直上升。

他们集体陷入癫狂，嘴中不断地呼唤着"妈妈"，脸上的喜悦表情十分瘆人。

"妈妈，妈妈，妈妈，妈妈……"

排山倒海的呼唤声袭来，高阳和朱雀感到阵阵压抑和恶心。

朱雀立刻拿出手机，她预感到接下来要面对的事情，不是她和高阳能对付得了的，必须立刻通知会长。

忽然间，呼唤声一齐消失。

接连传来"砰砰"声。

已经悬浮在半空两三米高的人群开始陆续坠落，一个接一个地落下，他们闷声摔倒在地，昏死过去。

这个奇怪又邪恶的仪式，中断了。

"怎么回事？"朱雀看向高阳，脸色有些苍白。

"敌人出现了。"

高阳声音干涩，双眼盯着人群前方大楼的楼顶，楼顶边缘站着一个人影。

不知何时，遮住月亮的乌云离去，静谧的洁白月光照亮了楼顶的人影。

高阳隐约能分辨是一名身材苗条的成年女性，头发的边缘被月光镀上了一层淡金，可惜她的面容和身体都逆着光，加之距离太远，高阳无法看清她的真实样貌。

"通知会长了吗？"高阳问朱雀。

"已经给他发定位了。"朱雀声音一沉，"你想做什么？"

"会会她。"高阳上前一步。

"你疯了？"朱雀说。

高阳不再回答，他分析了一下目前的情况。

自己全速行动，配合"瞬移"，五秒之内就可以爬上前方的大楼楼顶。

对方如果应战，高阳就借助"瞬移"拖住她，等麒麟来支援；对方如果逃走，高阳也不会再追，但只要能看清她的脸，拿到情报，这一波就不亏。

高阳两三步冲了过去，发动"瞬移"，闪现到一个腾空的迷失兽的头顶。

高阳以他的肩膀为踏板，猛地往上一蹬，同时再次发动"瞬移"，立刻来到八层楼的空调机箱上。

他一脚踩在空调机箱上，再次一蹬并即将发动"瞬移"。

如果成功，高阳便离楼顶的女人足够近，可以看清楚女人的正脸。

警告……

系统出现警告的瞬间，高阳顿时感受到一股无形的巨大威力从天而降。这威力跟春的"天降神威"有些相似，但起手更快，让他毫无反应时间。

高阳的身体在一瞬间沉重了上百倍，并还在不断增加，他浑身的肌肉和骨头几乎散架，胸口也完全喘不过气来，吸入空气像吸入石头一样艰难。

不仅如此，高阳体内的能量也在这威压之下，瞬间"熄火"。那一瞬，高阳无能为力，只能眼睁睁地看着楼顶上那个逆光的人影离自己越来越远。

她的头发在夜风中飞扬，她的仪态看上去是那么优雅从容，仿佛什么都没做，只是一道目光，就降下这可怕的威压。

她究竟是何方神圣？！

耳边，系统还在机械地提醒着：

你正面临极度危险的处境。

幸运点收益增幅至9000倍。

上一次让高阳感觉如此强大的人，还是审讯自己的麒麟。

"轰——"的一声，半空的高阳笔直坠落，砸向路边，炸出一个四五米深的"陨石坑"。

他震荡开强大的气流和碎石，将四周的那些迷失者全部掀飞了出去。

高阳觉得自己就是一个保龄球，将上百个球瓶给撞得七零八落。

"七影！"

朱雀冲向高阳的那几秒，脑子已经飞快地转了一遍：高阳现在的综合实力已在自己之上。

如果她用"等价交换"短时间内将自己的战力提升5倍，纸面实力肯定在高阳之上，但高阳天赋众多，实战是更强的。

比自己强的高阳都被敌人"一招秒"，自己绝不可能是对方的对手。这样的敌人，只有麒麟会长能对付。

可是这个距离，会长赶过来最快也得三分钟……不，太乐观了。

会长是个瘸子啊,打架一流,赶路连三流都算不上,五分钟能赶到就谢天谢地了!五分钟,这怎么可能撑到五分钟。

朱雀心中已经绝望,但并没有放过微乎其微的机会。

高阳这一下不死也是重伤,只能赌一把了!

如果高阳死了,就立刻用"等价交换"复活高阳,哪怕自己昏迷一年也无所谓,再让高阳用"瞬移"带自己跑路。

朱雀拿定主意,已经来到"陨石坑"前。

她愣住了——躺在陨石坑中央的高阳,除了衣服残破,头发凌乱,身上一点伤都没有。

朱雀当然不知道,高阳在落地前的最后一秒,拼尽全力发动了"觉悟之力",将自己的"耐力"给拉满,高达5000多点。

因此他毫发无伤地抗住了这一击。

高阳摆着一个大字,躺在陨石坑中,脸色苍白,沉沉地喘着气。

朱雀一跃到高阳身边:"你没事吧?"

高阳的六感慢慢回归,他见到朱雀:"没事……"

"没事就快起来!"朱雀将高阳扶起。

高阳却虚弱地说道:"不用了……"

"什么?"

"她走了。"

高阳之所以能确认敌人走了,是因为系统的幸运点已经恢复正常。

高阳虽然抗住她的第一击,但以对方的恐怖实力和那游刃有余的姿态,她完全可以乘胜追击,对高阳发动第二击、第三击,而高阳却只能再顶住七八秒。

"觉悟之力"一旦结束,他必死无疑。

但是高阳落地后,威压立刻消失。很显然,这一击只是为了阻止高阳靠近,敌人并没打算置他于死地。

属性点复原后,高阳沉沉吐出一口浊气。

朱雀扶起高阳。这时身边那些被掀飞的迷失者,也摇摇晃晃地站起来,他们从"梦游"中清醒过来。

幸运的是,这些人全是迷失者,并没有任何高级兽。

看到现场这一幕后,少部分迷失者直接尖叫了一声,再度昏迷。

"啊,好痛……"

"来人,帮帮我……我的脚,我的脚断了……"

"我也受伤了,我在流血……"

"快!打120!"

没有昏迷的迷失者,已经自动修正了记忆,他们很多人都跌伤了,坐在地上哭喊着、呻吟着。

少部分迷失者没受什么伤,他们一脸的迷茫,不明白自己为何会在这里,又究竟经历了什么事，但在形势所迫下，开始了慌乱的救援。

高阳和朱雀仿佛误入一个刚发生过地震的灾难现场，两人都是幸存者。

高阳和朱雀低着头，穿过混乱的人群，慢慢远离了现场。

这时路口两边也出现一些夜行的汽车，司机们迅速停车，纷纷下车开始帮忙救人。

"啊！他……他好像死了！"一个女孩尖叫起来。

"让开，让开……我是医生……"一个男人快步过去，很快，那具尸体就被很多人给围住了。

高阳和朱雀正好经过，他们透过混乱的人群缝隙看了一眼，疑似死亡的人正是之前第一个喊出"妈妈"的中年男人。

他七窍流血，眼睛睁大，嘴角还带着夸张的笑，手指扭曲，身体已经僵硬。

朱雀和高阳心中叹气，没说什么。

一分钟后，高阳和朱雀远离现场，朱雀走向自己的车子。

两人刚要上车，侧面照过来一束强光，两人立刻扭头，眯起眼，慢慢适应这道强光。

高阳看清了，是麒麟会长。

他正骑着一辆电动车在空荡的夜路上飞驰，微卷的刘海朝上竖起，扎成一个可爱的小揪揪，脸上还敷着一张面膜。他穿一套紫色的真丝睡衣，脚上没来得及穿鞋子，一只脚光着，一只脚穿着一只白袜，或许是奔跑途中用力过猛，白袜还破了一个洞，拇趾从洞中伸了出来。

十几秒后，麒麟的电动车"吭哧吭哧"地慢下来，好像没电了。

麒麟没有犹豫，立刻跳下电动车。他没拄拐杖，一瘸一拐地朝两人小跑。

跑了十多步，他才愣住，停下。

十米开外，高阳和朱雀正站在路边，张大了嘴，难以置信地看着这一幕。

那一刻，两位长老的认知正经历一场史无前例的风暴。

印象中，那个温文尔雅、运筹帷幄、杀伐果决的会长，那个一个眼神就能灭掉上百只高级兽、一个响指就可以让周围所有生物无条件臣服、觉醒界实力排行榜第一的男人……的高大形象，此刻，在高阳和朱雀心中，发生了亿点点微妙的变化。

麒麟也十分尴尬。他尴尬地咳嗽两下，重新回归优雅的步伐，慢慢朝他们走过来，还不忘迅速撕掉脸上的面膜，解开头上那个小揪揪的橡皮筋，让发型回归。

"你们是不是遇了强敌？"麒麟问。

"很强……"高阳憋住笑，"不过有惊无险……"

"什么敌人？"

"没看清，只知道是个女人……"朱雀顿了下，"不行了，会长，我可以先笑吗？我真的忍不住了……"

"我，我也是……"高阳低着头，不敢看麒麟的眼睛，"虽然我受过专业训练……"

"镇定。"

麒麟轻轻吐出一个单词。

一瞬间，高阳和朱雀立刻不觉得有什么好笑了，情绪非常平和，快要赶上一块无欲无求的石头。

麒麟转身，拉开朱雀的车门，坐上后车位："朱雀，开车送我回去；七影，汇报情况。"

"是。"

高阳和朱雀异口同声。

两人平静地坐上驾驶座和副驾驶座，关上车门，升上车窗。

很快，汽车发动，朝着事发现场的反方向离开。

车内，麒麟打出一个清脆的响指声。

车内瞬间出现一男一女的爆笑声，即便隔着车窗，依然很大声。

十分钟后，高阳、朱雀跟麒麟回到蓝房子心理诊所。

麒麟回到临时卧室，换回正装，再回到诊疗室，针对这次突发状况开了一个短会。

高阳没直接告诉麒麟，自己遇到了"战力值"9000的可怕强敌，他只是大概形容对方目前展现出来的能力和实力，恐怕跟鬼的领袖春同等级，甚至在他之上。

结合之前11中牛轩的悲惨遭遇，以及事发路口那一百多名迷失者集体无意识的自我献祭，高阳断定，对方不是拥有了符文回路力量的觉醒者，就是妄兽以上的高级兽，当然也不排除是拥有符文回路的高级兽。

朱雀蹙眉："我觉得是高级兽。"

高阳点点头，叹气道："可惜，我没看清她的脸。"

"她年轻吗？"麒麟问。

高阳摇摇头："逆着光，看不清细节，从身型判断，不是小孩，不是少女，也不是老人，应该是一名成年女性。"

"排除姜爷，"朱雀目光一沉，"难道……真是生死兽？"

这个结论给高阳浇了一头冷水，他既心有余悸，又十分沮丧。

每当高阳觉得自己有所成长，能够对付遇见过的敌人，但更恐怖的敌人就会找上门来将他碾压，再次让他意识到自己是多么渺小和脆弱。

这算哪门子"幸运"？！

麒麟目光沉着地看向高阳："从结果上看，她不是冲着你们来的，而是在举行某种仪式，刚好被你们撞见。七影想试探她，她给七影一个下马威，并从容离开。"

"是，她没恋战。"高阳点点头，心道：否则，我跟朱雀只怕凶多吉少。

"朱雀，找人这方面百川团最擅长，你让他们立刻调查那个路口附近的监控，或者通过别的什么方式，找出这个女人。"

"明白。"朱雀点点头。

"七影，你继续推进破苍行动。"麒麟想了想，补充道，"这段时间你小心一点，虽然敌人似乎对你没有敌意，但你毕竟坏了她的事，她说不定会报复你。"

"我会小心。"高阳说。

要是再次遇见她，高阳保证拔腿就跑，逃跑的话他还是有信心的。

"行，散会。"麒麟结束会议。

高阳和朱雀刚起身，麒麟又想到了什么："对了，今晚……摩托车的事……"

"什么摩托车？"朱雀求生欲很强：只希望麒麟别删她的记忆，会长脑袋上扎着小揪揪、穿破洞白袜的画面，必须保存一辈子啊，以后没事拿出来回味一下！

"是啊，什么摩托车？"高阳演技也进步了很多。

"呵呵。"麒麟颇为满意地点点头，用中指推了一下鼻梁上的眼镜，"没什么，你们可以走了。"

高阳和朱雀面无表情，一言不发地步入电梯，下楼，上车，将车子开出一条街。

毫无征兆的，车内再次爆发出一男一女的笑声。

…………

高阳悄悄回到寝室时已经快凌晨五点，他小睡了两小时，迎来新的一天。

起床后，他跟弥施去吃早饭，还给室友带了一份饭，之后又去上课。

下午，高阳看了一眼破苍小组的"相亲相爱"群，得知曼蛇、奈奈也已经回来。

高阳准备叫上罐头、奈奈、青灵、天狗这四个离城大学的成员，晚饭后去魔女社团开个短会。他主要是想讲一下自己遭遇9000战力值的敌人一事，让他们之后也小心点，万一对方真打算报复自己，高阳怕他们遭受牵连。

高阳跟室友在食堂吃了晚饭，随便找了个借口没回寝室，前往魔女社团，用备用钥匙开了门。

狭小的房间内空无一人，高阳有点意外，今天自己竟然是第一个到的。

他打开灯，饶有兴致地打量社团内部。

墙角的纸箱里又多出几套新漫画，堆了出来，有两本还落在了地上。

祭祀桌上的魔法道具又变多了，在之前的基础上新增一副散乱的塔罗牌，最上面一张牌是"愚者"，第二张是"倒吊人"，接着是"正义""太阳""魔术师""月亮""隐者"等。

另外，旁边还有一个老旧的三阶魔方，紫色和青色的两面已经拼好。桌子旁的道具架上，摆着各种动漫中的武器。

除了奈奈第一次拿的那把塑料死神镰刀，还有一个很酷的电锯头盔、一把巨大的斩魄刀、一把大铁铲、一只麻醉手表、一把火尖枪，等等。

高阳完全可以想象，奈奈在患有自闭症的那段时日，必然是整天闷在房间里，埋头看漫画和小说，把自己幻想成各种中二角色，自言自语，自娱自乐。

"咚咚咚"，有人敲门。

高阳微微一惊，警惕地看向门外：绝不是熟人。

门虚掩着，并没有关，敲门实在多此一举。

高阳冷淡地朝门外喊了一声："谁？"

"高阳先生，是我。"门外传来低沉的彬彬有礼的成年男性声音。

高阳一时觉得有点耳熟，但又想不起是谁。

"你是谁？"高阳索性问道。

门外的人似乎犹豫了一下，他最终还是没有报上真名，而是委婉地提醒道："来自你娘家的人。"

高阳一时无言，他上前开门，门外站着一个高大的中年男人，粗硬的银短发，五官硬朗，含蓄的美人沟下巴。

是鬼团的惊蛰。

这次他倒是没穿复古燕尾服，而是换上了一件深绿色的双排扣薄风衣和同色长裤、一双常规款的黑皮鞋，左肩上挎着一个方方正正的黑色皮包。

这打扮，让高阳一眼就想到了邮差。

"你找我？"高阳问。

"高阳先生，初雪给你写信了，让我务必送到你手中。"惊蛰说。

高阳一愣：你们不是在环游世界吗？

旋即他反应过来：以惊蛰的两倍音速，即便环游世界，再兼职当个信使倒不是很难。

高阳探出脑袋，确定社团外面没人，他低声说："先进来。"

高阳只觉得一阵风吹过，门外的惊蛰消失不见，然后出现在社团内的一张小椅子上。

高阳关上门，朝惊蛰伸出手："信给我吧。"

惊蛰打开黑包的小搭扣，从里面拿出一张明信片，双手递给高阳。

高阳接过明信片，正面印有大草原的风景，背面写着几段歪歪扭扭的字，其中有好几个墨团和拼音，还配有一些颜文字。

高阳不禁笑了。

> 初次写信，请夕夕（多多）关照。

呃，这个"夕夕"应该是"多"字，实在拆得有点宽。

> 高阳，大草原有马，我和姐姐一块儿 qí（骑）马，开心。
>
> 高阳也叫 hēi（黑）马，所以我 qí（骑）了 hēi（黑）色的马。
>
> 这里的牛肉干好吃，羊奶不好 hē。
>
> 高阳，我好想你，你也要想我。
>
> qī dài（期待）你的回信。

高阳忍俊不禁，还真像识字不多的小孩子第一次写信。

高阳看一眼惊蛰："我给初雪回封信，你等等。"

惊蛰早有准备，手中多出一支钢笔，高阳接过，伏案在明信片的空白处写下了几行字：

> 展信佳。
>
> 我还没去过大草原，等你回来了，跟我说说那边的风景吧。少吃点

食物，对你身体不好。

　　我也想你，期待你的再次来信。

考虑到破苍小队的成员随时会出现，高阳不敢多写，他将明信片还给惊蛰："麻烦你送给初雪。"

"举手之劳。"惊蛰微笑着点头。

就在这时，门被人推开，罐头的声音传来："哇，有人先到了……"

一阵风吹过，罐头愣在门口，两秒后她才回过神来，看向屋里的队长："刚……刚怎么了？"

"什么？"高阳装糊涂。

"好像，好像有阵风……"

"罐头，你下巴上的痘痘好得挺快嘛。"高阳轻巧地转移了话题。

"啊？是吗？嘿嘿。"罐头有点不好意思地笑了，"最近我一直有在调整饮食啦，吃得比较清淡，不过嘛，主要还是遮瑕膏的功劳……"

罐头跟高阳闲聊了几分钟，奈奈、青灵和天狗也陆续来到社团。

高阳关上门，向大家简单说明了一下某个神秘女人在半夜进行某种邪恶仪式的情况，并让大家提高警惕。

然后奈奈对后续在西国协助青龙长老调查7号酒庄的事进行了口头汇报，接着，奈奈又给高阳和青灵的红水晶项链补充了一下迷失者气息，会议结束。

奈奈留了下来，魔女社团已经是她的第二宿舍。

天狗被同学的电话叫走，青灵也有事离开，似乎是要回一趟十二生肖总部。

转眼间，社团门外的走廊上，只剩下高阳和罐头。

回去的路上，罐头一直没话找话。

高阳察觉到了，主动开口："有事就说吧。"

罐头先是一愣，然后不好意思地笑了笑："嘿嘿，队长，你是不是忘了什么事情呀？"

"什么事？"高阳问。

罐头眼底掠过一丝失望，她挥手讪笑："没事，忘了就忘了。"

高阳"啊"了声，总算想起来："我还欠你一顿烤肉。"

"嗯嗯嗯！"罐头立马开心地点了好几下头。

"你是想今晚吃？"高阳问。

"好啊好啊。"罐头说。

"可是我们才吃过晚饭啊。"高阳说。

"没关系，我们可以散散步，消消食，晚点再吃，就当夜宵！"罐头说。

高阳思考了片刻，心下有了主意："行，你正好陪我去办点事，办完我请你吃烤肉。"

"嗯！"

（未完待续）

番外

# 卡布奇诺

午后，咖啡厅。
一对青年男女坐在窗边，女人点了一杯咖啡，男人没有。
短暂的沉默。
"喝点什么？"每次都是女人先开口。
"不了。"每次男人都这样回答。
"今天喝点什么吧。"女人顿了下，加重了语气，"我买单。"
男人微微一愣："那就跟你一样吧。"
"黑咖啡太苦了，你换一个。"女人说。
男人沉默。
"卡布奇诺？"女人问。
男人点点头："好。"
"这次约你出来，是跟你告别的。"女人说。
男人沉默。
女人轻啜一口咖啡，淡淡地看向窗外："我想清楚了，出国去进修两年。"
"挺好。"男人看着被切成零碎色块的桌布。
"阿明也去。"女人说。
零碎色块似乎流动了起来，变成一幅没有正解的拼图。
"挺好的。"男人又点点头。
…………
夜晚，住院部。
青年男人坐在病床前，娴熟地削着苹果皮。
年轻女孩躺在床上，瘦弱文静、肤色苍白，像一朵被死神经过时的涟漪轻抚着的花。
女孩缓缓醒来，声音虚弱，眼神却透着欣喜："哥，你来啦。"

"醒得刚好，来，吃点儿水果。"男人说。

"我不饿。"女孩轻轻摇头，"哥，铃姐呢？"

"她……今天没空。"男人说。

"怎么了？"女孩睁大眼睛。

"要做些准备。"男人说。

"什么准备？"女孩一怔，紧张起来。

"她要出国了，以后，不能来看你了。"男人说。

女孩沉默，眼神渐渐黯然。

男人立刻转移话题："我刚跟医生聊了，这几次检查，你的情况还是有所好转，等过段时间天晴了，我们可以出去散散步……"

"哥，你跟铃姐分手了？"女孩冷冷地打断。

男人一愣："别瞎说，我们就是朋友。"

"这话谁会信啊。"女孩的眼眶红了，"铃姐会信吗？"

…………

午后，咖啡厅。

"请慢用。"服务生将一杯卡布奇诺送上来。

"喝一口吧。"女人开口。

"我不……"

"喝一口有那么难吗？"女人忽然抬高音量，"你到底知不知道，每次约会只让对方一个人吃东西很不礼貌！"

男人沉默。

"喝一口。"女人盯着男人的脸，一字一顿。

男人沉默，低头看着咖啡上心形的牛奶泡沫。

女人眼角通红："你真的，一点儿想对我说的话都没有吗？"

男人慢慢抬头，迎上女人的目光，笑了笑："我真的挺为你开心的……"

…………

夜晚，住院部。

"哥，铃姐喜欢你，所有人都知道。"女孩说，"就连这的护士小姐都看出来了。"

男人沉默。

女孩侧身，看向床头柜上的照片——

医院楼下的花坛旁，蓝天白云、阳光明媚。

一个大学生打扮的年轻男孩推着轮椅，轮椅上坐着一个穿病号服的清瘦女孩，没有头发，戴遮阳帽，脸色苍白，但她却在笑，眼中有光。

"哥，我当时……以为那会是我最后的一张照片，那天铃姐想跟我们合照，你为什么不同意？"

男人放下苹果，似乎陷入沉思，没说话。

"为什么？"女孩很执着。

男人终于抬起头，淡淡一笑："太久的事，我都忘了。"

"你撒谎！"妹妹抬高声音，呼吸变得急促。

男人赶忙上前："你别激动，你才做完治疗，要好好休息……"

女孩伤心地转过身，声音哽咽："是因为我，是我拖累了哥……"

…………

午后，咖啡厅。

"我不怕吃苦。"女人说。

男人沉默。

"我只要你一个答复，你的妹妹就是我的……"

"小铃。"男人打断，"我们说过，不提这事。"

"呵。"女人冷笑，"你是从不提她，可每分每秒都在为她活着。"

男人沉默。

"你要真想一个人扛，演技就应该再好点儿。你骗不了我，你对我是有情的，我也喜欢你和你妹妹……"

男人抬头："小铃，阿明很好，你们在一起，会幸福……"

"哗"，女人将咖啡泼到男人的脸上。

男人无动于衷，甚至没去擦脸。

"你是不是觉得自己很有担当，像个爷们儿？"女人眼中的不甘终于腐烂成了怨恨。

男人沉默。

"不，你就是个小丑。"女人愤然起身。

…………

深夜，住院部。

"三年之约？"女孩问。

"嗯，三年之约。"男人笑了，"她出国努力进修，我陪你好好治病，等你病好了，她也回来了，我们就结婚，到时候你做伴娘。"

"真的吗？"女孩半信半疑。

"当然。"男人咧嘴笑，"你哥的魅力大着呢，小铃对我一见钟情，哪儿那么容易放弃。"

"呵呵，臭美。"妹妹的心情好多了。

随后她又想到什么，有些愧疚："哥，我们这样，会不会太自私了。铃姐那么优秀，明明可以有更好的人生。"

"我不觉得。"男人说，"跟爱的人在一起，才是最好的人生。"

女孩一怔，用力点头："嗯！"

男人摸了摸女孩的头："好好养病，你一定会康复。到时候，我们三个人一起去旅游，一起拍很多照片。"

"嗯！"女孩很期待。

420

男人起身:"哥接下来要出差几天。"

"你不用天天来看我,我挺好的。"妹妹再次看向窗外,"花坛里有很多三叶草,我上次晒太阳还找了很久的四叶草,可惜没找到。"

"等哥回来帮你找,肯定能找到。"男人说。

"嗯!"

…………

午后,咖啡厅。

"我从没想过,有一天我会这么恨你。"女人起身,掏钱结账,"我真希望从不认识你。"

女人离开。

男人仍坐着。

服务生拿着毛巾,犹豫着要不要过来。

男人伸手,抹掉脸上的黑咖啡。

沉默了一会儿,他终于端起桌上的卡布奇诺,喝了一口:原来,是这样的味道。

"嗡嗡",男人口袋中的老式手机响起。

他一惊,立马接过:"喂?"

"兄弟,是我,最近如何?"

不是医院的电话,男人狠狠松了口气:"老样子,你呢?"

"哈哈,我正在发大财呢,这不第一时间想到你了吗?"

男人脸一沉:"没别的事我挂了……"

"别!10万!10万!"

男人想挂电话,手指却按不下去。

"放心,绝对安全,就干一笔,神不知鬼不觉,10万块就到手了。你妹的事我也听说了,那孩子吃了不少苦啊,你现在手头肯定很紧吧……"

男人默默听完,放下手机。

"先生……要不要擦一下脸?"服务生还是鼓起勇气走过来。

男人一愣,接过毛巾擦脸,又擦胸前的衬衫,却擦不干净。

"不好意思。"他将毛巾还给服务生。

他再次端起卡布奇诺,一饮而尽。

他起身:"结账。"

"不用了,刚才那位小姐……"

"结账。"男人重复一遍。

"哦哦,好。"服务员不敢再说什么。

男人结了账,走出咖啡厅。